Buch der Woche Sept. 09

Glück hat viele Gesichter

Susanne Wiegleb

Glück hat viele Gesichter

Bd. 2

Franz Brack Verlag, Altusried

Für die Tiere, die mein Leben begleiten:

Amber und Alina über der Regenbogenbrücke.
Findus, Frodo, Filou, Merlin und Keshini, kreative Katzenbande.
Sultan, meinem charmanten Haflinger, ein unbekümmerter Schelm.
Rani, die unerschütterliche Stute aus Südamerika, eine sanfte Königin, und ihrem Sohn Alegras, so bunt wie das Leben.
Chico, Pferde-Grautier, Ralfs großem Jungen.
Finn, meinem ergrauten Hund, Treue in alle Ewigkeit …

Und für den Mann, der mit mir in die gleiche Richtung blickt!
Danke, Ralf!

Umschlagbild: Erika Hausdörffer

ISBN 978-3-930323-84-5
1. Auflage 2009

Zugspitzstraße 2a, 87452 Altusried
Telefon 08373/9205-20
Internet: www.brack-verlag.de

1. Kapitel
Jedes Ende hat einen Anfang ...

Tief aufseufzend tastete ich, ohne den Blick von meinem äußerst spannenden Artikel über die Meridiane beim Hund abzuwenden, nach meinem penetrant dudelnden Handy. Ich hätte es ausschalten sollen. Jetzt war es zu spät dafür.
„Sander?“, meldete ich mich abwesend, weil meine ganze Konzentration in meinem Zeigefinger hing, der sich in die Zeile des Textes bohrte, in der ich unterbrochen worden war.
„Huhu, Marie, du bist der Glückspilz des Abends, denn du darfst mich nachher ins Amt begleiten!“
Ich schloss für einen Moment die Augen. Sylvie. Beste Freundin, lästige Kuh. „So spontan wüsste ich nicht, was diese Aussicht mit Glück zu tun haben könnte“, murrte ich ungnädig, „warum also sollte ich das tun?“
Ihr Lachen stach mir ins Ohr, was nadelscharf demonstrierte, dass sich mein ursprüngliches Vorhaben, nämlich mit Tom einen stillen Abend zu verbringen, genau in diesem Moment in Luft auflöste.
„Ach Marie“, Sylvie ließ sich wie zu erwarten von mir nicht irritieren, „hör auf mit diesem Einsiedlergenöle, das nervt. Und du kannst mich nicht ernstlich Jans Mutter überlassen, das würdest du doch nie tun, oder?“
„Nie!“ Ich kreuzte in Gedanken meine Finger. „Aber was macht ihr unter der Woche in Winkel?“
Sie stöhnte aus tiefster Seele und ich sah genau, wie sie ihre Haarmähne raufte. „Jans Vater rief gerade an, dass Jan unbedingt kommen muss, weil eines der Pensionspferde unter keinen Umständen sein Fohlen ohne Jan zur Welt bringen will. Und ich tue mir diese Geburtssauerei und Jans Mutter ganz sicher nicht an. Also gehen wir zwei ins Amt und trinken auf das Fohlen!“
Abrupt wurde ich hellhörig und verlor prompt meine Zeile. Hektisch suchend fuhr ich über die Seite, während ich überlegte, welche der Stuten in Köberles Stall tragend war. Ich konnte mich an keine erinnern. Tom würde es vielleicht wissen.
„Aha“, ich gab meine Suche resigniert auf, mit Weiterlesen

würde es jetzt eh vorbei sein, „es ehrt mich natürlich, dass du meine Gesellschaft der von Jans Mutter vorziehst, aber die alte Köberle ist doch eigentlich ganz in Ordnung, oder?"
Ein würgendes Geräusch ließ mich angeekelt mein Handy anstarren. „Hör auf damit, Sylvie, mir wird schlecht davon."
Sie quiekte fröhlich. „Jans Mutter ist der Albtraum jeder emanzipierten Frau", erklärte sie, „die würde die Stute glatt zum Anlass nehmen, auch mir mal wieder eindringlich zu sagen, dass ich schon längst einen dicken Bauch und ein weißes Kleid tragen sollte."
„In umgekehrter Reihenfolge natürlich", erwiderte ich trocken, „sonst gibt's noch Ärger mit dem Herrn Pastor. – Also gut, du hast mich überzeugt. Wann seid ihr da?"
„Ich hol dich so gegen halb acht ab. Ciao Marie." Es klickte in der Leitung, bevor ich antworten konnte.
„Ciao Sylvie." Missmutig feuerte ich das Handy über den Tisch. Ganz super, wirklich toll! Tom und ich hatten uns die ganze Woche kaum gesehen und Sylvie ließ fröhlich unseren ersten gemeinsamen Abend platzen. Tom würde nicht erfreut sein. Nachdenklich spähte ich aus dem Fenster zum Hof hinunter. Eigentlich mussten er und Caspar jeden Moment den Weg hinauf kommen. Ergeben klappte ich die Zeitschrift zu, trank den Rest kalten Tee aus meiner Tasse, bevor ich mich aufmachte, Balthasar aus seinem Auslauf zu holen, damit er vor dem Haus noch ein paar maulvoll Gras rupfen konnte.
Melchior saß auf einem der Zaunpfosten an Balthasars Stall. Balthasar selber wälzte sich gerade genüsslich in den Häckseln, die den Boden des Auslaufs bedeckten. Ein quäkendes Geräusch von Melchior begrüßte mich, er rieb seinen dicken Katerkopf an meinem Arm.
„Na mein Prinz", ich kraulte ihm die Kehle, was ein tiefes Schnurren erzeugte, „habt ihr euch gut unterhalten?"
Balthasar kam prustend auf die Beine und schüttelte sich, so dass er für einen Augenblick ganz in eine Wolke von Staub eingehüllt war. Dann nieste er ausgiebig und schlenderte zu uns an den Zaun.
„Wohl bekomm's!" Ich zauste seine staubigen Mähnenfransen. „Komm mal raus, Alter." Mit einer Hand half ich Melchior auf meine Schulter, mit der anderen öffnete ich das kleine Gatter.

Balthasar stapfte hinter mir her, ums Haus herum zur Terrasse, wo er konzentriert anfing zu grasen. Melchior und ich setzten uns auf die Bank, ließen uns von den letzten Strahlen der untergehenden Sonne wärmen.

Wenig später sah ich im Dämmerlicht Tom und Caspar die Wiese heraufkommen. Selbst auf die Entfernung erkannte ich, wie müde Tom sein musste. Seine Schritte wirkten schwerfällig, gebeugt, und als er kurz den Kopf hob, sah ich dunkle Schatten der Erschöpfung in seinem Gesicht. Er hob flüchtig grüßend die Hand. So wie in jedem Frühjahr waren die vergangenen Wochen recht hart für ihn gewesen. Nach der Winterruhe im Stall drängte alles, was Hufe hatte auf die Weiden, aber das erst nachdem Tom geschnitten, geraspelt und frisch beschlagen hatte. Als Caspar mich entdeckte, fegte er freudestrahlend die Wiese zu mir hoch. Mein kleiner Schwarzer war längst ein großer Schwarzer geworden, der nur noch selten an den tollpatschigen Welpen erinnerte, der er noch vor einem Jahr gewesen war. Dabei war er laut Tom noch nicht einmal gänzlich ausgewachsen.

Hechelnd und fröhlich bellend sprang er um mich und Melchior herum, hetzte zu Balthasar, der erbost über die temperamentvolle Begrüßung nach Caspar schnappte und drohend sein Hinterteil anlupfte. Caspar schleckte ihm dafür blitzschnell über die Nüstern, bevor er wieder zu Tom hinüberschoss. Langsam schritt ich ihm mit Melchior auf dem Arm ebenfalls entgegen. Er würde wahrlich noch viel weniger freundlich ausschauen, als im Moment, wenn ich ihn erst einmal über die Änderung im Ablauf unseres gemeinsamen Abends informierte. Über Melchior hinweg gab ich ihm einen Kuss. Wenigstens brachte er ein halbwegs nettes Lächeln in sein Gesicht, wenn auch nicht direkt in seine Augen. Schwerfällig ließ er sich auf die Bank fallen, streckte gleichzeitig mit einem Seufzer seine Beine lang aus. Immer noch schweigend setzte ich Melchior auf einem der Stühle ab, Caspar fiel derweil über seinen Wassernapf her.

„Tee, Wasser, Bier?“, bot ich entsprechend an. Er grinste mit geschlossenen Augen.

„Ein kühles Bier wäre jetzt perfekt“, er blinzelte kurz gen Himmel, „aber da ich außer einem Kornspitz heute noch nichts gegessen habe, lasse ich das mal besser. – Was hältst du davon,

wenn ich uns jetzt ein nahrhaftes Abendessen koche, bevor wir es uns endlich einmal gemeinsam gemütlich machen?"
Ich seufzte. Leider ging es nicht darum, was ich davon hielt, denn die Vorstellung war wunderbar, aber ich hatte Sylvie ihren Wunsch nicht abschlagen können, also musste ich Tom den seinigen verwehren. Umständlich, mich verlegen räuspernd schob ich mich neben ihm auf die Bank.
„Was?" Tom musterte mich prüfend mit einem Auge.
„Ja, also", ich riskierte den Griff nach seiner Hand, „wir müssen da heute ein wenig umdisponieren."
Er schwieg und das war kein gutes Zeichen. Ich räusperte mich erneut.
„Warum?", knurrte er dann.
„Ja, weißt du, Sylvie hat vorhin angerufen, dass sie und Jan herkommen müssen, weil eine der Stuten beim alten Köberle fohlt. Und sie möchte in der Zeit mit mir ins Amt gehen. – Aber ich könnte ja danach bei dir vorbeikommen und dich nett wecken?"
„Grundsätzlich ein interessantes Angebot", kam es ungnädig zwischen seinen Zähnen hindurch, „aber ich muss morgen früh schon um halb sieben in Rettenberg sein, da darf es heute nicht spät werden. – Soll Sylvie halt daheim in München bleiben, wenn ihr eine Fohlengeburt zu langweilig ist."
Mit diesen Worten sagte er mir deutlicher, als mit einem derben Wutausbruch, wie ärgerlich er war, und ich konnte es ihm nicht einmal verdenken. Sylvie hätte wirklich daheimbleiben können. Dumm gelaufen.
„Wir holen das morgen nach. Ich habe nur vormittags Termine", schüchtern drückte ich seine Hand, „wir machen uns einen schönen Abend, ganz entspannt und gemütlich und du kochst."
„Man kann nichts nachholen!"
Ich hob kapitulierend die Hände. „Dann halt nicht!"
Solche Situationen gehörten zu den wenigen in meinem noch recht jungen Beziehungsleben, in denen ich mich nach meinem unabhängigen Singledasein zurücksehnte. In vielerlei Hinsicht war das wesentlich einfacher gewesen. Tom grinste zu meiner Überraschung und zog mich an sich, so dass ich mit dem Rücken an seiner Brust lehnte. Er roch wie immer ein wenig

nach Metall, verbranntem Horn und Pferd. Ein längst vertrauter Geruch, der Wärme und Geborgenheit bedeutet. Aber ganz traute ich dem Frieden noch nicht.
„Manchmal geht es mir schon auf die Nerven“, er legte seine kratzige Wange an meine, „dass wir beide selbständig sind und immer dieses Hin und Her wegen unserer Häuser haben. Aber ich würde mich natürlich trotzdem freuen, wenn du heute Nacht noch zum Aufwärmen in mein Bett kämst.“
„Klar komme ich.“ Den ersten Teil seines Satzes überging ich sicherheitshalber. „Und vielleicht geht es Sylvie und Jan ähnlich wie uns und sie haben kaum Zeit füreinander, so dass sie sogar eine gemeinsame Autofahrt nutzen. Davon abgesehen kennst du doch Sylvie, Tiere sind nett und prima, solange sie gesund sind, aber eine Geburt ist für sie eine Riesensauerei und mit Jans Mutter hat sie es auch nicht mehr so innig.“
„Okay, ich heuchle jetzt Verständnis für Sylvie und tue so, als akzeptierte ich die Situation.“ Sein Grinsen ließ mich ein wenig schmelzen. Sein Humor war nicht jedermanns Sache, doch ich liebte ihn. „Blödmann“, erwiderte ich zärtlich“, weißt du welche Stute beim Köberle trägt?“
„Nö, keine Ahnung, wir werden es aber sicher bald erfahren.“ Er schob mich sanft von sich weg, obwohl ich protestierte. „Ich gehe jetzt heim, nehme Caspar mit und Melchior, wenn er will, und koche mir alleine ein Abendessen. Und du darfst dir den Fraß im Amt antun. Selber schuld!“
„Fraß würde ich das nun wirklich nicht nennen“, erwiderte ich mir die Lippen schleckend, „der Koch da ist ein echter Gott in der Küche, das weißt du genau.“
„Pfff. – Komm Caspar. Melchi, kommst auch mit uns?“ Er beugte sich kurz zu mir herunter, um mich zu küssen. „Bis nachher, Marie. Ich freu mich auf dich.“
„Ich freu mich auch auf dich. Viel Spaß ihr drei.“
Caspar und Melchior sprangen tatsächlich hinter ihm her, Balthasar trompetete ihnen empört nach. „Lass gut sein, Alter.“ Ich fasste ihn am Halfter. „Du bekommst jetzt auch dein Abendessen und ich restauriere mich ein wenig.“

Ich war gerade fertig geworden, als Sylvie vor meinem Stadel Jans Kombi so rasant wendete, das der Schotter spritzte.

Offensichtlich war nicht nur Tom heute gestresst unterwegs. Gelassen schlenderte ich ums Haus herum, wo Sylvie mir schon die Beifahrertür geöffnet hatte.
„Steig ein", knurrte sie, „ich muss hier weg, die machen mich alle noch kirre!"
„Hallo Sylvie, schön dich zu sehen." Ich drückte ihr einen Kuss auf die Wange, sie grinste schief. „Du sprühst ja vor guter Laune, super!"
„Blöder Witz", konterte sie, während sie auf die Straße einbog, „ich weiß echt nicht, wie du das hier aushältst, noch dazu mit Tom als Partner. Die haben doch alle einen Hau."
„Sieht Jan das auch so?" Ich nahm sie nicht weiter ernst. Es war ihr übliches Geschimpfe über unser dörfliches Leben, aus dem Jan nicht wirklich herauskam und sie nicht wirklich einen Eingang fand.
„Genau das ist das Problem!" Sie hieb auf die Hupe ein, weil der Wagen vor uns ordnungsgemäß am Ortseingang Sonthofen auf fünfzig Stundenkilometer runterbremste. Mein Grinsen verbergend, rieb ich mir die Stirn. Das konnte ja heiter werden.
„Was genau ist das Problem?", fragte ich zurück.
„Ja, dass er es nicht so sieht und am liebsten ganz hierher zurückkäme. Der spinnt doch! Winkel gegen München eintauschen. So was würde mir ja nie einfallen. Total meschugge der Mann."
Nachdenklich lutschte ich an meiner Unterlippe. Das war jetzt in der Tat gefährliches Gesprächs-Terrain, wo ich mächtig auf der Hut sein musste mit dem, was ich sagte. Mir würde nie wieder einfallen, Berghofen gegen München einzutauschen. Sylvie allerdings brauchte das brodelnde Leben der Großstadt, Bars, Kultur, Lärm und Farben. Daraus zog sie ihre Kreativität. Für sie war das wie ein Lebenselixier. Ich konnte mir zwar nicht vorstellen, dass Jan seine gut gehende Tierarztpraxis in München aufgeben würde, um auf dem Hof seines Vaters zu leben oder irgendwo hier in der Nähe eine neue Praxis aufzumachen, doch dass er gerne hierher zurückkehren würde, das passte ins Bild.
„Hm", brummte ich ausweichend, „fahr am besten in die Marktangergarage."

Schweigend parkte Sylvie den Wagen und wir schlenderten das kurze Stück zum Landratsamt hinüber. Mir reichte an brodelndem Leben schon der Anblick der Menschenmassen, die sich an den Tischen vorm Amt tummelten, um den lauen Abend zu genießen. München war nie meins gewesen, auch wenn ich das lange nicht bemerkt hatte. Immer noch schweigend bahnten wir uns einen Weg durch die Tische ins Restaurant. Drinnen war es nicht weniger voll, doch Sylvie war jemand, der immer einen leeren Tisch fand, und wenn es der letzte war. So auch heute. Wir ergatterten sogar einen der Fenstertische, sehr zu meiner Erleichterung, denn so mittendrin fühlte ich mich nie recht wohl.
Seufzend ließ Sylvie sich auf den Stuhl fallen und wühlte in ihrer roten Mähne. Das gedämpfte Licht ließ feurige Funken in ihrem Haar sprühen. Sie hatte einfach wunderschöne Haare. Das empfand der Kellner, der gerade an unseren Tisch trat, eindeutig genauso. Mit bewunderndem Blick starrte er Sylvie an. „Servus miteinand'."
Ich grinste. Bei meinen blonden Flusen passierte mir das nicht.
„Moin", grüßte sie zurück und raufte noch einmal halb abwesend ihre Haare, „ich brauche jetzt ein großes, kühles Wasser und die Karte. Ich verhungere gleich."
Nickend stimmte ich Sylvie zu. „Für mich bitte auch."
Die Speisekarten fanden umgehend ihren Weg an unseren Tisch, genauso wie unser Wasser. Sylvie versenkte sich gleich in die aufgelisteten Köstlichkeiten.
„Habt ihr euch auf der Fahrt gestritten?", fragte ich beiläufig in unser Schweigen hinein. Es war verhältnismäßig leise im Raum und die Musik dröhnte nicht bis zu uns hinüber. Sylvie grummelte eine unverständliche Antwort. „Ja oder nein?", hakte ich nach.
„Ja, haben wir." Sie blätterte demonstrativ konzentriert in ihrer Speisekarte herum, vermied jeden Blickkontakt.
„Wir haben uns auch ein wenig gezankt." Ich machte ebenfalls eine auf desinteressiert, doch Sylvies Kopf ruckte sofort hoch. Ihre Neugier war einfach unsäglich. „Echt? Warum?"
„Ich nehme dieses thailändische Reis-Gemüse-Dings und als Stilbruch nen Viertel trockenen Rotwein", grinsend klappte ich die Mappe zu, „weil heute unser erster gemeinsamer Abend

der Woche gewesen wäre, wenn du nicht angerufen hättest. Tom fand das nicht so rasend, dass der ins Wasser fällt."
„Hättest ja nicht mitkommen brauchen", murrte sie und klappte ebenfalls ihre Karte zu, „wäre ich halt alleine gegangen."
„Ha, ha. Jetzt erzähl schon, was ist los bei euch?"
Wir bestellten, bevor sie anfing zu berichten.
„Wir hätten heute eigentlich auch unseren ersten freien Tag der Woche gehabt." Sie blinzelte schelmisch dem Kellner zu, der unsere Bestellung angenommen hatte. „Ich sag dir, Marie, lass dich nie mit einem Tierarzt ein, den hast du nie für dich alleine. Entweder hecheln ihm paranoide Besitzerinnen von ebenso paranoiden rattenartigen Hunden hinterher, oder sie stecken bis zur Schulter im Hintern von irgendeiner Kuh. Jedenfalls wirst du keine Chance haben, mal mit ihm ins Kino zu gehen oder auf eine geile Vernissage, oder wenigstens mal eine entspannte Nummer im Bett zu schieben. Sicher wird just in dem Moment, wenn es spannend wird, sein Handy klingeln, um ihn zu einem Fall auf Leben und Tod zu rufen. Und er wird nichts Eiligeres zu tun haben, als diesem Ruf zu folgen. Bums. Pech gehabt."
„Sorry, Sylvie", ich hob die Schultern, „aber das wusstest du doch von Anfang an und bisher hat es dich doch auch nicht gestört, oder?" Ich mochte solche Sprüche eigentlich nicht, denn im Endeffekt wusste man viele Dinge erst, wenn man mit ihnen leben musste, egal, wie genau man vorher darüber nachgedacht und sich vermeintlich mit ihnen arrangiert hatte. Und ich konnte mir sehr wohl vorstellen, dass ein Tierarzt, der seine Arbeit liebt, kein einfacher Partner war. Tom und mir ging es jeweils genauso, allerdings nicht in dem Maß, wie Jan und Sylvie.
„Danke Marie", erwiderte sie prompt, „danke, du bist mir in deiner unendlichen Weisheit eine echte Hilfe. Hast du auch noch eine gefühlvolle Erkenntnis für meine Möchtegern-Schwiegermutter?"
„Hast recht", ich hob mein Glas zum Anstoßen, „war ein blöder Satz. Tut mir leid." Sie klackte ihr Glas gegen meins. „Schon gut, Marie, aber im Moment kotzt mich das alles echt an. Zwischen Jan und mir ist eigentlich alles wunderbar, wenn nur seine Familie und dieses dämliche Allgäu nicht wären. Und ich

kann nun einmal kein verletztes oder krankes Tier sehen, geschweige denn anfassen. Mir wird sofort schlecht, und ehrlich, mich ekelt das auch an. Ich weiß, dass du das nicht so verstehen kannst, mich macht das ja auch fertig, denn ich würde Jan gerne hin und wieder helfen. Doch es geht einfach nicht."
Ich schwieg einen langen Augenblick, wo ich nur bedächtig Pizzabrot mit Kräuterbutter bestrich. „Nimmt Jan dir das übel?"
„Nee", dehnte sie widerwillig, „nicht wirklich, aber ich weiß, dass er es gerne anders hätte."
„Aber er akzeptiert erst einmal, dass es nicht so ist?"
„Ja, schon, irgendwie."
„Wo liegt dann das Problem?"
Sie wand sich sichtlich um eine schwierige Erklärung herum, was mich mehr als verwunderte, weil wir uns sonst immer alles sagen konnten. Passend für Sylvie brachte uns der Kellner unser Essen. Es duftete köstlich und war wie gewohnt appetitlich angerichtet. Mir lief das Wasser im Mund zusammen. Flüchtig dachte ich an Tom, der sich jetzt alleine sein Abendessen kochte, und etwas wie schlechtes Gewissen zuckte kurz mal in mir hoch.
„Prost", Sylvie hielt mir ihr Weißweinglas entgegen, „darauf, dass wir endlich mal wieder einen Abend ohne Männer verquatschen dürfen."
„Auf uns!", stimmte ich zu und nahm einen genüsslichen Schluck, „und jetzt erklär mir bitte, was dich wirklich wurmt."
Bedächtig schnitzte sie an ihrem Fisch herum. „Seine Mutter", murrte sie leise, „immer wieder fängt sie damit an, dass ich Jans erste Freundin bin, die mit Tieren oder Medizin so gar nichts am Hut hat. Und sie rümpft zwar nicht offen die Nase, aber in ihren Augen ist eine Künstlerin einfach nichts."
„Nichts G'scheits, wie die Allgäuer zu sagen pflegen." Ich grinste mit vollen Backen, „da liegt also der Hund begraben. Gehe ich recht in der Annahme, dass du ihr auch zu klug bist, zu sexy und zu unabhängig?"
„Treffer, versenkt!" Sie grinste schief zurück. „Das war übrigens mein Flugzeugträger. – Sie hat nichts dagegen, dass ich gut aussehe, denn das hat ihr schöner Sohn natürlich mehr

als verdient. Doch ich arbeite nicht richtig, kann nur exotisch kochen, bin keine gute Hausfrau und heiraten will ich auch nicht."
„Will Jan heiraten?"
„Hmpf", sie schob sich eine Gabel voll Gemüsereis in den Mund, der ihre Worte erheblich dämpfte, „klar und zwar lieber heute, als morgen."
„Shit. – Er will doch nicht etwa auch Kinder?"
Sie stöhnte mit vollem Mund. „Schon irgendwann, aber damit liegt er mir wenigstens nicht täglich in den Ohren."
Mitleidig musterte ich den Fisch auf ihrem Teller. „Was willst du?"
„Keine Kinder." Sie hieb wieder auf den Fisch ein. „Ich will malen, mit Jan Spaß haben. Endlich habe ich Erfolg als Malerin, ich bin richtig gefragt und verdiene sogar Geld damit. Habe ich nicht das Recht, das alles in Ruhe auszukosten?"
Mein erster Impuls war, dass sie natürlich ein Recht darauf hatte, der zweite aber fragte, ab wann so ein Recht in einen Egotrip ausartete? Tom hätte mich auch liebend gern mehr um sich, doch ich beharrte genauso wie Sylvie auf einem hohen Maß an Eigenständigkeit.
„Na ja", erwiderte ich zögernd, „unsere biologischen Uhren ticken ja noch nicht ganz so laut. – Kannst du dir so eine staatlich anerkannte Familie vielleicht in absehbarer Zukunft vorstellen?"
Sie schüttelte stumm den Kopf. Ich zuckte ergeben die Schultern. Mit der Antwort hatte ich gerechnet. Blöde Situation.
„Könntest du es dir vorstellen, Marie? Du wolltest doch immer heiraten und Kinder haben. Wie ist das bei Tom und dir?"
Da hatte sie recht. Grübelnd schlürfte ich an meinem Wein. Karsten hatte ich jahrelang deswegen bedrängt, ihn massiv unter Druck gesetzt, doch heute hatte ich Caspar, Melchior und Balthasar und mit Tom einen wunderbaren Partner und Freund. An Kinder und heiraten hatte ich schon ewig nicht mehr gedacht. Und wie immer, wenn ich bewusst über mein jetziges Leben nachdachte, breitete sich dieses warme Glücksgefühl in mir aus.
„Weißt du, Sylvie", mir wurde in diesem Moment einiges klar, „damals habe ich geglaubt, mit einer Hochzeit und Kindern die

Leere in meinem Leben und in mir füllen zu können. Ich dachte, wenn wir erst einmal eine Familie haben, dann ist unsere Beziehung richtig. Doch heute weiß ich, dass das ein fataler Trugschluss war. Meine Leere wäre noch deprimierender geworden, noch dazu mit dieser Verantwortung am Hals. – Ich glaube, wenn man das Leben führt, das man sich wünscht und mit sich und seiner Welt im Reinen ist und wenn dann da noch von beiden Seiten Kinder oder Heiraten reinpassen, dann sollte man das so machen, ansonsten nicht. Ist allerdings nur meine Theorie und für Tom und mich ist das alles bisher kein Thema gewesen."

Ganz nebenbei war ich das erste Mal richtig froh, dass ich mit Toms Eltern keine Schwierigkeiten haben konnte, weil sie nicht mehr lebten, obwohl das ziemlich unfair war. Ich war froh, dass niemand an mir herumnörgelte und wir auch ansonsten keine schweren Altlasten mit uns herumschleppten. Außer Christelle, meiner toten Vorgängerin.

„Ich kann mir einfach nicht vorstellen", seufzte Sylvie mit ehrlichem Kummer, „dass Kinder irgendwann in mein Leben hineinpassen könnten. Sie nerven mich schon bei unseren Bekannten und Freunden. Wie könnte ich da eigene dauernd ertragen? – Ich werde wohl den Köberles allesamt klar machen müssen, dass mir meine Bilder genug Sinn ins Leben bringen und ich keine Kinder zusätzlich brauche."

„Perfekt", lobte ich, „schenk Jans Mutter vorher ein Bild von dir, das wird ihr super schmeicheln und ihren Stolz auf die ansonsten missratene Schwiegertochter anstacheln."

Sylvie verdrehte die Augen und zupfte sich eine Gräte aus dem Mund. „Du spinnst", nuschelte sie dazwischen, „die Tour zieht bei der nicht. Die kann mit meiner Malerei rein gar nichts anfangen."

„Einen Versuch wäre es wert. Vielleicht sollte es nicht unbedingt ein Akt von Jan sein oder etwas total Abstraktes. Aber eine schöne Studie oder ein nettes Aquarell á la Winkel vor Grünten im Sonnenuntergang." Sie quiekte begeistert auf, verschluckte sich vor Lachen. Mein Handy summte mir im gleichen Moment seine SMS-Melodie. Ich machte eine entschuldigende Handbewegung und griff in meine Handtasche. „Von Tom", erklärte ich abwesend, während ich die knappen Zeilen

überflog. Sylvie widmete sich ihrem Fisch. „Jan meldet sich erst, wenn diese Geburts-Sauerei vorbei ist und sich Stute und Fohlen standesgemäß idyllisch präsentieren."
Verwirrt schaute ich sie an. Idyllisch? „Jan hat dafür Tom angerufen", erwiderte ich mit leichter Beunruhigung, „er soll sofort nach Winkel kommen, weil es Schwierigkeiten bei der Geburt gibt und er seine Hilfe braucht. Wir treffen uns dann nachher alle im Stall. – Shit", ich stopfte das Handy wieder in die Handtasche, „er wollte früh ins Bett, denn er hat morgen in aller Herrgottsfrühe schon Termine." Ein Blick auf die Uhr am Handy sagte mir, dass es gerade mal halb neun war. Früher, als ich erwartet hatte.
Sylvie musterte mich mit gerunzelter Stirn über ihr Glas hinweg. „Wieso soll gerade Tom ihm helfen? Sorry, Marie, aber der ist kein Tierarzt und so ein Fohlen braucht wohl kaum jetzt schon einen Schmied, oder? Und die Mutter sollte auch andere Sorgen haben, als ein Satz neuer Hufe?"
Wider Willen musste ich lachen. Eigentlich war das nicht witzig. „Stimmt. Aber auch wenn Tom kein Tierarzt ist, so hat er doch große Erfahrung mit Geburten, mehr vielleicht als mancher Tierarzt. Er und Christelle", ich würgte kurz an dem Namen, „haben schließlich Haflinger gezüchtet und das sehr erfolgreich."
„Aha", Sylvie musterte mich spöttisch, „ist ja interessant. Sag doch noch mal Christelle, Marie, das klang so schön gespuckt. Höre ich da etwa ein schleichendes Problem?"
Ich wurde rot und griff hastig nach meinem Weinglas, in das ich mein Gesicht tunkte.
„Alles klar, Marie. Bei mir sind es die mitgelieferten Schwiegereltern, manchmal auch Jans diverse Studienmädels und bei dir die tragische Christelle. Manchmal fände ich es genial, wenn es einen Formatierungsbefehl für menschliche Vorgeschichten gäbe. Einfach mal bei Bedarf die Festplatte mit den verschiedenen Altlasten löschen und glücklich von vorne anfangen."
„Fantastische Idee! Dumm nur, dass einem dann eventuell auch diverse wichtige Erkenntnisse durch die Lappen gehen, oder?"
„Ach", Sylvie schob seufzend ihren mit Gräten übersäten Teller

von sich weg, „wozu braucht man all diesen negativen Schrott? Wäre doch mal traumhaft, so ohne jeden emotionalen Ballast, ohne Ängste und Misstrauen in eine Beziehung zu gehen. Unschuldig und unbefleckt." Sie grinste frech.
„Durchaus, Sylvie", ich prostete ihr lachend zu, „aber das mit dem unbefleckt hat bei Mutter Maria schon nicht funktioniert. Warum sollte es heute klappen?"
„Miese-Marie!" Wir johlten übermütig los, reizten den Witz noch ein wenig weiter aus und bestellten uns unseren kalorienhaltigen Nachtisch samt Espresso.
Eine knappe halbe Stunde später klingelte mein Handy erneut. Dieses Mal rief Tom persönlich an. Ich meldete mich kichernd, in der Annahme, dass Tom uns von der glücklichen Geburt eines zauberhaften Fohlens samt stolzer Mutter berichten würde und dass wir natürlich sofort kommen sollten, um darauf anzustoßen. Kommen sollten wir tatsächlich sofort, wie Tom mir aufgeregt ins Ohr brüllte, doch nur deshalb, weil das Fohlen feststeckte, wo auch immer, und sie jemanden mit kleinen Händen und viel Kraft brauchten. „Und das kannst nur du, Marie. – Also bewegt euch ein bisschen schneller, sonst krepieren uns Stute und Fohlen!" Reichlich überfordert starrte ich mein Handy an. Tom war schon weg.
„Was ist passiert?" Sylvie musterte mich bestürzt.
„Wir sollen sofort kommen", erklärte ich zögernd, „sie brauchen für irgendwas meine Hilfe. Die Pferde sterben sonst." Ich atmete tief durch. Wie auch immer, an dem Problem kam ich wohl nicht vorbei. „Dann lass uns mal zahlen und sputen."
„Und der Nachtisch?" Sylvie wischte ärgerlich über den Tisch. Mit einem wehmütigen Blick auf meine warmen Apfelküchlein voll süßem Puderzucker zuckte ich die Schultern.
„Tom sagt sofort. Und dann meint er auch sofort. Hilft nix, Sylvie."
Sie murrte halb ärgerlich, halb ängstlich und hob abwehrend die Hände, während ich schon auf den Beinen war. „Nee jetzt! Du glaubst doch nicht ernsthaft, dass ich dich in diesen Stall begleite?"
„Du wirst mich zumindest nach Winkel fahren müssen. Ob du den Stall betrittst oder nicht, ist dann ganz allein deine Entscheidung. Meinetwegen kannst du auch hierher zurückkehren.

Also, komm jetzt endlich, wir zahlen vorne an der Theke, dann geht es schneller."
Wüst fluchend folgte sie mir durch das Gewühl der Menschen. Wir zahlten unter den bedauernden Blicken des Kellners, der sich wohl noch ein Gespräch mit Sylvie erhofft hatte, und ich zerrte Sylvie im Laufschritt hinter mir her zur Tiefgarage.
„Mit der Rennerei übertreibst du es jetzt aber total!"
Ich ließ diesen Satz unkommentiert stehen, denn ich hatte Toms drängende Stimme im Ohr und etwas in mir sagte mir, dass die Zeit tatsächlich gegen uns lief. Sylvie krachte durch die Stadt. Es war eine der wenigen Fahrten mit ihr, wo ich dankbar für ihren brachialen Fahrstil war. Das Tal lag längst im Dunkel, aber oben am Burgberger Hörnle entfachte jemand just in dem Moment ein Feuer, wo wir aus Sonthofen Richtung Winkel rasten und das Gipfelkreuz leuchtete grell in die Nacht. Das war kein gutes Zeichen. Mein Herz fing unruhig an zu klopfen.

2. Kapitel

... und nicht jeder Anfang ist glücklich!

Sylvie brachte den Kombi mit quietschenden Reifen im Hof der Köberles zum Stehen. Toms Geländewagen stand quer am Tor, genauso wie zwei andere Autos. Anscheinend waren an der Sache noch mehr Menschen beteiligt.

„Du wartest hier?" Ich stellte die Frage nur pro forma, denn ihre Haltung sprach Bände. Sie saß mit abweisendem Blick und verschränkten Armen am Steuer. „Natürlich. Meinst du, ich will freiwillig meinen Fisch wieder von mir geben? – Gib mir Bescheid, wenn der Stall begehbar ist."

„Okay", ich strich ihr sanft über die Schulter, „ansonsten kannst du auch gerne heim zum Stadel fahren und dort warten." Aber sie schüttelte stur den Kopf und ich stieg aus. Mit unsicheren Schritten ging ich zum Stalltor hinüber. Ich hatte keine Ahnung, was mich erwarten würde, keine Vorstellung, wie es aussah, wenn eine Geburt, aus welchen Gründen auch immer, nicht so verlief, wie sie eigentlich sollte. Doch mir schwante nichts Gutes. Tief Luft holend schob ich das Tor einen Spalt weit auf.

Der Gang war dunkel, ich hörte das nervöse Scharren, Schnauben und Schütteln der anderen Pferde. Die Atmosphäre war von einem Atemzug zum anderen aufs Äußerste gespannt. Auf Zehenspitzen trat ich weiter in den Stall. Am anderen Ende sah ich gedämpftes Licht und drei Menschen vor einer geöffneten Boxentür. Zwei erkannte ich als Jans Eltern, den alten Köberle und Sylvies ungeliebte Schwiegermutter. Als ich näher herankam, erkannte ich in dem anderen einen Mann mittleren Alters, der mit Anzug und Krawatte seltsam fehl am Platz wirkte. Caspar saß brav abgelegt daneben. Leise trat ich erst zu Caspar, um ihn zu begrüßen, dann zwischen die drei, grüßte zurückhaltend, wagte ein unsicheres Lächeln und einen ersten Blick in die Box.

Jan und Tom hockten bei der liegende Stute. Sie war nicht sehr groß, auf den ersten Blick hielt ich sie für eine Welsh- oder Arabermischung, sehr zierlich, fuchsfarben, hatte eine lange goldfarbene Mähne und hohe weiße Stiefel an allen vier Beinen.

Ein hübsches Tier, doch sie schwitzte stark, Feuchtigkeit machte die Luft in der Box bedrückend schwer, ihre Atmung ging stoßweise, gequält, immer wieder schlug sie mit Kopf und Beinen, als wolle sie sich aufrichten oder von etwas befreien. Dieses Etwas wölbte ihren Bauch so auf, dass er aussah, als drohte er jeden Moment zu platzen. Hektisch rieb ich meine Finger an meiner Jeans ab. „Bin jetzt da", flüsterte ich zu Jan und Tom gewandt. Ein Hauch von Lächeln und Erleichterung huschte über Toms Gesicht. Jan schaute an mir vorbei in den Gang.

„Sylvie wartet draußen", erklärte ich linkisch, mit einem Wink hinter mich, „im Auto."

Er nickte, verzog den Mund zu etwas, was ein Lächeln hätte sein können. „Was soll ich tun?" Tom stand umständlich auf. Ich sah jetzt deutlich die Erschöpfung und Sorge in seinen Augen.

„Hände waschen", er fasste mich am Arm, zog mich ein paar Schritte mit sich zu einer Tür, hinter der sich eine Toilette und Waschbecken befanden, „und zwar gründlich." Ich tat wie er wünschte, schrubbte mir Hände und Arme mit Seife und heißem Wasser ab. Es beruhigte mich ein wenig. „Was ist mit dem Fohlen?", fragte ich, während ich mir versonnen die Hände mit dem Handtuch abtrocknete, das er mir reichte. „Es liegt falsch", antwortete er knapp, „Jan wird es dir erklären." Ich nickte ergeben und folgte ihm zurück in den Stall. Wir drückten uns an Jans Eltern und dem fremden Mann vorbei in die Box. Scheu blieb ich hinter der Stute stehen, sah den dünnen Faden Blut, der aus dem Tier heraussickerte. Das kam mir schrecklich falsch vor und erst jetzt bemerkte ich, dass auch das Stroh überall mit Blut beschmiert war. Eine Gänsehaut zog sich meinen Rücken hinauf. Was auch immer Jan von mir erwarten würde, ich fürchtete schon jetzt, dass es eine Nummer zu groß für mich sein würde. Jan lächelte mich beruhigend an, klopfte mit einer Hand neben sich auf das Stroh.

„Hock di na, Marie."

Ich ging gehorsam neben ihm in die Knie. Doch bevor Jan mit seiner Erklärung anfangen konnte, baute sich der Mann im Anzug breitbeinig über uns auf.

„Was treiben Sie hier eigentlich, Köberle?", keifte er uns an.

„Erst schleppen Sie diesen unfähigen Schmied hier an und jetzt auch noch diese Frau, die offensichtlich von nichts eine Ahnung hat! Holen Sie endlich das verdammte Fohlen da raus und gut ist! Oder ich rufe einen Tierarzt, der sich mit Pferden auskennt!"
Jans Miene versteinerte augenblicklich, ich warf einen flüchtigen Blick zu Tom hoch, der den Mann mit verächtlichen Augen musterte. Mein Tom, ein unfähiger Schmied? Mein Tom in schmierigen, blutbefleckten Jeans, der beste, den es hier in der Gegend gab. Es war eine leise Wut, die da in mir hochstieg und noch hatte ich sie unter Kontrolle, doch der Kerl musste sich vorsehen.
„Dieses Fohlen wäre ohne Ihre Ignoranz überhaupt nicht da hinein gekommen", erwiderte Jan mit verhaltenem Zorn, „und im Gegensatz zu Ihnen weiß ich wenigstens, was ich mache. Raus jetzt hier!"
Der Mann trat überraschenderweise tatsächlich zwei Schritte zurück, so dass er wieder an der Tür stand. „Warum schneiden Sie die Stute dann nicht endlich auf?"
Verwirrt starrte ich auf den monströs aufgeblähten Bauch der Stute. Ein Kaiserschnitt?
„Weil es dafür längst zu spät ist", Jans Stimme war gefährlich still und Tom ging neben mir in die Knie, „das habe ich Ihnen jetzt schon mehrfach erklärt. Aber ich erkläre es noch einmal: Ein Kaiserschnitt hätte schon heute Nachmittag passieren müssen, als hier noch niemand wusste, dass der Vater des Fohlens ein riesiger Friese ist. – Und jetzt halten Sie endlich die Schnauze, damit wir retten können, was noch zu retten ist. – So Gott will."
Die letzten Worte hatte er schon der Stute zugewendet geflüstert. Die Haare in meinem Nacken sträubten sich erneut. Ein Friese, eines dieser mächtigen, rabenschwarzen Pferde hatte diese zarte Stute gedeckt? Wie hatte das passieren können? Verwirrt schaute ich zwischen Jan und Tom hin und her. „Ist das Fohlen zu groß?"
Die beiden nickten synchron. „Und es liegt falsch, wie schon gesagt", Tom drückte beruhigend seine Hand auf meinen Rücken, „erklär's ihr endlich, Köberle."
Jan seufzte, rieb sich seine Wangen, dass die Bartstoppeln

kratzten. Auch er hatte dunkle Flecken auf seiner Jeans, wie ich jetzt bemerkte, und sein T-Shirt war ebenfalls voller Blut. Mir wurde etwas flau im Magen, das thailändische Reisgericht schwappte unruhig darin herum. „Okay, Marie“, er atmete tief durch, „das Fohlen ist zu groß, entsprechend schon viel zu lange im Bauch der Stute, übertragen. Sie lag schon, als ich vorhin kam. Wir vermuten, dass der Kopf des Fohlens nach hinten verdreht ist und ein Vorderbein liegt unter seinem Bauch. Die Wahrscheinlichkeit, dass es sich mit den nächsten Wehen, die es an das Becken der Stute drücken, das Genick bricht, ist fast hundert Prozent. Wir schieben es von außen schon dauernd zurück. Toms und meine Arme sind zu kräftig, um das Fohlen von innen zu drehen, deswegen brauchen wir dich, weil du Kraft in den Armen und Händen hast, aber schmäler gebaut bist als wir.“

Ich nickte langsam. So weit konnte ich der Sachlage grob folgen. Mein Blick schweifte über die Stute hinweg, die nass vom Schweiß, keuchend und bebend vor mir lag, und blieb an der Stelle hängen, wo das Fohlen eigentlich glücklich das Licht der Welt, dieses Stalles erblicken sollte. Ich schluckte. Ich musste hinein, wo es hinaus sollte. Wie hatte Sylvie es vorhin doch noch so anschaulich beschrieben? Jan steckt bis zur Schulter im Hintern einer Kuh. In diesem Fall sollte ich es sein, die steckte, noch dazu in einer Stute, deren Fohlen zu groß war, das zu lange schon festhing und sich mit jeder weiteren Wehe das Genick brechen konnte. Diese weitere Wehe baute sich just in diesem Moment auf. Tom griff blitzschnell an mir vorbei und drückte mit aller Kraft gegen die Bauchkugel. Die Stute bäumte sich im Liegen auf, ihre Beine schlugen gefährlich an uns vorbei. Erschrocken zuckte ich zurück.

Seltsam gelassen reichte Jan mir einen langen Latexhandschuh. „Hier, streif den drüber“, er lächelte sanft, „dann mach ich den ordentlich glitschig …“

Ich spürte genau, wie sich meine Kiefer vor Anspannung verschoben und nickte notgedrungen. Mit zittrigen Händen zerrte ich mir das dünne Gummi über die Finger und den Arm. Es reichte mir bis zur Schulter. Dann rieb Jan meinen Arm mit einem Gel ein, das nach Lavendel roch. Mir wurde wieder flau. Tom rückte ein wenig zur Seite und Jan nickte mir ermutigend zu. „Langsam, Marie“, unsicher zwängte ich meine Finger in das rosige Fleisch der Stute, „ganz langsam. Fühl erst einmal ein wenig herum, bis du ungefähr weißt, wie das Fohlen liegt. Dann sag mir, was du fühlst. Und erschrick nicht, wenn die Wehen wieder kommen. Sie sind so stark, dass sie dir wehtun können. Wenn es irgend geht, dann versuch in diesem Fall das Fohlen in den Bauch zurück zu drücken. Okay?“

„Okay“, ich atmete tief durch und schob meinen Arm weiter in die Stute hinein. Es war sehr warm, mir brach sofort der Schweiß aus, mein Herz klopfte wie nach einem Dauerlauf. Dann ging es nicht mehr weiter, ich stieß auf Widerstand. Unsicher bewegte ich meine Finger, mehr ging in der Enge nicht. Ich steckte tatsächlich bis fast zur Schulter in der Stute. Das, was ich ertastete, konnte ich zuerst nicht zuordnen. Instinktiv schloss ich die Augen, fühlte, ließ das Bild eines Fohlens im Mutterleib in mir entstehen.

Doch das Bild stimmte nicht. Dort wo der Kopf sein sollte, war eine glatte Fläche. Mein Hirn bemühte sich mit aller Kraft, die Reize, die es von den Händen bekam zu einem sinnvollen Ganzen zusammenzusetzen. Da war etwas Langes – vorne hart. Da musste ein Bein sein. Ein Puzzelstück fügte sich ans nächste, denn ich fand mit den äußersten Fingerspitzen ein weiteres Bein, das nach hinten weggeknickt zu sein schien. Konzentriert presste ich die Augen zu. Fühlen, nur noch fühlen. Dann kam eine neue Wehe, die mir den Arm schier zerquetschte. Im letzten Moment erinnerte ich mich daran, dass ich das Fohlen halten sollte. Mit aller Kraft stemmte ich mich gegen die Stute. Das Blut rauschte mir in den Ohren, ich hörte mein Keuchen, doch ich fühlte nur noch. Brust, Hals, kein Kopf. Hektisch tastete ich in der Stute herum. Wo war der Kopf. Etwas Langes, das spitz zulief, kam in meine Finger. Ein Ohr? Schwer atmend lehnte ich meine Stirn gegen den Schenkel der Stute.

„Ein Bein ist unter dem Bauch, das andere ist vorne“, erklärte ich Jan und Tom, „der Kopf ist in einem Bogen nach hinten geschoben, ich glaube, er liegt etwas schief. – Was soll ich tun?“

Tom rieb mir kräftig den Rücken. Das tat so gut. Doch ich sah sehr wohl unter meinen Wimpern hindurch den ernsten Blick, den er mit Jan tauschte.

„Das hast du gut gemacht, Marie, sehr gut“, lobte Jan betont

ruhig, „kannst du versuchen, den Kopf nach vorne zu holen? Du darfst aber nirgendwo ziehen. Versuch um den Hals oder die Stirn herum zu greifen."
Ich nickte und schob mich weiter in die Stute hinein, bis meine Finger an das stießen, was ich für den Nasenrücken hielt. Tom rutschte von mir weg am Bauch der Stute vorbei.
„Bist du hier, Marie?", fragte er mit einem leichten Druck auf die Stelle, wo sich tatsächlich meine Hand befand. Ich nickte.
„Gut", ein aufmunterndes Blitzen aus seinen Augen traf mich, „sag mir, wenn du den Kopf zu dir ziehst, ich schiebe dann von außen." Noch einen Atemzug lang gab ich mir Zeit, dann nickte ich Tom zu. „Jetzt!" Ich griff mit aller Kraft nach dem glitschigen Kopf, spürte Toms Druck von außen und zog ihn zu mir her. Sofort rutschte ich ab, suchte hastig mit meinen Fingerspitzen erneut nach dem Kopf des Fohlens.
„Warte", keuchte ich, „drück von unten, nicht von oben." Endlich erwischte ich etwas, was sein Kinn sein konnte und zwängte zwei Finger darunter. „Jetzt noch mal."
Tom bohrte seinen Handballen in den Bauch der Stute, was den Kopf unter meinen Fingern leicht anhob, ich zog hektisch an dem Stück, das meine Finger umklammerten, glitt aber immer wieder ab. Trotzdem flutschte sein Kopf langsam dorthin, wo für mein Empfinden eigentlich sein Vorderbein liegen sollte. Immerhin schaute es so nach vorne. Die Stute ruckte bei unserer Arbeit nur noch schwach mit den Hinterbeinen. Blut rann warm unter meinem Arm aus dem Tier heraus. Ungläubig schaute ich an mir herunter ins Stroh. Ich kniete in einer Lache, die sich langsam, aber stetig ausbreitete, meine Hose war dunkel und nass, die hellen Halme rot gefärbt. Für ein paar Atemzüge lang wurde mir fast schwarz vor Augen, mir war speiübel. Der metallische Geruch von Blut hing mir in der Nase, gemischt mit etwas, was ich nicht zuordnen konnte, mein Schweiß und Stalldämpfe.
Wieso hatte ich nicht auf Sylvie gehört? Die saß jetzt sauber in Jans Auto und wartete, bis der Stall wieder begehbar war. Aber würde er das jemals wieder sein? Durfte diese kleine Stute so bluten? Nele hatte damals bei ihren Zwillingen nicht so geblutet. Das war trotz allem eine saubere Geburt gewesen. Verwirrt hob ich den Kopf und sah direkt in Toms schmale

Augen. „Vielleicht überlebt das Fohlen. – Aber wir haben nicht mehr viel Zeit.“

Schlagartig füllten sich meine Augen mit Tränen. Hatte ich etwas falsch gemacht?

Jan rutschte behutsam näher zu mir, mitten in die Lache hinein. „Sie wird schon länger innere Blutungen haben, Marie“, erklärte er leise, mit einem Finger auf die Lache zeigend, „und jetzt, wo das Fohlen anders liegt, läuft es aus ihr heraus.“

Hinter mir hörte ich, wie sich jemand übergab. Halb aus den Augenwinkeln sah ich Sylvie, die sich gebeugt wegdrehte. Wieso war die hier?

„Was ist mit der Stute, Köberle? Haben Sie es jetzt endgültig verpfuscht?“ Der Schatten des Mannes im Anzug fiel über uns, doch er wagte sich nicht näher heran. Ich schaute nicht auf. Mein Hirn versuchte mit letzter Konsequenz zu verstehen, was diese inneren Blutungen in diesem Fall genau bedeuteten. Währenddessen griff Jan hinter sich in seinen Arztkoffer nach einem Stethoskop, mit dem er den Leib der Stute abhorchte.

„Hier gab es von Anfang an nichts mehr zu verpfuschen“, konterte Jan scharf, ohne den Mann eines Blickes zu würdigen, „Mit Ihrer Dummheit haben Sie schon vor elf Monaten ganze Arbeit geleistet, da gab es für mich nichts mehr zu tun. – Aber immerhin lebt das Fohlen noch.“

Verwirrt fing ich Toms Blick auf, er schüttelte leicht den Kopf. Meine Gedanken wirbelten in mir herum. Das Fohlen lebte, aber die Stute würde sterben? Innere Blutungen waren meistens bedrohlich und besorgt musterte ich das erschöpfte Tier vor mir, das noch immer zusätzlich zu seinem großen Fohlen meinen Arm in sich ertrug. Ihr Gesicht war eingefallen, die Augen halb geschlossen, ihr Atem ging flach und stoßweise. Tom rieb ihr sacht den Hals und die Ohren, doch sie reagierte nicht. Zögernd, aber erschreckend deutlich wurde mir klar, dass die kleine Stute aufgegeben hatte. Ihr Lebenswille sickerte unaufhaltsam mit ihrem Blut aus ihr heraus. Was würde aus ihrem Fohlen werden, wenn sie starb? Konnte es ohne sie überleben?

„Ich werde Sie verklagen, Köberle!“, giftete es wieder hinter meinem Rücken. „Sie hätten gleich einen Kaiserschnitt machen müssen! Den Verlust der Tiere werden Sie bezahlen!“

Jan wurde blass vor unterdrückter Wut, ich sah seine Kiefer malmen, doch er beherrschte sich. „Ich habe eigentlich keine Zeit für so etwas wie Sie“, erwiderte er böse, „die Stute verblutet schon seit Stunden innerlich, was ich nicht wissen konnte, und sie lag auch schon seit Stunden, was ich nicht wusste, als ich abends kam, um eine angeblich normale Geburt zu überwachen und genauso wenig konnte ich ahnen, dass der Vater des Fohlens ein Großpferd ist. Und jetzt halten Sie den Mund! – Marie“, er wendete sich zu mir, „versuch das Bein nach vorne zu holen. Egal wie, solange du nicht dem Fohlen das Bein brichst. Alles andere ist egal.“
„Dann schläfern Sie das Tier halt endlich ein, wenn nichts mehr zu machen ist. Die Stute gehört mir, ich bestimme, was mit ihr geschieht. Was soll das jetzt noch mit dem Fohlen?“
Ich zögerte, denn theoretisch hatte der Mann recht, die Stute gehörte ihm, doch weder Jan noch Tom beachteten ihn weiter. Ich nickte und holte tief Luft. Eine schwache Wehe umklammerte meinen Arm, mühsam fummelte ich trotzdem nach dem Bein des Fohlens. Es musste sich bewegt haben, seitdem wir seinen Kopf befreit hatten, denn das Bein schien mir mehr gewölbt, nicht mehr unter seinen Leib gequetscht. So weit, wie mein Arm reichte, tastete ich mich zum Huf des Fohlens vor, zog dann behutsam, aber beständig. Je weiter ich zog, desto mehr Blut lief mir über den Arm, mir wurde merklich flau und ich schloss die Augen. Nicht hinsehen. Unendlich langsam schien sich das Bein nach vorne zu bewegen, Schweiß brannte mir in meinen zusammengekniffenen Augen, mein Arm wurde fast lahm vor Anstrengung, mein Rücken schrie vor Schmerz, doch ich zog immer weiter.
„Nicht erschrecken, Marie“, hörte ich Jans ruhige Stimme, „ich spritze jetzt ein Wehenmittel, es wirkt recht schnell. Hol das Bein vor.“
Ich nickte, meine Stirn an den Schenkel der Stute gedrückt. Mit der freien Hand hielt ich mich an ihr fest und zog. Mit dem Moment, wo der kleine Huf endgültig nach vorn rutschte, kam mir ein Schwall Blut entgegen. Entsetzt riss ich meinen Arm aus der Masse und übergab mich ins Stroh neben mir. Tom war sofort an meiner Seite, drückte mich an sich, bis ich wieder Luft bekam. Stumm reichte er mir dann ein sauberes

Handtuch, das in all dem Blut seltsam fremd wirkte. Ich vergrub mein Gesicht in der rauen Baumwolle, wischte mir dann meine blutigen Arme ein wenig ab, rollte den Latexhandschuh herunter.

Nur Sekunden danach bäumte sich der Leib der Stute unter einer mächtigen Wehe auf, Tom zwängte seine Hand in sie hinein, fasste konzentriert im Rhythmus der Wehe nach dem Fohlen, dessen Hufe plötzlich zu sehen waren. Jan schob von außen, die Beine erschienen, dann die Nase, alles überzogen von einer weißlichen Haut, die eng an dem Tierchen klebte. An der musste ich dauernd abgerutscht sein. Mit angehaltenem Atem starrte ich auf das Stück Fohlen vor mir, Tom hatte es mit beiden Händen gefasst, und wieder baute sich eine Wehe auf, die das Kleine bis zu den Schultern hinausdrängte. Jan packte jetzt ebenfalls mit an und gemeinsam holten sie das Fohlen auf die Welt. Ich weinte, ohne es zu merken, rieb mir mit meinen schmuddeligen Händen die Tränen von meinen Wangen. Tom befreite das schmale Gesicht von der Haut, die Nüstern blähten sich erschrocken, große schwarze Augen schauten uns an.

Der Moment der Freude währte nicht lang, denn die Stute starb. Sie starb leise, beherrscht, so wie sie ihr Fohlen zur Welt gebracht hatte. Für ein paar Atemzüge lang hielten wir inne, erfüllt von einer seltsamen Leere. „Gute Reise", wünschte ich ihr in Gedanken, „und komm gut heim!"

Dann reichte mir Jan schweigend ein paar Handtücher. „Reib ihn kräftig ab, Marie, seine Mutter kann das nicht mehr für ihn machen."

Ich schluchzte unfreiwillig auf und zog die Nase hoch. Tom küsste mich flüchtig auf die Wange, rubbelte gleichzeitig energisch an dem Fohlen herum, das vollkommen erschöpft zwischen uns lag.

„Was soll das jetzt, Köberle?", hörte ich den Mann wieder hinter uns, dieses Mal wagte er den Schritt in die Box, „schläfern Sie sofort das Fohlen ein. Was soll ich mit dem ohne die Mutter?"

Ich war am Rand eines hysterischen Anfalls! Nicht nur, dass unser Abend von Sylvie einfach über den Haufen geworfen worden war, wo Tom und ich doch eigentlich längst friedlich im Bett liegen wollten, und uns zusätzlich diese schlimme

Geburt ereilt hatte, nein, wir mussten uns auch noch mit diesem Mann herumschlagen, der, seit ich ihn kennenlernen musste, mein Bild von einem unnötigen Menschen mal wieder perfekt machte!
„Raus hier“, fletschte Tom zwischen seinen Zähnen hervor, „aber sofort!“
Doch der Mann warf ihm nur einen verächtlichen Blick zu. „Von einem dämlichen Schmied lasse ich mir nichts sagen!“
Dämlicher Schmied tönte in meinen Ohren ganz schlecht. Ich ließ langsam mein Handtuch fallen und drehte mich um, doch Jan legte mir beruhigend die Hand auf meine Schulter.
„Ich töte keine gesunden Fohlen.“ Behutsam stand Jan auf, trat hart an den Mann heran, „und was Kompetenz bei Pferden angeht, sollten Sie hier zu Ihrem eigenen Besten endlich den Mund halten. Sie wollten das Fohlen, jetzt haben Sie es! Schon mal was von Verantwortung gehört?“
Der Mann trat unwillkürlich einen Schritt zurück, Jan überragte ihn um gut einen Kopf.
„Meine Tochter braucht ein Turnierpferd, kein mutterloses Fohlen. Wir haben keine Zeit, es großzuziehen. Also schaffen Sie es aus der Welt, wo es eh keine Chance hat. Oder halten Sie es wieder für besser, das Kleine langsam krepieren zu lassen, wie die Mutter?“ Eine wegwerfende Handbewegung demonstrierte seine Meinung eindeutig. „Es schaut ja nicht einmal aus wie ein Friese!“
Fassungslos betrachtete ich das zarte Stück Pferdeleben, dessen viel zu großen Kopf ich im Arm hielt. Nein, es sah nicht aus wie ein Friese. Zwar schien es schwarz oder dunkelbraun zu sein, doch seine Mähne war silbrig hell, eine kleine Schnippe zierte seine schwarze Nase und seine Hinterbeine waren wie die seiner Mutter hoch gestiefelt. Ich hätte nicht gedacht, dass eine solche Farbkombination möglich war, doch eigentlich sah es wirklich hübsch aus. Erst jetzt erkannte ich auch, dass es eine kleine Stute war. Plötzlich schoss Caspar zwischen uns, schleckte mir wild das Gesicht ab, sprang zu Tom und jaulte freudig. Eine Hand mit einer Wasserflasche schwebte von oben auf mich herab. Sylvie grinste mich mit grünlichem Gesicht an. „Meinst du, es würde auffallen, wenn wir den Typen einfach in der Jauchegrube versenken?“

„Bestimmt nicht“, antwortete Tom laut an meiner statt, „wahrscheinlich ist uns der Rest der Welt sogar dankbar dafür.“ Ich nickte, den Mann demonstrativ anstarrend. Er lief schlagartig rot an und trat einen weiteren Schritt nach hinten.
„Hören Sie“, klinkte sich Jan mit bemühter Verbindlichkeit ein, „es gibt Fohlenhöfe, die Waisen aufnehmen, wir können eine Amme für die Kleine suchen. Sie müssen sie nicht alleine in Tag- und Nachtschichten aufziehen.“
„Ach, und wer soll das bezahlen, Köberle?“
„Herr Doktor Köberle, heißt das immer noch“, Sylvie schob sich mit einem bösen Lächeln neben den Mann, „Doktor ist ein Titel, der zum Namen gehört, wie Sie sicherlich wissen.“
Irritiert musterte der Mann Sylvie in ihren engen Jeans, schwarzen Stiefeln und ihrem schulterfreien T-Shirt. Sie war Fleisch gewordenes Männergift. Es war unpassend, doch ich musste leise lachen.
„Wie wäre es damit, wenn derjenige, der dieses Fohlen zu verantworten hat, dafür zahlt?“, säuselte Sylvie weiter und piekte dem Mann mit ihrem Zeigefinger in die Brust. „Sie vielleicht?“ Sie blinzelte ihn anzüglich an.
Etwas wie Panik mischte sich in die wütende Miene des Mannes und er wich weiter zurück.
„Dafür habe ich kein Geld. Meine Tochter braucht ein neues Pferd!“
„Ah ja, natürlich“, sie piekte ihn systematisch aus der Box, „klar. Ihre Tochter ist sicherlich eine zukünftige Olympiasiegerin, oder? Sooo talentiert!“ Der Mann nickte blöde. Mir wurde die Szene langsam peinlich.
„Wenn Doktor Köberle das Fohlen nicht einschläfert“, mit letzter Kraft versuchte er Sylvie standzuhalten, „dann rufe ich halt einen anderen Tierarzt, irgendeiner wird das schon erledigen!“
„Keiner“, Jan schüttelte mit müdem Lächeln den Kopf, „meine Hand drauf.“
Tom fasste mich am Arm, verwirrt schaute ich zur Seite, direkt in seine Sehschlitze. Sein Gesicht war unendlich müde, er hatte Schatten unter den Augen, doch etwas an ihm strahlte mit verstörender Intensität. „Was ist?“
Ein schiefes Grinsen schlich sich in seine Mundwinkel und er

nickte leicht nach unten, zu dem Fohlen, das niemand wollte, das nicht aussah wie ein Friese, dessen Mutter bei seiner Geburt gestorben war und das in absehbarer Zeit auch nicht einem ambitionierten Töchterchen Olympia und eine Goldmedaille ein wenig näherbringen würde. Toms Blick hielt mich fest und ich nickte. Bedächtig stand er auf, trat durchaus freundlich zu Jan und dem Mann.

„Ich hätte da einen Vorschlag“, sogar ein Lächeln brachte er zustande, „Sie überlassen das Fohlen mir und meiner Lebensgefährtin. Entweder wir kriegen die Kleine durch, oder wir sind die Dummen, die sich mit dem Kadaver rumschlagen müssen. Sie sparen sich sogar die Kosten für die Euthanasie und so wie ich Herrn Doktor Köberle kenne, wird er Ihnen die Rechnung für die Geburt erlassen, wenn Sie uns dafür das Fohlen geben, oder Jan?“

Jan nickte, obwohl er völlig verblüfft war. „Natürlich“, stotterte er, „keine Frage.“

Die Augen des Mannes schweiften einen kurzen Augenblick zögernd über die tote Stute, die Blutlache, in der wir noch immer hockten und das schwache Fohlen in meinem Arm, dann nickte er und wischte ergeben mit den Händen durch die Luft. „Macht doch was ihr wollt. Ich habe die Schnauze gestrichen voll!“ Er wollte gleichzeitig die Box verlassen, doch Tom hielt ihn an der Schulter zurück, streckte ihm seine Rechte entgegen.

„Pferdehandel wird per Handschlag besiegelt!“

Ich sah den Ekel im Gesicht des Mannes, als er widerwillig nach Toms Hand griff, auf der noch getrocknetes Blut klebte, und sie flüchtig schüttelte. Ohne ein weiteres Wort verließ er den Stall und nur wenig später hörten wir in unser Schweigen hinein den Motor eines sich entfernenden Autos. Es war eine fassungslose Stille zwischen uns, die Geräusche der anderen Pferde machten sie umso deutlicher, als jeder von uns versuchte, das alles irgendwie zu begreifen. Mechanisch rieb ich an dem Fohlen herum, das jetzt unser Fohlen war.

Es war eigentlich wie bei Caspar, dachte ich wirr, den hatte auch niemand mehr haben wollen, als ich ihn in seinem Karton fand, oder wie bei meinem Melchi, der sich mit uns neue Menschen gesucht hatte. Balthasar – ein Reststück der Gesellschaft

auf dem Weg zum Schlachter. Und ich fühlte mich selber noch immer viel zu oft als Gestrandete. Ich hatte nicht mehr in das Leben des Mannes gepasst, von dem ich glaubte, dass ich ihn liebte. Auch Tom war gestrandet ohne Christelle und seine Hunde, ohne die Pferde. Für einen friedvollen Herzschlag lang fühlte ich mich mit Christelle verbunden, die viele Fohlen in ihren Armen gehalten hatte.
„Hast du ein halbwegs steriles Gefäß dabei, Jan?“ Tom rieb sich erschöpft die Stirn.
„Wofür?“
Tom seufzte und warf einen scheuen Blick auf die tote Stute. „Ich will schauen, ob sie noch Biestmilch im Euter hat, und versuchen, sie abzumelken.“
Jan nickte verstehend. „Gute Idee, warte, ich schau mal nach.“
Sylvie und ich verstanden natürlich nichts und mir kam es auch reichlich morbid vor, eine tote Stute zu melken. Stattdessen bemühte ich mich lieber, dem lebenden Fohlen und Caspar ein wenig Wärme zu geben. Tom massierte derweil schon an dem Euter herum, ich musste mich unwillkürlich schütteln und schaute weg.
„Warum das, Tom?“ Sylvie verzog angewidert das Gesicht, Tom schaute kurz auf. Er lächelte leicht. „Diese Biestmilch oder auch Kolostrum genannt ist die Milch, die alle Säuger nach der Geburt brauchen, weil sie lebenswichtige Antikörper und Immunstoffe enthält, die das Baby vor Infektionen in der bösen Welt draußen schützen. Darum.“
Jan kam mit einer verschweißten Plastikflasche zurück. Seine Eltern waren wohin auch immer verschwunden, ohne dass es mir aufgefallen war. Er reichte Tom die Flasche und machte sich daran, das Fohlen endlich abzunabeln. Bisher hatte es noch keinerlei Anstalten gemacht, aufzustehen. Es hatte sich überhaupt noch nicht weiter bewegt. Meine Erfahrungen mit Fohlen beschränkten sich auf Neles Zwillinge, die beide schon kurz nach der Geburt auf allen Vieren gestanden und zielstrebig Neles Euter gesucht hatten. Für unsere Kleine gab es keinen Grund aufzustehen. Ihre Mutter wartete nicht auf sie. Ob sie wusste, dass sie alleine war? Ich nahm ihren Kopf und presste mein Gesicht an ihres. Wir rochen beide nicht besonders gut,

wir waren beide restlos erschöpft. „Aber du bist nicht allein, kleines Mädchen“, flüsterte ich ihr in die Ohren, „du hast jetzt Tom, mich, unseren Caspar, den Melchior und sogar beinahe ein Pferd, nämlich Balthasar, den sturen Esel. Wir kriegen das alle gemeinsam schon hin. Mach dir keine Sorgen.“
Natürlich konnte man sagen, dass ich da diverse Gefühle derbe vermenschlichte, doch die letzten anderthalb Jahre hatten mich erleben lassen, zu welch tiefen Gefühlen meine Tiere fähig waren. Gefühle, von denen sich mancher Mensch in Sachen Ehrlichkeit eine dicke Scheibe abschneiden konnte. Ich wiegte das Fohlen sacht im Arm und es schien mir, als entspannte es sich ein wenig.
Tom molk mit kräftigen Griffen die Stute. Sie hatte tatsächlich Milch im Euter. Sie war dicklich und gelb und sah sehr gesund aus. Jan nickte zufrieden.
„Das reicht fürs Erste, prima Tom. – Wie machen wir jetzt weiter?“
Unschlüssig mit den Schultern zuckend schaute Tom zu mir. Mir schwebte ein heißes Bad vor Augen, ein großer Schluck von Centas wunderbarem Schlehenschnaps, der einem auch den schlimmsten Schock sicher aus dem Magen brannte und ich sehnte mich nach einem warmen Bett. Aber das war wahrscheinlich vorerst wirklich nichts als Illusion. Ich schniefte leise, das Fohlen in meinen Armen wiegend. „Vielleicht fangen wir einfach mal damit an, dass wir alle zusammen diese Box verlassen?“, schlug ich vor, denn der Blutgeruch wurde irgendwie immer unerträglicher, genauso wie der Anblick der toten Stute. Ich wusste nicht einmal ihren Namen.
„Aber wohin?“ Jan sah sich skeptisch im Stall um. „Ich glaube nicht, dass mein Vater eine Box frei hat, und die hier zu reinigen, darauf habe ich heute Nacht wirklich keinen Bock mehr.“ Das ging uns allen so. Tom gähnte, so dass seine Kiefer knackten, was ihm einen mitfühlenden Blick von Sylvie einbrachte.
„Bringen wir die Kleine einfach nach Hause“, erklärte er, ein weiteres Gähnen unterdrückend, „wenn eine Box alles wäre, was uns fehlte, dann hätten wir keine Probleme. Ich habe genug im Stall. Sie kann sich sogar eine aussuchen.“
Sein Gähnen war ansteckend, mir tränten die Augen, weil auch

ich dauernd gähnen musste. Caspar schleckte mir fürsorglich die Wange. „Lass uns fahren. Ist ja nicht die erste Nacht, die wir in einer Box verbringen."
„Und sicher nicht die letzte", ergänzte Jan mit freudlosem Grinsen, „dieser kleine misslungene Friese wird euch noch manche Stunde Schlaf kosten. – Aber machen wir es so. Tom, gib ihr erst bei euch die Milch, wärm sie ein wenig an. Ich telefoniere jetzt schnell die Fohlenauffangstationen durch, wer Kolostrum abgeben kann, versuche irgendwo eine Amme herzubekommen und fahre dann los, um die Milch zu holen. Ich bringe sie euch so schnell als möglich heute Nacht noch vorbei. Irgendwer hier im Süden wird schon welche haben."
Tom nickte, während ich etwas verständnislos zu Jan hochblinzelte, der direkt unter der flackernden Neonröhre stand. „Danke Jan, das ist eine große Hilfe für uns." Tom presste anerkennend die Lippen zusammen.
„Passt scho, Mauderer", Jan winkte verlegen ab, „je mehr echte Milch die Kleine bekommt, desto weniger Antibiotika muss ich ihr spritzen. – Sylvie, gib mir dann bitte mal die Autoschlüssel. Bleibst du hier, oder fährst du mit Marie und Tom?"
„Ich fahre dich zu diesen Auffangstationen", Sylvie schob sich energisch vor Jan, „und du schläfst brav im Auto, nachdem du telefoniert und mir den Navi programmiert hast. Verstanden?"
Zögernd trat Jan einen Schritt zurück. „Ernsthaft Jan!", bekräftigte Sylvie. „Und jetzt komm, mach hinne."
Wenn die Situation nicht so ausgehöhlt gewesen wäre, dann hätte ich sicher laut lachen müssen. Sylvie war einfach so. Klare Ansage, klare Taten. Bei Sylvie gab es nichts Halbes und sie tat alles mit vollem Einsatz. Sie war dabei nicht immer diplomatisch, doch immer ehrlich. Eigentlich war sie Tom sehr ähnlich, wie mir gerade in diesem Moment klar wurde. Kein Wunder, dass ich beide so lieb hatte.
Jan gab sich vordergründig geschlagen und die beiden traten aus dem Stall, damit Jan im Auto telefonieren konnte, während Tom behutsam unser Fohlen auf die Arme nahm. Sie zappelte nicht einmal, als sie endgültig die Mutter und die Box verließ. Ich strich der toten Stute ein letztes Mal flüchtig über die Schulter, sie war noch warm, und folgte den beiden zusammen mit Caspar zu Toms Jeep.

Jan stand an seinen Audi gelehnt und telefonierte konzentriert, Sylvie saß schon wartend am Steuer, sie winkte aufmunternd. Etwas unschlüssig überlegten wir, wie die Kleine am besten zu transportieren wäre. Toms Wagen war voll gestopft mit seinem Werkzeug, der Esse, kistenweise Hufeisen, so dass es sehr eng war und überall schepperte. Für einen Transporter war das Fohlen aber nun entschieden zu klein.
„Ich nehme sie einfach auf den Schoß und basta", entschied ich ergeben, „es ist ja nicht weit." Tom nickte notgedrungen, es gab keine andere Möglichkeit. Energisch gebot ich Caspar, sich vor mir auf den Boden zu setzen und nahm dann das Fohlen aus Toms Armen an. Es war weich wie eine Schlenkerpuppe und schien mir zerbrechlich winzig auf meinem Schoß, auch wenn es zu groß für seine Mutter gewesen war. Mit einem letzten Gruß zu Jan und Sylvie zum Fenster hinaus, kurvte Tom den Jeep langsam nach Berghofen hinüber.
„Nehmen wir sie mit ins Schlafzimmer oder übernachten wir alle zusammen im Stall?" Die Frage war als auflockernder Scherz gemeint, doch Tom starrte nachdenklich in die Dunkelheit hinaus. Ein Blick auf die Uhr sagte mir, dass es gerade mal halb zwölf nachts war, wesentlich früher, als ich angenommen hatte.
„Mein Bett wäre mir der liebste Ort für heute Nacht, doch wenn wir der Kleinen das angewöhnen, kriegen wir die auch als Große nicht mehr aus dem Haus. Wir werden diese und die nächsten Nächte wohl im Stall schlafen müssen, Marie, tut mir leid."
Seufzend fasste ich kurz nach seinem Bein, bevor ich wieder das Fohlen an mich zog. Die Kleine war trotz allem recht schwer und unhandlich und Caspar meinte dauernd, dass er sie abschlecken müsste. „Passt scho, wir haben da ja Übung drin. – Mal ehrlich, Tom", wir wechselten einen flüchtigen Blick, „wie groß ist die Chance, dass wir das Fohlen durchkriegen?"
„Wirklich ehrlich?"
„Wirklich!" Nicht, dass mir der Sinn nach Hiobsbotschaften stand, die hatte ich heute genug gehabt, zumal mein gesunder Menschenverstand sich längst seinen eigenen Reim gemacht hatte, doch ich wollte es trotzdem auch von ihm wissen.

„Schlecht." Im Schritttempo bog Tom nach Berghofen ein. „Vor allem, wenn Jan keine eingefrorene Milch bekommt. Eine Amme müsste es nicht einmal sein, obwohl das ihre Überlebenschancen gegen hundert Prozent steigen ließe. Aber je mehr Biestmilch wir bekommen, desto größer ist die Aussicht auf Erfolg. – Rechne einfach damit, dass es schiefgeht."
„Hm." Ich schaute demonstrativ zur Seite. Es war ähnlich, wie damals bei Balthasar, wo ich mir sehr schnell die Frage stellen musste, ob mein Verhalten nicht gnadenlos egoistisch war, wenn ich ihn am Leben ließ. Leben gleich leiden. Mit einem kleinen Ruck kam der Jeep vor Toms Haus zum Stehen. Caspar setzte sich sofort erwartungsvoll auf, doch Tom und ich waren ewige Augenblicke lang unfähig, uns zu rühren.
„Ich weiß nicht, Marie", Tom starrte stur geradeaus, „vielleicht hätten wir sie gar nicht erst auf die Welt holen sollen, sondern zusammen mit ihrer Mutter sterben lassen", ich schnaubte zweifelnd, „aber andererseits denke ich mir auch, dass der liebe Gott uns das nicht hätte tun lassen, wenn die Kleine nicht grundsätzlich eine Chance hätte. Diese ganze Katastrophe muss doch einen Sinn haben, oder?"
Unsere Blicke trafen sich über dem Fohlen, das mit geschlossenen Augen schlaff in meinen Armen hing. Ich wiegte zaudernd den Kopf. „So ähnlich habe ich damals bei Balthasar empfunden. Egal wie, Tom, wir werden sie durchbringen."

3. Kapitel
Alina

Mit dem Fohlen auf dem Arm stapfte Tom hinter mir her zum Stall. Ich zerrte hastig das Tor auf und suchte wie immer nach dem Lichtschalter. Gerne betrat ich diesen Stall nie, doch eines musste ich Christelle lassen, sie hatte ihn wunderbar angenehm beleuchten lassen. Keine kalten Neonröhren mit hartem Licht ließen Pferd und Mensch innerhalb Bruchteilen von Sekunden zu bleichen Monstern mutieren, sondern warme, verspiegelte Glühlampen tauchten alles in gelbliches Licht.
Wie auch immer, tief durchatmend ließ ich Tom und das Fohlen an mir vorbei in den Stall, um hinter ihnen das Tor wieder zu schließen, in diesem Stall war Christelle so präsent wie sonst nirgends. Fast sah ich sie aus einer Box treten, oder eine der Haflingerstuten putzen. Wären die Boxen selber nicht leer und sauber gewesen, hätte man meinen können, Christelle sei erst eben hier gewesen. Seit ihrem Tod vor mehr als sechs Jahren hatte Tom nichts verändert.
„Wir nehmen die große Box hinten rechts", erklärte Tom, während er schon den Gang hinunterstapfte, „da passen wir alle hinein."
Zustimmend grunzend drängelte ich mich wieder an ihm vorbei zur Box, an der ich ebenfalls das Tor zur Seite schob. „Mist", fluchte ich, als mir aufging, dass nichts als eine Gummimatte in der Box den Boden bedeckte. Kein muckeliges Strohlager für unser Mädel. „Wir hätten bei Jan einen Ballen Stroh mitnehmen sollen. – Hast du vielleicht ein paar alte Decken für das Fohlen? Oder soll ich Stroh bei Tobi holen?"
Unentschlossen drehte sich Tom einmal mit dem Fohlen im Arm um die eigene Achse. „Ich habe noch ein paar Ballen Stroh nebenan liegen", brummte er, „aber die Idee mit den Decken ist trotzdem gut. Da müssten noch welche in der Sattelkammer liegen. Egal", ein mattes Lächeln traf mich, „ich mach das schon. Wärmst du derweil vorsichtig die Milch an? Sie bräuchte jetzt dringend ihre erste Mahlzeit."
Ich nickte zögernd. „Schaffst du das wirklich alleine?"
„Klar, geh nur."
Caspar zu mir rufend, verließ ich den Stall, trat über den kleinen

Hof hinüber zu Toms Haus. Als ich die Tür aufschloss, kam mir Melchior übel schimpfend entgegengesprungen. Verdutzt ließ ich ihn an mir vorbei ins nächste Beet springen, Caspar schnuste gleich hinterher. Die Blase drückte. Natürlich, ich rieb mir die Stirn, Tom hatte ihn und Caspar abends mit zu sich genommen und wahrscheinlich nicht damit gerechnet, dass wir die halbe Nacht in Winkel verbringen würden. Bei all dem Durcheinander hatte ich ebenfalls nicht mehr an Melchi gedacht. Ich ließ die Haustür offen stehen, die beiden würden schon wieder hereinkommen oder Tom im Stall auf die Nerven gehen. Wie zu erwarten tauchte Caspar ziemlich schnell bei mir in der Küche auf, nicht dass er irgendeine Chance auf Futter verpasste, hockte artig neben mir, während ich die Milch in einen Topf mit warmem Wasser auf den Herd stellte. Vorsichtig erwärmen, hatte Tom gesagt, doch wie warm sollte Fohlenmilch sein? Und würde dieser knappe Viertelliter ihr Überleben sichern, bis Jan hoffentlich mit neuer Milch kam? Müde rubbelte ich mir über mein Gesicht. Meine Hände rochen noch immer nach Blut – ein Himmelreich für ein heißes Bad, saubere Kleider und ein warmes Bett.
Ich tunkte einen Finger in das Wasser, entschied, dass es heiß genug war und stellte die Herdplatte aus. Ein paar Minuten noch, dann würde ich die Flasche zu Tom in den Stall tragen. Melchior schlenderte derweil ebenfalls zu uns in die Küche, Caspar wedelte leicht, was Melchior veranlasste, seinem Hund einen kleinen Katerkuss zu geben. Caspar nieste entsprechend angewidert. Trotz allem musste ich lachen.
Witternd, die Nase skeptisch gekraust strich Melchior mir um die Beine, sprang mit einem fast lautlosen Satz neben mir auf die Arbeitsplatte, um seine Inspektion fortzusetzen. Seine Nackenhaare sträubten sich und er wich meiner Hand hastig aus, als ich ihn streicheln wollte. Ich roch nach Tod. Tief aufseufzend griff ich nach der Flasche im Topf, wickelte sie in ein Handtuch und gab den beiden Zeichen, mir zu folgen. Sie fegten über den Hof zum Stall, ich hinterdrein.
Tom hatte in der Zwischenzeit tatsächlich ein gemütliches Fohlenbett aus Stroh und Pferdedecken gebaut. Jetzt fehlten nur noch unsere Schlafsäcke, die ich holen würde, sobald die Kleine ihre Milch hatte. Sie lag warm eingepackt da, starrte

uns vier mit großen erschrockenen Augen an, aber immerhin konnte sie mittlerweile ihren Kopf heben. Eigentlich sollte sie längst auf ihren vier Beinen stehen und sich an Mamas Milchbar den Bauch vollschlagen. Ich seufzte, die Kleine tat mir unendlich leid.

Caspar mimte wie immer den Sonnenschein, ringelte sich kurzerhand neben dem Fohlen zusammen, so dass sein Kopf an ihrem lag. Sie rollte entsetzt die Augen, zuckte unsicher zur Seite, doch Caspar ließ sich nicht erschüttern, grunzte und schleckte ihr den Hals. Caspars Liebe konnte sich niemand entziehen, er gab, ob man wollte oder nicht. Behutsam ließ sich Tom ebenfalls neben dem Fohlen nieder, legte sanft seinen linken Arm um ihren Hals und schob ihr mit dem rechten den Sauger zwischen die Lippen. Sie wand sich, doch Tom blieb eisern, bis sie sich offensichtlich instinktiv erinnerte, was sie mit dem weichen Gummistück in ihrem Maul anstellen sollte. Sie schluckte erst zögernd, ungeschickt, dann zunehmend gierig, so dass Tom die Flasche mit beiden Händen halten musste. Der Viertelliter war innerhalb weniger Minuten in ihrem Bauch verschwunden und ganz offensichtlich hatte sie noch Hunger. Ratlos sah ich Tom an. „Was könnten wir ihr noch geben?"

„Nichts", sanft wischte er der Stute über ihr schmieriges Gesichtchen, „das muss jetzt erst einmal reichen. Wenn Jan keine echte Milch bekommt, dann wird er zumindest aber Milchersatz mitbringen und dann kann sie sich den Bauch richtig vollschlagen. – Legen wir uns jetzt auch hin? Ich bin todmüde."

Ich nickte, obwohl ich nicht ganz überzeugt war, dass es richtig war, unsere Kleine die Nacht über darben zu lassen. Andererseits hatte Tom recht, denn was hätten wir ihr geben sollen außer Wasser? Und das sättigte sie nicht. „Ich mache uns das Bett fertig, geh du derweil duschen."

Toms Gelenke knacksten, als er aufstand. Stöhnend rieb er sich den Rücken. „Duschen klingt wunderbar."

Zusammen gingen wir zum Haus hinüber. Melchior saß an der Tür, verschwand aber nach einer flüchtigen Verabschiedung über die dunklen Wiesen Richtung Stadel. Ganz wohl war mir nie, wenn er von hier aus seine nächtlichen Beutezüge startete, auch wenn er ein erfahrener, gewiefter und mit allen Katzenwassern gewaschener Kater war. Jeden Morgen war ich aufs

Neue dankbar, wenn er heil wieder daheim ankam. Wenigstens hatte er im Stadel jetzt seine persönliche Katzenklappe in der Haustür, so dass er jederzeit ins Haus konnte.
Während Tom duschte, schleppte ich Decken, Kissen und zwei Schlafsäcke in die Box. Caspar war bei der Kleinen geblieben, die mich mit gewohnt entsetztem Blick beäugte, wie ich uns ein Nachtlager baute. Als Tom wiederkam, verschwand ich Richtung Bad. Lange aalte ich mich im Strahl des heißen Wassers, schrubbte mir das Blut von den Händen, von den Beinen, wo es durch die Jeans gesickert war und seifte mich mehrfach ein. Irgendwie bekam ich den Geruch des Blutes nicht aus meiner Nase.
Tom schlief schon fast, als ich die Box wieder betrat, er blinzelte mich mit einem schiefen Lächeln an und lupfte eine Ecke seines Schlafsackes hoch, damit ich zu ihm schlüpfen konnte. Doch zuerst wickelte ich noch einmal eine Decke um das Fohlen und Caspar, dann kroch ich mit einem wohligen Seufzer zu ihm ins Warme.
„Was meinst du", ich schmiegte mich so nah wie möglich an ihn, „ob Sylvie und Jan im Auto schlafen? Ob sie heute Nacht noch heimkommen?"
„Ist mir egal, Hauptsache, sie bringen die Milch mit."
Mit diesen Worten schlief Tom ein. Männer, dachte ich halb amüsiert, halb neidisch, denn in meinem Kopf kreisten viel zu viele Gedanken und Gefühle, wüste Eindrücke des Abends, um die Augen zum Schlafen zu schließen. Auch mein Herz klopfte zu laut, zu schnell. Caspar schnarchte, hinter mir hörte ich Tom im Schlaf tief atmen, Geräusche, die mich sonst in absolute Geborgenheit lullten. Doch dazwischen hörte ich auch die flachen, flatternden Atemzüge des Fohlens, das wahrscheinlich genauso wenig schlafen konnte wie ich. Mit brennenden Augen starrte ich in die diffuse Dunkelheit des Stalles.
Wo waren Sylvie und Jan jetzt wohl? Ich betete still, dass sie erfolgreich sein würden und gesund nach Hause kamen. Von ihnen hing zu einem Großteil ab, ob die kleine Stute überleben würde. Und da war noch dieses Mädchen in meinem Kopf, dessen Pferd gestorben war. Wusste sie davon? Oder ließ ihr Vater sie im Ungewissen darüber, wie es um Mutter und Fohlen stand? Irgendwie konnte ich mir nicht vorstellen, dass sie ihre Stute

auch nur als Sportgerät benutzt hatte, so wie ihr Vater. Bei allem Ehrgeiz ging es doch immer noch um ein Lebewesen. Noch dazu eines, das neues Leben in sich trug. Wahrscheinlich würde sie nicht erfahren, dass ihr Fohlen die Geburt überlebt hatte. Wahrscheinlich stand einfach bei Gelegenheit ein neues Pferd im Stall. So würde der sachliche Vater einfach die unangenehme Trauer der Tochter übergehen. Bei Trauer fielen mir unweigerlich Silberfee, Ramona und Christelle ein.

Dafür, dass ich erst seit etwas mehr als anderthalb Jahren mit Pferden zu tun hatte, war die namenlose Stute heute schon das zweite Pferd, das ich auf seinem letzten Weg begleitet hatte. Silberfees Tod war ähnlich unnötig gewesen, wie der Tod an diesem Abend. Ein Resultat falsch verstandener Tierliebe, das Gegenteil von gut gemacht.

Ich schob es auf meine Erschöpfung und die nervliche Anspannung, dass mein Kopf so obskure Gedanken produzierte, dazu die dunkle Stille des Stalles, die mich mit einem Mal befürchten ließ, dass diese Geschichte mit einem Waisenfohlen zu steil für Tom und mich sein könnte.

Mal ehrlich, ich rückte näher an Tom heran, um mich zu wärmen, wir hatten beide randvolle Terminkalender. Mein Vormittag morgen würde mit drei Behandlungsterminen eng gestopft sein, Tom bürdete sich eh immer zu viel auf. Wie sollten wir da ein Saugfohlen versorgen? Zumal ich noch Verantwortung für Caspar, Melchior und Balthasar trug. Auch unsere Entscheidung, das Fohlen zu nehmen, schürfte mit einem Mal sehr nahe an gut gemeint und schlecht gemacht vorbei. Sie hatte nichts mit einer klugen Entscheidung zu tun.

Unweigerlich fiel mein sorgenvoller Blick auf das Fohlen, das im Dunkeln noch mickriger aussah, als bei Licht, eingefallen, struppig, mit viel zu großem Kopf. Ein jammervoller Anblick. Sie schlief genauso wenig wie ich. Ihre großen Augen starrten ohne jede Hoffnung, voller Einsamkeit ins Nichts. Vorsichtig schälte ich mich aus Toms Armen und dem Schlafsack, robbte unter Caspars kritischem Blick zu der Kleinen hinüber. Sie war noch immer zu schwach, um sich mir zu entziehen, obwohl sie es offensichtlich gern getan hätte. Scheu legte ich meine Arme um ihren dünnen Hals, Caspar klopfte dazu leise mit der Schwanzspitze.

„Egal, wie lange du lebst, kleines Mädchen“, flüsterte ich in ihr zuckendes Ohr, „du gehst nicht, bevor wir dir gezeigt haben, wie schön es auf der Welt ist und dass wir dich lieb haben.“
Ganze Ewigkeiten wiegte ich sie in meinen Armen, längst war es unwichtig geworden, dass der morgige Tag alle Kraft brauchen würde, noch mehr derartige Nächte folgten und ich so gesehen eigentlich alles daran setzen sollte, ein paar Stunden Schlaf zu bekommen. Es war schlicht egal. Wichtig war in diesem Moment einzig, dass keiner alleine diese Nächte durchstehen musste, allein mit seiner Angst und seiner Trauer.
Irgendwann spürte ich, wie die Kleine in meinen Armen wieder einschlief und auch ich fühlte endlich eine angenehme schläfrige Schwere in mir. Sanft bugsierte ich ihren unförmigen Kopf neben Caspar, der leise im Schlaf murrte, bugsierte dann mich selber zurück in Toms warmes Nest. Er zog mich im Schlaf an sich, für mich das geborgenste aller Gefühle.

Es dauerte eine Weile, bis mein schlaftrunkenes Hirn den wohligen Geruch in meiner Nase als Kaffeeduft identifizierte. Ich schnupperte selig und schlug die Augen auf. Vor mir schwebte ganz klassisch eine dampfende Tasse und Toms unrasiertes, grinsendes Gesicht.
„Schnarchnase“, begrüßte er mich, Caspars Nase schob sich gleich solidarisch neben meine, „ich geh jetzt schnell ins Bad. Es wäre gut, wenn du wach bleiben würdest, denn unser Waisenkind versucht endlich auf eigenen Beinen zu stehen.“
Mich hastig aufrichtend, griff ich nach der Tasse, schlürfte den heißen Kaffee und spähte ungläubig an Tom und Caspar vorbei. Tatsächlich mühte sich unsere kleine Fehlfarbe gerade mit ihren dürren Storchenbeinen ab. Sie sah insgesamt nicht unbedingt fitter aus, als in der Nacht, doch ihr Gesicht trug einen Ausdruck von Trotz und Eigensinn, der ihr etwas Kraftvolles gab. Skeptisch beäugten wir ihre Bemühungen, während wir schweigend unseren Kaffee tranken.
„Jan hat übrigens eine SMS geschickt. Sie sind in einer halben Stunde hier und bringen einen Liter tiefgefrorene Milch mit. Damit bringen wir die Kleine erst einmal über den Berg. – Wie lange kannst du heute Morgen noch hierbleiben, Marie? Ich muss in spätestens einer Stunde los.“

Mein Kopf war noch nicht wach genug, für all die Infos und den Anblick des störrischen Fohlens. Aus den Augenwinkeln sah ich Melchior um die Ecke herum in die Box schlendern. Ein kurzes Quäks begrüßte uns, was das Fohlen so erschreckte, das es der Länge nach wieder umfiel. Man warf mir sicher nicht zu Unrecht ein akutes Helfersyndrom vor und auch in diesem Fall konnte ich wie immer nicht anders, ich musste die Kleine stützen.
„Das ist ja wunderbar!“, brachte ich endlich heraus, Melchior schlunzte, interessiert das Fohlen beäugend, um Toms Beine herum, „ich kann bis kurz vor neun Uhr bleiben. Wann kommst du wieder?“
„Pfff“, er verdrehte leicht die Augen, „theoretisch nicht vor zehn oder elf. Aber dann muss ich halt die Tage noch einmal hinfahren und den Rest der Herde noch machen.“
Mit einer Hand stützte ich die Kleine, mit der anderen hielt ich meine Kaffeetasse außer Reichweite. Es schien so, als mühte sie sich nur auf die Beine, um meine Hand unter ihrem Bauch so schnell als möglich los zu werden. Energisch stemmte sie ihre Vorderbeine ins Stroh, bis sie wackelig, aber immerhin aufrecht auf ihrem Hinterteil hockte. Caspar schleckte ihr in freudiger Anerkennung die geblähten Nüstern, ihre Augen rollten erregt, sie wollte ihm ausweichen und kippte prompt gegen mich. Tom griff nach meiner Tasse und schien seine dringend notwendige Dusche vergessen zu haben. „Lupf sie mit der anderen Hand hinten hoch, Marie.“
Gehorsam legte ich meinen Arm unter ihre Hinterhand und hob sie hoch. Ihre Beine baumelten kurz unsicher in der Luft, suchten Halt im Stroh, sackten dann weg, als das Fohlen sein eigenes Gewicht spürte.
„Halten, Marie!“, befahl Tom. Ich gab mir redlich Mühe, sie in der Senkrechten zu stützen, doch es dauerte meinen lahmen Armen nach eine elendige Weile, bis sie ihr Gleichgewicht halbwegs fand. Sie hatte entschieden zu lange gelegen. Ganz langsam, fast unmerklich, während mein Kaffee kalt wurde, stand sie immer stabiler auf ihren langen Beinen, schlingerte nicht mehr bei jeder Bewegung ihres Kopfes und beruhigte sich. Zögernd ließ ich sie los. Tom reichte mir meine Tasse und gleichzeitig hörten wir draußen ein Auto auf den Hof fahren.

Erleichtert holten wir beide Luft und gönnten uns ein Lächeln. „Jan und die Milch!" Caspar sprang derweil mit wüstem Gebell aus der Box hinaus, durch den Stall zum Tor hinauf. Und unser Fohlen? Das machte einen entsetzten Hüpfer mit allen vieren ohne dabei auf der Nase zu landen.
„Geht doch!" Ich grinste.
Tom ging Jan und Sylvie entgegen, ich blieb im Stroh bei unserem Stütchen hocken. Sie stand breitbeinig, mit lang vorgestrecktem Hals, bebend vor Aufregung in ihrer Ecke. Aber sie stand. Allerdings wurde ihr neu gefundenes Gleichgewicht durch das Auftauchen von Jan und einer Kühlbox und Sylvies lauten Absätzen auf dem Beton hart auf die Probe gestellt. Sie kippte mir ängstlich schnaubend in die Arme, rappelte sich aber sofort wieder auf.
„Wow!", Sylvie quiekte übermütig. „Die steht ja!"
Jans Blick glitt ebenfalls fassungslos über das klapprige Fohlen. „Herrschaftszeiten!" Seine Augen suchten Tom. „Ich hatte eigentlich damit gerechnet, den Kadaver-Entsorgungs LKW auf dem Hof zu sehen. – Wie habt ihr die heute Nacht durchgebracht?"
Toms Sehschlitze wurden noch eine Spur schmaler in seinem unrasierten Gesicht, als er grinste und leicht die Schultern hob. „Keine Ahnung, ich habe geschlafen. – Marie, was habt ihr gemacht?"
Unschlüssig legte ich eine Hand auf das seltsam kupfrige Fell des Fohlens. Hatte ich etwas gemacht? Nicht wirklich, schien mir, nur geredet. „Caspar wird's gewesen sein", erwiderte ich, „wahrscheinlich hat er sie die ganze Nacht abgeschleckt und sie war so genervt, dass sie keine Zeit zum Sterben hatte."
„Na super", Sylvie knuffte Jan liebevoll in die Rippen, „siehste, war doch gut, dass wir die Brezen am Bahnhof geholt haben, und es wird kein Trauerfrühstück, wie du geunkt hast. Fehlt nur der Sekt. – Aber", sie schnüffelte begehrlich nach Toms Kaffeetasse, „für eine Tasse Kaffee würde ich sogar auf den Sekt verzichten."
Tom reichte ihr bereitwillig seine fast volle, aber arg abgekühlte Tasse. „Ich mach gleich neuen."
„Igitt", Sylvie verzog nach dem ersten Schluck angewidert das Gesicht, „der ist ja fast kalt. Jetzt verstehe ich", sie grinste ihn frech an, „warum du den loswerden wolltest."

„Wieso Trauerfrühstück?", fragte ich dazwischen. Jan zerrte Sylvie seltsam liebevoll an sich, sie küsste ihn auf die Wange. „Ich bin davon ausgegangen, dass wir das Fohlen nicht mehr lebend antreffen werden", erklärte er, „und euch dafür am Boden zerstört. Sylvie meinte dagegen, dass das kleine Vieh zwar mickrig, aber zäh sei, genauso wie ihr."
„Ma sott zearscht vor dr oigene Tür kehra", brummte Tom in breitestem Dialekt, lachte aber trotzdem. „Passt scho, Sylvie. – Wo ist die Milch, Jan?"
Jan klopfte bezeichnend auf die Kühltasche neben sich. „Genug, um den kleinen Krott satt zu bekommen. Wir müssen sie nur aufwärmen. Machst du das?"
„Nein, da lassen wir doch besser den qualifizierten Vet ran", Tom schüttelte lächelnd den Kopf, „ich muss in einer halben Stunde in Rettenberg sein."
Jan zuckte ergeben mit den Schultern. „Dann mache ich uns auch gleich Kaffee, wenn ich darf. Wir futtern die Brezen hier im Stall, oder?"
„Ich futtere sie gleich jetzt", konterte Tom und griff nach der Tüte in Sylvies Hand, „ich verhungere nämlich. Hier hat man ja nicht einmal Zeit für ein Abendessen."
„Dann arbeite doch mal an deinem persönlichen Zeitmanagement, Tom." Sylvie warf ihm einen zuckersüßen Augenaufschlag zu und reichte ihm die Brottüte. Tom lachte. Schon seltsam, dachte ich, da hatten wir einen schlimmen Abend hinter uns und eine anstrengende, nervenaufreibende Nacht dazu und Tom lachte so viel, wie sonst selten. Wie ging das zusammen?
Wie auch immer. Jan und Tom verschwanden mit der Kühltasche und je einer Breze in den Händen Richtung Haus, während Sylvie und ich mit dem Fohlen zurückblieben. Aufseufzend ließ sich Sylvie auf unsere Schlafsäcke plumpsen. „Hast du eigentlich überrissen, was da alles auf dich zukommt in nächster Zeit?"
„Nicht wirklich", ich rieb mir meine müden Augen, „aber das ist sicherlich auch besser so. Vielen Dank, dass ihr gefahren seid."
„Gern geschehen", seufzte sie mit einem entschuldigenden Blinzeln, „manchmal muss man halt spontan sein. Wenn ich allerdings gewusst hätte, dass wir in einer Nacht durch halb

Bayern krachen, dann wäre ich nicht so schnell mit meinem Angebot rübergekommen."
Derweil wagte unser Fohlen seine ersten Schritte, zögerlich, misstrauisch, aber doch recht zielstrebig stapfte sie durch die große Box, schnüffelte an unseren Schlafsäcken, zuckte mit einem empörten Schnaufen zurück, als Sylvie ihr über die Stirn streicheln wollte. Dafür schmiss sich Caspar an Sylvie heran, so ein Angebot ließ er nie ungenutzt vorübergehen. Ich schmunzelte leicht: mein Schmuse-Hund mit zu vielen Jagdhunde-Genen.
Melchior besah sich unseren Neuzugang nach wie vor skeptisch von der Mauer der Box herab. Vor Pferden hatte er gehörig Respekt, nachdem er einmal von Andan über die halbe Wiese gehetzt worden war. Gedankenverloren kraulte Sylvie Caspar den Bauch. Er hockte halb an sie gelehnt im Stroh, genoss sichtlich mit halb geschlossenen Augen.
„Wie heißt der süße kleine Unglücksrabe überhaupt?"
Bevor ich antworten konnte, dass sie noch namenlos war, setzte sie die Bezeichnung Unglücksrabe spontan in die Realität um, denn sie kippte vor Schreck hintenüber, als Tom und Jan die Box betraten. Ich setzte sofort zum Rettungshechtsprung an, doch sie kam schon wieder zitternd und heftig atmend auf die Beine.
„Alina", sagte Tom in die bestürzte Stille hinein, „ich finde, das ist ein guter Name für sie. Oder hast du etwas dagegen, Marie?" Er reichte mir mit fragendem Ausdruck meine Tasse mit frischem Kaffee. Ich wedelte ziemlich überrascht mit der freien Hand durch die Luft.
„Nö, passt schon, Tom, wenn das dein Wunsch ist, ich habe mir bisher noch keine Gedanken um einen Namen gemacht. Soll sie halt Alina heißen."
„Schon ein bisschen dick aufgetragen der Name, oder?", warf Sylvie mit bezeichnendem Blick auf das klapprige Fohlen ein. Jan und ich zogen auf der Stelle die Köpfe ein. Derartige Kritik konnte Tom gar nicht gut haben, schon gar nicht von Sylvie.
„Alter Züchterspruch, Sylvie", kam es prompt eisig von Tom, „aus den kladdrigsten Fohlen werden die schönsten Pferde. Also spar dir dein voreiliges Urteil, das zudem jeder Sachkenntnis entbehrt."

„Ach, natürlich", Sylvie stand Tom in nichts nach, „ich vergaß, dass du der ultimative Pferdefachmann bist, sorry. Aber damit aus dem kladdrigen Fohlen dann auch mal was wird, sollte es vielleicht endlich sein Frühstück bekommen, oder? Sonst war's das, bevor es was war."
Der Satz ging an Sylvie, ganz klar, was Tom glücklicherweise auch sofort erkannte. Er zuckte die Schultern und griff sich noch eine Butterbreze vom Teller. „Ich muss jetzt eh los, Sylvie", er biss ein großes Stück ab, kaute grinsend, „ich bin sicher, ihr sorgt dafür, dass aus Alina ein Prachtstück wird. Bis nachher!" Er drückte mir noch einen Kuss auf die Wange, zauste Caspar kurz die Ohren, bevor er den Stall verließ. Betretenes Schweigen machte sich breit.
Dann seufzte Jan und stand auf. „Diplomatie ist nicht deine Stärke, mein Schatz."
Sylvie verzog ärgerlich den Mund, während Jan die Saugflasche aus dem Handtuch wickelte, sacht schüttelte und mir reichte. Verwirrt hielt ich die Flasche in der Hand. Ich sollte füttern? „Öhmmm…, Jan?"
„Klar machst du das, Marie", Jan schien ehrlich erstaunt über mein Zögern, „wenn Sylvie nicht dauerhaft recht haben soll mit ihrem Urteil über eure Alina, wirst du sie füttern müssen. Komm her, ich zeig dir, wie es geht."
Alinas misstrauischer Blick, mit dem sie uns musterte, als wir uns mit der Flasche bewaffnet näherten, ließ mir das Herz diverse Stockwerke tiefer rutschen. Doch wider Erwarten erinnerte sie sich fast sofort daran, dass es heute Nacht schon einmal so eine leckere Flasche gegeben hatte. Es war ein wunderbares Gefühl, wie sie kräftig sog, schluckte und ihre Ohren im Takt wackelten.
Sylvie grinste an einer Breze kauend. „Wenn man was im Bauch hat, sieht man doch gleich viel fitter aus." Ich lachte glücklich, auch Jan verzog sein unrasiertes Gesicht zu einem Schmunzeln. „Aber das kippt ganz schnell wieder, wenn man zu viel im Bauch hat." Jan nahm sich ebenfalls eine Breze vom Teller. „Ein paar Schlucke noch, Marie, dann reicht es erst einmal, sonst gibt's Bauchweh, und in einer halben Stunde bekommt sie die nächste Ration, handwarm. – Wir gehen jetzt schlafen."

Zögernd stemmte sich Sylvie von unseren Schlafsäcken hoch. „Fahren wir dafür heim nach München?“ Jan und ich starrten sie erstaunt an. „Ich fahre heute nur noch einen Kilometer“, erwiderte Jan trocken, „und zwar nach Winkel, um dort mit dir in mein Bett zu fallen, liebste Sylvie.“ Sylvie verschränkte demonstrativ ablehnend ihre Arme vor der Brust. „Nö.“ Sie schüttelte zusätzlich ihre zerzausten Locken. „Ich habe keinen Bock unter den bösen Blicken deiner Mutter durchs Haus zu schleichen und ein schlechtes Gewissen haben zu müssen, weil ich unverheiratet mit dir schlafe. Vergiss es, Jan. Lieber gehe ich in ein Hotel.“
In Jans Gesicht rangen Belustigung und Ärger miteinander, während ich eher fassungslos zuhörte, was Sylvie da von sich gab. „Nicht schon wieder, Sylvie“, Jan bemühte sich trotz der genervten Worte um ein verbindliches Lächeln, was bei Sylvie aber keinerlei positive Reaktion provozierte, „es kann dir doch echt egal sein, was meine Mutter denkt. Lass uns einfach schlafen gehen und heute Abend fahren wir heim.“
„Nö!“, kam es wieder rigoros. „Keine Chance, Jan.“
Es kam selten vor, doch auch Jan konnte sich richtig aufregen. Ich sah, wie er mühsam an der Wut kaute, die langsam in ihm hochstieg. Mir war nicht einmal ansatzweise klar gewesen, wie krass Sylvies Schwiegermutter-Phobie sich entwickelt hatte. Da schien sich ein echtes Problem festgesetzt zu haben.
„Ich will mich ja nicht unbedingt einmischen“, ich winkte linkisch mit einer Hand, bevor ich Alina den Sauger mit einem empörten Plopp aus dem Maul zog, „aber bevor das hier zu einem Streit eskaliert, könnt ihr gerne bei mir schlafen. Ist sogar näher als Winkel und ihr könnt Balthasar aus dem Stadel holen und ihm sein Futter geben, dann brauche ich jetzt nicht mehr hoch hetzen und unser Baby hier alleine lassen. Wäre mir echt eine Erleichterung.“
Sylvie atmete freudig auf, doch Jan zögerte. „Okay“, stimmte er dann zu, „um des lieben Friedens willen. Lieber das Geschrei eines Esels im Ohr, als euer Gekeife. – Lass uns fahren, Sylvie.“ Ergeben kippte er den letzten Schluck Kaffee in seinen Mund und Sylvie knuffte mir breit grinsend in die Seite. „Danke, Marie, wahre Liebe gibt es doch nur unter Frauen und wahres Verständnis auch.“

4. Kapitel
Vom Kohlfuchs, der kein Friese sein kann

Etwas verloren blieb ich alleine auf Toms Hof zurück. Die Sonne kam eben hinter dem Felsgrat hervor, sanft gerupfte, rosige Föhnwolken hingen über dem Tal Richtung Kempten und leichter Nebel schien von der Ostrach her über die Wiesen zu steigen. Es war noch ziemlich kühl, doch ich fröstelte auch vor Übermüdung. Irgendwie wusste ich nicht, was ich jetzt machen sollte. Wäre Alina nicht gewesen, dann wäre die Entscheidung eindeutig zugunsten meines Bettes gefallen. Kurz kuschelte ich mich in Gedanken in mein molliges Federbett. Die Alternative war eine heiße Dusche gegen den Stallgeruch und für ein wohliges Gefühl. Danach würde Alina ihre nächste Dosis bekommen, ich meinen nächsten Kaffee und vielleicht eine labbrige Butterbreze dazu.
Dringend notwendig war, dass ich meine beiden Behandlungen vorbereitete, mich umzog. Im Laufe des Tages sollte ich unbedingt nach Hause, um mir nochmals frische Kleider einzupacken, Balthasar füttern oder sogar hierher holen. Es stand zu befürchten, dass wir auch die kommenden Nächte bei Alina in der Box schlafen würden, bis wir eine Lösung für sie gefunden hatten. Ich hatte keine Ahnung, wann und wie man so ein verwaistes Fohlen alleine lassen konnte, ob wir doch noch von irgendwoher eine Amme bekommen könnten. Vielleicht war es möglich, Balthasar vorübergehend bei ihr zu lassen. Jedenfalls regte sich die leise Befürchtung in mir, dass ich mein eigenes Zuhause in nächster Zeit nur sporadisch sehen würde.
Na super, dachte ich, einen freudlosen Blick auf Toms Haus werfend, ganz toll, wo ich doch so rasend gerne hier war. „Dumm gelaufen, Christelle", murmelte ich in die Stille, „ein bisschen kann ich Sylvie schon verstehen. Es macht keinen sooo großen Unterschied, ob die Probleme noch leben oder schon tot sind."
Ergeben trat ich ins Haus. Auch Jan hatte ein wenig recht, wenn er sagte, dass es ihr und mir doch eigentlich egal sein konnte. Es war aber nicht egal. Und es half auch nicht viel, dass Christelles Bild vom Nachttisch in Toms Schlafzimmer auf den Schreibtisch im Wohnzimmer gewandert war.

Komisch, ich sah mich im Flur um, bevor ich die schmale Treppe ins Obergeschoss hinaufstieg, warum war mir Christelle gerade heute so unangenehm präsent. Sie hing mir ja immer im Nacken, wenn ich hier war, mal mehr, mal weniger, doch heute schien es mir besonders extrem. Im Bad streifte ich mir meine miefigen Kleider vom Leib und trat unter Caspars fassungslosen Blicken in die Dusche. Er würde nie verstehen, wie man sich freiwillig nass machen konnte.
Lag es an dem Fohlen, dass Christelle so greifbar war? Ich drehte das Wasser noch ein paar Grad heißer, aalte mich in dem weichen Strahl. Christelle sah man auf Fotos immer nur mit Fohlen posieren und wenn es mal kein süßes Haflingerbaby war, dann eine stolze Stute oder man sah sie hoch zu Ross auf einem Haflingerhengst mit wehender Mähne. Das war ein Erbe, das ich weder antreten wollte, noch konnte. Und Tom war heute Morgen trotz seiner Müdigkeit strahlend glücklich gewesen. Ich reckte mein Gesicht in den Wasserstrahl, weil mir völlig unvermutet Tränen in die Augen stiegen. Verdammter Mist, dachte ich mit fest zusammengekniffenen Lidern, was war denn nur los heute Morgen? Diese Gefühlsduselei war mir unerklärlich. Ich konnte sie nicht einmal ruhigen Gewissens auf eine hormonelle Verwirrung schieben, denn ich stand ganz am Anfang meines Zyklus, wo Frau ausnahmsweise ganz die Ruhe selbst sein durfte und nicht mittendrin oder kurz vor dem gefürchteten Ende, mit Streitlust und Putzwahn. Mit Gewalt öffnete ich meine Augen, Wasserdampf wallte in der Dusche. Vergangene Nacht hatte ich Toms stummer Bitte zugestimmt und jetzt war Alina bei uns. Und selbst wenn ich keinen blassen Schimmer hatte, was ein verwaistes Fohlen mit unserem Leben anrichten würde, so gab es jetzt kein Zurück mehr. Ich hatte ja gesagt, ja mit allen Konsequenzen, ohne wenn und aber.

Eine knappe halbe Stunde später trat ich bepackt mit einer warmen Milchflasche für Alina, einem heißen Capuccino und einer Breze für mich wieder auf den Hof. Caspar hechelte neben mir her. Melchior hockte mit eingeklappten Pfoten auf der Bank neben der Tür in der Sonne. Er blinzelte im hellen Licht, bequemte sich aber nicht dazu, uns zu begleiten.

Noch bevor wir den Stall erreichten, hörten wir schrilles Geschrei, welches nur von Klein-Alina stammen konnte. Erschrocken blieb ich stehen und es dauerte ein paar überstürzte Schläge meines Herzens, bis ich mich in Erwartung einer entsetzlichen Katastrophe in Bewegung setzen konnte. Caspar scharrte schon aufgeregt an der Tür, als ich sie endlich hastig aufdrückte, dabei über Caspar stolperte und einen Großteil meines Capuccinos über meine Jeans und die Stallgasse kippte.
„Shit! Mist, verdammter!“, fluchte ich laut und leckte mir meine verbrühten Finger ab. Wie sollte ich Tom erklären, dass sich unser Fohlen blöderweise diverse Knochen gebrochen hatte, weil ich es alleingelassen hatte, um mit einem Haufen düsterer Gedanken über unsere Beziehung und seine Ex-Frau unter der Dusche zu stehen. Das verzweifelte Geschrei des Fohlens wurde mit jedem Schritt lauter. Nie hätte ich gedacht, dass ein Pferd solche Töne von sich geben konnte und ich hätte schwören können, dass die Stallgasse in diesem Moment einige Meter länger war, als sonst. „Lass den Blödsinn, Christelle“, zischte ich wütend, „ hör sofort auf damit, hier herumzuhexen! Wenn du mir unbedingt eins auswischen willst, dann lass wenigstens Alina aus dem Spiel.“
Bilder von Silberfees zertrümmerten Beinen unter dem Lieferwagen zuckten durch meinen Kopf, eine Erinnerung, die nie ihren Schrecken verlieren würde. Ich schickte ein Stoßgebet zum Himmel, Caspar sprang ungeduldig bellend vor der Box herum. Keuchend stürzte ich mich, aufs Schlimmste gefasst, halb über die hohe Holztür. Der Rest meines Capuccinos landete dahinter im Stroh. Alina stand mitten in der Box, breitbeinig, zitternd, und schrie aus Leibeskräften, die geblähten Nüstern mit langem Hals in die Höhe gereckt, was mich spontan an Balthasar erinnerte, zumal sie ihre Augen dabei wie er fest zukniff.
„Ja, spinnst du, oder was?“
Abrupt riss sie die Augen auf, die größer denn je erschienen, wenigstens hörte sie mit dem Geschrei auf. Völlig überfordert versuchte ich die Lage zu erfassen. Immerhin, sie stand. Und zwar auf vier gesunden Beinen, also war mal nichts gebrochen. Es tropfte auch nirgends Blut an ihr herunter. Auf den ersten

Blick fehlte ihr offensichtlich nichts, außer, dass sie alleine war. Na ja, ich holte tief Luft und beruhigte mich langsam. Alleinsein war in ihrer Situation wahrscheinlich Katastrophe genug, da brauchte sie nicht noch zusätzlich eine wüste Verletzung, um sich so anzustellen.
„Tschuldigung“, ich verzog bedauernd das Gesicht und machte endlich die Boxentür auf, „ich war wohl etwas zu lange weg. Aber wir haben warme Milch für dich dabei und wenn du satt bist, dann sieht die Welt bestimmt schon nicht mehr so furchtbar aus. Danach darfst du auch nach draußen in die Sonne, versprochen.“
Sie musterte Caspar und mich mit misstrauisch rollenden Augen, fast war ich versucht zu denken, dass wir nicht die Gesellschaft waren, die sie sich wünschte. Mit einem abgrundtiefen Seufzer zog ich die Tür hinter mir zu. Natürlich waren wir in ihren Augen nicht die Crème de la Crème, ihre Mutter wäre ihr logischerweise lieber gewesen, als Caspar und ich. Wahrscheinlich hätte sie sogar jedes Pferd sofort gegen uns eingetauscht.
„Dafür haben wir Milch dabei“, erklärte ich und schüttelte langsam die Flasche, „und vielleicht könnten wir dir einen Esel anbieten. Balthasar ist zwar schon älter, aber für den Anfang wäre er doch was, oder?“ Ihre Begeisterung hielt sich drastisch in Grenzen. Unsicher trat sie vor mir von einem Bein auf das andere, ihre Ohren wackelten im Takt dazu, aber sie schnappte sofort nach dem Zipfel vom Sauger der Flasche und trank so gierig, dass ich die Flasche mit beiden Händen festhalten musste.
Ich wusste nicht, ob es richtig war, doch ich ließ sie dieses Mal so lange trinken, bis sie von selber aufhörte. Ihr Bäuchlein wölbte sich prall hinter den Rippen, sie sah zum ersten Mal in ihrem kurzen Leben richtig entspannt und schläfrig aus.
Nachdenklich musterte ich Alina. Auf den ersten Blick hätte sie von ihrer Farbe her auch ein zu dunkel geratener Haflinger sein können. Auf den zweiten allerdings offensichtlich nicht, denn ihr Fell schimmerte wie dunkles Kupfer und nicht golden, wie das der Haflinger. Die weißen Stiefel hoben sich scharf dagegen ab und ihre Mähne schien beinahe weiß mit silbrigen Fäden darin. So etwas hatte ich noch nie gesehen. Neugierig,

wie sich die Sache bei Tageslicht darstellen würde, öffnete ich die hintere Tür zum Paddock. Dank Christelles perfekter Planung dieses Stalles, schien morgens die Sonne von Osten durch schmale Oberlichter in den Stall, wärmte ab mittags bis zum frühen Abend die Paddocks am hinteren Teil des Gebäudes. Also durfte ich unsere Kleine ruhigen Gewissens nach draußen lassen.
Die erste halbe Stunde traute sie sich allerdings nicht einmal bis zur Schwelle, starrte aber ungläubig nach draußen. Alles Locken und gutes Zureden half nichts, sie blieb drinnen und mit Gewalt wollte ich sie nicht nach draußen zerren. Also hockte ich mich ergeben in die Häcksel des Paddocks und genoss die Sonne.
Es war mal wieder Caspar, der mit seiner hartnäckigen Aufmerksamkeit jeden irgendwann dahin brachte, wo Caspar ihn hinhaben wollte. Mit sanftem Gestupse manövrierte er Alina nach und nach hinaus ans Licht. Ich ließ die beiden machen. Vielleicht gab Caspar dem Fohlen ein wenig von dem, was ihre Mutter ihr hätte geben sollen.
Bald gewann sie zusehends Vertrauen in die neue Umgebung und wenn Caspar nicht allzu sehr kläffte und zu wüst um sie herumsprang in seinem Übermut, dann stapfte sie selig hinter ihm her im Paddock herum. Verwundert starrte sie den Spatzen nach, die über den Paddock schossen, lauschte zur Salzsäule erstarrt auf das entfernte Röhren eines Traktors. Das Klingeln meines Handys brachte sie mit einem panischen Satz in den Stall zurück, aus dessen sicherer Dunkelheit sie mich beobachtete, bis Caspar sie erneut lockte.
Es war Centa, die anrief, um sich zu erkundigen, ob es stimmte, was man im Dorf über Tom und mich und ein verwaistes Fohlen erzählte. Die Berghofer Buschtrommeln hatten wie immer ganze Arbeit geleistet. Ich lachte. Hier draußen in der warmen Frühlingssonne erschien mir das Abenteuer Alina zauberhaft und ein Kinderspiel, das wir locker bewältigen würden. Centa freute sich verhalten, trotz ihrer unbändigen Neugier. Wahrscheinlich wäre sie am liebsten sofort herübergekommen. „Wir kommen heute Abend, wenn wir mit dem Füttern fertig sind“, erklärte sie eifrig, aber mit gebührend besorgtem Ton, „und Marie, tu mir einen Gefallen und kalkulier ein, dass es mit

dem Tierchen schiefgeht, auch wenn sie im Moment fit dasteht. – Ihr zwei seid echt verrückt.“
„Alina ist so stur wie Tom und ich“, erwiderte ich in die Sonne blinzelnd, „die schafft das, aber ich werde deine Worte mal im Hinterkopf behalten. Bringst du uns was zu essen mit, wenn ihr kommt? Außer Alina bekommt nämlich seit gestern niemand von uns regelmäßig was zu futtern.“
Sie lachte fröhlich. „Geht klar, Marie. Sollen wir dir auch deinen Esel mitschleppen?“
„Das wäre perfekt, danke Centa!“
„Passt scho, bis nachert dann.“
Ich klappte mein Handy zu. Langsam wurde es dann auch Zeit, dass Tom zur Ablösung auftauchte. Es war mir zutiefst zuwider, wenn ich abgehetzt oder zu spät zu einem Behandlungstermin kam und die Kundin, die mir bevorstand war eine der wenigen, die ich eigentlich gar nicht haben wollte, weil sie mich scheußlich an meine Zeit bei Claudia erinnerte. Eigentlich, fiel mir gerade ein, wusste ich nicht, warum ich die überhaupt angenommen hatte. Vielleicht war es ein unbewusstes Restselbst von mir, das da nach überholten Verhaltensmustern gehandelt hatte. Egal, ich stand behutsam auf, diese Frau war meine Kundin geworden, also sollte ich mein Bestes geben.
Alina blieb tatsächlich stehen, als ich neben sie trat und ihr scheu den Hals streichelte. „Na, meine Schöne, die nächste Mahlzeit bekommst du dann von Tom.“ Sie schnoberte mit bebenden Nüstern an meinem Arm herum, bereit, jederzeit sofort zur Seite zu springen. Sanft rieb ich ihr vom Hals über den Rücken, sie zuckte nervös, drängte sich aber doch auch gegen meine Hand, folgte mir sogar nach einer kleinen Weile, als ich langsam rückwärts gehend in den Paddock hinaustrat.
Dann fuhr Tom endlich auf den Hof. Ich fasste Alina um den Hals, hielt sie, weil sie sofort in ihre Box stürzen wollte. Ihre Vorderbeine stemmten sich in die Häcksel vom Paddock, aber noch war ich stärker als sie und vielleicht hatte sie tatsächlich mittlerweile so viel Vertrauen zu mir gefasst, dass sie sich letztendlich fügte. Tom beugte sich behutsam über den Zaun.
„Da wird mir ja ganz warm ums Herz“, er drückte mir einen stoppeligen Kuss auf die Wange, „wenn ich gleich von zwei schönen Frauen erwartet werde.“

Ich schnaufte. „Und mir wird heiß und kalt“, knurrte ich mit schiefem Grinsen, „denn ich warte schon seit Längerem auf dich. Ich muss jetzt dringend los. Wo warst du die ganze Zeit?“
Er streifte mich mit einem entschuldigenden Seitenblick, bevor er Alinas Stirnfransen zauselte. „Ich war noch beim Tierarzt, um Milchpulver für die kleine Schönheit zu holen und bin über Burgberg gefahren zum Reitergeschäft, wo ich ein Fohlenhalfter gekauft habe.“ Schmunzelnd zauberte er ein knallblaues Mini-Halfter aus seiner Jackentasche und ließ es vor meinen Augen baumeln. Ich lachte. „Unglaublich! Wie reizend!“
Die Lachfältchen um seine Sehschlitze herum vertieften sich. „Und bitte beachten: unsere Alina geht im Partnerlook mit Caspar und Balthasar!“
Fröhlich griff ich nach dem Halfter, Alina trippelte misstrauisch ein paar Schrittchen zur Seite, während Tom durch das Gatter im Zaun in den Paddock trat. „Sylvie würde dich mal wieder für einen peinlichen Frauenversteher halten“, erklärte ich mit einem Grinsen, „kein echter Mann würde ihrer Meinung nach farblich passende Halfter kaufen.“
„Du kannst sie ja anlügen und behaupten, du hättest mich dazu gezwungen“, Tom zog mich an sich und küsste mich wieder, „dominante Frauen findet sie doch sicherlich richtig gut, oder?“
„Da könntest du recht haben“, ich machte mich notgedrungen von ihm los, „aber ich muss jetzt. Darf ich deinen Wagen haben? Sonst schaffe ich den Termin nicht mehr pünktlich.“
„Klar“, er reichte mir die Schlüssel, „bis nachher.“
„Danke. – Ach, übrigens“, ich drehte mich am Gatter um, „Alina ist nicht gerne alleine und sie äußert das auch recht lautstark. Nur so zur Info, falls du vorhattest, nach dem Füttern ins Bett zu gehen. Vergiss es. Und Centa und Tobi kommen gegen Abend. Sie bringen aber was zu essen mit. Ciao, mein Schatz!“
„Herrgottsackra!“, fluchte Tom leise hinter mir, ich grinste.

Auch ich kehrte später auf den Hof zurück, als ursprünglich geplant. Zum einen war mein zweiter Massagetermin zu einem gesprächstherapeutischen Termin ausgeartet, so dass

ich anstatt einer guten Stunde, mehr als zwei bei der jungen Frau saß. Dann war mir eingefallen, dass Samstag war und wir wenigstens ein paar Lebensmittel daheim haben sollten, also hatte ich noch eingekauft, um danach bei meinem Stadel vorbeizufahren, wo ich frische Klamotten einpackte, Bücher, Hunde- und Katzenfutter und was man sonst noch so brauchte, wenn man ein paar Tage nicht daheim sein würde. Etwas enttäuscht und verwundert stellte ich fest, dass Jan und Sylvie wohl schon abgereist waren. Sylvie hatte es offensichtlich mehr als eilig gehabt, das Allgäu zu verlassen. Schade, dachte ich, während ich die Kaffeetassen, die einzig an die Anwesenheit der beiden erinnerten, im Spülbecken abwusch und wieder in den Schrank stellte.
Da auch Balthasar fehlte, ging ich davon aus, dass Centa und Tobi mittlerweile bei Tom eingefallen waren und mein Magen knurrte vernehmlich, in Erinnerung an Centas Versprechen, uns mit Essen zu versorgen.
Jans Audi stand im Hof, als ich ankam. Erleichtert parkte ich Toms monströsen Jeep daneben. Noch waren wir also nicht ganz allein mit dem Problem Alina. Caspar hüpfte mir jaulend entgegen, Sylvie und Centa lehnten am Zaun von Alinas Paddock. Balthasar ruhte dösend im Schatten unter der Buche neben dem Haus, während die drei Männer im Paddock standen, aufgereiht wie die Chorknaben, jeder eine Bierflasche in der Hand, und das Fohlen anstarrten. Ich verkniff mir ein Lachen und gesellte mich zu Centa und Sylvie.
„Grüßts euch“, rief ich in die Runde, „schön, dass ihr noch da seid, Sylvie.“
Sylvie verzog das Gesicht. „Ist nicht mein Verdienst. Meinetwegen könnten wir schon halb in München sein. Dieser Abend schreit regelrecht nach einem coolen Club.“
„Ach komm“, Centa legte ihr grinsend den Arm um die Schultern, „wir sind auch ein cooler Club, schau dir nur die drei Schießbudenfiguren da auf dem Platz an.“
Ich quiekte übermütig. „Echt, hat jemand einen Tennisball? Wer ist als Erstes fällig?“
Sylvie fand uns eindeutig eher peinlich, als amüsant. Centa lachte schallend. „Egal, halt einfach drauf, verdient hat es jeder von denen. Im Zweifelsfall ist mein Tobi der Haupttreffer.“

Der hörte das natürlich prompt. „Wer austeilt, muass au eistecka, Centa, überleg's dir."
Centa hob abwehrend die Hand. „Tu dir nicht weh, Tobi. Schauts lieber dem kloine Krott weiter beim Wachsen zu und trinkts euer Bierle."
„Proscht!", echoten Jan und Tom im Chor und hoben uns ihre Flaschen entgegen.
„Wir überlegen eigentlich mehr", erklärte Jan mit einem liebevollen Blinzeln an Sylvie, „was der Vater von Alina wohl wirklich für einer gewesen ist." Tom nickte dazu.
„Wie jetzt", fragte ich verwirrt zurück, „wissen wir doch: ein Friese."
Die drei sahen sich demonstrativ genervt an und grinsten. „Kann nicht sein, mein Schatz", erklärte Tom nach einem tiefen Zug aus seiner Flasche und bezeichnendem Wink zu Alina, „unser Fohlen ist ein Kohlfuchs und kein Rappe."
Aha, dachte ich, was auch immer er mir damit sagen wollte. „Kohlfuchs?"
Tom nickte wieder. „Ein Kohlfuchs oder auch Schweißfuchs genannt."
„Und deswegen", klinkte sich Jan ein, „kann der Vater auch kein reinrassiger Friese sein."
„Alles klar, Jungs", konterte ich, „soll das heißen, nur weil Friesland ziemlich weit weg ist und auf dem Weg hierher ein wenig Farbe abhanden gekommen ist, ist der Vater kein echter Friese? Was bist du denn dann, Jan? Ein Münchner?"
Sylvie musterte mich verblüfft, auch Jan fiel sein Grinsen aus dem Gesicht.
„Sapperlott! Noi", Jan rubbelte sich durch die Haare, „niemals."
„Vergiss es, Marie", Centa kickte mich leicht mit dem Ellenbogen in die Seite, „Männer! Der hat deinen Witz mal wieder nicht verstanden."
Ich verdrehte lachend die Augen. „Okay, also ernsthaft. Was hat Alinas Farbe mit reinrassigen Friesen zu tun?"
Die drei Männer schauten sich wieder an, als sei ich völlig minderbemittelt.
„Die isch a ganz a Siebagscheide, die Marie. – Ist das Ross schwarz?" Tobi winkte wie Tom mit seiner Flasche zu Alina

hinüber, die gerade zögernd anfing, an Toms Ärmel zu zupfen.
„Nein“, antwortete ich geduldig, „wie wir gerade gelernt haben, nennt man diese Farbe Kohlfuchs.“
„Eben, und Friesen müssen nun einmal rabenschwarz sein, das ist Pflicht bei denen.“ Jan hatte seine Fassung wiedergefunden. „Sie sind so rabenschwarz, dass sie das immer und auf jedem Fall an ihre Kinder weitergeben. Nur ein schwarzer Friese ist ein wahrer Friese. Und dazu keine weißen Beine, niemals!“
„Der Herr Veterinär“, Sylvie schickte einen recht abfälligen Blick zu Jan, „will damit sagen, dass Friesen ihre Farbe dominant vererben. Wir haben das jetzt verstanden, Jan, danke.“
Centa und ich wechselten einen kurzen Blick. Da war zweifelsohne eine derbe Missstimmung zwischen Jan und Sylvie, die ebenso eindeutig von Sylvie ausging.
„Jetzt mal im Ernst“, mischte sich Centa ein, „die Mutter war doch ein Mischling, oder? Kann daher der Fuchs kommen?“
Die drei schüttelten synchron die Köpfe. „Nein“, Jan riskierte einen scheuen Seitenblick zu Sylvie, die mit dem Rücken zu ihm am Zaun lehnte und die Unbeteiligte mimte. „Der Vater muss zusätzlich schon ein Mischling sein.“
„Also hat da irgendjemand diesen Idioten von gestern“, Sylvie warf ihre Mähne über die Schulter, „vor ein paar Monaten eiskalt mit einem unechten Friesen über den Tisch gezogen. – Okay, dann hätten wir das ja jetzt geklärt. Können wir nun endlich nach Hause fahren, Jan?“
In unser betretenes Schweigen hinein ließ Balthasar seine rostige Tröte erschallen.
„Nach dem Essen“, Centa bemühte sich um einen betont lockeren Ton durch Balthasars Geschrei hindurch, während Alina entsetzt hinter Tom vorbei sprang, der sie blitzartig an ihrem neuen blauen Halfter fasste. „Nach dem Essen“, bekräftigte Centa und strich Sylvie sanft über die Schulter, „dann dürfts ihr gestärkt nach Hause düsen. Es gibt frische Kässpatzen. Kathrin bringt sie in ein paar Minuten rüber.“
Sylvie schüttelte harsch Centas Hand von ihrer Schulter. Balthasars Röhren ebbte langsam ab, was die augenblickliche Stille umso bedrückender machte. „Von Kässpatzen wird man fett, danke Centa, ich fahre lieber sofort. – Kommst du, Jan?“

Sie schickte nur einen halben Blick über die Schulter, stieß sich mit dem Rücken vom Zaun ab. Ich sah, wie Jan sich in Abwehr versteifte, doch Tom schüttelte fast unmerklich den Kopf, seine gemurmelten Worte konnte ich nicht verstehen, aber Jan seufzte sichtlich ergeben.
„Meinetwegen", erwiderte er, ohne den Ärger in seiner Stimme sonderlich zu kaschieren, „aber bild dir bloß nicht ein, dass ich an der nächsten Raststätte halt mache oder daheim beim Döner-Imbiss vorbeifahre, nur weil du gerade verhungerst."
Sylvie zischte zickig zwischen den Zähnen hindurch, schon halb auf dem Weg zum Auto. So hatte ich sie noch nie erlebt. Nicht dass Sylvie jemals eine Ausgeburt an Takt oder Diplomatie gewesen wäre, aber das hier war echt nicht ihr Stil. Sie stieg grußlos, ohne uns eines Blickes zu würdigen ins Auto, Jan mit verhaltener Wut und einer flüchtigen, mehr als peinlich berührten Entschuldigung hinterdrein. Der Audi verließ den Hof mit einer theatralischen Staubwolke. Tom trat langsam mit Alina am Halfter an den Zaun. „Was ist mit der los?"
Ich zuckte die Schultern. „Keine Ahnung. Vielleicht Allgäu-Koller?"
„Egal", Centa blinzelte versöhnlich, „jetzt gibt's gleich was zu essen. Jeder ist mal komisch drauf. Beim nächsten Mal hat die sich bestimmt wieder gefangen."
„Das kommt noch auf", grummelte Tobi und zwängte sich zwischen den Balken hindurch, „wo bleibt die Kloi scho wieder? Ich habe Hunger."

5. Kapitel
Und wieder: Alles nur Anfangsschwierigkeiten!

Vergeblich wartete ich den ganzen Abend auf eine SMS von Sylvie. Kein „Wir sind gut angekommen“ und kein „Sorry, war schlecht drauf“, nichts. Tom gab Alina ihre vorerst letzte Flasche für die Nacht, während ich schon satt und müde in meinem Schlafsack eingerollt im Stroh lag. „Ich glaube, dass der Vater ein Schwarzwälder Fuchs war“, sagte Tom in Alinas Schmatzen hinein, „ich kann mir zwar nicht vorstellen, wie man einen Friesen mit einem Schwarzwälder verwechseln könnte, aber je länger ich sie mir so anschaue ...“, er schaute kurz prüfend zu mir hinüber und ich versuchte möglichst wach auszusehen, „... und Tobi denkt das übrigens auch.“
„Na dann“, brummte ich schläfrig, „wie sieht denn ein Schwarzwälder Fuchs aus?“
„Hä?“ Tom zog Alina den Sauger aus dem Maul, sie schnaufte ärgerlich. „Goht’s no, Marie? Ja, wie Alina halt.“
Super, dachte ich, jetzt wusste ich Bescheid. Ich fand nicht einmal, dass Alina überhaupt wie ein Pferd aussah, selbst jetzt nicht, wo sie sich etwas rundlicher präsentierte und auf vier Beinen stand, geschweige denn, sie eine ansatzweise Ähnlichkeit mit etwas aus dem Schwarzwald hatte. Mir fiel dazu eh nur Sahnetorte ein. Ich seufzte und schlief auf der Stelle ein.
Spät in der Nacht schlurfte ich schlaftrunken vom Stall in die Küche, weil Alina lautstark ihren Hunger äußerte. Tom schlief derweil den tiefen Schlaf des Biertrinkers. Er und Tobi hatten doch recht ordentlich geschluckt und er wurde nicht einmal wach, als ich Alina kurz darauf ihre Flasche gab. Dafür rumorte Balthasar in der Nebenbox, Caspar schleckte Alina ab und Melchior übernahm skrupellos meinen Platz im Schlafsack. Das einzig Positive, was mir in diesem Moment einfiel, war, dass Alina einen gesunden Appetit besaß und es erst Sonntag war, wo wir uns hoffentlich von den Strapazen der vergangenen beiden Tage etwas erholen konnten. Ich sehnte mich nach einem Bett, selbst wenn es in Toms Schlafzimmer stand. Müde dehnte ich meine Schultern, während Alina eifrig nuckelte. Die leere Flasche ließ ich dann einfach im Stroh liegen und kuschelte mich zwischen Melchior und Tom.

Tom fütterte kurz vor Morgengrauen. Langsam dämmerte mir, dass es, wenn die Geschichte blöd lief, noch eine ganze Weile so weitergehen würde. Und das, wo mir mein Schlaf heilig war. Ohne ausreichenden Schlaf ging bei mir gar nichts und es würde nicht lange dauern, bis ich Sylvie in Sachen Monster-Zicke locker toppen würde.
Unser Frühstück aßen wir wieder im Stall. Den Rest des Tages verbrachten wir wechselweise bei Alina, während der andere in den Genuss einer heißen Dusche und eines Bettes kam, Mittagessen im Stall, nachmittags Kaffee im Stall. Unser Abendessen gönnten wir uns, dem Geschrei des Fohlens zum Trotz in Toms Küche. Nie hätte ich vermutet, dass ich so etwas jemals als Luxus empfinden könnte.
Alina entwickelte sich weiterhin wunderbar. Sie vertilgte Unmengen an Ersatzmilch, ihre langen Beine bekam sie mit jeder Stunde mehr und mehr unter Kontrolle und auch ihr Kopf schien nicht mehr völlig unproportional am Körper zu hängen. Auch wurde sie zutraulicher, frecher und seltsam anschmiegsam. Wir ließen sie tagsüber im Hof frei herumlaufen, zusammen mit Balthasar, der dieses Fohlen für vollkommen unnötig hielt, und sie rannte schreiend jedem von uns hinterher, der gerade in ihr Blickfeld kam, egal ob es Tom, Caspar, Melchi oder ich waren. Nur Balthasar ging sie im Zweifelsfall aus dem Weg. Das alles war auf den ersten Blick ja ganz süß, doch wie sollte das spätestens ab Montag funktionieren, wenn Tom und ich unserer Arbeit nachgehen mussten?
Mit diesem Gedanken im Kopf und reichlich gemischten Gefühlen im Bauch knipste ich die Taschenlampe aus, die wir mit in der Box hatten. Tom war mit dem Moment eingeschlafen, wo er sich in die Waagerechte begeben hatte. Dieser Sonntag hatte nicht ausgereicht, um uns von den Strapazen der vergangenen Tage zu erholen. Alina lag Rücken an Rücken mit Caspar, Balthasar schnoberte noch in der Nebenbox und ich drängte mich steif und frierend an Tom. Er würde früh morgens in Oberstdorf arbeiten, ich hatte meinen ersten Termin im Stadel um elf. Wir würden eine Art Alina-Schichtwechsel machen, uns abends hier wieder treffen. Ich sagte Sylvie in Gedanken noch leise gute Nacht und schlief dann ebenfalls, trotz diverser pieksender Strohhalme, ein.

Wieder war ich es, die mitten in der Nacht Alina eine frische Flasche wärmte. Dass Tom aufstand und fütterte, bemerkte ich dafür nicht. Erst, als er sich mit einem leichten Kuss von mir verabschiedete, wurde ich kurz wach. Fahles Morgenlicht fiel durch die schmalen Dachfenster, Caspar lag ausnahmsweise in meinem Arm. Alina stand dösend in der Ecke. Ich schlief weiter, bis ich Alinas Rumgestupse an meiner Schulter nicht mehr ignorieren konnte. Schlaftrunken tappte ich durch den Stall, stolperte über Caspar und Melchior, die mir zwischen den Beinen herumwuselten und wärmte halb schlafend in der Küche eine weitere Flasche Milch für unser hungriges Fohlen.
Es war bereits kurz nach acht Uhr, doch ich fühlte mich, als hätte ich eben erst mein Bett, vielmehr mein Strohlager aufgesucht. Also entlockte ich Toms Kaffeemaschine vorab mal einen doppelten Espresso, um wenigstens etwas wacher zu werden. Die Wirkung war nicht durchschlagend, aber immerhin konnte ich die Augen so lange offen halten, wie Alina brauchte, um ihr zweites Frühstück zu sich zu nehmen. Leicht angewidert musterte ich meinen Schlafsack und das zerdrückte Stroh.
Nur zu gerne hätte ich mich noch einmal hingelegt, doch auf Stall hatte ich keine Lust mehr, zumal ich mich recht schmuddelig fühlte. Den Gedanken an Toms Schlafzimmer konnte ich mir gleich aus dem Kopf schlagen, denn Alina war schon während der wenigen Minuten, die wir in der Küche verbracht hatten, in helle Aufregung geraten. Unmöglich durfte ich sie länger alleine lassen. Mit einem Seufzer plumpste ich auf meinen Schlafsack und fiel zur Seite. Müde zerrte ich Toms Schlafsack über mich. Eigentlich gab es nicht wirklich einen Grund, so unendlich müde zu sein. Ich hatte schon viele Nächte mit weitaus weniger und viel schlechterem Schlaf verbracht, ohne mich deswegen so ausgehöhlt zu fühlen, wie ich mich jetzt nach nur drei Nächten fühlte. Woran lag das also?
Caspar kam ächzend neben mir zum Liegen und rubbelte seine Schnauze so lange auf meiner Schulter herum, bis er richtig lag. Selbst das nervte mich in diesem Moment, wo ich es sonst an ihm liebte. Ich drückte mein Gesicht gegen seines, in der Hoffnung, dass die Welt für einen Moment verschwand, und atmete tief den vertrauten Geruch von warmem Caspar ein.

Schlagartig wurde mir klar, dass mich die gewisse Ausweglosigkeit dieser Situation so fertig machte. Vorsichtig blinzelte ich über Caspar hinweg zu dem gerade mal zwei Tage alten Fohlen. Unsere Blicke trafen sich wider Willen. Ich schaute in ihre großen, schwarzen Augen und sah die Verwirrung in ihnen, sah die Angst, Trauer und eine Einsamkeit, von der ich hoffte, dass ich sie vermenschlichte.
Ob es frischgebackenen Eltern ähnlich ging, wenn ihr Baby sie nächtelang vom Schlafen abhielt und eigentlich null Chance bestand, in den nächsten Monaten zu einer Art Normalität zurückzufinden? Irgendwie würde es wohl gehen müssen, Caspar und ich hatten doch auch allen Widrigkeiten zum Trotz Lösungen gefunden, also würden wir auch Lösungen mit Alina finden. Dieses Mal musste ich nicht einmal alleine suchen, denn Tom trug die Verantwortung mit mir, nicht wie Karsten, der mich vor die Wahl gestellt hatte, Caspar oder er. Ich schniefte in Caspars warmen Pelz, was ihn wohlig brummen ließ. Wenigstens hatte ich die richtige Wahl getroffen und Karsten samt unbefriedigtem Juppi-Leben den Rücken gekehrt.
Es würde sich schon alles irgendwie einspielen, ich musste nur Geduld haben, die Dinge locker nehmen und alles so einfach wie möglich gestalten. Etwas wie Erleichterung glomm in meinem Bauch auf. Als Erstes würde es vieles erleichtern, wenn wir nicht wegen jeder Mahlzeit für Alina in Toms Küche hinüberlatschen müssten. Also brauchten wir zumindest für die Nächte ein paar Thermoskannen. Dann sollten wir schleunigst damit beginnen, Alina daran zu gewöhnen, eine Weile alleine zu sein, ohne dass sie deswegen in Panik ausbrach und den Stall zusammenbrüllte. Das ging aber wiederum nur mit Zeit, die wir so eigentlich nicht hatten. Darüber wollte ich nachmittags mit Tom reden, wir brauchten einen Plan, in dem wir unsere Termine vernünftig koordinieren mussten und zwar dringend. Mit neuer Energie raffte ich mich vom Strohlager auf, Alina stapfte sofort auf mich zu.
„Dich meine Süße“, ich rieb ihr die klobige Stirn, „dich werfe ich jetzt raus auf den Paddock und verschwinde dann für eine Weile im Badezimmer. Du bist nicht allein, Balthasar ist bei dir und Caspar ist in der Nähe, okay?“
Zustimmung schien mir grundsätzlich anders auszusehen,

doch ich blieb hart, machte die Stalltür auf und holte Balthasar, der, ohne sie eines Blickes zu würdigen, an Alina vorbeistiefelte und sich ohne Umschweife in die Häcksel fallen ließ, um sich zu wälzen. Alina starrte ihn erschrocken an, wagte sich aber nicht näher. Ich ließ die beiden allein, in der Hoffnung, dass Balthasar sich im Zweifelsfall daran erinnerte, wie sich ein alter Esel einem Fohlen gegenüber zu benehmen hatte. Alles nur Anfangsschwierigkeiten, sagte ich mir, während ich zum Haus hinüber ging, so wie damals bei Caspar – eine gute Zauberformel, eine die gewirkt hatte: alles nur Anfangsschwierigkeiten.

Gut, die Anfangsschwierigkeiten dröhnten nach wenigen Minuten samt Balthasars Geröhre und Caspars Bellerei zu mir ins Badezimmer hinauf. Trotzdem gab ich mir Mühe, mich nicht zu beeilen. „Nur die Ruhe, Marie“, sagte ich meinem übernächtigten Spiegelbild, „du siehst echt scheiße aus.“ Ich föhnte mir die Haare, nur um den Lärm nicht mehr zu hören, und brühte mir dann in der Küche eine große Tasse Milchkaffee auf, mit der ich hinaus zu den randalierenden Tieren ging.

„Still Caspar!“, brüllte ich schon von der Tür aus. „Balthasar, gib endlich Ruhe!“

Ich sah Melchior mit gesträubtem Fell um die Hausecke linsen. „Die haben sie nicht alle“, erklärte ich ihm mit bezeichnendem Tippen an meine Stirn, „Fohlenwahn.“

Er machte eines seiner klugen Katzengeräusche, blieb aber sicherheitshalber im Schatten der Ecke hocken. Caspar hetzte kläffend über den Hof auf mich zu. Er war völlig überdreht. Harsch schnappte ich nach seinem Halsband. „Schluss jetzt!“ Wild wand er sich unter meiner Hand, ganz der unerzogene Junghund, den er immer mal wieder vorzeigen musste.

„Hey“, fauchte ich, „ich meine es ernst!“ Der Satz zog immer. Erstaunt schaute er zu mir hoch. „Ehrlich! Seine Schwanzspitze fegte mit sachtem Klopfen den Boden und er setzte sich brav auf seine Hinterbeine. Zögernd strich Melchior näher, rieb sein Köpfchen an Caspars Schulter, was ihm einen feuchten Hundekuss einbrachte. Melchior schüttelte sich angewidert. Derweil ebbte auch Balthasars Posaune langsam mit einem rostigen Ton ab.

Ich atmete tief durch, denn nur noch Alinas schrilles Fohlen-

geschrei zerschnitt die morgendliche Stille. Langsam trat ich an den Zaun vom Paddock und schob mich zwischen den Latten hindurch.
„Alina!“, rief ich halblaut, schnalzte zusätzlich lockend mit der Zunge. Balthasar setzte sich sofort in meine Richtung in Bewegung. „Dich habe ich nicht gerufen, alter Zausel“, er schnappte zur Belohnung für diese Worte nach meinem Arm, „lass das.“ Ich schob ihn lachend weg. „Du bist jetzt ein Vorbild für ein Fohlen, also benimm dich.“
Seine Zähne verfehlten meine Pobacke nur um Millimeter, es war der beste Trick, den er auf Lager hatte, und ich gönnte ihm den Spaß, denn mit Absicht hätte er mich nie erwischt.
Über diesem Spiel hatte auch Alina endlich bemerkt, dass sie nicht mehr allein mit Balthasar und Caspar überleben musste, sondern ihre Milchversorgung nach wie vor gesichert war. Mit bockenden Sprüngen hüpfte sie durch den Paddock auf mich zu. Ich blieb dann mal sicherheitshalber stehen, denn in ihrem Fall war ich mir nicht sicher, dass sie ihre Beine unter Kontrolle hatte. Sie schoss wirklich nur knapp an mir vorbei, bremste dann so abrupt, dass sie sich nur knapp abfangen konnte, ohne zu stürzen und wieherte gleich wieder hysterisch los. „Nur die Ruhe, Alina“, behutsam trat ich an sie heran und fasste sie am Halfter, „keine Panik.“
„Sie da! – Hallo Sie!“
Der plötzliche Ruf riss mich vor Schreck fast von den Beinen, ich prallte gegen Alina, die ihrerseits vor Schreck über die Stimme einen Satz nach hinten machte und mich samt Milchkaffee damit endgültig zu Boden gehen ließ. Sie raste mit rotierenden Hufen in ihren Stall, gleichzeitig tobte Caspar wüst bellend über den Hof und Balthasar stürmte mit flach an den Kopf gelegten Ohren ebenfalls in Richtung Ausfahrt, wo ein Mann in unübersehbar touristischer Wandertracht stand, der wild gestikulierte.
Balthasar wurde zum Glück vom Zaun gestoppt, Caspar dagegen sprang wie ein blutgieriger Wolf um den Mann herum, der zu allem Unglück auch noch anfing, nach dem Hund zu treten.
„Caspar! Hierher!“ Ich rappelte mich blitzartig auf. „Sofort!“ Niemals hätte ich gedacht, dass ich so gelenkig war, aber

ich flog fast waagerecht zwischen den Latten des Zauns hindurch.
„Caspar! Aus!“ Ich packte den Hund am Kragen und zerrte ihn zur Seite.
„Entschuldigung“, keuchte ich völlig außer Atem, „der macht sonst nichts. Wir haben uns nur alle etwas erschreckt.“
Der typische Hundehalterspruch kam mir locker von den Lippen, wo ich ihn sonst nie gebrauchte und ihn so gesehen auch reichlich peinlich fand.
„Sie!“, brüllte der fremde Mann und zeigte auf mich. „Ich werde Sie anzeigen!“
Da er seinen Zeigefinger unverwandt auf mich richtete, sonst niemand anderes da war, musste ich davon ausgehen, dass er tatsächlich auch mich meinte. „Wie bitte?“
„Nicht nur, dass dieses Fohlen seit Stunden nach seiner Mutter schreit und der Esel qualvoll brüllt, nein, Sie haben hier auch noch einen gefährlichen Hund frei herumlaufen. Der gehört angeleint, der muss einen Maulkorb tragen. Der hätte mich fast zerfleischt! Sie Tierquäler, Sie! Ich werde dafür sorgen, dass Sie nie wieder ein Tier halten dürfen!“
Es gab Momente im Leben, wo man Worte hörte, in einer Sprache, die man vermeintlich in allen Bereichen beherrschte und doch ergaben sie plötzlich keinen fassbaren Sinn mehr. Die kleine, böse Marie tief in mir drin verstand mal wieder alles viel schneller, als die rationale, brave Marie, die, ihren Hund am Kragen gepackt, dastand. Ohne es bewusst zu entscheiden, ließ ich Caspar los. Zwei überraschte Augenpaare starrten mich an, Caspars und die des Mannes.
„Dieser gefährliche Hund“, erläuterte ich eisig, „bewacht sein Revier. Falls es Ihnen nicht aufgefallen ist, Sie befinden sich auf Privatgrund.“ Als hätte Caspar verstanden, was ich sagte, sträubte er wieder wild die Nackenhaare und schlich in echter Wolfsmanier leise knurrend um den fremden Mann herum, der schlagartig blass wurde. „Und mein Hund“, fuhr ich fort, „kann es gar nicht leiden, wenn man mich unfreundlich anschreit. Davon abgesehen“, ich gab Caspar ein Zeichen, sich neben mich zu setzen, was er auch prompt tat, „dieses Fohlen ist verwaist, es hat keine Mutter mehr und es hat nicht stundenlang geschrieen, da haben Sie wohl leicht übertrieben. Und

was den Esel betrifft, die klingen immer so. – Sie verlassen jetzt jedenfalls sofort unser Grundstück, sonst zeige ich Sie wegen Hausfriedensbruch an. – Schönen Tag noch!" Auf dem Absatz machte ich kehrt, Caspar folgte mit einem letzten ungnädigen „Wuff" an den Mann.

„Das werde ich dem Veterinäramt melden, darauf können Sie sich gefasst machen!"

Ich drehte mich nicht um, mit so etwas wollte ich mich nicht weiter abgeben. So oder so hatte mir diese Auseinandersetzung den Morgen schon vermiest. Das waren anscheinend genau die Menschen, über die sich in den diversen Tierforen im Internet, wo ich mich manchmal herumtrieb, die Mitglieder aufregten. Bisher war ich davon verschont geblieben, trotz Hund, Katze und Esel. Mich hatte noch niemand wegen Caspar angefeindet oder sich über einen frei laufenden Esel entsetzt. Aber, es gab für alles ein erstes Mal, meines war heute und es fühlte sich gar nicht gut an. Ich war wütend, richtig zornig, doch irgendwie auch sehr verletzt und ich empfand die Anfeindungen dieses Mannes, der überhaupt nichts von uns wusste, unsagbar ungerecht. Die Drohung mit dem Veterinäramt setzte dem Ganzen die Krone auf. Sollte er doch! Hochgradig geladen zwängte ich mich wieder zwischen den Zaunlatten hindurch, um nach unserem verschreckten Fohlen zu schauen. Balthasar schnaufte ebenfalls noch vor Aufregung, ich klopfte ihm beruhigend den Rücken. „Entspann dich, Caspar und ich haben den Fiesling in die Flucht geschlagen."

Im Halbdunkel der Box konnte ich Alina nur schemenhaft erkennen. Sie hatte sich in die hinterste Ecke unter den Futtertrog gequetscht und zitterte am ganzen Leib. Ich wurde noch wütender, während Caspar ihr die bebenden Nüstern ableckte. Langsam hockte ich mich vor sie hin, massierte ihr mit sanftem Druck Brust und Rücken, bis sie sich ein wenig beruhigte und zog sie dann, Caspar an ihrer Seite, wieder hinaus auf den Auslauf. Ein vorsichtiger Seitenblick zu Straße sagte mir, dass wir wieder alleine waren. Balthasar betrachtete uns durchaus mitfühlend. „Du könntest ruhig auch ein wenig netter zu ihr sein", er wackelte nachdenklich mit den Ohren, „anstatt sie dauernd davonzujagen."

Die Sonne verschwand langsam hinter einer dicken Wolken-

wand, das gute Wetter würde also nicht halten. Ich seufzte und ließ Alina frei. Sie blieb stocksteif mit gespitzten Ohren mitten auf dem Auslauf stehen. „Er ist weg, Kleines." Ich seufzte noch einmal, warf einen beiläufigen Blick auf meine Armbanduhr, der mir völlig unerwarteterweise den nächsten Adrenalinschock bescherte. Es war fast halb elf. Hastig ließ ich Alina stehen, um im Haus mein Handy zu holen. Tom hatte angerufen. Shit, dachte ich voller böser Vorahnungen und drückte den Rückruf. Es klingelte ewig, bis er sich atemlos meldete.
„Wann kommst du?", fragte ich ohne Umschweife. Ich hörte ihn tief einatmen.
„Keine Ahnung, jedenfalls nicht um elf."
Zum zweiten Mal für heute brauchte mein Hirn diverse Sekunden länger, um den Inhalt eines Satzes zu verstehen. „Das ist jetzt ein Witz, oder?"
„Nein. – Ich habe hier einen Notfall, Huf gesplittert bis zum Kronrand. Es tut mir leid, Marie, aber ich kann das Tier so nicht stehen lassen."
Natürlich hörte ich die Zerknirschung in seiner Stimme, klar konnte er ein Pferd mit so einer Verletzung nicht stehen lassen, aber ich hatte schließlich auch meine Arbeit zu machen.
„Na super", ich mogelte ein halbes Lächeln in mein Gegrummel, damit es nicht ganz so ärgerlich klang, „und was soll ich jetzt mit Alina machen?"
Er seufzte und ich hörte im Hintergrund genervtes Schnauben. „Nimm sie halt mit hoch zum Stadel, alleine lassen können wir sie nicht. Stell sie in Balthasars Stall, vielleicht gibt sie da Ruhe. Ich muss jetzt weitermachen, Marie, ciao."
Er war weg, bevor ich auf seinen Vorschlag reagieren konnte. „Danke Tom", knurrte ich ins Telefon, „super Idee." Aber was blieb mir übrig. Der Tag schien es mir nicht leicht machen zu wollen, aber noch war ich gewillt, ihn vernünftig zu bewältigen.
Okay, ich holte tief Luft. Also Esel und Fohlen einsammeln, Hund dazu und ab über die Wiesen zum Stadel hinauf. Ich musste mich beeilen, wenn ich nicht wieder völlig unvorbereitet in eine Behandlung gehen wollte. Hastig rannte ich in den Stall, wo ich mir für Alina einen Führstrick schnappte, durch die Box hinaus auf den Paddock und hängte ihr das erste

Mal in ihrem kurzen Leben einen Strick in ihr neues blaues Halfter. Widerstrebend stakste sie hinter mir her auf den Hof und ich pfiff nach Balthasar, der wie jeder Esel ungebührliche Hast stoisch ignorierte. Balthasar war sicher ein als Esel inkarnierter Zen-Mönch, der noch immer nach dem Motto lebte: wenn du es eilig hast, so gehe langsam. Meistens war ich ihm dankbar dafür, dass er mich derartig runterbremste, doch es gab auch Tage wie heute, wo mich sein Geschlender tierisch nervte.

Alina trippelte, mit jedem Schritt aufgeregter, dicht an mich gedrängt hinterm Haus die Wiese hinauf. Caspar jagte übermütig vorweg.

Wir verlangten viel von der Kleinen, wo sie doch eigentlich an der Seite ihrer Mutter behütet, sicher und ohne Stress ihre Kindheit verbringen sollte. Auch darin erinnerte mich unsere jetzige Situation an die ersten Tage mit Caspar. Noch heute bat ich ihn jedes Mal still um Vergebung, wenn ich ihn im Auto warten lassen musste, obwohl er das liebte. Die Abdrücke seiner Zähne zierten noch immer mein Lenkrad. Aber ich hatte es geschafft, Caspar zu einer glücklichen Kindheit zu verhelfen, also würden wir es auch bei Alina schaffen. „Alles nur Anfangsschwierigkeiten", murmelte ich wie ein Mantra leise vor mich hin, „alles nur Anfangsschwierigkeiten ..."

Mit Vorbereiten würde es nichts mehr werden. Gehetzt schaute ich auf die Uhr. Viertel vor elf. Ich lotste Balthasar in den Stall, ließ aber die obere Türhälfte offen und stellte Alina in den Auslauf. Fassungslos trabte sie die wenigen Schritte auf der inneren Seite des Zaunes neben mir her, als ich zum Haus ging. Ihre Nase reichte kaum an die oberste Latte des Zaunes.

„Es dauert nicht lange, Alinchen", versprach ich zum Abschied, „nur eine kleine Stunde. Sei schön brav und bitte nicht schreien." Energisch wendete ich mich ab und sie quiekte mit dem Moment los, wo ich außer Sichtweite ins Haus verschwand. Leise fluchte ich vor mich hin, denn das Fenster vom Behandlungszimmer war auf der Seite des Auslaufs. Das konnte ja heiter werden. Es half nichts, dass ich das Fenster schloss, Alinas Geschrei drang durch jede Ritze. Mit aller Kraft versuchte ich mich zu sammeln, hörte gleichzeitig die ersten Regentropfen gegen die Scheibe prasseln. Alina stand im Regen. Erschrocken starrte ich hinaus, Wolken jagten von Windböen getrieben über den Himmel. Ein Schauer, bitte, ich schickte ein Stoßgebet zum Himmel, bitte nur ein Schauer. Der Schauer wurde innerhalb von Sekunden zu einem Platzregen und ich stürzte durch die Haustür hinaus zu Alina.

Lieber Balthasar in den Regen stellen, als das Fohlen. Bis ich Balthasar aus dem Stall gezerrt hatte, war ich völlig durchnässt, genau wie Alina, und ich hörte ein Auto den Schotterweg hinaufkommen. Alina sträubte sich ihrerseits, in den Stall zu treten. In totaler Auflösung begriffen, packte ich sie und trug sie hinein. Ein heftiger Schmerz schoss mir in den Ischias, fast ließ ich das Fohlen fallen. Sie zappelte wild. So schnell es die Schmerzen im Rücken zuließen, drehte ich mich um und verrammelte die untere Stalltür. Alina brüllte wie am Spieß.

Ein perfekter Tag, dachte ich, ich bin glücklich und entspannt. Alles ist wunderbar.

Tropfnass empfing ich meine Kundin. Sie lachte bei meinem Anblick. „Hab schon gehört, dass ihr ein verwaistes Fohlen aufgenommen habt.“ Sie schob sich unter das Vordach vom Stadel. „Das arme Tier, so allein, kein Wunder, dass die so jammern muss.“

„Stört es dich sehr“, ich drückte die Haustür auf, „Tom hat mich mit seinem Schichtwechsel versetzt, deswegen ist Alina hier.“

„Ach Quatsch, typisch Männer. Ich entspanne mich jetzt und lasse mich von niemandem davon abhalten.“

Ihre Worte in Alinas großen Ohren, dachte ich skeptisch und halbwegs erleichtert. Ich stellte mir nicht die Frage, woher sie als Burgbergerin von unserer Fohlen-Aktion wusste. Während sie sich für die Massage umkleidete und ich mich abtrocknete, versuchte ich mich ein zweites Mal halbwegs in meine Mitte zu bringen und dabei Alinas Geschrei auszuklammern.

Die Massage half auch mir, mich ein wenig zu beruhigen, trotz meiner Rückenschmerzen, und als sie nach fast anderthalb Stunden ging, konnte ich mich sogar über den missmutigen Balthasar amüsieren, der nass bis auf die alten Knochen, mit hängenden Ohren an die Hauswand gedrängt unter dem überhängenden Dach stand und erst einmal nach mir schnappte, als ich ihm mit einem alten Badetuch zu Leibe rücken wollte. Alinas schwarze Nüstern reckten sich über die halb offene Tür. „Darfst auch gleich raus, Kleines“, ich kraulte ihr kurz ihre lockigen, silbernen Stirnhaare und trocknete dann endlich Balthasar ab. Zur Sicherheit legte ich ihm, damit er sich nicht noch erkältete, eine von Toms alten Pferdedecken über den Rücken, ließ dann Alina aus dem kleinen Stall in den Auslauf. Sie tobte bockend und steigend herum, so hatte ich sie noch nie gesehen, hätte auch nicht vermutet, dass sie zu solchen Bewegungen überhaupt fähig ist.

Neles Zwillingstöchter, die im vergangenen Jahr auf die Welt gekommen waren, hatten sich zeitweise nur in diesem Stil vorwärts bewegt, doch Alina? Ungläubig starrten wir drei das tobende Fohlen an. Caspar zog es sogar vor, sich hinter mir zu verkrümeln. Ich freute mich über ihr Temperament, von dem bisher noch gar nichts zu sehen gewesen war, hatte aber auch Sorge, dass sie stürzen könnte, also packte ich sie mit einem beherzten Griff am Halfter und hielt sie am Boden.

„Ist genug jetzt, Alina“, sagte ich bestimmt, „genug getobt.“ Sie war da klar anderer Meinung als ich, doch ich blieb konsequent. Wie Jan mir damals bei Caspar gesagt hatte: was Hänschen nicht lernt, damit kann Hans auch später nichts anfangen, also klare Regeln aufgeben. Bei Caspar hatte das tatsächlich funktioniert, ob es bei einem Fohlen ähnlich möglich war, würde ich dann schon bald merken.

Ich führte Alina aus dem Auslauf, Balthasar und Caspar trotteten hinter uns her, und ließ sie auf der Wiese vor meiner Terrasse einfach laufen. Die nächste Straße war weit weg, und da Tobi im Umkreis vom Hof keinen Stacheldraht verwendete, drohte auch von dieser Seite keine Gefahr, falls sie sich weiter vom Haus entfernen sollte, was ich nicht glaubte.

Jetzt würde ich mir erst einmal Zeit für mich gönnen, einen heißen Tee in der wieder aufgetauchten Sonne trinken und meinen Rücken behandeln. Im warmen Sonnenschein machte ich diverse Dehnungsübungen, kam aber recht schnell zu dem Ergebnis, dass ich damit schon vor einer guten Stunde hätte anfangen sollen und es jetzt zu spät dafür war, weil meine Muskeln längst hart geworden waren. Also packte ich mir eine Wärmflasche unter den Pullover und trank Tee in der Sonne.

Alina versuchte derweil, Balthasar zum Spielen zu animieren, doch der ignorierte sie mit sprichwörtlicher Sturheit. Dafür bot sich Caspar an, mit dem sie dann über die Wiese tobte. Zufrieden betrachtete ich mir die beiden, wer hätte gedacht, dass dieses unförmige Fohlen so rennen konnte, ein solches Temperament hinter seinem Waisendasein verbarg?
Melchior kam maunzend um die Hausecke, sprang neben mir auf die Bank, wo er es sich auf meinem Schoß gemütlich machte. „Schön, dich zu sehen, mein Prinz", ich bekam einen nassen Katerkuss auf die Wange, „hattest du eine gute Jagd? Oder schiebst du Kohldampf?" Das war Melchis Stichwort. Hastig sprang er über die Bank, durch die Terrassentür hinein ins Haus. Ich folgte ihm gehorsam, um ihm sein Schälchen zu füllen.
Der Rest der Mannschaft würde sich mit einer Mahlzeit noch gedulden müssen, bis wir wieder zu Tom hinunter gingen, Alinas Milch hatte ich vor lauter Hetzerei dummerweise vergessen. Auf dem Rückweg nach draußen fiel mir mein blinkendes Handy auf dem Esstisch auf. Eine SMS von Sylvie war gekommen. Endlich. Lesend trat ich wieder hinaus und setzte mich. „Mir geht's schlecht", schrieb Sylvie. „Sorry, wegen Sonntag, war schlecht drauf." Immerhin, ich trank einen Schluck Tee, sie hatte bemerkt, dass ihr Verhalten nicht in Ordnung gewesen war, stellte sich nur die Frage, warum sie schlecht drauf gewesen war und weswegen es ihr jetzt noch schlecht ging.
„Was ist – war los?", fragte ich also zurück.
Ihre Antwort kam umgehend. „Kotze die ganze Zeit – würg, heule oder zicke jeden an. Weiß nicht warum." Nachdenklich starrte ich auf das Display meines Handys, übersah dabei im ersten Moment, dass Alina und Caspar zielstrebig die Wiese hinab rannten, und als ich aufsprang, um ihnen hinterherzuflitzen, sah ich Tom zu uns hochsteigen. Wenigstens etwas, dachte ich und freute mich an dem Anblick.
Eigentlich wäre es als beste Freundin jetzt an der Zeit gewesen, zum Telefon zu greifen für ein ausführliches Gespräch unter Frauen, doch die Gelegenheit hatte sich gerade eliminiert. Sylvie musste bis abends warten. Mit einem Seufzer legte ich das Handy auf den Tisch und trat, die Hände am schmerzenden Rücken, Tom und den Tieren entgegen.

Tom starrte vor Dreck. „In welches Loch bist du gefallen?“ Ich schnüffelte vorsichtig und zog angewidert die Nase kraus. Er war nicht nur dreckig, er stank auch bestialisch.
Abwehrend hob er beide Hände. „Das war ein ganz klassischer Misthaufen. – Was für ein beschissener Tag.“
„Im wahrsten Sinne des Wortes“, konterte ich trocken, musste aber trotzdem grinsen, „willkommen im Club. Bei mir lief auch nichts nach Plan. – Wer hat dich in den Misthaufen befördert?“
„Der Bader Toni oben in Reichenbach, der hat doch ein Rückepferd. Dem hat's den Huf an einem Felsstück zersplittert, als sie im Wald gearbeitet haben.“
Ich nickte, den Bader kannte ich flüchtig, ein mürrischer, wortkarger Bauer. „Wegen dem bist du auch nicht pünktlich gekommen?“ Mit einem verlegenen Grinsen zuckte er die Schultern.
„Stimmt. Wir mussten den Wallach erst vom Tierarzt mit Beruhigungsmitteln vollpumpen lassen, bevor der mich ein zweites Mal an sein Bein gelassen hat. Der arme Kerl.“
„Aha, und beim ersten Mal hat der dich auf den Misthaufen befördert?“ Wieder grinste er verlegen. „Hast du dir wehgetan?“
„Pfff!“
Ich nahm dieses Geräusch mal als Zustimmung. „Tritt oder Sturz?“
„Tritt.“ Mit schmerzverzogenem Gesicht knöpfte er sein dreckiges Hemd auf und schob es links über die Schulter. Ein großer Bluterguss in Form eines Hufabdrucks zog sich über seine Brust, ich quiekte erschrocken auf. „War mein Fehler“, erklärte Tom halb ärgerlich, „ich hockte halt in Trittrichtung.“
Für den Augenblick war ich sprachlos, vergaß darüber sogar meine Rückenschmerzen. Toms Beruf war nicht ungefährlich, als Schmied hatte man nun einmal mit Hufen zu tun, an denen nicht immer friedliche oder wenigstens wohl erzogene Tiere hingen, doch bis auf ein paar Schnitte, wo er mal mit einem Messer abgerutscht war, war bisher immer alles gut gegangen.
„Hast du dir irgendwas gebrochen, Schulter, Rippen?“
„Nein“, prüfend zog er noch einmal die Schulter hoch, „glaube nicht. Aber atmen tut scheußlich weh.“

„Okay“, ich rieb mir konzentriert die Stirn, „heißes Bad, säubern und je nachdem fahre ich dich dann ins Krankenhaus.“
„Ach Schmarrn“, knurrte er, „doch nicht wegen so was. Ich hab Hunger.“
Manchmal fragte ich mich, was die Kerle eigentlich wollten? Einerseits herumjammern und Mitleid einheimsen und wenn sie es bekamen, dann markierten sie sofort die Superharten.
„Hunger ist ein gutes Zeichen“, erwiderte ich entsprechend, „dann wirst du es überleben. Aber wenn du etwas zu essen haben willst, dann müssen wir zu dir gehen, mein Kühlschrank ist noch leerer, seit ich kaum noch daheim bin.“
Er brummte etwas Undefinierbares und nickte notgedrungen.
„Außerdem“, fuhr ich fort, „habe ich nachher noch zwei Springpferde in Gunzesried zu behandeln. Wenn du jetzt nicht zum Arzt willst, dann könnte es heute damit zu spät werden.“
„Ich brauch keinen Arzt“, murrte er, „eigentlich habe ich eine Physiotherapeutin zur Freundin. Aber ich will eh nur noch was zu essen und dann ins Bett.“
„Strohlager, wolltest du wohl sagen.“
„Ach Marie, meinst du, mir macht das Spaß?“, polterte er los. „An Tagen wie heute, da frage ich mich echt, wie lange ich den Job noch machen kann. Ich will nur noch schlafen. Mir tun alle Knochen weh und es tut mir leid, dass ich deine Termine durcheinandergebracht habe.“
Okay, wenn ich solche Sätze hörte, war ich immer bereit für Vergebung und Mitgefühl, sagten sie mir doch, dass es ihm genauso ging, wie mir. Das war tröstlich.
„Mir tun auch die Knochen weh“, erwiderte ich um einiges sanfter, „und ich bin müde. Wir müssen uns einfach genauer überlegen, wie wir mit Alina weitermachen. Wir müssen unsere Arbeitszeiten besser unter einen Hut bringen. – Aber gehen wir jetzt erst einmal, ich hab auch Hunger, Alina sicher auch, genau wie Caspar und Balthasar. Nur Melchi ist schon satt.“
Ich schickte ein kleines Lächeln hinterher und fasste nach seiner Hand.
„Wie gut, dass du immer so praktisch bist, Marie.“

6. Kapitel
Geschredderte Nerven

Auf dem Heimweg von Gunzesried besorgte ich noch drei große Thermosflaschen und für Tom in der Apotheke Arnika und eine Salbe gegen Prellungen. Mir wäre es lieber gewesen, wenn er die Verletzung einem Arzt gezeigt hätte, doch da rannte ich bei Tom gegen Wände.
Es war schon nach zwanzig Uhr, als ich wieder auf Toms Hof fuhr, alles war dunkel, nur aus den Stallfenstern schimmerte an Alinas Ecke schwaches Licht.
Tom lag tatsächlich schon auf unserem Strohbett und ich versuchte, Caspar, der fröhlich um mich herumsprang, zu bändigen, damit er nicht versehentlich auf Tom fiel.
„Lebst du noch?“ Ich küsste ihn vorsichtig, er grinste schief.
„Ein bisschen. Aber ich glaube, ich werde morgen mal einen Tag frei machen. Mir tut alles weh.“
„Gute Idee“, erwiderte ich erleichtert, anscheinend hatte Erkenntnis stattgefunden, „ich habe dir noch was zum Einreiben mitgebracht.“
„Einreiben?“, kam es erschrocken zurück und mir schien, als würde er noch ein wenig blasser um die Nase. „Bitte nicht, Marie, mir ist schon schlecht vor Schmerz, mehr brauche ich jetzt echt nicht, vielleicht morgen. – Was willst du mit den Thermosflaschen?“
Ich zögerte kurz, kam dann aber zu dem Schluss, dass er am besten wissen sollte, was er jetzt brauchte. „Mach wie du denkst, Tom. Die Flaschen sind für Alina. Ich bereite ihre Mahlzeiten für heute Nacht vor, dann brauchen wir nicht jedes Mal raus und bekommen vielleicht etwas mehr Ruhe. Ich geh dann mal duschen, bis gleich.“
„Auch eine gute Idee“, er lächelte, „darauf wäre ich nicht so schnell gekommen.“

Die folgende Nacht war die Hölle. Tom schlief kaum vor Schmerz, mein Rücken meldete sich ebenfalls schmerzhaft zurück, so dass ich nicht wusste, wie ich liegen sollte, Caspar kam entsprechend auch nicht zur Ruhe, Balthasar rumorte in seiner Box herum und Alina brauchte mehr als drei Flaschen

Milch, weswegen ich dann morgens um fünf doch noch in die Küche kroch, um ihr eine vierte Flasche warm zu machen.
Um sieben kam eine SMS von Sylvie, in der sie mir mitteilte, dass sie sich schon wieder übergeben musste und sich sicher war, dass sie bald sterben würde. Ich tippte kurz zurück, dass sie damit warten sollte, weil ich vormittags anrufen würde, und versuchte es mit einer weiteren Stunde Schlaf. Ich war steif wie ein Brett und traute mich nicht, Tom zu bitten, mich mit der Salbe einzureiben, da er selber kaum atmen konnte mit der Prellung auf seiner Brust.
Um acht sagte ich meine drei Termine ab und beschloss, mit Tom einen Tag in der Waagerechten zu verbringen. Draußen regnete es in Strömen, so wie es nur im Allgäu regnet. Entsprechend musste Alina in der Box bleiben, vielmehr im Stall, da wir die Boxentür irgendwann entnervt öffneten, damit sie sich Bewegung verschaffen konnte. Balthasar hing dösend in seiner Ecke, Caspar fetzte Alina hinterher polternd die Stallgasse hinunter. Dieses Fohlen entwickelte eine Energie, die ich ihm nie zugetraut hätte. Melchior lag wahrscheinlich irgendwo im Stroh und verschlief den Regen.
Der hat's gut, dachte ich, als ich Tom über den Hof in sein Wohnzimmer schleifte, obwohl mir dabei schier der Rücken durchbrach, ich wäre auch gerne für ein Weilchen verschwunden. Tom legte sich nur unter Protest aufs Sofa, doch es brachte wirklich nichts, wenn wir uns beide im Stall herumquälten, einer reichte. Und die Aussicht, dass ich die Nächste sein würde, die sich aufs Sofa verkriechen durfte, die war sehr verlockend.
Mit äußerster Behutsamkeit schmierte ich Tom ein wenig von der Salbe auf die Prellung, die langsam anfing, sehr unappetitlich von grün nach lila zu schillern, und gönnte dann auch meinem Rücken etwas von der Salbe, machte danach ein paar Dehnübungen, um mich mit einem tapferen Lächeln und zwei Flaschen Milch in den Stall zu verabschieden.
Nachdem ich Alina gefüttert hatte, schliefen wir alle eng aneinander gekuschelt im Stroh ein. Wer hätte gedacht, dass man mit einem Fohlen im Arm schlafen konnte? Es fühlte sich wunderbar an. Darüber verpasste ich dann den versprochenen Anruf bei Sylvie.

Ihre Schmoll-SMS riss mich am späten Mittag aus dem Schlaf, treulose Freundin, die ich war. Schlaftrunken wählte ich ihre Nummer, während ich gleichzeitig versuchte, Alina davon abzuhalten, an meinem Handy zu saugen. Offensichtlich hatte sie schon wieder Hunger.
„Gleich, du Gierschlund", wehrte ich sie ab.
Es rief nur zweimal, dann war Sylvie am Telefon. „Was willst du jetzt noch", pampte sie mich grußlos an, „wenn ich nicht auf deinen Anruf gewartet hätte, dann wäre ich vielleicht jetzt schon tot und hätte das alles hinter mir."
„Jetzt hör halt mal auf mit dem Mist!", pöbelte ich ungnädig zurück. „Was ist überhaupt los mit dir?" Alina schnappte wieder nach meinen Fingern, ich schob sie rigoros zur Seite.
„Mir ist schlecht, dauernd muss ich heulen, Jan ist schon total genervt. Bestimmt bin ich todkrank."
„Ach was, Sylvie …, hör endlich damit auf, Alina!" Alina war aufgestanden und versuchte, von oben an meine Finger zu kommen.
„Redest du jetzt mit mir oder mit dem dämlichen Fohlen, Marie?"
Es war das erste Mal, wo ich mir offen eingestand, dass seit Samstag meine Nerven kontinuierlich in dünne Fäden geschreddert wurden und just in dieser Sekunde rissen ein paar der Stränge mit einem fiesen Geräusch in meinem Kopf. Der Rest meiner Nerven war wiederum nicht bereit, die Arbeit der verendeten Kollegen zu übernehmen. Eine Welle von Aggression schwappte über mich hinweg. Mit einem Schwung, allen Rückenschmerzen zum Trotz, stemmte ich mich auf meine Beine und packte Alina am Halfter, was ihr gar nicht passte.
„Das dämliche Fohlen schiebe ich auf deinen augenblicklichen Gemütszustand, Sylvie", giftete ich ins Telefon, „und es tut mir echt leid, dass es dir so schlecht geht, aber mit Selbstmitleid kann ich nun einmal überhaupt nichts anfangen. Geh zum Arzt oder reiß dich zusammen. Und ich muss mich jetzt leider um Alina kümmern, aber ich melde mich heute Abend, wenn Tom auf sie aufpasst, okay? Dann können wir reden."
Sie grummelte ein paar Worte, die ich nicht verstand, doch der Ton war mehr als böse.
„Kannst Tom ausrichten", murrte sie dann, „dass moderne

Väter die Erziehung und Pflege ihrer Kinder sehr ernst nehmen."
Es klickte kurz in der Leitung und sie war weg. „Zicke!"
Ich steckte mein Handy vorsorglich in die Tasche meiner Jacke und öffnete eine der Milchflaschen, wobei ich mir Alina massiv vom Leib halten musste. Wenn das so weiterging, dann würde es nicht mehr lange dauern, bis wir sie zum Füttern anbinden mussten. Sie trank gierig, schmatzte und verschluckte sich. Caspar musterte uns neidisch, weil er mal wieder nichts abbekam, schnappte völlig überraschend nach Melchior, der nichts ahnend um die Ecke in die Box gestiefelt kam. Dafür fing er sich umgehend einen Tatzenhieb über die Nase ein. Er winselte auf und meine Nerven verloren wieder ein paar wichtige Stränge. „Hört ihr beiden wohl auf damit! Geht's noch?"
„Was ist los?"
Mir kippten für einen Atemzug lang vor Schreck meine Beine weg. Tom. „Hast du mich jetzt erschreckt!" Ich rappelte mich hoch. „Was schleichst du dich so an?"
Er musterte mich irritiert. „Ich schleiche nicht, aber wenn du so herumbrüllst, dann ist es kein Wunder, dass du mich nicht hörst."
Mit Mühe schluckte ich eine mürrische Antwort hinunter. „Alina wird langsam frech", erklärte ich ohne ihn anzuschauen, „und Caspar tut so, als sei er am Verhungern und zankt deswegen Melchi."
„Alles klar, Marie", ziemlich amüsiert legte er von hinten seine Arme um mich, nur widerstrebend lehnte ich mich leicht an ihn, „wann hast du das letzte Mal was gegessen?"
„Weiß nicht, heute Morgen, glaube ich. Wieso?"
„Weil du giftig bist und das bist du nur, wenn du müde oder hungrig bist."
„Ich bin beides", gab ich zurück, „und jetzt?"
„Kein Problem: Centa hat eben Kuchen vorbeigebracht. Mit dem und den aufmüpfigen Viechern gehen wir jetzt hoch zum Grat und entspannen uns ein wenig."
Ich seufzte demonstrativ und schloss die Augen. Alina spuckte frustriert den Gummisauger aus, ihre Flasche war leer bis auf den letzten Tropfen. „Das klingt wunderbar. Was für Kuchen?"

„Keine Ahnung, ich habe nicht nachgeschaut, aber mir ist das auch egal, denn ich habe einen Bärenhunger." Er schob mich von sich fort und hakte einen langen Führstrick an Alinas Halfter. „Lass uns gehen."
Alina hüpfte, alle viere von sich werfend, neben Tom die Stallgasse hinunter, Caspar hüpfte natürlich mit, während Balthasar mit Melchior auf dem Rücken und ich recht schlapp hinterherstapften.
„Das ist nicht das Temperament eines Schwarzwälders", fluchte Tom, als Alina vor ihm durch das Tor preschen wollte, und er sich kräftig dagegenstemmen musste,
„Herrgottsackra, was haben die bei dem Krott nur zusammengemischt? Steh, Alina!"
Alina wackelte zwar kurz überlegend mit den Ohren, doch stehen blieb sie nicht, sondern zerrte Tom übermütig über den Hof, bis Tom sie nach mehreren Kreisen um die eigene Achse endlich am Halfter zu fassen bekam und sie zum Stehen brachte.
„Das kann ja heiter werden", murmelte ich nur so laut, dass er es eben hören konnte, ein eisiger Blick streifte mich.
Ein ebenso eisiger Wind kam von den Bergen herunter und fegte ganz untypisch fürs Allgäu über die Wiesen, dass es nur so pfiff, ich schlug den Kragen meiner Steppweste hoch und stapfte missmutig hinter Tom und den Tieren her. Oberhalb des Hofes ließ er zu meiner Überraschung Alina los, sie stockte irritiert, hüpfte unschlüssig mit allen vieren in die Höhe, um dann mit dem Wind um die Wette den Hügel hinauf zu jagen. Caspar folgte ihr als rasende schwarze Kugel, überholte sie kurz, dann holte sie wieder auf, bis sie tatsächlich von selber abdrehte und in einem großen Bogen zurück zu uns galoppiert kam. Es sah traumhaft aus. Sie war so voller Lebensfreude, den Kopf stolz gereckt, wild und ungestüm und so schön wie noch nie. Es war das erste Mal, dass ich in ihren blitzenden Augen ihre wahre Schönheit erkannte. Das war nicht mehr das unförmige, traurige Fohlen, nein, sie war alle Anmut, die je in einem Pferd gelebt hatte.
Ich fiel Tom in die Arme, den Tränen nahe vor Glück, und er lachte, warf den Kopf in den Nacken, wirbelte mich im Kreis um sich herum. Vergessen waren Prellung und eingeklemmter

Ischias, vergessen waren Hunger und Übermüdung, Stress mit unnötigen Mitmenschen, genervten Kaltblütern. Für diesen Augenblick waren wir glücklich. Caspar drehte eine bellende Runde um uns herum und fegte dann mit Alina erneut den Hang hinauf.

Melchior und Balthasar schauten den beiden mit angelegten Ohren und recht giftigem Gesicht hinterher. Ich zauselte Balthasar tröstend seine Ponyfransen. „So ist das mit den Jungen halt, mach dir nichts draus." Alina und Caspar drehten eng die nächste Runde um uns herum, ganz wohl war mir dabei auch nicht und Balthasar keilte röhrend nach hinten aus, so dass Melchior von seinem Rücken purzelte. Er fauchte und sein Schwanz sah aus, als wäre er in eine Steckdose getapst. Hastig packte ich ihn, bevor er unter irgendwelche Hufe geriet, und stopfte ihn in den Ausschnitt meiner Weste.

„Sicherungsverwahrung!"

Tom küsste mich ungestüm und als Caspar an ihm hochsprang, rannte er mit den beiden um die Wette. Plötzlich war der Wind nicht mehr eisig, sondern prickelnd frisch, er ließ meine Wangen glühen. Tom tanzte mit Caspar und Alina über die Wiese, seine übermütigen Rufe mischten sich mit Caspars Gebell und Alinas hohem Fohlengewieher. Ich legte meine Hand auf Balthasars Hals und ging gemächlich mit ihm und Melchi im Arm Richtung Grat, versunken in den Anblick der drei Spielenden.

Als auch wir endlich die Bank am Grat erreichten, hielt mir Tom, noch immer völlig außer Atem, ein Stück Butterstreusel hin. Er strahlte und biss herzhaft in ein großes Stück Kuchen.

„Jetzat goht's besser."

Melchior zwängte sich ärgerlich maunzend aus meiner Weste heraus, landete mit einem leisen Plumps auf der alten Holzbank, von wo aus er begehrlich nach unserem Kuchen schnupperte. Caspar wuselte derweil mit Alina in der Nähe des Gebüsches herum, in dem er sonst immer den Hasen auflauerte. Doch heute schien er nur Augen für sein Fohlen zu haben und ich fragte mich kurz, bevor ich ebenfalls genüsslich in meinen Kuchen biss, ob das die Hasen wohl frustrieren würde. Centas Butterkuchen war einfach fantastisch. Auf beiden Backen kauend ließ ich mich neben Melchior auf die Bank fallen. Tom

schwang neben mir sein Bein über die Bank und ich lehnte mich mit geschlossenen Augen an ihn. Er legte beide Arme um mich herum, rieb sanft seine stoppelige Wange an meiner. Ich seufzte zufrieden. Ein paar warme Sonnenstrahlen fanden ihren Weg durch die jagenden Wolken.
„Ach Marie“, Toms Atem strich mir über den Hals, „so glücklich wie jetzt war ich schon seit Wochen nicht mehr.“ Mit aller Kraft drückte er mich an sich, ich widersetzte mich aus Sorge, dass ich mit seiner Prellung in Kontakt geraten und ihm wehtun könnte, und weil seine Worte so verstörend klangen. „Vorsicht, Tom“, ich zappelte etwas mehr, „denk an die Prellung.“
„Nein, das mache ich nicht. Die habe ich eben vergessen.“
Zögernd gab ich nach. „Wieso bist du jetzt glücklich?“ Die kleine Alarmglocke in meinem Kopf fing dezent an zu bimmeln, denn wenn er erst jetzt glücklich war, dann musste er es vorher anscheinend nicht gewesen sein, und ich hatte keinen blassen Schimmer, was genau ihn unglücklich und jetzt glücklich machte. Mir war nicht einmal aufgefallen, dass er nicht glücklich gewesen war. Hatte ich da mal wieder versagt?
Von einem Atemzug zum anderen brachen all die wirren Gefühle vom letzten Jahr wieder über mich herein. Karstens Unzufriedenheit hatte ich nie bemerkt, genauso wenig wie meine eigene, und seine Affäre mit meiner Chefin hatte ich gleich gar nicht überrissen. Erst als der riesige Trümmerhaufen meines Lebens vor mir lag, war ich unfreiwillig aufgewacht. Es war kein schönes Erwachen gewesen. Wie also konnte mir so ein eklatanter Fehler noch einmal unterlaufen? Wo hatte ich bei Tom nicht aufgepasst? Mein Herz klopfte hektisch. Ich wusste, dass der Gedanke völlig irrational war, doch er machte sich trotzdem gnadenlos in mir breit. Was, wenn Tom längst eine andere hatte?
Tom schaute eine ganze Weile schweigend zu Caspar und Alina hinüber, wiegte mich dabei sacht in seinen Armen. Mir klumpte in der Zwischenzeit der Kuchen in meinem Mund zu einer rachenstopfenden Masse, ich schluckte mühsam.
„Ich bin jetzt glücklich, weil wir endlich mal wieder Zeit füreinander haben“, erklärte er, ohne den Blick von den Tieren zu wenden, „so oft wie die vergangenen Tage habe ich dich schon lange nicht mehr gesehen und du hast mir gefehlt, Marie.“

Diese Worte verscheuchten zwar die ganz abstrusen Ängste in mir, doch die komplette Entwarnung waren sie nicht. Wir sahen uns doch fast täglich, manchmal zwar nur auf einen Kaffee, aber immerhin, und wenn unsere Termine es mal gar nicht zuließen, uns zu treffen, dann telefonierten wir. Wie konnte ich ihm da fehlen?
„Was genau willst du mir damit sagen, Tom?“ Ich bemühte mich um einen lässigen Tonfall, schaute demonstrativ in die andere Richtung. Er brummte leise. „Ja, so halt. Es ist zwar anstrengend mit Alina, aber es ist schön, das mit dir zusammen zu machen. Sonst macht doch jeder sein eigenes Ding, du deine Arbeit, ich meine. Du hast dein Haus, ich habe meins. Wenn es die Zeit zulässt, treffen wir uns irgendwo dazwischen, klären die Alltäglichkeiten und schlafen darüber ein. Grad in letzter Zeit habe ich das Gefühl, dass wir uns damals näher standen, als wir noch kein Paar waren, und das gibt mir ziemlich zu denken.“
Er hatte ja keine Ahnung, wie sehr seine Worte mir zu denken gaben. Fahrig rieb ich meine feuchten Hände an meiner Jeans trocken. Immerhin Marie, beruhigte ich mich im Stillen, er redet darüber, besser als sich, wie Karsten es getan hatte, gleich eine Geliebte zu suchen und mich ins offene Messer stürmen zu lassen. Ich versuchte es mit ein paar tiefen Atemzügen und schnaubte, um Zeit zu gewinnen.
Für mich war es grad umgekehrt, denn seit Alina bei uns war, stieg mein Stresspegel täglich höher und war mittlerweile in der Nähe einer ungesunden Höhe angelangt, und außer dass wir die Nächte gemeinsam im Stall verbrachten, hatte ich nicht das Gefühl, dass wir uns näher als sonst waren oder mehr Zeit miteinander verbrachten. Im Gegenteil, unser Beisammensein und unsere Gespräche reduzierten sich auf Alina und die Erfüllung ihrer Bedürfnisse. War das für ihn Nähe …? Mir reichte unser normales Alltagsleben, mir fehlte nichts. Aber das konnte ich ihm in diesem Moment wohl schlecht sagen.
„Na ja“, dehnte ich und schob mir ein Stück Kuchen in den Mund, „wir hatten halt beide viel zu tun in den letzten Wochen, das wird auch wieder anders. Und es hat den Vorteil, dass keiner dem anderen auf der Tasche liegt.“ Ich schob ein Grinsen hinterher, um klarzustellen, dass es sich um einen Witz handelte.

„Ha, ha“, erwiderte Tom prompt und zog mich erneut an sich, „ich für meinen Teil hätte nichts dagegen, wenn du mir ein wenig auf der Tasche lägst, wenn wir dafür mehr Zeit füreinander hätten. Ehrlich Marie, ich könnte mir auch vorstellen, mit dir zusammen zu wohnen.“
Ich erstarrte in seinen Armen und wenn eben die Alarmglocke der betrogenen Frau geschrillt hatte, so fing jetzt die Beziehungs-Glocke furchtsam an zu scheppern. Zusammenziehen? Womöglich meinen Stadel aufgeben, meine Zuflucht? Weniger arbeiten und von Toms Verdienst leben? Niemals! Hektisch stopfte ich mich mit Kuchen voll. Mir war schon klar, dass neunundneunzig Prozent aller anderen Frauen bei ihren Partnern auf Worte wie diese sehnsüchtig und ewig warteten, doch mir schickten sie Panikattacken durchs Herz.
„Mich gibt es aber nur mit meinen dreien zusammen“, nuschelte ich mit vollem Mund, „und wo wollten wir wohnen?“ Der Satz war raus, bevor ich genau über seine möglichen Konsequenzen nachgedacht hatte. Was, wenn Tom mir jetzt Platz in seinem Haus anbot. Ich schloss die Augen und schickte ein Stoßgebet zum Himmel. Das war der Moment, wo ich Sylvie von ganzem Herzen verstehen konnte. Ich würde niemals in Toms Haus ziehen, so wie Sylvie niemals in der Nähe ihrer Schwiegermutter leben würde und Jans Kinder großziehen.
„Deine Tiere sind eh immer dabei“, erwiderte er und ich hörte genau, wie sich seine Stimme um eine kleine Nuance veränderte und kühler wurde, „und Platz gäbe es bei mir genug. Balthasar hätte sogar endlich einmal einen vernünftigen Stall.“
Aus den Augenwinkeln sah ich Caspar geduckt zum Holundergebüsch schleichen. Alina stapfte ihm artig hinterher. Mit einem großen Satz sprang Caspar mitten in das Gestrüpp, ein Hase wetzte Haken schlagend quer über die Lichtung, an uns vorbei, den Hang hinab, Caspar dicht auf seinen Fersen. Den Kuchen von mir werfend, sprang ich auf.
„Caspar! Zurück!“
Melchior fauchte mich an, so ein Geschrei konnte er gar nicht leiden. Eifrig rannte ich Caspar hinterher. Wer hätte gedacht, dass ich ihm jemals dafür dankbar sein würde, dass er einen Hasen jagte. Ich hätte nicht gewusst, wie ich sonst glimpflich,

ohne Tom zu verletzen oder einen wüsten Streit vom Zaun zu brechen aus dem Gespräch herausgekommen wäre. Danke Caspar, dachte ich, während ich erneut nach dem Hund brüllte, danke, dafür gibt es einen dicken Knochen, versprochen. Als hätte er meine Gedanken gehört, drehte Caspar ab und rannte zu mir zurück. Er grinste, was mich wirklich nachdenklich stimmte. Konnten Tiere womöglich doch Gedanken lesen? Die Frage hatte ich mir ja nun schon öfter gestellt. Wir schauten uns einen Augenblick lang an, Verständnis lag in den bernsteinfarbenen Augen des Hundes, sein Schwanz wedelte sacht über das Gras.
„Wenn dir was zum Thema Tom einfällt, dann lass es mich wissen."
Wieder wischte sein Schwanz durchs Gras. Mit einem Seufzer stiefelte ich zurück zum Grat. Caspar sprang vorweg und wartete mit den drei anderen an Toms Seite, als ich kam.
„Lass uns heimgehen", sagte Tom, „es wird gleich wieder regnen."

7. Kapitel
Stürmische Tage

Und wie es regnete. Sturzbäche an Wasser rauschten vom Himmel, zudem wurde es ungemütlich kalt im Stall. Es kostete mich alle Überwindung, nach einer heißen Dusche am frühen Abend über den Hof zum Stall zu rennen. Wir hatten Alinas Geschrei zum Trotz in Toms Küche zu Abend gegessen, schweigend und von meiner Seite aus ziemlich unbehaglich, obwohl Tom kein Wort über meine ausstehende Antwort verlor. Er benahm sich sachlich korrekt, aufmerksam, aber verschlossen. Tom, der Schmied, um den jeder normale Mensch gerne einen Bogen machte. In seiner Küche wurde es mir wieder erschreckend klar, wenn ich überhaupt mit ihm unter einem Dach leben wollte, dann niemals unter diesem.

Frierend lag ich, eingepackt in lange Unterhosen, T-Shirt, Fleecejacke und dicken Socken in meinem Schlafsack und dachte nach, während der Regen laut auf das Dach des Stalles prasselte. Tom hatte sich die Prellung selber eingerieben und sich nach einem flüchtigen Kuss zum Schlafen umgedreht. Ganz toll, dachte ich, super! Wie würde er erst reagieren, wenn ich ihm mit fadenscheinigen Gründen versuchte zu erklären, warum ich seine Ansprüche an eine Beziehung nicht teilte. Wie scharf würde sein Wind wehen, wenn ich ihm außerdem sagte, dass sein Haus mich bedrückte, so gemütlich die Zimmer auch waren, und Christelles Schatten alles durchdrang. Nein, das waren keine erklärbaren Gründe und schon gar keine sachlichen, denn das Haus war wirklich schön, klein aber fein, schlicht und gemütlich.

In meinen Stadel würde er wiederum nicht ziehen, denn da fehlte ihm die Werkstatt, zumal ich dort ja nur zur Miete wohnte. Und wegen der Werkstatt zwischen den Häusern zu pendeln, das würde unser Zusammenleben dann auch ad absurdum führen, dann konnten wir gleich alles beim Alten lassen, was mir eh die liebste Variante war.

Der andere, noch viel weniger akzeptable Grund war mal wieder mein Leben mit Karsten. Ich hatte mich vollkommen von ihm vereinnahmen lassen, meine Persönlichkeit mit dem Moment ausgelöscht, wo wir uns ein Namensschild an der Tür

teilten. Ich war Karstens Anhängsel gewesen. Marie war ich erst wieder geworden, als ich in meinen Stadel gezogen war. Was, wenn ich bei Tom in den gleichen Strudel geriet? Diesen Fehler noch einmal beging, weil ich keine Ahnung hatte, wie ich ihn damals begangen hatte?
Im diffusen Licht der Box drängte sich Alina näher an Caspar heran, der wiederum versuchte sich unter meinen Schlafsack zu zwängen. Klar, du Rabenmutter, dachte ich resigniert, die Tiere frieren genauso wie du, und schälte mich aus meiner warmen Höhle, um eine Decke für Caspar und das Fohlen zu holen. Caspar grunzte zufrieden, als ich eine Decke um ihn herum drapierte, die zweite Alina über den Rücken legte und sie ihr vor der Brust zusammenknotete. Ich lag kaum, da kündigte mir mein Handy eine SMS an. Verlegen warf ich einen Blick über die Schulter zu Tom, der nur so tat, als würde er schlafen. Es war Sylvie, was mir siedend heiß in Erinnerung rief, dass ich ihr versprochen hatte, abends anzurufen. Ihre Message war entsprechend ungnädig, genau wie mein schlechtes Gewissen. Seine beste Freundin sollte man nicht vergessen, bei allem Stress nicht. Ich tippte ein kurzes „Sorry" ins Handy und das neuerliche Versprechen, am nächsten Morgen ganz sicher alle Zeit der Welt für sie zu haben. Erst als ich die Nachricht abgeschickt hatte, fiel mir ein, dass ich den ganzen Vormittag im Seniorenheim von Sonthofen beschäftig sein würde. Ich schloss die Augen und rollte mich in meinem Schlafsack zu einer jämmerlichen Kugel zusammen. Was hatte ich eigentlich verbrochen, dass seit Tagen alles so schief lief? Wie konnte Tom in diesem Wirrwarr glücklich sein?

Am nächsten Morgen regnete es noch immer. Dicke Wolkenschwaden hingen über dem Ostrachtal, böiger Wind sprühte den Regen aus allen Richtungen über den Hof. Völlig übermüdet hingen Tom und ich in der Küche über unserem kargen Frühstück, je einem doppelten Espresso. Hunger hatten wir beide keinen.
Alina schrie in ihrer Box nach uns, obwohl sie in der Nacht vier Flaschen verdrückt hatte, zwei von Tom, zwei von mir, und Tom würde ihr gleich eine weitere bringen. Mit einem flüchtigen Kuss verabschiedeten wir uns an der Tür voneinander

und ich fuhr hinunter nach Sonthofen. Ich kam gute zehn Minuten zu früh auf dem Parkplatz vor dem Seniorenheim an. Das reichte, um Sylvie wenigstens etwas zu besänftigen, also zückte ich mein Handy, während Caspar, der mich ins Seniorenheim immer begleiten durfte, auf den Beifahrersitz sprang. Er hechelte erwartungsvoll.
„Mir ist schlecht!“ Sylvie hielt sich nicht mit langen Begrüßungsfloskeln auf und ich seufzte.
„Was ist denn los? Hast du dir den Magen verkorkst, oder was?“
„Ich weiß nicht“, jammerte sie, „dauernd muss ich mich übergeben und du bist nie erreichbar!“
„Ach Sylvie“, murrte ich zurück, „beim Spucken brauchst du mich nicht. Es ist echt total stressig im Moment. Warst du beim Arzt?“
„Ich lebe mit einem Arzt zusammen, falls dir das entfallen ist, und der meint, ich habe einen Virus und soll mich nicht so anstellen. Tiere fressen in solchen Fällen einfach mal ein paar Tage nichts und dann ist es wieder gut. Also soll ich fasten. Er meint, das wäre bei meinen drallen Hüften nicht schlecht und entschlacke den Körper und dass ich mir damit eine teure Anti-Cellulitis Behandlung sparen würde.“
„Na toll“, ich rutschte etwas auf meinem Sitz hinunter und schielte auf meine Armbanduhr, „Jan ist Tierarzt, Sylvie, bei aller Liebe, aber wenn es mir mehrere Tage am Stück so schlecht ginge, dann würde ich das mal richtig untersuchen lassen. Also geh zum Arzt. Und Jan soll sich mal bloß kleinhalten mit seinem Bäuchlein.“
Sie schnaufte angestrengt, dann krachte es mir ins Ohr, ich zuckte erschrocken zusammen.
„Sylvie? Alles klar?“
Ich hörte leise ein Radio durchs Telefon dudeln, aber Sylvie war nicht mehr am Apparat. Wartend starrte ich eine Weile vor mich hin, dann waren da weit entfernt ganz seltsame Geräusche, die mich stark an Würgen erinnerten und ich unterbrach impulsiv die Leitung. Nein, dabei brauchte sie mich nicht. Etwas unschlüssig fummelte ich an meinem Handy herum, dann tippte ich eine SMS. „Biste schwanger?“ Und ging mit Caspar zur Arbeit.

Ich empfand die Arbeit mit den alten Leuten immer als wunderbar befriedigend. Die meisten von ihnen, selbst wenn sie an Demenz litten, waren unglaublich lustig und reizend, ich lernte sehr viel von ihnen, vor allem Dankbarkeit für die kleinen, alltäglichen Dinge des Lebens.
Für Caspar waren es ebenfalls paradiesische Vormittage, wo er von allen Seiten gehätschelt und gestreichelt wurde und vermeintlich unbemerkt mit Leckereien verwöhnt. Und so stiegen wir beide ziemlich beschwingt am späten Mittag wieder ins Auto, um unsere Schicht bei Alina anzutreten. Da ich mich wirklich entspannt fühlte, war ich durchaus gewillt, unseren derzeitigen Stress mal weniger als solchen zu betrachten und lockerer an den Tag zu gehen.
Mein guter Vorsatz währte genau so lange, wie ich auf Toms Hof aus dem Auto stieg und schon von Weitem an Toms Körperhaltung erkannte, dass er zum Platzen geladen war. Zögernd, noch war ich mir keiner Schuld bewusst, trat ich näher. Caspar war mit seiner Begrüßung schon an ihm abgeprallt. Na prächtig, dachte ich, das konnte ja heiter werden, egal welcher Art die drohende Katastrophe sein würde.
„Was ist los?“, fragte ich und blieb abwartend vor ihm stehen. Er verschränkte die Arme vor der Brust, seine Augen waren schmaler denn je. „Ich hatte vorhin einen Anruf von einer Bekannten, die beim Veterinäramt arbeitet.“
Schlagartig zog sich mein Magen zusammen und ich verfluchte mich im Stillen, dass ich vor lauter anderem Zeug vergessen hatte, Tom von dem Vorfall mit dem fremden Mann auf dem Hof zu berichten. Jetzt war es zu spät. Mal wieder. Ich holte tief Luft, konnte mir ein genervtes Schnauben nicht verkneifen. „Und?“
„Das würde ich gerne von dir wissen, Marie“, zischte er zurück, „denn ich weiß nichts von einem gefährlichen, hochgradig aggressiven Hund, einem erbärmlich schreienden Esel und einem Fohlen, das man offensichtlich in tierquälerischer Absicht von seiner Mutter getrennt hat. Und davon, dass auf meinem Hof eine Frau wohnt, die fremde Menschen, die höflich nach den Umständen der Tiere fragen, unflätig beschimpft und beleidigt, nein, davon wusste ich bisher auch nichts.“
„Ich wohne ja auch nicht auf deinem Hof, Tom.“ Von der ersten

Silbe an wusste ich, dass das die falsche Antwort war, total kontraproduktiv und kein bisschen Konflikt vermeidend, aber irgendwie hatte ich genau jetzt keine Lust mehr, mir die Vorhaltungen der anderen anzuhören, selbst wenn sie vielleicht ein wenig berechtigt waren. Ich sehnte mich nach der Ruhe meines Stadels, meines bisherigen Lebens, in das mir niemand hineinreden durfte. Was tat ich eigentlich hier?
„Dass du hier nicht wohnst und nicht wohnen willst, das habe selbst ich Volltrottel mittlerweile kapiert, Marie", Toms Stimme war gefährlich leise, „aber es geht mich verdammt noch mal etwas an, was hier geschieht. Also, was hat es mit dem aggressiven Hund auf sich? Mir droht hier die Anzeige von einem Touristen, den Caspar angeblich angefallen hat. Und mir droht eine Anzeige wegen Tierquälerei. Dir dagegen wegen Beleidigung. Was ist am Dienstag vorgefallen, Marie?"
Einen langen Augenblick verhakten sich unsere Augen, wütend, verletzt und seltsam hilflos. Ich hätte nicht gedacht, dass der Mann Ernst macht mit seiner Drohung, sich ans Veterinäramt zu wenden. Pech gehabt, Marie. Meine Version der Geschichte lautete komplett anders, was mal wieder deutlich machte, dass es immer zwei Seiten an einer Sache gab und die Betrachtungsweisen doch erhebliche Unterschiede aufwiesen.
„Marie, ich höre", giftete Tom, ohne seinen Blick abzuwenden, „ich habe versprochen, dass ich Steffi heute noch im Büro zurückrufe. Wir haben echt Schwein gehabt, dass die Meldung bei ihr gelandet ist. Wir kennen uns seit der Schule und sie dachte sich gleich, dass derartige Anschuldigungen bei mir unmöglich der Wahrheit entsprechen können."
„Ach ja? Tom der Unfehlbare?" Ich biss mir auf die Zunge. So zickig wollte ich eigentlich gar nicht sein, doch Toms zurechtweisende Art drückte bei mir einen Knopf, der mich zur Kampf-Zicke mutieren ließ.
„Marie, ich habe echt keine Lust, lange mit dir darüber zu diskutieren. Was war los an diesem Vormittag?"
„Was los war? – Na, das, was seit Samstag bei uns Dauerzustand ist: Ich war für eine Viertelstunde unter der Dusche, in der Zeit hat Alina im Paddock getobt, Balthasar ist das auf die Nerven gegangen, also hat er auch Krach gemacht. Dann wollte ich Alina füttern, steh im Paddock und ein Typ brüllt

quer über den Hof, was bei uns abgeht? Caspar ist genauso erschrocken wie ich und springt bellend über die Auffahrt, Alina rast panisch in den Stall und Balthasar hinter Caspar her, wenigstens bis zum Zaun. Ich lasse alles fallen, hechte unter dem Zaun durch, um Caspar aufzuhalten und um mich zu entschuldigen, da pöbelt mich der Mann an, von wegen gefährlichem Hund und dem, was du da auch von dir gegeben hast." Ich schloss für einen Moment die Augen, holte tief Luft und vor lauter Wut traten mir wider Willen die Tränen in die Augen. Das war alles so ungerecht! Demonstrativ schaute ich an Tom vorbei. „Zuerst wusste ich gar nicht, was der Mann von mir wollte", fuhr ich fort, „aber dann habe ich ihm gesagt, dass er sich auf Privatgrund befindet und der Hund entsprechend aufpasst, zumal Caspar nicht wirklich angegriffen hat. Aber der Mann wollte davon nichts hören und fing mit dem Mist von wegen Tierquälerei an. Ich habe ihm kurz und nicht sehr freundlich erklärt, was es mit Alina und Balthasar auf sich hat und habe ihn vom Hof gewiesen. Daraufhin drohte er mit dem Veterinäramt. Und wenn der Tag nicht so total chaotisch gewesen wäre, dann hätte ich auch nicht vergessen, dir davon zu erzählen. Aber über all dem Stress habe ich es halt vergessen. Und ich habe niemanden beleidigt und war auch nicht unflätig. Egal, ob du mir das jetzt glaubst oder nicht."
Tom schwieg und rieb sich mit beiden Händen über das Gesicht. „Klar glaube ich dir", erwiderte er, „das wäre nicht dein Stil. – Gut", er seufzte, „dann rufe ich jetzt mal Steffi an und erzähle ihr, wie die Sache wirklich war. Mal sehen, wie wir dann weiter verfahren."
Er drehte sich einfach um und verschwand im Haus, während ich unschlüssig an der Schwelle stand. Ich wollte nicht hinein und zuhören, wie Tom mich gegen diese haltlosen Anschuldigungen verteidigte, aber da es langsam wieder heftiger anfing zu regnen, musste ich mir einen trockenen Platz suchen. Außerdem hatte ich Hunger.
Entnervt drehte ich mich zum Stall um. Ganz toll, dachte ich, bei dem Regen musste ich den Nachmittag leider hier auf dem Hof verbringen, denn bei mir hatte ich keine Möglichkeit, Alina trocken unterzubringen, für beide Tiere war mein Stall zu klein. Während ich so dastand und nichts mit mir anzufangen

wusste, kam eine SMS von Sylvie rein, wo sie mir mal wieder die treulose Freundin vorwarf und mir Boshaftigkeit wegen meiner Vermutung unterstellte. Schwanger, das sei ja lächerlich. Ich schrieb nichts zurück, sondern löschte die SMS sofort. Aber eines war klar, lange hörte ich mir ihr Gejammer nicht mehr an, auch wenn ich tatsächlich nicht so für sie da sein konnte, wie ich es unter normalen Umständen gewesen wäre. Unsere Umstände waren nun einmal alles andere als normal und wuchsen mir stündlich weiter über den Kopf.

„Warum stehst du da im Regen?“ Tom trat wieder an die Tür, offensichtlich hatte er sein Telefonat mit jener Schulfreundin Steffi hinter sich gebracht.

„Weil ich grad nicht weiß wohin“, erwiderte ich wahrheitsgemäß, „dir beim Telefonieren zuhören war nichts und in den Stall gehen schien mir auch nicht besonders verlockend. Also bin ich einfach stehen geblieben.“

In diesem Moment fing Alina im Stall an zu schreien, ob vor Hunger oder vor Einsamkeit, keine Ahnung, aber ich musste tief seufzen. Ihre schwarzen Nüstern spitzten über die halb offene Tür. Tom wechselte einen kurzen Blick zwischen mir und dem Gewieher.

„Ich habe dir Bratkartoffeln gemacht“, sagte er mit einem entschuldigenden Grinsen, „lass die mal schreien und komm essen. Ich muss erst in einer halben Stunde los.“

Schweigend stapfte ich hinter ihm her in die Küche, wo es verlockend nach Bratkartoffeln und Speck roch, ich seufzte noch einmal aus tiefstem Herzen. „Danke“, ich ließ mich auf meinen Stuhl fallen, „ich habe einen Bärenhunger. – Was hat diese Steffi gesagt?“

Er küsste mich zurückhaltend, bevor er mir einen großen Berg Kartoffeln auf meinen Teller schaufelte, ich strich ihm flüchtig über die Wange. Schon seltsam, wie vorsichtig man nach einem Zank miteinander umging. Ein rohes Ei namens Beziehung. Tom setzte sich mir gegenüber wie gewohnt und ich fing an zu essen.

„Sie wird diesen Herrn Sowieso anrufen und ihm mitteilen, dass sie sich persönlich davon überzeugt hat, dass bei uns alles in einem tadellosen Zustand ist und es keinen Grund zur Beanstandung gibt. Wenn er es dann ganz hart treibt, wird er dich

wegen Beleidigung anzeigen, doch Steffi meint, als Frau habe man da immer gute Karten, weil jeder weiß, wie die alten Säcke sich manchmal benehmen. Das ist ihre Formulierung, nicht meine." Er lächelte mich versöhnlich an. „Ich denke aber auch, dass nichts weiter geschehen wird, denn im Zweifelsfall steht Aussage gegen Aussage und den Stress wird er sich bestimmt sparen. Also tun wir so, als sei alles wieder gut, okay?"
In sein ‚alles wieder gut' bezog er, so wie es klang, auch die Missstimmung vom vergangenen Abend mit ein und ich lächelte zurück. „Alles wieder gut."

Eine halbe Stunde später brummte Tom mit seinem Jeep davon und ich blieb mit dem herumkrakeelenden Fohlen und den drei anderen mehr oder weniger genervten Tieren zurück. Der Regen schüttete mit unverminderter Heftigkeit vom Himmel. Wenn es doch wenigstens trocken gewesen wäre, dachte ich und stiefelte mit zwei Thermoskannen warmer Milch im Arm durch die Pfützen über den Hof zu Alina, dann hätten wir spazieren gehen können oder daheim im Stadel einen gemütlichen Nachmittag verbringen, doch so war ich an den großen Stall gebunden. Um halb sechs Uhr abends hatte ich dann noch eine Behandlung bei mir daheim, so dass ich wenigstens kurzfristig nach Hause kam.
Ich nutzte die nächste Stunde zu einem ausgiebigen Telefonat mit Sylvie, das nur davon unterbrochen wurde, dass sie einmal wegen Kreislaufkollaps flach liegen musste und einmal einen kurzen Streit mit Jan vom Zaun brach. Den Rest der Zeit jammerte sie mir vor, wie alleine sie war, wie schlecht es ihr ging, dass es nicht besser, sondern immer nur schlimmer wurde, ihr alles wehtat vom dauernden Übergeben und, und, und. Irgendwann starrte ich abgestumpft die Wand der Box an und das Prasseln des Regens drohte mich völlig einzulullen. Was sollte ich ihr denn noch sagen? Sie wollte nicht zum Arzt gehen, sie wollte keine Tipps von mir und sie wollte nicht darüber nachdenken, warum es ihr so schlecht ging. Also ließ ich sie reden, bis sie genug gejammert hatte und wir uns recht kühl voneinander verabschiedeten. Ich fühlte mich nicht gut dabei, denn ich hätte ihr gerne geholfen, doch ich wusste nicht wie. Frustriert ließ ich mich hintenüber auf meinen Schlafsack fallen.

Alina versuchte gerade Caspar zum Spielen zu animieren, was der gerne annahm, und so tobten die beiden mit klappernden Hufen und Gebell durch den Stall. Ein Himmelreich für ein stilles, warmes, richtig sauberes Zimmer und einen frischen Kaffee. Ich zog den Schlafsack über mich und rollte mich zusammen. Wie lange würde das noch so weitergehen? Was war nur mit Sylvie los und wie sollte ich mit Tom über unser drohendes Wohnproblem reden, das locker zu einem Beziehungsproblem werden konnte? Ganz fest kniff ich die Augen zu und schlief ein, ohne es zu merken.
Die dämliche Melodie meines Handys riss mich Stunden später aus dem Schlaf, ich tippte blind auf die erstbeste Taste und erwischte wider Erwarten die richtige.
„Ich bin's", knurrte Toms Stimme, „Marie, ich muss jetzt gleich noch nach Reichenbach zum Bader, seinem Pferd geht es nicht gut. Du musst Alina mit zu dir nehmen oder deinen Termin absagen, ich werde unmöglich pünktlich sein."
Manchmal wurde sogar ich schlagartig wach und ungehalten dazu. Hastig warf ich einen Blick auf das Display meines Handys, es war fast halb fünf, meinen Termin hatte ich um halb sechs, also war da nichts mehr mit Absagen, denn so kurzfristig cancelte ich meine Termine nicht. Mist, fluchte ich leise und nahm das Handy wieder ans Ohr. „Warum musst du unbedingt jetzt zum Bader? Kannst du das nicht später machen? Absagen geht bei mir unmöglich und Alinas Geschrei ist nicht gerade entspannend bei einer Anwendung, ehrlich nicht, Tom."
„Ich muss jetzt gehen", beharrte er, „der Gaul liegt. Bodo ist auch schon unterwegs. Es tut mir leid, Marie, aber für jetzt geht es nicht anders." Er drückte mich einfach weg und ich hatte nur noch das lange Tuten im Ohr. Mein Handy flog quer durch die Box, was mir die erstaunten Blicke meiner Tiere einbrachte. Zum Glück landete es im Stroh, ich rollte mich durch die Box, um es wieder einzustecken. Solche Ausraster waren eigentlich nicht mein Ding, doch selbst ich brauchte manchmal ein Ventil. Melchior fauchte und sprang in die Stallgasse, von wo aus er wahrscheinlich das Weite suchte.
Wütend blieb ich im Stroh hocken. Was sollte ich jetzt tun? Welche Ausrede war triftig genug, den Termin so kurzfristig abzusagen, ohne eine Kundin zu verlieren, die regelmäßig

viel Geld bei mir ließ? Keine. Mir jedenfalls fiel so spontan keine ein. Im Lügen war ich eine perfekte Niete. Sylvie hätte mir sicher eine gute Story liefern können, die war ein Wunder an Ausreden, aber die hatte jetzt andere Sorgen. Also blieb mir nichts anderes übrig, Alina musste mit. Ich schickte ein Stoßgebet zum Himmel, dass sie ausnahmsweise mal still sein würde, oder wenigstens nicht so laut wie sonst, denn ich ging nicht davon aus, dass diese Kundin so tolerant sein würde, wie die letzte.

Zur Erhöhung meiner Chancen war es sicher ratsam, Alina vorher noch zu füttern. Energisch sprang ich auf, um ihr eine frische Flasche zu wärmen, die sie oben im Stadel bekommen würde. An der Stalltür realisierte ich allerdings, dass es noch immer heftig regnete. Ich stöhnte. Konnte es denn nicht wenigstens einmal trocken sein? Unmöglich durfte ich Esel und Fohlen zusammen in meinem kleinen Stall unterbringen, Balthasar würde durchdrehen. Also würde ich Balthasar wieder bis über die langen Ohren in eine Pferdedecke einpacken, trotz seiner alten Knochen musste er draußen bleiben, Alina war noch weniger widerstandsfähig als er.

Die wenigen Minuten, die ich brauchte, um ihre Flasche fertig zu machen, reichten aus, sie an den Rand einer Panik zu bringen. Sie schrie, was die Lungen hergaben, trat wüst gegen die Tür zum Paddock, und als ich in den Stall zurück gerannt kam, stieg sie eben senkrecht an der Boxentür hoch, hakte sich mit ihren kleinen Hufen am Holz ein, dass die Tür bebte. Impulsiv brüllte ich los. „Verdammt, Alina, lass das!“ Ich sah sie schon wieder mit gebrochenen Beinen in der Box liegen, oder mit zersplitterten Hufen, wobei mir Toms Notfall einfiel, dem es aus genau diesem Grund nicht gut ging. Für einen winzigen Augenblick verspürte ich Mitgefühl für das große Pferd und den Bader, der so stolz auf seinen Kaltblüter war, mit dem er im Wald arbeitete. Dann straffte ich mich, meine Zeit drängte. Ich roch nach Stall und hatte noch nichts für die Behandlung vorbereitet und dieses Chaos stresste mich enorm. Ich packte Alina am Halfter und ruckte leicht daran. „Schluss jetzt, du verrücktes Huhn“, ich hakte einen langen Strick in die Öse, „wir gehen jetzt ordentlich und gesittet zum Stadel hoch, verstanden?“

Eindeutig verstand sie nichts, denn sie stieg noch in der Stallgasse und rutschte auf dem Betonboden mit den Hinterbeinen weg. Mit Mühe hielt ich sie aufrecht, sie bockte nach hinten weg. Balthasar trat zögernd aus seiner Ecke auf uns zu, während Caspar Alinas Kapriolen so klasse fand, dass er sie gleich noch anspringen musste, was sie wieder auf die Hinterbeine stellte. Ich war jetzt so wütend, dass ich schier platzte. Mit dem Knie gab ich Caspar einen Schubs, er quiekte erschrocken auf, denn noch nie hatte ich ihn irgendwie hart angefasst, geschweige denn derartig rabiat weggeschubst. Dann fasste ich den Strick so knapp es ging unter Alinas Kinn, sie zerrte ihren Kopf übermütig weg. „Es reicht jetzt, ihr beiden, raus!"
Caspar sprang völlig verwirrt vor uns her aus dem Stall heraus, mit eingezogenem Schwanz schaute er kurz zu mir herüber, aber ich war noch nicht auf Gnade eingestellt. Alina tänzelte alle viere von sich werfend neben mir her, doch ich hielt sie eisern fest und offensichtlich war ich selbst Balthasar nicht mehr geheuer, denn er stiefelte in gebührendem Abstand hinter uns her. Weiter oben in der nassen Wiese sah ich Melchior.
Bis wir im Stadel anlangten, waren wir alle vier tropfnass. Ich hätte Fohlen und Esel schon bei Tom eindecken sollen, ich Trottel. Wieder einmal eine Erkenntnis, die gnadenlos zu spät kam. Also schleppte ich alte Handtücher an. Melchior nutzte die Gelegenheit, um ins Haus zu huschen, wo er sofort im Wäschetrockner verschwand, sein warmer Lieblingsort an nassen Tagen. Ich beneidete ihn um seine Zuflucht.
Hastig rieb ich dann erst Balthasar trocken und verpackte ihn, danach kam Alina dran. Ich sperrte sie unter Protest in den Koben, wo ich sie fütterte und zuletzt kam Caspar unters Handtuch. Ich sprang unter die Dusche und wenn ich nicht so gehetzt gewesen wäre, dann wäre dies der erste Moment des Nachmittags gewesen, wo ich mich kurzfristig richtig wohl gefühlt hätte. Aber ich hatte keine Zeit, mich im Wasser zu aalen. In der Küche schaute ich, mit einer Tasse Kaffee, flüchtig durch die Akte meiner Kundin, um mich zu erinnern, was ich die letzten Male bei ihr gemacht hatte. Mein Herz klopfte aufgeregt, Alina schrie sich im Koben langsam warm. Ich war nie der große Meditierer gewesen, doch an diesem chaotischen, kalten, verregneten Nachmittag hockte ich mich mitten in der

Küche auf den Boden, zwang meine Beine in einen Lotussitz und fing an zu atmen.
Nicht, dass ich mich wirklich besser gefühlt hätte, als es an der Tür klingelte, doch ich hatte es wenigstens versucht. Alina probte derweil neue Stimmlagen.
„Hoi, was ist mit ihrem Esel, Frau Sander?“
Verlegen nagte ich an meiner Unterlippe und bat die Frau ins Behandlungszimmer. „Nichts“, antwortete ich widerstrebend, „das ist nicht Balthasar, das ist unser Fohlen.“
Ein ratloser, verwirrter Blick traf mich, ich nahm ihr die Jacke ab. „Wie, ihr Fohlen?“
Im gleichen Moment stellte Alina fest, dass man gegen die Tür des Kobens genauso gut treten konnte, wie gegen die Stalltür in ihrer Box, es schepperte. Betont konzentriert hängte ich die Jacke an einen Kleiderbügel im Flur. „Tja“, ich zuckte leicht die Schultern und ging wieder in mein Zimmer, „mein Freund hat einen Notfalltermin, deswegen musste ich Alina heute mit hierher nehmen. Sie ist noch nicht einmal eine Woche alt, zu jung, als dass wir sie alleine lassen können. Und …“, wieder krachten die kleinen Hufe gegen die Tür, ich verzog das Gesicht, „sie ist grundsätzlich nicht gerne allein.“
„Das ist nicht zu überhören!“ Abschätzend musterte sie erst mich, dann schaute sie zum Fenster hinaus. Ich schloss für einen Moment die Augen, einfach nicht mehr da sein.
„Geht das die ganze Zeit jetzt so weiter?“
Unbestimmt bewegte ich die Schultern. „Wahrscheinlich …“
„Ihren Zoo und ihre Tierliebe in allen Ehren, Frau Sander“, sie berührte mich entschuldigend an der Schulter, während sie zur Tür schritt, „aber das ist mir zu viel. Ich schätze ihre Arbeit sehr und wenn sie mal wieder ohne Fohlen sind, will ich gerne wieder ihre Kundin sein. Bis dahin aber suche ich mir einen anderen Physiotherapeuten. Es tut mir leid.“
Was sollte ich darauf sagen? Ich verstand sie nur zu gut, mir war das ja selber zu viel. Und Alina tobte in dem Koben herum. Balthasar schien auch langsam genug davon zu haben, denn ich hörte ihn zunehmend lauter schnauben, nicht mehr lange und er würde mit seiner rostigen Trompete lautstark klarstellen, dass er die Faxen dicke hatte.
Hinter der Frau her trottete ich zur Tür, vor der Caspar lag,

nass, leicht schlammig und nicht besonders gut riechend. Ich schloss noch einmal die Augen, es war fast ein Gefühl wie Scham. Ja, ich schämte mich für die Zustände, an denen ich nicht wirklich schuldlos war, die ich aber so eigentlich nicht wollte. Eigentlich.

Mit den verpackten Tieren trat ich den Rückweg zu Toms Hof an. Melchior trug ich wie früher im Tuch, Caspar und ich stapften verdrossen durch den infernalischen Regen. Meine Stimmung sank unter Null. Alina schien sich soweit ausgetobt zu haben, dass sie halbwegs brav am langen Strick neben mir her die Wiesen hinab lief. Auf dem Hof war alles dunkel.
Frierend brachte ich Fohlen und Esel in den Stall, stellte dann meine Tasche mit diversen warmen Pullovern in Toms Küche ab. Ein Blick auf mein Handy sagte mir, dass niemand angerufen hatte, keine SMS auf mich wartete. Ich seufzte. Wenigstens gab es dann auch keine Hiobsbotschaften. Wasser tropfte mir aus den Haaren, Caspar hinterließ eine feuchte Spur auf den Fliesen. Draußen fiel der Regen wie ein dichter Vorhang. Sollte ich etwas kochen? Hatte ich Hunger? Nach einem prüfenden Blick in den Kühlschrank kam ich zu dem Schluss, dass ich zwar Hunger, aber keinen Appetit hatte. Ein Zustand, der früher in München mein Leben geprägt hatte, weswegen ich im Gegensatz zu Sylvie selten ein Pfund zu viel gehabt hatte. Ich drückte die Kühlschranktür zu und lehnte mich dagegen.
Draußen hörte ich Alinas ersten Quieker, dem gleich darauf ein nicht mehr endender folgte. Ungestüm hielt ich mir die Ohren zu, meine Finger krallten sich in meine nassen Haare. Aufhören, dachte ich, hör endlich auf damit! Ich schniefte, wischte wütend die Tränen weg, die mir in die Augen drückten. Dann wendete ich mich harsch zum Herd. Milch wärmen …, damit ich Alina wenigstens für ein paar Minuten zum Schweigen bringen konnte.
Ich schlief immer wieder ein, während ich frierend im Stall auf Toms Heimkehr wartete. Am späten Abend machte ich Alina ihre Flaschen für die Nacht fertig.
Tom war noch immer nicht zurück, kein Anruf, keine SMS. Auch Sylvie schwieg, was mir seltsam vorkam. Aber ich war nicht undankbar für die Stille. Etwas in mir grollte noch immer

wegen Toms Art, über meine Belange hinwegzugehen. Natürlich wusste ich rational, dass er es so nicht meinte, doch das änderte nichts an dem Umstand, dass ich erst einmal eine Kundin losgeworden war.
Ich gab Alina eine letzte Flasche, bevor ich mich endgültig in meinen Schlafsack verkriechen würde. Vielleicht hatte Tom es ja wohlweislich vorgezogen, erst heimzukommen, wenn ich sicher schlief. Keine schlechte Taktik, dachte ich, Alina saugte mir fast die Flasche aus den Händen, stampfte und drängte. So vermied er meinen ersten Zorn und bis zum nächsten Morgen würde ich mich vielleicht wieder entspannt haben.
„Denkste“, grummelte ich leise vor mich hin, „so geht das echt nicht weiter.“
Vielleicht wäre es für Alina doch die beste Lösung, wenn wir sie in eine professionelle Fohlenaufzucht gäben. Mit dieser Idee im Kopf wurschtelte ich mich in meinen Schlafsack, meinen dicken Norweger samt Angoraunterwäsche und langer Jogginghose am Leib. Caspar schmiegte sich eng an mich, auch ihn deckte ich zu, Alina trug ihre Decke um den Hals geknotet. Melchi hatte es sich in der Kapuze des Schlafsackes bequem gemacht und schnurrte. „Ihre Tierliebe in allen Ehren, Frau Sander …“, ich seufzte aus tiefstem Herzen. Sie hätte auch sagen können: „Ein bisschen asozial ist ja nicht schlimm ...“

Ich bemerkte Tom erst, als er sich leise neben mir in seinen Schlafsack schob.
„Wie geht es dem Pferd?“
Er zuckte zusammen und starrte mich an. „Ich dachte du schläfst.“
„Habe ich auch“, erwiderte ich halb genervt, „aber ich bin ja nicht ganz dösig. – War’s schlimm?“
Er brummelte unverständlich vor sich hin, während er sich den Schlafsack über die Schultern zog. Ich drehte mich zu ihm um und roch sofort etwas, was mir unangenehm bekannt vorkam. An was erinnerte mich der Geruch nur?
„Der Wallach ist tot.“ Die Worte hingen eisig über uns, ich spürte, wie sich mir überall die Haare stellten. „Er ist verblutet, nachdem bei Bodos Untersuchung eine Arterie im Gelenk gerissen ist. Hat sich am Hufhorn einfach durchtrennt. Wir konnten nichts mehr machen.“

Ich schluckte. Verblutet. Wie Alinas Mutter. Alles war einfach aus ihr herausgeflossen. Daran erinnerte mich der Geruch, es war Blut. Blut und Tod. Tom drehte sich weg, mit dem Gesicht zur Wand, was mich irgendwie traf.
„Ich bin so spät, weil der Bader jemanden brauchte, der ihm beim Saufen zusieht und ihn tröstet. Der hat seinen Dicken echt gern gehabt."
Wir schwiegen in die Dunkelheit hinein. Die Stille war mir unbehaglich, ohne Nähe und Verständnis. Vorsichtig tastete ich nach Toms Schulter, doch er drehte nur kurz den Kopf zu mir um. Sein Gesicht schimmerte grau im diffusen Licht.
„Als ich nachmittags unterwegs war", erzählte er der Boxenwand, „da rief mich einer von der Tierklinik an. Sie haben ein Waisenfohlen, zwei Wochen älter als Alina, das der Besitzer loswerden will, weil es ihm zu viel wird. Der Doc fragt, ob wir die Kleine übernehmen wollen. Der Besitzer zahlt dafür und er gibt uns die Shetlandstute mit, die das Fohlen von Geburt an bemuttert. Das würde uns bei Alina echt helfen."
Im ersten Moment glaubte ich, nicht richtig zu hören, dann realisierte ich fassungslos, dass Tom tatsächlich mit dem Gedanken spielte, noch ein zweites Fohlen, dieses Mal sogar samt Beipferd auf den Hof zu holen, anstatt es wie dieser Mann zu machen und unser Fohlen an eine vernünftige Stelle loszuwerden. Mit einem Mal war ich hellwach.
„Das war ein Witz, oder?"
„Schon gut, Marie", er schaute mich nicht einmal an, „war mir schon klar, dass du so reagierst. Vergiss es einfach."
Langsam setzte ich mich auf, Alina kam sofort heran, wohl in der Annahme, dass es mal wieder etwas zu fressen gab, und ich kraulte ihr abwesend die Stirn. „Tom", er schnaufte nur genervt, doch ich ließ mich nicht beirren, „das ist so nicht fair und ich mag so nicht abgefertigt werden. Was erwartest du denn für eine Reaktion, wenn wir mit Alina schon nicht zurechtkommen?"
Demonstrativ vergrub er sein Gesicht in den Händen. „Keine Marie, lass mich jetzt einfach schlafen. Ich mag nicht mehr."
Prima, mir lagen ein dutzend passender Entgegnungen auf der Zunge, denn mir ging es schon länger so, im Gegensatz zu ihm, der vor zwei Tagen ja angeblich noch rasend glücklich

gewesen war. Doch ich presste die Lippen aufeinander. Nächtliche Diskussionen brachten nichts, schon gar nicht, wenn nur einer diskutieren wollte. „Gut Tom", knurrte ich mühsam beherrscht, „dann lass uns morgen mal einen Termin machen, an dem wir beide Zeit haben, um über Alina zu sprechen und wie das hier so weitergehen soll. Ich bin vormittags daheim."
Wütend schmiss ich mich auf die Seite und kehrte ihm genauso den Rücken, wie er mir. Caspar winselte leise. Streit war für ihn die Hölle, ich zog ihn tröstend an mich.

Keine Frage, dass ich den Rest der Nacht voll tosender Gefühle wach in der Box lag, während Tom, wie das bei Männern so ist, selig neben mir schlief und sich durch kein noch so drängendes Problem davon abhalten ließ. Manchmal machte mich das aggressiv, schon allein deswegen, weil ich neidisch auf Toms Fähigkeit war, sogar dann zu schlafen, wenn drum herum die Welt unterging und ich, den Kopf angefüllt mit rotierenden Gedanken, kein Auge zubekam. Ich hätte ihn schütteln können.
Stattdessen fütterte ich Alina und fragte mich, wie er auch nur für eine Sekunde in Erwägung ziehen konnte, dass wir noch ein weiteres Fohlen bewältigen könnten? So verbohrt und blind konnte doch niemand sein? Jeder musste sehen, dass wir längst über unser Limit hinausgeschossen waren! Ich mochte Alina, ehrlich, es gab sogar Momente, wo ich sie liebte, so wie ich Caspar immer geliebt hatte, egal, wie schwierig unser Leben gewesen war. Trotzdem wurde seit Tagen für mich immer klarer, dass diese Fohlen-Ersatzmutter-Rolle nicht wirklich in mein Leben passte, wenigstens nicht so, wie wir die Sache zurzeit praktizierten. Je länger ich in der dunklen Box saß und fror, desto klarer wurde mir, dass wir Alina in eine Fohlenaufzucht geben mussten, wenn das alles hier nicht in einer schlimmen Katastrophe enden sollte.
Kurz vor Morgengrauen verlangte unser wundervolles Problem mal wieder nach einer Mahlzeit. Ich stand ergeben auf und ging, gefolgt von Caspar, über den Hof zur Küche. Überall stand das Wasser in den Pfützen, Windböen peitschten den Regen vor sich her. Das Wetter gab mir den Rest und die warme Geborgenheit der Küche trieb mir Tränen hilfloser Wut

in die Augen. Noch während ich das Milchpulver verrührte, kam Tom herein. Ich erschrak leicht, denn ich war völlig in Gedanken versunken gewesen.
„Marie", ich blickte fragend über die Schulter, „ich glaube, wir müssen grundsätzlich mal darüber reden, wie wir weitermachen, nicht nur mit Alina, sondern auch mit uns."
Mein Herz setzte bei seinen Worten zu einem Spurt an und mein erster Gedanke war, so zu tun, als sei doch alles in Ordnung. Augen zukneifen, Ohren abdichten. Dabei hatte ich doch eben noch unbedingt eine Lösung gewollt. Ich nickte zögernd, ja, ich wollte eine Lösung, allerdings wie immer nur zu meinen Konditionen, und da machte mir Tom gerade einen Strich durch die Rechnung. Jetzt führte er das Gespräch, nicht ich.
„Das sehe ich genauso, Tom", ich rang mir ein halbes Lächeln ab, als ich mit der Saugflasche an ihm vorbeiging, „ich füttere eben Alina, dann können wir in Ruhe reden."
Keine Viertelstunde später hängte ich mit zitternden Händen meine tropfnasse Jacke im Flur an einen Haken und drückte zaudernd die Küchentür auf. Draußen wuchs sich der Wind zu einem mittleren Orkan aus, der mit bedrohlichem Heulen ums Haus tobte.
Tom lehnte an der Fensterbank, eine Tasse mit dampfendem Kaffee in den Händen. Eine weitere Tasse stand auf dem Küchentisch für mich bereit. Ich nickte ihm dankbar zu und griff nach dem Kaffee, lehnte mich seitlich an die Küchenzeile. Caspars Blick ging misstrauisch zwischen uns beiden hin und her. Dann sprang Melchior von draußen auf die Fensterbank, ich sah, wie er sein Maul weit aufriss und wahrscheinlich erbärmlich maunzte. Tom fuhr erschrocken herum, ließ den nassen Kater aber sofort samt eisiger Windböe in die Küche. Melchior schüttelte sich angewidert, Wassertropfen sprühten herum. Ich musste leise schmunzeln, mein Blick traf auf Toms, der ebenfalls ein Lächeln in den Augen trug. Mir wurde etwas leichter ums Herz.
„Hast du dir meine Idee von heute Nacht mal durch den Kopf gehen lassen, Marie?"
Abrupt schaute ich weg und beschäftigte mich mit meinem Kaffee. Zeit herausschinden, um eine halbwegs diplomatische Antwort zu finden. „Natürlich", ich riskierte ein flüchtiges

Lächeln zur Seite, das aber auf keinen Widerhall traf, „klar. An sich eine reizende Idee … wirklich … Tom … unter Umständen …“
„Marie“, er fegte unwirsch mit der Hand durch die Luft, „schwätz nicht rum. Was ist Sache?“
Ich atmete tief durch und zuckte vage die Schultern. „Meiner Meinung nach endet das alles im Chaos, wenn wir so weitermachen.“ Uff, dachte ich und nahm einen Schluck Kaffee, der erste Teil war mal raus. „Und es ist zwar ein netter Gedanke, noch ein Fohlen zu haben“, ich redete hastig weiter, bevor mich der Mut verließ, „aber ich bin davon überzeugt, dass wir das nicht schaffen würden. Meiner Meinung nach sollten wir auch Alina so schnell wie möglich in eine Fohlenaufzucht geben.“ Und raus war es. Die Stille zwischen uns wurde schlagartig zum Eisblock. Ich umklammerte meine Tasse, den Blick stur geradeaus auf die Tür gerichtet.
„Ich hatte zwar gehofft, etwas anderes zu hören“, Tom seufzte, „aber ich habe nicht ernsthaft damit gerechnet, schade.“
Die Enttäuschung in seiner Stimme war unmöglich zu überhören. Was sollte ich darauf sagen? Mein Handy summte. Dankbar für den kleinen Aufschub, warf ich einen flüchtigen Blick auf das Display. Sylvie. Ohne weiter nachzudenken drückte ich sie einfach weg. Mit ihrem morgendlichen Übergeben konnte ich mich jetzt nicht auch noch beschäftigen.
„Weißt du, Marie“, Toms nachdenklicher Blick streifte mich, ich schaute weg, „für mich war immer klar, dass ich mit dir leben möchte, und zwar zusammen, nicht in getrennten Häusern. Irgendwie habe ich mir auch eingebildet, dass du gerne mit mir hier in diesem Haus wohnen würdest. Und es gab gerade in den letzten Wochen viele Momente, wo ich davon geträumt habe, die Stuten heimzuholen, um wieder zu züchten. Du hast ein solches Gespür für Tiere, dass ich mir eingebildet habe, die Idee könnte dir gefallen. Aber nach deiner wortlosen Absage vorgestern am Grat, da weiß ich nicht mehr, ob wir überhaupt eine Basis haben. Das hat schon arg wehgetan, wirklich.“ Er schwieg, ich hörte, wie er Kaffee herunterschluckte.
In meinem Kopf fing es an zu dröhnen. Es dröhnte bald so laut, dass ich kaum noch denken konnte. Fahrig stellte ich meine Tasse auf die Arbeitsplatte, meine Hände zitterten. Ich war

völlig fassungslos. Er versuchte mich allen Ernstes in Christelles Form zu pressen? An ihrer Stelle sollte jetzt ich Haflinger züchten? Ihr Leben auf diesem Hof weiterführen, so als sei sie nie fort gewesen? So, als läge sie nicht tot auf dem Friedhof? Die Erkenntnis, die sich zögernd einen Weg durch meinen Kopf bahnte, war entsetzlich. Schlimmer noch, denn eigentlich hatte ich es immer geahnt. Nie hatte er mich gesehen, sondern immer nur sie.

Er liebte Christelle, ich war nur ein billiger Ersatz für sie. Anscheinend immer gewesen. Und jetzt sollte ich ihre Rolle ganz übernehmen. Zu allem Übel mimte er hier auch noch den waidwunden Hirsch. Es machte böse Klick in mir und Wut schoss blindlings hoch.

„Ich bin Marie", ich tippte vehement mit meinem Finger gegen mein Brustbein, „und du wirst mich nicht zu Christelle umpolen können! Merk dir das, Tom!"

Mein böser Blick ließ ihn schlagartig zu einem undurchdringlichen Bollwerk werden. „Vergiss es, Tom. Die Tour zieht hier nicht. Ich habe keinen Bock mehr, dauernd gegen Christelles Schatten zu kämpfen, um dir zu zeigen, dass ich nicht sie bin. Mir hat unser Leben so gereicht, wie es war, bevor ich mich zwischen einem Fohlen und meiner Arbeit aufgerieben habe und du dauernd dein eigenes Ding gedreht hast, nach dem Motto, Marie wird schon nicht mucken. Hat sich Christelle das alles gefallen lassen? ... Oder … oh … nein, natürlich, … sie hat immer weibliche Unterstützung für dich gemacht, wetten?"

Selbst im matten Licht des frühen Morgens sah ich, wie Tom blass um die Nase wurde und sich zwei steile Kerben um seinen Mund bildeten. Gleich würde es nicht nur draußen stürmen, sondern auch hier drin in der Küche.

„Geht's noch, Marie?" Er richtete sich langsam auf, doch ich starrte ihm provozierend ins Gesicht. Kein Mann würde mir jemals wieder Angst machen.

„Es gibt Grenzen, über die man nicht hinausschießen sollte."

Ich verschränkte die Arme vor der Brust. „Und, was willst du mir damit sagen?"

„Dass dir genau das jetzt passiert ist. Ich habe dich nie mit Absicht umpolen wollen, wie du es nennst. Wenn es unbewusst passiert ist, dann tut es mir leid." Er drehte sich langsam zum Fenster um und ich sah, wie er mühsam beherrscht nach Atem rang. „Marie, mir hat unser Leben vor Alina nicht gereicht, für mich hatte dieses Leben keine Perspektive und keine Zukunft. Und ich möchte eine solche Partnerschaft nicht haben, dann bleibe ich lieber wieder alleine."

Sein letzter Satz schwebte seltsam unwirklich durch die Küche, ich sah ihm verwundert nach, spürte ungläubig seine Konsequenz und fragte mich, wann er mein Herz erreichen würde, um es in Milliarden Teile zu zersprengen. Es gab viele Arten, eine Beziehung zu beenden. Ich staunte. Es gab auch unendlich viele Formen von Schmerz, jeder ganz eigen, ganz anders. Und wie viele Verluste musste so ein armes Leben über sich ergehen lassen, bis endlich Ruhe einkehrte?

„Dann gehe ich jetzt mal", ich machte eine ratlose Handbewegung, „wenn's dir nichts ausmacht, dann hole ich meine Sachen später ab, es regnet so." Er nickte, ohne sich umzudrehen.

„Kein Problem, Marie."

„Okay, ciao Tom."

Er schwieg und ich verließ mit Caspar und Melchior im Schlepp die Küche. Ich bewegte mich wie in einem Nebel, mechanisch, unwirklich, verzerrt, stopfte mir Melchior in die Jacke, trat hinaus in den Sturm, durch den ich Alina wie immer vor lauter Alleinsein schreien hörte. Sie tat mir so unendlich leid, ahnte ich doch genau in diesem Moment, wie schrecklich einsam man sein konnte, wie verlassen. Scheu strich ich ihr im Stall über ihre silbrigen Locken und holte Balthasar. Sie sprang uns bis zum Tor hinterher, das ich vor ihrer Nase verschloss. Ihr panisches Gewieher schnitt mir in die Ohren. Ich versuchte mir einzureden, dass es Regentropfen waren, die mir über die Wangen flossen. Ich stieg hinter dem Haus den Hang hinauf zum Stadel, der mir zum ersten Mal seit mehr als einem Jahr nicht als Hort der Geborgenheit erschien.

Der Wind peitschte uns Hagelkörner um die Ohren, Caspar jammerte kläglich und drängte sich Schutz suchend gegen mein Bein. Balthasar schritt mit verkniffenem Gesicht vor uns her. Als wenn es helfen könnte, hielt ich eine Hand über Caspar, mit der anderen schützte ich mein Gesicht. Es war bitterkalt, der Weg zum Stadel zog sich. Teilweise versank ich bis zu den

Knöcheln im Matsch. Wolken jagten schwarz am Himmel, die Bäume bogen sich qualvoll. Wir hatten das Chaos entfesselt. Halb erfroren erreichten wir meinen Stadel. Balthasar und Caspar rann das Wasser aus dem Fell, beide zitterten vor Kälte. Ich rieb den Esel im Stall so gut als möglich trocken, deckte ihn mit mehreren Lagen Decken zu und schob zusätzlich zwei Wärmflaschen dazwischen. So würde es gehen, wenn der Sturm den alten Koben stehen ließ. Alles schien zu beben, der Wind heulte unter dem vorhängenden Dach und drohte es hochzuheben, die Scheibe klirrte in ihrem alten Holzrahmen. Falls es noch schlimmer werden würde, musste ich Balthasar hinunter zu Tobi und Centa bringen.
Erschöpft trat ich durch die Haustür in den Flur, der Wind riss mir fast die Klinke aus der Hand. Ich stemmte mich dagegen, Caspar fegte mit ängstlich eingezogener Rute unter den großen Küchentisch, unter dem schon Melchior auf uns wartete. Die plötzliche Stille drückte mir auf die Ohren, atemlos stand ich im Flur und sah der Pfütze zu, die sich unter mir bildete. Erst nach und nach drangen wieder Geräusche durch das seltsam wattige Gefühl in mir. Der Sturm tobte unvermindert, rappelte an den Fensterläden und heulte ums Haus, Regen und Hagel prasselten auf das Dach nieder. In dieses Inferno hinein klingelte mein Handy. Ohne auf das Display zu schauen, wusste ich, dass es nur Sylvie sein konnte. Ich schaltete das Handy aus, ließ es achtlos auf die kleine Kommode im Flur fallen. Dann brachte ich mich dazu, Caspar abzurubbeln und ihn warm in eine Wolldecke einzupacken. Ich feuerte den Kachelofen an und zog mich um.
Konzentriert erledigte ich alles, was notwendig war, bis zu dem Moment, wo ich mich mit einer Tasse heißem Tee in der Küche an den Tisch setzen musste und mich meine beendete Beziehung gnadenlos überfiel. Eine ganze Zeit lang schwankte ich zwischen Unglauben und einem Weinkrampf. Was war eigentlich passiert? Die Szene in der Küche verschwamm in meiner Erinnerung zu einer skurrilen Abfolge von Worten, die sich in meinem Kopf zu immer neuen Variationen formten. Ich schloss die Augen, legte meinen Kopf auf die Arme. Ich war so unsagbar müde, mir war so kalt. Ich hatte keine Ahnung, was ich tun oder lassen sollte, ob ich einen Fehler begangen

hatte und wenn ja, wann genau er mir unterlaufen war? – Alina würde längst wieder Hunger haben.
Ob Tom heute Nacht alleine bei ihr schlief? Gedankenverloren stand ich auf und legte mich auf die schmale, wunderbar warme Ofenbank. Ich angelte nach der Wolldecke, die noch von einem zärtlichen Abend mit Tom auf dem Ofen lag. Unwillkürlich traten mir die Tränen in die Augen. Für Tom war das nicht genug gewesen, keine Basis für eine Partnerschaft. Er zog es vor, alleine zu bleiben, anstatt mit mir am Ofen zu sitzen. Heulend wickelte ich die Decke um mich herum, vermeinte sogar, noch ein wenig Tom an ihr zu riechen. Caspar schleppte sich samt seiner Decke ebenfalls zum Ofen. Schwer seufzend ließ er sich neben mir auf den warmen Boden fallen und auch Melchi hüpfte zu mir hoch. Ich lupfte die Decke ein wenig an, so dass er darunterkriechen konnte. Sein schwarzer Katerkopf kuschelte sich an meine Schulter, er schnurrte wie ein alter Dieselmotor. Ohne es zu merken schlief ich ein.

Etwas schrillte mir in den Ohren, etwas, was ich nicht sofort zuordnen konnte. Ich blinzelte und stellte verwundert fest, dass ich auf der Ofenbank lag, Melchi auf meinem Bauch. Wieder erklang das penetrante Geräusch. Es war die Klingel an der Haustür. Wer konnte das sein, wo doch eigentlich jeder, der mich kannte über die Terrasse hereinkam? Und da war noch etwas. Etwas war geschehen, was mir nicht sofort einfallen wollte. Sekundenlang blieb ich liegen, dachte angestrengt nach, wobei mich die Klingel wirklich störte. Also schälte ich mich aus meiner Decke heraus, um die Tür zu öffnen. Auf dem Weg durch den Flur fiel mein schlaftrunkener Blick auf mein Handy. Ohne jeglichen Zusammenhang erinnerte es mich daran, dass Tom Schluss gemacht hatte, der Schock überfiel mich wie ein wütendes Tier. Instinktiv zog ich die Schultern hoch und versuchte zu atmen, doch meine Brust klemmte mit jedem krampfhaften Atemzug mehr, der mich wacher machte und mich die Tragweite dieser Trennung erkennen ließ. Ich stand wieder da, wo ich vor gut einem Jahr angefangen hatte, nur mit dem Unterschied, dass es mir jetzt richtig dreckig ging, kein neues Leben den Schmerz verdrängte. Die Klingel schepperte ohne Unterlass. Mühsam schlurfte ich die wenigen Schritte zur

Tür und öffnete. Centa starrte mich mit besorgtem Gesicht an. „Na endlich, Marie", sie schob sich unaufgefordert an mir vorbei, „warum machst du nicht auf?"
Ich rieb mir verwirrt die Stirn. „Ich habe geschlafen, deswegen. Und warum klingelst du hier vorne?" Sie musterte mich abschätzend. „Das schien mir sinnvoller, nachdem schon Tom so seltsam am Telefon gewesen ist. Was ist los, Marie?" Seufzend drehte ich mich um und ging an ihr vorbei ins Wohnzimmer zurück. „Magst nen Kaffee, Centa?"
„Immer", erwiderte sie, mit einem interessierten Blick auf mein ausgeschaltetes Handy, „da kann ich ja lange versuchen, dich anzurufen, wenn's aus ist."
Dazu gab ich keinen Kommentar ab, sondern konzentrierte mich auf meine Kaffeemaschine. Draußen schien der Sturm nachgelassen zu haben, es heulte nicht mehr so schlimm und die Bäume am Grat hielten sich wieder etwas aufrechter. Centa hockte vor Caspar auf dem Boden und kraulte ihm die Ohren, er hatte sich noch nicht wieder aus seiner Wolldecke herausbequemt. Ich hatte keine Ahnung, wie viel Uhr es war und wie lange ich geschlafen hatte. Eigentlich war es auch egal.
Und wie Tom seine Arbeit heute bewältigte, das musste mir noch viel egaler sein. War es aber nicht, wie ich missmutig feststellte. Was würde er wohl mit Alina machen? Irgendwie hatte ich ihn im Stich gelassen, auch wenn er derjenige gewesen war, der unsere Beziehung beendet hatte. Ich goss uns den Kaffee in die Tassen und stellte sie auf den Tisch. Tatsächlich hatte ich etwas wie ein schlechtes Gewissen Alina gegenüber. „Setz dich doch, Centa", ich ließ mich selber auf meinen Platz fallen und vergrub mich in meiner Tasse. Sie kam mit einem leisen Ächzer auf die Beine, strich mir im Vorbeigehen sanft über den Rücken, bevor sie sich mir gegenüber an den Tisch setzte. Sie musterte mich kurz. „Habts ihr euch gestritten? Wegen dem Fohlen?"
Ausweichend bewegte ich die Schultern. Sollte ich aussprechen, was ich kaum zu denken wagte? „Kruzifix Marie, ich habe vorhin kurz mit Tom telefoniert und so mies drauf habe ich ihn das letzte Mal in den Monaten nach Christelles Tod erlebt. Aber aus dem Mann kriegt man ja kein vernünftiges Wort heraus. Also sag du mir, was passiert ist."

So, dachte ich mürrisch, mies drauf war der Herr! Selber schuld, und einen erneuten Vergleich mit Christelle konnte ich schon gar nicht aushalten. Wieder kam die Wut hoch, die mir auch in Toms Küche Worte in den Mund gelegt hatte, die ich zwar so gemeint, aber gerne anders ausgedrückt hätte. Ich biss mir auf die Lippen.

„Marie, schwätz halt mit mir!"

Unwillig schaute ich zur Seite über die windgepeitschten Wiesen. „Tom hat Schluss gemacht." Niemals hätte ich vermutet, dass ich diese Worte aussprechen würde und nie hätte ich geglaubt, dass sie solch einen Schmerz in mir auslösen könnten. Ich krümmte mich unwillkürlich, stieß die Tasse so hart auf den Tisch, dass der Kaffee spritzte. Hektisch wischte ich über die Tischplatte, Centa griff nach meiner Hand. „Noi, das ist nicht wahr, Marie! Warum in Gotts Namen?"

„Weil", ich verdrehte genervt die Augen und versuchte, meine Hand aus Centas herauszuwinden, doch sie hielt mich eisern fest, „ja, weil ich kein zweites Fohlen will, weil ich mit Alina schon total überfordert bin, weil ich nicht mit ihm auf seinem Hof wohnen will, und vor allem, weil ich die Schnauze davon voll habe, Christelle Nr. 2 zu sein, anstatt Marie, die Erste. Darum. Und das passt ihm nicht. Punkt!"

Mit weit aufgerissenen Augen starrte sie mich an. Ich sah genau, wie es in ihrem Kopf arbeitete und ich zog energisch meine Hand weg. Auf ihren Kommentar zu unserer Situation konnte ich getrost verzichten. Die Dinge waren halt, wie sie waren und ich sah keine Lösung, zumal Tom ja anscheinend auch keine mehr mit mir gemeinsam anstrebte. Ein paar Mal setzte sie an, etwas zu sagen, schwieg aber jedes Mal wieder, offensichtlich so fassungslos, dass es ihr die Sprache verschlug. Das hatte ich bei Centa noch nie erlebt.

„Vergiss es einfach, Centa", bot ich ihr deshalb an, „es passt halt nicht mit uns." Meine Worte klangen cooler, als ich mich fühlte, doch das war meine Sache.

„Ja Herrgottsackra, Marie, goht's no?

Automatisch lehnte ich mich zurück und ging auf Distanz.

„Spinnts ihr beide, oder was?"

Ich holte tief Luft und hob abwehrend die Hände. „Echt Centa, sorry, aber das geht dich wirklich nichts an."

„Des wird ja immer besser“, keifte sie mich an, „und ob mich das was angeht! Jahrelang ist mir der Tom auf dem Zahnfleisch gegangen, ein Haufen Elend in unserer Küche. Dann kamst du mit deinem Trümmerhaufen im Gepäck. Was meinst du, wie das für Tobi und mich war, als der Tom das erste Mal wieder gelacht hat!“
Ich verzog das Gesicht. Solche Geschichten wollte ich jetzt nicht hören, die halfen mir nicht weiter, doch Centa setzte unbarmherzig noch einen drauf. „Und du? Hast immer nur Augen für den Schmied gehabt! Und jetzt kommst du mit so dummem Gewäsch von wegen du seiest nur Christelles Ersatz für ihn? Willst nicht mit ihm zusammen leben? Das ist schon ein bisschen heftig, Marie. – Ich kann ja verstehen, dass es mit Alina der pure Stress ist, aber vielleicht wäre es mit einem zweiten Fohlen sogar eine Erleichterung? Hascht mal die andere Seite angeschaut?“
Für mich gab es keine andere Seite, meine reichte mir. Ich schüttelte den Kopf. „Lass mich in Ruhe, Centa. Mag ja alles stimmen, was du sagst, aber ich habe echt keinen Bock mehr, dass alles bei Tom irgendwie mit Christelle zusammenhängt. Sie ist überall. Überall! Dauernd hängt sie mir im Nacken! Ich sag's dir! Immer die tolle, schöne und sooo kluge Christelle. Ich hab's so satt. Und was das Zusammenwohnen angeht, danke, das hatte ich schon alles und den Terror brauche ich nicht mehr. Vielleicht ist es besser, wenn wir jetzt einen klaren Schnitt machen, bevor es richtig wehtut.“
Sie schüttelte ungläubig den Kopf. „Bevor es richtig wehtut? Du weißt nicht, was du da für einen Müll redest, Marie. Den Unsinn mit Christelle, den bildest du dir ein. Anstatt Tom da etwas anzukreiden, solltest du dir mal lieber überlegen, was du selber in eurer Beziehung von dir hältst. Ich gehe jetzt, sonst sage ich hier noch Sachen, die nicht gut für unsere Freundschaft sind. Pfüati, Marie. Du weißt, wo ich bin, wenn du mich brauchst.“
Sie stand tatsächlich auf, klopfte mir begütigend auf die Schulter und ging. Caspar und ich schauten ihr fassungslos nach. Es dauerte ein paar paralysierte Minuten, bis mein Selbstmitleid volle Leistung zeigte und ich mich entsprechend herumsuhlen konnte. Warum hackte heute eigentlich jeder auf mir herum?

Tom machte Schluss und Centa schob mir den schwarzen Peter zu, das war so unsagbar ungerecht. Schluchzend kippte ich den Rest Kaffee in die Spüle und streifte planlos durch die Wohnung. Alles schien mir so leblos, so unbewohnt, alles war schiefgegangen. Ich heulte, Caspar tappte mir winselnd hinterher und auch Melchi ließ mich nicht aus seinen unergründlichen Augen.
„Was hätte ich denn tun sollen?" Ich rang die Hände. „Sag mal, Caspar, oder du, Melchior, ich kann doch auch nicht aus meiner Haut heraus und ich habe echt Angst, dass ich mit Tom genauso wenig zusammenwohnen kann, wie mit Karsten damals. Und bei Karsten hatte ich die dämliche Claudia am Hals, hier ist es Christelle, das ist doch nicht fair, oder?"
Weder Caspar noch Melchior hatten eine eindeutige Meinung zu meinem Problem, wobei ich davon ausging, dass Caspar solche Animositäten eh fremd waren, während Melchi meinen Wunsch nach Unabhängigkeit halbwegs verstehen konnte.
„Ganz toll, danke", murrte ich, „das hilft mir jetzt weiter."
Ich griff nach meinem Handy und schaltete es ein. Fast gleichzeitig summte es mir die vertraute Melodie und zeigte Sylvies Namen auf dem Display. Ich seufzte und nahm an. Immerhin war Sylvie jemand, der mir vielleicht einen Rat geben konnte, wenn ich sie so weit brachte, mir mal zwei Minuten zuzuhören, anstatt dauernd von sich selber zu reden.
„Endlich, Marie, verdammt, ich versuche schon seit heute Morgen dich zu erreichen. Warum hast du denn das Handy aus?"
„Ja, weil …", versuchte ich zu erklären und zog geräuschvoll die Nase hoch, doch sie fiel mir gleich ins Wort. „Egal, ich muss unbedingt mit dir reden. Jan hat eine andere."
An diesem Tag war etwas faul. Wieder schweifte mein Blick über die grauen Wiesen, den grauen Himmel, die grauen Bäume, registrierte flüchtig, dass der Wind weiter nachließ und der Regen nur noch in Bindfäden fiel, nicht mehr als Sturzbach. Irgendwie hatte ich es gleich geahnt, schon ganz in der Früh, als so gesehen unsere Welt noch fast in Ordnung gewesen war. – „Was?"
„Ich bin noch ganz irr im Kopf", sprudelte sie weiter, „total meschugge, kann gar nicht denken und mir ist immer noch so schlecht. Dauernd muss ich kotzen. Und heute Nacht kommt

Jan von einem ‚Notfall', sie spuckte das Wort ins Telefon, „und erzählt mir, dass er seine Ex-Freundin aus dem Studium wieder getroffen hat und die eine Beteiligung an einer Praxis sucht. Jan hat ihr seine Praxis angeboten. Da kannste doch gleich dran fühlen, oder? – Ach, Marie, was soll ich nur tun?"
Ich zögerte kurz. „Mach endlich einen Schwangerschaftstest! Und ich wüsste nicht, warum Jan mehr als die Praxis mit ihr teilen sollte. Übrigens hat Tom heute Morgen Schluss gemacht."
Es war für den Bruchteil einer Sekunde still am anderen Ende der Leitung, doch dann hörte ich, wie Sylvie Luft holte. „Oh Mist, ich muss mich übergeben!" Ihr Telefon flog, dem Krachen in meinem Ohr nach, quer durch die Wohnung, ich drückte auf auflegen. War es Freundschaft, wenn man einander nicht mehr zuhören wollte? Einem die Probleme des anderen auf die Nerven gingen, einen kalt ließen, wo sie Mitgefühl und Unterstützung hervorrufen sollten? Wie auch immer, ich drehte mein Handy müßig in meinen Händen, es war nicht meine Vorstellung von Freundschaft. Draußen sprühte es nur noch leicht und ich hörte Balthasar im Koben rumoren. Ich öffnete die Terrassentür, trat durch die matschige Wiese in Balthasars Auslauf, um ihn hinauszulassen. Er schnappte zur Begrüßung nach meiner Hand, was mir wider Willen ein Lächeln abrang. Liebe hatte viele Gesichter. Gedankenverloren zog ich Balthasar hinter mir her aus dem Auslauf heraus, warf die Wärmflaschen auf die Bank auf der Terrasse und pfiff nach Caspar, der gefolgt von Melchior sofort angesprungen kam. Es war egal, was ich heute tat, ob ich schlief oder mit den Tieren durch den Sturm stapfte. Auf mich wartete niemand, keiner brauchte mich und ich musste auf niemanden Rücksicht nehmen. Eigentlich nicht schlecht, dachte ich, alles hatte seine zwei Seiten, da hatte Centa schon recht und es war eine Sache der Betrachtungsweise, wie man die Dinge sah.
Völlig abwesend überquerte ich den Zellerhof, atmete tief die jetzt angenehm würzige und kalte Luft ein. Vereinzelte Böen beutelten uns, doch das war kein Vergleich zu dem Orkan von heute Morgen. Zwischen den jagenden Wolken spitzten immer wieder die Gipfel der umliegenden Berge durch. Der Grünten war schneebedeckt, die Rotspitze ebenfalls und auf

der anderen Seite sah ich die Hörner weißlich schimmern. Es war Anfang Mai; ungewöhnlich kalt und nass. Ein Spiegel meines derzeitigen Lebens.

Wir wanderten entlang der Starzlach im Windschatten der zerzausten Büsche in einem großen Bogen zurück über die weiten Wiesen vor Berghofen, wo uns der Wind wieder mit voller Wucht erfasste, den alten Salzweg nach Berghofen hinein und durch den Ort. Manchmal war laufen wie meditieren, in sich versunken gehen und leer werden. Ich ging mechanisch, dachte nicht bewusst, hinterfragte nicht die verwirrten Gefühle in mir. Eine SMS von Sylvie unterbrach nur kurz diesen Zustand. Sie schrieb: „Na super, endlich biste den egozentrischen Zyniker los. Jetzt wird dein Leben wieder spaßig."

Immerhin, dachte ich und löschte die SMS, wieder eine Sichtweise, die so gar nichts mit der meinigen zu tun hatte. Für Sylvie war Tom ein Zyniker, ein egozentrischer dazu. Sie hatte nie wirklich verstanden, warum er der Verschleiß-Mann sein musste, wo es doch wesentlich witzigere Typen in der Welt gab. Eine Gänsehaut zog sich über meinen Nacken hinauf. Mein Verschleiß-Mann? War es tatsächlich der Lauf des Lebens, dass der erste Mann nach einer gescheiterten Liebe erst einmal nur zum Verschleißen taugte? Das war so nicht geplant gewesen, wirklich nicht. Ich schwor mir selber, dass Tom mehr für mich gewesen war, noch immer bedeutete. Aber nutzte das etwas? Und was war er denn für mich gewesen?

Caspar schob mir seine nasse Schnauze in die Hand, ich schniefte mal wieder und rückte Melchior in meiner Jacke zurecht. Nur sein halber Kopf schaute noch aus meinem Kragen heraus.

Vielleicht war es die Macht der Gewohnheit, dass Balthasar den Weg nach Hause einschlug und die Abkürzung über die Kapelle und den Friedhof nahm, die Tom so oft mit ihnen gegangen war, vielleicht wussten die Tiere aber auch mal wieder mehr als ich. Völlig unvermittelt fand ich mich vor Christelles Grab wieder. Irritiert starrte ich die Schrift auf dem Grabstein an. Ich war nur wenige Male mit Tom zusammen hier gewesen und hatte mich immer fehl am Platz gefühlt, ein Störenfried in seiner Zweisamkeit mit Christelle.

Mühsam schluckte ich an dem Klumpen in meinem Hals und

rang nach Luft. Langsam ging ich in die Hocke. „Grüaß di, Christelle“, flüsterte ich, Caspar drängte sich zwischen meine Beine, „hast du ein paar Minuten Zeit für mich?“ Nichts als der Wind und Balthasars Schnauben waren zu hören, trotzdem hatte ich irgendwie das Gefühl, nicht ganz unwillkommen zu sein. Melchior fing an zu schnurren, ich wiegte ihn sanft.
„Es geht um Tom und mich, weißt du, er hat heute Morgen unsere Beziehung beendet. Ich möchte nicht mit ihm in dem Haus leben, das ihr euch eingerichtet habt, du bist da sehr präsent, Christelle.“
Ich hoffte mal, dass sie mir die offenen Worte nicht übel nahm und schickte ein scheues Lächeln über ihr Grab. Schon seltsam, dachte ich, eigentlich hätten wir uns gut verstehen müssen, denn wir liebten ja beide den gleichen Mann, jede zu ihrer Zeit. Wir kannten seine Stärken, seine Schwächen. Wir mochten vielleicht verschiedene Angewohnheiten an ihm, empfanden seine Launen als unterschiedlich nervig. Ich wusste nicht, ob er gleiche oder ähnliche Kosenamen für uns verwendete oder ich ihn so nannte, wie sie es immer getan hatte. „Wahrscheinlich schaue ich doch gerade etwas von einer anderen Seite in unser Dilemma hinein.“ Ich hatte den Eindruck, dass sie das amüsieren könnte und lachte leise.
„Ich möchte ich sein, Christelle“, fuhr ich mutiger fort, „und ich habe mir eingebildet, dass ich so sein müsste wie du, damit er mich liebt. Aber ich bin nicht so wie du und das hat mich zornig gemacht. Der totale Frust, ehrlich.“ – Ich dachte an Karsten und unser gemeinsames Leben, erklärte ihr still, wie schlimm das letztendlich für mich gewesen war, dass so etwas nicht wieder passieren durfte und wie sehr ich Tom liebte. „Es ist wohl auch so, dass ich bei Tom glaube, es nicht wirklich wert zu sein, dass er mich liebt. Zumal du ja die unerreichbare Messlatte für mich bist. Ziemlich blöd, oder?“ Jetzt hörte ich ihr Lachen ganz genau, es hallte übermütig in mir wider. Für einen Moment überlegte ich mir, ob ich mich jetzt fürchten sollte, doch dafür war es zu spät. Der Wind fuhr mir sanft unter die Haare, ich fröstelte und lachte. „Aber vielleicht geht es Tom ja genauso und er hat Angst, mir nicht zu genügen? Würde zu ihm passen, oder?“ Ich seufzte. „Wir sind so bescheuert.“

Tom hatte nicht einmal geahnt, dass ich wegen Christelle unsicher gewesen war. Ich hatte es ja selber nicht wahrhaben wollen. Marie, die Starke, die Harte, die ihren Weg konsequent ging und sich doch danach sehnte, sich nicht dauernd beweisen zu müssen. Einfach mal Marie sein. Tom hatte keine Leistung von mir gefordert. „Danke für den Hinweis."
Der Regen setzte langsam wieder ein, was die Stimmung noch verwirrender machte.
„Würdest du es mit dem zweiten Fohlen versuchen, Christelle?"
Wieder fühlte ich genau, wie mein Herz plötzlich vor Freude klopfte, wo ich doch eigentlich schrecklich unglücklich war. „Du spinnst." Trotzdem versuchte ich mir vorzustellen, wie das mit dem zweiten Unglückstropf wohl sein könnte. Immerhin hatte dieses Fohlen eine Art Amme, war nicht so extrem auf uns angewiesen, wie Alina es war.
„Und wie soll ich meine Arbeit machen? Wo soll ich wohnen?"
Okay, dachte ich widerstrebend, wenn ich den Stadel nicht gleich komplett aufgab, dann konnte ich ja mal ein paar Wochen oder Monate auf Probe bei Tom bleiben. Und was meine Arbeit anging, ich seufzte, weniger Termine, oder nur zu bestimmten Zeiten behandeln? Mich auf die Stunden im Seniorenheim und im Krankenhaus beschränken? Eventuell würde sich das regeln lassen. „Meinst du, ich sollte noch einmal mit Tom reden?"
Wie als Bestätigung prasselte der Regen wieder mit voller Heftigkeit los.
„Danke, Christelle!"
Im Laufschritt sprinteten wir drei die Straße hinauf zum Stadel.

8. Kapitel

... und jeder Anfang hat ein Ende!

In aller Eile versorgte ich Balthasar im Koben mit einer trockenen Decke und seinen Lieblingsästen zum Knabbern und noch während ich im Haus mit der einen Hand einen neuen Scheit Holz in den Ofen stopfte, wählte ich mit der anderen Toms Handynummer. Alles würde gut, Christelle hatte es fast versprochen. Ich sprühte vor neuem Optimismus und frischer Energie, fummelte nervös an der Ofentür herum.
„Die gewünschte Rufnummer ist zurzeit nicht erreichbar. Versuchen Sie es später noch einmal." Klick. Ungläubig starrte ich auf das Display meines Handys. Schwarz auf weiß stand da Tom, ich hatte nicht die falsche Taste gedrückt. Aber Tom schaltete nie sein Handy aus. Nie. Im Gegensatz zu mir war er der Meinung, dass man in unseren Jobs immer erreichbar sein musste. Lieber wimmelte er einen Kunden persönlich am Telefon ab, als dass er ihn von einer Mailbox frustrieren ließ. Was also war los bei ihm? Unschlüssig drehte ich mein Handy in den Fingern. Sollte ich zu ihm hinunter gehen, direkt mit ihm reden? Zappelig rieb ich mir meine Hände nacheinander an meiner feuchten Jeans trocken. Auge in Auge mit einem zornigen Tom über Veränderungen zu diskutieren, schien mir keine gute Idee, aber hier daheim darauf zu warten, dass Tom sein Handy wieder einschaltete, würde meinen ohnehin schon ausgedünnten Nerven den Rest geben. Seufzend drückte ich endlich die Ofentür zu, es rumorte gemütlich im Schornstein. Warten, es blieb mir im Moment nichts anderes übrig. Und warten war nicht meine Stärke.
Rastlos tigerte ich durch die Zimmer, Caspar und Melchi im Schlepptau, drückte zwischendurch die Wahlwiederholung und hörte mir den Spruch des Unerreichbaren an. Leise fluchend kochte ich mir Tee und setzte mich an den Tisch. Das Wetter draußen besserte sich nur zögernd, aber immerhin spitzte immer mal wieder ein Stück blauer Himmel durch die Wolken. Mein Blick fiel auf die Zeitschrift mit dem Artikel über die Meridiane beim Hund, die seit bald zwei Wochen hier lag und in der ich damals gelesen hatte. Sylvies Anruf hatte an jenem stillen Nachmittag den Anfang unseres Endes eingeläutet.

Scheu strich ich über das zerknitterte Papier. Damals war ich glücklich allein gewesen. Allein mit dem Wissen, dass Tom kommen würde.
Heute würde Tom wahrscheinlich nicht kommen und Tom war nicht glücklich allein gewesen. Ich vergrub mein Gesicht in den Händen. Ach Tom. Als genau in diesem Moment mein Handy klingelte, erschrak ich so sehr, dass ich die Teetasse vom Tisch wischte. Sie zersplitterte auf den Fliesen, Caspar und Melchi schossen panisch in die nächste Ecke. Wie hypnotisiert starrte ich auf die Scherben in einer Lache mit Tee. Dann griff ich nach dem Handy. Tom. Hastig nahm ich das Gespräch an. „Tom?"
„Warum hast du angerufen?"
Das war nicht die Begrüßung, die ich von ihm gewöhnt war, und die Distanz in seiner Stimme brachte mich komplett aus dem Konzept. „Ich … ich habe viel nachgedacht und … na ja …"
„Marie, schwätz nicht wieder rum. Was willst du?"
Ich schluckte, mein Mund war seltsam trocken. „Nein, keine Sorge." Ich atmete tief ein. „Wie gesagt, ich habe ziemlich viel nachgedacht und weißt du, wegen Christelle, nun ja … Ich sehe das jetzt schon anders. Und auch mit dem Fohlen, vielleicht versuchen wir es einfach mal mit dem zweiten. Ich wohne dann einfach mal eine Weile bei dir und wir schauen, wie's so läuft." Raus war's, wenn auch nicht so, wie ich das gerne gewollt hätte. Irgendwie hätte ich mir mal vorher überlegen sollen, was ich genau und wie erklären wollte. Jetzt war es mal wieder zu spät. Just in diesem Moment fiel mir auf, dass es mir seit einer Weile dauernd passierte, dass ich mich zu spät um die Dinge kümmerte oder sie zu spät zur Kenntnis nahm. Da gab es doch dieses üble Sprichwort vom zu spät kommen und bestraft werden. Was zu beweisen war, dachte ich und schloss die Augen.
„Einfach mal …, eine tolle Einstellung, Marie", Toms Stimme war eisig vor Sarkasmus, „aber tut mir leid. Ich habe keine Lust mehr, mich von dir verarschen und hinhalten zu lassen. Einfach mal mit Tom herumprobieren läuft nicht. Denn ich habe es immer ernst mit dir gemeint. Und ich glaube dir nicht, dass du seit heute Morgen das geschafft hast, was du seit mehr als

einem Jahr nicht hinbekommst, nämlich mit meiner und deiner Vergangenheit fertig zu werden. Vergiss es, Marie."
Der Dauerton einer freien Leitung brummte mir dort ins Ohr, wo gerade noch Toms böse Stimme eine Schneise in mich geschlagen hatte. Abwesend drückte ich die Leitung weg und legte mein Handy auf den Tisch vor mir. Vergiss es, Marie. Vergiss es. Die Stille in mir war gespenstisch. Ich hörte mich atmen. Warum eigentlich? Wenn ich jetzt damit aufhörte, dann würde ich endlich mal nicht zu spät dran sein mit einer Entscheidung. Aber ich atmete weiter, spürte, wie mein Herz immer aufgeregter gegen meine Rippen wummerte, bis die Augenblicke rettenden Schocks vorüber waren und die Erkenntnis mit aller Gewalt über mich hereinbrach. Es war tatsächlich Schluss. Tom wollte mich nicht mehr. Tom glaubte nicht daran, dass ich es ernst meinen könnte. Das tat rasend weh. Ich verschränkte meine Arme vor der Brust, weil der Schmerz mich zu zerreißen drohte. Caspar sprang mit den Vorderbeinen auf meinen Schoß, leckte mir bestürzt das Gesicht, doch zum ersten Mal konnte er mich nicht trösten. Und wieder klingelte mein Handy. Mühsam blinzelte ich, um den Namen auf dem Display zu entziffern. Es war Sylvie, die mir in diesem Augenblick wie ein rettender Engel erschien.
„Sylvie, Tom hat Schluss gemacht!" Meine Stimme überschlug sich. Es war kurz still am anderen Ende. „Aber das hat er doch schon heute Morgen getan, wieso erzählst du mir das jetzt noch einmal? – Ich bin übrigens schwanger."
Mein Hirn war nicht mehr fähig, die diversen Informationen sinnvoll zu verarbeiten. Natürlich hatte Tom heute Morgen schon von einem Ende gesprochen, doch das jetzt war richtig Ende. Ein Ende ohne neuen Anfang. Christelle hatte sich geirrt oder mich verarscht. Wer war schwanger?
„Was?"
„Ich habe einen Test gemacht, Marie", Sylvie klang, als sei ich völlig debil, „du hast recht gehabt. Ich bin schwanger und habe keine Ahnung, was jetzt werden soll."
In all den Jahren unserer Freundschaft hatte ich noch nie erlebt, dass Sylvie ernsthaft über ein Problem sprach, ohne frechen Kommentar, ohne Witz und ohne Lösungsvorschlag. Und ich wusste lange Sekunden nicht, wie ich damit umgehen

sollte. Sylvie bekam ein Kind. Ich dagegen war wieder Single. Beide Alternativen schienen mir nicht besonders erstrebenswert. Nachdenklich starrte ich die Scherben am Boden an und schob Caspar von meinem Schoß. Etwas wie Ernüchterung setzte bei mir ein. Alles stand kalt und klar vor mir. Dies war nicht dieses Auferstanden aus Ruinen, der übermütige Neuanfang, der mir bei der Trennung von Karsten vergönnt gewesen war. Damals hatten sich ein Haufen blitzblanker, neuer Türen für mich aufgemacht und ich hatte locker über die eine wurmstichige, verschlossene Tür hinwegsehen können. Das hier war die harte Variante.
„Bist du noch da, Marie?"
Ich nickte, trotz Telefon. „Klar, leider. – Weiß Jan schon Bescheid?"
„Ja, er ist total glücklich."
„Hm." Verrückt. Langsam stand ich auf und griff nach einem Handtuch, das ich achtlos über die Teelache warf, es färbte sich sofort schmutzig grün. Vor zwei Wochen noch saßen wir cool im Amt und spielten mit unseren Lebensperspektiven herum, die sich nur bedingt mit denen unserer Partner deckten. Jetzt bekamen wir die Quittung. „Was willst du tun?"
Ich hörte sie seufzen, war mir nicht ganz sicher, ob es nicht sogar ein Schluchzer war, denn sie schniefte kurz. „Nichts mehr, ich bin bereits in der elften Woche und selbst wenn ich jetzt sofort anfangen würde, eine Abtreibung zu organisieren, so haut das alles nicht mehr hin. Der Arzt hat mir gezeigt, wie groß es schon ist."
„Was ist mit der Neuen, die in Jans Praxis mit einsteigen will?"
Mir war schon bewusst, dass es nicht der richtige Zeitpunkt für diese Frage war, aber was machte das letztendlich noch? Sylvie brach haltlos in Tränen aus. Sie schluchzte so sehr, dass ich das Telefon etwas weiter vom Ohr fort hielt. Ich schwieg, nahm sie in Gedanken fest in die Arme. Sollte ich mich ins Auto setzen und einfach zu ihr fahren? Konnten wir uns gegenseitig trösten? Aber was sollte ich mit Melchi und Balthasar tun? Centa um Hilfe bitten? Ich verwarf den Gedanken so schnell, wie er gekommen war. Mir fehlte die Kraft, um nach München zu fahren. Vielleicht in den nächsten Tagen.
„Sie schwänzelt dauernd um ihn herum", keuchte Sylvie

zwischen zwei Schluchzern, „dauernd. Alle Nas lang bimmelt sein Handy und sie will was Wichtiges wissen. Und ich kotze nur. Ich sehe selber aus wie frisch gespien. Klar, dass er nur nach ihr schaut."
Im harten Licht derer, die versagt hatte, sah ich die Parallelen zu Tom und mir.
„Oh verdammt, Sylvie", ich trat voller Wut gegen den Träger der Treppe, es dröhnte durch das ganze Haus und wieder lagen Caspar und Melchi flach, „mach nicht den gleichen Fehler wie ich! Immer habe ich mir eingebildet, dass Christelle zwischen uns steht und Tom eigentlich noch immer sie liebt. Damit habe ich alles vermasselt! Jan liebt dich und er freut sich auf euer Baby, da braucht er keine Tierärztin. Hör auf damit!"
„Aber sie ist so schön", heulte Sylvie, „und ich sehe schrecklich aus. Ich werde immer fetter, ich esse, schlafe oder spucke. Ich will nicht schwanger sein und ich will kein Kind. Wie kann er mich da lieben?"
„Weil bei euch damals ein Urknall passiert ist, deswegen."
„Der war doch bei Tom und dir auch, Marie."
Ich lehnte meine heiße Stirn gegen das kühle Metall des Treppenträgers, der noch immer leise summte. War bei uns ein Urknall passiert? Das war mir neu, mir war keiner aufgefallen. „Echt?"
„Klar, ihr habt ihn beide nur nicht gehört vor lauter Liebe. Aber wir drum herum wussten es alle. Ihr wart so süß, wie ihr einen auf Freundschaft gemacht habt, obwohl es schon längst Liebe war."
Mir schossen die Tränen in die Augen, ich schluchzte ebenso haltlos auf wie Sylvie zuvor und drückte Sylvie weg. Dieses Gespräch wurde mir entschieden zu viel. Mit beiden Armen hielt ich mich an dem Träger fest, das Handy polterte auf den Boden. Caspar und Melchior hüpften aufgeregt um mich herum, Melchi gab mir sogar zwischen den Stufen hindurch einen seiner nassen Katerküsse. Auch dieses Mal wurde er nicht wieder zu dem Prinzen, der er eigentlich war. Ich heulte und kraulte seine Ohren. Er vibrierte vor Schnurren. Caspar hing mir zwischen den Beinen, drückte seinen Kopf immer wieder wild an mich. Ich mutete meinen Tieren zu viel zu, aber ich war mir sicher, dass ich noch nie in meinem Leben so entsetzlich unglücklich gewesen war.

Unter der Treppe, halb an den Ofen gelehnt, brach ich heulend zusammen. Wo sollte ich denn hin? Was sollte ich nur tun ohne Tom? Er fehlte mir so sehr. Mehr als ich jemals geahnt hätte. Alles hier, jedes Haus, jedes Pferd, jede Straße, jeder Berg erinnerte an ihn. Erinnerte an gemeinsame Stunden, von denen ich keine einzige missen wollte, selbst die letzten nicht. Wenn ich hier blieb, dann würde ich ihn überall treffen. Allein sein Auto zu sehen würde mich halb umbringen. Und Caspar hing so an ihm. Ich hatte es ernst gemeint mit ihm. Vielleicht anders, als er sich das dachte, doch nie hätte es einen anderen Mann für mich gegeben als Tom Mauderer, den Schmied. Den Mann, der sein Lachen in den Augen trug, der nach Pferd und verbranntem Huf roch, nach Metall und Kerl. Mit dem man wüst diskutieren konnte, schweigen und der Sonne beim Aufgehen zuschauen. Tom. Tom, der jetzt mit der kleinen, wilden Alina alleine zu Hause war und mit uns nichts mehr zu tun haben wollte.
Nein, ich konnte nicht von hier fortgehen, doch bleiben schien mir genauso unmöglich. Woher sollte ich die Kraft nehmen, mich wieder einem neuen Leben zu stellen? Erschöpft richtete ich mich auf und wischte mir die Tränen von den Wangen. Caspar kletterte auf meinen Schoss und leckte mir das Gesicht. Ich drückte mein Gesicht gegen seins. Er roch wie immer nach warmem Pelz, ein wenig nach feuchter Erde. Mich fror, trotz des Ofens in meinem Rücken, und ich angelte nach der Wolldecke, die noch auf der Ofenbank lag, knuddelte sie achtlos um uns herum. Draußen wurde es dämmrig und hell zugleich, da die Wolkendecke endgültig aufriss und die untergehende Sonne einen Rest Licht über die Berge schickte. Ich fühlte mich matt und leer. Schnurrend trampelte sich Melchior seinen Platz auf der Decke zwischen meinen Beinen zurecht, der Ofen bollerte leise. Ansonsten war alles still. Was sollte ich nur tun? Und welche Alternativen hatte Sylvie mit einem Kind, das sie nicht wollte? Wie konnte es passieren, dass man sich in Situationen hineinmanövrierte, die man so gar nicht haben wollte? Wo lief das Leben nur schief?
Wir hätten miteinander reden sollen, ich stöhnte leise, ich hätte Tom sagen müssen, was mich bedrückt, anstatt die Harte zu machen, anstatt Angst zu haben, dass er mich nicht verstehen

könnte. Ich hatte ihm nicht einmal die Chance gegeben, mich zu verstehen. Im Prinzip hatte ich bei Tom den gleichen Fehler gemacht, wie bei Karsten. Es half einfach nichts, die Dinge totzuschweigen. Und es kam erschwerend hinzu, dass ich ein paar der Fallen nicht einmal bemerkt hatte. Unwissenheit schützt vor Strafe nicht. Okay, ich streckte mein eingeschlafenes Bein und Melchior quäkte verärgert. Eines war klar, egal was geschehen würde, hier war mein Zuhause. Hier fühlte ich mich geborgen. Mit Tom und den Erinnerungen musste ich lernen klar zu kommen. Was Tom wohl gerade machte? Wie ging es Alina? Würde er auch ohne mich das zweite Fohlen auf den Hof holen? Ich schloss die Augen. Sie brannten wie Feuer wegen dieser verdammten Heulerei und ich war unendlich müde. Wenn mein Herz nur weniger schmerzhaft geklopft hätte, dann hätte ich schlafen können, doch so scheuchte es mich immer wieder auf.
Die Stunden tropften zäh dahin, die Nacht zog sich unendlich, gab mir einen Vorgeschmack dessen, was mir auf unbestimmte Zeit drohen würde. Welche Halbwertzeit hatte ein Beziehungsschmerz? Wie lange würde es dauern, bis wenigstens ein Hauch von Licht in meinen einsamen Kerker fallen würde? Ich dämmerte so dahin, war nicht richtig wach und schlief nicht richtig. Nein, es war nicht die erste Nacht meines Lebens, die ich in Trauer und Schmerz verbrachte, es würde aller Wahrscheinlichkeit auch nicht meine letzte sein, doch dieses Wissen war letztendlich kein Trost. Ich war steif wie ein Brett, als ich kurz vor Morgengrauen meine Ecke am Ofen verließ. Melchior und Caspar kamen ebenfalls steifbeinig und gähnend hoch.
Und es war keine bewusste Entscheidung, als ich mir eine Jacke anzog und mit den Tieren das Haus verließ. Draußen holte ich Balthasar aus dem Stall. Damals, als ich mich nicht entscheiden konnte, wie es mit meinem Leben weitergehen sollte, da war ich auch nach durchwachter Nacht zum Sonnenaufgang auf den Grat gegangen. Manchen Traditionen sollte man einfach treu bleiben.
Melchior sprang nach den ersten Schritten durch das nasse Gras auf Balthasars Rücken, er hasste nasse Pfoten, während Caspar matt neben mir her schlich. Mein erbärmliches Spiegel-

bild. Es war ein trauriger Haufen, der da durch die Dämmerung schlurfte, ich fror in der klammen Kälte, doch der Himmel versprach besseres Wetter als am Tag zuvor. Eigentlich auch egal, dachte ich, während ich mich keuchend die letzte Steigung zur Lichtung hinauf schleppte. Ein Schnauben erklang vor mir auf der Anhöhe, ich drehte mich irritiert nach Balthasar um, der eindeutig noch immer hinter mir ging. Fingen jetzt auch noch meine Ohren an, den Dienst zu quittieren? Wieder hörte ich das Prusten, und Zweige knackten. Verwirrt blieb ich stehen, Balthasar bollerte von hinten auf mich drauf, ich stolperte und Melchior plumpste von seinem Rücken. Waren Tobis Schumpen von der Weide unterhalb des Grates ausgebrochen? Langsam trat ich auf die Lichtung mit der Bank.
Die Sonne schob sich eben um die Mädelegabel herum und tauchte alles in ihr weiches Frühlingslicht. Alinas helles Wiehern begrüßte uns, sie hüpfte in vertrautem Übermut auf uns zu. Fassungslos und mit ziemlich gemischten Gefühlen erkannte ich Tom auf der Bank. Abrupt drehte ich mich um, wollte sofort das Feld räumen. Das fing ja gut an, dachte ich panisch. Wenn wir uns jetzt schon an den unnötigsten Ecken über die Füße liefen, wie sollte das dann erst später werden? Leider hatte ich meinen Rückzug ohne die Tiere geplant. Caspar raste zu Tom, Melchior folgte ihm etwas gelassener und Balthasar kaute Alina liebevoll ihre Mähnenfransen ab.
Unsicher holte ich Luft, um die drei wieder auf die richtige Seite der Grenze zu befehlen und schaute dabei direkt in Toms Sehschlitze. Ich hätte gerne weggeschaut, denn Sehnsucht und Schmerz brandeten springflutartig in mir hoch, doch mein Blick hing an ihm fest. Genauso wie seiner. Ich hörte mein Blut in meinen Ohren rauschen, drum herum versank die Welt, bis nur noch Toms Augen existierten. Dann setzte irgendjemand die Fernsteuerung bei mir in Gang und ich stolperte willenlos vorwärts. Auf der Mitte der Lichtung trafen wir zusammen, verstört, hilflos fielen wir einander in die Arme.
„Christelle hat mich ein wenig ausgelacht, wegen unseres Streits", sagte ich völlig zusammenhangslos in die Stille. Er wiegte mich sacht und lachte leise. „Passt scho, Marie, sie hatte schon immer einen seltsamen Humor. – Lass uns frühstücken gehen."

9. Kapitel
Ein Hauch von 1001 Nacht

Tom holte tief Luft und legte sein Handy vor sich auf den Tisch. Ich starrte ihn erwartungsvoll an. „Und?"
„Sie bringen die beiden morgen so gegen neun. Dann haben wir den ganzen Tag Zeit, um Alina und Balthasar an die beiden Neuen zu gewöhnen."
Da war immer noch ein leicht mulmiges Gefühl in mir. Was, wenn die vier sich nicht verstanden? Was, wenn Balthasar oder die Shetlandstute sich als Beschützer ihrer Babys aufspielten? Ich seufzte. In den letzten Tagen hatte sich Balthasar wirklich teilweise ziemlich aufgespielt. Seit wir uns am Grat versöhnt hatten, war Alina sein Ein und Alles.
„Hat der kleine Pechvogel eigentlich einen Namen?" Über all dem Trubel hatte ich immer wieder vergessen, danach zu fragen. Alles was ich wusste war, dass es sich um eine braune Stute handelte, die zwei Wochen älter war als Alina. Tom nickte, stand auf und ging ins Wohnzimmer. Konzentriert kramte er in seinem Terminkalender, der auf dem Schreibtisch lag, zog grinsend ein vollgekritzeltes Blatt Papier hervor. „Es kommt ja nichts weg. So …", er setzte sich wieder mir gegenüber an den Tisch, sichtlich bemüht, seine eigene Handschrift zu entziffern, „Herrgottsackra! Das kleine Mädchen ist ein reinblütiger Asil-Araber namens Samira bint Zahara."
Ich verdrehte die Augen und grinste. „Na toll, ganz super, Tom. Ein Edelpferd zwischen unseren ehemaligen Restexemplaren, das kann ja heiter werden. Und was um Himmels willen ist ein Asil-Araber?"
Ein amüsierter Augenblitz traf mich. „Eines der edelsten aller Edelpferde. Sie werden meist als Showtiere verwendet, sind sehr schmal, sehr zierlich, sehr temperamentvoll und hundert Prozent Vollblut. Da ist Alina ein Röhrchen Valium dagegen."
Langsam schüttelte ich den Kopf. „Ne Tom, das ist nicht dein Ernst? Wenn ich nicht wüsste, dass du keine Ahnung von Intrigen hast, würde ich meine Hand dafür verwetten, dass du mir diese unwichtigen Details mit Absicht erst jetzt erzählst, wo es kein Zurück mehr gibt. Aber …", ich stupfte ihm liebevoll

gegen die Stirn, „du weißt ja nicht einmal, wie man das Wort Intrige schreibt, oder?"
Er griff nach meiner Hand und küsste sie. „Es ist ein weibliches Wort und ich bin ein Mann. Ich bin sicher, dass du dich damit besser auskennst."
Es war irgendwie seltsam, seit wir uns vor drei Tagen im Morgengrauen am Grat wieder gefunden hatten, war unsere Liebe verändert. Wenn ich Tom jetzt ansah, dann tat mir mein Herz fast weh vor Zärtlichkeit, dauernd mussten wir einander anfassen, jeder suchte die Nähe des anderen und es war eine liebevolle Leichtigkeit zwischen uns, die ich zwischen Menschen nie für möglich gehalten hätte. Vielleicht lag es an den Wunden, die wir uns geschlagen hatten, dass wir so sanft, fast behutsam miteinander umgingen? Wie auch immer, es war das erste Mal, dass mir schwante, dass man zu zweit tatsächlich weniger allein war.
„Gut, was müssen wir für das kleine Aufputschmittel mit dem klangvollen Namen noch vorbereiten?"
„Hm, ich hätte Jan gerne in greifbarer Nähe für alle Fälle. Aber der hat ja im Moment andere Nachwuchsprobleme."
Wie wahr, dachte ich, verkniff mir aber die passenden Worte dazu. Die Situation zwischen Jan und Sylvie schien sich immer weiter zuzuspitzen, zur Abwechslung war Sylvie mal nicht erreichbar und Jan tat so, als sei alles in bester Ordnung. Noch machte ich mir nicht wirklich Sorgen um Sylvie, ich baute mal darauf, dass sie alt genug war, um keine Dummheiten mehr zu machen, doch sicher war ich mir nicht. Im Zweifelsfall erreichte mich eine schlechte Nachricht eh schneller, als mir lieb war.
„Dann ruf halt Bodo an, dass er wenigstens wegen der Fohlen Bescheid weiß. Was sonst noch?"
„Wir vergrößern den einen Paddock und Alinas Box. Balthasar geht in die Nebenbox, wo wir aber die Trennwand niedriger machen, damit er Alina im Blick hat. Und ich denke, wenn die vier halbwegs miteinander auskommen, dann können wir spätestens zum Wochenende hin endlich wieder im Bett schlafen."
Ich schloss kurz die Augen, malte mir ein warmes, bequemes und vor allem sauberes Bett aus. „Was für eine wunderbare Aussicht."

Tom seufzte. „Stimmt. Und die Aussicht auf ein bisschen Normalität finde ich noch erhebender. – Ich muss jetzt los. Schaffst du das mit Alina alleine?"
Grinsend nickte ich. Auch hier hatte sich durchaus in Sachen Rücksicht etwas geändert.
„Logisch, fahr nur. Ich teile dann auch schon einmal den Paddock für die Großfamilie."
Er zögerte, nickte dann aber. „Gut, die Elemente sind seit Jahren nicht bewegt worden. Wenn sie zu sehr klemmen, dann warte auf mich, und wir machen das zusammen. Servus, Marie." Seine Lippen waren weich, verlockend warm. Hatte Tom schon immer so gut geküsst? Ich schmunzelte leicht vor mich hin, als er ins Auto stieg und mit einem letzten Winken vom Hof fuhr. Wie hatte ich damals Ramona heimlich um diesen gestohlenen Kuss beim Feuerwehrfest beneidet und Caspar mehr als einmal verflucht, dass er uns an jenem Nachmittag auf Toms Wiese im letzten Moment dazwischengefunkt hatte. Wirklich komisch, seit ich mich im stillen Allgäu befand, waren meine Tage bis obenhin angefüllt, meine Jahre proppenvoll mit Leben. Und selbst wenn Tom hoffte, dass es mit zwei Saugern bald ruhiger würde, so ging ich nicht wirklich davon aus.
Immerhin hatten wir noch Sylvie und Jan, die für Tumult sorgten, unsere Tiere und nicht zuletzt auch uns beide.
Caspar tobte bellend hinter Alina her über den Hof. Es wurde Zeit, dass sie sich wieder an einen Zaun gewöhnte, der ihren Bereich eingrenzte, also stellte ich mich den beiden mit offenen Armen entgegen. Sie rasten einfach an mir vorbei. Das zeugte von Respekt. Ich lachte und pfiff nach Caspar, der aber nur gerannt kam, um einmal kläffend um mich herum zu springen, bevor er wieder Alina hinterherjagte. Meinetwegen, ich ließ die beiden. Morgen war auch noch ein Tag, um sich an einen Zaun zu gewöhnen, und Alina würde spätestens dann kommen, wenn sie Hunger hatte.
Entschlossen schob ich mich zwischen den Latten des ersten Paddocks hindurch und zerrte probeweise an denen des zweiten herum. Christelle hatte auch hier mit aller verfügbaren Ergonomie geplant. Jede Zaunreihe der fünf Paddocks ließ sich komplett in Einzelteile zerlegen, genau wie jede Box im Stall

beliebig mit der nächsten verbunden werden konnte. Ich hatte das bis gestern nicht gewusst und gestand Christelle dieses Mal neidlos zu, dass sie ziemlich umsichtig gebaut hatte. Innerhalb kürzester Zeit hatte ich fast alle Latten samt Pfosten fein säuberlich in einer leeren Box gestapelt und machte mich daran, Alinas Box zu verdoppeln. Allerdings kam ich in diesem Fall nicht sehr weit, da Alina mal wieder Hunger verspürte, und bis ich sie gefüttert hatte, war auch Tom zurück.
Den Rest erledigten wir gemeinsam und nach dem Abendessen gingen wir mit den Tieren in der zunehmenden Dämmerung hinauf zum Grat. Ich trug Melchior wie gewöhnlich im Tragetuch bei mir. Nach dem Sturm der letzten Tage war heute der erste Tag, an dem es wieder frühlingshaft schön gewesen war, mit fedrigen Wolken am Himmel und einer sanften Brise. Jetzt glühten die umliegenden Gipfel im letzten Licht der Sonne und Alina versuchte, Balthasar zu einem Sprint den Hügel hinauf zu bewegen.
„Wetten, der alte Griesgram lässt sich von ihr verführen?" Ich hielt Tom auffordernd meine Hand hin und er schlug ein. „Noi, sicher it. Der müsst's eigentlich besser wissen."
Er hatte den Satz noch nicht zu Ende gesprochen, da quiekte Balthasar einmal auf, lupfte sein knochiges Hinterteil und setzte sich recht unelegant in Bewegung. Alina wieherte, kniff ihn spielerisch in den Hals, bevor sie vorweg den Hügel aufwärts galoppierte, Caspar gleich hinterdrein und Balthasar schaltete einen Gang höher. Bisher hatte ich ihn nur zwei Male galoppieren sehen, nämlich als Caspar sich zum Jagen davonmachte und das andere Mal, als dieser unsägliche Mann uns auf Toms Hof beschimpfte. Doch jetzt schwang Balthasar die Hufe wie ein Junger, Hals und Ohren steil gereckt, immer dem Fohlen hinterher. Wir lachten Tränen und mir wurde klar, dass wir genau von diesen Momenten zehren mussten, wenn Stress und Sorge Überhand zu nehmen drohten. Dies mussten unsere kleinen Stressfluchten sein und ich schwor mir, dafür zu sorgen, dass wir sie bekamen.

Am nächsten Morgen saßen wir in der warmen Sonne vor dem Haus und warteten auf die kleine arabische Schönheit und ihren Besitzer, die laut Anruf eben von der Autobahn auf die

B 19 abgebogen waren und sich nun langsam Sonthofen näherten. Ich war ziemlich aufgeregt, hin- und hergerissen zwischen Neugier, Freude und dem totalen Muffensausen. Tom dagegen saß in stoischer Allgäuer Gelassenheit neben mir und schaute zufrieden in den Himmel, der heute versprach, besonders blau zu werden. Ich warf einen prüfenden Blick auf mein Handy neben mir und trank einen Schluck Kaffee. Auf meine SMS an Sylvie, die ich gleich beim Frühstück geschickt hatte, war bisher, und heute war schon der dritte Tag, keine Antwort gekommen. Vielleicht hatte sie ihr Handy beim Spucken ins Klo fallen lassen? Irgendeinen Grund jedenfalls musste Sylvies Schweigen haben, das konnte gar nicht anders sein. Aber ich wollte nicht schon wieder bei Jan nach ihr fragen und mich mit halb schwindligen Ausreden von ihm abwimmeln lassen.
Caspar schoss wild bellend unter unserer Bank hervor, als ein riesiger Mercedes Geländewagen samt blitzendem Pferdetransporter langsam auf den Hof fuhr. Meine Kinnlade klappte mir ungehindert aufs Brustbein. Der Edelwagen zum Edelpferd. Damit nicht genug, prangten auf Auto und Anhänger in riesigen Lettern die Aufschrift: Zahara Arabians, dazu ein paar arabische Hieroglyphen, grazil springende Pferdchen und ein spontan nicht zu entziffernder Name. Tom brüllte nach Caspar, ich war dazu nicht in der Lage. Damit hatte ich mal wieder nicht gerechnet. Caspar folgte ausnahmsweise sofort, oder wie ich langsam anfing zu befürchten, aufgrund Toms männlicher Konsequenz. Tom fasste ihn am Halsband, während er aufstand und ruhig auf den Wagen zuging, ich mit Kaffeetasse zögernd hinterdrein. Alina und Balthasar bauten sich derweil am Zaun des Paddocks auf, um die Besucher neugierig zu mustern. Sie linsten beide zwischen den Latten hindurch, was einfach zu komisch aussah. Ich grinste trotz meiner Nervosität.
Die beiden Gestalten, die sich seltsam graziös aus dem Auto schwangen, schienen halbwegs einer Geschichte aus tausendundeiner Nacht entsprungen zu sein, allerdings der Ausgabe des 21. Jahrhunderts, ohne Kamel und Turban. Beide hatten rabenschwarze Haare. Der Fahrer, da wesentlich älter als sein Beifahrer, hatte silberne Strähnen dazwischen, einen silbrig melierten Schnauzbart und war braun gebrannt zu ovalen, dunklen Augen. Beide trugen sie teure dunkle Anzüge, waren

groß und schlank, beinahe athletisch gebaut. Wären sie mir in München begegnet, hätte ich blind auf Mafia getippt. Aber züchtete man bei der Mafia Pferde?
Der Ältere von beiden ergriff mit beiden Händen Toms Rechte, um sie zu schütteln, er strahlte über das ganze Gesicht, und die Herzlichkeit, die sich darin spiegelte, die ließ mich jeden Gedanken an Mafia verwerfen. Zögernd trat ich näher, hörte die wohltönende Stimme, die Tom auf Arabisch begrüßte, die Übersetzung aber freundlicherweise direkt im Anschluss daran lieferte. Ich war sprachlos und erst, als dieser exotische Mann auch mir die Hände schütteln wollte, bemerkte ich die Kaffeetasse in meiner Rechten. Verlegen reichte ich sie Tom, spürte, wie meine Wangen etwas heiß wurden. Wie peinlich. Doch er lachte nur, neigte leicht seinen Kopf vor mir. „Bei uns ist Kaffeetrinken ein Zeichen von Weisheit und so kann ich umso beruhigter mein geliebtes Fohlen in eure Hände geben. Mein Name ist Karim Al Ghossarah“, er winkte zu dem jungen Mann, „mein ältester Sohn Kamal.“
Bisher hatte ich diese blumige Redeweise für einen Werbegag der Reiseveranstalter gehalten, doch anscheinend gehörte sie auch zum Repertoire von Züchtern arabischer Pferde. Ich fiel schüchtern in sein Lachen ein. Immerhin entbehrte sie nicht eines gewissen Charmes, für den ich durchaus empfänglich war.
„Marie Sander“, hauchte ich völlig betört.
Besagtes Fohlen bollerte im gleichen Moment recht ungehalten gegen die Wände des teuren Transporters. Caspar knurrte, was für mich ein willkommener Anlass war, mich ein wenig in den Hintergrund zu verziehen, um mich zu sammeln. „Gib mir mal den Angeber.“
Mit Caspar an der Hand ging ich ein paar Schritte zur Seite und beobachtete, wie der Sohn behutsam die Rampe des Transporters herunterließ. Al Ghossarah und Tom traten an die Rampe, Kamal kletterte hinein und nach einem schrillen Quieken schoss eine graue Kugel, kaum größer als Caspar, die Planken hinunter, gefolgt von einem schwarz-braunen Etwas, das wiederum nur geringfügig kleiner als Alina war. Die beiden Männer sprangen gerade noch rechtzeitig zur Seite und Caspar tobte völlig verwirrt los, ich hielt ihn nur mit Mühe.

Auf den zweiten Blick entpuppte sich die graue Kugel als ein Shetlandpony mit langer Mähne und bodenlangem Schweif und das Schwarz-Braune musste die edle Samira sein. Ein belustigter Blitz aus Toms Sehschlitzen traf mich, ich schmunzelte, obwohl Kamal sich gerade eine für uns unverständliche Abreibung von seinem Vater anhören musste. Tom schnalzte mit der Zunge, lockte die beiden überdrehten Pferde zu sich heran. Alina randalierte gleichzeitig am Zaun. Ich dagegen hielt es für ratsam, Caspar doch ausnahmsweise mal in Sicherungsverwahrung zu nehmen. Nur widerstrebend ließ er sich von mir ins Haus zerren, wo ich ihn in die Küche sperrte.
Als ich wieder vors Haus trat, hatten die Männer die Situation insofern wieder im Griff, als dass Samira wild bockend von Kamal an einer Führkette gehalten wurde und die Shetlandstute gerade Balthasar am Zaun mit ihren Zähnen attackierte. Na prächtig, dachte ich mit recht gemischten Gefühlen und steuerte geradewegs auf die graue Kugel zu. Sie schien mir ernsthaft gut im Futter zu sein. Tom warf mir einen schnellen, besorgten Blick über die Schulter zu, doch seit ich den Maxl vom Mößlang behandelte, wusste ich sehr genau, wie man sich bei diesen kleinen Monstern Respekt verschaffte. Rigoros und blitzschnell packte ich die Kleine am Halfter und zog sie von Balthasar fort, der mindestens genauso wüst durch den Zaun schnappte, wie sie. Das sah mir auf Anhieb nicht nach der großen Liebe aus. Na, super. Sie versuchte, mir in die Hand zu beißen, giftete mit gebleckten Zähnen und flach in die Mähne gepressten Ohren. Ein wirklich freundliches Pferdchen und wunderbares Vorbild für ein junges Fohlen. Von der konnte Samira fürs Leben lernen.
„Bring sie in den anderen Paddock, Marie!“ Tom deutete bezeichnend auf die kleine Stute.
„Schick di, bevor die dir einen Trümmerbruch beschert!“
In der Tat bemerkte auch ich, wie unter den Unmengen von dunkelgrauen Haaren die Augen der Stute schmal wurden und sie mir mit unvorstellbarer Gelenkigkeit ihren runden Hintern zuwendete, um ihre zierlichen Hufe gezielt gegen meinen Fußknöchel zu donnern. Nicht minder geschickt wich ich aus. Ätsch, die Tour kannte ich zur Genüge von Balthasar, auch wenn der nicht ansatzweise so flink war, wie die kleine Kampf-

kugel hier. Aus den Augenwinkeln sah ich die drei Männer halb amüsiert, halb anerkennend nicken. Mein Pas de deux mit der Stute hatte durchaus Anklang gefunden. Allen Hufen und Zähnen zum Trotz bugsierte ich das Pony zum Gatter, welches der junge Al Ghossarah mir öffnete.
Mit einem beherzten Satz zur Seite brachte ich mich außer Reichweite der Hufe und die Stute fetzte durch den Paddock, dass die Häcksel stoben. Tom schickte das aufgeregte Fohlen gleich hinterher. Es galoppierte die wenigen Meter bis zum Stalltor, wo es in einer vollendeten Wendung auf der Hinterhand drehte und zu seiner Ziehmutter tanzte. So etwas hatte ich noch nie gesehen! Das Fohlen schien zu schweben, anmutig und kraftvoll, den schmalen Kopf gereckt, den Schweif steil in die Höhe gestellt, so dass er wie eine Fahne hinter ihr her wehte. Sie schmetterte ein helles Wiehern in die Luft, voller Lebensfreude und Stolz. Alina antwortete mit einem überraschten Quietschen und zwängte ihre breite Nase durch den Zaun, die Nüstern wild gebläht.
Balthasar und die graue Stute gaben ebenfalls ihr Geschrei dazu, was meine Ohren an die Grenze ihrer Belastbarkeit brachte. Lachend hielt ich mir die Ohren zu. Tom legte von hinten seine Arme um mich, ich spürte körperlich und bis in den letzten Winkel meines Herzens hinein, wie unendlich glücklich er war. Ich schmiegte mich an ihn, konnte kein Auge von den beiden wunderschönen kleinen Pferden lassen.
Lächelnd trat der ältere Al Ghossarah neben uns, ich blinzelte verwirrt. „… und Gott nahm eine Handvoll Südwind, blies seinen Atem darüber und erschuf das Pferd!" Er musterte stolz das Fohlen. „Samira ist die bisherige Krönung unserer Zucht. Unsere Zukunft, das Vermächtnis ihrer wundervollen Mutter." Nach noch mehr derartig blumigen Worten aus seinem Mund, hätte ich angefangen, nach der nächsten Wanderdüne samt Ölscheich Ausschau zu halten. Die Wüste hatte mich schon immer gereizt, schon verrückt, dachte ich schmunzelnd, wenn sie plötzlich im eigenen Stall herumtobte. Tief in mir drin ahnte ich in diesem Moment, dass unsere Entscheidung, Samira auf den Hof zu holen, der Anfang einer glücklichen Zeit sein könnte. Tom holte tief Luft und verstärkte den Druck seiner Arme.

„Sie ist perfekt“, stimmte er zu, „ohne Frage das schönste Pferd, das ich je gesehen habe. – Sie wird ein Schimmel, oder?“
Mein Blick schoss wieder zu dem schwarz-braunen Fohlen hinüber, an dem nicht ein weißes Haar zu entdecken war, nicht einmal ein Stiefel oder ein Klecks auf der Stirn. Sie war durchgehend dunkel. Und für mich war ein Schimmel bisher weiß gewesen. Aber da ich mittlerweile ja auch wusste, dass es Schweißfüchse und Kohlfüchse gab, warum sollte da nicht aus einem fast schwarzen Fohlen eine weiße Stute werden. Im Stillen tippte ich mir gegen die Stirn. Krasser noch war die Vorstellung, dass uns da ein unbekannter Züchter sein angeblich bestes Fohlen zur Aufzucht überlassen wollte, zumal wir dem Züchter mindestens genauso unbekannt waren. Wie ging das zusammen? War da ein unredlicher Haken an der Sache?
Al Ghossarah nickte Tom dankend zu. „Ja, sie ist perfekt, rein Asil und sie wird ein Schimmel, wie ihre Mutter. Mein Großvater hätte sie noch in seinem Zelt großgezogen, sie eigenhändig gefüttert, in den kalten Wüstennächten mit seinem Körper gewärmt.“ Er seufzte und einmal mehr hörte ich völlig fasziniert seinen Worten zu, während Tom mit einem verstehenden Lächeln in den Paddock trat. „Meine Mutter hat verwaiste Kälber in der Küche mit der Flasche aufgezogen.“ Tom ging mitten im Paddock in die Hocke, lockte die kleine Prinzessin mit sanftem Geschnalze zu sich heran. Für einen kurzen Moment musterte Al Ghossarah Tom mit einem scharfen Blick, den ich wiederum nicht zu deuten wusste, und gleichzeitig stellte ich erstaunt fest, dass Toms Leben einen Haufen unbekannter Flecken hatte. Doch genauso schnell wurden Al Ghossarahs Augen wieder freundlich schwarz. Ich behielt ihn aufmerksam im Visier.
„Wir haben versucht, Samira im Sinne meines Großvaters zu pflegen, denn selbst wenn wir heute in Häusern leben“, er schenkte mir ein entwaffnendes Lächeln, „so sind unsere Pferde nach wie vor ein Teil unserer Familie. Aber ich schaffe es zeitlich nicht. Wir haben zwölf Zuchtstuten, sechs davon tragend, vier mit Fohlen bei Fuß, eine kleine Herde Jährlinge und Zweijährige.“ Er rang hilflos die Hände. „Da hat keiner die Zeit, ein Saugfohlen zu betreuen, so gerne wir es auch machen würden.“

Samira stand mittlerweile bei Tom und schnoberte unter den argwöhnischen Blicken ihrer Ziehmutter in seinem Gesicht herum. Er hielt still, lächelte nur leise und wieder maß ihn Al Ghossarah mit scharfem Blick. „Und warum geben Sie Ihr bestes Fohlen nicht in eine professionelle Aufzucht?“ Meine Frage war mal wieder raus, bevor ich mir überlegt hatte, ob sie diplomatisch korrekt gestellt war. „Warum vertrauen Sie uns Samira an?“
Wider Erwarten verzog sich das dunkle Gesicht des Mannes zu einem fröhlichen Grinsen.
„Ich will keine professionelle Abfertigung“, konterte er trotzdem ernst mit einem Blick zu Tom und dem Fohlen, „ich möchte, dass Samira geliebt wird, ich möchte, dass sie mit den Menschen lebt, die sie pflegen. Ein Araber braucht das, ansonsten verkümmert sein großes Herz und er ist nur noch ein schönes Pferd.“
Das waren nicht die Worte, mit denen ich gerechnet hatte, doch ich spürte sie tief in mir drin und ein Blick in das Gesicht dieses Mannes machte klar, dass er meinte, was er sagte. Ich nickte langsam. „Bei uns gilt das für alle unsere Tiere, auch wenn das nicht jeder versteht.“
„Das muss auch nicht jeder verstehen“, erwiderte er mit einer wegwerfenden Handbewegung und lächelte mich an, „und so wie Sie aussehen, ist Ihnen das genauso egal wie mir, oder?“
Ich lachte. „Stimmt.“
Tom trat mit fragendem Gesicht zu uns an den Zaun, Samira und die Ponystute im Schlepp, die wie beiläufig versuchte, ihm in den Oberschenkel zu kneifen. Er schob sie ebenso beiläufig weg.
„Die graue Hexe heißt Flori“, Al Ghossarah zauselte liebevoll die monströse Mähne, wich dabei geschickt den Zähnen aus, „sie ist eigentlich unsere Leitstute, doch jetzt hat sie sich ganz Samira verschworen.“ Ein kurzer Blitz aus seinen Augen traf Tom und mich. „Wenn ich vorhin noch nicht sicher war, ob meine Entscheidung richtig war“, er schaute Tom und mich eindringlich an, „so bin ich jetzt dankbar, dass wir den Weg hierher gefunden haben.“
Impulsiv fasste ich durch den Zaun nach Toms Hand und holte tief Luft. „Ich glaube, das beruht auf Gegenseitigkeit. Wie

wäre es dann jetzt mit einem weisen Kaffee, um mal alles in Ruhe zu besprechen?"

Es war später Nachmittag, als die beiden letztendlich mit ihrem Anhänger vom Hof fuhren und uns mit der Zukunft ihrer Zucht zurückließen. Die Sonne schien warm auf uns, sogar die Vögel waren nach dem schlimmen Wetter der vergangenen Tage zu neuem Leben erwacht und zwitscherten fröhlich in der Buche neben dem Haus. Ja, und es roch mehr denn je nach Sommer, ich reckte die Nase in die Luft, schnupperte die weiche Brise. In den Bergen hatte es wieder geschneit, so dass die Gipfel majestätisch weiß und unwirklich nah in der Sonne glitzerten. Ich fühlte mich seltsam leer, zufrieden, getragen und zuversichtlich, so ganz anders, als in den ersten Tagen mit Alina, und mit einem Seufzer lehnte ich mich an Tom.

„Und jetzt?"

„Eingewöhnen." Er küsste mich sanft und zog mich mit sich zu den Paddocks, wo Caspar mit Alina durch die Häcksel sprang. Samira und die graue Flori standen mit langen Hälsen mitten in ihrem Paddock und verfolgten die beiden mit großen entgeisterten Augen und skeptisch gespitzten Ohren. Langsam traten wir näher, Caspar wieselte einmal zur Gaudi um uns herum, raste dann bellend quer über den Hof. Überrascht drehten wir uns um und sahen Melchior gelassen um die Hausecke schlendern. Er und der Kater begrüßten sich nach Katzenart mit einem Nasenkuss, Caspar jagte sofort zurück zu Alina, während Melchior ganz im Bewusstsein, eine gute Show zu bieten, majestätisch zu uns herüberschlenderte.

„Hallo, mein Prinz", er sprang mit einem lautlosen Satz auf den Zaunpfosten neben mir, auch ich bekam einen kätzischen Kuss, „alles klar bei dir?" Sein lustiges Katzengeräusch machte deutlich, dass er seine Zeit durchaus genossen hatte, sacht rieb er seinen dicken, schwarzen Kopf an meiner Schulter. Ich liebte sein tiefes Schnurren, wenn der ganze Kater vibrierte. Dann erfasste er die fremden Pferde auf dem Paddock und erstarrte.

„Darf ich vorstellen", hauchte ich ihm ins Ohr, „das sind Samira bint Zahara und Flori, die graue Hexe. Die bleiben jetzt eine Weile bei uns." Wie zu erwarten fand Melchior diese Nachricht

nicht berauschend. Er legte giftig die Ohren an, sein Nacken sträubte sich drohend, was den Kater gleich etliche Zentimeter massiver erscheinen ließ.
„Entspann dich, von denen ist keiner an deinem Futter interessiert und auch nicht an deinem Ofenplatz, keine Sorge.“ Er brummte zweifelnd, glättete aber immerhin seinen Pelz. Tom schmunzelte leise.
„So wird das nichts mit Eingewöhnen. – Was meinst du, Tom“, ich behielt vorsichtshalber eine Hand auf dem Kater, „soll ich Flori mal in den hinteren Paddock bringen, damit Alina und Samira sich hier im mittleren miteinander bekannt machen können?“
Sein Schmunzeln vertiefte sich und er legte seinen Arm um meine Schultern. „Gute Idee, Marie, viel Spaß mit Flori.“
Ich verdrehte die Augen, zwängte mich durch die Zaunlatten. Caspar hechtete ebenfalls in den mittleren Paddock, woraufhin Flori mit gesenktem Kopf, wie ein Kampfstier auf ihn losraste. In letzter Sekunde, bevor sie ihn rammte, schlug er einen Haken, den er sicherlich von seinen Hasenfreunden abgeschaut hatte. Jedenfalls sah ich sein hämisches Grinsen ganz genau. Floris Stoß ging entsprechend ins Leere, wobei ich noch nie von einem Pferd gehört hatte, das andere mit seinem Kopf rammt. Caspar drehte seinerseits ab, um mit wüstem Gekläff seinen Gegenangriff zu starten.
Samira stand stocksteif vor Schreck mitten im Paddock, während Caspar die kleine graue Stute durch die Häcksel jagte. Ich pfiff ihn zurück. Diese Art Spiel sollte nicht Samiras erster Eindruck von meinem sanften Caspar sein. Gehorsam drehte Caspar ab und Tom rief ihn zu sich ans Gatter. Flori konzentrierte sich entsprechend auf mich, mit erneut gesenktem Kopf und trommelnden Hufen preschte sie auf mich zu, was mir kein gutes Gefühl im Magen machte. Instinktiv breitete ich die Hände aus und brüllte sie an. „Stopp!“
Die Vollbremsung, die sie einlegte, wäre filmreif gewesen, wie aus einem Comic entsprungen. Häcksel prasselten gegen meine Beine, sie kam knapp vor mir zum Stehen. Ohne lange zu überlegen, griff ich nach ihrem Halfter und zog die verdutzte Stute hinter mir her zum Nachbarpaddock, wo ich sie rigoros durch das Gatter zog und mich dann schnellstmöglich außer

Reichweite ihrer Zähne und Hufe brachte. Al Ghossarah hatte uns eindringlich vor ihr gewarnt. Menschen waren nicht ihr Ding. Tief Luft holend starrten wir zwei uns nicht besonders freundlich in die Augen.
„Da hast du was mit Balthasar gemeinsam“, knurrte ich, „aber der ist deswegen wenigstens nicht gemeingefährlich.“ Ihr Blick schien zu sagen, dass ich sie da noch gnadenlos unterschätzte. Was kam bei Pferden nach gemeingefährlich? Schaudernd drehte ich mich weg, Tom nickte mir anerkennend zu. „Mit den Giftzwergen hast du wirklich eine geschickte Hand, Marie!“
„Pfff...“
Langsam ging ich auf Samira zu, die verwirrt ihrer Ziehmutter nachstarrte, doch als ich ihr meine Hände entgegenstreckte, schnoberte sie vertrauensvoll an ihnen herum. Die Augen eines Pferdes waren immer seelenvoll, unendlich tief, doch der erste Blick aus Samiras Augen traf mich so tief wie noch keiner zuvor. Sekundenlang schauten wir einander an, die kleine Stute und ich. Sie erzählte von sanftmütigem Stolz, Mut und unbändiger Lebenskraft, die anmutig tanzt. Von Vertrauen und bedingungsloser Liebe. Scheu strich ich ihr mit den Fingerspitzen über ihren zierlichen Nasenrücken. „Tom“, der Schreck breitete sich atompilzartig in mir aus, „Tom, sie hat das Nasenbein gebrochen!“ Tom war schneller neben mir, als ich atmen konnte, fasste mit der ihm eigenen Behutsamkeit nach Samiras verziertem Halfter. Dann entspannte sich sein Gesicht, er atmete demonstrativ aus. „Marie, das ist ein Asil-Araber, hoch gezüchtet, reinblütig, mit typischen Rassemerkmalen, samt Knick im Nasenbein. Das g'hört so.“
„Wie jetzt? Die muss so aussehen? Die ist nicht misshandelt worden?“
„Nein, Marie, definitiv nicht. Ich hol jetzt Alina.“ Ich sah genau, dass Tom sich nur mühsam beherrschte. Am liebsten hätte er mich ausgelacht. „Blödkerl“, brummte ich und schaute ihm nach, wie er unsere Alina aus dem anderen Paddock holte. Woher sollte ich wissen, dass ein Araber so aussehen musste, es war mir bisher nicht aufgefallen. „Typische Rassemerkmale“, äffte ich ihm nach, „das g'hört so! Ha, ha.“
Alina sprang, wie es ihre Art war, alle viere von sich werfend an Tom vorbei auf mich und Samira zu. Samira stemmte da-

gegen ihre langen dünnen Beine in die Häcksel, starr vor Erstaunen über das Ding, das da kam. Fassungslos flitzte mein Blick zwischen den beiden Fohlen hin und her, selbst Tom schien erstaunt. Unsere Alina war fast zwei Wochen jünger als die grazile Samira und doch gut eine Handbreit höher, wesentlich breiter und sicherlich um einige Kilos schwerer. Erst jetzt wurde es offensichtlich, wie stämmig Alina eigentlich war mit ihren kräftigen Beine, die nicht ansatzweise so storchig schienen wie Samiras. Samira bestand eh auf den ersten Blick nur aus langen Beinen, spitzen Ohren und zu großen Augen.
„Siehst du jetzt den Kaltblüter in Alina, Marie?"
Ich warf Tom einen abschätzenden Seitenblick zu und grinste, denn Alina hüpfte mit einem Satz vor Samira und duckte sich ganz seltsam. „Kaltblütig ist die offensichtlich", konterte ich trocken, „aber was genau macht sie da?"
Tom verzog bestürzt sein Gesicht. „Sie spielt Hund."
Auch Samira konnte mit diesem Verhalten nichts anfangen. Sie war schließlich ein Pferd und so drehte sie sich halb drohend zur Seite und schnappte nach Alina, die wiederum damit gerechnet hatte und auch nach Samiras Beinen schnappte, so halt, wie Hunde das im Spiel machen und wie Caspar es mit ihr seit Tagen übte. Dazu tappste sie dann noch fröhlich mit ihren Vorderhufen nach Samira. Caspar hinterm Zaun verstand das als allgemeine Aufforderung zum Spiel. Er ließ sich nicht extra dazu bitten, sondern fegte freudig jaulend zu den Fohlen herüber. Ich erwischte ihn am Halsband, als er an mir vorbei wollte. Er hatte so viel Schwung, dass er mich fast mit sich riss, ich stolperte, fing mich aber im letzten Moment. Tom stand schon zwischen den Fohlen, an jedem Halfter eine Hand. Eingewöhnen barg eindeutig einen Haufen Tücken. Ich holte mal wieder tief Luft. „Und jetzt?"
„Jetzt muss Alina lernen, ein Pferd zu sein. – Wir lassen die beiden einfach mal machen." Sprach's und ließ die Fohlen los. Langsam trat er zu Caspar und mir und gemeinsam verließen wir den Paddock. Einfach mal, dachte ich misstrauisch, das war der Spruch, den Tom so gar nicht an mir leiden mochte und in diesem Moment verstand ich auch, warum. Er war einfach zu lau.
„Meinst du, Alina schafft das?" Ich war mir nicht sicher, wie

prägend die erste Zeit bei einem Fohlen war und ich hätte niemals für möglich gehalten, dass ein Pferd Verhaltensweisen eines Hundes übernehmen könnte. Aber, woher sollte sie wissen, dass sie ein Pferd war und nicht auch ein Hund? Es hatte ihr niemand gesagt. Tom legte von hinten seine Arme um mich herum „Klar, die packt das schon. Das Edelfräulein gibt ihr gleich die ersten wichtigen Lektionen, pass nur auf."
Aufpassen schien mir der einzig richtige Weg zu sein, doch nur in dem Sinne, als dass ich rechtzeitig eingriff, wenn Samiras Lektionen nicht auf Alinas Lerneifer trafen. Trotzdem Tom mich an sich gedrückt hielt, bemühte ich mich halbwegs sprungbereit zu bleiben, denn Samira spielte gerade perfekte Zirkusnummern vor unserer verblüfften Alina. Sie stieg, drehte sich dabei, buckelte, schlug aus dem Stand aus. Das machte wirklich Eindruck, nicht nur auf Alina, sondern auch auf mich. „Vielleicht sollten wir Al Ghossarah den Tipp geben, Samira lieber als Star an den Zirkus Knie zu verkaufen, anstatt als Zuchtstute verkümmern zu lassen. Was meinst du, wer ihr das beigebracht hat? Sie ist doch noch ein Baby." Ich schaute über die Schulter zu Tom hoch, in seinen Augen blitzte übermütiges Gelächter und er zuckte abwägend die Achseln. „Ja mei, wahrscheinlich ist die Kleine ein Naturtalent", er verschluckte sich fast vor unterdrücktem Lachen, „ach Marie, habe ich dir eigentlich schon mal gesagt, dass ich dich liebe?"
Seine Worte kreisten einen Moment lang um mein Herz, drehten sich, tanzten, bis ich sie ganz tief in mir drin voller Wärme spürte. „Ja, hast du", hauchte ich verzückt, „damals in meinem Badezimmer, als ihr uns halb erfroren aus dem Tobel geholt habt."
Sanft berührten seine Lippen meine Wange. „Sapperlott, wie die Zeit vergeht."

10. Kapitel
Lebenstraum rückwirkend geplatzt!

Die folgende Nacht war die ruhigste seit mehr als zwei Wochen. Ich begann leise zu hoffen, dass Tom mit seiner Prognose vom baldigen Umzug in sein, nein unser Schlafzimmer recht haben könnte. Alina brauchte tatsächlich nur eine einzige Mahlzeit in dieser Nacht, Samira gar keine. Die beiden Fohlen lagen nah beieinander, schliefen den gerechten Schlaf der ausgetobten Fohlen. Flori verbrachte die Nacht wie eine Schildwache vor ihnen stehend, so dass selbst Caspar sich nicht mehr an sie heran traute. Völlig selbstverständlich hatte sie noch am Abend Alina unter ihre mütterlichen Fittiche genommen. Frustriert rollte Caspar sich neben mir im Stroh zusammen.
Ich ließ die drei Stuten in den großen Paddock, nachdem Tom sich auf den Weg nach Reichenbach gemacht hatte. Der Bader hatte ihn gebeten, sich mit ihm zusammen irgendwo am Bodensee ein neues Rückepferd anzuschauen. Tom war sofort Feuer und Flamme gewesen, handelte es sich doch bei dem Tier um einen Schwarzwälder Fuchs, der Pferderasse, die angeblich unserer Alina ihre Farbe gegeben hatte. Eigentlich wäre ich gerne mitgefahren, doch einer musste sich ja um die Tiere kümmern.
Balthasar und Flori gifteten sich durch die Zaunlatten mit gebleckten Zähnen an, ich zerrte Balthasar weg. Löcher im Pelz konnte ich jetzt nicht gebrauchen.
Zu Floris Ärger, wälzte sich Balthasar nur wenige Meter vor ihren Augen im Nachbarpaddock grunzend in den Häckseln. Sie trat wütend gegen den Zaun. Offensichtlich mochte sie Esel nicht. Mit einem Seufzer trat ich zur Bank an der Hauswand und setzte mich in die Sonne. Unsere Arbeitsteilung sollte jetzt so aussehen, dass Tom bis mittags arbeitete, wir den Nachmittag gemeinsam für uns und die Tiere, samt notwendigem Alltag hatten und ich meine Behandlungen wenn möglich auf die frühen Abendstunden verlegte. So würden wir uns zumindest nicht ins Gehege kommen, wenn sich einer mal verspätete.
Die Sonne wärmte mich wohlig auf. Ein Weilchen wollte ich hier noch hocken bleiben, bis ich mich an meine Hausarbeit machte. Ich hatte mir überlegt, dass es mir dabei helfen könnte,

einen Platz in diesem Haus zu finden, wenn ich anfing zu putzen. Dann würde ich nicht mehr nur für eine schöne Nacht unter diesem Dach weilen, sondern anfangen, Verantwortung zu tragen. Jedenfalls hatte ich mich immer besonders wohl in meinem Stadel gefühlt, wenn alles schön sauber und hübsch dekoriert war. Mit ein bisschen Glück funktionierte das hier auch. Ich hatte mir selber drei Monate gegeben, um eine Entscheidung zu fällen, Stadel oder leben mit Tom.
Mit zusammengekniffenen Augen gegen das helle Sonnenlicht tippte ich eine weitere SMS an Sylvie, die sicherlich wie alle anderen auch unbeantwortet bleiben würde. Keine Ahnung, wie es ihr ging, wo sie sich aufhielt, wie sie weitermachen würde. Okay, ich stemmte mich auf die Beine, warf einen Blick in die Runde. Die Fohlen spielten im Paddock, Flori patrouillierte am Zaun, Balthasar stand dösend im Schatten und Caspar lag unter der Bank. Melchior war wahrscheinlich noch auf Jagd. Also konnte ich ruhigen Gewissens im Haus verschwinden und aufräumen. Bis zur nächsten Fütterung würde Tom hoffentlich auch wieder daheim sein.
Da Tom, böse gesagt, ein rechter Pedant in Sachen Sauberkeit war, gab es nicht so unendlich viele Möglichkeiten, mich mit Putzen zu verausgaben und so saß ich am späten Vormittag mit einem Kaffee wieder in der Sonne, bis Tom heimkam. Wir trafen am Paddock aufeinander, ich sah ihn strahlen.
„War's schön?" Ich nahm ihn in die Arme und küsste ihn.
„Unglaublich", sein Blick blieb an Alina hängen, die im Sonnenlicht wie flüssiges Kupfer schimmerte, „unglaublich schön. Eine traumhafte Zucht."
„Und hat der Bader diesen Wallach genommen?"
Tom nickte und kam wieder bei mir an. „Ja, er holt ihn am Samstag ab. Ein prachtvolles Tier und super ausgebildet. Marie, wir müssen da unbedingt mal zusammen hinfahren, damit du diese Herde siehst."
Ich grinste. „Machen wir, wenn unsere Herde uns für einen halben Tag Urlaub gibt. – Wie ist es mit Hunger?"
„Bärenhunger, was gibt's denn?"
Nebeneinander liefen wir zum Haus und während ich mich mit einem Mittagessen herumschlug, erzählte Tom von den Schwarzwäldern. Wenn es um Pferde ging, schwang immer

Begeisterung in Toms Stimme mit, doch heute klang das noch irgendwie anders, und wann immer ich ihn ansah, sah ich das Leuchten in seinen Augen. Fast wirkte er ein wenig wie weggetreten, wie er so dasaß, mit Caspars Kopf auf seinen Knien, dessen Ohren er abwesend kraulte.

„Warum habt ihr damals eigentlich Haflinger gezüchtet, wenn du Schwarzwälder so magst?“ Ich stellte eine Pfanne mit Bratkartoffeln auf den Tisch und schöpfte ihm einen Berg auf seinen Teller. Angestrengt schaute er vor sich hin, grub mit seiner Gabel in den Kartoffeln herum. Das Leuchten in seinen Augen verschwand hinter einer Maske aus wohlbekannter Ausdruckslosigkeit. Da hatte ich wohl die falsche Frage gestellt. „Sorry, Tom.“

Ich wusste zwar nicht genau, wo ich in den Fettnapf gesprungen war, doch nur weil sich mein Verhältnis zu Christelle nach dem Erlebnis auf dem Friedhof entspannt hatte, hieß das noch lange nicht, dass ich alles ansprechen durfte. Dumm gelaufen.

„An guaten“, brummte Tom, ohne von seinen Kartoffeln aufzuschauen. Schweigend aßen wir vor uns hin. Ich hatte bei meinen Mittagessen mit Centa und Tobi gelernt, solche Situationen an mir vorbeigehen zu lassen, jedes zusätzliche Schuldgefühl zu vermeiden. Tom musste seine Baustellen selber erkennen, so wie ich meine aufräumen musste. Wenn er reden wollte, würde er schon kommen.

Doch Tom schwieg den Rest des Tages, sprach nur, wenn es sich nicht vermeiden ließ, und auch nur das, was nötig war. Also hatte ich tief getroffen.

Abends hatte ich zwei Termine, so dass ich erst gegen neun Uhr wieder nach Hause kam. Tom saß noch am Schreibtisch und erledigte Büroarbeit. Er schrieb Mahnungen, um genau zu sein. Na super, dachte ich nach einer flüchtigen Begrüßung, und während ich mich schon abwendete, um mir in der Küche etwas zu trinken zu holen, bemerkte ich, dass Christelles Bild umgedreht auf dem Schreibtisch lag. Oha. Ich zögerte. „Tom?“

Er schielte unwillig über die Schulter. „Hmm?“

„Wenn ich dir wehgetan habe mit meiner Frage, dann tut es mir leid“, ich deutete auf das umgedrehte Foto, „ich wollte mich nicht einmischen.“

„Pfff. Weiber.“ Kapitulierend hob ich die Hände. Der war also noch krasser drauf, als ich befürchtet hatte. Aber bitte, wenn der Herr sich in seinem Elend suhlen wollte, dann würde ich ihn daran nicht weiter hindern. Er machte sich schließlich dabei dreckig, nicht ich.

Mit Caspar und Melchior drehte ich eine stille Runde ums Haus, halb zum Grat hinauf. Der Mond hing als schmale Sichel am Himmel, Sterne blinkten vereinzelt. Diese Nacht würde kalt werden, ein Rest Frühling im beginnenden Sommer. Fröstelnd zog ich die Schultern hoch, sah, wie Licht in Toms Badezimmer anging. Solche Abende machten mir einen Umzug in dieses Haus zusätzlich schwer. Ein wenig sehnte ich mich nach einem entspannten Abend auf meinem Sofa im Stadel. Einfach in eine Kerze starren, den Kamin knistern hören. Ich seufzte. Falscher Gedanke. Falsche Motivation. Ich pfiff nach Caspar, Melchior pirschte vor mir durchs Gras, und trat den Rückweg zum Haus an, wo nach einer Dusche mein Schlafsack im Stall auf mich wartete. Noch zwei Nächte, dann würden wir den Versuch starten, die Fohlen für die Nacht Flori zu überlassen.

Tom kam mir im Flur entgegen. Scheu strich er mir im Vorbeigehen über den Arm. Ich lächelte versöhnlich. „Ich komme gleich“, erklärte ich, während ich schon die Treppe hinaufstieg, „ich dusche nur noch schnell.“ Er brummte zustimmend.

Ein paar Minuten aalte ich mich unter dem heißen Wasser, hätte aber ein Himmelreich für eine Badewanne gegeben, die Tom in diesem kleinen Badezimmer nicht unterbringen konnte. Fröstelnd rubbelte ich mich trocken, immerhin schien er sich wieder zu rappeln und die Wahrscheinlichkeit, dass ich alleine in einem kalten Schlafsack liegen musste, relativierte sich vorsichtig. „Und wenn der Sturkopf mich nicht wärmen will“, Caspar wedelte draußen auf dem Flur fröhlich mit dem Schwanz, „dann wärmst du mich, oder mein Schatz?“ Sein Klopfen verstärkte sich. Nie hätte er freiwillig eine Pfote auf die weiche Matte im Badezimmer gesetzt, lieber lag er draußen auf dem harten Holzbohlen. Badezimmer waren einfach zu nass.

Eingehüllt in meinen dicken Fleecepullover, Jogginghosen und Wollsocken huschte ich mit Caspar über den Hof in den Stall. Tom saß an die Boxenwand gelehnt im Stroh und schaute den

Fohlen zu, wie sie sich gegenseitig die Köpfe rieben. Alinas dicker Schädel gegen Samiras edel geknicktes Profil. Flori fehlte. Erschrocken schaute ich über den Gang.
„Wo ist der Giftpilz?"
Tom schmunzelte leicht und nickte zu Balthasar hinüber. „Was sich neckt, das liebt sich. Der Giftpilz gräbt gerade den Raffzahn an."
Ungläubig schlich ich die paar Schritte zu Balthasars Box hinüber und linste über die halb offene Tür in die Box. Was ich sah, ließ mich an meiner Sehkraft zweifeln. Ich war versucht mir zwei Finger prüfend vor die Nase zu halten, aber ich hatte keinen Tropfen Alkohol getrunken und litt eigentlich auch sonst nicht an einer verwirrten Wahrnehmung. Nein, da stand mein egozentrischer Balthasar, der unfreundlichste aller Esel, der Eremit unter den Tieren Schulter an Schulter mit dem bösartigsten Pony, das mir je untergekommen war und benagte hingebungsvoll Floris dichte Mähne, während sie ihm seinen dürren Hals zärtlich anknabberte. Und selbst als Caspar zwischen das neue Liebespaar platzte, ließen die beiden sich nicht wirklich stören. Caspar schnüffelte verwirrt an Floris knubbeligen Beinen. Flori stampfte nur kurz auf und schnaubte. Leise rief ich Caspar zurück, weil mein Anstand mir irgendwie sagte, dass die beiden alleine miteinander sein wollten.
„Wie konnte dieses Wunder geschehen?" Leise hockte ich mich neben Tom und zog mir meinen Schlafsack über die Beine. Er rückte näher an mich heran, was mich erneut auf ein friedliches Ende für diesen Abend hoffen ließ. „Kann ich dir nicht genau sagen", erwiderte er, „sie ist einfach rüber in die Box gestiefelt, ich gleich hinterher, weil ich ja dachte, dass es die übelste Keilerei geben würde, doch Balthasar hat nur ein wenig herumgeprustet und dann war es gut."
„Normal ist das aber nicht, oder?"
Er brummte amüsiert. „Was ist hier schon normal?"
Auch wahr. Müde lehnte ich mich an ihn. Samira rollte sich eben im Stroh zusammen, Alina kam etwas weniger elegant neben ihr zum Liegen.
„Jetzt erzähl endlich", ich linste zu ihm hoch, „welches persönliche Tabu des Thomas Magnus Mauderer habe ich heute eigentlich verletzt?"

Sein Brummen sank um einige Oktaven ab und klang kein bisschen mehr amüsiert. „Gar keins."
„Dafür war dein Verhalten dann ziemlich krass."
„Herrgottsackra, Marie!"
Ich zuckte zusammen und musterte ihn reichlich befremdet.
„Geht's noch, Tom?" Caspar schob sich dezent wachsam zwischen uns.
„Ob du es glaubst oder nicht, auch für mich ist es nicht so einfach, plötzlich wieder mit einer Frau in diesem Haus zu leben, auch wenn ich es wirklich von Herzen will. Aber es kommt halt auch viel hoch dabei."
Einen Moment lang starrte ich ihn sprachlos an. Man konnte sich ja noch so intensiv einbilden, dass man auf alles vorbereitet war, sich tolerant und flexibel geben, doch an Tom scheiterten meine Lebenserfahrungen regelmäßig. Jedenfalls hätte ich mit einer derartigen Aussage nie gerechnet.
Er rieb sich mit den Handballen seine Augen und schnaufte.
„Du hast mich heute Mittag gefragt, warum wir keine Schwarzwälder gezüchtet haben, damals, obwohl ich diese Pferde so unsagbar gerne mag."
Was ich gefragt hatte, wusste ich selber, immerhin hatte ich den Rest des Tages mit der Reaktion dieser Frage leben müssen. Ich verdrehte nur innerlich die Augen. „Korrekt."
Ein schiefes Grinsen traf mich von der Seite und Tom zog mich trotz Caspar zwischen uns wieder näher zu sich heran.
„Und warum habt ihr nun keine Schwarzwälder gezüchtet?"
„Weil Christelle der Meinung war, dass diese Zucht nicht rentabel sein könne, da niemand Kaltblüter braucht, nicht einmal, wenn es das schönste Kaltblut der Welt ist und dazu nur ein sogenanntes leichtes Kaltblut. Also haben wir Haflinger gezüchtet. Angesagt, modern, verkäuflich."
Meine Verwirrung wuchs. Mal davon abgesehen, dass ich Haflinger nicht unbedingt als angesagt oder modern bezeichnen würde, so erschien es mir seltsam falsch, dass es eine solche Diskussion zwischen den beiden überhaupt gegeben hatte.
„Ich kann dir nicht ganz folgen, Tom", ich hob fragend die Hand, „rentabel sind solche Zuchten doch eh nicht wirklich, oder?" Er schüttelte mit einem wehmütigen Lächeln den Kopf.
„Nein, sind sie nicht."

„Also, warum dann nicht die Pferde züchten, die man liebt?" Seine Augen wurden noch eine Spur schmaler, als er nachdenklich die Fohlen musterte, die eng aneinandergekuschelt, halb im Stroh versunken schliefen. „Warum, Marie?" Er seufzte.
„Das frage ich mich heute auch. Damals war es so, dass Christelle ihren gut bezahlten Job als Bankerin in Sankt Gallen wegen mir aufgegeben hat. Du weißt ja, alle Schweizer arbeiten in Banken oder haben Geld, oder sogar beides." Sein Grinsen war nicht wirklich fröhlich. Ich zuckte unschlüssig die Schultern.
„Sie stammte aus einer wohlhabenden Familie, brachte also auch das Geld für den Umbau und den Neubau des Stalles mit. Sie wollte unbedingt etwas mit Pferden machen, wenn sie schon mit einem Schmied lebte. Sie hatte als Kind reiten gelernt, in einem edlen Reitstall, wo die Pferde gesattelt und gezäumt für die Reitschüler hingestellt werden, entsprechend hatte sie null Ahnung, als wir anfingen."
„Ganz schön mutig", brummelte ich.
„Schon irgendwie", er nickte ganz in die Erinnerung versunken, „aber Christelle war ein Wunder an Zielstrebigkeit. Sie plante immer alles bis ins kleinste Detail. Sie schaffte jedes verfügbare Buch über Pferdezucht und Haflinger an, plante diesen Stall hier nach den neuesten Erkenntnissen des Stallbaus, stellte Rentabilitätsberechnungen in Sachen Zucht an, damit wir die richtige Menge an Stuten und Fohlen haben würden, studierte Blutlinien, wählte die Hengste aus. Innerhalb kürzester Zeit standen vier hoch prämierte Zuchtstuten in den neuen Boxen. Ich hatte bei all dem nicht mehr viel zu sagen. Mir war das damals auch nicht wirklich bewusst. Irgendwie war ich tief in mir drin frustriert, doch andererseits habe ich sie für ihre Arbeit bewundert und war sehr stolz auf sie."
„Verständlich." Mein Schädel brummte von all den Informationen. Das warf ein völlig anderes Licht auf Christelle und Tom. Sollte das Traumpaar womöglich gar nicht so traumhaft gewesen sein?
Flori und Balthasar schoben sich nebeneinander durch die breite Tür der Box zu uns herein. Wie erlöst prusteten wir los, Tom küsste mich und drückte mich ins Stroh. Flori schnuffelte fürsorglich an den schlafenden Fohlen herum und nachdem sie sich davon überzeugt hatte, dass alles in bester Ordnung

war, bauten sich die beiden Seite an Seite wie ein Bollwerk zwischen uns und den Fohlen auf und machten fast synchron die Augen zu. Tom knipste die Taschenlampe aus. Durch die Oberfenster schimmerte sanft das Licht des Halbmondes. Ich zog mir den Schlafsack über die Schultern und robbte näher an Tom heran. Melchior kam wie ein Schatten von der Stallgasse herein. Wahrscheinlich war mal wieder irgendwo ein Fenster offen. Er begrüßte Caspar und uns mit einem leisen Quäks, um sich sofort in meinen Schlafsack zu zwängen. Sein Fell war kalt und feucht, ich legte einen Arm um ihn, mit dem anderen deckte ich Caspar wieder zu.
„Aber warum genau warst du heute Mittag so ärgerlich auf mich“, ich drehte mich zu ihm um, sein Gesicht lag völlig im Dunkeln, „ich kann doch nichts dafür, dass es Haflinger waren und keine Schwarzwälder.“
Etwas wie ein Lachen gluckste aus ihm raus, nicht wirklich belustigt, aber auch nicht richtig zynisch. „Ich war ja auch nicht ärgerlich auf dich, Marie.“ Er strich mir zärtlich über die Wange. „Ich war wütend auf mich selber, stocksauer, weil ich immer auf ihre akkurat berechneten Argumente gehört habe, selbst wenn ich persönlich etwas ganz anderes wollte. Und ich war stocksauer auf Christelle. Sicher haben ihr die Erfolge mit ihrer Zucht recht gegeben und sie hat ihre Pferde auch abgöttisch geliebt, aber erst jetzt merke ich den Unterschied.“
Uff, dachte ich erleichtert, der Ärger war also nicht gegen mich gerichtet gewesen, auch das umgedrehte Bild erklärte sich mit seinen Worten. Aber an sich wurde die Geschichte immer verworrener. „Welchen Unterschied?“
„Den Unterschied, wie du mit mir ein Leben aufbaust, wie wir versuchen, unsere Interessen unter ein Dach zu bringen. Und dir geht es in erster Linie um die Tiere. Mit dir wären es die Schwarzwälder geworden, auch wenn der Markt für Kaltblüter kleiner ist, als der für Haflinger. Mir ist vorhin ziemlich schrecklich klar geworden, dass es mit Christelle irgendwann schiefgegangen wäre. Das war, als wäre im Nachhinein ein Lebenstraum geplatzt. Das hat wehgetan, Marie.“
Trotz Melchiors Protest drehte ich mich um, suchte Toms Augen in der Dunkelheit, sah sie verstört glitzern. Nur zu gut wusste ich, wie sich solche Erkenntnisse anfühlten. Die hatten

mich nach der Trennung von Karsten haufenweise heimgesucht. Man wusste, dass sie gut und richtig waren, man dankbar für sie sein sollte, doch der Schmerz, den sie erst einmal brachten, auf den war man nicht vorbereitet. Und offensichtlich machte es da auch keinen Unterschied, wie lange das alles her war. Behutsam zog ich Tom in meine Arme. Eventuell wurde der Schmerz sogar mit jedem Jahr schlimmer? Im Stillen schickte ich mal wieder ein herzliches Dankeschön nach oben, dass ich meine Erkenntnisse so direkt haben durfte.
„Ich weiß, Tom“, sagte ich leise, „aber wenn der Schmerz erst einmal nachlässt, dann ist man meistens froh, dass dieser Lebenstraum sich eliminiert hat. Und vielleicht können wir ihn in anderer Form neu aufbauen?“
Ein seltsam freudloser Blick traf mich. „Wir sind längst dabei, Marie.“

11. Kapitel
Neue Lebensträume und Räume

Toms letzter Satz kostete mich mal wieder einen großen Teil meiner Nacht und morgens war ich außer schrecklich müde, auch schrecklich nachdenklich. Tom dagegen hatte, nach erholsamer Nacht, zu seiner normalen Allgäuer Ausgeglichenheit zurückgefunden. An den Türrahmen gelehnt, winkte ich ihm nach. Dicke Wolken hingen über den Gipfeln der umliegenden Berge, doch nach Regen sah es nicht wirklich aus, also sollte ich wohl die Großfamilie an die frische Luft setzen.
Balthasar und Flori standen, in zärtliche Knabbereien vertieft, in der Box, die beiden Fohlen zappelten im Stroh herum, was Caspar richtig super fand. Nur mit Mühe konnte ich mir einen Weg zum Tor erkämpfen, ohne unter die Hufe zu geraten. Die drei Kleinen spritzten bellend, auskeilend, schnappend und wiehernd durch die Häcksel des Paddocks. Flori und Balthasar stapften wie ein wohlwollendes Elternpaar hinterher. Eigentlich, ich musterte die Gruppe mit kritischem Blick, eigentlich ging das alles viel zu glatt ab. Weder unter den Fohlen noch mit Flori hatte es auch nur ansatzweise eine Keilerei gegeben, die plötzliche Liebesbeziehung zu Balthasar setzte dem Ganzen die surreale Krone auf. Die Nächte waren ruhig, alle waren gesund, die Leiber der Fohlen glänzten straff und rundlich. Entweder, so überlegte ich mir, kam da ganz bald ein knüppelhartes Ende im Paradies, oder wir hatten tatsächlich ein unglaubliches Glück gehabt. Letzteres wäre mir entschieden lieber und meine Gedanken kehrten an den Ausgangspunkt ihrer Reise zurück. Womöglich lag der Anfang unseres Lebenstraumes sogar in diesem Minizoo?
Langsam schlappte ich zum Haus hinüber. Ich brauchte dringend noch eine Tasse Kaffee, bevor ich unsere erste gemeinsame Wäsche waschen wollte. Welchen Lebenstraum hatte ich eigentlich? Oder welchen hatte ich irgendwann einmal gehabt? Gab es etwas, was ich in diesem Leben unbedingt noch einmal tun wollte? So spontan fiel mir nichts ein. Sicher gab es immer mal wieder etwas, wo man sagte: wow, stark, das mache ich auch irgendwann einmal, doch einen wirklichen Herzenswunsch hätte ich in diesem Moment nicht benennen können.

Missmutig schaute ich zum Himmel hinauf. War das jetzt ein Armutszeugnis? Marie, die fantasielose, die phlegmatische? Oder war ich Marie, die wunschlos glückliche?
„Weder noch“, murrte ich leise vor mich hin, der Kaffee dampfte in der frischen Morgenluft. Seit einigen Monaten war ich eigentlich nur Marie, die froh war, wenn sie keinen Stress hatte und alles sanft vor sich hinplätscherte. Ein Zustand, den ich so nie gekannt hatte, entspannt und perspektivlos.
Uhh…, ich ließ meinen Blick ausweichend ins Nichts gleiten, da lauerte eine Erkenntnis im Gestrüpp meiner Gedanken, von der ich nicht wusste, ob ich sie tatsächlich haben wollte. Womöglich würde dann dieser angenehm schwerelose Zustand endgültig vorbei sein? Ich seufzte. Er war schon vorbei, wenn man es genau nahm, denn ich stand hier auf Toms Hof, wohnte vorerst mal nicht mehr im Stadel und trug Verantwortung für eine Herde von Viechern, wo eines durchgeknallter war als das andere. Perfekt! Aber mal ehrlich, wohlig schlürfte ich den heißen Kaffee, wollte ich es anders haben?
Hm…, Caspar hechtete mit fliegenden Ohren auf mich zu und als er vor mir stand, triefend nass, weil er von mir unbemerkt in Toms kleinen Teich hinter dem Haus gesprungen war, um dort zu saufen, da fragte ich mich ernsthaft, inwieweit ich das nicht doch anders haben wollte. Er schüttelte sich prompt, Wassertropfen stoben durch die Luft, ich quiekte. Okay, ich verkniff mir eine wüste Schimpftirade, die eh nichts gebracht hätte, zumal Caspar schon wieder auf dem Weg zu seinen Mädels war, mit denen er jetzt frisch gestärkt wieder seine Runden durch den Paddock drehte. Ein Anblick, bei dem mir das Herz regelrecht aufging und ich übermütig lachen musste. Junge Hunde und Fohlen waren pure Lebensfreude und wenn sie zusammen spielten, dann konnte das eine Ahnung des Himmels sein. Das wollte ich ganz bestimmt immer so haben, auch wenn ich das früher nie vermutet hätte. Stattdessen hatte ich mal den Traum einer Familie gehabt.
Nur widerwillig ließ ich die Erinnerung zu. Mit Karsten saubere, kluge und pflegeleichte Kinder zeugen. Ein adrettes Häuschen am Stadtrand, damit die lieben Kleinen im Grünen aufwachsen. Marie immer hübsch und sexy, Karsten der treu sorgende, liebevolle Ehemann und Vater. Plopp. Bewusst stieß

ich Toms schärfstes Hufmesser in diese abgedroschene Seifenblase. Falls derartige Träume überhaupt real wurden, dann sicherlich nicht mehr bei mir. Schon gar nicht mit einem Mann wie Karsten. Den sollte Claudia behalten. Ob die beiden schon verheiratet waren? Meinen Segen hatten sie. Abwesend wollte ich den nächsten Schluck Kaffee nehmen, musste jedoch feststellen, dass meine Tasse bereits leer war. Mist. Sollte ich mir zur Unterstützung meiner Denkarbeit vielleicht noch einen brauen? Besser nicht. Mein Magen würde ziemlich sauer reagieren. Ich brachte die Tasse in die Küche. Heiraten, Kinder kriegen. Schon seltsam, noch vor zwei Jahren hätte ich so gut wie alles dafür gegeben, diesen Traum zu leben, heute kreuzte ich die Finger bei dem Gedanken, und Sylvie, die nie auch nur einen daran verschwendet hatte, bekam ein Kind und war an einen Mann geraten, der ganz scharf auf Heiraten und Familie war.

Lebensträume und Lebensvorstellungen hatten offensichtlich eine ganz eigene Dynamik. Früher hatte man das Schicksal genannt. Jedenfalls wollte ich in nächster Zukunft mit Sylvie nicht mehr tauschen. Wie es ihr wohl ging?

Melchior kam maunzend in die Küche stolziert, draußen sah ich, wie die Fohlen und Caspar sich erschöpft vom Spielen zum Ausruhen hinlegten, alle drei nahe beieinander. Samiras Scheu vor dem Hund hatte sich rasch gelegt. Tief Luft holend, hob ich Melchior in meine Arme, drückte meine Nase in sein weiches, kühles Fell. Er roch wie immer nach frischer Erde und Gras und ein frischer Kratzer zierte sein rechtes Ohr.

„Na, mein Prinz, hast du mit Centas SFC ein wenig Kratzen gespielt?“

Ich sah das breite Grinsen in seinem Gesicht und lachte. Wie ein kleiner Schock wurde mir in diesem Augenblick kristallklar, dass ich am liebsten nur noch mit Tieren arbeiten wollte. Egal, ob es sich um lebensmüde Esel, verwaiste Fohlen oder Kater mit einem Kratzer im Ohr handelte. Mein Herz klopfte verwirrt. Zu meinen Tieren war ich gekommen, wie die Jungfrau zum Kind, sie waren nicht eingeplant gewesen, genauso wenig wie Karstens Betrug und unsere Trennung. Auch Tom, den Schmied hatte irgendeine höhere Macht in mein Leben eingeschleust. Und alles fügte sich zurzeit irgendwie zusammen,

aus lauter Einzelbildern formte sich langsam ein Leben, das mir gut gefallen könnte. Wie damals, als ich den irrsinnigen Entschluss gefasst hatte, im Allgäu zu bleiben, breitete sich eine tiefe, fast heitere Ruhe in mir aus. Alles war gut.
Mit Melchior im Arm schlenderte ich ins Wohnzimmer hinüber. Christelles Bild lag noch immer auf der Nase. Einen flüchtigen Gedanken lang überlegte ich, ob ich es aufstellen sollte, doch es war Toms Sache, ihr und sich zu verzeihen. Stattdessen trat ich an das Bücherregal, in dem Tom fein säuberlich alles über Tiere und deren Haltung einsortiert hatte. Mein Blick glitt zögernd über die Buchrücken, Melchior schnurrte in meinem Arm, ich kraulte ihn abwesend. Pferdezucht, Pferdehaltung, Stallbau. Unter Melchi hindurch griff ich nach einem der Bände über Fohlenaufzucht, ein paar Wälzer weiter fand ich zwischen diversen Büchern über Haflinger auch etwas über das Schwarzwälder Kaltblut und Naturheilkunde für Tiere. So bepackt hockte ich mich an Toms Schreibtisch. Draußen schlief alles, also hatte ich noch ein wenig Zeit zu stöbern, bevor ich füttern musste. Melchior drapierte sich stilecht zwischen den Büchern und Toms PC-Bildschirm und ich fing an zu lesen.
Als Tom am späten Nachmittag völlig verdreckt auftauchte, war ich längst zu dem Entschluss gekommen, dass wir dringend darüber reden mussten, wie wir mit unserem Leben und den Tieren weitermachen wollten. In dem Band über die Schwarzwälder hatte ich eine Postkarte von Christelle an Tom gefunden, auf der ein Spruch von Saint Exupéry abgedruckt war:

Liebe besteht nicht darin,
dass man einander anschaut,
sondern dass man
gemeinsam in dieselbe Richtung blickt.

Lange hatte ich dagesessen, den Kater gekrault und überlegt, ob und wann die beiden ihre gemeinsame Blickrichtung verloren hatten. Wann bekamen Kompromisse einen schalen Beigeschmack, wann drängte man dem anderen, aus welchen gut gemeinten Gründen auch immer, seine eigene Meinung auf, ohne die seinige zu achten? Schauten Tom und ich in die gleiche Richtung? Noch nicht wirklich, dachte ich fröhlich und ging ihm entgegen, aber mit ein paar gegenseitigen perspektivischen Angleichungen würde es schon werden.

Freitagabend wagten wir endgültig die Übersiedelung ins Schlafzimmer. Seit Samira mit ihr im Stall stand, brüllte Alina nicht mehr sofort los, wenn man sie alleine ließ und sofern wir die letzte Mahlzeit spät genug verfütterten, schlief sie die Nacht halbwegs durch. Von Centa hatten wir ein altes Babyphon bekommen, das uns hoffentlich über jede Katastrophe im Stall sofort informieren würde.
Als ich aus dem Badezimmer kam, stand Tom mit Caspar im Flur, beide grinsten übermütig. Fragend schaute ich sie an. „Ist was?"
Tom zuckte die Schultern und trat nahe an mich heran. In der Erwartung eines Kusses legte ich meine Arme um seinen Hals, doch er packte mich ohne jede Vorwarnung, um mich über die Schwelle des Schlafzimmers zu tragen. Ich quietschte überrascht und strampelte ein wenig herum.
„Spinnst du, oder was?"
„Dass ich nicht normal bin, das wusstest du doch schon, bevor wir uns näher kannten." Caspar sprang in der Annahme, dass es sich um ein neues Spiel handelte, nach meinen baumelnden Beinen. „Das hatte ich glatt verdrängt", ich zappelte erneut, „lass mich runter, Tom, und du, Caspar, hör auf mit dem Mist!"
Beide scherten sich wie so oft nicht wirklich um meine Meinung. Tom trug mich durch das kleine Zimmer zum Bett, wo er mich endlich in die dicken Federbetten fallen ließ, Caspar machte Anstalten, gleich hinterherzuspringen. „Wag es!" Ich schob ihn mit einem Fuß vorsichtig zur Seite. „Du hast dein gemütliches Körbchen." Dass Caspar darin keine Alternative zu unserem Bett sah, war offensichtlich, zumal wir doch die vergangenen drei Wochen alle so nett beieinander geschlafen hatten. Fordernd legte er erneut eine Vorderpfote auf die Matratze. „Nix da, Caspar!" Er drehte sich murrend um und Tom fiel neben mir ins Bett. Er strahlte. „Weischt, ich dachte mir, wenn wir schon nicht heiraten, dann kann ich dich wenigstens zu unserer ersten gemeinsamen Nacht, nach all den Veränderungen, über die Schwelle unseres Schlafzimmers schleppen."

„Ganz toll, Tom“, erwiderte ich mit einem Lächeln und wusste noch nicht so ganz, wie ich mit unserem Schlafzimmer umgehen sollte. Bis ich es als unseres betrachtete, würde ich noch heftig an mir arbeiten müssen. Später, dachte ich, denn nach all dem Stroh und Schlafsackmuff wusste ich schon gar nicht mehr, wie es sich anfühlte, neben Tom im Bett zu liegen. Das Babyphon knarzte kurz, aber alles blieb ruhig. Tom rollte sich sanft über mich. Wann hatten wir das letzte Mal halbwegs entspannt geküsst? Seit Alinas Geburt nicht wirklich, genau wie wir eigentlich nicht mehr in Ruhe miteinander geschlafen hatten. Alles klar, dachte ich, nicht ohne eine Spur Zynismus, wahrscheinlich ging es allen frisch gebackenen Eltern so, egal wie viele Beine ihr Baby hatte. Die positive Botschaft daran: man lernte wieder, wie viel Spaß man miteinander haben konnte. Tom und ich hatten jede Menge Spaß in dieser Nacht. Eng aneinandergeschmiegt lagen wir noch lange danach wach. Ich mochte es, wenn das Mondlicht zum Fenster hineinschien, und wenn ich mich ein wenig aufrichtete, dann konnte ich sogar die Silhouetten der Bäume oben am Grat erkennen.
„Könntest du dir vorstellen, dass wir das Haus noch einmal umbauen, Marie?“ Toms Stimme klang brummig zufrieden. „Weischt, mir ist das alles hier eigentlich immer schon zu eng gewesen.“
„Aber ihr habt doch damals alles umgebaut, oder nicht?“
„Scho“, er nickte an meinem Kopf, „aber ich hätte damals gerne die Räume vergrößert, alles mit offenem Gebälk und so, und dafür lieber auf ein Zimmer hier oben verzichtet, unten die Küche in den Wohnraum integriert.“
„Gute Idee, das hätte ich wahrscheinlich auch gerne gehabt. Und warum habt ihr es nicht so gemacht? Wäre die Bude sonst eingestürzt?“
Sein Seufzer kam aus tiefster Seele. „Nein, das wäre statisch schon gegangen. Aber Christelle meinte, das würde den Charme des Hofes zerstören, sei nicht stilgerecht und man müsse alles so sanieren, wie es ursprünglich gebaut worden war. Und sie hat den Löwenanteil gezahlt.“
Geld war ein Argument, aber auch nicht alles. Trotzdem schwieg ich, denn das war heikles Terrain und ich hatte kein Recht, die Entscheidungen der beiden in Frage zu stellen.

Immerhin hatte ich selber mit Karsten zusammen genug Dinge getan, die nicht meinen Vorstellungen entsprachen. Die Lektion mit dem Glashaus und den Steinen hatte ich gelernt.
„So eine Baustelle ist zwar brachial nervtötend", fuhr Tom fort, „doch wenn es dir zusätzlich das Leben hier im Haus erleichtern würde, wenn alles anders aussieht, dann würde ich es echt überlegen."
„Hm…, gut möglich. – Können wir dann auch eine Badewanne im Badezimmer unterbringen?" Ich schmiegte mich näher an ihn, alles war so wohlig warm und gemütlich.
„Das wird Christelle als Gipfel der Verweichlichung verurteilen!" Tom lachte leise, es gluckste nett in seiner Brust. „Keine Sorge", ich gähnte, „das kläre ich mit ihr von Frau zu Frau."
„Wenn d' meinscht", Tom ließ sich von meinem Gähnen anstecken, „lass dich nicht abhalten. Mir wäre allerdings wesentlich wichtiger, wenn wir mehr miteinander klären würden."
Ich schaute fragend zu ihm hoch. „Wie meinst du das jetzt?"
„Ja mei, mir wird in den letzten Tagen so viel klar, Marie. Ich war so unglaublich verletzt, als du mir in deiner Wut an den Kopf geworfen hast, dass ich angeblich versuchen würde, dich in eine neue Christelle umzupolen. Wo ich doch keine Christelle mehr haben wollte, sondern vom ersten Moment an nur dich, Marie, und nur Marie. Aber dann habe ich ein wenig nachgedacht und erst gemerkt, dass du ja unweigerlich so denken musstest, weil du gar nicht wusstest, wie Christelle und ich gelebt hatten. Ich habe dir eigentlich nicht viel über uns erzählt, weil es immer so wehgetan hat, und ich dachte auch, dass es nicht wichtig für uns beide ist. Aber es ist total wichtig."
Leicht unbehaglich rutschte ich im Bett herum. Ein leiser Quietscher kam aus dem Babyphon – wahrscheinlich hatte Balthasar seiner Geliebten liebevoll in den Hals gebissen –, und ich hatte kurz Zeit, über das nachzudenken, was Tom da gerade immens Wichtiges von sich gegeben hatte. Tom hatte recht, er wusste fast alles über Karsten und mich, doch er hatte immer nur Erinnerungsbrösel von sich gegeben, die zudem durchweg alle rosarot eingefärbt waren. Die ersten kritischen Worte waren erst vor zwei Nächten gefallen, wahrscheinlich mit dem Moment, wo er selber mal angefangen hatte, kritisch

über alles nachzudenken. Selber hatte er ein Leben vor Augen gehabt, das durch diesen Unfall eine alles überlagernde tragische Komponente bekommen hatte, völlig verklärt.
„Ich habe mir tatsächlich immer eingebildet, dass ihr als Traumpaar nicht mehr zu toppen wärt“, ich seufzte und angelte nach seiner Hand, „weil alles immer so rasend glücklich und harmonisch schien. Das war nach außen hin ein Level, den ich nie hätte halten können.“
„Ja, dem Herrgott sei Dank, dass du den nicht halten kannst!“ Er lachte wieder und gähnte gleichzeitig. „Ich möchte keine Partnerin mehr haben, die für alles im Alleingang den perfekten Plan aus ihrem Ärmel schüttelt. Bitte fang damit gar nicht erst an, Marie. Und deswegen werde ich dir in nächster Zeit ein paar Geschichten vom Traumpaar erzählen. – Ich wollte übrigens immer mal eine Eckbadewanne haben, mit viiieeel Platz.“

12. Kapitel
Sylvie?!

Ein Himmelreich für ein Bett! Spät am Morgen, die Sonne strahlte hell ins Zimmer, schepperte das Babyphon in voller Lautstärke los. Alina rüstete sich zum Aufstand der hungrigen Fohlen. Und ich, die ich mich seit gut drei Wochen darauf konditioniert hatte, beim geringsten Jammerlaut meines Babys von den Toten aufzuerstehen, sprang mit einem Satz auf und krachte der Länge nach aus dem Bett auf die Bodendielen. Wumms. Ich wurde dadurch zwar schlagartig wach, doch wusste ich trotzdem noch immer nicht genau, wo ich mich befand. Mir schien das alles vage vertraut, doch die Box war es nicht. Tom ging neben mir in die Knie und zerrte mich hoch. „Herrgottsackra, Marie, mach halt langsam. Hast du dir wehgetan?"
Nachdenklich rieb ich mir meinen schmerzenden Ellenbogen und starrte meine rechte Hand an, in der ein Splitter aus der Diele steckte. Der Zimmerer gehört verklagt, dachte ich völlig zusammenhanglos, aber immerhin realisierte ich endlich, dass ich mich in Toms Schlafzimmer befand, das vielleicht bald unseres sein würde, umgebaut und größer.
„Ne, schon gut", ich versuchte es mit einem schiefen Grinsen, „nix passiert. Ich habe nur vergessen, dass ich nicht mehr auf dem Boden in der Box liege."
„Dann leg dich auch gleich wieder hin, wo d' hing'hörscht, ich bring den Mädels ihr Frühstück."
Die Verlockung war gigantisch. Ich schielte zu meiner Bettseite hoch, warm, weich, gemütlich, und im Gegensatz dazu der kalte Hof und die gierigen Sauger. „Wirklich? Ich geh schon auch füttern."
„Passt scho, Marie, morgen bleib ich dafür liegen." Tom grinste und zog mit einer blitzschnellen Bewegung den Splitter aus meiner Hand. „Autsch!"
„Spreißel muss man sofort rausziehen."
Maulend verzog ich mich ins Bett, saugte an dem kleinen Loch in meinem Handballen. Tom stapfte mit Caspar die Treppe hinunter. Durch das Babyphon hörte ich ihn in die Box treten, seinen Fluch, als die beiden Hungermäuler über ihn herfielen,

dann seliges Schmatzen. Mit der Zeit bekam man raus, wie man zwei Fohlen gleichzeitig die Flasche gab, denn alles andere war blanker Selbstmord.
Samstagmorgen! Und das Wochenende hatte noch nicht einmal angefangen. Ein Blick auf den Wecker sagte mir, dass es nach acht Uhr morgens war. So lange hatten wir ewig nicht geschlafen. Ich lächelte schläfrig vor mich hin, zog mir mein Federbett über die Schultern. Auch hatte ich seit Wochen nicht mehr so gut geschlafen und heute würden wir außer einem ausgedehnten Spaziergang nichts machen, nur ein wenig Stallarbeit, vielleicht über den Umbau nachdenken, ein wenig an unseren neuen Lebensperspektiven planen, miteinander reden und schweigen. Wohlig seufzend rollte ich mich zusammen. Mein Leben machte wieder richtig Spaß, es bewegte sich was.
Tom brachte außer Caspar auch Melchior mit. Mit einem seiner seltsamen Katzengeräusche sprang er aufs Bett und wühlte sich wie ein Bohrer unter meine Bettdecke, wo er gleichzeitig mit Schnurren anfing. Er war genauso kalt wie Tom, der ebenfalls unter meine Decke kam.
„Alle Monster satt?“ Ich rubbelte Tom über den Rücken und zog ihn an mich. Er nickte an meiner Schulter. „Uhh, ja, jetzt ist erst einmal wieder Ruhe. – Das Wetter wird schön. Ich freue mich schon darauf, wenn wir die Mädels nachher richtig laufen lassen können.“
„Ruhig, Tom“, dehnte ich und schob mich selber tiefer ins Bett, Melchi murrte, „erst noch ausruhen, dann gemütlich frühstücken und dann mal sehen.“ Caspar schob mir seine kalte Nase in den Nacken, was mich gleich wieder hochgehen ließ. Tom lachte. „Da stimme ich Caspar mal wieder vollkommen zu. Ich gehe jetzt mit ihm Semmeln holen, du machst Kaffee und dann wird gelaufen. Rumgammeln können wir später auch noch.“
„Manno!“
Als ich in die Küche kam, waren Tom, Caspar und Melchior schon unterwegs. Durch das Fenster sah ich unsere Patchworkfamilie im großen Paddock sonnenbaden. Tatsächlich versprach der Tag frühsommerlich warm zu werden. Über den Gipfeln der Berge hingen letzte Wolkenreste im Föhn. Das Allgäu mit seinen Wetterextremen! Zufrieden deckte ich den Tisch.

Danach ging ich zu den Tieren hinaus. Die Fohlen reckten ihre kleinen Nasen über den Zaun, ließen sich übermütig an den Ohren zauseln, während mein Balthasar noch immer nur Augen für seine Flori hatte, die wiederum freiwillig keinem Menschen auch nur einen Augenblick ihrer Aufmerksamkeit opferte. Manchmal fragte ich mich, was mit ihr geschehen war, dass sie Menschen so verachtete. Aber Al Ghossarah wusste es auch nicht, jedenfalls behauptete er das. Tom hatte ihn bei einem der letzten Telefonate danach gefragt und ich ging mal davon aus, dass er keinen Grund für eine Lüge hatte. Sie war angeblich vor vielen Jahren schon so zu ihm gekommen, hatte sich nie davon überzeugen lassen, dass Menschen zu mehr, als zum Heulieferanten taugten. Im Stillen hoffte ich, dass sie bei uns neues Vertrauen finden würde, so wie Balthasar es gefunden hatte.

„Genug gealbert, ihr Rotznasen!“ Ich klopfte den Fohlen ein letztes Mal ihre dünnen Hälse und ging ins Haus zurück. Es war eigentlich nur ein Blick der Form halber, aus Gewohnheit, den ich auf mein Handy im Wohnzimmer warf, doch eine SMS wartete darauf, von mir gelesen zu werden. Mit dem Handy in der Hand trat ich in die Küche, Sylvie geruhte endlich, nach fast einer Woche, auf meine diversen Nachfragen bezüglich ihres Gesundheitszustandes zu reagieren. Doch alles was sie schrieb, war: Bist du heute daheim? Jein, dachte ich, unschlüssig das Handy drehend, sah wie Tom mit Hund und Kater die Straße vom Dorf herauf kam. Eilig tippte ich ihr, dass wir lange mit den Tieren laufen wollten, aber theoretisch daheim waren. Telefonieren würde am ehesten am frühen Abend passen. Ich hoffte mal, dass ich dieses Angebot auch wirklich halten konnte. Ich war ja schon ein wenig angesäuert darüber, dass sie sich so gar nicht gezuckt hatte, nachdem sie mir erst permanent vorgeworfen hatte, dass ich keine Zeit für sie hätte. Und als ich ihr die Zeit einräumen wollte, tauchte sie einfach kommentarlos ab. Es tat höllisch weh, doch ich versuchte, mich ernsthaft an den Gedanken zu gewöhnen, dass sich unsere Freundschaft totgelaufen hatte, denn das, was uns früher wegen unserer Unterschiedlichkeit verbunden hatte, wurde zunehmend unüberbrückbar. Ich fand irgendwie nicht mehr richtig Zugang zu ihr und sie konnte mit meinem Leben nichts anfangen.

Balthasar schien sich zu einem jungen Eselhengst zurückzuentwickeln, als Tom ihm nach dem Frühstück im Hof das alte Traggestell auf den Rücken schnallen wollte. Er tänzelte, schlug mit seinem Kopf, so dass Tom seine helle Not hatte, überhaupt den Gurt festzuziehen, zumal Balthasar wie immer natürlich nicht angebunden war. Bisher war das nicht nötig gewesen. Ich hörte Tom fluchen, der Tragsattel krachte auf das Pflaster und Balthasar trottete mit stolzgeschwellter Brust zurück zu seiner Angebeteten, die am Zaun auf ihn wartete, den Kopf quer zwischen den Latten durchgeschoben.
„Alles okay?" Ich schaute grinsend um die Ecke der Haustür. Tom beherrschte sich nur mühsam. „Langsam fange ich an zu verstehen", er hob den Sattel auf, „was ihr Frauen damit meint, wenn ihr behauptet, dass Männer völlig durchdrehen, wenn sie frisch verliebt sind. Das trifft sogar auf greisenhafte Esel zu."
„Wie kannst du ihn auch nur von seiner Angebeteten trennen, Tom? Lass mich mal machen."
Mit skeptisch zusammengekniffenen Augen reichte er mir den unförmigen Sattel und ich schleppte ihn zum Paddock, wo Balthasar mit Schmusen beschäftigt war. „Ich würde mich freiwillig nicht in Floris Bissweite wagen."
„Die sind abgelenkt." Flori trotzdem im Auge behaltend, legte ich Balthasar den Sattel auf seinen Senkrücken, er wedelte nur leicht mit den Ohren, und hastig zog ich den Gurt fest, bevor er wieder den jungen Wildfang markieren würde.
„Guter Trick", Tom trat mit einem Schmunzeln näher und küsste mich, „ich überlass dir auch gerne die graue Kampfkugel für unseren Spaziergang."
„Na super, das hat man davon, wenn man den Kerlen in nichts nachstehen will." Ich zeigte auf den Korb, den ich auf die Bank am Haus gestellt hatte. „Dann lad du aber Balthasar die Marschverpflegung für die Mädels und uns auf. Ich hol die Kampfkugel."
Tom nickte hämisch grinsend. „Kein Thema, mache ich doch gerne."
Ich ging in den Stall, um eine der alten Longen zu holen und trat dann durch die Box in den Paddock, in der Hoffnung, dass auch Flori so auf Balthasar fixiert sein würde, dass sie mich nicht sofort bemerkte. Mit wenigen Schritten war ich bei ihr.

Selbst die Fohlen erkannten mich erst, als ich schon bei Flori stand und mit einem konzentrierten Griff die Longe einhakte. Im gleichen Moment schnappte sie wüst nach meiner Hand und schlug mit ihrem Vorderbein blitzartig nach meinen Knöcheln. „Und wieder daneben", knurrte ich, sie knapp am Halfter packend, „kannst es auch gleich lassen, bei mir zieht das nicht." Widerstrebend ließ sie sich von Balthasar weg zum Gatter zerren. „Keine Sorge, bist gleich umso näher bei ihm."

Die Fohlen rannten aufgeregt hinter uns her, drängten gleichzeitig mit uns durch das schmale Gatter auf den Hof, wo sie wie Gummibälle herumtitschten. Wir ließen sie laufen, genauso wie Balthasar, der eh nur noch dicht bei Flori blieb. Caspar umrundete die Fohlen als perfekter Hütehund und so schritten wir relativ gemütlich hinter dem Haus die Wiesen hinauf. Vorsichtig gab ich Flori mehr Leine, immer auf der Hut vor ihren Hufen und Zähnen, doch sobald man einen gewissen Abstand zu ihr einhielt, war sie völlig brav und harmlos und lief Nase an Nase neben Balthasar her. Kurz bevor wir meinen Stadel passierten, stieß auch Melchi wieder zu uns. Trotz Flori und dem voll gepackten Sattel sprang er mit einem Satz auf Balthasars Rücken. „Dann sind wir jetzt ja vollzählig." Tom kraulte ihm kurz den Kopf.

Gemächlich liefen wir bergan. Die Luft war warm, letzter Löwenzahn blühte an geschützten Stellen auf den Wiesen, fettige gelbe Butterblumen standen ebenfalls in voller Blüte. Der Frühling schien sich endgültig durchzusetzen, auch wenn die Gipfel der Allgäuer Alpen größtenteils noch voller Schnee waren. Wir nahmen den Fußweg nach Winkel hinüber. Alina bewältigte den mit alten Wurzeln durchzogenen Weg in echter Bergpferdemanier, während Samira wie ein Zirkuspferd darüberhüpfte. Tom strahlte mich an. Allein dieses Glück in seinen Augen zu sehen, war all den Stress wert gewesen, jede Träne und jede schlaflose Minute. „Haben die auch Zuchtstuten zu verkaufen, dort am Bodensee, wo ihr den Wallach für den Bader gekauft habt?"

Wir kamen eben hinter dem Schießstand zurück auf den Weg und gingen weiter über die Wiesen Richtung Dreiangelhütte. Tom schloss mit mir auf, ich gab Flori noch ein wenig mehr Leine, damit sie weit genug von Tom weg war. Er griff nach

meiner Hand und drückte sie sanft. Im selben Moment stieß Samira einen schrillen Schrei aus, stieg und raste mit unvorstellbarer Geschwindigkeit über die weich ansteigenden Wiesen. Alina folgte ihr nur Augenblicke später. Es war genau die Stelle, an der mir damals Caspar samt Melchi und Balthasar im Gebüsch verschwunden waren. Automatisch hielt ich die Luft an, Caspar fetzte hinter den Fohlen her, doch zum ersten Mal in seinem noch recht jungen Leben hatte er zumindest bei Samira keine Chance, auch nur ansatzweise hinterher zu kommen.
Auch Alina fiel bald zurück und mit dem Gedanken, dass die drei mir langsam etwas zu weit davonliefen, drehte Samira in einem eleganten Bogen ab und jagte zurück zu uns. Sie war atemberaubend schön. Unbeschreiblich, wie sie fast schwerelos dahinflog, frei, ungezügelt, im vollen Bewusstsein ihrer Schnelligkeit und Anmut. Alina, die viele Längen hinter Samira den Hügel hinab raste, trug eine ganz andere Schönheit zur Schau. Sie war reine Lebensfreude, pure Kraft, urwüchsig, archaisch, donnernd. Ihr Fell schimmerte im Sonnenlicht wie flüssiges Kupfer. Ich hätte nicht sagen können, wer von den beiden schöner war. Sie waren beide unvergleichlich und ich war dankbar, dass ich an diesem Wunder ihres Lebens teilhaben durfte. Die Fohlen umrundeten uns, schnaubten, prusteten, während Flori recht ungehalten versuchte, die beiden wieder unter ihre Kontrolle zu bringen. Caspar verpasste dagegen die letzte Bremse und rannte mir voll in die Beine. Nur dank Toms beherztem Griff hielt ich mich in letzter Sekunde auf den Beinen. Caspar jammerte kurz auf.
„Alles noch dran?“ Ich tastete sofort nach seinem Kopf und Hals, doch es war offensichtlich nur Schreck gewesen, nichts verrenkt. Tom trat zu den Fohlen, die völlig außer Atem mit weit geblähten Nüstern die Luft einsogen. Sie stießen nach seinen Händen, als er sie streicheln wollte. Der Geschmack von unendlicher Freiheit strömte noch durch sie hindurch, Freiheit, die sich durch keine menschliche Hand bändigen lassen wollte.
Wir lachten, denn auch wir bekamen einen Teil dieser Freiheit geschenkt. Tom riss mit einem übermütigen Schrei die Arme hoch, Samira stieg, Alina drehte sich einmal auf der

Hinterhand, dann rannten die drei erneut über die Wiesen, Caspar mit Gebell hinterher. Vielleicht hätte ich Angst um Tom haben sollen, vielleicht durfte man so gar nicht mit Fohlen spielen, doch ich fühlte nur die Freude, die Tom mit den Tieren teilte und die Akzeptanz. Alina hätte ihn nicht mit Absicht getreten, Samira ihn niemals bewusst über den Haufen gerannt, so wie Caspar ihn mit keinem Zahn ritzen würde. Jeder kannte die Kräfte des anderen, achtete und respektierte sie. Es war einer jener Momente, wo ich mir sicher war, dass die Welt ein Stück heiler wurde.

Langsam schritten wir über die Wiesen, ich konnte kein Auge von der Gruppe wenden, genauso wenig wie Flori oder Balthasar. Tom war schweißüberströmt, als wir die vier irgendwann erreichten. Caspar hechelte so sehr, dass seine Zunge fast pinkfarbig war. Die Fohlen schnauften ebenfalls heftig und doch hatten sie alle offensichtlich noch nicht genug.

„Gehen wir bis zur Hütte vom Köberle“, keuchte Tom, „da können wir kurz verschnaufen.“

Wir bewältigten den letzten steilen Anstieg zum Rand der Starzlach und Tom fiel mit einem Schnaufer auf die alte Bank vor der windschiefen Hütte. Caspar schlabberte ein paar Maulvoll Wasser aus seinem Napf, ich fütterte die Fohlen mit warmer Milch und Tom steckte sich eine Wasserflasche in den Hals. Während dann Flori und Balthasar ein wenig von dem jungen Gras knabberten, fielen die Fohlen nach ihrer Mahlzeit erschöpft ins Gras. Ich hockte mich zu Tom, er reichte mir die Flasche und ich trank.

„Sicher haben die unten am Bodensee auch Zuchtstuten zum Verkauf“, sagte Tom völlig zusammenhanglos in die mittägliche Stille hinein.

Ich starrte ihn mit gerunzelter Stirn an. „Bitte?“

„Ja mei“, er legte seinen Arm um meine Schultern und blinzelte in die Sonne, „du hast vorhin gefragt, ob die da Zuchtstuten haben. Ja, haben sie, aber ich würde keine haben wollen.“

Ich spulte kurz in meinem Kopf zurück, bis ich wieder bei meiner Frage angelangt war.

„Stimmt, das habe ich gefragt. Aber theoretisch brauchst du ja auch keine Schwarzwälder, du hast ja noch ein paar Haflinger. Was machen wir mit denen, wenn es jetzt doch die Schwarz-

wälder werden?“ Ich vergaß meistens, dass Tom Christelles Stuten an Freunde verpachtet hatte, denn Nele gehörte für mich zu Tobi und Centa und die anderen kannte ich kaum. Doch Tom schüttelte leicht den Kopf. „Die Stuten bleiben wo sie sind.“ Er starrte in die Ferne zu den Gipfeln von Nebelhorn und Fellhorn, „ich glaube auch, dass ich keine Schwarzwälder mehr will. Wir haben ja Alina. Vielleicht sind es wirklich die Fohlen, nach denen ich mich immer gesehnt habe.“
Abschätzend musterte ich ihn von der Seite, sein markantes, unrasiertes Profil, die schmalen Augen und ich konnte nicht anders, ich musste ihm zärtlich über die Wange und seine Lippen streichen. „Ich verstehe zwar nicht, worauf du hinauswillst“, erwiderte ich, „aber Fohlen sind einfach zauberhaft.“ Er lehnte sich in meine Hand, schloss die Augen. „Es gibt viele wie Alina und Samira. Viele sterben oder werden eingeschläfert, weil es zu wenig Menschen gibt, die sich um sie kümmern.“
In meinem Kopf ratterten die diversen Rädchen, die man für logische Verknüpfungen vor allem in überraschenden Situationen brauchte.
„Du möchtest eine Auffangstation für verwaiste Fohlen aufbauen?“
Völlig baff musterte ich unsere beiden, die langsam wieder wach wurden. Alina lag noch flach im Gras, grunzte wohlig, ihr pralles Bäuchlein in die Sonne gestreckt, während Samira eben im Begriff war aufzustehen. Was für ein schräger Gedanke.
„Hm“, Tom blinzelte in den strahlenden Himmel, „weiß nicht so recht, war nur mal eine Idee. Es gibt halt hier im größeren Umkreis keine.“
Zögernd überlegte ich, wie so etwas aussehen könnte, spürte in mich hinein, wie sich die Vorstellung von vielen Fohlen anfühlte, wenn man nur zwei Hände hatte, um sie zu füttern. Nächte im Stall und noch mehr Organisation zwischen uns und unseren Berufen, zumal ich mich ja seit ein paar Tagen fragte, ob meine Berufung tatsächlich in der Arbeit mit Menschen lag? Jedenfalls fühlte es sich nicht schlecht an, etwas verrückt und letztendlich nicht spontan abzuschätzen. Tom musterte mich mit ernsten Augen. „Seit wir Samira aufgenommen haben, werde ich öfter gefragt, ob wir auch noch mehr Fohlen nehmen würden.“

Unsere Blicke trafen sich, meiner verblüfft, seiner seltsam ertappt. „Von wem?"
Er bewegte ausweichend die Schultern. „Ja weischt, von verschiedenen Stellen,
Al Ghossarah hat für einen Züchterkollegen angefragt, die Tierklinik hätte Bedarf und Jan würde uns auch Kunden schicken."
„Aha?!?" Ich nickte langsam. „Da schau her. – Gehen wir dann weiter?"
Tom stand auf und reichte mir seine Hand. „Klar. Denk mal in Ruhe darüber nach, Marie. Ich weiß selber nicht, ob es machbar wäre."

Ich trat eben aus dem Gatter vom Paddock, wo ich die Fohlen nach unserem Spaziergang gefüttert hatte. Tom kam mir mit meinem Handy in der Hand aus dem Haus entgegen.
„Es ist Centa!"
Erstaunt nahm ich ihm das Telefon ab. Centa rief sonst so gut wie nie auf dem Handy an.
„Hi, Centa, alles in Ordnung?"
„Ja, ja, scho. Ich dachte nur, ihr seids noch unterwegs, weil ich euch vorhin hab hochlaufen sehen, deswegen dachte ich, ich melde mich auf deinem Handy." Mit einem Grinsen hockte ich mich auf die Bank. Centas Augen entging nichts, was sich rund um den Hof bewegte.
„Wir sind eben heimgekommen."
„Du, Marie", sie klang aufgeregt, „vor dem Stadel steht ein fremdes Auto, schon seit Stunden. Es hat ein Münchner Kennzeichen. Aber niemand ist zu sehen. Erwartest du Besuch?"
„Hoi? Nein, nicht dass ich wüsste. Aus München?" In meinem Nacken kribbelte es unangenehm. In München hatte ich nur noch Sylvie und Jan, ansonsten war mir von meinem früheren Leben zum Glück nichts geblieben. Was aber, wenn Karsten, aus welchen unerfindlichen Gründen auch immer, geruhte, hier aufzutauchen? Hektisch rieb ich mir die Stirn.
„Ja, ja, irgendein VW, wenn ich es richtig gesehen habe, Polo oder Golf."
Tom setzte sich neben mir auf die Bank und zog fragend eine Braue hoch, ich zuckte die Schultern. „Keine Ahnung, Centa. Aber ich schaue einfach mal nach, okay?"

„Isch reacht, Marie. Meldscht dich dann, ja?“
„Mache ich, servus Centa.“ Ratlos schaute ich Tom an. „Da steht ein fremdes Auto vor meinem Stadel und das wohl schon länger. Ich gehe mal hoch und schaue, wer da ist.“
„Dein Ex?“ Toms Gesicht war ausdruckslos.
„Ich fürchte fast.“
Er nickte ergeben. „Soll ich sicherheitshalber mitkommen?“
„Nein, Unsinn“, ich küsste ihn flüchtig, „ich nehme Caspar mit und den Rest schaffe ich schon alleine.“
Er nickte wieder. „Mach nur, Marie. Aber pass auf dich auf.“
Tief Luft holend stand ich auf. „Keine Sorge, Tom. Ciao.“
Ich pfiff nach Caspar, der trotz des langen Spazierganges sofort für einen weiteren bereit war. Im Stechschritt hastete ich die Wiesen hinauf, Caspar wetzte vorweg. Was konnte Karsten wollen, wenn er es tatsächlich war? Woher wusste er überhaupt, wo ich mich aufhielt? Okay, ich schnaufte vom steilen Anstieg, ich stand im Telefonbuch, denn ich war ja selbständig, da musste man auffindbar sein. Dumm gelaufen. Hoffentlich hatte er wenigstens Claudia daheim gelassen.
Auf meiner Terrasse saß wirklich ein Mensch, im Gegenlicht konnte ich aber noch nicht mehr erkennen, und ein Auto stand in der Auffahrt. So resolut wie möglich, gemessenen Schrittes mit Caspar bei Fuß trat ich näher. Ich verkniff es mir, die Augen gegen die Sonne abzuschirmen, damit ich genauer sehen konnte, doch noch bevor ich die Hügelkuppe erreichte, war mir klar, dass dort kein Mann saß, dafür war die Gestalt zu schmal. Also nicht Karsten, ich holte vorsichtig Luft. Wer dann?
„Sylvie?“ Caspar sprang freudig auf sie zu. „Verdammt! Wieso sitzt du hier herum?“ Meine Ängste lösten sich in Ärger auf. „Warum hast du nicht angerufen, dass du kommst?“
Sylvie rückte sich völlig unbeeindruckt ihre Sonnenbrille zurecht. „Moin Marie, schön dich zu sehen. Warum muss man sich als beste Freundin anmelden? Außerdem spricht sich in euren Kuhkäffern doch sofort herum, wenn ein fremdes Auto wo herumsteht. Die Gebühreneinheiten konnte ich mir ruhigen Gewissens sparen.“
Solche Sprüche brachten mich immer an den Rand von aggressiven Übersprungshandlungen, ich hätte sie würgen können. Caspar tanzte dagegen im Freudentaumel um sie

herum, was sie huldvoll zur Kenntnis nahm. Mühsam beherrscht ließ ich mich neben ihr auf die Bank fallen. „In wie vielen Landstrichen hast du heute schon mit deiner Coolness die nächste Eiszeit eingeläutet? Kommen wir dank dir noch einmal am Klimakollaps vorbei?"
„Oh, so viel Sarkasmus, das klingt, als sei unsere Marie ärgerlich." Sie rückte ihre überdimensionierte Sonnenbrille zurecht.
Scheu fasste ich nach dem scheußlichen Teil auf ihrer Nase und lupfte es leicht an.
„Ja, ich bin ziemlich sauer, denn ich habe befürchtet, dass Karsten hier sitzen könnte."
„Ach der", sie machte eine wegwerfende Handbewegung, „der schiebt demnächst auch einen Kinderwagen, den bist du los."
Fassungslos in zweierlei Hinsicht zog ich ihr die Brille weg. Sylvies Augen unter der Sonnenbrille waren rot verquollen, verheult und wund. „Sieht scheiße aus, was? Sprich's nur aus, Marie."
„Keine Ahnung, wie Claudia sich schwanger macht, interessiert mich auch nicht", ich zog sie mit einem schiefen Grinsen an mich, „und wie geht es dir? Ich habe dauernd versucht dich zu erreichen."
„Jan war die ganze Nacht bei ihr."
„Hä? Was? Bei Claudia?" In meinem Hirn krachten unpassende Puzzelstücke aufeinander, Sylvie schaute mich von der Seite an, als sei ich total begriffsstutzig. „Wieso bei Claudia, ne, natürlich nicht." Sie versteifte sich in meinen Armen, rückte etwas von mir ab. „Nein, er war bei seiner neuen, habe ich dir doch erzählt."
„Moment Sylvie", ich hob kapitulierend die Hände, „das Einzige, an was ich mich erinnern kann, ist, dass Jan überlegt, einer ehemaligen Kommilitonin und wohl auch Freundin eine Teilhaberschaft in seiner Praxis zu verkaufen. Von einer neuen Beziehung war keine Rede."
Harsch griff Sylvie nach der Brille in ihrem Schoß und stülpte sie sich über. Tränen rannen unter ihrem Rand hervor, sie schluchzte. „Ich habe es vom ersten Moment an gewusst und ich habe es dir auch erzählt."
Wie auch immer, ich zog sie wieder an mich, hielt sie fest.

Diese kleinen Eifersüchteleien, diese kleinen Ängste hatte ich tatsächlich nicht richtig ernst genommen. Aber Jan und fremdgehen? Das schienen mit zwei Dinge, die nicht zusammenpassten. „Was genau ist eigentlich passiert, Sylvie. Was ist mit deiner Schwangerschaft?"
„Dieses Etwas in mir ist noch da, das ist ja an allem schuld." Sie presste zornig ihre Hände gegen ihren Bauch, ich zog sie weg. „Das ist schuld, dass ich so scheiße aussehe und sie so schön ist. Es ist schuld, dass es mir schlecht geht. Es ist auch schuld, dass Jan letzte Nacht gegangen ist."
Das war mir entschieden zu viel Schuld und noch mehr unfaires Selbstmitleid. „Reiß dich zusammen, Sylvie", knurrte ich ärgerlich, „dieses Baby ist nicht von selber in deinen Bauch gekommen und insofern ist es nicht schuld an der Misere. Pack dir an deine und an Jans Nase! – Ich mache uns jetzt einen Tee und du erzählst mir endlich was wirklich passiert ist." Im gleichen Moment klingelte mein Handy, es war Tom. Ich stand auf.
„Alles okay, Marie?" Unüberhörbar war er in Sorge.
„Ja, ja, alles in Ordnung", beruhigte ich und lief ums Haus herum, um die Haustür aufzuschließen, „Sylvie ist da, nicht Karsten. Sie hat Stress mit Jan, wir reden jetzt erst einmal."
Er seufzte. „Uff, dann richte ich mal das Gästezimmer her. Bis nachher."
„Danke Tom, ciao."
Das Gefühl, als ich in mein eigenes Wohnzimmer trat, war schon recht gespalten, denn es lagen noch die Scherben von meiner runtergeworfenen Teetasse am Boden, samt eingetrockneter Teelache, die Decke lag zerknüllt am Ofen, die alten Handtücher der Tiere davor. Schon seltsam, ich war seit jenem Sturmtag nicht mehr daheim gewesen und bis auf den einen Abend, an dem Tom gegrantelt hatte, hatte ich mein Zuhause nicht wirklich vermisst. Vielleicht sollte ich mir langsam ernsthaft Gedanken darüber machen, welche meiner Sachen ich wo in Toms Haus unterbringen konnte. Viel war es ja eh nicht.
Ich öffnete die Terrassentür, Caspar stürzte sich auf seinen Wassernapf, der aber leider mittlerweile ausgetrocknet war. Ich füllte ihn neu, setzte Teewasser auf und räumte Decke und Handtücher weg.
„Sind Kekse und Schokolade okay, Sylvie?" Ich schaute kurz

zu ihr hinaus. Besser ich fragte vorher, bevor ihr von dem Anblick schlecht wurde. Sie nickte. „Und bitte viiieeel Zucker in den Tee." „Aha?"
Mit Tassen, Kanne und Süßigkeiten auf dem Tablett trat ich wieder auf die Terrasse.
„Echt Marie, schwanger sein ist die Hölle!" Sie angelte sofort nach einem der fettigen Butterkekse und noch ehe Caspar ihr einen bettelnden Blick schicken konnte, war der Keks schon in ihrem Mund verschwunden. Caspar schleckte sich empört und fassungslos das Maul. „Versuch es gar nicht erst, Caspar!" Ich wies ihn mit einer Handbewegung vom Tisch, betteln konnte ich nun einmal nicht leiden, und setzte mich wieder neben Sylvie. „Man könnte es fast glauben", erwiderte ich mit einem kritischen Blick in ihr Gesicht, „wenn man dich so sieht. Wo es doch immer heißt, dass man blühend, strahlend, schön und total gesund aussieht, wenn man schwanger ist."
„Pfff", sie verdrehte ihre verquollenen Augen, „vergiss es, alles nur hohles Gelaber der Politiker, die potentielle Nachwuchs-Wähler und Rentensicherer brauchen. Nein, man wird fett, hässlich, aufgedunsen, man kriegt splissige Haare und schlechte Zähne. Dauernd ist einem schlecht, man lernt routiniert zu kotzen, ne, und dieser Atombusen macht mich noch ganz krank." Sie zerrte wütend an ihrem BH, der ihren wirklich offensichtlich größer gewordenen Busen nur noch mehr überquellen ließ.
„Na ja, Busen wäre mal ne feine Sache." Ich schaute grinsend an mir runter. „Nüscht."
„Dann investier lieber in einen Satz Silikonkissen. Da weißt du wenigstens, was du kriegst. Bei einem Kind ist das ein Überraschungspaket ohne Retourenschein."
Abwehrend hob ich beide Hände und schenkte uns endlich den Tee ein. „Ne, lass mal gut sein, beide Varianten sind nicht so mein Ding. – Aber jetzt erzähl endlich, was genau gestern und letzte Nacht geschehen ist."
Mit einem Schniefer rührte sich Sylvie diverse Löffel Zucker in ihren Tee und je ein Keks wanderte in ihren Mund und in Caspars Gierschlund. „Ich weiß nicht, Marie, kriegt der arme Kerl eigentlich genug zu fressen? Dauernd ist der hungrig."
„Nein, kriegt er nicht", ich nahm Sylvie den Keks aus der

Hand, den sie gerade an Caspar verfüttern wollte, „denn Caspar würde fressen, bis er platzt. Das wäre nicht so rasend gesund. Es gibt keine Kekse mehr für ihn, basta!"
Wenn Blicke jemanden in eine Rabenmutter verwandeln könnten, dann hätte mich in diesem Moment das Schicksal doppelt ereilt, doch ich blieb hart. „Zur Sache, Sylvie!"
Sie verzog verständnislos den Mund und griff sich ein Stück Schokolade. „Okay, aber du bist echt hartherzig. – Mein Frauenarzt hat sich um zwei Wochen verrechnet. Ich bin nicht in der zwölften, sondern jetzt Anfang der zehnten Woche."
„Aha, das spricht mal nicht für den Arzt. Aber was bedeutet das sonst noch?"
„Das bedeutet, dass ich einen Abtreibungstermin für nächsten Mittwoch habe." Sie sprach diesen Satz so beiläufig aus, als hätte sie sich eine neue Zehnerkarte für das Sonnenstudio gekauft. Mir fiel mal wieder alles aus dem Gesicht. Es war das erste Mal in meinem Leben, dass ich mit diesem Thema konfrontiert wurde, noch dazu von meiner besten Freundin.
„Du hast was?"
„Tja, ich bin sofort nach dem Arzttermin zur nächsten Beratungsstelle gehetzt, habe mich darüber aufklären lassen, wie man verhütet, was Verantwortung bedeutet, mich moralisch niederkeulen lassen, so dass ich jetzt weiß, was für ein Abschaum ich bin, und am nächsten Tag hatte ich meinen Termin."
Ich war sprachlos, schnappte ungläubig nach Luft. In welcher Welt lebte ich eigentlich? Wenn es um Abtreibung ging, hatte ich bisher an krasse Notfälle gedacht, Frauen, die niemanden hatten, Arbeitslosigkeit, Vergewaltigungen, doch nicht an Menschen, wie Sylvie und Jan, denen es eigentlich an nichts fehlte, außer an einem akuten Kinderwunsch. Andererseits, durfte man einem Kind eine solche Mutter zumuten? Ich rieb mir verwirrt die Stirn. „Wie konnte das alles überhaupt passieren, Sylvie?"
„Geschluderte Pille, dumm gelaufen."
Geschluderte Pille passierte mir auch, ich verzog das Gesicht, womöglich sollte ich mit Tom noch einmal über Verhütung reden. „Mist, das ist echt dumm gelaufen. Aber Jan will nach wie vor, dass ihr das Kind bekommt, oder? Weiß er von diesem Abtreibungstermin?"

Das Wort wollte mir fast nicht über die Lippen, es klang rasend gewalttätig. Sie griff nach ihrer Sonnenbrille, die auf dem Tisch lag und trank gemächlich einen Schluck Tee. Alles Show, ich strich ihr sanft über die Schulter, jetzt kam anscheinend der harte Teil der Geschichte. „Jan freut sich darauf, er ist total glücklich. Klar weiß er, dass es diesen Termin gibt." Sie holte tief Luft, Tränen rannen ihr unter der Brille über die Wangen. „Die beiden Tage, wo ich das alles organisiert habe, war er dauernd unterwegs wegen dieser dämlichen Teilhaberschaft, natürlich mit ihr zusammen. Außerdem hat er nachts Notdienst gehabt. Wie sollte ich da mit ihm reden? Und die Zeit drängte halt. Gestern Abend habe ich es ihm dann gesagt. Er dachte erst, ich mache Witze, ha, ha, aber dann wurde er richtig wütend, brüllte, dass er als Vater auch ein Recht darauf habe, mit zu entscheiden und er habe es satt, dass wir Weiber da machen könnten, was wir wollten. Entweder, er wäre der Depp, der zahlen müsste, wenn ich das Kind gegen seinen Willen bekäme oder er ist der Depp, der das Kind gerne mit mir zusammen bekäme und ich treibe gegen seinen Willen ab."
Ich brummelte leise Verständnis, denn da hatte Jan nicht unrecht. Sylvie quittierte das mit einem eisigen Blick. „Ich habe ihm dafür gesagt, dass mein Bauch mir gehört und es meine Entscheidung ist." Sie stopfte sich einen weiteren Keks in den Mund und hielt Caspar demonstrativ einen hin, ich seufzte. „Diese alten Sponti-Sprüche sind echt scheiße, Sylvie."
„Na und? Auch nicht schlimmer als sein Macho-Palaver. Egal, jedenfalls rief dann mal wieder seine neue Kerze an, weil sie ein unaufschiebbares Problem mit einem der Formulare hatte, das sofort nach Lösung schrie. Also hat Jan seine Sachen gepackt, mich vor die Entscheidung gestellt, Abtreibung oder er, und ist zu ihr gegangen. Er kam erst heute Morgen in die Praxis. Und ich weiß, wie Jan aussieht, wenn er eine geile Nacht hatte."
Ungläubig schüttelte ich den Kopf. „Ach was, Sylvie. Nicht Jan. Er würde dir doch nicht Familie anbieten, wenn er sofort danach ins nächste Bett hüpfen wollte."
„Sie hat ihn bestimmt nur trösten wollen und da ist es halt so passiert." Sie versuchte es mit Sarkasmus, scheiterte aber total. Ich nahm sie in die Arme. „Diese Frau ist so schön", schluchzte

Sylvie, „so edel und geheimnisvoll, wo ich nur noch hässlich bin und total peinlich gegen die. Sie passt viel besser zu Jan. Sie ist Tierärztin, ich bin Künstlerin. Jans Mutter wird begeistert von ihr sein. Sicher will sie auch eine Familie mit vielen Kindern haben, haufenweise reizende Tiere, so wie das bei allen Tierärzten ist. Was will Jan da mit mir schräger Ziege?“ Sanft wiegte ich sie im Arm. „Jan liebt dich, Sylvie, und wenn das damals im Studium mit der anderen so toll gewesen wäre, dann hätten sie sich sicherlich nicht getrennt, sondern wären noch zusammen. Aber Jan ist mit dir zusammen und will es auch offensichtlich bleiben. Du hattest dich doch eigentlich schon mit diesem Kind arrangiert, oder? Wieso jetzt doch Abtreibung?“ Sie schluchzte und heulte, unfähig ein Wort zu sagen, also hielt ich sie erst einmal fest, bis sie sich abrupt losmachte und durchs Wohnzimmer ins Bad stürzte. Ich hörte sie würgen. Na super, dachte ich, wenn jede Schwangerschaft so war, dann war es wirklich erstaunlich, dass es doch noch so viele Freiwillige gab, die das auf sich nahmen, anstatt die Menschheit eiskalt aussterben zu lassen. Als Sylvie zurückkam, hatte ihr Gesicht noch immer eine grau-grünliche Farbe, unter ihren Augen lagen schwarze Schatten. „Ich bin so müde“, stöhnte sie, ließ sich neben mir auf die Bank fallen, „so unendlich müde, und ich will nur noch, dass das aufhört. Es hört aber nur auf, wenn ich abtreibe, ansonsten geht es bis ans Ende meines Lebens so weiter. Das halte ich nicht aus.“
„Na ja, die Übelkeit wird sicher nicht so lange anhalten und der Rest ist vielleicht gar nicht so bestialisch schlimm? Gibt es nicht eine berühmte Künstlerin, die Familie und Karriere unter eine Palette gebracht hat?“ Ich knuffte sie aufmunternd in die Seite, sie seufzte und lehnte sich an mich. „Vielleicht gibt es eine, aber die war sicherlich nicht berühmt. Und ich will unbedingt berühmt werden, am besten noch zu Lebzeiten.“
„Egal“, ich stemmte sie von mir weg, „Tom hat dir das Gästezimmer hergerichtet und er kocht uns bestimmt ein feines Abendessen. Danach mit Abstand mal alles überdenken, schlafen, ausruhen und bis Mittwoch wird sich schon eine Entscheidung ergeben. Lass uns mal gehen.“
Sie zögerte. „Ich will euch aber nicht auf die Nerven gehen.“
„Gehst du auch nicht. Komm endlich.“

13. Kapitel
Der Termin

Der Abend wurde wider Erwarten recht lustig und entspannt, wenn man mal davon absah, dass Sylvie ihre Spaghetti der Toilette opferte und sich daraufhin gleich eine neue Portion reinschaufelte. Tom hatte sie herzlicher empfangen, als wir beide das je erwartet hätten und auch so gab er sich angenehm zurückhaltend und aufmerksam. Sylvie war tatsächlich begeistert von unseren beiden neuen Mitbewohnern und völlig baff, wie Alina sich entwickelt hatte. Recht früh stapfte sie die Treppe hinauf in ihr Zimmer, um schlafen zu gehen.
„Ach übrigens, Marie", rief sie von halber Höhe herab, „wag es Jan zu erzählen, wo ich bin. Dann kündige ich dir die Freundschaft auf."
Mit unseren Gläsern in der Hand, auf dem Weg in die Küche blieb ich stehen. „Wie jetzt, Jan weiß nicht, wo du bist?"
Sie zuckte nachlässig die Schultern und stieg vollends die Treppe hinauf. „Natürlich nicht."
Toms und mein Blick trafen sich. Tom tippte sich bezeichnend gegen die Stirn, ich nickte.
Gemeinsam gingen wir eine letzte Runde mit Caspar ums Haus.
„Was meinst du, wie lange wir sie jetzt am Hals haben?" Tom grinste, um seinen Worten die Schärfe zu nehmen. Lachend küsste ich ihn auf die Wange. „Das nennt man dann Freundschaft. – Längstens bis Dienstag oder Mittwoch, denn da hat sie ja diesen fragwürdigen Termin."
Er grunzte. „Meinst du, sie macht das?"
„Keine Ahnung, aber ich halte es für durchaus möglich."
„Und Jan?"
„Pfff", ich blieb nachdenklich im Hof stehen und starrte in den sternenklaren Himmel, „vorgestern Abend hat er sie wohl vor die Wahl gestellt, er oder Abtreibung. Keine Ahnung, was er wirklich machen würde, wenn es so wäre. – Ich füttere jetzt noch schnell und dann will ich ins Bett."
Tom nahm mich seltsam ernst in die Arme, unsere Blicke trafen sich.
„Ja?"

Er bewegte unschlüssig die Schultern. „Ich frage mich gerade, wie wir mit so einer Situation umgehen würden?"
„Oh bitte nicht, Tom, ehrlich."
„Doch Marie. Wir haben zwar noch nie darüber gesprochen, doch ich gehe mal davon aus, dass du in absehbarer Zeit genauso wenig eine Familie einplanst, wie ich, oder?" Ich nickte ansatzweise genervt. „Wie also würden wir damit umgehen, plötzlich schwanger zu sein?"
Ich seufzte. „Erstens wäre ich alleine schwanger und zweitens würde ich mal hoffentlich nicht so elendig kotzen wie Sylvie."
„Marie!"
Notgedrungen machte ich mich ein wenig von ihm los. „Ich weiß es nicht, Tom. Irgendwie kann ich Sylvie schon verstehen. Aber wahrscheinlich würde ich eine Abtreibung nur fertigbringen, wenn ich in einer dramatischen Notsituation wäre."
Er nickte lächelnd. „Passt scho, Marie, so sehe ich das auch. Und wahrscheinlich ist der Unterschied zwischen einem vier- und einem zweibeinigen Welpen nicht so rasend groß."
„Möglich, aber man hat ihn länger am Hals."

Es war schon Vormittag, als Sylvie endlich in der Küche auftauchte. Tom hätte bei ihrem Anblick sicherlich gesagt, dass sie aussähe wie ein vermähter Frosch. Sie sah elend aus. Wortlos schob ich ihr einen Becher mit dem Kräutertee über den Tisch, den Centa mir morgens für Sylvie vorbeigebracht hatte. Angeblich sollte er gut gegen Schwangerschaftsbeschwerden sein. Sylvie schnüffelte argwöhnisch an der graugrünen Brühe und zog angeekelt die Nase kraus. „Was ist das?"
„Kräutertee für dich von Centa. Hilft gegen Übelkeit."
„Das glaube ich gern, dass der gegen Übelkeit hilft, denn davon übergibt man sich sicher schon, bevor einem überhaupt übel werden kann. Igitt." Sie schob die Tasse von sich fort und plumpste auf einen Stuhl. Mürrisch glitt ihr Blick über den Frühstückstisch, anscheinend fanden weder Semmel noch Marmelade Gnade vor ihrem schwangeren Auge.
„Kaffee?", bot ich an. „Schwarzer Tee? Spiegeleier?"
Sie wurde schlagartig noch eine Spur blasser. „Marie, bitte, halt den Mund, sonst spucke ich dir gleich über den Tisch.

Kaffee und schwarzer Tee sind Gift für ungeborene Babys."
„In Anbetracht dessen, was ihm am Mittwoch droht, ist das ja wohl egal, oder? – Was möchtest du stattdessen essen und trinken?"
Ein wütender Blick durchlöcherte mich, harsch griff sie erneut nach der Tasse mit dem Kräutertee und einer trockenen Semmel. „Nix."
Kapitulierend hob ich die Hände. „Mach nur Sylvie. Falls du davon abgesehen einen neuen Job brauchst, dann biete dich doch einfach in irgendeinem Krisengebiet als reines TNT an."
Wider Willen musste sie grinsen. „Schon krass, Marie, man sollte ja meinen, dass einer Frau, die mit einem Typen wie Tom zusammenlebt, der Humor total abhanden kommt, doch bei dir ist es genau umgekehrt, du wirst noch richtig witzig, super."
„Du bist blöd, Sylvie", ich grinste, hockte mich ihr gegenüber an den Tisch, „und ich bin sicher, dass dir mit Tom noch nie langweilig geworden ist und du immer was zu lachen hattest, oder?"
„Stimmt. Und es ist auch total lieb von euch, dass ich hier unterkriechen darf." Sie seufzte und ein schiefes Grinsen traf mich von unten herauf. „Danke. Wo ist Tom überhaupt?"
„Bei einem Kunden, der ein neues Pferd hat. Er kommt heute auch erst am frühen Nachmittag wieder."
Bedächtig nagte sie an der Semmel herum. „Läuft denn jetzt halbwegs alles mit den Fohlen?" Ich nickte. „Läuft prima. Du kannst mir gleich beim Füttern und Ausmisten helfen."
Mit einer zweiten Semmel in der Hand stiefelte Sylvie kurz darauf neben mir her zum Stall. In der Hoffnung, einen Brocken abzubekommen, hüpfte Caspar mit Bettelblick um sie herum. Er bettelte nicht umsonst. Ich warf Sylvie einen warnenden Blick zu, den sie geflissentlich ignorierte. Vor der Box drückte ich ihr eine der mittlerweile recht großen Flaschen in die Hand. „Die gibst du Samira, ich nehme Alina." Bevor sie protestieren konnte, schob ich die Tür auf, hinter der die hungrigen Mäuler schon lauerten, um wie die Geier über uns herzufallen. Rigoros drückte ich die beiden zurück. „Benehmt euch", sagte ich streng, „sonst gibt euch Sylvie nie wieder etwas zu fressen."
„Das tut sie auch so nicht!" Sylvie verbarrikadierte sich hinter mir. „Das grenzt ja an Selbstmord!"

„Ach was“, ich griff nach Alinas Nase und zog sie zu mir herüber, „gib dem Gierschlund einfach, was er haben will und dann ist Ruhe.“
Mit einem Plopp verschwand der Sauger in Alinas Maul, ich packte trotzdem mit einer Hand gerade noch rechtzeitig Floris Halfter, bevor sie ihre Zähne in Sylvies drallen Hintern schlagen konnte. „Schaff dieses Monster weg, Marie!“ Eisern hielt sie mit beiden Händen die Milchflasche, an deren anderem Ende Samira vehement nuckelte. „Keine Panik.“
Alina war wie immer als Erste mit ihrer Flasche fertig und das, wo sie doch gut einen halben Liter mehr bekam als Samira, und selbst damit schien sie nie richtig satt zu sein. Da hatte sie etwas mit Caspar gemein. Während also Sylvie noch mit Samira beschäftigt war, ließ ich die beiden Alten hinaus auf den Paddock, wo sie sich synchron in die Häcksel warfen, um sich zu wälzen. Dann holte ich die alte Schubkarre und zwei Mistgabeln und schob alles in die Box. Sylvie stand am Tor zum Paddock. „Hier“, ich drückte ihr grinsend eine der Mistgabeln in die Hände, „zu zweit geht es schneller.“
„Spinnst du? Ich bin schwanger! Ich darf doch jetzt keine schwere Arbeit machen.“
Einen Moment lang musterte ich sie abwägend. Was ging da in ihr vor? Zog sie eine Show ab? Benutzte sie die Schwangerschaft als Schutzschild für alles? „Schwanger ist nicht krank, Sylvie“, erwiderte ich ernst, „und was soll diese dauernde Besorgnis, wenn du am Mittwoch eh abtreibst?“
Wütend rammte sie die Mistgabel ins Stroh. „Na und? Dann soll es ihm wenigstens bis dahin gut gehen.“
„Findest du nicht auch, dass diese Einstellung moralisch mehr als fragwürdig ist?“
„Mag sein, aber du hast ja auch keine Ahnung, wie das ist. All diese wirren Gefühle, nicht mehr allein mit sich sein. Immer wissen, dass da noch jemand in dir ist. Du willst dieses Ding nicht haben, aber trotzdem hast du es irgendwie rasend gern. Es ist ein Teil von dir, der trotzdem nicht du bist. Ich werde noch irre darüber.“ Aufgebracht schleuderte sie den Mist in die Karre, ich konnte gerade noch einer Ladung ausweichen und musste trotz des ernsten Themas schallend lachen. Verwirrt starrte Sylvie mich an, ich nahm sie in die Arme, lachte, dass

mir die Tränen aus den Augen liefen. Zögernd fiel sie in mein Lachen ein.
„Ach Marie, kannst du dir mich als Mutter vorstellen?"
„Ne, Sylvie, absolut nicht. Aber wahrscheinlich würde es genau deswegen funktionieren."

Tom kam früher als erwartet. Wir saßen draußen in der Sonne, Sylvie hatte Melchior auf dem Schoß, Caspar hechtete über den Hof, als Tom ausstieg. Man sah ihm seine gute Laune regelrecht an. „Ich war noch kurz beim Bader Toni", ein verschwitzter Kuss landete auf meinen Lippen und Tom hockte sich vor uns hin, „mal schauen, was der Dicke von ihm macht. Die beiden sind schon ein perfektes Team, der Wallach ist ein Prachtkerl. Übrigens muss ich morgen zur Alpe vom alten Köberle. Da brauche ich Hilfe, Sylvie. Wie wär's? Ist ja immerhin dein Fast-Schwiegervater."
Sylvies entgeisterter Blick war filmreif. „Was?"
„Im Ernst. Ist nicht viel Arbeit, ich schaue nur die Herde grob durch. Aber dafür brauche ich Hilfe. Marie muss hier bei unseren Pferden bleiben, also bleibst nur du übrig."
„Du bist echt meschugge, Tom", sie wischte sich bezeichnend vor dem Gesicht herum, „ihr seid beide total irre."
„Prima. Also morgen um sieben geht es los. Und so wie es aussieht, muss ich mich jetzt auch noch um das Sonntagsmittagessen kümmern."

Sylvie stand tatsächlich pünktlich um halb sieben bei uns in der Küche. Sie sah schrecklich aus, doch sie lächelte tapfer, als ich ihr eine Tasse Kräutertee in die Hand drückte. Ich war mir nicht sicher, ob Toms Idee so klug gewesen war. Was, wenn sie da oben in Tiefenbach umkippte oder eine Fehlgeburt erlitt oder getreten wurde? Doch Tom war der Meinung, dass Sylvie Ablenkung von ihren Problemen und der Kotzerei brauchte und das ginge am besten, wenn man sich an der frischen Luft bewegte und arbeitete. Sein Wort in Gottes Ohr, dachte ich, zumal er sich wahrscheinlich auch nicht darüber im Klaren war, dass Sylvie noch zickiger als sonst drauf war. Wo die beiden doch eh keine Sekunde zusammen sein konnten, ohne sich verbal zu zerfleischen. Jedenfalls fühlte ich mich mindestens

genauso unwohl, wie Sylvie, als sie in Toms Jeep stieg und er vom Hof fuhr.
Kurz überlegte ich mir, ob ich eine Kerze anzünden sollte, so wie Centa das immer machte, wenn sie besonders nötig den Beistand von oben brauchte, doch ich befürchtete, dass der liebe Gott mir diese Geste nicht wirklich abnehmen würde, also ließ ich es bei einem stillen Bitte-Bitte, bewenden und trat in die Küche zurück, um den Fohlen ihr Frühstück zu machen. Noch während ich überlegte, ob ich mich danach noch einmal ins Bett legen sollte, klingelte mein Handy. In der Annahme, dass es nur Tom sein konnte, denn wer rief sonst in aller Herrgottsfrühe an, nahm ich das Gespräch an, ohne vorher auf das Display zu schauen.
„Marie, verdammt noch mal, weißt du, wo Sylvie ist? Weißt du, wie es ihr geht?“
Nein, das war nicht Tom. Das war Jan, wie ich bestürzt feststellen musste. Mein erster Impuls war, das Handy auszuschalten, aber ich fand den Knopf nicht auf Anhieb.
„Marie, ich mache mir rasend Sorgen um sie. Bitte.“
Ich holte tief Luft. „Guten Morgen Jan.“ Wenn ich jetzt etwas Falsches sagte, geriet ich wie ein armes Getreidekorn zwischen die Mühlsteine und Sylvie würde mir nie verzeihen. „Natürlich weiß ich, wo sie ist“, knurrte ich reichlich in die Enge getrieben, „ich bin schließlich ihre beste Freundin.“ Der Ton, der mich durchs Telefon ereilte, war eine Mischung aus Resignation und Verzweiflung. Von einer Sekunde auf die andere tat Jan mir unendlich leid. „Das heißt nichts. Ich dachte, ich sei ihr bester Freund und weiß trotzdem seit Wochen nicht, was sie macht, denkt, fühlt. – Also, wo ist sie?“
Ich schwieg betreten, starrte ein Loch in die Wand vor mir. „Okay, Jan, sie kündigt mir die Freundschaft, wenn ich es dir sage“, ich gab mir einen Ruck, „aber rate doch einfach mal.“
„In Emden, bei ihren Eltern?“
„Eiskalt.“
„In Berghofen?“ Sein Zögern klang verwirrt.
„Schon sehr warm.“
Ich hörte seine Schritte, wahrscheinlich rannte er durch die Wohnung. „Sie ist bei dir im Stadel! Ich hätte es mir denken können!“
„Hm, fast heiß, aber nicht ganz.“

„Hoi? Ist sie bei euch auf Toms Hof?“
„Kernschmelzung.“
Etwas krachte, ich hielt das Telefon erschrocken vom Ohr. „Na dann“, hörte ich Jan betont ruhig, „geht es ihr gut?“
„Ja, mach dir keine Sorgen. Aber Jan …?“
„Was?“
„Sie glaubt, dass du etwas mit deiner neuen Kollegin hast. Stimmt das?“
Wieder krachte es im Hintergrund, anscheinend trat Jan gegen eine Tür. Er stöhnte zornig.
„Ich kann's echt nicht mehr hören! Marie, glaub mir, es ist absoluter Quatsch. Selbst wenn ich noch etwas von Kristin wollte, was ich ganz sicher nicht mehr will, so würde Kristin gar nicht mitmachen, denn sie ist lesbisch. Sie lebt seit Jahren mit ihrer Freundin zusammen, und wenn, hätte sie eher Interesse an Sylvie, als an mir. Aber Sylvie hat sich da in ihrem Hormonwahn in etwas verrannt. Ich rede bei ihr gegen einen Betonpfeiler.“
Wieder musste ich feststellen, dass ich mich komplett an unser unspektakuläres Landleben gewöhnt hatte, das pralle Leben tobte, wie es schien, woanders. Es war mir fremd geworden. Aber eine lesbische Tierärztin war mal ziemlich abgefahren.
„Na dann“, ich kam mir etwas lächerlich vor, denn zuletzt hatte ich Sylvie fast geglaubt, „die Ausrede ist so schräg, dass sie wahr sein muss, zumal du nicht der klassische Lügner bist. Soll ich Sylvie was von dir ausrichten?“
„Ha, ha, danke für dein gnädiges Vertrauen!“ Er schnaufte. „Sag ihr bitte, dass ich sie liebe, egal was sie am Mittwoch macht. Ich weiß zwar nicht, ob unsere Beziehung eine Abtreibung überlebt, aber ich gebe nicht von vornherein auf. Ich bin für sie da, wenn sie mich braucht.“
„Ich sag's ihr, Jan, danke.“
„Servus, Marie.“ Er drückte mich weg, bevor ich antworten konnte.
Von oben hörte ich Alina aus dem Babyphon randalieren, ich musste mich sputen. Völlig durcheinander legte ich das Telefon auf den Küchentisch und wärmte hastig die Milch. Die Fohlen saugten hungrig, ich musste die Flaschen mit aller Kraft in meine Hüften stemmen, sonst hätten sie sie mir aus den

Händen gerissen. Vertrackte Sache, ich musste Sylvie Jans Botschaft ausrichten, aber sollte ich Sylvie auch beichten, dass Jan nun wusste, dass sie bei uns war? Würde sie mir glauben, dass diese Kristin keine Gefahr bedeutete, wenn sie Jan schon nicht geglaubt hatte? Und was war, wenn Jan hier auftauchte? Das sah mir böse nach einem ganzen Nesselfeld aus, in das wir uns da setzen würden, wenn's schiefging. „Dann ist es halt so", sagte ich zu Samira und zog ihr die leere Flasche aus dem Maul, „Freundschaft ist, sich für sie in die Nesseln zu setzen." Trotzdem war mir nicht wirklich wohl bei dem Gedanken. Und Sylvie hatte nur noch einen Tag, um sich zu entscheiden.
Mit reichlich unbehaglich gemischten Gefühlen hörte ich vom Wohnzimmer aus, wie Tom am frühen Nachmittag auf den Hof fuhr. Eines war klar, ich musste eine Minute abpassen, in der ich Sylvie alleine Jans Worte ausrichten konnte, alles andere würde peinlich für sie werden. Und Tom wiederum musste ich von dem Telefonat erzählen, ohne dass Sylvie es mitbekam. Solche Geheimniskrämerei war entschieden nicht mein Ding. Mit einem Seufzer klappte ich mein Notebook zu, genug der Büroarbeit, und ging den beiden zur Tür entgegen. Dabei prallte ich fast auf Sylvie, die wie aus dem Boden gewachsen vor mir stand. „Marie", sie fiel mir mit strahlendem Gesicht um den Hals, „das war mit Abstand der schönste Tag mit dreckigen Pferden, den ich je gehabt habe! Wo ich doch solche Angst vor Pferden habe!"
Unleugbar war mit Sylvie etwas geschehen. Vor mir stand nicht mehr die von Schwangerschaft und Sorgen verhärmte Frau, die heute Morgen erschöpft bei uns am Küchentisch gehangen hatte, sondern eine blühende, schöne Frau. „Und jetzt habe ich Hunger! Und ich habe heute noch kein einziges Mal gespuckt!" Sie schob mich lachend zur Seite und trat in die Küche. „Heute koche ich!"
Fragend schaute ich Tom an. „Hat die nen Höhenkoller?"
„Eher Pferdewahn", Tom zog mich fest an sich und küsste mich, „wir hatten viel Spaß, sogar den Hans hat sie um die Finger gewickelt. Aber ich habe die ganze Zeit nur an dich gedacht und wie wir damals zusammen oben waren."
Ich holte tief Luft, Tom roch nach Wald und Pferden, nach Kaminrauch und frischer Erde.

„Das war einer der schönsten Tage meines Lebens, wie bei Sylvie auch. Ich konnte fast nicht glauben, dass es so eine paradiesische Wiese in Wirklichkeit gibt. Ich war total verschossen in dich. Was wäre wohl gewesen, wenn Caspar uns nicht unseren ersten Kuss verpatzt hätte?"
„Keine Ahnung", Tom lachte leise und wiegte mich sacht, „aber ich habe ihn in diesem Moment echt verflucht. Sobald es wärmer ist, machen wir uns dort oben einen schönen Tag, versprochen. – Wie war es hier?"
Nur unfreiwillig landete ich wieder in der Gegenwart. „Jan hat angerufen, kurz nachdem ihr weg wart. Ich habe ihn erraten lassen, dass Sylvie bei uns ist."
„Hoi, und? Was hat er gesagt?"
Ich zog Tom sicherheitshalber zum Paddock hinüber, nicht dass Sylvie hörte, was ich sagte.
„Er beteuert, dass zwischen ihm und dieser Kollegin nichts ist und nichts sein kann, weil sie lesbisch ist."
Tom prustete los. „Echt jetzt? Da müsste sich Jan ja eher Sorgen um Sylvies Treue machen, oder?"
„Bingo. Aber Sylvie scheint ihm nicht zu glauben."
„Hm, auch verständlich. Hat er was wegen Mittwoch gesagt? Wie geht er damit um?"
Alina kaute genüsslich am Ärmel von Toms Jacke, er kraulte ihr die Ohren. Dieses Thema schien ihn tatsächlich zu beschäftigen.
„Tja", ich zuckte die Schultern, diese Geschichte war zu verworren, „er bietet ihr Beistand an, er liebt sie, aber er weiß nicht, ob ihre Beziehung das überleben würde."
„Der ist schon in Ordnung, der Köberle, echt." Tom zog seinen Jackenärmel aus Alinas Maul. „Lass uns mal reingehen."
Immerhin, mir war zwar nicht klar, was da genau in Tom vorging, doch war ich einen Teil meiner Botschaft schon einmal los. Trotzdem musste ich leise schmunzeln, denn in Erinnerung an unseren Tag auf der Alpe fiel mir auch unweigerlich ein, wie eifersüchtig Tom damals auf Jan gewesen war, nur weil ich mit ihm ausgeritten bin.
„Komisch", sagte ich halblaut zu Toms Rücken, „mir fällt grad ein, dass ich dich noch nie auf einem Pferd gesehen habe."
Ein verdutzter Blick über die Schulter traf mich. „Deine

Gedankensprünge sind manchmal schon seltsam, Marie. Aber falls du wissen willst, ob ich reiten kann, ja, kann ich."

Sylvie fuhrwerkte derweil in der Küche herum, Caspar hockte in perfekter Bettelhaltung so im Weg, dass sie immer um ihn herumlaufen musste und natürlich den ein oder anderen Brocken für den armen, hungrigen Hund fallen ließ. Was ein Hund konnte, das managte Melchior erst recht. Er hatte sich direkt neben die Töpfe auf der Arbeitsplatte postiert. Ich zuckte ergeben die Schultern, was sollte ich da noch tun? Jede Ermahnung an Sylvie oder die Tiere war verpuffte Energie. Tom schüttelte nur den Kopf.

„Brauchste Hilfe, Sylvie?"

Sie wedelte ohne sich umzudrehen abwehrend mit der Hand. „Scher dich weg, Marie, deine Stümperfinger will ich in meinem Essen nicht haben. Deck den Tisch."

Klare Ansage an mich und meine Kochkünste. Tom griemelte, ich gab ihm einen Schubs. Nicht jeder musste kochen können. Bei uns reichte es, dass Tom mehr als sättigende Nahrung bereiten konnte. Wie immer roch es herrlich und mein Magen knurrte vernehmlich. Tom verschwand die Treppe hinauf, die Badezimmertür schnarrte. Perfekt, dachte ich, Tom aus den Füßen, also war der Zeitpunkt gekommen, Sylvie von Jan zu erzählen. Bedächtig nahm ich Teller aus dem Schrank, verteilte sie auf dem Tisch. „Du, Schnecke."

Sie blickte nur flüchtig auf. „Was?"

„Jan hat heute früh angerufen." Raus war's. Sie ging ruckartig hoch, ein scharfer Blick durchbohrte mich. Ich hob die Hände. „Von mir weiß er nicht, dass du hier bist. Hat's wohl gleich geahnt." Unbemerkt kreuzte ich zwei Finger, Wahrheit war dehnbar. „Hör auf zu lügen, Marie", murrte Sylvie prompt, „du machst das so stümperhaft, wie du kochst. Da müsste ich ja blind sein, wenn ich es nicht sehen würde. Was wollte er?"

„Nennen wir es eine Halbwahrheit. Er wollte wissen, wie es dir geht."

Unwirsch rührte sie in einem ihrer Töpfe herum, Caspar wagte einen Vorstoß und gab Pfötchen. Ich grinste, doch Sylvie sah ihn nur streng an. „Jetzt reicht es denn mal, du Vielfraß." Sie drehte sich zu mir um. „Die Frage hast du ihm hoffentlich beantworten können?"

„Locker“, erwiderte ich und trat langsam näher, „ich soll dir was ausrichten.“
„Behalt’s für dich, Marie, ich will’s nicht wissen, sind eh nur Lügen.“ Sie schob mich mit einer Hand weg. „Hat er dir auch erzählt, dass seine Kerze lesbisch ist? Die Ausrede ist reif fürs Guinnessbuch.“
„Hat er. Und ich sage es dir trotzdem, denn ich glaube ihm mal. Jan ist kein Lügner. Er liebt dich und egal, was du am Mittwoch machst, er wird für dich da sein, wenn du das möchtest. Aber er weiß nicht, ob eure Beziehung eine Abtreibung verkraftet.“
Sie drehte sich in Zeitlupe zu mir um, blanke Wut im Gesicht. „Könnte er nicht gleich sagen: Sylvie, Süße, nett war’s mit dir, danke und tschüss? Was soll das salbungsvolle Geseiber?“
Mit einer resignierten Bewegung legte ich ihr kurz die Hand auf die Schulter. „Lass es gut sein, Sylvie. Wenn du das so siehst, dann ist es vielleicht wirklich besser, wenn du dein Ding und er seins dreht. Das passt so nicht zusammen.“
Meine Worte trafen sie, ich sah es genau, denn ihr traten die Tränen in die Augen. Zornig rieb sie sie weg. Wahrscheinlich hätte ich ihr gut zureden sollen, sie bestätigen, doch das ging bei mir genauso wenig wie lügen. Ich für meinen Teil fand Jans Worte fürsorglich und fair.
„Den Tag hat er mir mal wieder gründlich versaut, der Idiot!“ Sie schniefte.
Was sollte ich dazu noch sagen. Hilflos zuckte ich die Schultern. Oben ging die Badezimmertür, also tauchte Tom auch wieder auf. „Du hast ja noch einen Tag, dir alles zu überlegen. Lass uns essen, das riecht köstlich.“
Tom peilte natürlich sofort, dass wir Mädels nicht nur gekocht, sondern auch dicke Luft produziert hatten. Ich schüttelte unmerklich den Kopf, und wenn es einen Menschen in dieser Welt gab, der die Maske der Ausdruckslosigkeit in Perfektion beherrschte, dann war es Tom. Es war das erste Mal, dass ich diese Fähigkeit zu schätzen wusste.
Aber auch Sylvie besaß ein erstaunliches schauspielerisches Talent, wie ich mal wieder bewundernd feststellen musste. Sie tat, als sei nichts gewesen, und wenn ich sie nicht so gut kennen würde, dann hätte ich es ihr sogar abgenommen.

Tom legte sich nach dem Essen und Füttern ins Bett, Sylvie machte es ihm kurz darauf nach und ich bereitete mich auf meine abendliche Behandlung vor.

Die Stille im Haus tat gut. Ich hätte Sylvie so gerne geholfen, doch ich hatte keinen blassen Schimmer, womit mir das gelingen könnte. Wir waren uns wirklich seltsam fremd geworden, trotz der vielen Stunden, die wir im Moment miteinander verbrachten und trotz der vielen Gespräche. Wieso wollte sie Jan nicht glauben? Warum stieß sie ihn so weg? Mir war das völlig unverständlich.

Draußen spielte Caspar mit den Fohlen. Bei diesem Anblick wurde mir klar, dass ich selber dringend frische Luft brauchte. Also angelte ich mir meine Jacke vom Haken, holte die fünf aus dem Paddock und lief mit ihnen zum Grat hinauf. Es war das erste Mal, dass ich alle frei laufen ließ. Ich war mir sicher, dass Flori ihren Balthasar nie verlassen würde und Balthasar blieb eh bei Caspar und mir. Schüchtern wagte ich mit ihnen zu rennen, so wie Tom das immer machte. Ich setzte mich zögernd in Bewegung, fühlte den Boden unter den Hufen der Pferde beben. Caspar bellte übermütig zu Alinas spitzem Gewieher. Es war wie ein Energieschub, der mich den Hügel hinauftrug, johlend vor Freude zwischen wehenden Mähnen, Caspar an meiner Seite. Samira erreichte als Erste den Grat, sie tanzte auf zwei Beinen über die kleine Lichtung und erwartete uns Nachzügler huldvoll mit stolz gerecktem Kopf. Ich lachte, obwohl ich völlig atemlos war, hielt mir die schmerzenden Seiten. Das war pure Freude. Schade, dass Tom nicht dabei gewesen war.

Nachdenklich starrte ich in die Berge, der Schnee zog sich merklich in die höheren Lagen zurück, der Sommer war eigentlich schon da. Mit Karsten hatte ich selten gemeinsame Freude erlebt. Entweder hatte ich mich für ihn gefreut oder über ihn, oder er sich für mich, doch dass etwas uns beide zum Strahlen bringen konnte, das hatte ich so bewusst nicht erlebt. Es war kein schöner Gedanke, doch in diesem Moment fürchtete ich fast, dass es Sylvie mit Jan ähnlich ging.

Er hatte seine Tiere, sie ihre Bilder, und ich fand es beinahe bedenklich, dass Sylvie heute das erste Mal Spaß an Pferden gehabt hatte, wo Jan doch selber mehrere Pferde besaß. Ging es deswegen auch mit dem Baby schief? War es Jans Freude?

Und Sylvies Hemmschuh? Gut möglich, dachte ich und behielt meine kleine Herde im Blick. Alina war anfangs auch nur Toms Freude gewesen und dazu da, meine Nerven zu schrotten. Aber wir hatten das Problem in den Griff bekommen. Allerdings gehörten zwei zur Lösung und wie mir schien, war bei ihnen bestenfalls einer ein wenig beteiligt. Spätestens in zwei Tagen würden wir sehen, wie es weiterging.

14. Kapitel
Jolly Jumper

Bis ich mich abends zu meinem Behandlungstermin zur alten Frau Huber aufmachte, rührte sich nichts im Haus. Tom schlief, Sylvie verbarrikadierte sich im Gästezimmer. Ich ließ sie beide in Ruhe, machte mich mit Caspar zu Fuß auf den Weg nach Sonthofen hinunter. Bei der alten Huber wurde es immer etwas später, denn Caspar brauchte seine diversen Leckerchen, während ich mir die alten Geschichten anhörte. Und da ich die mochte, wurde es mir auch nicht langweilig. Es war halb acht, als ich mich endlich verabschiedete und die Salzstraße hinauf nach Hause ging.
Im Wohnzimmer brannte Licht, ich sah Tom am Schreibtisch sitzen.
„Wo ist Sylvie?“ Verwundert schaute ich mich um. Sie war weder mit im Wohnzimmer noch in der Küche. Tom zuckte leicht die Schultern. „Ich schätz mal in ihrem Zimmer.“
„Aha?“ Mir war nicht ganz wohl zumute. „Lebt sie noch?“
„Logisch, Marie“, er reichte mir seine Bierflasche, „lass die mal in Ruhe nachdenken. Ich habe euch übrigens heute Nachmittag rennen sehen. Sah stark aus.“
Ich war mit meinen Gedanken noch bei Sylvie, starrte hoch an die Decke, sie musste direkt über uns sein, doch es war nichts zu hören. „Wen hast du rennen sehen?“ Zögernd griff ich nach der Flasche und trank einen großen Schluck.
„Na, dich und die Tiere, als ihr zum Grat hinauf gesprintet seid. Man sah, dass es euch richtig Spaß gemacht hat.“
Ich wurde ein wenig rot, wie immer bei Tom, selbst jetzt noch, wo wir längst zusammen waren und ich seine Komplimente nicht mehr peinlich finden musste. Er grinste, auch wie immer. Linkisch trat ich näher zu ihm, er zog mich auf seinen Schoß und zog mich an sich.
„Es macht unglaublich viel Freude“, erwiderte ich an seinem Hals, „und ich habe heute festgestellt, dass es ein echtes Geschenk ist, dass wir diese Freude miteinander teilen können. Ich fürchte fast, Sylvie und Jan können das nicht.“
Er schnaufte und wiegte mich sanft in seinen Armen. „Weischt, wahrscheinlich können das die wenigsten Paare wirklich,

manche vielleicht teilweise. Die Chance besteht noch, dass Sylvie und Jan es lernen, wobei ich denke, es dürfte eher für Sylvie ein Lernprozess sein."
„Hm. Meinst du, ich sollte mal zu ihr hochgehen?"
Unschlüssig bewegte er die Schultern. „Ich würde es lassen. Ich nehme mal an, du hast ihr heute ein paar Wahrheiten gesagt, die soll sie erst einmal verdauen. Sie wird schon kommen, wenn sie dich braucht."
Ich nickte eher notgedrungen, denn ich war mir nicht sicher, ob Sylvie kommen würde. Andererseits war mir nicht danach, mir eine Abfuhr von ihr zu holen, wenn ich mich jetzt aufdrängte.
„Dann gehe ich jetzt eben füttern."
Den Rest des Abends verbrachte ich mit Toms Büchern auf dem Sofa, immer ein Ohr zur Decke, und da Tom wieder sehr früh Termine hatte, gingen wir entsprechend früh ins Bett.

Eigentlich war es fast nicht zu glauben, doch Sylvie schaffte es, den ganzen Tag bis zum frühen Nachmittag, mir aus dem Weg zu gehen. Manchmal hörte ich sie ins Bad tappen, irgendwie passte sie auch die Zeiten ab, wenn ich im Stall war, um sich in der Küche etwas zu essen zu holen, aber zu Gesicht bekam ich sie nicht. Ich schwankte zwischen dem Gefühl, dass ich das total albern fand und der langsam dämmernden Einsicht, was dieses Verhalten wohl zu bedeuten hatte. Allerdings fragte ich mich, warum sie dann nicht auch endlich heim nach München fuhr? Letztendlich war es doch egal.
Den Nachmittag verbrachte ich im Seniorenheim, erledigte danach unsere Einkäufe und Tom kochte am frühen Abend. Das war der Moment, wo mir die Sache dann doch zu blöd wurde. Wir schlichen durch unser Haus, nur weil Mylady einen auf beleidigt machte und das ging zu weit. Leicht schwelend vor Ärger stapfte ich die Treppe hinauf, klopfte energisch gegen die Tür vom Gästezimmer. „Sylvie, es gibt Abendessen, kommst du?"
„Nein danke, ich habe keinen Hunger!"
Das war die dämlichste Ausrede, die Sylvie gebrauchen konnte, und der unterschwellig jammrige Ton ließ mich den Rest meines Mitgefühls vergessen. Langsam öffnete ich die Tür einen Spalt weit und spinkste ins Zimmer. „Sylvie, erzähl keinen

Mist, du hast immer Hunger. Jetzt hör auf mit dem Jammerlappengehabe und komm essen."
Sie hockte auf einem Stuhl am Fenster, so als hätte sie den ganzen Tag dort gesessen. Abweisend starrte sie mich an.
„Lass mich in Ruhe, Marie!"
Caspar quetschte sich hinter mir durch die Tür, er meinte ja immer, dass er etwas verpassen könnte, und wedelte zu Sylvie ans Fenster. Mit verkniffenem Gesicht rubbelte sie ihm über seinen Kopf. Ich schob mich ebenfalls ins Zimmer, lehnte mich abwartend gegen die Tür.
„Hast du dich entschieden?"
Abrupt schaute sie weg. „Natürlich, ich wusste ja von Anfang an, was ich wollte. Nur alle anderen um mich herum haben mir gesagt, ich müsste eine andere Meinung haben."
Ich schnaubte, so konnte man die Dinge auch sehen. „Und warum bist du dann noch hier? Nicht dass ich dich nicht gerne hier hätte, aber wenn du morgen um zehn in München sein willst, dann wäre es einfacher, heute Abend schon zu fahren."
„Ich will aber nicht nach München fahren!"
Ich war versucht, mir an die Stirn zu tippen, doch stattdessen trat ich langsam zu ihr. Im Dämmerlicht sah ich die Tränen auf ihren Wangen. Leise schwang ich mich auf die schmale Fensterbank und baumelte mit den Füßen. „Musst du aber, wenn du abtreiben willst."
„Ich will aber nicht abtreiben!"
„Ähm, Sylvie", ich fasste sie unter dem Kinn, damit sie mich anschaute, „kann ja sein, dass ich eben etwas falsch verstanden habe, aber wenn du nicht abtreibst, bekommst du dieses Kind."
Sie wand sich aufschluchzend aus meiner Hand. „Ich weiß."
„Und? Was jetzt?"
„Ich weiß es nicht, Marie", sie atmete gequält ein, „ich kann mir kein Kind vorstellen, doch trotzdem möchte ich meine Hände auf meinen Bauch legen und dieses Etwas in mir beschützen. Ich frage mich, ob es ihm gut geht, ob es warm genug ist, es richtig liegt, und dann kriege ich aber auch wieder diese Panik, dass mein Leben vorbei ist, wenn es zur Welt kommt. Dann bin ich nicht mehr Sylvie, nie, nie wieder!"
Ich schwieg, ließ ihr Zeit, dieses Durcheinander in ihr

irgendwie in Worte zu fassen. Wie oft hatte ich selber schon dagesessen und versucht, all diese widerstreitenden Gefühle gegeneinander abzuwägen und zu entscheiden, wie der richtige Weg läuft. Und letztendlich hilft alles Überlegen nichts, denn es kommt doch immer anders, weil das Herz entscheidet.
„Weißt du, Marie“, sie blickte mit einem scheuen Lächeln zu mir hoch, ich blinzelte ihr zu, „ich habe dich immer so um Caspar beneidet. Wenn ihr beide euch anschaut, dann tanzen rote Herzchen um euch herum, das ist total schön. Ich frage mich, ob es mit einem Kind genauso ist. Oder als Tom zwischen diesen Haflingern stand, da sah er so glücklich aus, für jeden hat er ein gutes Wort gehabt, eine Hand zum Kraulen frei. Ich würde das auch so gerne können. Wie liebt man so?“
Ich zuckte die Schultern und blickte zu Caspar, der sich gerade grunzend auf dem weichen Teppich räkelte. „Kann sein, dass es sich mit Kindern ähnlich anfühlt, wie mit Caspar oder den Fohlen. Tom meinte letztens, dass Kinder wahrscheinlich eh nur zweibeinige Welpen sind“, ich grinste leicht, „und für diese Liebe musst du nichts tun, die ist einfach da. Sie ist da, wenn du dir die Hände auf den Bauch legst und dieses Dingsda in dir festhältst.“
„Und Jan?“
Mit einem Rums ging die Tür auf und Tom platzte ins Zimmer. Alle drei fuhren wir erschrocken zusammen, starrten ihn verwirrt an.
„Geht’s noch, Tom?“ Die Grundformen der Höflichkeit waren mir schon immer ein echtes Herzensbedürfnis gewesen und mit solcher Grobklotzigkeit konnte ich nun überhaupt nicht umgehen. Anklopfen war wirklich das Mindeste. Doch Tom reagierte nicht. „Jan hat eben angerufen. Er ist schon unterwegs und bringt uns ein neugeborenes Fohlen, das irgendein Idiot in die Tierklappe beim Tierheim gepackt hat. Er hofft, dass es die Fahrt überlebt.“
Elendige Sekunden lang war es verstörend still im Zimmer, in meinem Kopf ratterten die Gedanken. Das ging von Fassungslosigkeit, über die Frage, wohin mit einem dritten Fohlen und was geschah mit Sylvie, wenn Jan hier auftauchte? Schlagartig fühlte ich mich rasend überfordert.
„Wir müssen jetzt sofort ein paar Sachen vorbereiten, Marie.

So wie ich Jan kenne, braucht der höchstens eine Stunde, bis der hier ist."
„Öhm, ja, natürlich", ziemlich planlos rutschte ich von der Fensterbank herunter, „was ist das für ein Fohlen? Machen wir eine Box fertig?"
„Ich will den Kerl nicht sehen!", fuhr Sylvie aufgebracht dazwischen. „Wenn der hier hoch kommt, dann werde ich hysterisch, echt!"
Toms Augen weiteten sich für einen eisigen Blick lang. „Du bist schon hysterisch, Sylvie, du brauchst es nicht mehr werden. Und je weniger du uns in den Füßen stehst, desto besser. – Es ist wohl sehr klein", fuhr er an mich gewendet fort, „und wohl auch unterkühlt, wir lassen es hier im Haus."
„Okay", ich strich Sylvie entschuldigend über die Wange, „dann mache ich Caspars Körbchen einfach für das Kleine fertig, Wärmflaschen, Rotlicht und Milch." Fragend schaute ich Sylvie an, doch die meinte es offensichtlich ernst damit, dass sie keinen Schritt vor die Zimmertür setzen würde, solange Jan im Haus war, und verließ mit Tom und Caspar das Zimmer. Das Abendessen war dann auch erst einmal gegessen, daran dachte niemand mehr. In fieberhafter Eile reinigte ich Caspars Korb, was der total befremdlich fand, zumal er sich danach nicht mehr hineinlegen durfte. Murrend verzog er sich unter den Wohnzimmertisch. „Wieso bringt Jan das Tierchen zu uns? Warum nicht in eine Tierklinik?"
„Das habe ich ihn auch gefragt", Tom grinste schief, „er meint, dass nur wir das Fohlen durchbringen können, weil wir das Fohlenglück haben."
„Na super, wenn das mal nicht zu viel der Ehre ist. Und der wirkliche Grund sitzt oben im Zimmer und will den Herrn Tierarzt nicht sehen. Ganz toll, Tom, wirklich. Das, wo Sylvie gerade dabei ist, sich an ein Kind zu gewöhnen. Jan hat ein perfektes Timing."
Tom blickte nachdenklich zur Zimmerdecke. „Ich glaube, er kommt wirklich, weil er von uns überzeugt ist. Ich könnte mir vorstellen, dass er Sylvie genauso wenig sehen will, wie sie ihn. Aber spannend kann das trotzdem noch werden. Geh mal davon aus, dass er die andere mitbringt. Alleine kann er nicht fahren und das Fohlen gleichzeitig am Tropf hängen lassen.

Geht nicht."
Ziemlich gestresst rieb ich mir das Gesicht. Das durfte echt nicht wahr sein. Erbarmen!
„Wie auch immer, ich füttere jetzt noch schnell unsere beiden, damit die uns für eine Weile Ruhe geben."
Tom nickte. „Ich mach die Wärmflaschen fertig."
Eine gute Stunde später bretterte Jan auf den Hof. Tom und ich standen wartend an der Tür. Der Abend war kühl und klar. Ich warf einen prüfenden Blick nach oben, doch in Sylvies Zimmer brannte kein Licht. Auch gut, dachte ich, tun wir einfach so, als sei sie nicht da. Hastig gingen wir zum Auto hinüber, doch noch bevor wir es erreichten, sprang Jan aus der Fahrertür und riss die Beifahrertür auf, um einer Frau herauszuhelfen, die ein in Decken gehülltes Bündel im Arm hatte, das verdächtig nach einer Schlenkerpuppe aussah. Mein Magen krampfte sich zusammen. Lebte das Fohlen noch?
„Wir haben drinnen alles vorbereitet!" Tom zeigte aufs Haus. „Kommt rein."
Caspar sprang uns kläffend entgegen, ich schickte ihn harsch weg und warf im Hineingehen einen letzten Blick nach oben. Mir war, als hätte sich ein Schatten am Fenster bewegt. Noch war mir vor lauter Anspannung weder ein Blick auf das Fohlen noch auf die große Frau, die es trug, vergönnt gewesen. Jan hatte schützend einen Arm um ihre Schultern gelegt, was mich seltsam unangenehm berührte. Sie stolperte fast über die Stufe zur Tür, ich griff ihr in den Ellenbogen und stützte sie. Unsere Blicke trafen sich. Jetzt verstand ich, warum Sylvie gesagt hatte, sie sei so schön und geheimnisvoll. Überrascht trat ich vor ihr ins Wohnzimmer und bedeutete ihr, das Fohlen in den Korb am Ofen zu legen.
Sie war unbeschreiblich schön. Große dunkle Augen in einem ovalen Gesicht mit hohen Wangenknochen. Ihre Lippen waren tiefrot, ihr Teint so zart wie der von Schneewittchen. Sie trug ihr dichtes schwarzes Haar ganz kurz, was ihre Weiblichkeit eher noch betonte. Hochgewachsen, fast so groß wie Jan, musste ich regelrecht zu ihr hochschauen. Doch was mich wirklich an ihr fesselte, war die kleine Narbe über ihrer linken Braue, die ihr schönes Gesicht fast zerbrechlich erscheinen ließ. Ein Makel, der sie umso schöner machte. Auch Tom fiel bei ihrem Anblick

alles aus dem Gesicht, was mich so amüsierte, dass der Bann für mich brach. Neben ihr ging ich in die Knie, lupfte behutsam die Decke von dem kleinen Tier. Das Fohlen war kleiner als Caspar, so etwas hatte ich noch nie gesehen, sein Fell lustig fuchsfarben getupft. Ein perfektes Pferd in Miniaturausgabe. „Was ist das denn für einer?“ Er hatte die Augen geschlossen. Sanft strich ich ihm über seine zarten, weißen Lippen.
Mit einem schüchternen Lächeln schaute mich die schöne Kristin an. „Ein kleiner Shetlandhengst.“ Routiniert holte sie eine Tropfflasche aus dem Bündel hervor und lehnte sie kurzerhand an eine Vase auf dem Ofensims, irgendeine lebenswichtige Flüssigkeit floss langsam in das Fohlen hinein. Tom und Jan schoben sich über uns.
„An Biestmilch ist heute Nacht kein Drankommen“, Jan rieb sich die Augen, er sah völlig übernächtigt und um den Mund eingefallen aus, „wir müssen ihn mit Antibiotika abfüllen.“
Tom nickte bedächtig und hockte sich neben mich und Kristin auf den Boden. Seine großen Hände ließen das Fohlen noch mehr schrumpfen. Es atmete nur flach und es sah genauso eingefallen aus vor Erschöpfung wie Jan. Paradoxerweise erinnerte es mich an sein eigenes Kind, das ebenfalls zwischen Tod und Leben pendelte.
„Es ist immer noch leicht unterkühlt“, Tom strich prüfend über das Fohlen, „Marie, haben wir noch eine Wärmflasche? Wir sollten auch versuchen, ihm eine warme Mahlzeit einzuflößen.“
Ich nickte und war schon auf dem Weg in die Küche, wo ich noch mein altes Dinkelkissen liegen hatte, das ich in die Mikrowelle stopfte, damit es schnell heiß wurde. Tom trat hinter mir in die Küche und mischte eine besonders fette Mischung der Fohlenmilch.
„Ich mach den beiden dann auch mal eine Kanne heißen Tee, oder?“
„Bloß it, gib Jan lieber ein Bier, der sieht so aus, als könnte er es gebrauchen.“ Wider Willen musste ich leise lachen und nahm zwei Flaschen Bier aus dem Kühlschrank. „Für dich auch?“ „Logisch, und wenn die schwarze Schönheit ein echter Vet ist, dann trinkt die auch mit.“
Also nahm ich vier Flaschen und Dinkelkissen mit ins

Wohnzimmer. Kurz lauschte ich nach oben, doch von Sylvie war nichts zu hören. Wahrscheinlich hätte ich an ihrer Stelle Jan auch nicht auf Anhieb abgenommen, dass mit dieser Traumfrau nichts lief. Ich seufzte.
„Tom meint, echte Tierärzte bräuchten eher ein Bier, als einen heißen Tee, stimmt das?“ Ich zauberte ein aufmunterndes Lächeln auf mein Gesicht und stellte die Flaschen auf den Schreibtisch, Jan grinste und nickte. „Immer doch, Marie, zumal, wenn es unser gutes Allgäuer Bier ist.“ Er öffnete mit einem leisen Klack die Flaschen, während ich mich zu Kristin und dem Fohlen hockte. Sanft schob ich das warme Kissen in seinen Rücken, massierte behutsam seinen Bauch.
„Ich bin übrigens Marie“, ich schenkte ihr ein Lächeln, „und das ist Tom.“ Mit einem Wink meines Kinns zeigte ich auf Tom, der mit der Flasche zurück ins Wohnzimmer kam.
Sie lächelte zurück, weiße Zähne blitzten. „Kristin, schön dich endlich kennenzulernen. Jan erzählt immer von dir und deinen verrückten Tieren. Das ist Caspar?“ Caspar hob neugierig den Kopf, wenn sein Name fiel, dann war womöglich eine Hand für Kraulen frei oder jemand hatte etwas Leckeres für ihn übrig. Schüchtern, ganz den wohlerzogenen Hund mimend, schwänzelte er näher. Kristin hielt ihm vorsichtig eine Hand hin, die er sofort abschleckte. „Genau, Caspar, der freundliche.“
Von Kristins Hand war es nur eine lange Hundenase zum Fohlen hinüber. Ich ließ ihn gewähren, als er vorsichtig an dem Fohlen herumschnüffelte und ihm dann liebevoll die winzigen Ohren ausleckte. Der Kleine blinzelte das erste Mal, zuckte kurz hoch.
„Keine Sorge“, beruhigend legte ich Kristin eine Hand auf den Arm, „Caspar kümmert sich um jeden.“
Von oben schwebte Toms Hand mit der Milchflasche zu uns herunter. Ich verzog das Gesicht. „Ich schon wieder?“ Tom schmunzelte leise. „Du sitzt näher dran.“ Kristins Blick ging leicht befremdet zwischen uns hin und her, denn angesichts des kritischen Zustands des Fohlens waren Scherze nicht wirklich angebracht. Vorsichtig hob ich den Kopf des Fohlens ein wenig an, schob ein Kissen darunter und fummelte den Gummisauger in sein kleines Maul. Seine Zunge hing schlaff heraus, so war saugen nicht möglich. Fragend schaute ich zu Tom. „Drück ein

wenig Milch heraus, damit er schmeckt." Gehorsam quetschte ich an dem Gummi herum, bis ein wenig Milch in sein Maul floss. Nichts.

„Saugen verlernt jeder Säugling, wenn er es nicht sofort üben darf." Jan kam neben mir auf die Knie. Mit zwei Fingern massierte er sacht an der Kehle des Fohlens herum, bis es reflexartig schluckte und etwas Milch in den Rachen bekam. Automatisch ruckte seine Zunge an dem Sauger, konzentriert rieb Jan weiter. „Drück noch mal Milch raus, Marie, aber langsam." Ich hielt die Luft an, bloß keinen Fehler machen. Toms Hand lag auf meiner Schulter, beruhigend und voller Vertrauen. Jan rieb, ich drückte. Verrückt dachte ich, es war noch gar nicht lange her, da hockte ich auch mit den dreien in einer Box und rang um das Leben eines Fohlens ohne Mutter.

„Was ist eigentlich mit dem passiert?" Meine Stimme klang laut in der Stille. Jan schaute mich nur flüchtig an und zuckte die Schultern, während er weiter an dem Fohlen herumrieb.

„Die Nachtschicht vom Tierheim Ost hat ihn kurz nach Dienstbeginn gefunden, weil der Alarm der anonymen Abgabeklappe kam. Leider haben die nicht sofort geschnallt, dass es sich um ein neugeborenes Fohlen handelte", er schüttelte noch immer fassungslos den Kopf, „und haben ihn in eine der Hundeboxen gelegt. Erst als sie merkten, dass der Kleine offensichtlich nicht gut dran ist, haben sie mich gerufen. Da war er aber schon fast tot. Wir haben ihn soweit stabilisiert, dass wir ihn hierher bringen konnten. Aber über den Berg haben wir den noch nicht."

Das war nicht zu übersehen. Caspar leckte ihm die Stirn. Das Fohlen lag da wie ein Stofftier, Milch rann ihm aus dem Maul. Wieder drückte ich etwas an dem Sauger, hielt ihm gleichzeitig das Maul zu, massierte seine Lippen um den Gummi herum. Kristin stand leise auf, verließ Wohnzimmer und Haus, um mit einer großen Kiste voller Medikamente und Zubehör wiederzukommen. Sie zog verschiedene Spritzen auf, verständigte sich nur über Blicke mit Jan. Es war nicht zu übersehen, dass die beiden sich gut kannten, vertraut waren, ein gutes Team bildeten, aber genauso sah ich auch, dass sie keine Intimität teilten. Diesen kleinen, feinen Unterschied im Ungang hatte ich schmerzlich an Claudia und Karsten lernen dürfen. Jan und Kristin waren gute Freunde, aber ganz sicher kein Liebespaar.

Ein paar Schlucke Milch gingen tatsächlich in seinen Bauch hinunter, aber er nuckelte nicht. Ich schob den Sauger in seinem Maul herum, rieb an seinen weichen Lippen, in der Hoffnung, dass er sich irgendwann an den richtigen Reflex erinnern würde. Dazwischen reichte Tom jedem von uns ein Bier, wir tranken durstig. Mittlerweile knurrte auch mein Magen. Über uns hörte ich leise Schritte, Jan schaute hoch, sagte aber nichts. Kristin setzte dem Fohlen schweigend mehrere Spritzen und Tom strich ihm fest den Rücken.
„Kann es passieren, dass er nicht wieder lernt, wie man saugt?“
Ich wusste nicht, ob es eine dumme Frage war, doch sie schien mir wichtig. Mit gerunzelter Stirn schaute Jan mich an. „Ja, kann passieren.“
„Und dann?“
„Dann hätten sich die Leute, die ihn ausgesetzt haben, den Weg zum Tierheim sparen können und wir uns die Fahrt hierher. Gut gemeint und schlecht gemacht.“
Ich brummte wütend. Balthasar hatte damals auch nicht fressen wollen, bis ich ihn gezwungen hatte, zu schmecken, wie lecker das Leben sein konnte. Ohne großartig nachzudenken, drückte ich mit Kraft die Flaschen zusammen, Milch spritzte in einem dicken Strahl ins Maul des Fohlens, spritzte mir über die Hände, über das braune Gesicht und Jans Finger, tropfte ins Körbchen. Erschrocken starrten mich alle an, das Fohlen hustete, schnaubte und schüttelte den Kopf, rollte seine Zunge zusammen und bekam den Sauger dazwischen. Noch einmal drückte ich, dieses Mal etwas sachter, es machte die Lippen spitz und trank, schluckte. „Nur weiter so, du Zwerg“, sagte ich leise, sprühte wohl dosiert Milch in sein Maul, „schön nuckeln, schlucken.“
Toms Hand auf meiner Schulter hielt mich, machte mir Mut, trotz des Zweifels im Blick der beiden Tierärzte. Das Fohlen trank und saugte umso kräftiger, je weniger ich Milch pumpte. Mit der freien Hand hob ich seinen Kopf etwas höher, es reckte den Hals. Ungläubig schaute ich in das winzige Pferdegesicht mit den braunen Knopfaugen und den langen Wimpern. So etwas Süßes hatte ich seit Caspar nicht mehr gesehen. Wie damals war es mir schleierhaft, wie man so ein zauberhaftes Wesen einfach wegwerfen konnte.

„Deine Methoden sind etwas unorthodox, Marie“, in Jans Stimme schwang widerwillige Anerkennung, „aber der Erfolg spricht mal wieder für dich. – Gib ihm nicht noch mehr, das reicht jetzt.“
Mit dem wohlbekannten Plopp zog ich dem Minipferd den Sauger aus seinem Maul. Es blinzelte verwirrt und schnoberte der Milchflasche hinterher. Tatsächlich sah es nach dieser Mahlzeit um einiges lebendiger aus. „Na dann, und was jetzt?“ Ich schaute fragend zu Jan und Kristin.
„Jetzt gibt es auch für euch etwas zu essen“, überrascht fuhren wir alle herum. Sylvie stand mit schüchternem Lächeln und der großen Auflaufform in den Händen in der Tür, „immerhin hat Tom einen hinreißenden Nudelauflauf gekocht.“
Mir war unbegreiflich, was an einem Nudelauflauf hinreißend sein sollte, auch wenn Tom ihn gekocht hatte. Unsere Blicke trafen sich. Ein amüsiertes Grinsen lag in Toms Augen. Ich für meinen Teil war mir noch nicht sicher, ob Sylvies Einlage so gelungen war. Jan neben mir stand langsam auf, trat zögernd zu Sylvie im Türrahmen. Wie damals, als die beiden sich auf meiner Terrasse kennengelernt hatten, versank die Welt und nur noch Sylvie und Jan existierten, angezogen von einem Band, das nur für sie bestimmt war. Scheu nahm Jan sie mit der Auflaufform in die Arme. Tom drückte mir leicht die Schulter und stand ebenfalls auf.
„Ich hole Teller und Besteck.“
Nur um irgendetwas zu tun, deckte ich das Fohlen mit einer weiteren Lage Wolldecke zu. Kristin schien ebenfalls nicht genau zu wissen, wie sie in dieses neue Spiel hinein gehörte.
„Dann decken wir halt den Tisch“, ich grinste sie schief an, „den Zwerg haben wir ja halbwegs über den Berg, oder?“
Sie nickte und erhob sich, als Jan und Sylvie eng umschlugen an das Körbchen traten.
„Hi Kristin“, Sylvie reichte ihr unsicher die Hand, die Kristin ebenso vorsichtig annahm. „Grüß dich, Sylvie.“
Uff, dachte ich, das klang mal nicht nach einem drohenden Duell, obwohl ich Sylvie da prinzipiell nie trauen würde. Sie ging neben mir in die Knie und zupfte fast ängstlich an den Tüchern, um das Fohlen zu sehen. Was auch immer sie erwartet hatte, es war nicht das, was da zum Vorschein kam.

Aber mir war es ja nicht anders ergangen. Dieser kleine Hengst beherrschte das Kindchenschema so perfekt wie Caspar, sie holte scharf Luft. „Lieber Himmel, wer kann denn so einen weggeben?“ Sie legte ihre Hände so fürsorglich, wie ich es an ihr noch nie erlebt hatte, um den kleinen Kopf, er starrte sie mit großen, verstörten Augen an. Mir brach es selber schier das Herz und Sylvie schniefte. Dann fasste sie mit einer Hand scheu nach Jans, der sie drückte. Es war ein stummes Versprechen, das sie sich gaben, und sie meinten es offensichtlich von ganzem Herzen ernst. Ich schluckte betreten, gab Kristin ein Zeichen, dass wir hier nur störten, und stand auf. Sie folgte sofort.
Tom trug einen Stapel Teller ins Wohnzimmer, den er auf seinem Schreibtisch abstellte, ich holte neues Bier.
„Sapperlot! Was war das gerade bei Jan und Sylvie?“ Tom fing mich in der Küche ab.
„Keine Ahnung, aber es war was Entscheidendes. – Sag mir lieber, was wir mit Nummer drei machen? So klein wie der ist, kann der unmöglich zwischen Alina und Samira laufen.“
Seufzend nahm er eine der Flaschen, die ich eben geöffnet hatte und trank einen tiefen Schluck. „Auch keine Ahnung“, erwiderte er, „könnte aber sein, dass auch er entscheidend für uns wird.“ Sprach's und ließ mich mit abgeklappter Kinnlade stehen. „Danke Tom“, murmelte ich seinem Rücken nach, „danke für das Gespräch.“
Sylvie verteilte bereits den Auflauf, als ich mit den restlichen Flaschen ins Wohnzimmer zurückkam. Das Babyphon schnarrte, Alina rumorte in der Box, wahrscheinlich war sie schon wieder hungrig. „Für die könnte man eine Kuh extra halten“, knurrte ich mit vollem Mund, „ewig verfressen, das Vieh.“
Jan lachte, sein Arm lag um Sylvies Schulter, sie stand eng an ihn gepresst. Ich fragte mich kurz, ob das morgen um zehn auch noch so sein würde, wenn Sylvie in München ihren Termin wahrnahm. Im Moment sah es ja nicht danach aus, doch Sylvie war immer für eine Überraschung gut.
„Dürfen wir uns das Pechfohlen und euren edlen Araber samt ekliger Gouvernante nachher mal anschauen? Ich habe sie seit ihrer Geburt nicht mehr gesehen.“ Jan winkte mit der Gabel Richtung Stall und grinste.

„Das Pechfohlen hat ganz schön Kaliber bekommen“, Tom strahlte vor Stolz über seinen Halbschwarzwälder, „du wirst dich wundern, Köberle. Um die Gouvernante solltest du aber zu deinem eigenen Besten einen großen Bogen schlagen, die ist gemeingefährlich. Ich gehe freiwillig an die nicht ran.“
Lachend stieß ich Tom meinen Ellenbogen leicht in die Seite. „Stimmt, er schickt immer mich vor, wenn wir Flori aus dem Weg räumen müssen.“ Ein liebevoller, seltsam stolzer Blick traf mich aus Toms Sehschlitzen. „Du kannst mit diesen Kampfkugeln ja auch umgehen. Du hast ein echtes Händchen für Ponys, nicht nur für Flori.“
Jan schnaubte halb bewundernd, halb abfällig, sein Lächeln war purer Charme. „Lieber eine Tonne Pferd unter mir, als ein kniehohes Pony am Zügel neben mir. Ich habe echt höllisch Respekt vor deren Hufe und ihren Zähnen.“
„Ach was“, erwiderte ich mit einer abwehrenden Handbewegung, „die haben einfach nur einen brachialen Charakter. Wenn man das akzeptiert und flink genug ist, sind die meisten Ponys recht verträglich.“
Kristin brach völlig unmotiviert in schallendes Gelächter aus, irritiert schauten wir sie an, mussten dann aber mitlachen, weil es so ansteckend war. „Brachialer Charakter!“ Sie japste nach Luft. „Noch nie habe ich eine treffendere Bezeichnung für das Wesen eines Shetlands gehört. Und ich liebe diese Pferde!“
Unser Shetlandfrischling versuchte unterdessen, seinen zierlichen Ponypopo in die Höhe zu stemmen. Caspar saß bei ihm, hechelte Mut zu und schleckte ihm aufmunternd über die schmale Nase. Er zog die Nüstern kraus vor Anstrengung, schnaubte, doch er trug wie Alina diesen verbissenen Ausdruck im Gesicht, der jedem klar machte, dass er schaffen würde, was er sich vorgenommen hatte. Ich fand es erstaunlich, wie schnell er sich erholte, Alina hatte dafür mehr als eine Nacht gebraucht, wobei sie allerdings ja auch eine unsagbar schwere Geburt hinter sich hatte.
„Der ist mal richtig zäh“, Sylvie trat bedächtig zu den beiden an den Hundekorb und legte ihre rechte unter die schwankende Hinterhand des Fohlens, stützte mit der anderen Hand seine Brust ab, „so machst du das gut, kleiner Goliath.“
Wir drei, die wir Sylvie gut kannten, schauten recht fassungs-

los, wie sie sich um das Fohlen bemühte. Bisher waren Tiere für Sylvie witzige Spielzeuge gewesen, ein netter Zeitvertreib, solange sie keinen Dreck machten, nicht krank wurden und sonst nichts Ekliges taten. Auch Caspar hatte sie nur grässlich süß gefunden und mit ihm gespielt. Irgendetwas musste bei ihr passiert sein.
„Sie ist schwanger“, flüsterte Tom mir unbemerkt ins Ohr, „da ist man manchmal seltsam drauf.“ Hastig schüttelte ich meine Bierflasche gegen das Licht, damit niemand mein Grinsen sah.
„Idiot!“
Mit dem kalt werdenden Nudelauflauf auf den Tellern schauten wir unserem Jüngsten beim Aufstehen zu. Er war wirklich kaum größer als ein Spielzeugpferd, da er endlich auf allen vieren wackelte. Erst jetzt sah man genau seine hübsche scheckige Zeichnung, fuchsfarbene Flecken zu weißen Beinen.
„Mit den Stiefeln passt er zu Alina.“ Den Vergleich konnte ich mir nicht verkneifen, denn just fing Alina im Stall wieder an zu quietschen. Tom verzog sich gleich in die Küche, wo er drei Portionen Milch wärmte. Ich seufzte, als er mir die kleinste Flasche in die Hand drückte, mit dem Hinweis, dass die für Nummer drei war.
Mit Sylvie, Caspar und dem Fohlen blieb ich allein im Wohnzimmer zurück, die plötzliche Stille tat mir gut. Mein Kopf war mal wieder überfüllt mit Eindrücken, Gedanken, Gefühlen, die ich nicht sortieren konnte. Unschlüssig schwenkte ich die Milchflasche herum.
„Gib her“, Sylvie griff danach, „lass mich schon mal üben.“
„Alles klar. Nur zu deiner Info, Pferde können kein Bäuerchen machen.“

Wir saßen bis spät in die Nacht hinein im Wohnzimmer zusammen, schauten dem Minipferd dabei zu, wie es neugierig herumstiefelte, überlegten Namen, tranken Bier und Sylvie ihren Kräutertee. Wer hätte gedacht, dass ich mal ein Pferd im Haus haben würde? Schon krass, dachte ich, stützte meinen Kopf müde an Toms Schulter und war mal wieder grenzenlos glücklich.
„Losen wir aus, wer im Wohnzimmer übernachtet und auf den Krott aufpasst?“ Tom grinste in die Runde. „Oh ne!“ Die

Erinnerung an Nächte im Stall war nicht dazu angetan, mir das Wohnzimmer schmackhaft zu machen. Und wieder wechselten Jan und Sylvie einen Blick.
„Wir haben noch ein paar Dinge zu bereden", Sylvie zog eine Schnute, „geht ihr mal schlafen, wir bleiben hier."
Das war ein Argument, das wir anderen verstehen konnten. Kristin stand zögernd auf. „Könnt ihr mir sagen, wo ich hier ein Hotel finde?"
Reichlich befremdet schaute Tom zu ihr hoch. „Hoi, wieso? Magst nicht unser anderes Gästezimmer haben?"
Sie zierte sich ein wenig, anscheinend war ihr das Angebot irgendwie unangenehm. Resolut stand ich auf. „Komm, wir beziehen schnell das Bett und gut ist. Wir schicken keine Freunde ins Hotel."
„Danke, das ist echt nett von euch."
Hinter mir her stapfte sie die schmale Treppe hinauf. Ich zeigte ihr das Bad, legte Handtücher bereit und wir bezogen zusammen das Bett. „Gute Nacht", ich lehnte mich leicht an die Zimmertür, „danke, dass du mit Jan das Fohlen gebracht hast. Ich glaube, das hat Jans Beziehung zu einem guten Stück mitgerettet."
Sie lächelte ohne Humor. „Nix zu danken, immerhin habe ich sie ja auch unfreiwillig zu einem guten Teil mit kaputt gemacht. Ich wollte das nicht, ehrlich. Ich wünsche den beiden von Herzen, dass sie mit ihrem Kind glücklich werden, sie haben es echt verdient."
„Passt scho, Kristin, schlaf gut."
Ich schleppte noch zwei Wolldecken ins Wohnzimmer hinunter, damit auch Jan und Sylvie in der Nacht nicht erfroren. Es war wirklich erstaunlich, wie schnell der Kleine die verlorenen Stunden aufholte, und als er völlig arglos zu Caspar ins Körbchen stieg und sich vertrauensvoll an ihn kuschelte, da konnten wir uns kaum von diesem reizenden Anblick losreißen, und die Innigkeit, mit der Jan und Sylvie zueinander standen, tat mir persönlich mindestens genauso wohl.
Nach einem letzten Gute Nacht verzogen auch wir uns endlich ins Schlafzimmer. Ich war zum Umfallen müde, doch mein Hirn arbeitete auf Hochtouren, um die Ereignisse des Tages irgendwie zu verarbeiten. Tom ließ seine Kleider einfach auf

den Boden fallen, diverse Flaschen Bier gaben ihm den Rest zum Tag und er plumpste der Länge nach ins Bett. Unschlüssig trat ich ans Fenster und machte es auf. Eigentlich war mir noch nach einer heißen Dusche, doch andererseits war ich dafür auch zu müde. Kalte Luft strömte ins Zimmer, es roch nach frühem Morgen und ich bildete mir ein, dass hinter dem Grünten schon der erste graue Schimmer des neuen Tages hing. Ein Blick auf die Uhr sagte mir, dass es fast vier Uhr morgens war. Freiwillig war ich seit Ewigkeiten nicht mehr so lange aufgeblieben. Recht schwerfällig wuchtete ich mich auf die Fensterbank, schaute versonnen in den nicht mehr richtig nächtlichen Himmel. „Was machen wir jetzt mit Nummer drei?"
Tom grunzte unwillig, aber immerhin war er noch wach. „Ja nix."
„Wie, nix?" Ich schaute über die Schulter. „Wem gehört so ein Tierheimtier überhaupt?"
„Herrgottsackra Marie, musst du immer nachts anfangen zu diskutieren? – Dem Tierheim gehört so ein Tier erst einmal, aber ich könnte mir vorstellen, dass die in München mehr als froh wären, wenn wir ihnen den Kleinen nicht sofort zurückschicken, sondern hierbehalten."
Leicht verstimmt schaute ich zum Grat hinauf. Dass Männer immer gleich alles verallgemeinern und immer übertreiben mussten. Ich fand nicht, dass ich zu nächtlichen Diskussionen neigte, doch wohlweislich hielt ich den Mund und sparte mir die passende Antwort. „Zahlen die Futtergeld für den? Und was meinst du, werden Jan und Sylvie machen?"
„Wenn sie halbwegs vernünftig sind, was ich wenigstens bei Sylvie für unwahrscheinlich halte, dann werden sie schlafen, so wie ich das auch gern tun würde. Den Rest möchte ich dann auch bitte nachher irgendwann in Ruhe besprechen, geht das, Marie?"
Im Dunkeln streckte ich ihm die Zunge raus und rutschte von der Fensterbank.
„Ausnahmsweise geht das." Fröstelnd wühlte ich mich unter die Bettdecke und möglichst nahe zu Tom hinüber. Caspar fehlte mir. Seit er bei mir war, hatte ich nur eine Nacht ohne ihn geschlafen. Jetzt lag er unten bei seinem neuen Schützling und wärmte ihn. Ich seufzte. Es war schon irgendwie wirr, was

seit einigen Wochen so passierte. Aus einem Fohlen waren drei geworden, plus Balthasar und Flori, und wenn das so weiterging, dann musste ich mich echt nicht mehr wundern, wenn die Leute uns für grenzwertig tierlieb hielten. Ich schmiegte mich an Tom, der schon dreiviertel schlief. Im Prinzip war mir die Meinung anderer schnurzpiepegal, aber so dumpf in meinem Hinterkopf war da die Überlegung, ob wir nicht wirklich langsam mal darüber nachdenken sollten, wie wir das Ganze etwas professioneller aufziehen konnten, nicht zuletzt zum Wohle der Tiere.

Ich schlief und schlief und während ich schlief, kam mir das komisch vor. Warum weckte mich nicht endlich Alinas morgendliches Hungergeschrei? Erschrocken schlug ich die Augen auf, ein Blick auf Toms Wecker sagte mir, dass es bereits kurz nach zehn Uhr morgens war. Und Tom war weg. Das hatte es noch nie gegeben, dass er aufgestanden war, ohne dass ich es gemerkt hatte. Mist, dachte ich und wühlte mir durch die Haare, als könnte mir das beim Nachdenken helfen, wir hatten in der Nacht das Babyphon im Wohnzimmer vergessen. Schwerfällig rappelte ich mich aus dem Bett, ausgeschlafen fühlte sich anders an, und tappte zur Tür. Auf Zehenspitzen schlich ich ins Badezimmer und schaute durchs Fenster auf den Hof hinunter. Da standen Jans Audi, Toms Jeep und meine Klapperkiste. Uff. Also hatte Sylvie ob absichtlich oder wegen Übernächtigung ihren Termin verschlafen, den Leihwagen hatten wir ja längst abgegeben und dass sie zu Fuß zum Bahnhof in Sonthofen gelatscht war, das wagte ich zu bezweifeln. Hastig duschte ich und zog mich an. Der erste und einzige Blick in den Spiegel sagte mir, dass die Zeiten, in denen ich Nächte durchmachen konnte und am nächsten Morgen trotzdem rosig frisch aussah, endgültig vorbei waren. Ich sah recht grau aus.
Als ich hinunter kam, standen die vier an der Haustür, Tom hatte zwei leere Milchflaschen in der Hand und Caspar tänzelte neben Nummer drei über den Hof. Der Kleine stapfte wacker, sorglos und beunruhigend zielstrebig auf den Paddock mit den anderen zu. Nur flüchtig grüßend drängelte ich mich an Sylvie und Jan vorbei, ihre erstaunten Blicke im Rücken schnitt ich

Caspar und Co. den Weg ab. „Nix da, du Viertelportion, die sind noch ne Nummer zu groß für dich."
Es war kaum zu glauben, aber der Krott stieg auf seine kurzen Hinterbeine und fuchtelte mit den Vorderbeinen vor mir in der Luft herum, einer der winzigen Hufe sauste knapp an Caspars Nase vorbei. Na prächtig, dachte ich, so entzückend das aussah, aber wenn der jetzt schon so anfing, dann konnte das ja heiter werden. Die vier an der Tür brüllten vor Lachen, also packte ich mir kurzerhand den Zwerg und drehte ihn um, um ihn konsequent Richtung Tür zu bugsieren. Hinter mir tobten die Mädels aufgeregt quiekend im Paddock herum.
„Früh übt sich, was ein stolzer Hengst werden will!" Jan lachte mich fröhlich an. Er war unrasiert und ziemlich schattig um die Augen, aber er sah trotzdem rasend glücklich aus.
„Der wird nicht lange Hengst bleiben, wenn der sich weiter so aufführt", knurrte ich grinsend, „das geht ganz fix!"
Wieder dröhnte das Johlen unserer Zuschauer über den Hof.
„Vergreif dich bloß nicht an unserem ersten Haustier, Marie!" Caspar und der namenlose kleine Hengst schossen mir zwischen den Beinen hindurch wieder Richtung Hof. Verwirrt schaute ich Sylvie an. „Bitte?"
Tom verzog leicht den Mund, ein spöttischer Blick traf Sylvie. „Euer erstes Haustier, da schau her. Der macht sich bestimmt gut auf eurem Balkon."
„Weißt du, Tom", sie gab einen zuckersüßen Augenaufschlag zurück, „erst einmal bist du der Depp, der ihm die Flasche gibt. Danach sehen wir dann weiter."
Tom lachte schallend auf, während Jan offensichtlich ein wenig peinlich berührt war, ich fand das amüsant. „Die Rechnung für die Deppenarbeit schicke ich dann dem Herrn Veterinär", er blinzelte Jan versöhnlich zu, „und bis dahin kann er mir helfen, die Boxen der Haustiere zu säubern. Hascht a Weil, Köberle?"
Jan nickte. „Immer doch, Mauderer."
Die beiden wendeten sich einmütig zum Stall, ließen uns Frauen einfach stehen. Ich zuckte die Schultern. „Dann mache ich mal das Frühstück, wenn's recht ist. Ich brauche dringend Kaffee."
Sylvie und Kristin schlossen sich mir an. Ich pfiff nach Caspar,

der mit dem Zwerg im Kreis über den Hof rannte, und wie es sich für einen Hund gehörte, kam er umgehend angewetzt, das Fohlen im Schlepptau. Noch bevor ich darüber nachdenken konnte, ob das alles so passend war, zwängten sich Hund und Fohlen an mir vorbei in die Küche. Caspar platzierte sich gewohnheitsmäßig vor seinem Futternapf, die Pferdeminiatur akkurat daneben. Perfekt, dachte ich ergeben. Das Fohlen benahm sich jetzt schon wie ein Hund, fragte sich nur, ob er auch stubenrein werden würde. Das wagte ich dann mal zu bezweifeln und die Frage war, wie ich den zur gegebenen Zeit wieder aus dem Haus brachte.

„Wie süß!" Sylvie fiel natürlich völlig verzückt neben ihrem Haustier auf die Knie und rieb ihm und Caspar die Ohren, was beide unübersehbar genossen. Ich machte dem Zwerg einen Viertelliter Milch warm und reichte Sylvie die Flasche. „Hier für den Miniaturindianer. Vielleicht wächst er noch."

„Du bist blöd, Marie!" Sie grinste und näherte die Flasche mit einem brummenden Flugzeuggeräusch dem Pferdemaul, das Fohlen schnappte gierig danach, Caspar schaute mit schief gelegtem Kopf. „Der kriegt noch einen Minderwertigkeitskomplex, wenn du dich immer so über seine Größe lustig machst. Ich finde, er sieht aus wie das Pferd von Lucky Luke und das ist total cool."

Kristin und ich schauten uns fragend an. „War der nicht braun?"

Sylvie wedelte mit einer freien Hand abwehrend herum. „Ne, ne, der war schon scheckig. Ganz sicher. Aber wie hieß das Vieh doch gleich?"

Ich zuckte die Schultern. „Waren zwei Worte, wenn ich mich recht erinnere, aber wie?"

„Der mit den zwei Namen ist Lucky Luke, der ist der Cowboy, nicht das Pferd." Sylvie verdrehte die Augen.

„Also, ich meine auch, dass das Pferd einen Doppelnamen hatte." Kristin stellte schüchtern Teller auf den Tisch, anscheinend war ihr Sylvie nicht wirklich geheuer.

„Egal", sie grinste uns übermütig an, gar nicht die graugrüne Schwangere, „fragen wir Jan, wenn er wiederkommt, der hat die nämlich alle daheim und weiß hundertprozentig, wie das Vieh hieß. Jan wäre gern ein Cowboy geworden."

Ich prustete, reichte Kristin eine Tasse Kaffee, die sie schmunzelnd nahm. „Kühe könnte er hier im Allgäu ja genug hüten."
„Erbarmen! Bloß nicht ins Allgäu." Sylvie hievte sich hoch, reichte mir die leere Flasche, ich gab ihr im Gegenzug ihren Kräutertee, was sie die Nase krausen ließ. Zögernd trat sie zu Kristin, strich ihr ungewohnt scheu über den Arm. „Ich wollte mich noch entschuldigen", die Worte kamen ihr nur schwer über die Lippen, Entschuldigungen waren nicht Sylvies Ding, „es tut mir wirklich leid, dass ich so eklig zu dir war."
Kristin erstarrte, leckte sich fahrig über die Lippen, blies dann unsicher die Wangen auf.
„Schon okay." Sie versenkte sich hastig in ihrer Kaffeetasse, während ich ziemlich positiv erstaunt meine Sylvie musterte.
„Nee, wirklich, Kristin, ich war total blöd und die einzige Erklärung, die ich für mein Verhalten habe, ist, dass ich schwanger bin und total überfordert war mit all dem, was so passiert ist." Sie streckte Kristin mit einem entwaffnenden Lächeln ihre Rechte hin. „Friede und Neuanfang?" Kristin schlug ein. „Friede und Neuanfang."
„Uff", Sylvie ließ sich auf einen Stuhl fallen, „wäre ich ein Allgäuer würde ich jetzt sagen: Herrgottsackra, bin i müad."
„Aber du bist ja keiner." Ich schenkte ihr heißen Tee nach. „Trotzdem würde mich brennend interessieren, wie ihr jetzt weitermacht? Gibt's einen neuen Termin für den, der heute Morgen geplatzt ist?"
„Marie, du kannst echt ätzend sein! – Natürlich gibt es keinen neuen Termin! Wir machen ohne Gnade Nägel mit Köpfen."
„Was heißt das genau?"
Sie seufzte, grinste schelmisch und wühlte gekonnt in ihrer roten Mähne. „Nie, nie, nie wollte ich normal oder gar spießig werden und oh, unerklärliche Evolution, wir sind doch genetisch alle noch Neandertaler. Es gibt sonst keine logische Erklärung dafür, dass ich mich so unbändig wie noch nie auf ein Leben mit Kind, Kerl, Haus und Viehzeug freue. Echt! Ich bin total schwanger!"
Es gibt diese raren Momente im Leben, wo man selbst bei allergrößter Selbstbeherrschung seine entgleisenden Gesichtszüge niemals halten könnte. Und das, wo ich doch eh leicht zu beeindrucken war. Dieser Satz war jetzt schon der Topper des Tages. Ich hob völlig baff die Hände. „Du, Süße, du kannst weder dein

Kind, noch diese Miniatur eines Pferdes mit in eine coole Bar nehmen und vielleicht geben die einer Vernissage eine anachronistische Note, doch artgerechte Haltung wäre das dann ehrlich nicht. Könnte dir Scherereien einbringen."
Sie quiekte. „Marie, du wirst noch richtig schlagfertig. Übrigens, ich habe mal recherchiert, es gibt tatsächlich sogar mehrere Künstlerinnen, die trotz Familie noch recht ordentlich gearbeitet haben."
„Na dann", ich warf Kristin einen ratlosen Blick zu, „meinen Segen hast du!"
„Das will ich wohl meinen. Du wirst schließlich die Patin unseres ersten Kindes."
Der Topper des Tages war eben getoppt worden, doch bevor ich mich so weit gesammelt hatte, ihr die passende Antwort zu geben, polterten Jan und Tom in die Küche. Tom würde sich halb totlachen, wenn er hörte, was Sylvie vorhatte.
„Jan, Sonne meines Lebens, wie heißt doch gleich dieses altkluge Pferd von Lucky Luke?"
Caspar und das angehende altkluge Pferd fegten unter dem Tisch hindurch zu den beiden Männern an der Tür, das Geschirr klirrte. „Jolly Jumper, Weib meines Herzens, das unbedingt seinen Namen behalten will."
Tom tippte sich an die Stirn, ausnahmsweise stimmte ich ihm rückhaltlos zu. Gemeinsam waren die beiden völlig übergeschnappt.
„Ohne den Mauderer ginge bei mir gar nix!" Tom grinste Sylvie provozierend an. „Dann kannste ja gleich einen auf unehelich machen, sparst dir ne Menge Geld für die Hochzeit und all die Idioten, die meinen, sie müssten sich dazu einladen."
Jan seufzte halb lachend. „Recht hascht, Mauderer, aber bei den emanzipierten Frauen machst da nix."
„Die emanzipierte Frau ist selbständige Künstlerin und braucht ihren wohlklingenden Namen, ihr ignoranten Bergbauern." Sylvie genoss sichtlich ihren Mittelpunkt und all die neuen Perspektiven ihres Lebens. Ich war mir nicht sicher, ob ihr klar war, was da alles auf sie zukam. Erst vor wenigen Wochen war Heirat und Kinder das persönliche Tabu der Sylvie van Delden gewesen und jetzt sollte alles anders sein? Skeptisch deckte ich den Tisch fertig.

„Davon abgesehen“, Sylvie strahlte in die Runde, „welcher Schwachkopf würde freiwillig seinen Namen gegen Köberle eintauschen? Mal ehrlich?“ Jan küsste sie lachend. „Es hätte da schon diverse Anfragen in meinem Leben gegeben, mein Schatz. – Aber was ist jetzt mit Jolly Jumper?“
„Ja, was schon? So heißt unser erstes Haustier ab jetzt. Passt doch perfekt zu ihm. Jolly Jumper, Fröhlicher Hüpfer.“ Sie zeigte mit einer ausladenden Geste auf das Fohlen. „Und so rasend können die Anfragen nicht gewesen sein.“
Kristin lachte schallend auf, wir starrten sie verwundert an. „Ich war eine der Anfragen!“

15. Kapitel
Nägel mit Köpfen

„Marie, jetzt hab di it so! Caspar spielt auch mit den beiden Großen und kommt nicht unter die Hufe, Jolly läuft doch sogar Samira unterm Bauch durch, was soll ihm also passieren?"
Abwehrend hob ich die Hände und fuchtelte vor mir herum. „Nein, Tom, die rennen den doch in Grund und Boden. Mir ist das im Paddock mit allen einfach zu eng."
Tom war kurz davor, richtig genervt zu sein, ich warf einen Hilfe suchenden Blick zu Centa, doch die zuckte nur ausweichend die Schultern. „Würdest du Jolly zu den anderen in den Paddock lassen, Centa?" Wenn sie nicht freiwillig Stellung beziehen wollte, dann musste ich sie halt zwingen. Tobi grinste eh nur in seine Flasche Bier. Tom und ich stritten uns seit Jans Abreise darüber, wie wir mit Jolly Jumper, ich fand den Namen einfach bescheuert, weiter verfahren sollten. Er war der Meinung, dass er sofort zu den anderen in den Paddock sollte, auch bei den anderen in der Box schlafen könnte, und ich hätte zwar nichts dagegen gehabt, ihn aus dem Haus zu bekommen, doch Samira und Alina waren gegen ihn in meinen Augen riesenhafte Pferde, zwischen denen er schlicht verloren war.
„Ja weischt, Marie", Centa warf einen unsicheren Blick zu Tobi, „kannst den Krott ja nicht ewig in der Küche lassen. Probierts es halt einfach mal aus."
Tobi grinste nur. „Des isch a Kerl, der setzt sich schon gegen die Mädels durch. Wirst schon sehen, Marie, der wickelt die mit einem Lächeln um seine kleinen Hufe."
Liebend gern hätte ich Tobi sein eigenes Grinsen um irgendeinen Huf gewickelt, doch jetzt hatte ich drei Meinungen gegen mich und da hieß es den diplomatischen Weg einschlagen. Nachdenklich musterte ich unsere Herde im Paddock und Jolly, der mit Caspar eben hinter dem Haus hervorgehetzt kam. Noch hatte Jolly von sich aus keinerlei Anstalten gemacht, zu den anderen zu kommen, was wahrscheinlich daran lag, dass er sich für einen Hund hielt, doch das war alles nur eine Frage der Zeit und von Caspars Einfällen. Genauso hatten die anderen den Zwerg bisher nicht wirklich wahrgenommen, auch das ein Zustand, der sich sicherlich nicht mehr lange aufrechterhalten ließ.

Ich seufzte. „Also gut, aber wir versuchen es ohne Flori und Balthasar. Nicht dass Flori meint, die Miniatur wollte ihren Fohlen was tun."
Tom schüttelte fassungslos den Kopf. „Wie du willst, Marie, machen wir einen Kompromiss. Aber du entfernst die Eltern."
Ich brummte einen Fluch vor mich hin, was die drei köstlich amüsierte, und zwängte mich zwischen den Latten des Zauns hindurch. Alina und Samira kamen gleich auf mich zu, konnte ja sein, dass ich Milchflaschen dabei hatte, doch ich musste sie enttäuschen. Energisch schob ich die beiden weg und näherte mich unauffällig der Kampfkugel. Ihre flach an den Kopf gelegten Ohren und das sich drohend vorschiebende Hinterteil beeindruckten mich durchaus, doch ich hatte ja mal wieder keine Chance.
„Wag es, du Giftspritze", knurrte ich leise, „wir gehen jetzt nett und ohne Gezicke mal kurz in den Stall." Blitzschnell packte ich sie knapp am Halfter und trotzdem angelte sie mit ihren Zähnen nach mir. Energisch zog ich sie hinter mir her in die Box. Balthasar folgte ergeben, wo Flori war, da ging er auch hin. Ebenso schnell, wie ich sie gepackt hatte, ließ ich sie los, rettete mich aus der Box und zog das Tor hinter mir zu. Ein Satz Hinterhufe schepperte gegen das Holz. Dieser war einer jener Tage, an denen Flori besonders unfreundlich war. Ich schnaufte. Alina und Samira schauten mich verwundert an und mir schien, als sei Alina nicht davon überzeugt, dass sie es schön fand, so ohne Flori.
„Alles im grünen Bereich, meine Süßen", erklärte ich, „wir stellen euch nur schnell euren kleinen Bruder vor. Und bitte seid vorsichtig mit ihm." Die beiden folgten mir zum Zaun. „Dann lass das Schicksal mal seinen Lauf nehmen, Tom."
Tom tippte sich mal wieder an den Kopf. „Du machst ein Gefrett, Marie. Was soll denn groß passieren?"
„Ja nix, wenn man euch Glauben schenken darf, also mach halt hinne und hol den Zwerg." Kopfschüttelnd pfiff Tom nach Caspar. Centa und Tobi traten zu uns an den Zaun, Tobi hielt Caspar fest am Halsband.
„Die Kleinen tun sich nicht mit Absicht weh, Marie", Centa strich mir beruhigend über die Wange, was ich nicht mit Gnade quittierte, „was willst du denn auch machen? Kannst

das Shetty ja nicht ewig in der Küche halten und Caspar ist eigentlich auch kein Umgang für ihn."
Murrend behielt ich Tom im Auge, der Jolly auf dem Arm hatte und ihn in den Paddock trug, er zappelte aufgeregt. „Nicht mit Absicht, Centa, das ist das Stichwort, wir werden ja sehen."
An Toms Augen sah ich, dass er mittlerweile wirklich leicht ärgerlich war, aber ich war ebenfalls nicht besonders friedlich gestimmt. Tom stellte ihn in der Mitte des Rechteckes auf den Boden, er blieb verwirrt breitbeinig stehen, während Alina und Samira freudig auf ihn zugesprungen kamen. Angriff der Riesenpferde, dachte ich wütend, da hätte ich an seiner Stelle auch die Panik im Auge. Doch Jolly machte den perfekten Hengst, er stieg, was ihn auf Alinas Nasenhöhe brachte, und tänzelte auf den Hinterbeinen vor den beiden Fohlen herum, die ihn mit großen, erstaunten Augen musterten.
Dann raste er wie eine Aufziehmaus quer durch den Paddock, die beiden Stuten nur Bruchteile von Sekunden später hinterher, dass die Häcksel stoben. Mein Herz rutschte mir dahin, wo man es gewöhnlich nicht haben will, doch ich deutete Toms Blick gut genug, um mir ein Eingreifen vor dem drohenden Unglücksfall zu verkneifen. Aber ich stand sprungbereit, bis ich nach und nach erkannte, dass die nicht wie irr herumgaloppierten, weil sie sich zerfleischen wollten, sondern weil die drei das tatsächlich spaßig fanden und diverse Augenblicke später musste ich dann auch noch erkennen, dass Tobi recht hatte mit seiner Annahme, dass Jolly die Mädels locker um seine Minihufe wickeln würde, charmant und blitzschnell. Grinsend trat Tom zu mir an den Zaun, er wich dabei geschickt den drei Knallern aus. „Siehscht?"
Ich knuffte ihn in die Seite. „Glück gehabt. Wie machen wir jetzt weiter?"
„Typisch, erst gar nicht wollen und dann alles auf einmal erledigen. Wir holen Flori und Balthasar dazu, ganz einfach."
Im gleichen Moment schaffte es Caspar endlich, sich aus dem Halsband zu winden, mit einem Satz war er unter dem Zaun durch und raste laut kläffend seinen drei Freunden hinterher. Instinktiv hielt ich mir die Augen zu, Tobi murmelte eine Entschuldigung, die dann auch nichts mehr rettete. Als nach ein paar Sekunden noch kein Schrei den stillen Nachmittag

zerriss, blinzelte ich vorsichtig zwischen meinen Fingern hervor. Die vier jagten sich gegenseitig. „Okay, wir holen Flori, aber entfernen Balthasar, Caspar und die Mädels, und ich gehe keinen Kompromiss bei meinen Forderungen ein."
„Miese-Marie, würde Sylvie jetzt sagen", Tom musterte mich ungnädig, „was du immer für Sorgen hast. Bleib halt mal locker."
Gereizt hielt ich seinem Blick stand. „Sylvie ist sonst auch nicht diejenige, die du gerne zitierst, also braucht's das jetzt auch nicht. Ich will einfach kein Risiko eingehen, mehr nicht."
Er verdrehte die Augen, Tobi und Centa schauten dezent den Fohlen nach, machten einen auf Luft. „Wie du willst, aber du holst Flori vorne aus der Box, während ich hinten die Kleinen reinschiebe."
„Kein Thema, geht klar." Ich drehte mich auf dem Absatz um und pfiff nach Caspar, der zu meinem Ärger aber erst nach dem dritten Ruf endlich kam. Missmutig sperrte ich ihn ins Haus, er winselte kläglich, doch ich blieb hart. Mit Flori war nicht zu spaßen und mir reichte die Aussicht auf ein Drama mit Jolly, da brauchte ich nicht auch noch einen Tierarzt für Caspar, nur weil der dazwischen geriet. Tom sammelte derweil die beiden Stuten ein, die sich wiederum nicht von ihrem kleinen Bruder trennen wollten. Erst als Tobi und Centa sich zusätzlich jeder eines der Tiere griffen, brachte Tom die beiden in die Box. So wie er sie durch den Paddock hineinführte, packte ich Flori und zerrte sie vorne heraus. Sie erwischte mich am Daumenballen. Ihr Blick biss sich ebenso hasserfüllt in mein Gesicht, man sah fast nur noch das Weiße im Auge. Sie fletschte die Zähne, wie ich es noch nie bei einem Pferd gesehen hatte, und es war das erste Mal, dass ich mich ein wenig vor ihr fürchtete. Meine Hand tat höllisch weh, verfärbte sich sofort blau und ich war kurz davor, ihr vor Wut eine zu scheuern. Atmen, dachte ich stattdessen, atmen bis der Schmerz nachlässt. Flori grinste hämisch, ich ruckte am Halfter. „Alte Kröte."
Hinter uns trompetete der verlassene Balthasar los, Flori gab sofort eine schrille Antwort, stieg mit trommelnden Vorderbeinen, und mir platzte dann doch der Kragen. Rigoros zerrte ich sie hinter mir her durch die Stallgasse.
„Mir geht dieses Gezicke jetzt echt auf die Nerven, Flori.

Und wag es, dem Zwerg auch nur ein Härchen zu krümmen, dann hast du es hinter dir!“ Ich ging nicht davon aus, dass sie meine Drohung ernst nahm, doch unter meiner vor Schmerz pochenden Hand hatte ich kein gutes Gefühl bei dieser Aktion und es würde Konsequenzen haben, wenn sie sich an dem Kleinen vergriff, das schwor ich mir. Eigentlich konnte es nicht sein, dass man dauernd aufpassen musste, wann einem dieses Pferd den nächsten Bluterguss bescherte oder den nächsten Tritt ans Schienbein. „Es gibt noch andere Ammen“, drohte ich, „und dich schicken wir zu den Arabern zurück. Dann war’s das mit den Fohlen, mein Ernst, Flori!“ Ein giftiger Blick traf mich von unten und ich schob die Stalltür auf. „Mein blutiger Ernst, Flori!“ Nach meiner Hand schnappend trabte sie neben mir, Tobi öffnete mir in sicherem Abstand das Gatter zum Paddock, wo Tom mit Jolly Jumper stand.

„Soll ich sie echt loslassen?“ Der kleine Hengst kam mir noch mickriger vor als sonst und Flori noch bedrohlicher. Flori versuchte, sich aus meinem Griff zu befreien, sie stieg halb und es war klar, dass ich keine Chance hatte, sie aufzuhalten, wenn sie weg wollte.

„Loslassen!“ Tom gab Jolly einen Klaps in unsere Richtung, Flori drehte mit einem Ruck ihren Kopf zum Fohlen, so dass ich unweigerlich loslassen musste, das raue Nylon verbrannte mir die Hand. Ich hätte zur Seite treten sollen, schon zu meiner eigenen Sicherheit, doch ich blieb wie angewurzelt stehen, hielt mir nur meine schmerzenden Hände. Tom rührte sich ebenfalls nicht, während Jolly verwirrt daneben stand und Flori anstarrte, Flori schien seltsam erschüttert, ihre Nüstern blähten sich wild, ihre kleinen Ohren reckten sich dem Fohlen entgegen, aber auch sie tat keinen Schritt vorwärts. Lange Sekunden standen wir vier reglos im Paddock, dann machte Jolly einen lustigen Hüpfer und wieherte. Es klang irgendwie erleichtert. Wie eine kleine bunte Kugel raste er auf uns zu, Flori erstarrte, sie keuchte einen schrecklichen Ton und Jolly bollerte ungebremst gegen ihre breite Brust. Mir stockte der Atem, sah ich doch schon vor meinem inneren Auge, wie Flori den Kleinen zu Brei zertrampeln würde.

Aber Flori stand, als hätte sie der Schlag getroffen, während Jolly seine weiße Nase zu ihren bebenden Nüstern hochreckte.

Verwirrt schaute ich zu Tom, der behutsam näher trat, er zuckte ratlos die Schultern. Wieder bahnte sich ein scheußlicher Jammerlaut seinen Weg aus Floris Kehle heraus, sie senkte den Kopf und schnoberte fast ungläubig an dem kleinen Hengst herum, der sich mit jeder Berührung ihrer Nüstern näher an sie schmiegte, bis er fast zwischen ihren Vorderbeinen stand. Die beiden passten von der Größe her zueinander, als sei Jolly Floris Fohlen.
Keine Ahnung, was für eine Eingebung mich da ereilte, doch in diesem Moment war ich mir vollkommen sicher, dass Flori ein Fohlen verloren hatte. Vielleicht hatte sie dieses Erlebnis so verbittert. Jolly war das alles erst einmal egal, jedenfalls schien er selig, als Flori unvorstellbar zärtlich anfing, seine Mähnenfransen zu beknabbern, und grunzte leise. Ich drückte mich an Tom, spürte genau, wie mir die Tränen der Rührung in die Augen stiegen. Die beiden waren einfach ein herzzerreißendes Paar.
„Du und deine schrägen Viecher, Marie!“ Toms Augen lächelten glücklich.
„Wieso das jetzt? Weder Flori noch Jolly gehören mir.“
„Schon, aber seitdem du mit deinen schrägen Viechern bei mir bist, benimmt sich hier niemand mehr, wie er es seiner Art nach tun sollte. – Aber mir gefällt das gut, Marie. Meinetwegen können wir so weitermachen.“
„Nägel mit Köpfen, so wie Sylvie und Jan? Machen wir einen Fohlenhof auf?“
Er bewegte unsicher die Schultern. „Das wäre echt ein Traum. Könntest du dir das vorstellen?“
„Ja, durchaus“, ich nickte mit Blick auf Flori und Jolly, „ich komme mehr und mehr zu dem Schluss, dass ich gerne nur noch mit Tieren arbeiten würde. Wir müssten das halt mal vernünftig durchkalkulieren.“ Vorsichtig ging ich neben den beiden in die Hocke, streichelte Flori, auf alle Attacken gefasst, über ihren grauen Hals. Sie schien mir völlig verändert. „Und du wirst unsere Oberamme, Flori, was hältst du davon?“ Sie ließ kurz von Jollys Rücken ab, den sie mit ihrer dicken Zunge ableckte, und bevor meine Schreckreflexe reagieren konnten, leckte sie mir über meine Hand, die noch die Abdrücke ihres Bisses trug. Tom war genauso baff wie ich, unsere Blicke trafen sich.

„Marie, manchmal frage ich mich, ob du mir nicht unheimlich sein solltest. Was machst du eigentlich mit den Tieren?“ Er lächelte mich mit liebevollem Stolz an, was seinen Worten die Schärfe nahm. Es war wohl so eine Art Kompliment.
„Das Gleiche könnte ich dich auch fragen, Tom Mauderer.“ Ich stand wieder auf, Flori rieb ihren Kopf an meinem Schenkel, etwas, was es noch nie gegeben hatte. Tom zog ungläubig eine Braue hoch. „Sapperlot, Marie, die wird noch richtig nett.“
Aus der Box ertönte Alinas Ich-bin-so-verlassen-Gewieher und Flori antwortete mit einer Miene, die einen vermuten ließ, dass sie sich ihrer beiden anderen Küken kurzfristig nicht mehr erinnert hatte. Langsam traten wir zu Centa und Tobi an den Zaun, Centa hatte Tränenspuren auf den Wangen.
„Herrschaftszeiten“, Tobi grinste schief, „das rührt einem fei arg ans Herz.“
Centa nickte. „Als hätte sie ihr verlorenes Kind wiedergefunden.“
Tom war nicht so der Mensch für Rührseligkeiten, er verzog nur zustimmend das Gesicht.
„Ich lass mal die Mädels raus.“
Samira vorweg, stürmten die Stuten knapp an Tom vorbei in den Paddock, umkreisten Flori und den Kleinen. Wie würde das tatsächlich sein mit noch mehr Fohlen, noch mehr Milchflaschen? Was müssten wir dafür umbauen, wie die Gruppen teilen? Schwierig, dachte ich und trotzdem fühlte sich der Gedanke mit jedem Atemzug schöner an. Tom trat wieder zu uns, schaute gleichmütig zu den Pferden hinüber. „Wir überlegen schon länger, ob wir Fohlenaufzucht für verwaiste Fohlen professionell betreiben sollten.“
Tobis Gesicht bekam übergangslos einen Ausdruck der Teilnahmslosigkeit, während Centa hellwach wurde. „Ja, spinnts ihr jetzt total?“
„Schon immer, Centa, das weißt du doch“, konterte ich lachend, „völlig verrückt. Aber es gibt hier im Umkreis von mehreren hundert Kilometern nichts dergleichen. Die perfekte Marktlücke.“
Tobi schüttelte den Kopf, ohne mich anzuschauen. „Goht’s no, Marie, damals hascht it einmal den Mut gehabt, dich selbständig zu machen, und jetzt so was. Wo wollts ihr denn das machen?“

Tom schlug Tobi ebenfalls lachend auf den Rücken. „Ja hier, wo sonst? Wir haben Ställe, Scheune, Paddock und Weiden."
Tobi seufzte mit einem halben Grinsen. „Das wird ja was werden. Wann zäunen wir die alten Weiden wieder ein?"
„Morgen Nachmittag?"
„Scho recht, Tom, fangen wir morgen damit an. Aber jetzt brauch ich dringend noch ein Bier."

An diesem Abend musste der Pizzaservice ran. Wir saßen in der Küche, redeten, planten, und einmal mehr zeigte sich, dass man Tobi nicht unterschätzen durfte, denn hinter dem anscheinend derben Bauern verbarg sich ein ausgesprochen kluger Kopf. Tobi hatte ein Talent, hinter die Dinge zu schauen und somit Lösungen zu finden, die ausgesprochen praktisch waren. Die erste Maßnahme war, die Wiesen hinter dem Haus einzuzäunen, so wie es früher gewesen war, damit unsere Fohlen genug Platz zum Spielen haben würden.
Ich war wie berauscht von dem Gedanken an unseren Fohlenhof, ein Ort, an dem ein verwaistes Fohlen eine Überlebenschance bekommen würde. Centa stellte die ersten Berechnungen an, was so ein Fohlen für den Besitzer kosten durfte, damit wir unsere Arbeit halbwegs bezahlt bekamen. Das meiste an Arbeit auf dem Hof würde erst einmal an mir hängen bleiben, denn bis sich das alles wirklich finanziell trug, musste Tom unseren Lebensunterhalt weiterhin als Schmied erwirtschaften. Es würde hart werden, anstrengend, sicherlich nicht immer so glücklich, wie bei Alina und Jolly Jumper und auch für uns als Paar eine große Herausforderung bedeuten. Doch ich war mir sicher, dass Tom und ich, frei nach Saint Exupéry, gemeinsam in die gleiche Richtung schauten, durchaus bereit, die dazugehörigen Konsequenzen zu tragen. So gesehen war es dann auch ein nachträgliches Geschenk von Christelle, dass sie den Stall so flexibel geplant hatte. Wir konnten nach Belieben die Boxen vergrößern oder verkleinern und damit sinnvolle Fohlen-Gruppen zusammenstellen.
„Als Erstes aber werden wir das Haus umbauen." Tom nahm lachend meine Hand. „Damit du dich hier richtig daheim fühlst."
„Aha, so schaut's aus", murrte Centa amüsiert, „dann brauchst den Stadel also nicht mehr, Marie?"

Ich seufzte mit einem durchaus wehmütigen Lächeln. „Brauchen schon irgendwie, aber entscheiden heißt verzichten können. Und wir werden es uns hier richtig schön machen. Ich räume so schnell wir möglich meine Sachen raus, versprochen, Centa."
„Darum geht's nicht!" Sie stupfte mich leicht an der Schulter. „Wirst mir schon fehlen."
„Ach was, dann kommst du halt hierher und hilfst mir mit den Fohlen."
„Goht's no?" Tobi schob sich schmunzelnd zwischen Centa und mich. „Mach mir das Weib nicht abspenstig, Marie, die hat genug Arbeit auf unserem Hof. Nicht, dass sie am Ende auch all die herzigen Fohlen um sich herumspringen haben will und wir unser Milchvieh verkaufen müssen. Mir reichen schon immer die Fohlen von der Nele."
Centa gab Tobi einen Klaps vor die Brust, er grinste und zog sich leise murrend zurück. „Wie bist du denn drauf, Kerl? Wenn ich es mir recht überlege, dann wäre das fei echt nett, wenn ich mal was anderes tun könnte, als dir dein Mittagessen zu kochen, an dem du doch immer was auszusetzen hast."
Lachend stand Tobi auf. „Jetzat, Centa, lass uns gehen, bevor du anfängst, hier den Zwergenaufstand zu proben."
Wir begleiteten die beiden den halben Weg zu ihrem Hof. Die Sichel des Halbmondes stach scharf vom seltsam hellen Nachthimmel ab, ein Stern blinkerte etwas unterhalb von ihm, direkt über der Silhouette meines Stadels. Ich blieb stehen und blinzelte den Hügel hinauf, während auf dem Zellerhof Tobi das Stalltor für die Nacht verschloss, Centa nach SFC rief. Caspar knurrte entsprechend.
„Bist du dir sicher mit dem Stadel, Marie?" Tom klang leicht unbehaglich, ich nahm seine Hand. „Klar, nicht dass es mir leicht fällt, aber man muss halt hin und wieder dann doch ein paar Entscheidungen fällen. Und wenn du dein Leben so auf den Kopf stellen kannst, dann kann ich das auch. Lass uns heimgehen."
„Hm." Er blieb trotzdem stehen, unsere Arme zogen sich lang. „Was jetzt, Tom?"
„Ich meine", er zuckte verlegen die Schultern, „wir können schon noch eine Weile so weitermachen."

„Nein, können wir nicht“, ich schüttelte energisch den Kopf, ein wenig Bier schwappte darin herum, der Mond bekam Schlangenlinien, „mitgefangen, mitgehangen. Basta.“
Mit einem Ruck zog ich ihn hinter mir her. „Du haust morgen mit Tobi Pfähle in den Boden und ich fange an, den Stadel auszuräumen. Es ist ja nicht so viel.“
„Wenn d' meinscht, Marie.“

16. Kapitel
Stromschisser

Tobi rollte am frühen Nachmittag tatsächlich mit seinem Traktor und einem Hänger voll mit neuen Pfählen auf unseren Hof. Die Fohlen hüpften erschrocken im Paddock herum. Ein klares Zeichen dafür, dass wir langsam damit anfangen sollten, ihnen die Geräusche des modernen Alltags nahezubringen. Aber eines nach dem anderen, ich brüllte ein paar beruhigende Worte in den Paddock, die nicht beachtet wurden. Die drei hingen mit gereckten Hälsen, wie aufgereihte Orgelpfeifen am Zaun, schnauften mit dem Traktor um die Wette vor Aufregung. Ich grinste. Tom lotste Tobi derweil ums Haus herum auf die Weide, der ganze Hof roch derbe nach Diesel. Angewidert rümpfte ich die Nase und stieg in mein Auto, um zum Stadel hinauf zu fahren, wo ich die ersten Sachen packen wollte. Je schneller ich auszog, desto eher konnte Centa den Stadel wieder als Ferienhaus vermieten und das schien mir ihr gegenüber nur fair.

Die Gefühle schwappten recht gemischt in mir herum, als ich mit Caspar ganz ungewohnt durch die vordere Tür in mein bisheriges Zuhause trat. Wie unbändig glücklich war ich damals gewesen, als ich mich hier verkriechen durfte, meine Wunden lecken und an einem neuen Leben basteln. Nachdenklich lehnte ich mich an die Haustür. Würde ich diese Geborgenheit jemals wieder in einem Haus oder einer Wohnung erleben? Was, wenn ich mich trotz Umbau bei Tom weiterhin so unbehaglich fühlen würde? Was dann? Pfff. Ich stieß mich energisch von der Tür ab, falscher Gedanke. Das hier war es für mich doch auch nicht mehr, oder? Aufmerksam trat ich durch den Flur in den Wohnraum. Alles kam mir recht unbewohnt vor, leerer als damals, als ich hier untergeschlüpft war, und das, wo doch überall Sachen von mir herumstanden. Und es roch etwas muffig. Gelüftet hatte ich schon seit Tagen nicht mehr. Nein, unleugbar lebte ich hier nicht mehr wirklich.

Hatte sich da eine Veränderung vollzogen, von der ich nichts mitbekommen hatte? Wo ich mich doch immer nach meinem Stadel gesehnt hatte. Mehr aus Gewohnheit, denn aus einem echten Bedürfnis heraus kochte ich mir eine Kanne Tee, ließ

Caspar hinaus auf die Terrasse und die Frühsommerluft herein. Von Ferne meinte ich Tobis Traktor auf der Wiese zu hören. Wie würden sich unsere Fellnasen freuen, endlich eine große Koppel zu haben. Wir hätten sie schon längst umzäunen sollen. Leise lächelte ich vor mich hin, bei der Vorstellung, wie sie im Galopp durchs Gras stürmen würden.
Es war das erste Mal, dass ich mich dabei erwischte, wie ich mich auf den Abend bei Tom freute, mich darauf freute, daheim zu sein; die Pferde im Stall, Caspar bei uns, Melchi neben mir auf dem Sofa, mit Tom über den Umbau reden, planen, träumen. Sollte es vielleicht doch möglich sein, dass sich das Wunder des Stadels bei Tom und mit Tom wiederholen ließ? Verwirrt schaute ich durch den Raum. „Gibt es für alles seine Zeit, Stadel?“ Scheu legte ich meine Hand auf die Mauer am Kamin. „Ist unsere jetzt vorbei? Wenn es so ist“, ich grinste verschämt, weil ich mich vor mir selber genierte, manchmal waren meine Gefühlsanwandlungen echt schräg, „dann sage ich mal danke, Stadel. Es war echt super schön mit dir. Danke, dass ich hier sein durfte.“ Mir schien das Zimmer irgendwie amüsiert. Ich lachte. „Dann fange ich jetzt mal an zu packen.“ Recht fröhlich sprang ich die Treppe hinauf in mein Schlafzimmer. Als Erstes wollte ich meine Kleider einpacken, die brauchte ich am dringendsten. Was unseren anderen Hausrat betraf, befanden wir uns noch im Meinungsfindungsprozess, denn Tom und ich warfen zwei komplette Haushalte zusammen, aber wir brauchten längst nicht alles in doppelter Ausführung. Da galt es zu entscheiden, von wem wir was nehmen würden. Den übrigen Rest wollten wir entweder behalten oder Centa einfach im Stadel lassen. Viel hatte ich damals bei der Trennung aus unserer gemeinsamen Wohnung ja eh nicht mitgenommen. Just in diesem Moment machte es mir auch überhaupt nichts aus, mich von diesem Wenigen noch zu trennen. Alles sollte neu werden, richtig und gemeinsam. Ich wollte kein Stückwerk mehr. Es war unser Leben. Also schleppte ich meinen großen Koffer, Rucksack und Reisetasche voll mit Kleidern und den Dingen, die mir von Herzen wichtig waren zum Auto.
Unten auf dem Hof trat Centa gerade aus dem Stall, ich winkte. Während ich die Taschen ins Auto wuchtete, stieg sie zu mir

hoch. Caspar bellte ihr fröhlich entgegen. Sanft legte sie ihren Arm um meine Hüfte und drückte mich zur Begrüßung. „Also machts ihr wirklich Ernst, Marie?“
Etwas verlegen wiegte ich lächelnd den Kopf. „Ja, total ernst, obwohl ich hoffe, dass es mit Tom hauptsächlich fröhlich wird und nur ganz wenig ernst.“
Lachend klapste sie mir auf den Po. „Ich hab's ja gestern noch nicht glauben können, obwohl ich es für richtig halte. Ich komme nachher noch runter, wenn Tobi und Tom fertig sind. Ciao, Marie.“
„Ist recht, Centa, ciao.“ Ich ließ Caspar ins Auto springen und fuhr langsam über den Feldweg nach Hause. Nach Hause, dachte ich und musste grinsen, wie das nun wieder klang.

Bis Centa auftauchte, half ich den beiden mit dem Zaun. Wer hätte gedacht, dass das so eine Knochenarbeit sein würde? Jedenfalls war ich heilfroh, dass Centa etwas zu essen mitbrachte und die Schinderei für mich ein Ende hatte. Dieser war der erste und letzte Tag, an dem ich freiwillig angeboten hatte, bei dieser Arbeit zu helfen. Lieber lieferte ich mich den Gierschlunden von Fohlen alleine aus.
Es dämmerte schon stark, als wir mit den Pferden zur Wiese gingen. Wir ließen sie zu Tobis und Centas Erstaunen einfach los. Zu sechst, Samira, Alina und Caspar vorweg, stürmten sie den Hang hinauf, Balthasar und Klein Jolly bildeten das Schlusslicht, während Flori verbissen versuchte, mit den beiden Stuten mitzuhalten. Wehende Mähnen im Sonnenuntergang sind ein Erlebnis, doch wenn es die eigenen Mähnen sind, dann schmerzt einem das Herz vor Freude und eine unbestimmte Sehnsucht lässt einen wünschen, wie sie mit dem Wind zu rennen. Tom fasste nach meiner Hand, unserer Blicke trafen sich. Ja, das war Glück. Vielleicht nicht jedermanns Glück, doch unseres ganz sicher. Ich sah auch Centas Augen leuchten und Tobis gebannten Blick. Kurz vor unserem Grat drehten sie in einem anmutigen Bogen ab, um zu uns zurückzukehren.
„Keine Sorge, Centa“, flüsterte ich zur Seite, „sie rennen uns ganz bestimmt nicht um.“ Centas Seitenblick war skeptisch, doch sie blieb neben mir stehen, als die Mini-Herde schnaubend an uns vorbeistob. Nur Caspar verpasste mal wieder die

letzte Bremse, so dass er an Tom vorbeischlitterte. Beide konnten sich eben noch abfangen, Caspar schoss gleich wieder los, seinen Mädels hinterher, die längst schon zur zweiten Runde gewendet hatten.
Ein paar letzte Sonnenstrahlen fingen sich an den Bergen, spiegelten sich für wenige Momente in den Fenstern hinter uns wie Flammen. Verwirrt starrte ich das alte Haus an. Es erschien mir plötzlich müde, sterbensmüde, in sich gesunken und gedrückt mit einem Hauch von Ruine. Hatte es schon immer so ausgesehen? Unwillkürlich zog sich eine Gänsehaut über meine Arme den Nacken hinauf. Ich blinzelte in die Dunkelheit vor mir, wo die Fohlen eben erneut hangabwärts rasten. Außer mir schien niemand etwas Außergewöhnliches bemerkt zu haben. Scheu blickte ich über die Schulter zurück. Eben verlosch das Funkeln auf den Scheiben, übrig blieb ein altes, völlig normales Bauernhaus. Ich schüttelte mich. Manchmal neigte ich ernsthaft zu einer überspannten Fantasie. Noch einmal musterte ich die Fassade, als müsste ich mir selber beweisen, dass alles in bester Ordnung war. Das Fenster vom Schlafzimmer war gekippt, Schwalben bauten ihr Nest unter dem Dach, schossen mit Zweigen in den Schnäbeln hin und her und ich sah Melchior von der Hausecke begehrlich nach ihnen starren. Alles normal. Doch das Kribbeln auf der Haut blieb. Wir brachten die Pferde in den Stall.
Und ich schlief schlecht in jener Nacht, zumal Tom laut schnarchte. Schnarchen gehörte für mich zu den Geräuschen, mit denen ich nun gar nichts anfangen konnte. Mochte ja sein, dass manche Menschen das beruhigend oder gar angenehm einschläfernd fanden, doch mich regte es nur auf. Und je mehr ich versuchte, mich abzulenken, desto hartnäckiger bohrte sich Toms Schnarchen in meine Ohren. Da half es auch nicht, dass ich mir die Decke über den Kopf legte, ich kollabierte fast im Hitzestau und auch der Tritt, den ich Tom verpasste diente nur dem Abbau meiner eigenen Aggressionen. Tom schnarchte selig weiter. So stellte ich mir unsere gemeinsame Schlafzimmerzukunft ganz sicher nicht vor, auch wenn es das erste Mal war, dass Tom so intensiv schnarchte.
Egal, es ging mir auf die Nerven und ich war hundemüde. Wütend packte ich irgendwann mein Bettzeug und verzog mich

ins Gästezimmer, wo ich nicht schlafen konnte, weil ich mich längst an Tom neben mir gewöhnt hatte. Ohne Tom zu schlafen war doof, zumal auch Caspar so im Tiefschlaf versunken war, dass er meine Übersiedelung nicht bemerkt hatte. Über allem fühlte ich nach wie vor diese seltsame Beklemmung. Die Stille der Nacht erschien mir völlig unnatürlich.
Etwas Schweres lag auf mir, als ich aus bleiernem, unruhigem Schlaf langsam Richtung Bewusstsein trudelte. Ich strampelte panisch. Es konnte gar nicht anders sein, als dass da ein schrecklicher Alb auf mir hockte. Was Toms schlaftrunkenes Gemurre wiederum damit zu tun hatte, war mir spontan unerklärlich. Mit aller Kraft drückte ich gegen das Gewicht, bis es von mir herunter rollte. „Kruzifix, Marie, was soll das?"
Der Alb sprach. Krass. Er klang sogar wie mein Tom. Das war ja eine ganz fiese Tour.
„Marie!" Etwas zauselte mich am Ohr. „Wach halt auf."
Aufs Schlimmste gefasst blinzelte ich mit einem Auge zur Seite. Sehschlitze mit Schatten darunter, zerzauste Haare, undefinierbares Blond und mehrere Tage alte Bartstoppeln. Nein, dieses Gesicht gehörte nicht zu einem Alb und war auch nicht aus einem Piratenfilm entsprungen, das war Tom, der Schmied. Mein Tom. „Was machst du hier?"
„Das Gleiche könnte ich dich auch fragen. Schleichst dich nachts aus unserem Schlafzimmer ins Gästezimmer. Eins sage ich dir: getrennte Schlafzimmer kommen für mich nicht in Frage."
Ich murrte leise. „Dann hör auf zu schnarchen."
„Das sagt die Richtige." Seine Augen funkelten vergnügt. „Letztens hätte ich mir fast Ohropax gekauft. Aber dann dachte ich mir, Liebe ist, ihr Schnarchen reizend zu finden."
Erstaunt stützte ich mich auf meinen Ellenbogen. „Was?" Er wollte mir doch nicht ernsthaft weismachen, dass ich schnarchte? Das schlug dem Fass ja den Boden aus!
„Ja weischt, Marie", er schob sich wieder über mich und drückte mich ins Kissen, „du schnorchelst wie ein kleines Ferkel vor dich hin." Das erklärende Geräusch, das er hinterherschickte, war mir mehr als peinlich. „Quatsch."
„Oh doch. Du schnarchst, Marie. Frag Caspar."
„Alle Männer lügen." Ich legte meine Arme um ihn und zog

ihn zu mir herunter. Besser ich sorgte für einen Themenwechsel, bevor er mir noch mehr unerfreuliche Details aus meinem Nachtleben darlegte.
„Bis auf zwei", nuschelte er zwischen unseren Lippen hervor.
„Ach ja, und wer sind die, bitte schön?"
„Ja, Caspar und ich natürlich." Seine Lippen waren so weich wie immer. Keiner küsste so gut wie Tom und irgendwie kam mir gerade so in den Sinn, dass man sein Intimleben schon allein dadurch anregen konnte, dass man mal ins Gästezimmer wechselte. „Caspar lügt für einen lumpigen Zipfel vom Wiener", konterte ich, während ich mir weitere Lokalitäten zur Anregung überlegte. Einen kühlen Abend vor dem knisternden Kamin, auf dem Heuboden im Stall und die Wiese oben bei Tiefenbach stand auch immer noch zur Diskussion.
„Um jetzt hier mit dir weiterzumachen, würde ich sogar behaupten, dass ich mit deiner Schnarcherei gelogen habe." Tom lachte in unseren Kuss hinein, ich piekste ihm dafür in die Seite bis er quiekte. „Seckel! – Darf ich mir was wünschen?"
Abrupt löste sich Tom von mir. „Das habe ich ja noch nie erlebt, dass du dir von selbst was wünscht." Er musterte mich kritisch. „Geht's dir gut, Marie? – Wenn ich eine Chance habe, dir deinen Wunsch zu erfüllen, dann darfst du dir alles wünschen."
„Kein unüberbrückbares Problem", ich zerrte ihn wieder an mich, mir war wild nach Tom zumute, „wir brauchen nur für ein paar Stunden einen Viecher-Sitter. Ich würde sooooo gerne oben auf deiner Wiese mit dir schlafen. Im hohen Gras liegen, Schäfchenwolken über uns. Ein klitzekleiner Urlaub vom Alltag."
„Versprochen, überleg dir einen Termin, ich regle das mit den Tieren. Für so einen Wunsch bin ich gerne zu haben. – Üben wir jetzt schon einmal dafür?"
Leider hatte Tom in seinem unendlichen Pflichtgefühl nicht nur sich und Caspar mit ins Gästezimmer geschleppt, sondern auch das Babyphon, und noch während wir genüsslich unser frühmorgendliches Schäferstündchen ausklingen ließen, trompete Alina durch den Lautsprecher. Klein-Jolly krähte etwas unsicher hinterher, doch ich ging davon aus, dass er ganz schnell von Alina lernen würde, wie man seine Milchflaschen orderte.

Mein Seufzer sagte mehr als tausend Worte, Tom lachte. „Ich geh füttern und du machst uns ein schönes Frühstück, okay?" Diese Arbeitsteilung war die Schwachstelle unserer Beziehung. Tom kochte für sein Leben gern und entsprechend gut, doch alle anderen Arbeiten in der Küche waren ihm ein Gräuel, genauso wie mir, die ich nicht einmal vernünftig kochen konnte. Einen Frühstückstisch zu decken brachte mich an die Grenze meiner nervlichen Belastbarkeit. Den einzigen Vorteil, den dieser Deal mit sich brachte, war der Aspekt, dass man ein paar Minuten länger im Bett bleiben durfte als derjenige, der zu den Hungermäulern in den Stall musste. Ich zögerte kurz, nickte dann, die verlängerte Bettzeit gab den Ausschlag, und während Tom sich aus meinen Armen schälte, rollte ich mich noch einmal voller Genuss unter meiner Decke zusammen. Erst als ich ihn über den Hof gehen hörte, rappelte ich mich hoch. Tom hatte sich ein besonders schönes Frühstück verdient.
Eine Nasenspitze hinaus auf den Hof, brachte mich auf den Gedanken, draußen zu essen, es war herrlich warm, wärmer als im Haus. Ich zerrte sogar eine von Toms Tischdecken aus einer der Schubladen in der Küche. Der Tag hatte mit einem Albtraum angefangen, war traumhaft weitergegangen und ich war willens, die Eindrücke des vergangenen Abends und der Nacht zu verscheuchen. Abschätzend musterte ich das Haus in der Morgensonne. Für mich hatte es ja nie das Flair des Stadels gehabt, allerdings hatte ich angenommen, dass das mit Christelle zu tun hatte. Aber selbst jetzt, wo ich mit Christelle auf vertrautem Fuß stand, hatte sich an dem Haus nicht wirklich etwas verändert. Komisch, dass mir das erst jetzt genau auffiel. Dabei war das Haus auf seine Weise durchaus hübsch.
Was fehlte ihm nur zum Charme meines Stadels? Mit meiner Kaffeetasse in der Hand trat ich ein paar Schritte rückwärts auf den Hof, musterte intensiv die Vorderfront des Hauses, das dabei war, mein Zuhause zu werden. Hm… ein paar Blumenkästen würden der Optik zuträglich sein, vielleicht den Fensterläden einen neuen Anstrich verpassen?
„Und, gefällt dir unser Haus?" Tom legte amüsiert seinen Arm um meine Schulter und griff mit der anderen Hand nach meiner Tasse. Ich reichte sie ihm zögernd. „Wenn ich ehrlich sein darf …?"

„Aber immer doch, Marie. Was missfällt deinem allsehenden Auge?"
Irritiert warf ich eins dieser Augen zur Seite. „Was?"
Doch er lachte nur. „Egal", ich holte mir meine Kaffeetasse zurück, „es sieht irgendwie leblos und traurig aus. Das fand ich schon immer. Zuerst dachte ich ja, es läge an meinem gespannten Verhältnis zu Christelle, doch das Haus wird nicht glücklicher."
Tom musterte mich mit hochgezogenen Brauen und schnupperte prüfend an meiner Kaffeetasse. „Da ist anscheinend nur Kaffee drin, ohne Schuss." Dann schaute er in den Himmel. „Für'n Sonnenstich ist es fast noch zu früh. – Was bitte kann an einem Haus traurig sein oder leblos? Das ist doch keine Ruine."
An seiner Stimme merkte ich, dass er sich noch nicht ganz entschieden hatte, ob er mich auslachen sollte oder verletzt sein, weil ich negativ über sein Haus redete. Dabei meinte ich es nicht böse. Mit einem verbindlichen Lächeln reichte ich ihm meine Tasse. „Das Haus ist wunderschön, ehrlich. Ich habe mir nur überlegt, ob ich ein paar Blumenkästen bepflanze oder sogar die Fensterläden neu streiche. Was meinst du?" Er entspannte sich augenblicklich, ein zustimmendes Lächeln funkelte in seinen Augen. „Mach nur, Marie. Aber ich renne nicht mit der Gießkanne herum, mein Wort drauf."
„Pfff…!" Ich streckte ihm die Zunge raus. „Dann halt nicht."
Beim Frühstück besprachen wir den Tag. Tom wollte bis mittags Querlatten an die neuen Zaunpfähle nageln, ich den Stall ausmisten. Dann hatte er bis zum frühen Abend Termine, ich wiederum hatte die Fohlen am Hals und danach kam Tobi, um die letzten Pfosten zu setzen. Je nachdem wie weit Tom heute kam, wollten wir mit dem alten Elektrozaun einen Teil der Wiese fohlensicher machen. Der Tag würde voll werden, doch wenn ich die Fohlen im Paddock herumtoben sah, dann war ich mir sicher, dass die Arbeit mit der Koppel lohnte.

Man konnte mich vielleicht ein einfältiges Gemüt nennen, doch ich genoss die Stallarbeit. Misten hatten etwas Meditatives, auch wenn man danach nicht besonders gut roch und man jeden einzelnen Wirbel im Rücken an der falschen Stelle spürte.

Ich war recht schnell fertig, fütterte die Fohlen und stapfte danach mit einer Tasse Kaffee zu Tom auf die Wiese. Er nagelte sich gerade durch die vierte Reihe Latten, die wir dank Klein-Jolly brauchten, ansonsten wäre uns der Zwerg unter dem Zaun durchgelaufen. Während Tom seinen Kaffee trank, fing ich an, die Aufhänger für den Elektrozaun in die Pfosten zu drehen.
„Das ist ein echter Scheiß-Job", knurrte ich, meine schmerzenden Finger schüttelnd, „da schraube ich mir ja ne Arthrose in die Finger."
„Schon mal was von einem Akkubohrer gehört, Marie, mein Schatz?" Toms Machogrinsen konnte ich nicht immer gut haben. „Schon mal was von Bedarfsemanzipation gehört, Tom, mein Liebster?"
„Hoi? Nö?"
Ich drückte ihm den Kasten mit den Schrauben in die Arme, völlig verblüfft griff er sogar zu. „Selber machen, ist Männerarbeit! Und ich gehe jetzt meine Fingernägel feilen, das ist bedarfsemanzipiert. Ganz einfach." Ich klopfte meine Hände an der Jeans ab und schickte einen aufreizenden Madonnenaugenaufschlag zu ihm hoch. Einen langen Moment schaute er mich fassungslos an, dann brach er in schallendes Gelächter aus. „Ich könnte dich bei der Frauenbewegung als Abtrünnige verpetzen."
„Nur zu, Tom, selbst im Allgäu sind die Scheiterhaufen endlich abgeschafft."
Lachend warf Tom seinen schweren Hammer in den Werkzeugkasten, Caspar machte bei dem Schepperer einen Satz zur Seite und Tom zog mich wild an sich. „Schade eigentlich", ein verschwitzter Kuss traf mich, ich fiel in sein Lachen ein, „wäre doch ganz romantisch, wenn ich dich in letzter Minute retten könnte."
„Ne, Tom, lass mal, ich steh nicht so auf Adrenalin und Nervenkitzel. Es ist übrigens gleich eins, du solltest dann mal los."
„Miesemarie. – Ich muss dringend noch etwas essen."
Die Miesemarie hatte ich Sylvie zu verdanken, ihr Spruch, wenn ich mal wieder die Einzige war, die noch ihren Verstand gebrauchte.
Im Stehen stopfte sich Tom ein Stück von dem Kuchen in den Mund, den Centa gestern mitgebracht hatte. „Tobi soll ruhig

schon anfangen, falls er vor mir da ist. Ich komme spätestens gegen sechs."
Ich nickte. „Ich helfe ihm bis dahin. Abends muss ich aber noch einkaufen gehen, der Kühlschrank ist gähnend leer."
Den Rest Kuchen spülte Tom mit einer Flasche Wasser hinunter. „Leere Kühlschränke sind bei dir doch normal", schmunzelnd wischte er sich einen Wassertropfen vom Kinn.
„Tja, aber seit ich einen Mann habe, der kochen kann, weiß ich die volle Variante zu schätzen. Was kochst du uns heute Abend?"
„Spätzle. Ich brauche was Nahrhaftes."
Erst als er durch die Tür war, verdrehte ich die Augen. Spätzle. Die aß ich für mein Leben gern und in jeder noch so abgefahrenen Variation, aber an einem lauen Frühsommerabend schienen mir Spätzle mehr als nahrhaft.
Wie auch immer, ich machte auf dem Absatz kehrt, um mir in der Küche einen Einkaufszettel zu schreiben. Wenn Tom Spätzle wollte, dann war ich die Letzte, die nicht brav die Zutaten dafür einkaufte. Ich war echt bedarfsemanzipiert. Unter diesem Aspekt schlurfte ich kurz darauf in Toms Werkstatt, wo ich mir den Akkubohrer griff und mit Caspars solidarischem Jaulen anfing, die Aufhänger in die Pfosten zu bohren. Caspar fand jegliche Art von Sirenen oder Bohrgeräuschen zum Heulen. Ich hatte den Drch recht schnell raus und bis Tom und Tobi relativ gleichzeitig auftauchten, hatte ich an jeden Pfosten zwei Abnehmer montiert. Das Lob der Herren nahm ich huldvoll entgegen und verabschiedete mich zum Einkauf.
Die beiden wiederum setzten eben den letzten Pfosten, als ich aus Sonthofen zurückkam, Tobi hämmerte noch die Querlatten fest und Tom bohrte die Abnehmer dazwischen. Stolz musterten wir drei unser Werk. Eine echte Koppel. Nicht die größte, aber genug Platz für unsere Fohlen, Flori und Balthasar und im Zweifelsfall hatte Tom noch genug Wiesen, die wir wieder einzäunen konnten. Gemeinsam holten wir die fünf aus ihrem Paddock. Flori hatte ihre Nase im Gras, bevor sie die Weide ganz betreten hatte, die Fohlen stürmten dagegen mit Caspar vorweg wild buckelnd durchs hohe Gras. Balthasar hielt sich diskret an Floris Seite. Er machte sich nicht so viel aus einer saftigen Weide.
Zum Glück, dachte ich mal wieder sehr erleichtert, denn mit

dieser Sommerkoppel hätte er sich gleich den nächsten Schub seiner Hufrehe geholt. Aber Balthasar achtete gut auf seine Gesundheit, zupfte nur hier und da an vereinzelten Halmen. Fast war es schon eine liebe Gewohnheit, dass wir drei jeder mit einer Flasche Bier den Fohlen beim Spielen zuschauten. – Heile Welt, Sonnenuntergang dazu. Als die letzten Strahlen wie am Tag zuvor von den Gipfeln zurückgeworfen wurden, fiel mir wieder der schaurige Anblick des Hauses ein. Halbherzig schielte ich über die Schulter. Die weiße Fassade schimmerte in einem dunklen Rosarot, eigentlich ganz nett, doch in den Scheiben reflektierte sich die Sonne erneut in schwarzen Flammen, die mir einen kalten Gänsehautschauer über den Rücken schickten. Es sah fast so aus, als würde das Haus innerlich brennen. Abrupt drehte ich mich weg. Mit Feuer konnte ich nun einmal überhaupt nichts anfangen. Alles, was über eine schüchtern brennende Kerze hinausging, grenzte für mich an Brandstiftung. Mit mir konnte man keine Lagerfeuerromantik genießen und auch ein Kaminfeuer war etwas, was ich nicht ohne jede verfügbare Sicherheitsvorkehrung in greifbarer Nähe freiwillig anzündete. Flambieren, Feuerspucken und dergleichen waren für mich der perfekte Albtraum. Und ein brennendes Haus die Hölle. Feuerwehrsirenen hörte ich noch Tage später im Ohr, bei Rauchsäulen im Wald oder am Berg schaute ich schleunigst weg. Und jetzt zum zweiten Mal dieser Anblick. Irgendwie hatte ich das Gefühl, als wäre es wichtig, dass ich hinschaute. Zögernd drehte ich mich halb um und mit klarem Verstand sah dieses alte Bauernhaus so aus, wie jedes, das im Sonnenuntergang angestrahlt wurde. Unwirsch schüttelte ich den Kopf, was Tom und Tobi zum Glück nicht bemerkten, manchmal war ich echt nicht ganz zurechnungsfähig.
„Was ist jetzt mit den Spätzle, Tom?“ Die schwarzen Flammen in den Fenstern entsprangen meiner überspannten Fantasie. Mumpitz. Mein knurrender Magen brauchte viel dringender Beachtung als die untergehende Sonne. Tom legte seinen Arm um mich, dass ich gegen seine Schulter bollerte. Damit plumpste auch das letzte Stück Albdruck von mir ab. Ich holte tief Luft, schloss kurz die Augen, um den Duft des frischen Grases, warmer Erde und abendlicher Feuchtigkeit bis ins Letzte auszukosten.

„Ich geh dann auch mal", Tobi grinste breit, „Centa wartet sicher schon mit dem Essen auf mich."
Tom verzog das Gesicht. „Irgendetwas mache ich echt falsch. Mein Essen muss ich mir immer selber machen."
„Pfff", ich zog ihn hinter mir her, „das ist eine typisch männlich pauschalisierte Aussage. Außerdem willst du ja überleben. Also koch uns endlich etwas. Ich kümmere mich um die Fohlen."
Die beiden Männer im Schlepp stapfte ich ums Haus herum auf den Hof. „Sie nennt das seit Neuestem bedarfsemanzipiert", hörte ich Tom hinter mir zu Tobi sagen und Tobi lachte brummelnd. „Sparst dir wenigstens die Stallarbeit, ist doch auch was. Pfüats euch, ihr beiden."
Lieber Stallarbeit, als schwitzend in der Küche stehen und das Nudelwasser anbrennen lassen. Kochen war nun einmal nicht meine Stärke. Immerhin hatte ich es in den Monaten mit Tom so weit gebracht, dass ich gefahrlos ein Mittagessen zusammenmischen konnte. Karsten hätte zwar selbst jetzt noch gemeint, dass der Inhalt des Topfes ein Angriff auf seine Gesundheit sei, doch Tom hatte immer Hunger und entsprechend schmeckte es ihm meistens. Lieber knuddelte ich die Fohlen, füllte die Raufe mit Heu oder sammelte Pferdeäpfel aus dem Stroh. Und als ich zurück in die Küche kam, streute Tom gerade eine weitere Lage Röstzwiebeln und Käse auf die dampfenden Spätzle. Ich sabberte fast vor Hunger, genau wie Caspar, der zappelnd neben seinem Futternapf hockte, und Melchi, der Tom um den Speck herumschnuste. Wenigstens ein Stückchen konnte er meistens klauen. Es herrschte gefräßige Stille, als wir alle endlich vor unseren Tellern saßen.
Tom hatte mal wieder vollkommen recht gehabt, Spätzle waren genau das richtige Essen für diesen Abend, selbst wenn draußen noch fast zwanzig Grad herrschten. Spätzle war nun einmal ein Essen, von dem man Unmengen verdrücken musste, selbst wenn man längst zu platzen drohte. Ich jedenfalls konnte nie aufhören, der Blutwurz danach war eine schlichte Notwendigkeit. Wohlig seufzend lehnte ich mich zurück und öffnete den Knopf meiner Jeans.
„Was macht eigentlich unsere Schwangere?", fragte Tom mit bezeichnendem Blick auf meinen vollgefressenen Bauch. Ich

zuckte leicht die Schultern, schielte nach der Schnapsflasche. Sollte ich noch einen für die Gemütlichkeit zu mir nehmen?
„Der dreht hoch, Marie, lass es besser. – Ich halte dir nicht den Kopf, wenn dir schlecht wird.“ Allein das wäre schon ein Argument für den Schnaps gewesen, hielt ich mich doch für recht trinkfest, aber ich entschied, dass ich für diesen Tag genug emanzipierte Sachen gemacht hatte und Tom vielleicht sogar nicht ganz falsch lag, denn mir wurde angenehm schwummerig im Kopf und mein Bauch entspannte sich. „Keine Ahnung, was Sylvie macht“, erwiderte ich auf seine Frage, „sie wird wohl das Kinderzimmer in ein Künstlerkinderzimmer verwandeln. Eventuell wollten sie und Jan am Wochenende kommen.“
„Jan hat Nerven! – Ich probier jetzt noch das alte Stromweidegerät aus. Falls das noch funktioniert, dann können wir die Pferde auch unbeaufsichtigt draußen lassen.“
Ich nickte zögernd. Strom war für mich ähnlich unberechenbar wie Feuer und es schien mir grundsätzlich nicht fair, die Pferde einer solchen Gefahr auszusetzen. Doch da redete ich bei Tom gegen eine Wand. Er fand die Gefahr eines Ausbruchs wesentlich greifbarer und versuchte, mir glaubhaft zu versichern, dass die sogar in Panik nicht durchbrechen würden, wenn ein Stromzaun die Koppel sicherte. Panik bei Pferden brauchte ich ebenfalls nicht. Ich hatte nichts dagegen, in meinem Leben gewisse Risiken auszuschließen.
„Okay“, ich seufzte, damit er merkte, dass ich das Ding noch immer nicht mochte, „ich geh mit Caspar eine Runde und komme dann zur Weide.“ Auch Caspar würde der Elektrozaun überhaupt nicht gefallen. Mehr als einmal war er in den vergangenen Monaten ahnungslos mit seiner nassen Nase gegen eines der Bänder gekommen, es hatte knacks gemacht und Caspar war panisch jaulend davongesprungen, ohne zu wissen, wer ihm in die Nase gebissen hatte. Das nannte ich die perfekte Abschreckung. Aber vielleicht waren Pferde ja schlauer als mein kluger Hund und peilten die Stromlage.
Ich hatte es nicht eilig, zur Wiese zu kommen, ging also gemächlich mit Caspar und Melchi zum Rotbach hinüber, am Eingang zum Tobel, wo er sein abendliches Bad nahm und schlenderte dann zurück. Tom hockte rot vor Wut mit einem Handstrahler vor dem grünen Kasten und steckte Kabel um.

Ich hörte das vertraute Knacken, sah dann einen kurzen Blitz aus dem Kasten kommen und bei uns im Haus gingen die Lichter aus. Wir standen im Dunkeln. Oh, oh, betont beiläufig trat ich zu Tom, der ohne mich anzuschauen durch die Hintertür ins Haus polterte, um die Sicherung wieder einzulegen. Anscheinend hatte er dieses Spiel jetzt schon mehrfach hinter sich gebracht, aber wenigstens gingen die Lichter wieder an, so dass es nicht mehr ganz stockfinster auf der Wiese war. Caspar beäugte misstrauisch den regelmäßig knackenden Kasten, ich zog ihn beiseite. „Ist das Ding kaputt?"
Tom knurrte wütend. „Nein, die Sicherungen im Haus verpacken das Gerät nicht. Das Stromnetz war einer der wenigen Punkte, wo wir damals gespart haben, denn Christelle war auch so ein Stromschisser wie du und hatte immer Angst um ihre Fohlen. Lieber hat sie fünf Latten übereinander an den Zaun genagelt, als ein Stromband zu ziehen. Jetzt rächt sich auch das. Ich hatte das glatt verdrängt."
Wie so vieles, was mit Christelle in Zusammenhang stand, dachte ich durchaus zynisch. Aber schön, dass wir auch diesen Punkt aufarbeiten können. „Also lassen wir das doch einfach für heute", bot ich an. In manchen Dingen wurde mir Christelle immer sympathischer, „morgen rufe ich einen Elektriker an, dass der das richtet. So lange werden die Kleinen schon ohne Stromschocker auskommen."
„Marie, du nervst." Er knipste das Gerät aus. „Ich geh jetzt schlafen."

17. Kapitel

Inferno

Mit einem Krachen schlug die Hintertür ins Schloss, ich grinste. Toms wütende Schritte hörte man bis hinauf ins Schlafzimmer, wo er nicht minder lautstark das Fenster schloss. Noch vor nicht allzu langer Zeit hätte ich mir diesen abgedroschenen Schuh jetzt angezogen und mich umgehend bemüht, Toms finstere Laune zu erheitern, natürlich erfolglos, genauso wie ich sofort überprüft hätte, ob ich an dieser Laune nicht sogar eine Teilschuld trug, die ich sicher gefunden hätte. Doch das war vorbei. Seine Laune gehörte ihm, nicht mir. Diese Einstellung funktionierte nicht immer, aber doch immer öfter und mit wachsendem Erfolg.

Mitfühlend betrachtete ich den zerschrammten grünen Kasten, verpasste ihm einen leichten Tritt, bevor ich ihn packte und mit zum Stall hinüber nahm, wo ich ihn in der Stallgasse neben die Tür stellte. Vorerst brauchten wir den nicht mehr. In aller Ruhe sagte ich den Pferden gute Nacht, kraulte Stirnfransen und zupfte an lustigen Unterlippen.

Die Zeit brauchte Tom, damit er sich ein wenig beruhigte, sonst wäre ich durch die nächste unbedachte Aussage ins Schussfeld geraten und darauf hatte ich verständlicherweise keine Lust. Keine halbe Stunde später war alles ruhig im Stall und auch im Haus. Ich war bleimüde, stand aber trotzdem etwas unschlüssig unten im Flur. Alles war dunkel, entweder hatte Tom den Sicherungskasten restlos geschrottet, oder er hatte für diesen Tag definitiv genug von Strom und deswegen alle Lichter gelöscht. Mir war es egal. Melchior quetschte sich in letzter Sekunde hinter mir durch die Tür. Er quäkte empört, weil ich ihm beinahe seine zarte Katernase platt gedrückt hätte. Ich entschuldigte mich gebührend, was er allerdings nicht weiter zur Kenntnis nahm, denn noch bevor er den Weg zur Treppe und ins warme Bett antrat, sträubte er seinen Schwanz, was mich wieder an den Strom erinnerte, und knurrte leise. Das klang mal recht bedrohlich, ein Ton, den ich von ihm ansonsten nicht gewohnt war. Caspar hob solidarisch seine Schnauze in die Luft und witterte. Fast gleichzeitig sträubte auch er das Fell.

„Was liegt an, Jungs?“ Im gleichen Moment roch auch ich es. Verschmort? Ich schnüffelte in die Küche, ins Wohnzimmer, dann in Richtung Sicherungskasten unter der Treppe. Es war kein starker Geruch, zögernd öffnete ich die blecherne Tür, doch weder schlugen mir Flammen entgegen, noch war eine der Sicherungen herausgesprungen. Wahrscheinlich hatten Toms kleine Überspannungen nur ein wenig die Kabel gestresst.
„Alles okay“, beruhigte ich die beiden, „gehen wir schlafen.“ Melchior bewegte sich unschlüssig in Richtung Haustür, Caspar plumpste auf sein Hinterviertel.
„Es freut mich, dass ich hier nicht der einzige sogenannte Stromschisser bin“, ich kraulte eine Runde Köpfe, „aber macht euch mal keine Sorgen, es scheint keine unmittelbare Gefahr zu drohen.“ Melchiors fassungsloser Blick strafte meine lockeren Worte Lügen, auch Caspar rutschte mit der Nase zwischen seine Füße. Verwirrt schaute ich die beiden an. Das war mal wieder einer jener Momente, wo ich mir sehnlichst wünschte, nur einmal zu verstehen, was in den Köpfen meiner Tiere so vor sich ging. Es schien mir wichtig, ich lauschte angestrengt, blieb aber wie immer ausgeschlossen mit meiner unsensiblen menschlichen Wahrnehmung.
„Okay, Melchi, wenn du raus willst, dann zisch ab.“
Ich öffnete die Tür einen Spalt breit, so, dass er hindurchhuschen konnte. Mit steil aufgerichtetem Schwanz, der zunehmend aufgeregt hin und her peitschte, blieb Melchi einen Augenblick lang halb in der Tür stehen. „Caspar, wenn dir der Stall lieber ist, dann hast auch du jetzt die ultimative Chance, nicht im Haus zu schlafen. Also?“
Es war offensichtlich, dass die beiden sich kurz beratschlagten, mit dem Ergebnis, dass Caspar aufsprang, die Treppe hinaufstieg und Melchior ihm murrend hinterhersprang. Kopfschüttelnd schloss ich endgültig die Tür, um den beiden ins Schlafzimmer zu folgen. Ich duschte kurz, tippelte dann auf Zehenspitzen zu Tom ins Schlafzimmer. Er schnarchte. Na super, dachte ich, wenn das so weiterging, dann war die nächste Anschaffung gleich morgen früh ein Satz Ohrenstöpsel. Centa benutzte die auch, wie sie mir vor einer Weile recht peinlich berührt gebeichtet hatte. Nur mit dem leichten Unterschied, dass die beiden seit bald zwanzig Jahren verheiratet

waren, während Tom und ich noch nicht einmal unser Einjähriges gefeiert hatten, von einer Hochzeit ganz zu schweigen. Bei dem Gedanken fiel mir just Sylvie ein. Ich rutschte behutsam unter meine Decke. Die beiden stritten zurzeit darüber, welchen Namen Sylvie zukünftig tragen sollte. Und Sylvie wäre nicht sie selbst, wenn sie nicht ganz klar darauf bestanden hätte, ihren eigenen Namen zu behalten. Ich fand das korrekt, immerhin lief sie seit mehr als dreißig Jahren damit herum und wer wollte schon van Delden gegen Köberle eintauschen, selbst wenn das ein guter Allgäuer Name war? Keiner außer Jan. Wenigstens hatte Tom Verständnis für Sylvie, was mich hoffen ließ für den Fall, dass bei uns Umstände eintreten könnten, die eine Heirat ebenfalls nötig machten. Braucht's nicht, lieber Gott, flüsterte ich in die Dunkelheit und Toms Geschnarche hinein. Gar nicht nötig.
Mit einem Seufzer streckte ich meine Beine aus, rummste prompt gegen Toms, der mal wieder quer im Bett lag. Typisch Mensch, der viele Jahre alleine geschlafen hatte, ohne seinen Platz teilen zu müssen. Murrend drehte er sich um. „So geht das nicht weiter, Marie!"
Entgeistert starrte ich in sein dunkles Gesicht. Er wollte sich doch jetzt nicht ernstlich aufregen, weil ich seine Beine auf meiner Seite nicht bemerkt hatte? „Was?"
„Na ja", er wälzte sich zu mir herum, „dieser ganze Murks hier. Ich frage mich im Moment dauernd, warum ich nicht schon längst etwas geändert habe, denn mich nervt das. Der Sicherungskasten hat mir heute echt den Rest gegeben."
Es war spät, der Tag war voll gewesen und ich fühlte mich total begriffsstutzig. „Welcher Murks? Was nervt?"
„Wir müssen umbauen und zwar so schnell wie möglich. Gleich morgen früh rufe ich den Architekten an, der uns damals den Umbau gemacht hat. Der hatte nämlich auch ganz andere Ideen als Christelle. Ich brauche Luft, große Räume, ein schönes Badezimmer und eine vernünftige Stromversorgung. Wenn ich in der Werkstatt die Schleifmaschine anmache, dann darf nicht einmal die Waschmaschine laufen, sonst haut's alle Sicherungen raus. Jetzt ist Schluss. – Hast du eigentlich endlich dein Auto ausgeräumt? Ich habe den halben Schrank für dich leer gemacht."

Nicht dass er mich nicht mehrfach gewarnt hätte, doch in diesem Moment ahnte ich zum ersten Mal, dass Tom tatsächlich irgendwie ein wenig verrückt war. „Okay, Tom, ganz ruhig." Ich hob beschwichtigend die Hände. „Es ist gleich Mitternacht, doch das ist nicht gefährlich, du brauchst dich nicht in einen Wehrwolf verwandeln."
„Hä?"
Mal wieder einer meiner Witze, der zu den verlorenen dieser Welt gehörte. Ich seufzte also ernsthaft. „Nein, Tom, ich habe mein Auto noch nicht leer geräumt, wann auch? Und kein Problem, soll uns dieser Architekt halt mal ein paar Bildchen malen. – Schlafen wir jetzt?"
Murrend legte Tom seinen Arm unter meinen Kopf und zog mich an sich, nicht bequem aber lieb gemeint. „Ich habe ja schon längst geschlafen, nur du turnst wieder die halbe Nacht herum." Ich klapste ihm leicht gegen die Stirn. „Wie bist du heute eigentlich drauf?"
„Schlecht."
Sprach's und schlief mal wieder in Bruchteilen von Sekunden ein, während ich mir meinen Nacken auf seinem Arm schief lag. Ein großes Badezimmer, ich starrte die Balken an der Decke an, offene, große Räume, das wäre schon was, wenn nur nicht der unangenehme Teil des Umbaus vorweg zu überstehen wäre. Darüber schlief auch ich ein.

Ich wusste nicht, wer von beiden zuerst auf unserem Bett landete, Caspar oder Melchior, und wer von beiden größeren Radau machte. Caspar bellte, jaulte in den höchsten Tönen, völlig übergeschnappt und sprang dabei wild hin und her, während Melchior eine Mischung aus Fauchen und Katergeschrei von sich gab. Es klang, als seien die beiden eben aus der Hölle entflohen. Doch bevor ich einen entrüsteten Schrei von mir geben konnte, der beide vom Bett gescheucht hätte, roch ich es. Tom neben mir war schon auf den Beinen. Es dauerte ein paar hektische Atemzüge lang, bis auch mein Hirn verstand, nach was es da roch und bereit war, die logische Konsequenz daraus zu ziehen: Qualm, Rauch, Feuer!
In einem Anfall von Panik schoss ich aus dem Bett, quirlte diverse Male um meine eigene Achse. Wir mussten raus hier,

ich hustete, rieb mir die Augen gegen den beißenden Rauch, der immer dichter wurde. Sofort mussten wir raus!
„Marie, wirf den Kater aus dem Fenster!“ Tom zerrte mit ruhigen und verstörend konzentrierten Griffen die Bettdecken vom Bett, deutete nur flüchtig auf Melchi und mich.
„Mach schon, Marie, es brennt.“
Nicht, dass ich das nicht selber bereits bemerkt hatte, doch diese katastrophalen Worte aus Toms Mund live zu hören, das legte für lange Augenblicke den Rest meiner Selbstbeherrschung lahm. Ich war noch nie mutig gewesen. Es hatte auch noch nie einen Grund gegeben, es zu werden. Bis jetzt. Keuchend holte ich Luft, der Qualm biss mich im Hals und erst jetzt bemerkte ich, wie es auch zunehmend heißer im Zimmer wurde.
Melchior würde auf die Füße fallen, ein Sturz aus der Höhe machte ihm nichts aus. Meine Augen tränten vom Qualm, mühsam fing ich den aufgelösten Kater ein. Es würde ihn retten. Ich stieß das Fenster auf, ein Schwall frischer Luft erlöste für einen kleinen Moment meine schmerzenden Lungen und Melchior krallte sich in mein T-Shirt, bohrte sich schmerzhaft in meine Brust und in den Bauch. Ich bekam ihn einfach nicht los und je verzweifelter ich einzelne Krallen löste, desto vehementer hakte er sich mit der nächsten fest.
„Hilf mir, Tom, ich kriege ihn nicht los!“
Doch Tom schüttelte nur den Kopf, sein Gesicht war eine erstarrte Maske aus Konzentration. Er war mir so fremd, dass ich mich fürchtete. „Tom?“
„Ganz ruhig, Marie“, er legte mir meine Bettdecke über Kopf und Schultern und verknotete sie über dem Kater vor meinem Bauch, „halt ihn so gut es geht fest. Wir gehen jetzt die Treppe hinunter und raus aus dem Haus, bleib einfach nur immer hinter mir.“
„Und Caspar?“ Für einen entsetzlichen Moment hielt ich es für möglich, dass er ihn zurücklassen wollte, doch dann wäre auch ich geblieben oder hätte ihn aus dem Fenster geworfen. Das wäre allemal besser gewesen, als zu verbrennen oder zu ersticken. Ich rang nach Luft, hustete. Auch Toms Stimme klang heiser, er kniff die Lippen zusammen.
„Alles in Ordnung, Marie, ich nehme Caspar. Komm jetzt.“
Er zog sich seine Bettdecke über den Kopf und hob den zappelnden Caspar auf die Arme.

„Still, Caspar!“, wies ich ihn hart an. „Brav jetzt!“ Er winselte erbärmlich, während Melchi nur noch zitternd an meinem Bauch hing. Auch meine Hände zitterten, als ich Tom die Decke um den Hund knotete, sie reichte nicht und rutschte ihm vom Kopf. „Egal. Komm endlich, Marie.“ Er stieß die Tür mit seinem Ellenbogen auf, eine Woge von dickem, schwarzem Qualm rollte über uns hinweg. Ich würgte, hustete, rang vergeblich nach Luft, die es nicht mehr gab. Gebeugt trat Tom auf den Flur, während ich wie angewurzelt stehen blieb. Das war die Realität des Albtraums, man sollte fliehen was die Beine hergaben und stattdessen war man zu keinem Schritt fähig. Wie paralysiert starrte ich auf den Flur, wo der Rauch so dicht war, dass ich die gegenüberliegende Tür nicht sehen konnte, lauschte verwirrt auf die seltsamen Geräusche unter uns, Tosen, Knistern und Bersten. Was geschah dort unten?
„Marie!“
Tom war im Rauch verschwunden. „Tom?“ Panisch sprang ich auf den Flur, dorthin, wo ich die Treppe vermutete. Ich stieß fast gegen ihn, weil ich über die erste Stufe stolperte. Mit Entsetzen fühlte ich die Hitze auf meinem Gesicht, sie versengte mir die Haut, den Mund, meine Lungen. Ich konnte nicht mehr atmen vor Schmerz und der Rauch fraß sich böse durch mich hindurch. Husten war noch schmerzhafter als atmen.
Dagegen bemerkte ich nicht, dass wir barfuß liefen. Wir wurden unfreiwillig zum Feuerläufer und niemals wieder sollte mir jemand weismachen, dass das der absolute Überkick im Leben war. Ganz sicher nicht. Sollten wir das überleben, so schwor ich mir in diesem Moment mit irrationaler Klarheit, dann würde nie wieder auch nur die kleinste Flamme in meiner Nähe ein Quäntchen meiner Luft verbrauchen.
Der Kater hing schlaff in meinen Armen, auch Caspars Winseln war verstummt oder ich hörte es in dem Inferno nicht mehr. Mit jedem Schritt die unendlich lange Treppe hinunter wurde die Hitze bestialischer und durch den dichten Qualm drängte sich ein immer greller werdendes Licht. Wir hatten die letzte Stufe fast erreicht, da brach unter furchtbarem Geschrei des Holzes seitlich von uns die Decke vom Schlafzimmer ein. Funken stoben, berstendes Holz schleuderte glühende Splitter in alle Richtungen. Instinktiv zogen wir die Köpfe ein, Toms

Laken fing Feuer. Hysterisch schreiend, woher auch immer ich die Kraft dazu hatte, hieb ich auf Toms Rücken ein. Noch mehr Feuer ertrug ich nicht.
Seine Hand fasste suchend nach meiner, Caspar hing leblos in seinem Arm.
„Lauf, lauf, Marie!“ Er riss mich hinter sich her, ich stürzte über die letzte Stufe, rappelte mich an seiner Hand auf und wir rasten blindlings durch den brennenden Flur.
Ich weiß nicht, wer von uns beiden die Haustür aufriss, wer wen hinaus warf, wie wir auf den Hof stolperten, außer Reichweite der Flammen, und ob ich erst nach Caspar oder erst nach Melchior schaute oder fieberhaft Toms Gestalt nach Verletzungen absuchte. Vielleicht versuchte ich auch erst selber ein wenig frische Luft in meine schmerzenden Lungen zu pumpen, obwohl ich fürchtete, nie wieder atmen zu können, ohne diesen verbrannten Schmerz in mir zu fühlen.
Tom schüttelte Caspar in seinem Arm, blies ihm Luft ins Maul, bis er hustete. Sein zartes Winseln stach durch das Tosen der Flammen. Melchior atmete flach, doch er lebte. Fahrig strich ich beiden über ihre angesengten Pelze. Im Schein des Feuers entdeckte ich aber keine größeren Verbrennungen an ihnen. Dann schaute ich hoch, direkt in Toms Gesicht. Er hatte Brandblasen auf den Wangen, seine Lippen waren aufgesprungen, das Blut in der Hitze sofort getrocknet. Vorsichtig streckte ich meine Hand nach ihm aus, strich fassungslos über seine Stirn, wo sonst seine verwuselten Haare hingen. Sie waren alle verbrannt, ebenso wie seine Augenbrauen und seine Wimpern.
„Ich laufe schnell zu Centa und Tobi und hole Hilfe“, erklärte ich völlig blödsinnig, Tränen traten mir plötzlich in meine brennenden Augen, „bleib ruhig sitzen, Tom.“
Ich wollte aufspringen, doch er schüttelte nur den Kopf. Etwas wie ein Lachen kam aus ihm heraus. „Du bist noch verrückter als ich, Marie. Bleib selber hocken! Meinst du nicht, dass ganz Sonthofen sieht, dass es bei uns brennt?“
Tatsächlich dröhnte in diesem Moment von allen Seiten die Feuersirene. Ich hatte dieses Geräusch schon immer gefürchtet, schon immer für die Menschen gebetet, denen diese Sirenen galten und ich hoffte, dass die Welt dieses Mal für uns betete. Langsam drehte ich mich zum Haus um, das gesamte Ober-

geschoss, Dachstuhl und die linke Haushälfte brannten lichterloh. Wie waren wir da nur herausgekommen? Wenn Caspar und Melchior nicht gewesen wären, dann wären wir in unseren Betten am Rauch erstickt, bevor wir den Brand überhaupt bemerkt hätten. Und ich Idiot hatte ihnen erzählt, es drohe keine Gefahr, obwohl es so verschmort gerochen hatte. Warum hatte ich nicht auf sie gehört? Ein Hustenkrampf zerriss mir die Lungen.

„Dem Stall droht vorerst keine Gefahr", sagte Tom mit krächzender Stimme in meine Verwirrung hinein, ich schaute überrascht zum Stall, richtig, den gab es ja auch noch. Erst jetzt hörte ich die Pferde aufgeregt und verängstigt wiehern. Impulsiv hielt ich mir die Ohren zu, der Lärm des Feuers, die nicht enden wollenden Sirenen und das Geschrei der Pferde raubte mir den letzten verkohlten Rest meiner Nerven. Ich konnte und wollte mich nicht aufraffen, um nach den Pferden zu schauen. Stille, nur einen kleinen Moment lang Ruhe. „Wir brauchen dringend einen Tierarzt und einen Krankenwagen für dich", ich versuchte mich mit naheliegender Vernunft zu beruhigen, sonst lief ich Gefahr, die Nerven zu verlieren.

„Ach Marie", seufzend lehnte sich Tom an den Zaun des ersten Paddocks, so dass er direkt auf das brennende Haus schaute, sein Zuhause, „wir alle brauchen einen Arzt und du kannst sicher sein, der kommt gleich mit der Feuerwehr zu uns hochgefahren. Die sollen uns dann auch jemanden von der Tierklinik schicken."

„Mir geht es gut", ich räusperte mich gegen den Schmerz im Hals, „ich brauche keinen Arzt."

Ein amüsierter Seitenblick traf mich, Toms Augen ohne Wimpern, ein Anblick, an den ich mich erst noch gewöhnen musste. „Du brauchst den nicht mehr oder weniger als ich, Marie. Aber das wird schon wieder. Ich glaube, es hat uns nicht schlimm erwischt. Dank Caspar und Melchior sind wir mit ein paar Löchern im Pelz davongekommen."

Zögernd schaute ich an mir herunter, starrte meine Hand an, mit der ich die Flammen auf Toms Rücken ausgeschlagen hatte. Eine dicke Brandblase wölbte sich im Handteller. Noch spürte ich keinen Schmerz. Meine Beine waren gerötet, shit, dachte ich entsetzt, ich saß hier in verrußtem Slip und T-Shirt

und gleich würde die Feuerwehr vom gesamten Oberallgäu anrücken und voll böser Ahnungen fasste ich nach meinen Haaren, die dank des Lakens über meinem Kopf soweit noch vorhanden zu sein schienen. Dafür fanden meine tastenden Finger keine Augenbrauen mehr und statt Wimpern spürte ich nur heftigen Schmerz an den Lidern. Tom musterte mich mit liebevollem Spott, irgendwie fand ich, dass er noch paradoxer reagierte als ich. Er wirkte total entspannt, in sich ruhend, kein bisschen so, wie man bei einem Menschen vermuten sollte, der gerade dem Tod von der Schippe gesprungen war und dessen Zuhause sich vor seinen Augen in Rauch auflöste. Ich für meinen Teil schob meine schrägen Gedankengänge auf den Schock, der sich sicherlich bald lösen würde.
„Wir leben, Marie“, erklärte Tom trocken, „alles andere ist nicht wichtig.“
Ich nickte langsam, zog den erschöpften Caspar näher an mich heran. Beide Tiere hechelten angestrengt, husteten immer wieder, und die Gefahr, dass sie durch den Schock doch noch einen Kollaps bekommen könnten, die war längst nicht gebannt. Fassungslos starrte ich auf die beiden Fellrücken. Sie hatten uns das Leben gerettet! Mein Herz fing unstet an zu klopfen, das Blut rauschte mir in den Ohren, ich klammerte mich an Caspar.
Mit jedem schmerzenden Atemzug wurde mir die Tragweite dessen, was geschehen war, bewusster und das war entschieden zu viel. Die Schutzhülle des Schocks bröckelte massiv. Tom rutschte neben uns, schlang seinen Arm um mich und die Tiere. Ich schluchzte. Im gleichen Moment hörten wir die Feuerwehr die Straße heraufkommen, flackerndes Blaulicht lief in Kreisen über den Hof, aufgeregte Stimmen und Menschen, die hastig herumeilten. Es kam mir vor, als schaute ich mir ein Theaterstück auf der Bühne an, krass nur, dass es unser Haus war, das dort brannte und offensichtlich hatte uns noch niemand bemerkt, obwohl wir doch die Hauptdarsteller waren. Tom murmelte etwas wie: typisch und stand stöhnend auf. Das genügte, um auf uns aufmerksam zu machen.
„Mauderer!“ Der Mann in Feuerwehrmontur, der auf uns zugestürzt kam, war mir flüchtig bekannt. „Herrgottsackra! Seids ihr verletzt? Ist noch jemand im Haus?“

Tom schüttelte den Kopf. „Nein, Max, ist keiner mehr drin. Uns geht es gut soweit. Wir brauchen aber einen Tierarzt für den Hund und den Kater. Die beiden haben uns rechtzeitig geweckt."
Besagter Max musterte uns drei am Boden mit großen Augen. „Die Sander Marie und ihre Viecher." Er winkte nach hinten und sofort sprang ein junger Bursche heran. „In der Tierklinik anrufen. Wir brauchen einen Tierarzt!" Der Junge nickte aufgeregt. Fast hätte ich gelächelt, offensichtlich war das sein erster Einsatz. Aus den Augenwinkeln sah ich einen Krankenwagen auf den Hof fahren und dahinter gleich Tobis alten Passat. Tobi und Centa! Die Vorstellung, dass die beiden kamen, war für mich beruhigender als der Krankenwagen oder die Feuerwehr, die eh nichts mehr retten konnte. Mühsam rappelte auch ich mich auf, drückte Melchior fest an mich und stellte mich über Caspar. Mit einem Mal wurde mir schrecklich kalt, ich hatte das Gefühl, keine Sekunde länger wach bleiben zu können. Die wunden Lider meiner Augen brannten von meinen salzigen Tränen. Kurios, dachte ich, erstaunlich dass überhaupt noch genug Flüssigkeit in mir war, damit ich weinen konnte.
Mir war erschreckend klar, dass ich kurz vor einem Nervenzusammenbruch stand, und langsam setzte der Schmerz ein. Brandwunden waren mir schon immer besonders zuwider gewesen. Da hatte schon der Backofen oder das Bügeleisen gereicht. Das hier waren aber diverse Nummern mehr. Ich rang nach Luft, doch es kam nicht genug davon durch meine verrauchten Lungen hindurch. Irgendjemand legte mir eine dieser ultradünnen Thermodecken über die Schultern, sie knisterte laut wie das Feuer, weil ich so zitterte. Das war kaum zu ertragen, doch ich fror in der frischen Nachtluft.
Wie viel Uhr mochte es wohl sein? Mein Kopf drehte hohl. Tom stand verstörend weit von mir entfernt. Er starrte in die Flammen, sie spiegelten sich auf seinem Gesicht. Er verharrte still, schaute, wie die Feuerwehrmänner die Schläuche ausrollten. Kommandos hallten durch die Nacht und das Tosen des Feuers, dann prasselten die ersten Wasserfontänen auf das, was einmal Toms Zuhause gewesen war. Er senkte den Kopf und drehte sich zu mir um. Tobi und Centa rannten durch die dichter werdende Menschenmenge auf uns zu, gefolgt von Max

und zwei Sanitätern. Ich versank mit Melchior in Centas Armen. Für einen wunderbaren kurzen Moment herrschte Stille um mich herum, ich fühlte nur wie sie mich hielt, geborgen und sicher.
„Bevor der Tierarzt da war und sich um Caspar und Melchior gekümmert hat, steige ich nicht in den Krankenwagen“, hörte ich Tom wie durch einen Nebel sagen, „nimm Marie halt schon einmal mit.“
Abrupt machte ich mich von Centa los, fuhr empört zu Tom herum. „Mich nimmt niemand mit!“ Ich hustete. Die beiden Sanitäter hatten Tom zwischen sich genommen und redeten leise auf ihn ein, Tobi nickte dazu, während Tom kategorisch den Kopf schüttelte, ein erschöpfter Blick traf mich. Mit der Thermodecke um die Schultern sah er aus wie ein gestrandeter Marsmensch.
„Seids halt vernünftig, ihr beiden“, knurrte Tobi, „ich schaue jetzt nach den Pferden und warte auf den Tierarzt, damit der die beiden Retter verarztet. Entweder nimmt er sie mit in die Klinik oder ich richte ihnen daheim am Ofen ein warmes Plätzchen. Und ihr fahrt ins Krankenhaus. Centa kommt mit euch.“
„Nicht am Ofen!“ Ich kreischte hysterisch, sah schon wieder Flammen züngeln. „Bring sie woanders unter, Tobi!“
Centa legte behutsam ihren Arm um meine Schultern, ich spürte, dass ich kurz vor dem Überschnappen stand, was mir seltsam peinlich war.
„Dann halt im Gästezimmer, Marie“, Tobi hob beschwichtigend die Hände, „ganz wie du willst. Aber fahrt jetzt endlich. Ich mach das schon mit deinen beiden. Versprochen!“
Zögernd fasste Tom nach meinem Arm. „Er hat recht, Marie. Lassen wir uns die Brandwunden versorgen und den Rest der Nacht schlafen wir im Stadel.“
Irgendwie wollte ich mich nicht dazu durchringen, immerhin konnte ich auch Brandwunden versorgen, dafür mussten wir nicht mit diesem Notarztwagen ins Krankenhaus fahren. Warum seilten wir uns nicht gleich in den Stadel ab? Weg und vergessen. Die Verlockung der Ruhe und des Verdrängens war fast übermächtig. „Ich lass euch nicht allein im Stadel nach dieser Nacht“, Centa zog mich sanft an sich, „ihr bleibts brav bei uns. Tobi richtet das Gästezimmer.“

„Sorry", mischte sich der eine Sanitäter leicht gereizt ein, „aber mit Rauchvergiftung und Verbrennungen wird es nur ein Zimmer im Krankenhaus geben und nirgendwo anders. Können wir jetzt?"
Mir war danach, laut zu lachen, das alles hier war fast paranoid. Unsere kleine Welt brach gerade in einem Inferno zusammen und um uns herum stritten die Leute, wo wir die Nacht verbrachten. Schräg. Wenigstens sah ich den Tierarzt suchend zwischen den Feuerwehrleuten herumgehen. Ich hob meinen Arm, um zu winken, doch der Schmerz in meiner Hand, wo die Brandblase kurz vor dem Platzen stand, ließ mich mitten in der Bewegung innehalten. Ich schluchzte unwillkürlich auf. Tobi rief nach dem Tierarzt.
„Dann gib mir schon mal den dicken Schwarzen", brummte er gutmütig, „und lasst euch verarzten."
Widerstrebend reichte ich ihm meinen Kater, während der Tierarzt zu uns trat. Er grüßte verhalten, wir kannten uns nur flüchtig, dann musterte er Melchior und Caspar mit einem forschenden Blick.
„Das sieht auf den ersten Blick mal nicht ganz hoffnungslos aus", ein beruhigendes Blinzeln traf mich. „Habe ich richtig verstanden, Zeller, wir bringen die beiden zu dir?"
Tobi grinste schief. „Ganz richtig, die landen nicht in deinem Tierarztkeller. Du fährst, Centa braucht unser Auto."
Noch bevor ich irgendetwas dazu sagen konnte, packte der Tierarzt vorsichtig Caspar zu meinen Füßen und hob ihn auf seine Arme. Er strampelte kurz, ließ sich aber sofort beruhigen. Eigentlich war es nicht mehr möglich, mich noch fassungsloser zu machen, doch mir zog es die Beine weg, als ich mit ansehen musste, wie meine beiden Schwarzen davongetragen wurden. Tom griff hastig nach meinem Arm und hielt mich. Ich hatte plötzlich das Gefühl, als seien alle meine Schmerz-Synapsen auf einmal zum Leben erwacht. Mein Körper brannte, jeder Kratzer, jede kleine Brandblase, meine Lungen, mein Hals, meine Nase, meine Augen, alles schmerzte in einem wüsten Tumult. Niemals hätte ich vermutet, dass Schmerzen so vielfältig sein konnten, jeder quälte anders. Ich lehnte mich an Tom, ein Blick in seine geröteten, kahlen Augen sagte mir, dass es ihm nicht anders ging. Er hustete angestrengt und rang nach Atem.

„Sie sind gut aufgehoben, Marie“, krächzte er, „lass uns gehen.“
Einen winzigen Moment lang hatte ich den Eindruck, als verdrehte der eine Sanitäter genervt die Augen, doch das konnte auch eine Täuschung des Feuers sein. Ich drehte mich kurz zum Haus um, das langsam in Wasser und schwarzem Qualm versank. Die Feuerwehr bekam den Brand anscheinend schnell unter Kontrolle. Nur aus den Küchenfenstern schlugen noch die Flammen. Tom schob mich energisch vorwärts zum Krankenwagen. Er drehte sich nicht mehr um.
„Ich fahre hinter euch her.“ Centa drückte mir einen kleinen Kuss auf die Wange. „Alles wird gut, Marie.“
Ich nickte. Was sollte ich dazu auch sagen? Mit einem Seufzer stieg ich vor Tom in den Krankenwagen. Wir hockten uns wie die Sträflinge auf die schmale Bank und ich musterte skeptisch die Bahre vor uns. Wer mochte dort schon gelegen, gelitten haben und vielleicht gestorben sein? So gesehen hatte Centa ja vielleicht recht? Ich sah das Blaulicht durch die milchigen Fenster des Wagens, als wir losfuhren. Wir hätten mehr verlieren können, als ein paar Haare und ein paar Hautzellen. Den Pferden war nichts geschehen. Weder mein Freund noch mein Kater oder mein Hund waren wahrscheinlich schlimm verletzt und doch …! Tom hatte sein Zuhause verloren, einen Teil seiner Existenz. Wir waren obdachlos.
„Wo sollen wir jetzt wohnen, Tom?“ Ich kam mir vor, wie in einem surrealistischen Film, zwei Gestrandete in einem heruntergekommenen Raumschiff, wo seltsame Geräte von der Decke hingen, an die Wände geschraubt waren, klapperten, alles in Signalrot angestrichen war und vom vielen Gebrauch überall abgeschabt. Ein falscher Film, nicht meiner.
„In Zellers Gästezimmer, im Stadel, irgendwo halt, Marie. Darüber mache ich mir später Gedanken. Ich wünschte nur, die Nacht wäre endlich vorbei. Ich frage mich, ob ich jemals wieder diesen Geruch von Qualm aus der Nase bekomme.“
Eine paranoide Überlegung, genauso schräg wie die Vorstellung, in einem abgewrackten Raumschiff zu sitzen. Konnte man durch Rauch verblöden? Nein, ich räusperte mich, doch der Reiz in meiner Kehle ließ nicht nach. An Rauch konnte man nur ersticken. Ich versuchte, den Hustenreiz zu unterdrücken,

es fühlte sich an, als würde meine Luftröhre bis in die letzte Verästelung meiner Lungen brennen. Auch Tom rang nach Atem ohne zu husten.
Der genervte Sanitäter öffnete uns die Tür, nachdem der Wagen mit einem rückgratbrechenden Ruck angehalten hatte. „Braucht ihr eine Bahre oder einen Rollstuhl, oder geht es so?“
Tom erhob sich, ohne eine Antwort zu geben und stieg aus, ich folgte ebenfalls schweigend. Was sollte diese Frage auch, nachdem wir schon selbständig eingestiegen waren? Hinter den beiden her trotteten wir in die Notaufnahme des Immenstädter Krankenhauses. Tom sah im kalten Neonlicht noch verbrannter aus, als bei Feuerschein, was mich vermuten ließ, dass ich selber ebenfalls einem Alien glich. Mehr denn je, dachte ich. Wie oft hatte sich Karsten früher darüber lustig gemacht, dass ich seiner Meinung nach, nach durchtanzter Nacht mit guten Chancen meine Bewerbungsunterlagen in Hollywood für den nächsten Horrorfilm einreichen konnte. „Vielleicht bekommst du sogar einen Oskar für diese Rolle“, war sein Lieblingsspruch gewesen. Auch Tom schmunzelte gerne über mein Aufstehgesicht. Beide hatten sicher nicht geahnt, dass es mich auch in der verschärften, abgefackelten Version geben konnte. Außerdem fragte ich mich gerade, ob der Schmerz von äußerlichen Verbrennungen schlimmer als der von inneren sein konnte und nicht eventuell von meinen Kopfschmerzen sogar getoppt wurde.
Ehe ich reagieren konnte, fielen zwei Ärzte über uns her. Natürlich war mir klar, dass sie es gut mit uns meinten, doch ich war schlagartig überfordert mit ihrer Fürsorge. Ich mochte das einfach nicht. Ein Blick zur Seite in Toms Gesicht sagte mir, dass es ihm genauso ging. Vergeblich versuchte er zu erklären, dass es uns so weit ganz gut ging. Wir wurden dennoch kategorisch in die Rubrik schwere Rauchvergiftung mit Verbrennungen zweiten Grades und schlimmst traumatisiert eingestuft.
Als eine Schwester mir die Brandblase in meiner Hand öffnete, zerbröselte es mir endgültig den Kreislauf. Mir wurde schlecht, den kalten Schweiß spürte ich noch und dann kippte ich einfach weg. Einen besseren Beweis für die Diagnose der

Ärzte hätte ich nicht liefern können. Tom würde sauer sein. Das war der erste Gedanke, der mir in den Kopf kam, als ich nur Sekunden später wieder zu mir kam. Doch Tom starrte mich nur entsetzt an.
„Alles okay", hauchte ich und versuchte mich an einem Lächeln, von dem ich fürchtete, dass es mir meine Lippen zerreißen würde, „alles wieder gut. Bin wieder da."
Aufrappeln brauchte ich mich nicht. Ich lag auf einer Bahre, wo ich beim Anblick der vielen Sternchen vor meinen Augen auch erst einmal liegen blieb. Ich wollte heim. Ich wollte ins Bett, schlafen und mit schlechter Laune aufwachen, weil ich so einen scheußlichen Albtraum gehabt hatte. Stattdessen ließ ich Blutdruckmessen über mich ergehen und den Arzt eingehend meine Lunge abhorchen. Es gab kein Heim mehr, wo wir uns ins Bett legen konnten. Toms Heim, das meines hätte werden sollen, war abgebrannt. Asche. Schrott. Unsere Federbetten hatten wahrscheinlich derbe nach verbrannten Haaren gerochen und die Reste von Toms Bett waren mit dem Dielenboden ins Erdgeschoss gekracht. Tom hatte nicht einmal etwas zum Anziehen. Shit, dachte ich und richtete mich entschlossen auf, sein Schrank war ja auch verbrannt. Wir mussten sofort morgen einkaufen gehen. Unter den erstaunten Blicken des einen Arztes und der Schwestern schob ich mich von der Untersuchungsliege. Manchmal war meine Schluderei tatsächlich sogar ein Segen, denn der Hauptteil meiner Kleider lag noch immer im Kofferraum meines Autos.
„Wir legen Ihnen jetzt einen Tropf, Frau Sander", der Arzt sprach in einer Art auf mich ein, die mich vermuten ließ, dass man als Rauchvergifteter tatsächlich als schwachsinnig galt, „das beruhigt und nimmt die Schmerzen."
Vielleicht war ich ja auch schwachsinnig, dachte ich verwirrt, denn was sollte ich bitte mit einem Tropf, wenn ich jetzt mit Centa zu ihr nach Hause fahren würde? Wo war Centa überhaupt, sie wollte doch mit uns zum Krankenhaus fahren. Davon abgesehen hätte ich gerne etwas gegen die Schmerzen gehabt.
„Ich nehm das lieber als Tablette", erwiderte ich so verbindlich wie möglich, „Tropf passt mir jetzt nicht so richtig."
Diverse Paare irritierter Augen starrten mich an, ich bewegte entschuldigend die Schultern.

„So ein langes Gestell ist total unpraktisch."
Dieser Satz brachte mich endgültig an den Rand einer Zwangseinlieferung in eine geschlossene Anstalt, Tom unterdrückte ein Grinsen.
„In unseren Zimmern ist genug Platz, um so einen Ständer problemlos hinzustellen, das ist kein Problem, Frau …", der junge Arzt schaute suchend auf meine Unterlagen, „Frau Sander. Glauben Sie mir, das geht ganz prima." Er sprach mit jenem Tonfall, den Tom auch für ein verängstigtes, jeden Moment durchdrehendes Pferd benutzen würde. Witzig, dachte ich flüchtig, schien auch bei Menschen zu funktionieren. Unsicher hob ich meine mittlerweile verbundene Hand und wedelte abwehrend herum.
„Hier mag das ja stimmen, doch daheim ist es echt unpraktisch, danke. Vielleicht gibt es ja auch eine Schmerzspritze, wenn Ihnen das lieber ist? Ich möchte jetzt gerne nach Hause."
„Spritzen gibt es auch, Frau Sander", eine Schwester legte beruhigend ihren Arm um meine Schultern, was mir seltsam vorkam, „später für Zuhause fällt uns bestimmt eine Lösung ein, doch für heute und morgen bleiben Sie beide erst einmal hier im Krankenhaus, damit wir Sie gut versorgen können, okay?"
Nein, das war nicht okay! Meine eh schon wirren Gedanken purzelten erneut mit Schockgeschwindigkeit durch meinen Kopf. Wir sollten hier bleiben? Gab es Doppelzimmer für Paare in einem Krankenhaus? Das wäre mir neu! Und das würde bedeuten, dass sie Tom und mich trennen würden? Wir sollten den Rest der Nacht in verschiedenen Zimmern verbringen, alleine, ohne den Beistand des anderen? Nur der scheue Gedanke an ein dunkles Zimmer ohne Tom brachte meine Atmung vor Angst durcheinander. Ich keuchte nach Luft. Nie, niemals würde ich das tun und ein panischer Blick in Toms Gesicht sagte mir, dass er genauso fühlte, doch bevor ich zu einer kategorischen Absage ansetzen konnte, schob Tom sich neben mich.
„Wir haben Tiere, um die wir uns kümmern müssen", sagte er betont ruhig an den Arzt gewendet, „deswegen werden wir jetzt auf eigenes Risiko nach Hause gehen. Wenn nötig kommen wir gerne morgen wieder."

Einen Moment lang herrschte betretenes, ungläubiges Schweigen, während ich mich unendlich erleichtert fühlte. Ich war gerne bereit, sogar die Schmerzen ohne jegliche Betäubung auszuhalten, wenn wir nur endlich wenigstens in Centas Gästezimmer verschwinden durften, zu Caspar und Melchior, wo die Dunkelheit Geborgenheit gab.
„Mit der Rauchvergiftung und dem Schock ist nicht zu spaßen", entgegnete der Arzt ziemlich reserviert, „ich glaube nicht, dass Sie das Risiko wirklich abschätzen können, wenn Sie jetzt gehen. Sie haben ja sogar Brandblasen an den Füßen!"
Betroffen schaute ich an mir, dann an Tom hinunter. Wir hätten locker bei einem Mittelalterspektakel als Bettler auftreten können, abgerissen, rußig, vom Feuer gerötete oder verbrannte Haut und so gut wie nicht bekleidet. Aber erst in diesem Moment genierte ich mich für unser Aussehen, fühlte mich nackt unter den Krankenhausbademänteln, irgendwie entblößt. Tom rieb sich mit seinen beiden verbundenen Händen erschöpft übers Gesicht, sog scharf die Luft ein, als er schmerzhaft an seine Verbrennungen auf den Wangen erinnert wurde. Ein zufriedenes „Na-siehste"-Blinzeln ging über das Gesicht des Arztes, doch Tom zuckte nur leicht die Schultern. „Wenn der liebe Gott uns hätte haben wollen, dann hätte er vorhin die ultimative Chance dazu gehabt. Er hat sie aber nicht genutzt, also gehe ich mal davon aus, dass wir den Rest auch überleben. Jedenfalls danke für Ihre Hilfe. – Komm, Marie."
Ich warf ein missglücktes Lächeln in die Runde und ein ehrliches Danke und hinkte barfuß hinter Tom durch die Tür auf den Gang. Uff, dachte ich erleichtert.
Centa saß auf einem der Stühle im Flur, müde, blass und ziemlich besorgt, sprang aber auf, als sie uns sah. „Und?"
„Ich will so schnell als möglich von hier weg", antwortete ich mit einem Seufzer, „und noch schneller in ein Bett und schlafen."
Ihr Blick hastete forschend zwischen Tom und mir hin und her. „Aber sie behalten euch doch hier, oder?"
Wir schüttelten synchron die Köpfe.
„Nicht?"
„Nein, wir nehmen dein Angebot mit dem Gästezimmer für heute an." Toms rissige Lippen verzogen sich zu einem halben Grinsen.

„Hoi, na dann." Schulterzuckend wendete sich Centa zum Ausgang des Krankenhauses.
„Freiwillig ham's euch aber it gehen lassen, oder?"
„Nein", erwiderte ich, „nicht ganz. Aber es gibt hier keine Doppelzimmer und das finde ich indiskutabel."
„Recht hascht, Marie."

Wir fuhren schweigend durch die Nacht. Die Uhr im Auto zeigte fast halb vier Uhr morgens, bald würde die Sonne aufgehen, doch noch standen uns die dunkelsten Stunden der Nacht bevor. Nur der Himmel über Berghofen zeigte schon zu meiner Verwunderung den ersten hellen Schein und es dauerte eine ganze Weile, bis mir klar wurde, dass der nicht vom nahenden Sonnenaufgang kam, sondern von dem Gluthaufen stammte, der einmal Toms Haus gewesen war. Da wurde mir so schlecht, dass ich Centa fast ins Auto gespuckt hätte. Ich würgte mit aller Kraft bittere Galle hinunter. Das war kein anonymer Brand, von dem man beim Frühstück in der Zeitung las, mit Bedauern in seinen Marmeladensemmel biss, um ihn und seine Beteiligten mit der nächsten Seite gleich wieder zu vergessen. Es gab Dinge, die einem tatsächlich persönlich widerfuhren. Ein abgebranntes Haus gehörte nach neuester Erkenntnis dazu. Im Stillen hoffte ich, dass wir damit unser Soll an Schicksalsschlägen erfüllt hatten. Ich war froh, als der Hügel und die Stallungen zwischen dem Zellerhof und Toms Haus mir den Blick auf den Lichtschein verbauten. Tom war nicht anzumerken, ob er es auch gesehen hatte.
In der Küche brannte Licht, Tobi und eine Flasche Bier warteten auf uns. Caspar lag meinem Verbot zum Trotz nah am Ofen, dick in eine Wolldecke eingepackt und schlief. Melchi dagegen ruhte in ein Badelaken gewickelt in Tobis Arm, wie wir erst bei genauerem Hinsehen erkannten. Tom krachte schweigend auf einen der Stühle, ich trat zu Caspar, strich zaghaft über seinen schwarzen Kopf mit den kahlen Stellen. Der Tierarzt hatte seine Verbrennungen mit einer Salbe eingeschmiert, die sanft nach Kamille roch. Eine Wohltat in meiner verrauchten Nase.
„Der Vet hat die beiden für die Nacht in Tiefschlaf versetzt, also keine Panik, Marie, es ist alles so weit in Ordnung." Tobi

lächelte mich schief an und schob Tom gleichzeitig eine Flasche Bier über den Tisch. „Wir sollten vielleicht auch versuchen, noch ein paar Stunden Schlaf zu bekommen, was?"
Tom zuckte nur die Schultern und setzte sich die Flasche an den Hals. Ich fragte mich kurz, wie Bier auf Ruß wohl schmeckte und wie sehr der bittere Geschmack Tom im Hals kratzen musste. Doch Tom verzog keine Miene und die Flasche war im Gegenlicht fast leer. Durst hatte ich auch, aber allein der Gedanke an eine Flüssigkeit, die meine verbrannte Kehle hinunterrinnen könnte, ließ Verdursten als eine prima Alternative erscheinen.
„Ich richt euch mal das Zimmer", Centa lächelte aufmunternd.
Ich war irgendwie in Schweigen verfallen, nichts schien mir wichtig genug, dass ich deswegen den Mund aufmachen wollte, und ich war auch so erschöpft wie noch nie in meinem Leben und gleichzeitig zum Bersten angespannt. Ziemlich unmotiviert stand ich zwischen Caspar und dem Tisch, Tobi bedeutete mir, mich endlich zu setzen. Zögernd eierte ich auf einen Stuhl zu, den er mir zurechtschob, und strich auch Melchi über seinen samtigen Pelz. „Das Zimmer ist schon parat", er blinzelte Centa zu, „hab ja nicht die ganze Zeit mit dem Kater hier vergammelt."
„Das ist ja mal was ganz Neues", Centa kickte Tobi leicht gegen den Hinterkopf, „seit wann weißt du, wie man ein Bett bezieht?"
„Auch Bauern müssen zum Wehrdienst", knurrte Tobi belustigt, „da lernt man so lebenswichtige Dinge wie Betten machen und Hemden falten."
„Gut zu wissen", Centa nahm zwei Gläser aus dem Schrank und füllte sie mit Wasser, „und erstaunlich, dass du das fast zwanzig Jahre vor mir geheim halten konntest." Sie reichte mir eines der Gläser. „Trink, Marie, das ist wichtig."
Nachdenklich starrte ich meine Hand an, die das Glas hielt. Sie war steif von dem dicken Verband. Was war denn noch wichtig? Ein fatalistischer Mensch war ich nie gewesen, umso weniger konnte ich mit dieser Leere in mir umgehen, es fühlte sich an wie ein sanfter Strudel, der mich immer weiter abwärts in mich hinein zog. Eigentlich war das gar nicht so schlecht,

überlegte ich langsam, während ich versuchsweise das Glas an die Lippen setzte und einen Schluck Wasser in meinen Mund rinnen ließ. Die Leere betäubte sogar ein wenig den Schock und die Schmerzen, sogar das Wasser wurde angenehm schwerelos. Ich schluckte. „Ich würde gerne duschen, wenn das möglich ist.“ Das war so ziemlich das Einzige, was mich im Moment von diesem Stuhl hochbringen konnte.
„Logisch ist das möglich“, Centa war schon auf dem Sprung in den Flur, „ich hol euch gleich Handtücher.“
Tom und Tobi teilten derweil schweigend die zweite Runde Bierflaschen aus.
„Ich trag dir gleich dein Hundevieh die Treppe hoch, Marie“, erklärte Tobi nach dem ersten langen Zug.
„Danke, Tobi“, antwortete ich leise und verließ hinter Centa die Küche. Im Vorbeigehen strich ich Tom scheu über die Schulter. Auch er schien Lichtjahre tief in sich versunken zu sein.
Oben im Gästezimmer stand ich etwas verloren herum. Vielleicht hätten wir doch den Rest der Nacht in meinem Stadel verbringen sollen? Nur ein wenig Vertrautheit, ein Hauch von Geborgenheit. Wieder stellte ich fest, dass ich restlos fertig war. Ich kannte dieses Zimmer, war so oft mit Centa durchs Haus gelaufen, doch in dieser Nacht erschien mir alles surreal und verzerrt. Centa kam mit Handtüchern, T-Shirts und diversen Jeans ins Zimmer. „Es wird alles etwas groß für euch Hungerhaken sein“, sie lächelte aufmunternd, „aber die nächsten Tage wird es wohl gehen. – Geh duschen, Marie.“ Ich schnaubte leicht durch die Nase, verzog meine rissigen Lippen ebenfalls zu einem halben Lächeln, während ich die Handtücher nahm und an ihr vorbei auf den Flur trat. „Danke Centa, ich war zum Glück zu faul, meine Kleider aus meinem Auto zu räumen, die da seit Tagen herumgammeln. Schon schizo, wenn sich Schlampigkeit mal auszahlt.“
Unten hörte ich Stühle über die Dielen scharren, Tom und Tobi würden wohl kommen. Leise schloss ich die Badezimmertür hinter mir, ließ den Krankenhausbademantel achtlos auf die Fliesen fallen. Angewidert zog ich an meinem verrußten, einstmals weißen T-Shirt, starrte auf die diversen Brandblasen und Rötungen, die meinen Körper zierten. Die Schmerzen waren dumpf und durchaus erträglich. Sie machten mich müde. So

müde, dass ich mich erst einmal auf die Toilette setzen musste, meinen Kopf auf die Arme stützte.
Der erste stille Moment seit ich panisch aus meinem Bett gesprungen war, um mit Tom und den Tieren durch eine Flammenhölle zu gehen. Wie viele Jahre war das her? Ich hatte nicht auf meinen Instinkt gehört, der lautstark gewarnt hatte. Schlimmer noch, ich hatte sogar die Warnungen meines Hundes und meines Katers ignoriert, ihnen den Besserwisser vorgegaukelt und damit unser aller Leben riskiert. Mal wieder gut gemeint und schlecht gemacht in der verschärften Version. Was sollten wir jetzt nur tun? Duschen. Ich zerrte mir mit einer Hand das T-Shirt über den Kopf, zog den Slip aus. Beides taugte nur noch für den Müll. Ein Stöhnen drängte aus mir heraus, als das warme Wasser mir über den Rücken lief. Eine Wohltat. Wasser, das Gegenteil von Feuer. Ich hielt mein Gesicht in den Strahl, die Brandwunden stachen mit heftigem Schmerz und ich stellte den Regler auf kalt, um den Schmerz zu betäuben. Kalt, das Gegenteil von heiß. Ich fror erbärmlich, doch die Schmerzen ließen nach. Dann schrubbte ich die heilen Stellen meines Körpers mehrfach mit Duschgel ein, wusch einhändig meine Haare, bis ich halbwegs sicher sein konnte, dass nichts mehr an mir nach Qualm und Feuer roch.
Tom saß wartend auf der Toilette, als ich ahnungslos aus der Dusche stolperte und mich entsetzlich vor ihm erschreckte.
„Sehe ich so schrecklich aus, Marie?“ Er grinste ohne Humor, ich verzog das Gesicht. „Nein, natürlich nicht. Die Dusche hat gut getan. Soll ich dir helfen?“
Mit einem sachten Kopfschütteln stand er auf. „Geht schon. Centa hat mir ein paar von ihren Latexhandschuhen gegeben, damit die Verbände nicht nass werden.“ Er hielt mir die ekligen Arztgummis entgegen, die ich ihm vorsichtig über seine verbundenen Hände zog. Dann stieg er wortlos in die Dusche. Ich trocknete mich ab und ging in unser Zimmer hinüber, wo ich das Fenster öffnete. Frische Luft mit dem Duft des frühen Morgens strömte herein. Dieses Mal lag wirklich der Schimmer des ersten Lichtes über den Bergen, nicht nur der Widerschein des Aschehaufens von Toms Haus, wobei ich auch den über der Senke hinter Tobis Kuhstall ausmachen konnte. Caspar und Melchior schliefen in Wolldecken gehüllt neben dem Bett.

Ohne Tom wollte ich mich nicht hinlegen, also nahm ich mir eine der Wolldecken vom Bett und hockte mich damit ans Fenster. Theoretisch lohnte es eh nicht mehr, dass wir noch schliefen, denn bald würde es Zeit sein für das Frühstück unserer Pferde und Alina kannte da keine große Geduld. Mir grauste vor dem Moment, wo wir Toms Hof betreten mussten, aber was blieb uns übrig. Ich gähnte, dass mir die Tränen in die Augen traten, es brannte. Und langsam verspürte ich Durst. Centa hatte eine Kanne auf eines der Nachttische gestellt, doch noch konnte ich mich nicht aufraffen, meinen wunden Hals ein weiteres Mal mit Flüssigkeit zu quälen. Wahrscheinlich hatte sie uns einen ihrer Spezial-Tees gebraut, die scheußlich rochen und super schmeckten. Ich starrte in den dämmernden Morgen, bis Tom endlich wieder ins Zimmer kam. Er goss Tee aus der Kanne und trat mit der Tasse in der Hand zu mir ans offene Fenster. Die Tasse dampfte und der Geruch von Salbei mischte sich mit der Morgenluft. Sein Blick ging aufmerksam zu seinem Hof hinüber, während er mir die Tasse anbietend vor die Nase hielt. Ich schnupperte unentschlossen, nahm dann aber doch einen behutsamen Schluck.
„Tobi sagt, dass die Feuerwehr von einem Kurzschluss ausgeht, der dann einen Kabelbrand verursacht hat." Es dauerte einen Moment lang, bis ich verstand, dass er von der Ursache sprach, die seinem Haus den Garaus gemacht hatte. Ich nickte zögernd, nippte an dem Tee, bevor ich Tom die Tasse reichte.
„Als ich von meiner Runde mit Caspar kam, da roch es im Flur leicht verschmort. Caspar und Melchior wollten auch nicht mit mir die Treppe hinauf gehen. Sie wussten, welche Gefahr droht, doch ich wollte ihnen nicht glauben."
„Ja mei", er zuckte nachlässig die Schultern, „das Haus wäre wahrscheinlich trotzdem abgebrannt, selbst wenn du ihnen geglaubt hättest."
Der Schock ist schuld, dachte ich mit einem weiteren argwöhnischen Seitenblick auf Tom, nur der konnte uns so paradox reagieren lassen. „Möglich", erwiderte ich lahm und nahm die Tasse wieder, „gehen wir jetzt füttern und legen uns dann hin?"
Er nickte. „Tobi und der Vet haben die Pferde hergeholt und sie unten zu Nele in den Stall gestellt. Wir brauchen also nicht

runter zum Hof. Wahrscheinlich ist Tobi eh schon im Stall. Geh du die Milch in der Küche wärmen, ich helfe Tobi und Centa bei den Kühen."

„Gute Idee, Tom, aber welche Milch soll ich wärmen? Wir haben keine mehr." Die Dose mit dem Milchpulver für die Fohlen hatte in der Küche gestanden, der Küche von Toms Haus, und die existierte bekanntlicherweise nicht mehr.

„Der Vet hat uns welche dagelassen, Saugflaschen gleich dazu." Er seufzte und lehnte sich an meinen Rücken. Ich fasste nach seinen verbundenen Händen und hielt ihn fest.

„Mir graust vor all dem Zeug, das die nächste Zeit so ansteht. Nachher muss ich unbedingt bei der Versicherung anrufen, neue Papiere beantragen, zur Bank, Kleider, ich brauche dringend ein neues Handy und, und, und."

Tom war mir, was seine Planung anging, einen Haufen Schritte voraus. Ich hing noch beim nackten Überleben, ohne Gedanken daran, dass ich so gesehen offiziell nicht mehr existierte, nicht einmal persönlich erreichbar war, weil mein Handy wie die Fohlenmilch in der Küche verbrannt war."

„Wie beweist man ohne Geburtsurkunde wer man ist?" Die Frage war müßig, aber die einzige logische Verknüpfung, die mein Kopf produzieren konnte.

„Keine Ahnung, vielleicht über Bürgen? Ist auch egal, auf dem Amt werden die das schon wissen, schließlich sind wir nicht die Einzigen, denen die Hütte über dem Kopf mit allem Drum und Dran abgebrannt ist."

Er hauchte mir einen Kuss auf die Schläfe und ging. Ich hielt mich an meinem Tee fest. Was war nur los? Mit jeder Minute, die dieser Albtraum andauerte, wuchsen die Verwirrung in mir und dieses Gefühl von Fremdheit. Toms Schritte bollerten von der Treppe zu mir herauf, dann hörte ich ihn draußen vor dem Fenster über den Kies gehen. Die Stalltür quietschte und das ungeduldige Muhen der Kühe drang kurz zu mir hoch. Sicherlich waren unsere Babys ziemlich aufgeregt, bisher waren ihnen Kühe noch nicht begegnet. Widerwillig grinsend stellte ich die halbvolle Teetasse auf die Fensterbank und verließ ebenfalls das Zimmer, um in Centas Küche Milch für die Fohlen zu wärmen.

Tatsächlich fand ich drei neue Saugflaschen und Fohlenmilch-

pulver, verrührte alles mit warmem Wasser und betrat kurz darauf den warmen Stall. Centa hing an der Melkmaschine, während Tobi und Tom Heusilage vor den mampfenden Mäulern der Kühe verteilten. Nele rumpelte ebenfalls in ihrem Futtertrog herum, genau wie unsere Vielfraße.
Wie Tom mit seinen verbrannten Händen eine Heugabel halten konnte, war mir schleierhaft. Aber selbst wenn ich etwas wegen seiner Wunden und der Ruhe, die er an den Tag legte, gesagt hätte, hätte er mich bestenfalls nur ignoriert, schlimmstenfalls ein wenig Männergezicke von sich gegeben und beides brauchte ich nicht. Prüfend wog ich die schweren Milchflaschen in meinen Händen, greifen war nicht möglich, die Wärme brannte durch den Verband auf der gereizten Haut.
Egal, dachte ich, einen weiteren Seufzer in die lange Reihe der Seufzer dieser Nacht einreihend, füttern musste sein und wenn Tom das konnte, dann wollte ich nicht zimperlich sein. Also klemmte ich mir die beiden ersten Flaschen unter die Arme, trat in die Box, klemmte mir die dritte kleine zwischen die Knie und die drei fielen wie Aasgeier über mich her. Ich schwankte kurz unter dem Ansturm, aber wider Erwarten funktionierte der Trick ganz gut. Wieso war ich nicht schon längst auf diese Idee gekommen? Überhaupt schienen die Pferde und Balthasar den nächtlichen Aufruhr gut verkraftet zu haben, genauso wie die neue Box, die sie sich recht eng teilen mussten.
In einträchtig müder Schweigsamkeit schlurften wir vier wenig später in Centas Küche zurück, um uns die Treppe rauf in die verschiedenen Zimmer zu verteilen. Trotz Stallgeruch fielen Tom und ich ohne ein Wort zu verlieren ins Bett. Fröstelnd drängte ich mich an ihn und schlief in gleicher Sekunde ein.

18. Kapitel

Der shoppende Schmied

Der Schock beim Erwachen brachte mich an den Rand des Kollapses. Ich keuchte unter der Last der Erinnerungen, die mich überrollten. Das war nicht das sanfte Erwachen, das ein langsames Erinnern an etwas diffus Schreckliches erlaubte, sondern die brachiale, gnadenlose Realität. Kein blöder Albtraum. Toms Haus war in der Nacht abgebrannt und wir nur knapp den Flammen entkommen. Hektisch warf ich mich auf die andere Seite des Bettes. Meine wirre Erinnerung sagte mir, dass auch Tom ohne größere Verletzungen davongekommen war, doch Tom lag nicht neben mir, um den Beweis anzutreten.

Melchior räkelte sich am Fußende des Bettes und musterte mich mit tadelnden Blicken. Wackelnde Betten konnte er nicht leiden. Caspar fehlte. Tom fehlte. Dafür setzten die Schmerzen wieder ein. Und zwar so plötzlich, dass ich nicht sagen konnte, welcher Teil meines Körpers nicht schmerzte. Jeder Muskel, jeder Knochen tat mir weh, auch meine Haut fühlte sich überall so an, als würde sie bei der nächsten Bewegung reißen. Die Brandwunden in meinen Händen pochten, glühten.

Trotzdem musste ich wissen, wo Tom und Caspar abgeblieben waren und das würde ich nur erfahren, wenn ich mich irgendwie aus diesem Bett hieven konnte. Tief durchatmen, Marie, dachte ich, lächelte mir tapfer zu und wuchtete meine Beine auf den Boden, was einen stechenden Schmerz bis hoch ins Hirn auslöste. Also atmete ich noch ein paar Mal tief durch. Meine Füße hatten auch eine harte Nacht hinter sich. Melchior erhob sich ebenfalls, machte einen lässigen Katzenbuckel, gähnte ausgiebig und strich mir schnurrend um den Bauch. Sein Fell war an verschiedenen Stellen bis auf die Haut versengt, doch nur am Kopf war die Haut etwas gerötet. Das Laken hatte ihn tatsächlich geschützt. Ich fühlte mich seltsam erleichtert bei der Erkenntnis.

Energisch stand ich auf. Mich überfiel ein Sammelsurium des Unwohlseins und mir schwindelte, doch unter Melchiors kritischem Blick stieg ich in Centas Jeans, zog ihr T-Shirt über und verließ mit ihm das Zimmer. Im Haus war es ungewöhnlich

still. Flach wie ein Dachs wuselte Melchi hinter mir her die Treppe hinunter, immer darauf gefasst, dass SFC jede Sekunde um die nächste Ecke brechen könnte, um den ultimativen Katerschlag gegen ihn auszuführen. Die beiden achteten normalerweise ihre Grenzen sehr genau, so tief in Feindesland hatte sich Melchior noch nie gewagt.
In der akkurat aufgeräumten Küche war niemand, ratlos horchte ich wieder in den Flur hinaus. Aus Tobis Büro vermeinte ich Stimmen zu hören. Zögernd klopfte ich an, öffnete und wurde fast von meinem Hund angefallen. Caspar sprang wie angestochen kläffend unter Tobis Schreibtisch hervor, an dem Tom mit dem Telefonhörer am Ohr saß. Er verzog verärgert das Gesicht, oder das, was von seinem Gesicht noch übrig war.

„Psst!“ Ich beugte mich zu Caspar hinunter und hielt mir bezeichnend meinen halb eingepackten Zeigefinger an die Lippen. Caspars Gebell ging nahtlos in freudiges Gewinsel über, das sich leider nicht weiter in seiner Lautstärke reduzieren ließ. Der Kater rieb seinen dicken Kopf an Caspars Schnauze, der schleckte ihn fröhlich ab. Sein Pelz hatte entschieden mehr Löcher als Melchis, ich sah Salbe an verschiedenen Stellen seines Kopfes und seiner schwarzen Schlappohren schimmern. Alles in allem schien das seiner Lebensfreude keinen Abbruch zu tun. Seltsam befangen wendete ich mich Tom am Schreibtisch zu. Eben legte er auf und nahm einen Schluck Kaffee aus der Tasse, die vor ihm stand. Ich lächelte scheu, sein Anblick war so fremd. Auch er schaute mich, wie mir schien, recht kritisch an, verwirrt wollte ich mir durch die Haare fahren, wobei ich mich erschrocken daran erinnerte, dass mir mein Pony komplett fehlte. Mitten in der Bewegung brach ich ab.
Tom grinste. „Wenn wir uns jetzt in Sonthofen auf die Fußgängerzone mit einem Pappkarton zu Füßen hinhocken, dann bekommen wir bestimmt was, so wie wir aussehen.“
Noch immer leicht befangen verdrehte ich die Augen. „Super Idee, Tom. Wahrscheinlich bekommen wir vor allem eine Anzeige wegen Erregung öffentlichen Ärgernisses.“
Langsam trat ich um den Schreibtisch herum an seine Seite. Vor ihm lagen ein vollgekritzeltes Blatt Papier, Telefonbuch und Kalender. „Was machst du da?“

„Ich versuche, ein paar meiner Kundentermine zu klären. Dann habe ich bei meiner Bank angerufen, wegen einer neuen EC-Karte, bei meiner Versicherung, damit wir möglichst bald Geld sehen und so weiter."
Er grinste mich voller Stolz an, erwartete offensichtlich, dass ich seine Hyperaktivität rasend toll fand. Ich nickte vage, wobei mein Blick auf Tobis Armbanduhr fiel, die zwischen einem Haufen Papieren lag. Wenn sie richtig ging, was ich spontan bezweifelte, dann war es gerade mal später Vormittag. Wir hatten anscheinend kaum geschlafen und Tom war schon voll im Programm.
„Warum machst du dir sofort so einen Stress?"
Falsche Frage, das erkannte ich mit dem Moment, wo ich sie beendete. Toms Gesicht versteinerte, was ich zum Anlass nahm, mir erst einmal ein Glas Wasser in der Küche zu holen, um Zeit zu gewinnen. Ich verstand ihn nicht. Sicherlich hatte er eine der schlimmsten Nächte seines Lebens hinter sich und gleich am nächsten Morgen fiel ihm nichts Besseres ein, als unnötige Trümmer zur Seite zu räumen? Ich hörte, wie er wieder telefonierte, also trank ich, füllte mein Glas erneut, um recht beiläufig wieder ins Büro zu schlendern. Caspar drängte seinen Kopf an mich, ich kraulte ihm vorsichtig die weichen Ohren. So wie es klang, hatte er die Feuerwehr am Telefon, von der er ein Gutachten über die Brandursache brauchte, das wiederum für die Versicherung bestimmt war, die nur dann zahlte, wenn es keine Brandstiftung gewesen war. Allein die Vorstellung, dass jemand vorsätzlich ein Feuer in Toms Haus angezündet haben könnte, erfüllte mich mit namenlosem Schrecken.
Hastig nippte ich an meinem Glas, auch Wasser konnte brennen. Es war ein simpler Kurzschluss im maroden Kabelgewirr eines alten Bauernhauses gewesen. Mehr nicht. Allein durch die Erinnerung an die Nacht fingen meine Hände an zu zittern, mir wurde kalt und klamm. Am liebsten hätte ich mich irgendwohin gelegt, Beine hoch, Kreislauf stabilisieren.
Stattdessen starrte ich Tom an, der eifrig mit dem dick verbundenen Finger über Seiten im Telefonbuch wuselte, krakelige Nummern herausschrieb und ein weiteres Mal zum Telefon greifen wollte. Wie machte er das? Ich für meinen Teil war so

mit den Ereignissen der vergangenen Nacht beschäftigt, dass mir nicht einmal eingefallen wäre, was ich unbedingt hätte erledigen müssen. Tom landete dieses Mal im Ordnungsamt und mir fiel ebenfalls wieder ein, dass ich ohne Papiere dastand. Mein Geldbeutel mit allem, was eine Identität heutzutage ausmachte, hatte in der Küche gelegen und war dort verbrannt. Genau wie meine Autoschlüssel. Shit, dachte ich. Wo zur Hölle hatte ich meine Zweitschlüssel verschludert? Ohne die musste ich mein Auto aufbrechen, ansonsten kam ich nicht an meine Kleider und die persönlichen Unterlagen, die seit Tagen im Kofferraum vor sich hin gammelten, weil ich wie immer zu faul gewesen war. Die Vorstellung, mein Auto aufzubrechen, überforderte mich restlos.

„Ich fahre übrigens nachher mit Centas Auto in die Stadt", Tom streifte mich mit einem unverbindlichen Blick, „ein paar Klamotten kaufen, neues Handy und den Vorschuss bei der Versicherung abholen. Kommst du mit?"

Zögernd schüttelte ich den Kopf. „Eher nicht. Ich bin noch ein wenig durcheinander."

Ein bisschen Mitleid drängte sich durch seine Steinmaske, doch nicht genug, um mir Zugang zu ihm zu gewähren. Er zuckte die Schultern. „Wie du möchtest. – Ich wollte eh vorher noch zum Haus runter und mir alles mal bei Tag anschauen."

Abrupt stellte ich mein Wasserglas auf dem Schreibtisch ab, die Gefahr, dass ich es vor Schreck über den PC kippte war viel zu groß. Fassungslos starrte ich ihn an.

„Das ist jetzt nicht dein Ernst, Tom? Wozu? Und warum überhaupt diese Hektik? Lass uns doch erst einmal zur Ruhe kommen!"

An diesem Vormittag lag mein Talent nicht in diplomatischem Verhandlungsgeschick. Tom stand mit einer harschen Bewegung auf.

„Hektik? Zur Ruhe kommen?" Er musterte mich, als sei ich völlig irre. Vage bewegte ich die Schultern. „Na ja, klar. Wir könnten doch jetzt in Ruhe frühstücken, uns um die Fohlen kümmern, abschalten, Schlaf nachholen. Die Probleme rennen uns nicht weg."

„Eben." Ohne mich anzuschauen trat er an mir vorbei zur Tür, drehte sich flüchtig um. „Probleme muss man anpacken und zwar sofort. Ich will nichts anderes, als dass so schnell wie möglich alles wieder so wird, wie es war. Ich will mein Leben zurück, Marie. Auch wenn ich dafür dieses verdammte Haus wieder aufbauen muss.“

Sprach’s und bevor ich reagieren konnte, schnappte die Haustür ins Schloss. Nur Sekunden später hörte ich Centas alten Passat vom Hof brummen.

„Es wird aber nie wieder, wie es vorher war.“ Das Büro interessierte sich genauso wenig wie Tom für meine Sicht der Dinge. Langsam und ziemlich verstört ging ich hinüber in die Küche, Caspar und Melchior im Schlepp. Von SFC war weiterhin nichts zu bemerken, obwohl ich durchs Fenster Centa aus dem Stall kommen sah. In Strümpfen trat sie in die Küche, lächelte mich erstaunt an. „Hoi Marie, schon wach?“

Ich nickte. Eine der vielen Fragen, die eigentlich müßig waren. „Ja, seit einer halben Stunde.“

Ein halbes Lächeln streifte mich. „Und Tom ist schon in die Stadt gefahren?“

Dieses Mal zuckte ich die Schultern. „Keine Ahnung. Er wollte vorher noch runter zum Hof, der Idiot.“

Centa schüttelte den Kopf, schenkte sich aus der Thermoskanne auf der Arbeitsplatte eine Tasse Kaffee ein, nachdem sie mir anbietend die Kanne hingehalten hatte. So sehr ich Kaffee liebte, aber derzeit war er nichts für meine wunde Kehle.

„Lass ihn, Marie“, sie ließ sich seufzend auf einen der Stühle fallen, „es ist seine Art, mit Problemen umzugehen. Er muss sie regelrecht angreifen. Hat er damals bei Christelles Tod auch gemacht.“ Mit einem unwilligen Grunzer setzte ich mich ihr gegenüber an den Tisch. Sie hatte dunkle Schatten unter den Augen. Etwas wie ein schlechtes Gewissen drängelte in mir hoch. Wie oft in all den Monaten waren Centa und Tobi eigentlich schon für unsere Probleme da gewesen? Echte Freunde. Etwas, wofür man ziemlich dankbar sein durfte. Ich rang mir ein Lächeln ab. „Aber was bringt das? Der ganze Mist rennt ihm doch nicht weg. Ich meine ja nicht, dass er jetzt wochenlang alles schleifen lassen soll, doch ein paar Tage zur Ruhe kommen wäre doch okay, oder?“

Gedankenverloren schlürfte Centa an ihrem Kaffee, starrte blicklos an mir vorbei.

„Weißt du, Marie", ihr Blick kehrte zu mir zurück, „er kann nicht anders. Damals hat es fast zwei Wochen gedauert, bis Christelle aus der Pathologie zurück kam und beerdigt werden konnte. Bis dahin hat Tom gemacht, getan, organisiert, erledigt. Er war permanent auf den Beinen. Als Christelle dann endlich unter der Erde war, da ist er regelrecht zusammengebrochen. Es gab nichts mehr für ihn zu tun. Alles war erledigt. Er ist ganz übel abgestürzt. Und das hier ist die zweite Katastrophe in seinem Leben. Tom ist wahrscheinlich fertiger, als wir alle ahnen und er jemals zugäbe. – Ich mach dir jetzt Frühstück."
Ich wollte protestieren, doch Centa ließ keinen Widerspruch zu. Also lutschte ich brav an warmem Haferbrei mit Honig, der wider Erwarten neue Lebensgeister in mir weckte. Mir war nicht klar gewesen, dass ich einen solchen Hunger hatte. Mein Magen fing im Nachhinein an zu knurren, was Centa zum Lachen brachte.
„Ihr solltet dann heute auch unbedingt noch einmal ins Krankenhaus fahren und eure Hände und Füße kontrollieren lassen."
„Da wird mir gleich der Haferbrei im Mund schal", murrte ich mit dem Löffel zwischen meinen wunden Lippen, „später vielleicht. Ich muss erst meinen Ersatzschlüssel vom Auto suchen, sonst komme ich nicht an meine Sachen."
Grinsend schüttelte sie den Kopf und stand auf, um ins Büro zu gehen. Nur wenige Augenblicke später kam sie mit einem Schlüssel in der Hand zurück, den sie vor meiner Nase baumeln ließ. „Dann kannst du gleich den Ersatzschlüssel vom Stadel mitnehmen, Marie. Gib mir Bescheid, wenn du mich brauchst. Eure Fohlen habe ich übrigens eben noch einmal gefüttert und mit Nele auf die kleine Wiese gestellt. Sie haben sich mal nicht gleich totgetreten. Ich hoffe, das ist in Ordnung."
„Du bist ein Schatz, Centa, danke." Ich nahm sie leicht in die Arme. „Ich geh dann mal hoch."
„Viel Spaß beim Suchen. Und nicht vergessen, um eins gibt es Mittagessen. Tobi wartet nicht gerne."

Mit Caspar und Melchior lief ich den Schotterweg zum Stadel hoch. Tatsächlich tummelten sich unsere fünf einträchtig mit der großen Nele auf der Wiese neben dem Stall. Wir gingen kurz hinüber, um eine Runde Nasen zu rubbeln, wobei sich Nele tunlichst von Flori fernhielt, die mit Jolly neben sich ganz offensichtlich die Stutenherrschaft auch auf dieser Weide an sich gerissen hatte. Balthasar stand mit gewohnt stoischem Desinteresse an der Welt zwischen ihr und Nele, die Mädels hüpften fröhlich herum. Sie erschienen mir als einziger Teil unseres Lebens, der nicht in Feuer und Qualm aufgegangen war, aber das machte sie an diesem Ort nicht wirklich vertrauter.

Nie waren mir die wenigen Meter zum Stadel hoch so unendlich lang vorgekommen. Ich keuchte, was mir in meiner wunden Kehle schmerzte, meine Füße taten weh, meine Augen brannten vom hellen Tageslicht. Vielleicht wären ein paar Tage Krankenhaus doch eine sinnvolle Sache gewesen, so jedenfalls würden wir uns keine Ruhe gönnen.

Ich war ehrlich erschöpft, als ich Centas Zweitschlüssel in das Schloss meines ehemaligen Hauptwohnsitzes steckte. ‚Maries Stadelheim' hatte Sylvie immer dann recht boshaft formuliert, wenn ihr Jans Heimatverbundenheit samt biederer Schwiegermutter den letzten Städternerv geraubt hatten. Für mich war Berghofen und mein Stadel nie ein Gefängnis gewesen. Und auch jetzt sehnte ich mich nach nichts anderem, als mal wieder meine Wunden zu lecken. Dieses Mal waren es sogar richtige physische Wunden und kein zerrissenes Herz.

Aber der Flur meiner Zuflucht war kalt, roch nach abgestandener, unbewohnter Luft. Eigentlich hatte ich ja auch erst vor ein paar Tagen vom Stadel offiziell Abschied genommen, kein Wunder also, wenn er mich jetzt nicht mit Wärme empfing.

„Tja", sagte ich halblaut in die Stille hinein, „Lebensperspektiven ändern sich schneller als die Windrichtung, lieber Stadel. Du wirst uns wohl noch eine Weile ertragen müssen."

Ich grinste schief ins Wohnzimmer hinüber. „Und Tom dazu. Tut mir leid."

Caspar saß schon ungeduldig vor der Terrassentür, wollte unbedingt sofort auf die Wiesen. Müde schlurfte ich durch das Wohnzimmer, um ihn hinaus zu lassen. Melchior drapierte sich derweil auf dem Esstisch. Für so etwas hatte Tom kein Verständnis, was ich nachvollziehen, aber nicht ändern konnte.

Ein Schwall warmer, würziger Frühlingsluft drang herein,

Caspar sprang wild bellend durch das schon recht hohe Gras. Vereinzelt blühten noch ein paar Büschel Löwenzahn. Bald würde Tobi das erste Mal mähen, dann duftete alles nach Heu. Heute jedoch ballten sich dicke Wolken über dem Nebelhorn, wahrscheinlich würde es im Laufe des Tages noch regnen. Ich räusperte mich zum wiederholten Mal, meine Stimme war durch das viele Reden nicht besser geworden und ich hatte schrecklichen Durst. Also tat ich gut daran, meinem Körper Flüssigkeit zuzuführen, doch mit was? Recht unmotiviert kramte ich in meinen Teebeständen herum, während heißes Wasser auf dem Herd stand.
Auch die Heizung sollte ich unbedingt anmachen, den Kamin ignorierte ich gänzlich. Alles was heiß war, kam mir unsagbar suspekt vor. Mit zusammengekniffenen Augen wühlte ich blind in meiner Teedose und fummelte tatsächlich einen gesunden Kamillentee heraus. Super, wenigstens mein Unterbewusstsein wusste, was es wollte.
Voll der guten Vorsätze hockte ich mich mit Tee, Papier und Kugelschreiber zu Melchi an den Tisch. Wenn Tom die Rekonstruktion seines Lebens so konsequent angehen konnte, dann wollte ich mir zumindest mal eine Liste mit meinen wichtigsten Erledigungen schreiben. Einkaufen, setzte ich auf Platz eins. Doch mit welchem Geld? Verwirrt legte ich den Kugelschreiben beiseite und hielt mich erst einmal an meiner Teetasse fest. Mein Geld war verbrannt. Und um an neues zu kommen bräuchte ich eine EC-Karte oder einen Personalausweis, damit ich am Schalter Geld bekam. Ich hatte weder das eine, noch das andere. Vielleicht fand ich in meinem Ordner mit den persönlichen Unterlagen, der noch im Auto auf mich wartete, einen alten Reisepass. War der genug Beweis für meine Existenz? Für meine Identität? Geburtsturkunden besaß ich auch noch.
Ich schüttelte unwirsch den Kopf. Dann mussten Centa und Tobi oder eventuell sogar Sylvie mir Geld leihen, bis ich wieder eine staatlich anerkannte Identität hatte. Entsprechend schrieb ich die beiden Punkte auf die Liste. Nicht sehr motivierend. Caspar sprang hechelnd von draußen herein, im Gegenlicht sah ich seine Pfotenabdrücke auf den sauberen Fliesen und musste mal wieder seufzen. Matsch. Wütend warf ich den

Kugelschreiber über den Tisch, er sauste knapp an Melchis Näschen vorbei, ein indignierter Katerblick streifte mich, was dann auch nichts mehr ausmachte. Diese Liste überforderte mich total. Ich wollte sie nicht schreiben, ich wollte nicht darüber nachdenken. Auch Kamillentee mochte ich nicht trinken. Was dann, Marie, dachte ich aufgebracht, was willst du dann? Und musste mir eingestehen, dass es mir wie Tom ging: Ich wollte mein Leben zurück. Und zwar auf der Stelle, sofort! Ich stampfte in hilfloser Wut auf den Boden, vergrub mein angesengtes Gesicht zwischen meinen Armen.
„Nicht heulen, Marie“, wies ich mich zurecht, „das tut weh. Bloß nicht heulen!“
Ob ich wollte oder nicht, es würde dauern, bis Tom und ich nur halbwegs wieder einen geregelten Tagesablauf haben würden. Und ob ich wollte oder nicht, ich musste wie Tom in den nächsten Stunden bis Tagen einen Haufen unleidlicher Dinge erledigen. Müssen war grundsätzlich nicht mein Ding. Eigentlich war ich ein fauler Mensch bei solchen Sachen. Lag wahrscheinlich daran, dass mich diese Bürokratie langweilte, ich sie teilweise auch schlicht nicht kapierte. Wie gut, dass mein Steuerberater Spaß an all dem hatte. Und jetzt? Ich schielte über meine Arme hinweg direkt in Melchiors gelbe Augen, er fand mich mal wieder ziemlich armselig. Melchior nahm seine Katerpflichten durchaus ernst. Wie gut, dass wenigstens Caspar so wie ich nach dem Spaßfaktor lebte.
„Okay“, energisch packte ich die Kanne mit dem widerlichen Kamillentee und goss alles ins Spülbecken, „Spaßfaktor wäre ein frisch bezogenes Bett, ein sauberes Bad und ein gutes Abendessen mit anschließendem Kuscheln auf dem Sofa. Seht ihr das auch so?“
Bei den Worten Bett und kuscheln war Caspar nicht mehr zu bremsen, Melchior entschied sich eher für das leckere Abendessen. Gemeinsam stapften wir die Treppe hinauf ins Schlafzimmer, wo ich meine schönste Bettwäsche aus dem Schrank nahm und die Betten duftig frisch bezog. Nach der Aktion taten mir zwar die Hände weh, aber grundsätzlich fühlte ich mich besser. Also gleich ins Bad und putzen, wobei mir blöderweise klar wurde, dass man mit Brandverletzungen nicht unbedingt stundenlange Vollbäder abhalten sollte. Duschen hatte für

mich aber längst nicht den Entspannungswert, wie der Länge nach im warmen Wasser aalen. Shit, murmelte ich mal wieder ungehalten vor mich hin. Egal, sauber und frisch sollte es sein. In Sachen Abendessen musste mir Centa unter die Arme greifen, eventuell kam ich auch nicht darum herum, doch noch einen Supermarkt mit ihr aufzusuchen. Aber danach wurde in Ruhe gekuschelt, das schwor ich mir.
Ach, und den Autoschlüssel fand ich ordentlich abgelegt im Schrank im Wohnzimmer. Manchmal war ich wider Erwarten wirklich ordentlich. Recht zufrieden ging ich durch meine Wohnung, irgendwie fühlte ich mich langsam wieder richtig heimisch. Genau genommen hatte mich das alles nicht annähernd so hart getroffen, wie Tom. Mir fehlten ein paar entscheidende Teile meines Alltags, doch existenzielle Dinge hatte ich nicht verloren. Toms Lebensgeschichte aber war verbrannt, von seiner Meisterurkunde im Rahmen bis zu den Fotoalben von Christelle, seine Bücher, seine privaten Unterlagen, jeder Kugelschreiber und jede Tischdecke. Sein Haus. Erneut schlug diese lähmende Todesangst über mir zusammen, loderten die Flammen aus den Fensterhöhlen und dem Dachstuhl.
Natürlich war es möglich, die Reste abzureißen und ein neues Haus zu bauen. Vielleicht war das sogar ganz spannend, ein neues Haus mit großen Fenstern, hell, großzügig, so wie wir es uns als Umbau gedacht hatten. Wie schizophren. Da lagen die Entwürfe beim Architekten und das Haus existierte nicht mehr. Tja, ich schenkte mir ein Glas warmes Wasser ein und setzte mich auf die Bank auf der Terrasse, musste der Architekt wohl umplanen. Ein neues Haus auf der Asche des alten. Das fühlte sich heftig nach schlechter Schwingung an. Angestrengt heftete ich meinen Blick auf Caspar, der konzentriert auf irgendeiner Fährte herumspürte. Ob Tom so etwas beachten würde? Ich rief nach Caspar, bevor der den entsprechenden Bau zur Fährte aufstöberte und beschloss, hinunter zum Hof zu gehen, die Fohlen füttern. Die fünf fehlten mir irgendwie. Seit Wochen drehte sich alles um die Sauger und heute hatte ich außer der morgendlichen Fütterung noch nichts für sie getan. Das war ziemlich wenig.
Wir warteten bis halb zwei mit dem Mittagessen, doch Tom tauchte nicht auf. Tobi trug es nur vordergründig mit Fassung.

Sein Mittagessen war ihm so heilig, wie sein Bier am Abend. Ich dagegen war erst richtig sauer, dann zunehmend besorgt, lauschte immer wieder zum Stalltor hinaus auf den Hof, ob nicht endlich der Passat um die Ecke brummen würde, während ich Centa so gut es ging beim Misten half, dazwischen unsere Fohlen hätschelte und die Melkmaschine putzte. Es konnte ihm sonst etwas zugestoßen sein, kollabiert, Unfall, und was sonst noch alles. Ich rief meine Fantasie zur Ordnung und Tom tauchte nicht auf.

„Lass ihn, Marie", Centa strich mir beruhigend über die Schulter, „wenn ihm etwas passiert wäre, dann hätten wir das sicher schon gehört. Du weißt doch, wie schnell das auf dem Dorf geht. Der kommt schon wieder."

Ich nickte notgedrungen, was sie sagte, schien mir vom Verstand her nachvollziehbar, doch gefühlsmäßig nicht machbar. Irgendwie fühlte ich mich auch ein wenig von ihm alleine gelassen. Ein Gefühl, das ich wegen eines Mannes eigentlich nie wieder haben wollte. Mit Karsten war ich genug allein gewesen.

Gegen halb vier fütterte ich mit Centa zusammen die Fohlen. Centa machte das riesigen Spaß, weil die drei doch so süß waren. Grinsend stimmte ich ihr zu, allerdings reduzierte sich der Spaß, wenn man es jeden Tag machen musste. „Ist wie Kühe melken", erklärte ich halb lachend, „zwischendrin ist das ne echte Gaudi, morgens um sechs aber eher ein Akt der Selbstüberwindung."

„Recht hascht." Arm in Arm gingen wir zum Haus hinüber, wo Centa Kaffee trank, während ich wieder zum warmen Wasser griff, das verkraftete mein Hals noch am besten.

Kurz darauf bog endlich das ersehnte Auto in die Hofeinfahrt ein. Meine Sorge schlug in Erleichterung um und dann in Sekundenschnelle in eine undefinierbare Art von Ärger. Vom Fenster aus sahen wir, wie Tom eine große Plastiktüte nach der anderen aus dem Kofferraum kramte und so schwer bepackt die drei Stufen zur Küche hinaufstiefelte. Er sah schrecklich aus, obwohl er breit grinste, als er vor uns stand. Sein Gesicht war grau-weiß, gesprenkelt mit roten Flecken der Verbrennungen, keine Wimpern, keine Augenbrauen, dafür stark gerötete, übermüdete Augen. Ich selber hatte den Blick in einen

Spiegel bisher geflissentlich vermieden. Auf Horror stand ich nicht so richtig.
„Griaßt na", er drückte mir einen Kuss auf die Wange, strich Centa stürmisch über den Arm, „tut mir leid, dass ich erst so spät komme, doch jeder wollte wissen, was passiert ist. Das hält auf. Wir sind Stadtgespräch. Aber ich habe so weit alles geschafft." Er schaute uns an, als erwartete er, dass wir in Begeisterung ausbrechen müssten. Ich rang mir ein Lächeln ab. Noch nie hatte ich Tom so euphorisch überdreht erlebt. Er konnte sich richtig freuen, strahlen, und seine Freude entsprechend mitteilen, doch bisher hätte ich tausend Eide geschworen, dass er nicht scharf darauf war, ein Thema fürs Stadtgespräch zu sein. Tom und der Brand beim Brunch im Amt, ganz toll.
„Ach, echt? Ich mühte mich um gute Miene zum verständnislosen Spiel. „Was hast du dir denn gekauft?"
Centa deckte ihm schweigend den Tisch, Tom plumpste mit seltsamer Lässigkeit auf den Stuhl. „Du wirst entzückt sein, Marie", erwiderte er mit einem anzüglichen Blinzeln, „ich führ dir nachher oben im Stadel alles vor."
„So goht's it, Tom", Centa fand das alles offensichtlich richtig amüsant, „und was ist mit mir? Ich versorg dich und deine Fohlen mit Futter und darf nicht zuschauen?"
„Klar darfst du mit, Centa."
„Warst du daheim, Tom?" Das schien mir wichtiger als seine Modenschau. Ich hatte ihn noch nie anders als in seinen Arbeitsklamotten oder in Jeans und T-Shirt oder Pullover gesehen. Entsprechend konnte ich mir auch nicht vorstellen, was er da jetzt angeschleppt haben könnte.
„Nein, noch nicht", er schaufelte sich einen Löffel Erbseneintopf in den Mund. Seine Lippen waren noch immer rissig. „Keine Zeit."
Alles klar, dachte ich, erst groß herumtönen und dann kneifen. Aber gut, dann stand uns beiden das also noch bevor.
„Ich habe lange beim Franz von der Versicherung gesessen, er hat mir einen super Vorschuss gegeben. Da lohnt es im Ernstfall echt, gut versichert zu sein."
Centa und ich wechselten einen fragenden Blick. Tom redete nicht wie Tom und benahm sich auch nicht so. Hatte den jemand ausgetauscht?

„Danach habe ich mir ein neues Handy gekauft, hat auch gedauert, denn der Typ wollte genau wissen, wie das ist, wenn man so von Flammen eingeschlossen ist. Aber er hat mich toll beraten. Hier“, er fummelte mit einer Hand sein Handy aus der Hintertasche seiner Jeans, „super leicht, Titan und mit allem Schnickschnack, den man jetzt so braucht.“
„Telefonieren kann man damit auch?“ Centa starrte ungläubig auf das ultraflache, schwarz glitzernde Teil.
„Logisch“, Tom klemmte sich den Löffel zwischen die Zähne und tippte konzentriert auf den Tasten herum, schon bimmelte Centas Telefon, „siehste?“
Ich war sprachlos und das nicht wegen des Handys. Was war in Tom gefahren? Er verlor doch nie ein unnötiges Wort an andere Menschen und nicht umsonst hatte er das Image eines Super-Rüpels. Jetzt aber quatschte er sich durch den Sonthofener Einzelhandel? Wie ging das an?
„Ja, und dann war ich shoppen.“ Er strahlte. „Ich wusste gar nicht, wie cool das ist.“
Wieder traf Centas befremdeter Blick auf meinen. „Shoppen?“, echoten wir.
Tom nickte eifrig. Langsam machte er mich richtig nervös mit seiner Aufgedrehtheit. Alles an ihm zappelte. Ein hyperaktiver kleiner Junge.
„Nimm doch bitte beim nächsten Mal den Tobi zum Einkaufen mit“, Centa grinste spöttisch und schaufelte eine weitere Portion Eintopf auf Toms Teller, „der hat es bitter nötig. Ich würde den auch gerne mal anders, als im Blaumann sehen. Darfst auch gleich eine Parfümerie mit ihm aufsuchen, damit er mal anders, als nach Kuh riecht.“
Tom stutzte kurz, es war nicht zu überhören, dass Centa sich ein wenig über ihn lustig machte, doch er sagte nichts dazu. „Klar, machen wir Männer-Shopping, kein Problem.“
Immerhin hatten ihn ihre Worte etwas auf Normal-Tom heruntergekühlt. Schweigend mampfte er seinen Teller leer.
„Ich würde dann gerne etwas Schlaf nachholen“, er warf mir einen fragenden Blick zu. Ich nickte und lächelte halbwegs versöhnlich. „Der Stadel wartet nur noch auf dich.“
„Geht nur“, Centa blinzelte, „ich räum hier noch auf und fahre dann einkaufen. Euer Zeug bringe ich mit.“

Sofort sprang Tom auf seine zwei Beine und zerrte seinen neuen Geldbeutel aus der Gesäßtasche seiner Jeans. „Warte, ich gebe dir gleich Geld."
Der Blick, den ich auf den Packen Geldscheine erhaschte, ließ mich ein wenig blass werden. Man hätte durchaus auf die Idee kommen können, dass Tom in Sonthofen eine der diversen Banken um einige tausend Euros erleichtert hatte und er uns nur eine wüste Story vom shoppenden Schmied auftischte. Auch Centa runzelte erstaunt die Stirn. Das alles war irgendwie ganz komisch und irgendwie gefiel es mir auch nicht. Gerne hätte ich etwas getan, um dieses Gefühl der Fremdheit zwischen uns zu zerstreuen, doch Tom lief bepackt mit seinen Taschen neben mir her, wie ein Fremder in der Fußgängerzone, der zufälligerweise die gleiche Geschwindigkeit ging und die gleiche Richtung wie ich hatte, aber irgendwann einfach abbiegen würde, ohne mich überhaupt bemerkt zu haben.
Er schaute nur flüchtig zu den Fohlen hinüber. „Habt ihr gefüttert?"
„Natürlich, mehrfach."
„Hm."
Das nannte ich mal eine intime und ausufernde Unterhaltung eines Paares, das sich sehr nahestand. Es ist der Schock, machte ich mir selber Mut, während ich zu den Bergen hinüberschaute. Über Rubi hingen Regenwolken, während Ofterschwang halb in der Sonne glänzte, dazwischen feine Regenschleier und dünne Wolken in zartem Licht. Vielleicht bekamen wir noch einen Regenbogen zu sehen. Tom bemerkte nichts davon. Ich schloss die Tür auf und wir traten ein. Er seufzte, hielt einen Moment inne. Ich sah die Erschöpfung und einen Hauch Hoffnungslosigkeit in seinem Gesicht. „Hoffentlich ist das alles bald vorbei."
Vage zuckte ich die Schultern. „Vielleicht. – Magst du duschen?"
Er nickte und stiefelte ohne ein weiteres Wort an mich mit den Tüten die enge Treppe hinauf. Gleich darauf rauschte die Dusche im Obergeschoss. Ganz super, Marie, toll, alles perfekt, dachte ich, in der Hoffnung, dass diese Worte wie ein gutes Mantra wirkten. Tom und diese Boutiquentaschen waren wirklich ein befremdlicher Anblick. Ein Reisender.

Ich setzte mir Teewasser auf, auch wenn ich wusste, dass ich keinen trinken würde. Es war eine vertraute und beruhigende Tätigkeit. Ein Teeei mit Centas Kräutermischung dazu und gedankenverloren den grünen Teeschlieren zuschauen, die sich im heißen Wasser verteilten.
„Marie?"
Ich schrak zusammen, stieß gegen die Teekanne und zu meinem Bedauern löste sich das schöne Mäandermuster auf.
„Ja?" Tom schaute über die Brüstung der Treppe auf mich herab. Er grinste breit.
„Da hat sich ein Kölner Heinzelmännchen zu uns verirrt. Die Betten sind frisch bezogen. Kommst du auch ein wenig schlafen?"
Überrascht holte ich Luft. Das klang nach Tom und nicht nach dem shoppenden Schmied.
„Ja, sofort!" Hastig schraubte ich die Teekanne zu, vergaß aber das Teeei im Wasser und pfiff Caspar ins Haus, damit ich die Terrassentür schließen konnte. Mit dem Hund zusammen stiefelte ich die Treppe hinauf. Tom war schon im Schlafzimmer, hatte seine Einkäufe fein säuberlich auf dem Bett ausgebreitet. Reichlich entgeistert starrte ich auf lässig gemusterte Business-Hemden, diverse mehr oder weniger edel ausgewaschene Jeans und Pullover in frühlingshaften Pastellfarben. Da beglückte uns demnächst dann ein ziemlich schicker Schmied. Die Mädels würden begeistert sein.
„Und?", kam es mit einem stolz-unsicheren Blick, der regelrecht darum flehte, nichts Falsches zu sagen. „Wow", ich wedelte perplex mit der Hand zum Bett, „super, Tom, echt. Total schick."
Er holte sichtlich erleichtert Luft, strahlte mich an. „Finde ich auch. Mal was anderes. Die Verkäuferin in der Boutique meinte auch, dass ich mehr aus meinem Typ machen könnte." Ein entschuldigendes Blinzeln streifte mich, was ich großzügig quittierte. Solange er sich auf der Straße nur den Appetit holte und daheim aß, konnte ich gut damit umgehen, dass er zu der Sorte Mann gehörte, die es eigentlich nicht nötig hatte, durch Kleidung mehr aus ihrem Typ zu machen, weil er für jeden erkenntlich ganz er selbst war.
„Ich brauche dann natürlich noch ein paar Klamotten für die

Arbeit, aber so im Alltag möchte ich es anders machen, als bisher."

„Toll", ich nickte so überzeugend wie möglich, „gute Idee. – Lass uns schlafen."

Während ich duschte, räumte Tom sein neues Leben in meinen alten Kleiderschrank, was mich in dem Gedanken bestärkte, dass das nicht gut gehen konnte. Immerhin hatte er sich über die frischen Betten gefreut. Fehlte nur noch das erwünschte Abendessen und kuscheln auf dem Sofa, dann hatte ich mein Pensum für heute erreicht, genauso wie er.

Tom schlief schon halb, ich schob mich behutsam unter die Bettdecke, so nahe wie möglich an ihn heran, er roch gut, männlich herb und frisch.

„Du … Marie", ich drehte den Kopf zu ihm, „verpetz mich nicht bei Centa, aber ich war auch in einer Parfümerie …"

Grinsend schnupperte ich noch näher an ihn heran. „Genehmigt, das riecht fein."

19. Kapitel
Eine Brandruine, Schlachtfohlen und Säuferehrlichkeit

Obwohl ich richtig hundemüde war, konnte ich nicht schlafen. Ich war aber auch zu erschöpft, als dass ich mich dazu aufraffen konnte, einfach wieder aufzustehen. Tom schnarchte leise vor sich hin. Mein Kopf drehte hohl, genauso wie unser Leben hohl drehte. Vorsichtig löste ich mich aus Toms Umarmung und robbte ein paar Zentimeter zur Seite. Ich musste einfach ein paar blödsinnige Tränen verdrücken, ohne dass Tom das bemerkte und auch auf die Gefahr hin, dass meine Augen noch grässlicher schmerzten und aussehen würden, als vorher. Es erleichterte tatsächlich, ich angelte nach einem Taschentuch auf meinem Nachttisch und tupfte mir meine wunden Lider ab, schluchzte möglichst lautlos auf. Manchmal musste das einfach sein, rechtfertigte ich mich vor mir selber, nach all dem, was seit letzter Nacht geschehen war, hatte ich einfach ein Recht darauf, eine Runde abzuheulen. Und ich heulte mich in den Schlaf.
Es dämmerte bereits, als ich von Caspars kalter Nase unsanft geweckt wurde. Irritiert blinzelte ich im diffusen Licht, wusste mal wieder nicht, wohin es mich verschlagen hatte. Zwei Nächte, drei verschiedene Betten, das sollte mal einer verpacken, ohne orientierungslos durchs Zimmer zu schauen. Aber es war erleichternd festzustellen, dass es mein Zimmer im Stadel war, in dem ich aufwachen durfte, alles gut, alles heil war. Bis auf Caspar, der offensichtlich in dringenden Geschäften vor die Tür musste.
Steifbeinig schleppte ich mich die Treppe hinunter, Caspar drängelte hinter mir, doch es ging nicht schneller, und öffnete ihm die Terrassentür. Er hechtete hinaus auf die Wiesen und schnürte konzentriert durchs Gras. Auf der Bank neben mir stand eine Tüte mit Lebensmitteln. Centa war da gewesen und hatte uns unsere Einkäufe gebracht. In der Tüte fand ich neben den Allgäuer Grundnahrungsmitteln Bier, Wiener, Käse und frische Seelen einen Zettel, auf dem sie uns schrieb, dass sie die Fohlen um sieben Uhr gefüttert und das geradezu genossen hatte. „Mach nur, Centa", murmelte ich vor mich hin, „morgen früh um sechs gerne wieder."

Mir fehlten die drei samt Balthasar und Flori, doch ich wusste es durchaus zu schätzen, dass sie mir und uns die Fütterungen im Moment so abnahm. Mit links wuchtete ich die Tüte hoch und trug sie in die Küche, um ihren Inhalt in meinen chronisch leeren Kühlschrank zu packen. Dann wollte ich mir eine Tasse Tee einschenken, doch der Geruch ließ mich abrupt zurückweichen. Ich rümpfte die Nase und bemerkte das vergessene Teeei.

„Machs einfach neu, Marie", ermutigte ich mich resigniert, „nicht zur Strafe, nur zur Übung." Der Inhalt der Kanne landete im Ausguss, während schon neue Kräuter auf ihr heißes Wasser warteten. Im Obergeschoss hörte ich Schritte, also schien auch Tom aufgewacht zu sein. Ich wusste spontan nicht, ob ich nicht lieber noch eine Weile alleine geblieben wäre, anstatt mit einem vielleicht fremden Tom den Abend zu verbringen.

Doch Tom stapfte schon die Stufen hinab, genauso steif wie ich. Ich schmunzelte wider Willen und goss das Wasser über den Tee.

„Ein Bier wär mir lieber", brummte er beim Anblick der dampfenden Kanne und gab mir über die Schulter einen Kuss auf die Wange, „als Centas Hexengebräu."

„Ist im Kühlschrank, aber noch nicht kalt", antwortete ich mich an ihn schmiegend. Das neue Parfum war wirklich gut. „Hast du Hunger?"

Er schüttelte halbherzig den Kopf. „Nicht richtig. Was hätten wir denn da? Ich muss auch erst die Fohlen füttern."

„Hat Centa schon gemacht, die findet das ganz toll. – Das Übliche halt. Brotzeit."

Mit einem undefinierbaren Geräusch wendete er sich ab. „Ne, darauf habe ich es jetzt echt nicht." Er fischte sich eine Kornseele aus der Bäckertüte und biss vorsichtig hinein.

„Trocken Brot, macht Wangen rot." Mit einem befremdeten Blick streifte er mich und trat an die Terrassentür, wo Melchior saß. „Hat meine Oma immer gesagt."

„So klingt es auch. – Lass uns ein wenig draußen sitzen."

Ergeben stellte ich die Kanne auf das Tablett, das Sylvie mir geschenkt hatte, legte die Brottüte dazu und trat zu ihm auf die Terrasse. Es war frisch, aber angenehm. Caspar raste mit wehenden Ohren über die Wiesen auf uns zu. Melchior sprang vorsichtshalber und weil dort Essbares war, auf den Tisch. Caspar prallte auf Tom auf, stieg an ihm hoch, bis seine Zunge Toms Kinn erwischte und landete vor ihm auf seinem Hintern. Verwirrt starrte ich meinen Hund an. Meistens realisierte ich nicht, wie groß Caspar geworden war. Tom lachte, zauste Caspars Ohren und rubbelte seinen Hals. Ein Anblick wie aus unserem früheren Leben, der unsagbar gut tat.

Tom fütterte Caspar und Melchior, während ich seine angebissene Seele vor den beiden in Sicherheit brachte und uns aus meinem Schlafzimmer dicke Pullover und eine Wolldecke holte. So eingepackt hockten wir uns auf die Bank, knabberten an den Brotstangen und tranken Tee. Melchior zwängte sich zwischen uns, Caspar lag dicht an Tom gedrängt, halb zugedeckt, wie er es liebte. Über dem Mittag zur Rechten ging langsam die Sonne unter, warf ihre letzten Strahlen gegen den Daumen und die Rotspitze. Die Gipfel wirkten unnatürlich nah, jeder Grat, jede Rinne schien in greifbarer Nähe. Richtung Oberstdorf hingen weiterhin schwarze Regenwolken über den Bergen, vom Sonnenlicht rot umrandet, und ließen die grünenden Wiesen an den Steilhängen leuchten. Ich mochte diese Abendstimmung der Berge, die sich im Herbst mit einem Hauch Melancholie wiederholte. Warme, verwaschene Farben. Die Natur zeigte sich deutlich in ihrer unsagbaren Schönheit und Macht.

„Wir werden neu bauen müssen“, sagte Tom und der Zusammenhang zwischen den Allgäuer Alpen und einem Neubau wollte sich nicht sofort für mich erschließen.

„Oder fällt dir was Besseres ein?“

Nicht wirklich, ich fand das Nebelhorn perfekt, genauso wie den Kegel der Rotspitze und die Zacken der Mädelegabel.

„Bitte?“

Er grinste leicht, was seine aufgesprungenen Lippen mit einem blutenden Riss quittierten, den er einfach wegwischte.

„Unseren Hof, Marie. Du erinnerst dich, das Haus, das letzte Nacht so gut gebrannt hat?“

„Ah ja“, ich stieg notgedrungen auf seinen Scherz ein, „ja, da erinnere ich mich flüchtig dran. Und?“

„Wir könnten an alter Stelle ein neues Haus bauen. So wie wir es uns vorstellen, hell, offen, großzügig. Was meinst du?“

So richtig meinte ich dazu noch gar nichts, genauso wie zu den anderen Dingen unseres neuen Lebens. „Ich weiß nicht“, erwiderte ich unsicher, „neues Haus auf alten Geschichten und Asche? Irgendwie“, ich schüttelte mich, „irgendwie fies. Können wir es nicht versetzen?“
Nachdenklich schluckte er an seinem Tee, biss in seine Seele, zuckte dann die Schultern.
„Möglich wäre das. Wir müssten die Werkstatt abreißen. – Wir könnten auch ganz woanders neu anfangen. Ein neues Haus kaufen, eines bauen. Theoretisch könnten wir Tobi und Centa auch fragen, ob sie uns den Stadel verkaufen würden mit etwas Land. Hier ginge das auch mit der Fohlenaufzucht. Aber ich weiß nicht …“
Bei dem Gedanken, von hier fortzuziehen wurde mir ganz schlecht. Vehement schüttelte ich den Kopf. „Ne, Tom, wegziehen tue ich nicht! Dann musst du alleine gehen.“
Erstaunt schaute er mir ins Gesicht. „Ich meinte nicht, dass wir das Allgäu verlassen, Marie.“
„Oberallgäu!“, verbesserte ich. „Ins Unterland oder nach West oder Ost ziehe ich auch nicht.“
Er lachte leise, zog mich an sich. „Bist ja schlimmer als ein Allgäuer. Ich meinte schon, dass wir hier oben bleiben. Aber es muss ja nicht Berghofen sein, oder?“
„Muss nicht, wäre aber schön. Einen Neubau könnte ich mir wirklich vorstellen, doch die Arbeit schreckt mich im Moment ab. Eigentlich möchte ich mich auch noch nicht mit solchen Gedanken auseinandersetzen.“ Sein Lachen brach weg und sein Gesicht wurde erschreckend ernst. „Es hilft nichts, Marie. Wir müssen uns damit auseinandersetzen. Ich will so schnell wie möglich wieder irgendwo zu Hause sein.“
Der Treffer saß. Ich hielt mich an meiner Tasse fest. Natürlich wollte er das. Und ich Idiot hatte mal wieder nicht überrissen, dass mein Stadel sein Zuhause nicht war und nie werden würde. Es war ein müßiger Gedanke, ob Centa und Tobi uns den Stadel eventuell verkaufen würden. Er war für Tom keine lebbare Alternative. Insofern drängte für Tom die Zeit. Wenn ich wiederum mit Tom leben wollte, was außer Frage stand, dann musste ich mit entscheiden. Seufzend blies ich über meinen Tee, um Zeit zu gewinnen. „Ich denke drüber

nach, Tom", brummte ich in meinen Tee, „ist sicherlich auch alles eine Frage des Geldes."
Bevor Tom antworten konnte, hastete Centa um die Ecke des Hauses. Mittlerweile war es fast dunkel, Caspar pöbelte erschrocken los, beruhigte sich aber sofort, als er sie erkannte. Centa grüßte erstaunt. Mit uns hatte sie hier auf der Terrasse bei der Kälte wahrscheinlich nicht gerechnet, zumal ich ganz gegen meine bisherige Art keine Kerze brennen hatte und wir im Dunkeln hockten.
„Hoi", sie schaute zwischen uns hin und her, „alles okay bei euch?"
Wir nickten einträchtig. „Hock di na, Centa." Tom schob ihr mit der Fußspitze einen der Stühle beiseite. „Magst nen Tee?"
„Gerne, wenn's einer von mir ist." Ihr Grinsen war fröhlich und echt.
„Natürlich, Centa. Warte, ich hol dir eine Tasse." Ich wühlte mich aus der Decke und Toms Armen und trat ins Haus, Caspar gleich hinterher, eventuell gab es ja etwas zu fressen. Er hatte sich noch am schnellsten von den Schrecken und Strapazen der vergangenen Nacht herholt. Melchi war noch nicht so fit und wir erst recht nicht. Aber mit Krankenhaus brauchte ich Tom nicht kommen, so schlecht konnte es ihm gar nicht gehen. Mit meiner heilen Hand schenkte ich Centa Tee ein, rutschte dann sofort wieder unter meine Wolldecke, wo ich nach Toms warmer Hand suchte.
„Ein Martin Waibel vom Veterinäramt in Kempten hat vorhin bei uns angerufen", erklärte sie ohne Umschweife ihre Anwesenheit, „er hat versucht, dich zu erreichen, Tom, aber das war ja nicht möglich. Deswegen hat er vom Köberle Corbi unsere Nummer bekommen. Es geht um irgendwelche Schlachtfohlen, die man beschlagnahmt hat. Du sollst ihn dringend zurückrufen. Hier ist die Nummer." Sie reichte Tom einen Zettel, den er im Dunkeln dicht vor seine Augen halten musste, um ihn zu lesen. „Beschlagnahmte Fohlen", wiederholte er unwillig, „und was habe ich damit zu tun?"
„Schlachtfohlen!", insistierte Centa.
Mir stellten sich die Nackenhaare auf bei dem Wort, meine Haut fing überall an, unangenehm zu kribbeln. Tom blieb äußerlich erst einmal völlig ungerührt.

„Und? Seit wann interessiert sich das Veterinäramt für so etwas? Jedes Jahr gehen tausende Haflinger, Freiberger und Fohlen von Stutenmilchfarmen zum Schlachter, ohne dass es jemanden schert. Hauptsache man hat für die Touristen den Sommer über ein paar herzige Fohlen auf seinen grünen Wiesen herumspringen. Jedes Jahr aufs Neue."
„Hast ja recht, Tom." Centa wand sich unter seinen Worten, während ich mir mal wieder vorkam wie der letzte ahnungslose Trottel. Ich hatte mich noch nie gefragt, was mit den süßen Haflingerfohlen geschah, wenn der Sommer vorüber war. Blauäugig war ich davon ausgegangen, dass alle auf Alpen, wie der vom alten Köberle, eine coole Jugend verbringen durften, bevor sie ein Leben als Reitpferd begannen. Und was hatte es mit Stutenmilchfarmen auf sich? Das Gefühl in mir erinnerte mich an den Schock damals auf dem Pferdemarkt, als die Pferde in den Transporter des Schlachters getrieben worden waren und ich war seitdem wider alle Vorsätze noch immer nicht zum Vegetarier geworden. Nur Balthasar hatte ich damals retten können, einer für alle.
„Ruf ihn halt schnell zurück, Tom."
„Warum?"
Ich verstand nicht, warum sich Tom so sperrte. Im Gegensatz zu mir erledigte er immer sofort alle anfallenden Telefonate, zumal wenn sein Anruf erwartet wurde.
„Weil er Hilfe braucht, Tom!" Centa wurde langsam ärgerlich. „Weil die Fohlen Hilfe brauchen."
Schweigend reichte ich ihm sein neues Handy vom Tisch.
„Amtveterinäre sind um diese Uhrzeit nicht erreichbar."
Centas Blick an mich bettelte um Hilfe, ich seufzte leise. „Es kostet dich einen Anruf, Tom, und du weihst dein neues Handy ein."
„Ihr hend a Gschiß", knurrte er leise, tippte aber tatsächlich die Nummer in sein Handy. Erwartungsvoll starrten wir ihn an, während er demonstrativ seinen Blick an uns vorbei ins Nichts richtete. „Mauderer, servus", meldete er sich tief Luft holend, „ich sollte zurückrufen? Um was geht's?"
Neugierig hingen wir an seinem Gesicht, das aber wie immer so gut wie nichts zum Ausdruck brachte. Tom sollte pokern, dachte ich halb ärgerlich. Zuerst kam in unregelmäßigen

Abständen nichts, als: „Hm, hoi, unglaublich, aha …“, und andauerndes Kopfschütteln. Damit konnten wir nicht viel anfangen, Centa verdrehte die Augen. Dann seufzte er hilflos. „Herrgottsackra. Es tut mir leid“, und es war offensichtlich, dass es ihm ernst war damit, „ich würde die Tiere sofort nehmen, Platz wäre theoretisch da, aber uns ist vergangene Nacht das Haus abgebrannt.“ Es folgten ein paar erklärende und beruhigende Worte zu unserem und dem Gesundheitszustand der Tiere. „Fakt ist“, fuhr er fort, „dass wir in absehbarer Zeit nicht auf unserem Hof leben können. Unsere Fohlen sind bei Freunden untergebracht, mehr geht im Moment auch nicht zu betreuen. Aber ich will mich gerne umhören, wer eventuell die Möglichkeit hätte, sich um die Tiere zu kümmern. – Was habt ihr mit ihnen überhaupt vor?“
So wie das klang, suchte dieser Martin Waibel einen Platz für die Fohlen. Was für ein unfaires Schicksal, ich schluckte hastig meinen arg abgekühlten Tee. Wir hätten die Kleinen natürlich sofort genommen und genau jetzt brannte dieses verdammte Haus ab. Wie konnte der liebe Gott so etwas zulassen? Nun, meine weniger emotionale Seite stellte mal wieder fest, dass Gott sich auch nicht um alles persönlich kümmern konnte, wahrscheinlich hatte da ein Engel gepatzt und zwar kräftig. Tom legte vorsichtig mit seinen verbundenen Händen das Handy auf den Tisch zurück und goss uns neuen Tee ein.
„Es sind fünfzehn Fohlen“, erklärte er zwischen zwei Schlucken, „schätzungsweise sechs bis zwölf Monate, anscheinend in einem katastrophalen Zustand. Der Jan hat dem Waibel von unserer Idee der Auffangstation erzählt und ihm gesagt, dass wir genug Platz haben. Stimmt ja auch. Mist!“
Ich schniefte betreten in meine Tasse hinein. „Wo sind die Tiere denn jetzt?“
„In der Nähe von Augsburg irgendwo in der Scheune eines Kollegen, aber das ist ja kein Dauerzustand. Sie haben da wohl einen dubiosen Pferdehändler auffliegen lassen, der überall in der Region Fohlen aufgekauft hat, um sie in einem Container zum Schlachten nach Italien zu schaffen.“
„Italien und schlachten ist okay“, giftete Centa, ihre Tasse auf den Tisch knallend, Tee spritzte, „aber der Container war gegen die Vorschriften, oder?“

Tom zuckte die Schultern. „Wahrscheinlich.“
„Ist doch egal, weswegen die Fohlen gerettet wurden“, warf ich ein, „Hauptsache sie sind jetzt in Sicherheit. Was geschieht mit ihnen? Bekommt der Händler sie zurück, wenn er sie vorschriftsmäßig transportiert?“
Tom schüttelte mit einem leisen Lächeln den Kopf. „Nein, wenn ich das richtig verstanden habe, dann war diese Sache nur der Tropfen, der das Fass zum Überlaufen gebracht hat, um dem Händler seinen Gewerbeschein zu entziehen. Die Fohlen gehören jetzt dem Land Bayern. Sie werden privat in sogenannte gute Hände weitervermittelt.“
„Euer Stall ist doch heil geblieben, könnten wir es nicht alle zusammen schaffen, die Tiere unten zu versorgen?“ Centas Blick wanderte erwartungsvoll bittend zwischen uns hin und her. „Mir macht das echt Spaß mit dem Füttern. Ich helfe euch. Vielleicht könnten wir sogar Kathrin dazu bringen, mitzuhelfen.“
Bei der Vorstellung, dass Centas Tochter freiwillig einen Stall betreten könnte, musste ich trotz der ernsten Frage laut lachen. Auch Tom grinste. Wir schüttelten trotzdem beide einträchtig die Köpfe. Vielleicht hatten wir verschiedene Gründe, um die Idee abzulehnen, doch letztendlich war es wie auch immer nicht machbar. „Es geht nicht, Centa“, ich drückte ihr entschuldigend die Hand, „aber wir haben jetzt so viel am Hals, dass ich für meinen Teil sicher bin, dass wir uns nicht richtig um die Tiere kümmern könnten. In ein paar Wochen sieht das vielleicht schon anders aus, doch im Moment geht es nicht.“
„Marie hat recht. Jetzt herrscht zu viel Durcheinander. Wir haben beide keine Ahnung, wie es weitergeht.“
„Ah wa!“ Centas Hand fegte abschwächend über unsere Teetassen hinweg. „Ihr bauts einfach ein neues Haus, das geht doch schnell. Bis dahin bleibts ihr hier und die Fohlen stehen unten im Stall. Wo ist das Problem?“
Das Problem war, dass ein neues Haus bauen mir nicht als optimale Lösung erschien, doch wie erklärte ich das, ohne Tom schon wieder zu verletzen und ohne Centas bodenständige Einstellung herauszufordern?
„Wir wissen noch nicht, ob wir neu bauen“, erwiderte Tom an meiner Stelle, sehr zu meiner Verblüffung, „und wir wissen

noch nicht, ob wir überhaupt hier in Berghofen bleiben. Wir müssen jetzt erst einmal unsere Möglichkeiten überlegen. Da passen keine fünfzehn zusätzliche Fohlen ins Leben, echt nicht, Centa."
„Wie, ihr bleibt nicht in Berghofen? Was soll das jetzt? Wo wollt ihr hin?" Aufgebracht beugte sie sich über den Tisch.
„Bleib in der Ruhe, Centa", ich schenkte ihr den letzten Rest Tee in ihre Tasse, „wir spielen im Moment einfach mal mit ein paar Möglichkeiten herum. Aber das Oberallgäu verlassen wir sicher nicht."
„Das will ich euch auch geraten haben. Uns einfach im Stich lassen, goht's no?"
Es war trotz der Dunkelheit nicht zu übersehen, dass sie für ihre Verhältnisse richtig ärgerlich und enttäuscht über uns war. Mit einem Schluck stürzte sie den lauwarmen Tee hinunter, knallte die Tasse auf den Tisch und stand auf. „Ich geh dann mal, damit ihr möglichst schnell eure Möglichkeiten überlegt habt und wir die Fohlen holen können. Servus."
Ihren Abgang fand ich nicht wirklich witzig, auch wenn Tom sich ein Schmunzeln nicht verkneifen konnte.
„Man sollte meinen", fröstelnd zog Tom die Schultern hoch, „dass Centa Spaß an der Fohlenaufzucht gefunden hat. Tobi wird richtig entzückt sein darüber."
„Witzle gemacht, Tom? Die ist jetzt richtig grätzig, die Centa."
„Lass uns reingehen, mir wird kalt." Er stand auf, griff nach der Kanne und seiner Tasse.
„Centa hat nur Angst", erklärte er kurz über die Schulter schauend, „sie möchte immer alles so behalten, wie es grad ist, und das funktioniert nicht. Sie fürchtet jetzt, dass wir wegziehen könnten und sie allein hier bleibt. Wir leben schon so lange als Nachbarn und Freunde zusammen."
„Hmmm…", ich stiefelte mit den restlichen Tassen hinter ihm her. Im Haus war es wohlig warm, „sie würde mir auch fehlen. So gesehen ist wegziehen dann doch keine Alternative."
Tom lehnte sich mit dem Rücken gegen die Arbeitsplatte und musterte mich mit schmalen Augen. Unsicher zuckte ich die Schultern. „Ich weiß es einfach nicht, Tom."
„Dann werden wir wohl morgen wohl oder übel beide unseren

Mut zusammennehmen müssen und zum Hof gehen, oder?"
„Super Idee, Tom, toller Ausflug. Was versprichst du dir davon?"
Lachend hielt er mir seine verbundenen Hände entgegen und ich ließ mich gegen ihn plumpsen. „Ja mei, vielleicht hilft es uns, herauszufinden, ob wir dort noch wohnen wollen? Außerdem hast du noch dein Auto unten stehen, voll gepackt mit Koffern, die du zum Glück nie ausgepackt hast, du Faultier."
Eine Brandruine und die Erinnerungen an die vergangene Nacht waren nichts, was ich mir freiwillig anschauen wollte, doch es half wahrscheinlich alles mal wieder nichts.
„Pfff. – Gehen wir schlafen?"
„Ach Marie", Toms Lächeln bekam einen leicht gequälten Ausdruck, während er schon auf die Treppe zusteuerte, die Tiere und ich hinterher, „allein der Gedanke an mein verkohltes Haus bringt mich an den Rand einer Panik." Oben auf dem Absatz blieb er stehen und schaute mich offen an. „Ich habe noch nie solche Angst gehabt, wie in dieser Nacht. Ich habe nicht wirklich daran geglaubt, dass wir es hinaus schaffen würden. Aber im Bett wollte ich auch nicht verbrennen. Man darf nie aufgeben."
Augenblicklich verstand ich den shoppenden Schmied, der mir doch den ganzen Tag so fremd gewesen war. Tom hatte wider Erwarten überlebt. Nackt und verwundet wie er war, musste er natürlich eine neue Haut bekommen. Verwirrt musterte ich den Holzboden vor mir, Toms bestrumpfte Füße dazu, die Norwegersocken gehörten mir. Hatten wir tatsächlich ein neues Leben geschenkt bekommen? Behaupteten deswegen all die Menschen, die eine Katastrophe überlebt hatten, dass sie neu geboren worden waren? Und ich? Irgendwie war die neue Marie noch nicht angekommen. Und warum hatten wir es geschenkt bekommen? Wozu? Auch die fünfzehn Fohlen hatten eine zweite Chance bekommen, auch sie durften leben. Langsam schaute ich auf. „Auch ich hatte unaussprechliche Angst, Tom", erwiderte ich leise, ohne ihn anzuschauen, so viele Gefühle quirlten durch mich hindurch, „Todesangst?" Ich verzog das Gesicht zu einem schiefen Lächeln und blickte auf in sein kahles Gesicht, „aber ich war mir sicher, dass du uns heil hinausbringen würdest. Daran habe ich keinen Augenblick gezweifelt. – Allerdings ...", ich fasste nach seiner Hand,

„allerdings dachte ich oben im Schlafzimmer für einen klitzekleinen Moment, dass du Caspar und Melchior nicht mitnehmen würdest." Entschuldigend drückte ich den weißen Verband, doch er lachte, zog mich hinter sich her ins Schlafzimmer. „So ein Blödsinn, Marie. Selbst wenn ich das wirklich überlegt hätte, so wärst du nie ohne die beiden mit mir gegangen. Und in einem Rudel macht man so etwas nicht. Da flüchtet man zusammen oder gar nicht."
Melchior sprang direkt aufs Bett, Caspar deckte ich in seinem Körbchen zu, während Tom vom Fenster aus hinunter zum Stall schaute, wo durch die offenen Fenster das leise Muhen der Kühe zu uns hoch drang. Ich rutschte zu Melchior unter die Bettdecke, sein Schnurren vibrierte an meinem Bauch.
„Mir fällt einfach niemand ein, der die Fohlen nehmen könnte", mit einem Seufzer trat Tom zu uns ans Bett und ließ sich neben mich fallen, Melchior maunzte ungehalten, „und es wäre echt Irrsinn, wenn wir es täten, auch wenn das keine Sauger mehr sind."
„Totaler Irrsinn", echote ich, mich an ihn kuschelnd, „aber selbst wenn das ein Grund sein könnte, so ist es nur theoretisch ein Hindernis. – Gute Nacht."

Am nächsten Morgen trafen wir uns nach dem Füttern bei Centa in der Küche zum Frühstück. Sie schien noch immer verstimmt, jedenfalls behandelte sie uns eher frostig. Tobi schaute verdutzt von uns zu seiner Frau. „Was isch denn los, Centa? – Bist schlecht drauf heut Morgen?"
Centa knurrte nur unverständlich.
„Frau, du hast mir erst letzte Woche einen halbstündigen Vortrag darüber gehalten, dass man mit Männern eindeutig und knallhart reden muss, damit sie einen verstehen. Also, sprich deutlich!"
Hastig schaute ich tief in meine Teetasse, diesen Vortrag hätte ich zu gerne mit angehört. Auch Toms Sehschlitze wurden noch eine Spur schmäler, mit verräterischen Fältchen drum herum. Centas Blick glitt mit vernichtendem Glitzern über uns hinweg. „So, eindeutig will der Herr Zeller meine Worte! Das ist ja was ganz Neues!" Wieder glitt ihr zorniger Blick zu uns. „Die beiden da", ihre Finger wedelten abfällig, „die wollen ihre

Möglichkeiten überlegen und von hier fortziehen. Einfach so. Und uns im Stich lassen. Saubere Freunde sind das!"
„Hoi?" Tobi hielt die Nachricht für wert genug, seine Nase vom Teller zu heben und uns verblüfft anzuschauen. „Im Ernst jetzt?" Mit einer beruhigenden Handbewegung griff Tom nach der Teekanne und schenkte uns nach. „Ah wa, wir wissen nur noch nicht, ob wir das Haus wieder aufbauen oder woanders im Ort oder hier in der Nähe einen Hof kaufen."
„Da schau her, ja mei ...", kopfschüttelnd musterte er Centa, „verwechselst du mal wieder Freundschaft mit Sklaverei?
Centa fuhr wie eine angreifende Tarantel zu ihm herum. „Und dir ist mal wieder alles egal, ja?" Tobi zuckte die Schultern, der Ärger seiner Frau ließ ihn völlig kalt, während ich mich langsam nicht mehr wohl in meiner Haut fühlte. So wütend hatte ich Centa sicherlich noch nie erlebt, schon gar nicht wegen Tom und mir.
„Ich lasse meine Freunde machen, was sie wollen. Was ist daran falsch?" Gleichmütig stand er auf und griff nach seiner Stalljacke, die über der Stuhllehne hing, um nach draußen zu gehen, Tom sprang ihm eilig hinterher. Super, dachte ich, als die Haustür schepperte, mal wieder ganz toll. Ließen mich einfach alleine mit der tobenden Centa.
„Gnade, Centa!" Ich hob kapitulierend die Hände. „Friede! Wir wissen doch noch gar nichts. Erklär mir lieber, was es mit Schlachtfohlen und Stutenmilchfarmen auf sich hat. Seit gestern Abend verstehe ich nämlich gar nichts mehr!"
Für deinen Seelenfrieden wäre es sicherlich auch besser", sie schaute mich intensiv an, aber ihr Ärger schien verflogen, „wenn du in deiner Ahnungslosigkeit bleiben würdest. Aber da du das eh nicht tust, erklär ich es dir, du Stadtzipfel."
Ich hätte auf Centa hören sollen, mir wurde der Tee in meiner Tasse schlecht, mir selber war auch recht flau im Magen und wie damals bei Balthasar kam ich ziemlich ins Grübeln darüber, wie hoch mein eigener, durch Unwissenheit geschehener Anteil an diesen Machenschaften betrug. Wer machte sich schon Gedanken darüber, dass eine Kuh ein Kalb haben musste, um uns täglich Milch zu unserem Müsli zu geben? Und noch weniger Gedanken machte man sich, was aus dem Kalb wurde, das nicht mehr als eine Art Abfallprodukt der

Milchbauern war. Die meisten wurden noch in der Stunde der Geburt von ihrer Mutter getrennt, in Kälberboxen von einem Automaten mit Fertigmilch gefüttert und landeten nach wenigen Monaten beim Schlachter. Ein paar Glückliche durften sich Mamas Milch mit uns teilen und noch ein paar weniger Auserwählte erlebten einen Sommer auf einer Alpe. Das Prädikat „Biobauer“ bekam an diesem Morgen noch einen ganz neuen Aspekt für mich. Ähnlich geschah es mit den Fohlen auch. Wie Tom schon am Abend zuvor geschimpft hatte, gab es viele Pferde auf den Ferienhöfen, die nur für die Touristen jedes Jahr aufs Neue ein Fohlen zur Welt brachten, die dann wiederum, wenn alles glücklich verlief, am Ende des Sommers einen Käufer fanden oder aber mit dem nächsten Transport nach Italien gingen. Und auch die Stutenmilchfarmen mussten sehen, dass sich Kosten und Nutzen der Abfallfohlen halbwegs trugen. Ich jedenfalls schwor mir, nie wieder bewusst ein Kosmetikprodukt zu kaufen, das Stutenmilch enthielt.
„Aber jetzt scher nicht alle Züchter und Milchproduzenten über einen Kamm, Marie“, Centa deutete meinen Gesichtsausdruck ganz richtig, denn genau das tat ich im Moment und hatte eine Mordswut im Bauch, „es sind immer die schwarzen Schafe, die auffallen, die mehrheitlich weißen, die bemerkt man meistens nicht.“
Ich nickte widerwillig. „Sicherlich. Und ich weiß, dass immer zwei Seiten zu einer Sauerei gehören. In diesem Fall sind es Angebot und Nachfrage. Trotzdem ist das ziemlich entsetzlich, Centa. Ich schau jetzt mal nach Tom und unseren Fohlen. Übrigens gehen wir nachher dann mal zum Haus hinunter. Mir graust 's davor.“
Ihren mitfühlenden Blick im Rücken verließ ich mit Caspar die Küche. Tom und Tobi standen am großen Traktor auf dem Hof und fachsimpelten über irgendetwas, wovon ich nicht einmal wusste, wie man es schreibt, geschweige denn ich eine Ahnung hatte, um was es sich handelte. Langsam trat ich an den Zaun der Weide. Alina hatte ihren großen Kopf über Samiras Rücken gelegt und so schliefen sie einträchtig, während Jolly im Gras neben seiner neuen Mama lag, die wiederum Nase an Nase mit Balthasar stand. Nele lungerte am anderen Ende der kleinen Wiese herum und fraß. Bis auf Nele hatten die fünf es nicht

immer leicht gehabt und selbst Nele hatte ihren Stall bei Tom nach Christelles Tod verlassen müssen. Wir hatten wahrlich genug eigene Probleme, doch trotzdem schmuggelten sich immer wieder die verlassenen fünfzehn in meinen Kopf. Hier bei Zellers hätten sie keinen Platz gehabt und Toms Hof würde in den nächsten Wochen bestenfalls eine Baustelle sein, aber niemals ein Platz für einen Haufen Fohlen.
Leise trat Tom hinter mich und legte seine Arme um meine Schultern. „Kannst du mir diese nervigen Verbände von den Händen abmachen, Marie“, er hatte ganz viel Bitte-Bitte in seiner Stimme, damit ich ihm auf keinen Fall widerstehen konnte, „bestimmt reicht mittlerweile ein großes Pflaster für die Brandblasen, oder?“
„Das sollte ein Arzt machen“, knurrte ich zur Seite. „Ich bin Physiotherapeutin.“
„Aber eine sehr geschickte Physiotherapeutin. Zu dir gehe ich viel lieber, als zu einem Arzt.“
„Schleimer. – Dann komm halt.“
Tom grinste, legte seinen Arm um meine Schultern, während wir den Schotterweg zum Stadel hinauf liefen.
„Wann gehen wir das Trauma Brandruine an?“ Konzentriert wickelte ich die Elastikbinde von seiner Hand. „Ich würde es gerne hinter mich bringen.“
„Jetzt dann.“
Meine Hände zitterten ein wenig vor Schreck, ungeschickt fummelte ich an dem breiten Pflaster herum, das ich auf die Brandblase kleben wollte, die sich über Toms linken Handrücken zog. Sie war voll mit Lymphe, doch ich wusste nicht, ob ich sie so einfach aufstechen durfte. Also presste ich mit verkniffenem Gesicht das Pflaster einfach darüber. Tom zischte leise vor Schmerz. „Zarte Hände fühlen sich anders an“, murrte er, „Gefühl wie ein toter Hund.“
„Halt den Mund, Tom, ich habe dir gesagt, dass du zum Arzt gehen sollst, wolltest ja nicht auf mich hören.“
„Na, na, du machst das schon gut“, lenkte er grinsend ein, „mach nur weiter.“
Also verpflasterte ich auch seine rechte Hand, die diverse Brandblasen zierte. Dann hielt ich ihm demonstrativ meine Linke hin, doch er schüttelte mit einem Schmunzeln abwehrend

den Kopf. „Ich bin nicht einmal Physiotherapeut, Marie, das kann ich nicht. Am besten, du gehst zum Arzt."
„Ich weiß ja nicht, welchen Clown du heute gefrühstückt hast, aber übertreib es nicht, Tom!"
Seine Stimmungsschwankungen machten mir echt zu schaffen. Mein Tom, der sonst gradlinig gut oder gradlinig schlecht drauf war, mutierte seit dem Brand zum Barometer und damit konnte ich noch nie umgehen. Ich selber fühlte mich nach wie vor seltsam verwirrt, verstört, verängstigt und irrational klar im Kopf.
Behutsam wickelte Tom an meiner Hand herum, klebte, so wie ich es getan hatte, einen breiten Streifen Pflaster auf meine Hand, einen von oben, einen in den Handteller. Wieder sah ich, wie ich auf der brennenden Treppe stehend hysterisch auf Toms brennendes Laken einschlug. Den Schmerz hatte ich nicht gespürt. Dann war ich mit Melchior im Arm gerannt. Keuchend schaute ich zu Tom hoch, auch in seinem Gesicht sah ich die Erinnerung, die er mit Witzen versuchte zu überspielen.
„Die Wunden sind halt noch sehr frisch", erklärte er zweideutig und lächelte leicht, „lass uns dann mal gehen."
Ich holte tief Luft, auch um den plötzlich pochenden Schmerz in meiner Hand wegzuatmen und nickte. „Packen wir es an."
Draußen pfiff ich nach Caspar, Melchior kam ebenfalls um die Ecke vom Koben geschossen und zu viert liefen wir die Wiesen zu Toms Hof hinunter.
Die Luft schien schon nach kaltem Rauch zu riechen, lange bevor wir den Hof überhaupt sahen. Tom kräuselte die Nase, Caspar schlich mit eingezogener Rute hinter mir her, während Melchior einfach umdrehte und zum Stadel zurück lief. Katzen fackelten nicht lange, wenn es um ihre eigenen Bedürfnisse ging. Irgendwie beneidete ich ihn darum.
Der Anblick, der sich uns vom Hügel hinter dem Haus bot, war ziemlich schrecklich. Tom rotierte fassungslos um sich selber, ich plumpste erst einmal ins herrlich grüne Gras, saß zwischen Löwenzahn und Klee und traute meinen Augen nicht.
Rotes Flatterband umspannte den gesamten Bereich. Von hinten existierte das Haus so gut wie nicht mehr, der Dachstuhl fehlte bis auf ein paar verkohlte Balken völlig, die Außenwände des Obergeschosses waren eingefallen, Teile der Küche

und des Flurs ebenfalls. Nur die Seite vom Wohnzimmer stand halbwegs. Wie paranoid wirkten dagegen die hellen, neuen Pfosten der Koppel und ich erinnerte mich, dass ich das Weidegerät in die Stallgasse geräumt hatte. Das Weidegerät, das mehrere Kurzschlüsse produziert hatte. Schlagartig wurde mir klar, was geschehen war, verwirrt schaute ich zu Tom hoch, wusste er Bescheid? Doch Tom stand nur mit starrem Blick da. Sollte ich etwas sagen? Machte es noch etwas aus, wenn er wusste, was sein Zuhause zerstört hatte? Nicht wirklich. Langsam stand ich auf und fasste nach seiner Hand. Vielleicht war es eine Art stilles Gebet für das Haus, vielleicht wappneten wir uns aber auch nur für den Anblick der Front, der uns noch bevorstand. Mit einem leichten Ruck an seiner Hand setzte ich Tom wieder in Bewegung, wir traten zwischen Haus und Werkstatt hindurch auf den Hof. Durch die Hitze des Feuers waren die Fenster der Werkstatt gesprungen, ich lotste Caspar durch die Scherben, Tom ging wie in Trance neben mir her. Der gepflasterte Hof war von den Feuerwehrlastzügen total zermatscht, tiefe Spurrinnen voller Wasser, Ruß und Trümmer zogen sich kreuz und quer. Die Hofeinfahrt war abgesperrt und mitten im Matsch stand ein Schild auf dem „Betreten verboten“ und „Einsturzgefahr“ stand.
Zaudernd stapften wir trotzdem durch den Dreck, vermieden beide tunlichst den ersten Blick auf das Haus von vorne. Lieber schaute ich zum Stall und den Paddocks hinüber, die heil geblieben waren, bis auf einen Teil des Zaunes, in den wohl ein LKW hineingefahren war. Auch das war jetzt nicht mehr wichtig. Langsam drehten wir uns um, tauschten einen Blick, bevor wir es wagten aufzuschauen. Vordergründig schien die Front weniger zerstört, die Außenwände vom Erdgeschoss standen noch vollständig, das Obergeschoss existierte nicht mehr. Leere Fensterhöhlen, die Stufen zur Haustür wahrscheinlich angefahren und die Tür selber existierte nur noch als verbogene Angeln.
Der Ruß gab dem ganzen die Farbe des Krieges. Zerstörung, Tod. Unsere Schritte vorsichtig durch den Schlamm setzend, traten wir näher. Tom lugte vorgebeugt durch das Fenster in die Küche, ich schob mich scheu hinter ihn. Ein paar Balken, Massen von Asche und Ruß, die Decke halb eingestürzt, so

dass man den blauen Himmel über uns sehen konnte. Unser Bett musste auch hier unten gelandet sein. Eine Gänsehaut zog sich über meine Arme. Wir wären einfach in die Flammen gefallen. Nichts erinnerte mehr an Toms gemütliche Küche, in der wir einen Großteil unserer gemeinsamen Stunden verbracht hatten. Mir reichte das, ich trat demonstrativ ein paar Schritte zurück und holte tief Luft. Doch Tom stieg tatsächlich die zerbrochenen Stufen zum Eingang hinauf, um sich tief in das Innere der Höhle zu lehnen.
„Tom!“ Meine Stimme zitterte. Probeweise trat er auf die Bodendielen, ich hörte das Knirschen des maroden Holzes. „Bitte Tom.“ Unter dem Flur fing der kleine Keller an, der sich bis zur Hälfte unters Wohnzimmer zog. Tom würde nicht tief stürzen, doch ich fürchtete, dass ein dummer Ruck reichen würde, um das gesamte Haus zum Einsturz zu bringen. Das Mauerwerk war überall von Rissen durchzogen, aus denen Rußzungen leckten. Tom trat zu meiner Erleichterung zurück, aber nur, um sich ein paar Schritte daneben durch das erste Fenster des Wohnzimmers zu beugen. „Schau mal, Marie!“ Tom winkte mich hastig zu sich. Notgedrungen stellte ich mich neben ihn, Caspars ängstliche, kalte Hundenase in meinen Kniekehlen. Das war weder ein Ort für uns, noch für den Hund.
Das Wohnzimmer sah verstörend heil aus. Die Decke hing im hinteren Teil herunter, war aber noch nicht eingestürzt. Die Bodendielen teilweise verbrannt und eingebrochen, doch die gesamte äußere Hauswand schien seltsam unberührt. Sogar ein paar der Bücher standen noch in den Regalen, andere waren in der Hitze verbrannt. Zwei Regale lagen umgestürzt auf dem halb verbrannten Sofa. Hier hatte das Inferno nicht bis zu Ende wüten können. Toms Urkunde allerdings hing nicht mehr. Dafür stand direkt vor uns sein Schreibtisch, angesengt, verrußt, und der Kunststoffklumpen an der Seite musste einmal mein Notebook gewesen sein, der runde Klumpen daneben sein Bildschirm. Ich rieb mir die Augen, bemerkte erst zu spät, dass meine rußigen Finger mir zu einer recht fragwürdigen Kriegsbemalung verhalfen. Tom stemmte sich, den Glassplittern der zerborstenen Scheiben zum Trotz, auf die Fensterbank, ich quiekte erschrocken auf. „Was machst du da?“

„Halt mich mal fest, Marie!“
Hektisch packte ich ihn um den Bauch, wohl wissend, dass ich ihn nie halten könnte, und er lehnte sich weit ins Zimmer hinein. Ich schwitzte vor Angst und Anstrengung, sah jeden Moment den Boden unter Toms Schreibtisch wegkrachen. Tom angelte nach etwas, was ich nicht sehen konnte, lehnte sich immer weiter vor, während ich ihn immer weniger halten konnte. Dann schnappte er zu und saß mit großen Augen neben mir auf der Fensterbank. In seinen verpflasterten Händen hielt er die kleine Fohlen-Statue aus Holz, die sein Vater ihm geschnitzt hatte. Sie war etwas angekohlt, auch hatte das Holz einen Riss, doch ansonsten war sie unversehrt. Gut, dachte ich, dafür hatte sich die Gefahr gelohnt. Tom starrte das Fohlen an, ich wusste nicht, ob es Schweiß oder Tränen waren, die sich mit dem Ruß in seinem Gesicht vermischten. Ich rang mir ein Lächeln ab.
„Lass uns heimfahren.“
Vehement schüttelte er den Kopf und drückte mir das Fohlen in die Arme. „Ich hole dir noch dein Notebook, vielleicht können wir die Festplatte retten und wenn ich ganz rein ginge, dann könnte ich auch ein paar Bücher holen. Halt mich noch mal fest, Marie.“
Ehe ich protestieren konnte, hing er wieder zur Hälfte im Zimmer, ich grapschte eher uneffektiv mit einer Hand nach seinem Gürtel. Eigentlich sah ich uns schon von einem Haufen Trümmer erschlagen im Keller liegen.
„Tom, bitte, lass doch das dämliche verschmorte Teil.“
Tom ließ natürlich nicht, sondern wuchtete tatsächlich nur wenige Augenblicke später die Reste meines alten Notebooks auf die Fensterbank. Ich stöhnte. Als wenn da auch nur eine Schraube, geschweige denn eine ganze Festplatte noch zu retten wäre. Aber artig packte ich das Teil beiseite. Wieder wollte Tom abtauchen, dieses Mal sogar mit beiden Beinen.
„Stopp, Tom! Wag es!“
Er bedachte mich mit seinem eisigsten Rüpel-Blick, doch ich hielt stand. „Du gehst da nicht rein!“, wiederholte ich kategorisch. „Natürlich gehe ich da jetzt rein, Marie“, er schwang sich halb herum, „da drin ist alles, was von meinem bisherigen Leben noch übrig ist, und es ist echt nicht viel, aber ich will es haben!“ Behutsam trat er mit den Zehenspitzen auf die rußigen

Bodendielen. Der Boden knirschte und ohne groß nachzudenken packte ich ihn an den Schultern und riss ihn zurück. Dass ich mir dabei an einem Glassplitter die Handkante aufriss, war mir erst einmal egal. Lieber die Handkante, als der ganze Mann. „Nein, Tom, das ist total verantwortungslos und leichtsinnig von dir."
„Wenigstens die Bücher, Marie. Wenigstens ein paar Erinnerungen."
„Nein", ich fing vor Aufregung an zu zittern, ich presste das Fohlen an mich, meine Nerven waren noch von der Brandnacht mit Adrenalin völlig überflutet, mehr konnten sie nicht mehr verkraften, „was willst du mit den Büchern? Die riechen so schlimm nach Rauch, dass du sie nie in die Hand nehmen kannst, ohne an das alles erinnert zu werden, außerdem zerfallen die sowieso zu Staub, wenn du sie da hinten anfasst. Ich verstehe dich ja, aber dann lass es die Feuerwehr machen, bitte."
Abwägend ging sein Blick durch das zerstörte Zimmer, um an einem rechteckigen Teil am Boden neben dem Schreibtisch hängen zu bleiben. Es war der Bilderrahmen, in dem Christelles Bild gewesen war. Unwillkürlich drückte es mir die Tränen in die Augen. Nur noch der Rahmen existierte, alles andere war verbrannt. Jetzt gab es keine Fotoalben mehr, vollgestopft mit Fotos von Christelle und ihren Pferden, Christelle und Tom. Das tat mir unendlich leid. Für beide. Wieder ließ Tom sich langsam auf den Dielenboden hinabgleiten, versuchte, mit dem Fuß nach dem Teil zu angeln, doch er erreichte es nicht und dann brach die Diele vor ihm. Blitzartig schwang er sich zurück auf die Fensterbank, starrte schweigend den Rahmen an. Ich legte meine Arme von hinten um ihn. Mein Herz raste vor Schreck. Ich hätte ihn nicht halten können.
„Jetzt ist gar nichts mehr von ihr da", flüsterte er erstickt, „nichts mehr. Sie ist weg, genau wie mein Leben. Alles ist weg."
„Marie!"
Entsetzt schoss ich herum, fast hätte ich die Statue fallen lassen. Tom krachte vor Schreck mit seinem Kopf gegen die Mauer. Sylvie und Jan kamen quer über den zermatschten Hof auf uns zu.
„Wer hat die gerufen?", murrte Tom, sich seinen angeschlagenen

Hinterkopf reibend. „Die Superschwangere fehlt mir hier noch. Was soll das, Marie?"
Offensichtlich dachte er, dass ich meine beste Freundin bereits über die neuesten Veränderungen in unserem Leben informiert hatte. Stimmte aber nicht. Ich war genauso baff wie er und nicht wirklich freudig überrascht, Sylvie und Jan zu sehen. Oder, na ja, er fand es wahrscheinlich noch unnötiger und ganz sicher glaubte er mir nicht, wenn ich jetzt betonte, dass ich Sylvie nicht angerufen hatte, womit auch? Mein Handy tarnte sich genauso wie mein Notebook seit zwei Tagen als surrealistischer Plastikklumpen. Also zuckte ich nur hilflos die Schultern, bevor Sylvie mir mit einem kleinen Schrei in die Arme fiel. Tom drehte sich demonstrativ weg, ich sah noch, wie er die Augen verdrehte.
„Marie, alles okay bei dir?" Hektisch tastete sie mich von den Schultern bis zu meinen Händen ab, quiekte beim Anblick meiner verpflasterten Hände, die die Statue hielten.
„Bist du schwer verletzt?"
So diplomatisch wie möglich entzog ich mich ihrer Umklammerung und trat einen Schritt zurück. Irgendwie war sie mir zu viel. Blühend schön, rosig, schwanger.
„Passt scho", verwirrt wollte ich mir meine Haare aus der Stirn streichen, eine vertraute Bewegung, „wir haben ziemlich Glück gehabt."
„Glück?" Entsetzt beugte sie sich etwas vor, um mir direkt ins Gesicht zu sehen und schlug die Hände vor ihren Mund. Eindrucksvoller hätte sie mir nicht klar machen können, wie schrecklich ich aussah. „Ja", bekräftigte ich mit einem flüchtigen Blick zu Tom, „es hätte uns auch das Leben kosten können. Was scheren mich da die paar Haare."
„Ach ja, Marie, eigentlich hast du recht. Mir gehen jetzt in der Schwangerschaft auch die Haare büschelweise aus, echt ganz schlimm. – Stimmt's Jan?"
Jan hatte sich bisher diskret im Hintergrund gehalten und Caspars Verletzungen untersucht. Sylvie verdrehte nur ihrerseits die Augen, als sie Jan bei meinem Hund sah.
„Typisch", zischte sie mir leicht genervt zu, „kümmert sich immer erst um die Viecher. Sogar mich und unser ungeborenes Kind lässt der wegen eines verunglückten Spatzes einfach stehen."

Ich verzog das Gesicht. Da konnte ich Jan sogar verstehen.
„Und überhaupt, Marie“, fuhr Sylvie wieder los, „wie kannst du mir in meinem Zustand so einen Schrecken einjagen? Und mir dann noch nicht einmal persönlich davon erzählen. Da musste doch tatsächlich Centa, die Tratsche, mich anrufen.“
Jan strich mir nur sacht über den Rücken. „Alles halb so wild“, er grinste zu Caspar rüber, „euch wachsen die Haare schon wieder.“
„Ich habe im ersten Moment vor Schreck fast eine Sturzgeburt bekommen, stimmt's Jan?“
„Ganz so schlimm war es dann doch nicht, Sylvie.“ Jan versuchte es mit einem bezaubernden Lächeln, das aber an Sylvie eiskalt abprallte. „Natürlich war es so, du warst doch dabei!“
„Sylvie?“ Unsere Blicke schossen überrascht zu Tom hinüber, der unübersehbar völlig abgenervt auf der Fensterbank saß. „Hat dir schon einmal jemand gesagt, dass eine Schwangerschaft keine Krankheit ist und nicht in jedem Satz mehrfach erwähnt werden muss. Wir sehen, dass du schwanger bist.“ Ein bezeichnender Blick streifte ihren mittlerweile recht auffälligen Bauch.
„Ahh... natürlich, Tom der Rüpel ist auch noch da!“ Sylvies Miene wandelte sich zu purer Verachtung. Jan und ich traten synchron zwei Schritte zur Seite, um nicht in die Schusslinie zu geraten.
„Wo sollte ich sonst sein, verehrte Künstlerin?“ Tom beherrschte diesen Blick mindestens genauso gut, wie sie. Ich war immer wieder erstaunt, dass er als Mann das so brachte.
„Im Nirwana? Oder nein“, sie strahlte ihn an, „da kommen nur die Guten hin.“
Tom lachte böse und rutschte von der Fensterbank. „Mich wundert, dass deine spitze Zunge dich dort noch nicht hingebracht hat. – Gehen wir, Marie?“
Unsicher trat ich von einem Bein aufs andere, einem musste ich jetzt in den Rücken fallen, doch wem? Meinem Freund oder meiner Freundin?
„Weißt du Tom“, Sylvie ignorierte Toms Ansage gänzlich, „wäre doch super gewesen, wenn dein Negativ-Charme durchs Feuer geläutert worden wäre.“ Demonstrativ starrte sie auf seine verbrannten Haare. „Schade, echt. Das wäre deine Chance

gewesen, von diesem Image als gesellschaftlicher Autist loszukommen."
Tom lachte wider Erwarten schallend auf, trat locker neben mich. „Fehlanzeige, Sylvie, das mit dem läuternden Feuer hat schon vor fünfhundert Jahren nicht funktioniert. Selbst die Inquisition hat das mittlerweile eingesehen, brauchst also die Idee nicht wieder aufflammen lassen, was bei deiner roten Haarfarbe vielleicht auch gefährlich werden könnte."
Er pfiff lässig mit seinen rissigen Lippen nach Caspar. „Ich weiß nicht, was ihr jetzt macht", sein Blick streifte mich fragend, „aber ich gehe jetzt heim."
Ich nickte zögernd, wechselte einen unsicheren Blick mit Jan, der auch nicht so genau zu wissen schien, wie es jetzt weiterging. Meistens waren diese verbalen Schlagabtausche zwischen den beiden nicht gefährlich, doch heute schwang da eine derbe Aggression mit, die ich für meinen Teil auf Sylvies Schwangerschaft schob. Von dem Moment an, wo sie sich für das Kind entschieden hatte, war sie zum Urbild einer anstrengenden Schwangeren mutiert.
„Wir kommen mit", entschied Sylvie in diesem Moment, „ich koche euch etwas, damit ihr mal wieder was auf die Rippen bekommt, ihr Hungerhaken. Ich habe auch schon dafür eingekauft, denn dein Kühlschrank ist ja wahrscheinlich wie immer leer, Marie."
Ausweichend zuckte ich die Schultern, für meine Verhältnisse war er durchaus gut gefüllt, aber in Sylvies Augen schienen wir sicherlich akut vom Hungertod bedroht. Davon abgesehen hatte ich das dringende Bedürfnis, ein wenig alleine zu sein, um die Eindrücke des Nachmittags irgendwie zu verarbeiten. Tom fühlte sicherlich ähnlich. Doch wie sollte ich das Sylvie klar machen? Ich hielt krampfhaft das Fohlen gegen mich gedrückt. Egal welches Argument ich bringen würde, sie fand garantiert eines dagegen, so war es immer gewesen. Sylvie hatte sich in den Kopf gesetzt, sich um uns zu kümmern und damit basta, dann zog sie das auch unter allen Umständen durch. Das würde ein wunderbarer Abend werden.
„Sylvie", Toms Stimme war durchaus freundlich und für seine Verhältnisse auch sehr verbindlich, „deine Freundschaft in allen Ehren, echt, du bist eine prima Freundin für Marie", er

lächelte sogar, „aber ich glaube, wir möchten nachher lieber alleine sein.“
„Papperlapapp!“ Sie wirbelte auf ihren Pumps herum und steuerte auf Jans Wagen an der Einfahrt zu. „Wir treffen uns dann gleich am Stadel.“
Jan hob resigniert die Schultern und schlich Sylvie hinterher, während Tom und ich reichlich verblüfft den beiden nachstarrten. „Was war das jetzt?“ Mit einer hilflosen Bewegung zeigte Tom auf Sylvie. „Rede ich seit Neuestem wie ein Hinterstoiner?“
„Das war Sylvie. – Lass uns fahren.“
„Goht's no, Marie?“, brüllte Tom hinter mir her, während ich stur mit gesenktem Kopf zu meinem Auto ging. „Nur weil bei der die Hormone durchdrehen, lass ich mich doch von der nicht gängeln!“
Trotzdem kam er langsam nach. Erschöpft vom vielen Reden, dem verbrannten Haus und dem Streit zwischen Sylvie und Tom lehnte ich meine Stirn gegen das kühle Metall des Autodaches. Nur eine winzige Sekunde lang wollte ich ausruhen und alles still sein lassen.
Ich hörte, wie Tom gegenüber an der Beifahrertür stehen blieb, aber ich schaute nicht auf. „Ich habe auch keinen Bock auf Sylvie“, seufzend holte ich Luft, „mir ist auch Centas Fürsorge zu viel. Eigentlich möchte ich nur in Ruhe gelassen werden, verstehst du, Tom? Ist alles total lieb gemeint, trotzdem …“, hilflos rang ich die Hände.
„Trotzdem fehlt einem die Luft zum Atmen.“ Mit einem Nicken schloss ich das Auto auf.
„Genau so.“
„Und warum lassen wir uns das gefallen, Marie?“ Er rutschte neben mir auf den Sitz und nahm das Holzfohlen von meinem Schoß, Caspar quetschte sich vor seine Füße.
„Weil wir weder Centa noch Sylvie so vor den Kopf stoßen können. Sie wären total verletzt.“
„Das ist kein Grund.“
Dann war das halt keiner. Ich setzte durch den Schlamm zurück und Tom musste noch einmal aussteigen, um mir die Einfahrt vom Absperrband zu befreien. Dann fuhren wir schweigend zum Stadel hinauf.

Dort parkte, wie zu erwarten, schon Jans Audi. Sylvie und Centa sah ich auf meiner Terrasse in der Sonne sitzen. Sie winkten wild, als sie mein Auto kommen sahen.
„Ich glaube, wir wandern doch aus“, ich riskierte ein schräges Lächeln zur Seite, doch Toms Gesicht blieb versteinert. Im Rückspiegel sah ich, wie Jan hinter uns den Weg hinauf kam.
„Bringen wir es hinter uns“, mit einem letzten Lächeln versuchte ich, Tom aus der Reserve zu locken, doch vergeblich. Mit abweisender Miene stieg er aus, ging um das Haus zur Terrasse und ohne Gruß an den beiden Frauen vorbei ins Haus. Wenigstens Caspar machte einen auf guten Gastgeber, indem er freudig um die beiden herumwedelte. Mir war spontan danach, das Auto zu wenden und ans andere Ende der Welt zu fahren. Doch dafür brauchte man einen Pass und mir fiel ebenso spontan ein, dass ich einen solchen nicht mehr besaß. Das Leben entpuppte sich mal wieder als Tragödie und ich hing mittendrin. Was blieb da noch übrig, als auszusteigen und sich darin zu üben, eine gute Miene zum freudlosen Spiel aufzusetzen. Eine letzte stille Sekunde gönnte ich mir, dann stieg ich energisch aus. Vielleicht konnte ich noch ein wenig Zeit schinden, wenn ich mein Auto endlich ausräumte. Also öffnete ich den Kofferraum, der gesteckt voll mit Taschen und Koffern war, und wie aus dem Nichts stand Jan, der ewige Kavalier neben mir.
„Muss das Zeug ins Haus?“
Da half sogar seufzen nichts mehr, ich nickte ergeben. „Ja, bitte. Ich war vor dem Brand zu faul, meine Sachen bei Tom einzuräumen, eigentlich wollte ich ja hier ausziehen“, ich deutete auf den Stadel hinter mir, „und jetzt hat sich das alles erst einmal erledigt. Das ist alles so wirr, Jan.“
„Womit bewiesen ist, dass Faulheit durchaus seinen Sinn hat, Marie. – Ich trag dir die Sachen hinein. Geh nur und setz dich in Ruhe hin.“
Zu gerne hätte ich ihn um einen Tipp gebeten, wo er denn meinte, dass Ruhe herrschen könnte, doch ich verkniff es mir, er hatte derzeit auch genug unter Sylvie zu leiden.
„Danke, Jan“, ich versuchte mal wieder ein Lächeln an den Mann zu bringen und bei Jan hatte ich sogar Erfolg, er strahlte zurück.

„Ist Tom schon rein?“ Jan wuchtete meinen größten Koffer aus dem Auto, das gleich ein paar Zentimeter in die Höhe ruckte, wahrscheinlich hatte ich die Kiste gnadenlos überladen.
„Ja“, antwortete ich zögernd, Toms Auftritt war ansatzweise peinlich gewesen „ich glaube schon.“
Sein Grinsen war entwaffnend ehrlich. „Lass ihn, Marie. Ich kann ihn gut verstehen und wenn es nach mir gegangen wäre, dann wären wir sicherlich auch nicht hier eingefallen. Aber du kennst Sylvie. Was hätte ich tun können?“
„Nichts“, resigniert hob ich die Schultern, „und jetzt, wo sie schwanger ist, noch weniger als nichts. Ist schon okay.“
Während Jan mein Auto leer räumte und meine Taschen fein säuberlich vor dem Kamin im Wohnzimmer stapelte, klemmte ich auf einem meiner Stühle zwischen Centa und Sylvie, die mir beide abwechselnd die alltägliche Dramatik der angehenden Mutterschaft erklärten, zumal das alles ja laut Centa noch viel aufreibender und beglückender wurde, wenn das Kind erst einmal auf der Welt war. Ich fühlte mich seltsam ausgeschlossen aus der Gefühlswelt der beiden, konnte nicht nachvollziehen, wie die Attribute aufreibend und beglückend zusammengehen konnten. Schlimmer noch, ich stellte in diesem Moment fest, dass ich es auch gar nicht wissen wollte. Jedenfalls war ich gottfroh, als Jan endlich wieder auftauchte. Sein Blick bat um Verzeihung, wahrscheinlich sah man mir meine totale Verwirrung genau an, und er schob mir ein frisches Glas Hefeweizen über den Tisch. „Auf eure zweite Geburt, Marie.“
Sofort stiegen Centa und Sylvie auf das Thema ein, ich fürchtete, dass mir die Ohren über all dem Gerede von Presswehen, Steißlage und Wassergeburt einfach platzen könnten, wie die Fruchtblase, von der sie gerade sprachen. Am liebsten hätte ich mir die Ohren zugehalten, doch das konnte ich schlecht bringen. Also stürzte ich ordentlich Weizen in mich hinein. „Prost Jan!“ Danach ging es mir besser und ich fragte mich, wo Tom eigentlich abgeblieben war?
Jan grinste irgendwie leicht hinterhältig. „Sylvie, mein Schatz“, sanft strich er ihr über ihren rundlichen Bauch, „wann bekommen wir alle denn etwas zu essen?“
„Na, jetzt dann“, ein dunkelgrüner Madonnenaugenaufschlag samt zartem Blinzeln ging an Jan, „ich lasse euch doch nicht

hungern! – Centa, ihr kommt doch auch zum Essen, oder?"
Mein Kopf wäre fast auf die Tischplatte geknallt vor Schreck. Mit letzter Kraft bremste ich mich am Bierglas ab und kippte gleich das nächste Drittel Weizen in mich hinein. Aus den Augenwinkeln sah ich, wie Jan eine weitere Flache öffnete, und das Klacken des Korkens erinnerte mich verführerisch an das Geräusch, das Sylvies Schädel machen könnte, wenn ich ihr mein Bierglas darüberzog. Ein Abend zu sechst war bisher immer wunderschön gewesen, doch in meinem nervlichen Zustand baute sich da gerade die Horrorvision eines Abendessens auf: mit der schwangeren Sylvie und mit Centa, der Übermutter. Das verpackte ich nicht. Zumal wir nur zu fünft waren. Tom blieb spurlos verschwunden. Ich hätte wohl nach ihm suchen sollen – in meinen Ohren rauschte beruhigend der Alkohol –, ihn finden und mich dann mit ihm gemeinsam verstecken, bis unsere Wohnung wieder uns gehörte. Aber ich blieb einfach wie angepappt sitzen.

„Super Idee, Sylvie", zwitscherte Centa überfreudig, „ich helfe dir in der Küche!"

Schnatternd wie die Gänse wuselten die beiden durch mein Wohnzimmer. Jan und ich blieben mit der plötzlichen Stille und den Weizengläsern zurück.

„Sind wir immer so schlimm?", erkundigte ich mich stöhnend und legte meine Stirn auf die Tischplatte. Mit letzter Kraft schob ich ihm mein Bierglas hin. „Nachschub bitte, sonst ertrage ich das nicht."

„Noi", ich blinzelte zu ihm hoch, während er konzentriert mein Bier einschenkte, „so schlimm seid ihr sonst nicht. Aber Sylvie ist halt schwanger und sie macht keine halben Sachen. Es tut mir leid, Marie."

Wenigstens etwas, dachte ich, einer Hummel im Gras nachschauend. Sie drehte so nette Kreise um ihren Halm, die mir Kreise im Kopf machten und mich wunderbar schwerelos dazu. Bis Centa und Sylvie den Tisch deckten, waren Jan, Tobi und ich bei der dritten Halben und ich so gut wie sturzbesoffen. Daran änderte dann auch Sylvies Chili nichts, die nahrhafte Grundlage hätte ich weitaus eher gebraucht. Alles egal, dachte ich und kippte weiter Bier in mich hinein. Bier war weniger gemütlich, als Rotwein, löschte aber besser den Durst und senkte den Stresspegel. Sylvies Schwangerschaftsgeschwafel versumpfte in meinen Ohren zu einem unsinnigen Gebrumm, das mich an die Hummel im Gras erinnerte. Hummeln hatten es gut, dachte ich, während sich neben meinen Ohren langsam auch mein Sehvermögen und ein Großteil meines Gleichgewichtssinns verabschiedeten. Die Welt um mich herum versank in einem sachten Schwanken, schlingernd, untermalt vom dumpfen Rauschen in meinen Ohren. So war der Abend erträglich, ich grinste verzückt in mich hinein und Jan füllte mein Glas.

Irgendwann wurde es dunkel, Centa griff nach der Kerze, die immer auf dem Tisch stand, um sie anzuzünden. Aber Kerzen duldete ich nicht mehr. Also probte ich den besoffenen Zwergenaufstand, mit dem Erfolg, dass Centa und Tobi sich reichlich pikiert verabschiedeten, Sylvie mich dagegen verächtlich darauf hinwies, dass ich zu viel getrunken hatte. Das wusste ich längst. Wir versanken in verdrießlichem Schweigen. Sylvie nippte an ihrem Wasser, ich kippte Weizen, Jan hielt sich raus. Ich fragte mich, warum sie nicht auch endlich gingen? Als Caspar sich für seinen abendlichen Pinkelgang anmeldete, schwappte der Alkohol freudig in mir herum. Das war meine Gelegenheit, die beiden loszuwerden. Doch selbst wenn mein Kopf noch wusste, was er tun wollte, so war der Rest von mir nicht mehr fähig, koordinierte Abläufe zu erledigen. Ich plumpste wie eine Gummipuppe auf meinen Stuhl zurück. Verblüfft starrte ich auf den Tisch, der plötzlich seltsam rotierte.

„Bleib hocken, Marie!“ Jan, der Kavalier vom Dienst sprang auf, „ich gehe mit Caspar. Ich komme so selten dazu, mit einem Hund spazieren zu gehen.“

Mein Kopf wackelte, was Jan anscheinend als zustimmendes Nicken interpretierte. Mit Caspar vorweg verschwand er im Dunkel der Wiesen.

„Hmm…“, Sylvie klackerte nachdenklich mit ihren Nägeln gegen das Wasserglas, ich versuchte fasziniert der irren Bewegung zu folgen, „ein Hund fehlt uns in unserer Familie neben Jolly Jumper eigentlich noch. Das ist die Idee! Ich schenke Jan zum Geburtstag einen süßen Golden Retriever. Unser Kind braucht einen Hund, das ist gut für sein Sozialverhalten und

fördert das kindliche Verantwortungsgefühl. Was hältst du davon, Marie?"
Ihre Worte brauchten einen Moment, bis sie sich durch das Trudeln und Summen in meinem Kopf gekämpft hatten. Worte wie Verantwortungsgefühl passten nicht in die angenehme Schwerelosigkeit in mir, wo doch alles wie losgelöst erschien. Sogar meine Zunge bekam ein spektakuläres Eigenleben. „Was ich davon halte?" Ich blies die Backen auf. „Nix."
Ungläubig ruckte ihr Kopf ein wenig vor, was ich ganz spaßig fand. „Was?"
„Yeap, was ich davon halte interessiert dich doch genauso wenig, wie alles andere um dich herum. Für dich gibt es doch nur noch dich und deine Schwangerschaft. Sylvie, Sylvie, Sylvie ... sonst nüscht. Das Universum heißt seit gut vier Monaten nur noch: Sylvie."
„Ja, spinnst du jetzt total, oder was? – Ich drehe schier durch vor Sorge um dich, renn mir den ganzen Tag trotz meiner Schwangerschaft die Hacken für dich und diesen ungehobelten Schmied ab und das ist dann der Dank dafür?"
„Bingo!"
„Du bist besoffen, Marie!"
„Stimmt. Aber das ist gut." Ich grinste sie an, oder zumindest meinte ich, dass meine Gesichtsmuskeln etwas in der Richtung taten. „... wäre ich nüchtern, dann würde ich mich nicht trauen, dir zu sagen, dass keiner dich um diesen Tag gebeten hat. Tom und ich haben sogar mehrfach versucht, diesen Abend abzulehnen, aber du musstest ja unbedingt deinen Kopf durchsetzen."
„Wenigstens hat sich dieser Rüpel heute Abend rechtzeitig verpisst", giftete sie zurück, „sonst wäre das die komplette Katastrophe geworden. So war es wenigstens etwas nett."
Ich schloss kurz die Augen, Zorn und Alkohol waren noch nie eine gute Mischung gewesen. Aber das war dann jetzt auch egal. „Sylvie, leb dich doch einfach woanders aus und lass Tom und mich in Ruhe."
Demonstrativ drehte sich Sylvie weg. „Jetzt reicht's, Marie. Ich diskutiere nicht mit einer besoffenen Frau."
„Mir egal", knurrte ich zurück, „die Situation muss ich ausnützen. Siehste mal, wie das ist, wenn ein Nein nicht akzeptiert

wird. Und wer weiß, wann du mich mal wieder zu Wort kommen lässt. Nett war heute übrigens überhaupt nichts, was mit dir in Zusammenhang stand."
Fassungslos starrte sie mich halb über die Schulter an. „Ich glaub's nicht."
„Musst du auch nicht. Ich habe es satt, dass du Tom dauernd schwach von der Seite anpöbelst. Stell dir mal vor, ich würde Jan ungehobelt oder einen Rüpel nennen oder ihm solche Worte an den Kopf werfen, wie du es heute Nachmittag getan hast!"
„Dieser Egomane hat doch wie immer angefangen!" Wild schüttelte sie ihre rote Mähne. „Ich versteh echt nicht, was du noch immer für diesen abgebrannten Idioten übrig hast. Außer gut kochen geht bei dem doch gar nichts. Reicht dir das, Marie?" Sie holte tief Luft. „Pfff... Wahrscheinlich. Karsten war ja auch so eine Vollniete."
Böse Zungen behaupteten, dass ich ein Phlegma wie ein Faultier besäße, und da war durchaus etwas dran, aber auch Faultiere kamen irgendwann in Bewegung. Zum Beispiel jetzt. Trotz des vielen Weizenbieres wurde ich augenblicklich ganz klar im Kopf.
„Ich mag zwar sturzbesoffen sein, Sylvie, aber nicht verblödet. Wir haben super lustige und coole Jahre miteinander gehabt. Aber das ist offensichtlich vorbei. Für mich sieht Freundschaft anders aus." Recht wackelig stemmte ich mich auf meine zwei Beine, sie musterte mich mit gerunzelter Stirn, abfällig und verständnislos. „Was soll das jetzt?"
„Ganz einfach", zur Sicherung meiner Standfestigkeit stützte ich meine Hände auf der Tischplatte ab, „du lebst jetzt dein Leben als Super-Mami und ich zieh mein Ding mit Tom und den Tieren durch. Da das nicht zusammenpasst, zieht jeder einfach seiner Wege."
„Du tillst ja total durch, Marie", wutentbrannt schoss sie in die Höhe, für einen kleinen Augenblick bohrten sich unsere Blicke ineinander, dann trat sie an mir vorbei um den Tisch herum, „dein dummes Geschwätz schiebe ich jetzt mal auf den Suff. Eigentlich wollte ich dich heute fragen, ob du auch meine Trauzeugin sein möchtest. Aber das kannst du jetzt komplett knicken. Fröhliches Ernüchtern wünsche ich. Kannst Jan sagen, dass ich im Auto auf ihn warte."

Voll selbstgerechtem Zorn rauschte sie davon, die Autotür knallte laut durch die Nacht. Die folgende Stille fühlte sich in meinen Ohren an wie der Überdruck nach einer steilen Talfahrt. Ich hielt mir die Nase zu und atmete ein, bis es plopp machte. Hinsetzen. Über mir drehten sich die Sterne, nur um irgendetwas zu tun, griff ich nach meinem Bierglas, in dem noch ein letzter Schluck Weizen auf mich wartete. Aber allein der Geruch ließ meinen Blutdruck schlagartig unter die Grasnarbe sacken, hastig schob ich das Glas weg. Gleichzeitig schwor ich mir, dass ich nie wieder Hefeweizen trinken würde. Nie wieder. Manchmal war ein Schluck einfach einer zu viel, genauso, wie manchmal ein Wort einfach eines zu viel war. Bedeutete das, dass ich mit meiner Ansage an Sylvie übers Ziel hinausgeschossen war? Richtig gut fühlte ich mich nicht. Irgendwie schal, was aber auch am Bier liegen konnte.

Und was wäre denn ein gutes Ziel gewesen? Tatsache war doch, dass wir uns wie ein altes Ehepaar klassisch auseinandergelebt hatten. Ohne meine diversen Halbe, ich schüttelte mich vor Ekel, hätte ich ihr nie gesagt, was ich schon länger über unsere Freundschaft dachte, und es hätte sich noch ewig so hingezogen, bis wir einfach irgendwann nicht mehr miteinander gesprochen hätten. Für so ein Ende hatte ich derzeit keine Nerven. Ich hatte genug anderes am Hals.

Caspar sprang mit taunassen Pfoten halb auf meinen Schoß, ich erschrak, zumal sich Jan als riesiger Schatten vor mir aufbaute.

„Wo ist Sylvie?"

Betont lässig versuchte ich hinter mich zu deuten, auf die andere Seite des Hauses, doch mein Arm schlingerte unschön, krachte dann gegen die Stuhllehne und landete wieder neben mir im Polster. Der war genauso besoffen, wie ich. „Öhmm …", ich sammelte verschämt meinen Arm wieder ein, „… Sylvie? Die wartet im Auto auf dich."

Verwirrt schaute er um die Ecke des Hauses, dann zu mir zurück. „Hoi, warum das?"

Etwas wie Mitgefühl für ihn keimte in mir auf. Er hatte es sicher auch nicht leicht mit Sylvie und ihren Umständen. „Ja, weil ich ihr gesagt habe, dass mich ihr schwangerer Ego-Trip tierisch nervt und dass ich es satt habe, wie sie über meinen Freund redet."

Ich schickte ein entschuldigendes Lächeln hinterher, das aber meine Worte nicht entschärfen konnte, ich sah es an Jans Gesicht.
„Das ist jetzt nicht dein Ernst?“ Seine Wangen zuckten, als wollte er sich darauf vorbereiten zu lachen, weil ich doch nur einen blöden Witz gerissen hatte, doch ich zuckte bedauernd die Schultern. „Doch. Ich fürchte, das war's endgültig mit unserer Freundschaft. Manchmal ist das halt so.“
Für ein paar Atemzüge lang schloss Jan die Augen, stützte sich dann spontan erschöpft mit beiden Händen auf dem Tisch ab. „Marie, tu mir das nicht an“, er blinzelte mit einem Auge zu mir herüber, „bitte. Sylvie ist echt anstrengend im Moment, aber sie verpackt die Schwangerschaft nicht, wenn du ihr jetzt die Freundschaft kündigst, obwohl ich dich verstehen kann. Ich finde es auch nicht in Ordnung, wie sie mit Tom umspringt.“
„Was hat unsere Freundschaft mir ihrer Schwangerschaft zu tun?“ Das erschien mir merkwürdig, wo ich doch die Letzte war, die damit etwas anfangen konnte.
„Ganz einfach“, Jan sackte auf den Stuhl mir gegenüber, „weil du auch dauernd Sachen machst, die total irre sind. Sie meint, wenn du das kannst, dann schafft sie das auch. – Hat sich übrigens der Waibel bei euch gemeldet, wegen der Fohlen?“
Der Alkohol machte mich zwar offensichtlich mutiger, aber auch um ein Vielfaches begriffsstutziger als sonst. „Wie …? Ähmm… ja, gestern hat ein Typ vom Veterinäramt Augsburg bei Tom angerufen. Aber wir können die Fohlen im Moment echt nicht nehmen, leider. Wir hätten das sofort gemacht.“
„Ja, klar“, Jan rieb sich seine müden Augen, „nach dem Brand habt ihr andere Sorgen. – Marie, bitte tu mir einen Gefallen, wenn du wieder nüchtern bist, dann denk noch mal über dich und Sylvie nach. Sie braucht dich. Ich geh jetzt, sonst habe ich noch ihren Zorn am Hals. Gute Nacht, Marie. Grüß Tom von mir.“
Der Stuhl schepperte über das Pflaster, als er aufstand und ging und mich mit Caspar samt der totalen Verwirrung zurückließ.
„Na dann“, Caspar sprang neben mir auf die Bank, sein Pelz wärmte mir die Beine, „danke für das Gespräch, Jan.“
Dass Sylvie mich brauchen könnte, war mir neu, und was

meinte er damit, dass ich auch immer so irre Sachen anfing? Mein Leben war alles andere, als wohlgeordnet oder alltäglich, aber als irre hätte ich es bis auf wenige Momente nie bezeichnet. „Hmpff", fröstelnd zog ich die Schultern hoch, „ist auch nicht die wahre Freundschaft, wenn man die nur wegen eines Helfersyndroms aufrecht erhält, oder Caspar? Eigentlich brauche ich über Sylvie und mich nicht nachdenken."

Ein mitfühlender Hundeblick traf mich von der Armlehne der Bank, wo Caspar seinen Kopf abgestützt hatte. Wenn es nach Caspar ging, dann war der Weltfrieden eh schon beschlossene Sache und mein Problem mit Sylvie nicht existent, aber in diesem Fall ging es nach mir und ich sah das im Moment noch anders. „Vielleicht hat Jan recht", fuhr ich fort, „und ich schlafe erst einmal meinen Rausch aus?"

Als sei das sein Stichwort gewesen, sprang Caspar von der Bank und schlappte ins Wohnzimmer. Ich hörte seine Krallen die Treppe hinaufklackern. Leicht schwankend stemmte ich mich ebenfalls in die Waagerechte, überlegte kurz, ob ich die Biergläser noch wegräumen sollte, doch in Anbetracht meiner Schlagseite kam ich zu dem Schluss, dass ich einfach nur ins Bett gehen sollte, wo Tom wahrscheinlich schon seit Stunden schlief. Der Glückliche.

Unter Aufbietung aller Rest-Konzentration schleppte ich mich ebenfalls die Treppe hinauf, vermied dabei tunlichst nach unten zu schauen, mir war schon schwindelig genug und die Stufen schienen neuerdings ganz unterschiedlich in der Höhe zu sein. Wie auch immer, ich kam heil oben an, fand Caspar wartend vor der Schlafzimmertür, die erwartungsgemäß verschlossen war. Da ich im Moment für meine Motorik keine Garantie übernehmen wollte, tapste ich auf Zehenspitzen durch den Flur, drückte so leise wie möglich die Klinke.

Tom saß auf der Fensterbank. „Als Einbrecher wärst du die komplette Niete, Marie. Dein Gepolter hört man garantiert bis nach Sonthofen hinunter."

Verwirrt drückte ich die Tür hinter mir zu. Das Wort Niete hatte ich heute schon einmal gehört, aber da hatte es böser geklungen. „Ich dachte, du schläfst."

„Dann wäre ich spätestens jetzt aber wach. – Sind sie endlich alle weg?"

„Hmmm", brummte ich zustimmend, „alle vergrault." Langsam trat ich zu ihm ans Fenster und lehnte mich an ihn. „Ich habe Sylvie in die Wüste geschickt, aber Jan meint, das könne ich nicht tun. Was meinst du?"
„Dass Jan recht hat. Seine beste Freundin schickt man nicht in die Wüste. Aber bei Sylvie kann ich dich gut verstehen. Gehen wir schlafen?"
„Meinetwegen, aber seine Lebensgefährtin lässt man auch nicht mit einem Haufen überfürsorglicher Freunde alleine."
„Das stimmt natürlich, Marie. Allerdings hätte ich diese Freunde ohne dich auch nicht. – Herrgottsackra, hast du ne Fahne."

20. Kapitel
Ernüchterung

Kaum lag ich waagerecht auf der Matratze, da kam der Schwindel gnadenlos über mich. Alles drehte sich, schwankte, tanzte im matten Licht, das durch das Fenster fiel. Mir war schlecht, doch ich hätte nicht mehr aufstehen können, um zur Toilette zu hasten. Kurz überlegte ich, ob ich Tom bitten sollte, mir einen Eimer zu holen, aber das war ekelig, von dem Gedanken wurde mir nur noch übler. Stattdessen stellte ich einen Fuß auf den Boden und schob die Bettdecke weg, alter Säufertrick. Atmen. So entspannt wie möglich starrte ich Löcher in die Luft, tief atmen und nicht versuchen, dem Schwanken zu folgen. Ich fror, während ich immer wieder einschlief und vom Schwindel geweckt wurde, bis ich irgendwann so übermüdet war, dass der Schlaf den Schwindel besiegte.

Trotzdem wurde ich immer wieder halb wach, weil mich der Nachdurst quälte und ich nichts zu trinken hatte, und ich träumte wirres Zeug. Tom neben mir schlief tief und fest. So fest, dass er Caspar nicht bemerkt hatte, der sich zwischen uns in die Besucherritze geklemmt hatte. Mir war das dann auch egal. Ich träumte, dass ich auf einem Schiff bei hohem Seegang an der Reling stand, mein Magen schwächelte still vor sich hin, die Gischt spritzte, mir war, als stände ich kurz davor, mich ins Wasser zu übergeben. Schräger Traum, dachte ich, während ich träumte, woher sollte hier im Allgäu so eine Wasserfläche kommen? Der Bodensee hatte beileibe nicht diesen Seegang. Dann spürte ich einen Druck an meiner Schulter, der Seegang wurde höher, ich stöhnte, weil mir so schlecht war.

„Marie“, derbes Gerüttel, „ich geh jetzt füttern, bleib ruhig liegen.“

Unter Aufbietung aller meiner Kräfte blinzelte ich mit einem Auge zu Tom hoch, der den Seegang verursacht hatte. „Füttern?“ Mir wurde speiübel bei dem Wort. Ich presste die Augen zusammen.

„Die Fohlen, Marie. – Bleib liegen und schlaf deinen Rausch aus.“

Das waren gute Worte, ich rollte mich schwerfällig herum und schlief sofort wieder ein.

Das Nächste, was Stunden später zu mir durchdrang, war der

verführerische Duft von Kaffee, zu dem mein Magen sofort rebellierte. Nur mühsam und widerwillig zwang ich mich dazu, wach zu werden, obwohl ich tief in mir drin wusste, dass das einen katastrophalen Verlauf nehmen würde. Da war schon dieses Hämmern in meinem Kopf, der zudem über Nacht galaktische Ausmaße angenommen haben musste. Todesmutig versuchte ich den Kopf zu heben und nach der Tasse zu fassen, doch mein Kreislauf sprang entsetzt davon. Ich kippte zurück und machte die Augen zu. Tom setzte mir die Tasse an die Lippen, Tropfen heißen Kaffees brannten mir die Speiseröhre hinunter und hinauf. Alles war wund und sauer. Marie, dachte ich wütend, du hast nen Kater zu deiner Rauchvergiftung bekommen. Und zwar einen richtigen, keinen netten Melchior, sondern einen derben, fiesen, zermürbenden Bierkater.
„Soll ich dir Wasser holen, Marie?“, hörte ich Toms Stimme durch das Rauschen in meinen Ohren und den Zorn in mir. Ich bewegte nur die Hand, hauchte ein „ja, bitte“. Mehr an Bewegung wäre umwerfend gewesen. Toms Schritte stapften über das Parkett weg, die Treppe knarzte, dann kam er wieder und hielt mir ein Glas Wasser vor die Nase. Blinzelnd griff ich danach und trank. Verdursten war scheußlich. Das wurde mir mal richtig klar. Verdursten wollte ich nicht, genauso wenig wie verbrennen. Mein Hals fühlte sich an wie ein Spätzlehobel.
„Danke, Tom.“
Schweigend schenkte er nach, mir war mein Zustand zunehmend peinlich. So besoffen war ich seit meiner Pubertät nicht mehr gewesen, wenn überhaupt jemals, und mir dämmerte, dass mein Auftritt vom vergangenen Abend alles andere, als grandios gewesen war. Hatte ich tatsächlich Sylvie die Freundschaft aufgekündigt?
„Centa hat schon angerufen, um zu hören, wie es dir geht.“
Die Aussage quittierte ich mit einem Brummeln, schluckte Wasser und Kaffee parallel.
„Ich mache dir jetzt etwas zu essen und dann gehen wir an die frische Luft.“
„Erbarmen, Tom“, krächzte ich, „lass mich einfach nur weiterschlafen.“
„Nix da, Marie, du brichst mir sonst zusammen. Essen und trinken muss jetzt sein. Auf!“

Ich kam mir vor, wie eines seiner Pferde, das nicht bereit war, seinen Huf so hoch zu lupfen, wie der Herr Schmied das gerne hätte. Auf!

Vielleicht hatte er ja auch recht? Probeweise stellte ich wie in der Nacht einen Fuß auf den Boden, schob den zweiten hinterher, als es sich ganz gut anfühlte.

„Dreh dich zur Seite aus dem Bett“, riet Tom und grinste, „so habe ich das früher nach unseren Stadelfeten auch immer gemacht. Bloß nicht sofort aufrecht sitzen.“

Einen zweifelnden Blick zur Seite werfend, drehte ich mich wie ein Aal aus dem Bett und richtete mich langsam auf. Schwarze Blitze zuckten durch mein Hirn, Donner hallte von einem Ohr zum anderen, doch mein Kreislauf hielt dem Ansturm stand. Atmen, dachte ich wieder, tief und gleichmäßig, ein beruhigendes Lächeln in Toms Richtung werfend. Ich saß, obwohl mein Kopf zu explodieren drohte. Matt streckte ich Tom meine Rechte entgegen.

„Zieh, aber langsam.“

Breit grinsend zog Tom mich in die Höhe, mir war danach, auf den Baumwollteppich zu spucken, doch eine weitere peinliche Situation hätte ich nicht verkraftet, also würgte ich alles hinunter, anstatt hinauf. „Geht doch.“

Ich wagte zu bezweifeln, dass er meinen Zustand realistisch beurteilte, denn eigentlich ging gar nichts, außer den minimalsten Überlebensfunktionen. Recht wackelig stand ich neben dem Bett, müde, wahrscheinlich übel riechend und dem Aussehen nach ein Alien. Aber tapfer schlurfte ich hinter Tom her, stieg zittrig die Treppe hinab. Seit der Nacht hatten die Stufen noch nicht wieder zu einheitlicher Höhe gefunden. Mit letzter Kraft fiel ich auf die Ofenbank – aufrecht sitzen, geradeaus schauen und dem Kreislauf eine Chance geben. Mir eine weitere Tasse Kaffee reichend, fragte Tom, was ich esse wollte, woraufhin mir spontan wieder schlecht wurde. Hastig steckte ich meine Nase in die Tasse. „Nix.“

Ein Teller mit Zwieback landete neben mir. „Wenn du aufgegessen hast, gehen wir zum Grat.“ Warum fragte er überhaupt? Grummelnd bröselte ich den Zwieback in meinen Mund. Und zum Grat rauf wollte ich gleich gar nicht, viel zu anstrengend. Bevor ich mit trockenem Mund voll Zwiebackbröseln dagegen-

schießen konnte, schwirrte Centa zur Terrassentür herein. „Ja mei, da weilt die Marie ja wieder unter den Lebenden!“
Ich verzog meinen Mund zu etwas wie einem Lächeln und schwieg wohlweislich.
„War das letzte Bier wohl schlecht, was?“ Sie grinste schadenfroh, ich zuckte die Schultern. Dazu hätte ich theoretisch eine Menge sagen können, doch mein Zustand ließ das nicht wirklich zu. „Man soll ja eigentlich mit dem weitermachen, mit dem man aufgehört hat“, fuhr Centa ungerührt fort, „also habe ich dir ein Weizenbier mitgebracht und dazu Aspirin. Nimm gleich mehr, sonst wirkt ’s nicht.“
Allein bei dem Gedanken an Bier rotierte mein Magen in heilloser Panik. Nie wieder, schwor ich mir, nie wieder Weizen, selbst im heißesten aller Sommer nicht. Nie! Aber Aspirin klang super, ich rang mir ein Grinsen ab und hielt meine Hand auf. „Her mit den Pillen, das Bier kannst du meinetwegen Tom geben. Ich habe die Nase voll davon.“
Überrascht ließ Centa einen Streifen Aspirin in meine Hand fallen, die ich gleich hektisch wie ein Junkie herauspulte und mit dem Kaffee zusammen einwarf. Spontan fühlte ich mich besser. Uff. Mein Kopf spielte Placebo.
„Was war gestern eigentlich mit dir los, Marie?“ Centa setzte sich im gleichen fürsorglichen Stil wie am Tag zuvor, zuzüglich einer ordentlichen Portion Neugier neben mir auf die Ofenbank. „Nix. Ich wollte nur meine Ruhe haben und Sylvie hat sich als Samariter aufgedrängt.“
„Man sollte meinen, du seiest schwanger und nicht sie.“
So einen Spruch konnte ich ja gar nicht gut hören, aber ich schwieg. Jeder Kommentar hätte die Diskussion verlängert und verschärft. Lieber schlürfte ich meinen Kaffee und bildete mir ein, dass die Tabletten schon wirkten. Centa peilte die Lage dann auch durchaus fix, verabschiedete sich mit einem mitfühlenden Blick an Tom. Schon komisch, dachte ich, kaum war man mal nicht die Nette und Liebe, schon wurde man in die Zickenschublade geschoben, wohin ich meines Erachtens nur bedingt gehörte.
Schweigend schauten wir Centa hinterher, die am Haus vorbei zum Stall hinunter lief. Irgendwie war ich nicht nur verkatert, sondern auch seltsam traurig. Scheu lehnte ich mich an Tom,

der seinen Arm um mich legte. Das tat gut. Ich schloss die Augen, tankte Ruhe, genoss seine Wärme.
„Vorhin war Ortsbegehung mit dem Franz von der Versicherung und den Feuerwehrleuten."
Unsicher nagte ich an einem der Risse in meiner Unterlippe herum, schmeckte Blut und spülte es mit Kaffee weg. „Aha. – Und?"
„Sie gehen weiterhin von einem Kurzschluss aus", seufzend griff er nach meiner Tasse und trank einen großen Schluck, sie war fast leer. Voll Misstrauen vor weiteren Informationen hielt ich den Mund, mir war schon schlecht genug.
„Das Haus ist ein Totalschaden. Wir können nur noch abreißen und neu bauen."
Zögernd stand ich auf, um uns den Rest Kaffee aus der Kanne einzuschenken. Eigentlich hatten wir das ja schon gewusst, doch die Wahrheit fühlte sich trotzdem schrecklich an. Vielleicht kamen wir irgendwann an den Punkt, wo wir uns über die Planung eines Neubaus freuen würden, es wunderbar fanden, ein Haus wachsen zu sehen, doch im Moment erschien es mir, als sei dies alles nicht zu bewältigen.
„Wenigstens können wir dann eine große Badewanne einplanen." Ich reichte ihm die Tasse, mein Lächeln dazu verunglückte irgendwo auf dcm Weg zu ihm.
„Ha, ha, wirklich lustig. – Aber mal ehrlich, Marie. Ich weiß nicht, ob ich das alles will. Was möchtest du?"
Ich schnaufte, bewegte unbehaglich die Schultern. Mein Stadel hatte mir ja immer gereicht, auch wenn ich mittlerweile durchaus mit Tom zusammen leben wollte. Doch die Vorstellung, auf einem verbrannten Flecken Erde, der all unsere Angst in sich trug, neu zu bauen, nein, die behagte mir nicht. „Ich habe keine Ahnung", erwiderte ich wahrheitsgemäß, „aber genau an der gleichen Stelle neu zu bauen, das kann ich mir nach wie vor nicht richtig vorstellen."
Tom nickte langsam. „Ich denke auch dauernd, dass die Erde dort von allem, was war, total verseucht sein muss."
Verblüfft schoss mein Blick zu ihm herum. Tom war sonst alles andere, als empfänglich für die Dinge zwischen Himmel und Erde, die er nicht anfassen, schmecken oder riechen konnte.
„So ungefähr", stimmte ich vorsichtig zu.

„Du hattest übrigens recht“, schief grinsend stand er auf, um aus dem Flur eine Kiste zu holen. Sie stank schon von Weitem bestialisch nach kaltem Rauch. „Die Bücher sind entweder zu Staub verfallen, als wir sie angefasst haben, oder stinken schlimmer als der Brand.“
Ich warf einen unsicheren Blick in den Karton. Zerfledderte Seiten, Bucheinbände, verkohlte Papierstücke, ein paar fast unversehrte Bücher und über allem der Geruch des Brandes. Unwillkürlich krauste ich die Nase. Der Geruch würde mir bis an mein Lebensende meine Nase verätzen. „Die hast aber nicht du da herausgeholt, oder?“ Das war in diesem Moment meine größte Sorge, doch er schüttelte den Kopf.
„Nein, wie du es wolltest, waren die Feuerwehrleute im Wohnzimmer. Der Boden hat zwar gehalten, doch die Decke hat sich weiter gesenkt. Ungefährlich war das nicht.“
Na prächtig, überall an meinem Körper sträubten sich die Haare und mein Kreislauf zuckte in den letzten Zügen. Hastig atmete ich zur Seite, wo der Geruch weniger penetrant war und schaute dann wieder in den rußigen Karton. Zögernd fasste ich nach einem alten Roman. Der Einband fühlte sich an, als würde er gleich zerbröseln, meine Finger färbten sich schwarz vom Ruß. Ich verdrehte die Augen. „Das hat echt gelohnt.“
Und mein Blick fiel auf ein geschwärztes Stück Metall, das unter dem Buch gelegen hatte. Unsere Augen trafen sich. Ich sah ein kleines Lächeln in ihnen.
„Der Rahmen?“
Er nickte und das Strahlen wurde intensiver. „Wenigstens etwas.“
Sanft küsste ich ihn auf die Wange. „Die Frau werde ich auch nie los!“

21. Kapitel
Hirte – vertretungsweise

Am nächsten Morgen brummte mein Schädel noch immer: Tag zwei im Katerleben der Marie Sander, aber immerhin stand ich wieder gerade. Tom hatte mich den Rest des Abends dahingehend weich geklopft, dass ich jetzt bereit war, mich der Erneuerung meiner Identität zu stellen, also würde ich als Erstes, gleich um acht Uhr dem Sonthofener Ordnungsamt einen Besuch abstatten, um mir einen neuen Personalausweis und die nötigen Bescheinigungen für die Bank, Krankenkasse und Co. zu beantragen. Mir grauste es davor, mein Gesicht der Öffentlichkeit zu präsentieren, hatte Sylvie mir doch lautstark bewiesen, dass ich prima als Monster auf dem Marktplatz mein Geld verdienen könnte.

Danach wollte und musste Tom nach Kempten, um endlich für sein Auto einen neuen Schlüssel zu bekommen. Einkaufen stand auch auf meiner Liste.

Missmutig ließ ich also kurz vor acht Uhr Caspar auf die Rücksitzbank springen, schob mich selber auf den Fahrersitz meines alten Mazda. Tom hockte schon und fummelte an dem Schloss des Handschuhfachs herum.

„Suchst du was?“ Selbst für mich klang meine Stimme recht maulig. Toms Augen streiften mich warnend.

„Ja, irgendwie war mir so, als sei eine meiner CDs noch in deinem Auto gelegen.“

Mit einem Quietschen klappte die Lade vom Handschuhfach herunter, eine Rolle Küchentücher plumpste Tom entgegen, wobei sie sich halb entrollte. „Ist ja wieder typisch“, murrte er, während ich den Wagen rückwärts ausparkte, dabei versuchte er, so unbeteiligt wie möglich zu schauen, „der reinste Saustall in deinem Auto.“

„Pfff, schau halt weg.“

„Leichter gesagt, als getan“, er warf die Küchenrolle nach hinten zu Caspar, der sie geschickt auffing und munter zerteilte, derweil Tom weiter in meinem Handschuhfach wühlte.

„Spinnst du jetzt“, ich angelte hektisch mit einer Hand nach der Rolle, Caspar knurrte dazu, „der zerlegt die doch und ich darf die Fetzen zusammensuchen.“

„Geschieht dir recht, Marie.“ Ein Stapel CDs kollerte zwischen seinen Beinen auf dem Sitz, während ich auf die Straße einbog und mir die feuchten Flusen der angenagten Küchenrolle von den Fingern pulte.
„Kannst gleich aussteigen.“
„Wäwäwä“, äffte Tom mich nach, weitere CDs aus dem engen Fach fischend. Ich fragte mich kurz, wie so viele dort überhaupt Platz hatten.
„Ich fass es nicht!“ Aus den Augenwinkeln sah ich, dass Tom etwas in der Hand hielt, was verdächtige Ähnlichkeit mit meinem eigentlich verbrannten Geldbeutel hatte. „Marie, du bist echt die größte Glücks-Schlampe, die mir je begegnet ist. Schau mal, was ich da habe.“
Abrupt hielt ich den Wagen am Straßenrand, starrte fassungslos auf das schmuddelige Nylonteil, das Tom triumphierend vor meiner Nase baumeln ließ. Mein Geldbeutel. Meine Identität. Er beherbergte alles, meinen Perso, meinen Führerschein, EC Karte. Aber wieso lag der in meinem Handschuhfach und nicht in Toms Küche?
„Ich frage mich echt, warum der liebe Gott deine Schusseligkeit auch noch belohnt, Marie. Jede Wette, du weißt nicht einmal, wie der da hineingekommen ist, oder?“
Mit spitzen Fingern fasste ich nach dem Geldbeutel und bewegte ausweichend die Schultern.
„Ne, echt nicht. Da lege ich ihn nie rein.“ Bedächtig machte ich ihn auf. Das Bild von Tom und Caspar strahlte mir entgegen, genauso wie mein Personalausweis, der mir gerade den Gang zum Ordnungsamt ersparte.
„Das ist nicht fair“, Tom grinste, „ich Idiot lege jeden Abend ordentlich meine Sachen auf den Tisch im Flur, so dass jetzt alles verbrannt ist und du schlamperst in der Gegend herum, suchst dauernd deine Schlüssel, deinen Rucksack. Echt unfair.“
„Da hast du wohl irgendwie recht, Tom“, ich konnte es noch immer nicht fassen, das war mehr als Glück, „dir hätte so ein Fund mehr gebracht.“ Es tat mir fast leid, dass es nicht sein Geldbeutel gewesen war, doch andererseits war ich riesig erleichtert, dass mir jetzt die Rennerei zu den Ämtern erspart blieb. „Du, ich kann jetzt wieder nach Hause fahren!“

„Nix da, Marie, wir fahren jetzt direkt nach Kempten, wer weiß, was ich in meinem Auto noch alles finde, wenn ich es erst einmal aufschließen kann."
Also fuhren wir nach Kempten, wo Tom nach einigem Hin und Her tatsächlich einen passenden Ersatzschlüssel für seinen Jeep bekam. In der Stadt kauften wir für mich ein neues Handy, von dem ich hoffte, dass man damit auch telefonieren konnte. So ein neues technisches Spielzeug war immer irgendwie aufregend und frustrierend zugleich. Tom musste nach Hause fahren, damit ich an meinem Handy herumtippen konnte.
Ich konnte damit auch nicht aufhören, als er schon längst unser Mittagessen kochte, dessen Zutaten ich mit gesenktem Kopf und Höchstgeschwindigkeit in Sonthofen eingekauft hatte. Trotzdem hatte ich das Gefühl, dass jeder mich angestarrt hatte. Ganz übel.
Wir holten nach dem Essen die Pferde zu uns hoch auf die Wiese, Nele trompetete empört über den Hof. Tom hätte sie gerne mitgenommen, doch im Gegensatz zu unseren Pferden war sie es nicht gewohnt, ohne Zaun zu leben. Also musste sie brav auf der kleinen Weide bleiben.
Mit Melchior auf meinem Schoß saßen wir noch nicht lange entspannt in der Sonne, tranken frischen Kaffee und schauten den Tieren beim Spielen zu, als ich vom Hof unten Jans Audi zu mir hochfahren sah. „Da kommt Jan, Erbarmen!"
Tom beugte sich an mir vorbei, erspähte aber nur noch das lange Heck. „Sicher?"
„Ganz sicher", vor dem Haus rumste eine Autotür mit sattem Geräusch ins Schloss, Jans Schritte knirschten im Schotter, „ganz, ganz sicher." Mir schwante alles von Fehlgeburt bis Nötigung zur Versöhnung, und auf nichts davon hatte ich wirklich Lust. Irgendwann würde ich mit Sylvie reden, doch jetzt noch nicht. Jans Lächeln schaute zuerst um die Hausecke.
„Servus ihr beiden, habt ihr kurz Zeit für mich?"
Tom und ich wechselten einen verwirrten Blick, nickten dann einträchtig.
„Logisch", Tom zeigte auf den Stuhl vor sich, „hock di na, Köberle. Magst nen Kaffee?"
Seltsam linkisch flutschte Jan auf den Stuhl. „Gerne."
Tom verschwand im Haus, Caspar dagegen hatte unterm Toben

mit den Fohlen unseren Besuch entdeckt und kam als schwarze, kläffende Kugel angeschossen. Er sprang Jan halb auf den Schoß vor Freude, was dessen Jeans mit braunen Pfoten verzierte, mein Brüller an Caspar kam leider zu spät. Jan lachte. „Macht nix, Marie, an dieser Hose hat eben schon ein Kälble sein Maul abgewischt."
„Der soll das grundsätzlich nicht", grummelte ich und zog Caspar von Jans Beinen, „und der weiß das auch."
„Aber bei deiner Konsequenz", Tom stellte Kanne und Tasse auf den Tisch und schenkte Jan ein, „wird das nichts mit Caspars Erziehung. Woher soll der wissen, auf welchen Schoß er springen darf und auf welchen nicht. Du findest das ja immer ganz toll, wenn er es bei dir macht. Für Caspar ist Schoß gleich Schoß. – Brauchst du Milch, Jan?"
Hinter Toms Rücken verdrehte ich die Augen und streckte ihm die Zunge raus. Der Hunde-Profi und seine genialen Tipps. Das hatte ich richtig dick. Jan lachte schallend, was Tom bedächtig über seine Schulter blicken ließ. „Ich hab's gesehen, Marie", er blinzelte, so gut das mit seinen Sehschlitzen ging, „ganz genau. Du hast die Augen verdreht."
„Und das mit Recht", erwiderte ich spitz, „und die Zunge habe ich dir auch rausgestreckt. Ätsch."
„Keine Milch, danke", Jan amüsierte sich köstlich, nippte an dem heißen Kaffee, „und sonst geht es euch beiden gut?"
„Bestens", Tom landete neben mir auf der Bank und sein Arm um meine Schultern, „mein Haus ist ein Totalschaden, ich klaube mir mühsam die Reste meiner Existenz zusammen. Maries Geldbeutel mit allen Papieren dagegen habe ich in ihrem Auto gefunden, sauber verschludert, sie hat ein neues Handy und ihren Suff verarbeitet sie auch langsam. Wie steht's bei euch?"
„Sauber", seufzend streckte Jan seine langen Beine aus, „auch alles normal. Sylvie spuckt, isst, schläft oder zankt, und ich arbeite."
„Warst du vorher bei deinen Eltern?", versuchte ich vom Thema abzulenken, denn von Sylvie wollte ich jetzt nichts hören. Ich schaute gleichzeitig argwöhnisch mit einem halben Blick meinem Caspar hinterher, der seltsame Ansätze zeigte, seine Herde zusammenzutreiben.
„Ja, war ich", er schnaufte noch einmal, „eigentlich wegen

zwei schwächelnden Kälbern, doch vorhin kam dann ein Anruf vom Hans …", ich schaute fragend, weil ich den Namen nicht direkt zuordnen konnte, „… unser Hirte oben auf der Alpe in Tiefenbach", erklärte Jan, „der ist im Wald gestürzt und liegt jetzt mit einem Oberschenkelhalsbruch in Kempten im Krankenhaus. Sie haben ihn gleich mit dem Hubschrauber geholt. Mittlerweile ist er operiert. Hat wohl seit dem frühen Morgen dort im Wald gelegen, bis er sein Handy aus der Hosentasche gefummelt hatte. Kann von Glück sagen, dass er da oben überhaupt Empfang hatte."
Wieder einmal wurde mir bewiesen, dass dieses Jahr irgendwie von Katastrophen geprägt war und zwar überall. Es traf jeden. Und was war das für ein Horror, mitten in der Allgäuer Pampa mit einem Oberschenkelhalsbruch herumzuliegen? Vermisst worden wäre der Hans so schnell nicht.
„Wer ist jetzt bei den Pferden und Schumpen?" Tom hinterfragte natürlich sofort die praktische Seite des Dramas. So weit hatte ich noch nicht einmal angefangen zu denken.
Jan zuckte die Schultern, ein fragender Blick ging zur Kanne und ich schenkte nach.
„Ja niemand. Der Vater und ich haben sie vorhin erst einmal versorgt." Er holte tief Luft und setzte sich auf. „Deswegen bin ich ja hier."
Ich lehnte mich instinktiv zurück. „Weswegen?"
„Wegen der Alpe."
Das war mal wieder eine klare, erhellende Aussage. Tom neben mir mutierte gewohnheitsmäßig zur ausdruckslosen Wachsfigur. „Was wegen der Alpe?"
„Ja weischt, ich dachte mir, da ihr ja im Moment eure Pferde nicht so richtig bei euch habt und es dauern wird, bis ihr wieder unten auf dem Hof wohnen könnt, wäre es eine super Idee, wenn ihr rauf auf die Alpe ziehen würdet und den Hans vertreten, so lange er krank ist. Diesen Sommer kommt der nicht mehr wieder. Und die Fohlen vom Tierschutzverein könnten wir auch holen, wenn ihr oben wärt."
Wummsss. Meine Kinnlade war mal wieder nicht zu bremsen.
„Bitte?"
Wir sollten in Vertretung eine Alpe bewirtschaften, mit Jungvieh, einer Herde junger Hengste, unseren Saugfohlen und den

Tierschutzfohlen dazu? Sah ich aus wie ein Kölner Heinzelmännchen? Oder war ich Medusa mit einem Haufen Armen?
„Das war jetzt der volle Witz, Jan?"
An dem Funkeln in Toms Augen sah ich, dass hier null und nichts witzig gemeint war und Tom die Idee spontan recht reizvoll fand.
„Kein Witz, Marie", bestätigte Jan schmunzelnd, „ich bin sicher, ihr würdet das super machen. Gäbe natürlich auch Geld vom Tierschutzverein dazu und mein Vater legt auch was drauf, denn für ihn ist es weniger Aufwand, wenn er einen neuen Hirten", ein freches Blinzeln ging an mich, „oder eine Hirtin engagiert, als das Viehzeug wieder vom Berg zu holen und woanders unterzubringen. Überlegt 's euch. Ein Sommer in den Bergen, idyllisch bis zum Kitsch. Unter Umständen könntet ihr sogar den Winter über bleiben, die Hütte ist durchaus ganzjährig bewohnbar."
„Aber …", ich schluckte völlig geplättet, „aber Jan, ich habe nicht die geringste Ahnung von Kälbern. Ich wüsste nicht einmal, was ich da oben für Arbeiten habe, geschweige denn, wie ich die auszuführen hätte. Ich bin Physiotherapeutin und kein Viehhirte. Wie denkst du dir das? – Tom, jetzt sag auch mal was!"
„Ich hol uns mal ein Bier." Das war alles, was Tom erst einmal zum Thema beizutragen hatte. Ich hätte ihn würgen können, doch er stiefelte schon in die Küche.
„Ich denke mir das ganz einfach", erwiderte Jan, lässig nach der Flasche greifend, die Tom ihm gleich darauf über den Tisch reichte, „Tom ist der Sohn eines Milchbauern, der weiß, was die Schumpen brauchen, und die Pferde sind eh kein Problem für euch. Also? Wo liegt das Problem, Marie?"
Notgedrungen klackte ich meine Tasse gegen die Flaschen der Männer, obwohl ich sie ihnen lieber um die Ohren gehauen hätte, und trank. Dabei drängte sich die Frage auf, ob da nicht eine richtig fiese, miese Intrige zwischen den beiden lief. Zumindest Jan traute ich zu, dass er intrigant sein konnte, Tom eher weniger, aber man wusste ja nie so genau. Wie auch immer, ich fühlte mich total überrumpelt.
„Wir denken mal drüber nach, Köberle", Tom schwenkte seine Flasche, bis es schäumte, „danke für das Angebot. Soll ich

morgen mit deinem Vater hochfahren und das Vieh versorgen?"
„Ja mei, da wäre er sicher ziemlich froh drüber. Ihr könnt euch dann ja gleich alles anschauen. Der Hans hat's etwas spartanisch." Mit einem großen Zug leerte Jan seine Flasche. „Ich muss dann auch wieder, danke fürs Bier. Sylvie wartet daheim."
Ich nickte nur, während Tom sich mit Jan erhob. Das sah mir wirklich sehr nach gutem Einvernehmen aus.
„Ach, Marie", Jan schwang noch einmal zu mir herum und ein bezauberndes Männerlächeln ließ mich trotz aller Verwirrung dahinschmelzen, „Sylvie würde sich sehr über einen Anruf von dir freuen. Ciao ihr beiden."
Und schwups verschwand er um die Hausecke und der Audi brummte vom Hof. Ich starrte meine Tasse an. Ich hatte weder Bock auf Sylvie, noch auf Alpe. Die war mir nämlich nicht nur von der Lage her zu steil. Derartige Arbeiten gingen weit über das gesunde Maß an Selbstausbeutung hinaus. „Das wäre Irrsinn, Tom."
Tom grinste. „Stimmt, ich würde Sylvie im Moment auch nicht anrufen, so bescheuert kann ja keiner sein. Vielleicht wartest du bis nach der Entbindung, da könnte es wieder besser werden mit ihr."
„Oh Mann!" Ich kickte ihm gegen den Hinterkopf, er lachte und nahm mich in die Arme. „Du weißt genau, was ich meine!"
„Ah wa, nix weiß ich. Klär mich auf, Marie."
„Na, wenn wir die Alpe übernähmen. Wie sollen wir das denn schaffen? Du arbeitest, ich arbeite, unsere Saugfohlen, die Tierschutzfohlen, eine Hengstherde und Kälber. Der Tag hat nur 24 Stunden und ein paar davon wollte ich auch gerne ausruhen."
„Faules Stück."
Kapitulierend hob ich die Hände, da konnte man doch nur noch aufgeben. „Pfff... echt Tom, manchmal bist du nicht zu ertragen."
„Ich hol mir noch ein Bier", er blinzelte versöhnlich, „dann reden wir mal ernst."
Das Bier dauerte, was nahelegte, dass Tom sich erst einmal

überlegen musste, was genau er ernsthaft mit mir besprechen wollte. Seufzend kippte ich den Rest kalten Kaffees in die Wiese. Was waren das doch für glückliche Zeiten gewesen, wo wir abends ohne ernste Gespräche bei einem Bier auf meiner Terrasse oder vor seinem Haus gesessen hatten, der Sonne beim Untergehen zuschauten, Balthasars Geschrei dazu, Melchi warm auf meinem Schoß, und mein Hund, der sich zu seinen Kaninchenkumpels verdrücken wollte.

Good old times, dachte ich versonnen, während auch vor mir eine Flasche Bier auf dem Tisch landete. Da konnte man doch fast wieder in eine Stimmung wie vor zwei Tagen kommen und nochmals versuchen, Trost im Alkohol zu finden, obwohl jeder wusste, dass das ein dämlicher Trugschluss war, und ich ja noch immer an den Folgen eines monströsen Katers knabberte.

Tom rutschte wieder neben mir auf die Bank, Melchior kam über die Wiesen angesprungen und verschwand mit einem Begrüßungsquäks im Haus zum Fressen.

„Und?“

„Prost, Marie.“

So viel zum ernsthaften Reden. Tatsächlich schauten wir beide schweigend in die Ferne, wo sich über Oberstdorf ein Gewitter zusammenbraute.

„Wollten wir nicht eine Fohlenaufzucht aufbauen, Marie?“ Toms Blick hing an den Blitzen, die über den schwarzen Himmel zuckten, ich grunzte.

„Ja, schon, aber doch nicht auf einer heruntergekommenen Alpe. Was heißt da übrigens winterfest? Dass es nicht hereinschneit und die Eisblumen auch von innen zu bewundern sind? Spartanisch gleich fließend kaltem Wasser und Strom aus dem Hamsterlaufrad?“

„Miesemarie.“

„Oh ne, erinnere mich bloß nicht auch noch an Sylvie.“

„Ist doch wahr“, murrte Tom ansatzweise ärgerlich zurück, „letzten Sommer bist du vor Entzückung über die Hütte fast umgekippt und hättest mich beinahe geküsst und jetzt nennst du sie heruntergekommen?“

„Da sollte ich ja auch nicht die nächsten Monate dort verbringen und das mit dem Kuss ist verjährt.“

„Weiber!“ Tom schüttelte den Kopf und schaute demonstrativ zur Seite. „Im Ernst, Marie“, setzte er dann wieder an, „wir könnten da oben unverbindlich probieren, ob das mit den Fohlen tatsächlich unser Ding ist. In der Zwischenzeit lassen wir uns hier unten ein neues Haus bauen und wenn's fertig ist, dann machen wir hier weiter oder lassen alles beim Alten. Ist doch perfekt.“
„Und der Stadel? Wir könnten von hier viel besser den Bau überwachen und unsere Fohlen haben wir auch im Blick.“ Es war ein kläglicher Versuch, etwas in Frage zu stellen, was durch und durch Sinn machte. Ein Sommer auf einer spartanischen Alpe? Ich, Marie Sander, die bis vor etwas mehr als einem Jahr nichts von Tieren wusste, als dass sie meistens Fell und Zähne haben, sollte Fohlen und Kälber versorgen?
Ausweichend bewegte Tom die Schultern. „Weischt, Marie, ich fühle mich nicht so richtig wohl hier im Stadel. Irgendwie kam ich mir schon immer wie ein Eindringling in dein Reich vor. Ich weiß, dass das nicht so ist, aber …“ Sein Blick war so treuherzig, dass ich nicht ärgerlich sein konnte, auch wenn mir ganz spontan dazu ein Haufen passender Entgegnungen eingefallen wäre. „Aber?“
„Es ist halt dein Haus. Ich hätte echt Lust auf den Alpsommer oben.“ Sanft nahm er mich in die Arme und küsste mich. Wann hatten wir in den letzten Tagen in Ruhe geküsst? Na ja, dachte ich unromantisch wie immer, wie sollten wir auch mit verbrannten Lippen küssen?
„Mach nur weiter so, Tom“, hauchte ich, „dann kannst du mich auch nach Timbuktu verschleppen.“
„Herrgottsackra, Marie, goht's no? Mir tät Tiefenbach schon reichen.“
„Überredet.“

22. Kapitel
Die Köberle Alpe

Warum waren wir Frauen eigentlich immer mit so einfachen Mitteln zu überzeugen, fragte ich mich, als wir uns mit Jans kurzsichtigem Vater am Steuer des großen BMW Geländewagens zur Alpe hinauf wanden. Warum? Da half keine Emanzipation, keine Bildung, kein eigenes Konto. Kaum fing ein Kerl mit Becircen an, da kippte jeder Vorsatz, dabei waren die Circen doch weiblich gewesen. Ach Odysseus, irgendetwas war da schiefgelaufen.
Der Hans würde tatsächlich die nächsten Monate ausfallen und es war nicht sicher, ob er überhaupt je wieder als Hirte arbeiten konnte. Das tat mir leid und zwar so richtig. Nachdenklich starrte ich in den unsäglich blauen Himmel, der heute noch weiter als weit war, mit einer Sonne, die selbst jetzt am frühen Vormittag schon mächtig brannte. Der Sommer war fast da. Sogar hier oben, wo die Spitzen der Fichten noch fedrig und zart grün waren, letztes Wiesenschaumkraut im jungen Gras blühte und Mengen von kleinen lila Blumen, deren Namen ich nicht kannte. Vielleicht war Jans Idee ja doch nicht ganz so absurd?
Eine Art freudiger Erregung stieg mit jeder Kurve in mir auf, ich beugte mich vor und starrte die enge Straße entlang. So richtig konnte ich mich gar nicht mehr an die Hütte erinnern. Mehr als dieses Gefühl von Bilderbuchidylle war nicht da. Aber als wir auf den kleinen Platz vor der Hütte einbogen, da war alles wie vor einem Jahr. Verzückung pur. Ein vom Alter dunkles, kleines einstöckiges Blockhaus im Walserstil mit tief hängendem Dach, auf dem zur Beschwerung dicke Steine lagen. Kleine Fenster, geschnitzte Tür. Daneben der angebaute Stadel mit dem Gatter zu den Koppeln.
Den Hügel aufwärts am Waldrand sah ich ein paar Kälber, nein Schumpen, revidierte ich im Kopf, bevor ich wieder über den kleinen Unterschied aufgeklärt wurde. Von den jungen Hengsten war nichts zu sehen. Bedächtig stieg ich aus dem Auto, Tom und der alte Köberle steuerten bereits auf die Koppel zu, wo sie sich ohne auf mich zu warten einfach zwischen den Stangen des Gatters hindurchquetschten, um quer über die

Wiese zur großen Futterraufe zu laufen. Caspar hetzte ihnen hinterher, weiter auf das Vieh zu, was die Schumpen trotz der großen Entfernung wohl als Aufforderung zum Spiel verstanden, denn sie kamen wild buckelnd, galoppierend über die Weide getrampelt. Klein Pamplona auf einer Allgäuer Bergwiese. Ich brüllte nach Caspar, der wie immer, wenn es wichtig war, natürlich nicht hörte. Das war genau der Einstieg in mein Hirtenleben, den ich nicht brauchte. Sah ich doch Caspar bereits von zig Hufen zermatscht im Dreck liegen. Tom hatte nur flüchtig hinübergeschaut, sich dann sofort wieder der leeren Heuraufe gewidmet, und selbst wenn ich den Weltrekord im Hundertmeterlauf gebrochen hätte, wäre ich unmöglich vor den Kühen bei Caspar gewesen, zumal ich völlig erstarrt den obersten Pfosten des Gatters umklammerte, anstatt zu rennen. Nicht einmal mehr wegschauen konnte ich. Kurz bevor die Kühe ihn überrannten, schlug Caspar einen Hasenhaken und fing an, die Tiere mit wildem Gebell vor sich her zu treiben. Dabei umrundete er sie, als hätte er nie etwas anderes getan, als Kühe zu hüten. Keuchend holte ich Luft, stand kurz vor dem Erstickungstod, weil ich vor lauter Angst den Atem angehalten hatte.
Selbst Tom und Jans Vater fanden die Darbietung soweit sehenswert, dass sie sich von der Futterraufe abwendeten. Offensichtlich angelockt von dem Getrappel der Kühe und Caspars Gebell tauchten auch die Pferde unter den Bäumen auf der anderen Koppel auf, rasten ebenfalls im Galopp den Hügel abwärts auf uns zu. Bremsen, insistierte ich, schön langsam, bremsen. Die Jungs hatten ihre Geschwindigkeit besser im Griff als mancher Autofahrer, wie ich mit Bewunderung feststellte. Ihre Stopps waren filmreif. Die Schumpen sammelten sich zwischen Neugier und Angst schwankend um die beiden Männer, Caspar umkreiste sie knurrend, damit auch ja keiner aus der Reihe tanzte. Nur knapp entging er dabei einem Tritt. Ich rief ihn so resolut wie möglich zu mir heran, aber erst als Tom ihm zusätzlich einen Klaps auf seinen Hundepo gab, geruhte er zu mir zu kommen. Gut fand er das aber nicht. Ich bemerkte sein Schmollen ganz genau.
Die Jungpferde sahen so malerisch aus wie im letzten Jahr, obwohl es andere sein mussten. Größtenteils Haflinger mit

lustigen Augen und blonden Locken, ein paar dünne, langbeinige Hengste, die mich an Samira erinnerten, und drei kräftige dunkelbraune mit mächtigen Köpfen und stolzem Blick.
Tom und der alte Köberle kamen langsam zum Gatter zurück.
„Wir fahren eben Heu mit dem Traktor hoch, Marie“, sagte Tom, zeigte auf die Wiesen hinter sich und das Strahlen in seinen Augen machte klar, dass er das alles wunderbar fand, „schau du dich doch derweil mal im Haus um.“
„Gang nur, Marie, ’s isch halt a Männerwirtschaft.“
Und ehe ich etwas entgegnen konnte, hielt ich den Schlüssel zu unserem Sommerwohnsitz in den Händen. So schnell ging das. Eben noch im Stadel, jetzt in den Bergen. Was blieb mir übrig? Irgendwie war die Sache schon wieder so schräg, dass ich anfing, sie richtig witzig zu finden. Obwohl mir bei dem Wort Männerwirtschaft Übles schwante. Ich verzog mein Gesicht zu einem Lächeln und dackelte mit Caspar ums Haus herum, wo ich die schwere geschnitzte Holztür unter Einsatz meines gesamten Lebendgewichtes aufstieß. Mir war sofort klar, dass ich die nur schließen würde, wenn es sich nicht vermeiden ließ. Falls wir aber eine plötzliche Invasion von menschenfleischsüchtigen Bären und Wölfen bekommen sollten, konnte diese Hütte mit ihrer klemmenden Tür zum Hochsicherheitstrakt des Oberallgäus werden. Auch gut.
Durch einen kleinen Windfang, in dem sich dreckige Gummistiefel und Bergschuhe türmten, dazu diverse Lodenjacken und ein Regencape am Haken, trat ich in die Stube. Ein Blick rundum machte klar, was mit spartanischer Männerwirtschaft gemeint war. Ich hatte mit schmutzigem Geschirr, Dreckwäsche und Unordnung gerechnet, doch alles, was sich im Raum befand war blitzblank. Spartanisch bezog sich auf die Einrichtung und Männerwirtschaft auf die Präsentation des Ganzen. Eine Küchenzeile, ein Tisch, zwei Stühle, der riesige Kachelofen, am Fenster standen ein Schrank und eine Bank, auf der auch ein großes Radio stand. Neben mir am Türrahmen hing ein Weihwassertopf und über mir ein Kreuz. Mehr war nicht. Kein Bild, keine Blumen, nichts. Nicht einmal ein Fell an der Holzwand, ein armes ausgestopftes Tier oder eins von den beliebten Geweihen. Der Hans wurde mir immer sympathischer. Die toten Tiere hätte ich eh keine Nacht ertragen.

Seltsam unentschlossen und schüchtern schlich ich auf Zehenspitzen durch den Raum, Caspar schnuffelte dagegen völlig ungeniert in jeder Ecke herum. Hier wohnte jemand, den ich nur flüchtig kannte, und das seit Jahren jeden Sommer. Was machte der Hans eigentlich im Winter? Auf dem Tisch lag eine Autozeitung, auf deren Cover ein Sportwagen prangte, daneben stand eine halbvolle Tasse Kaffee. Zögernd nahm ich die Tasse und stellte sie in das peinlich saubere Spülbecken. Entweder kochte der Hans nie, denn auch der Herd war frei von jedwedem Fettspritzer oder er war mit Abstand der reinlichste Mensch, den ich kannte. Ich traute mich fast nicht, den Kaffee auszuschütten, weil ich das Becken dann beschmutzte. Ein paar Bücher fand ich auf der Fensterbank, ein paar Kissen lagen hinter dem Kachelofen. Bis zu dem Brand hatte ich eine Schwäche für Kamine und Öfen gehabt, jetzt allerdings betrachtete ich das Ding mit sehr gemischten Gefühlen. Falls diese Hütte uns auch für Herbst und Winter als Domizil dienen sollte, dann würde ich mich daran wieder gewöhnen müssen, denn es gab keine andere Heizung. Heizen ging nur mit Holz und Feuer. Strom bekamen wir durch Solarenergie. Ganz prächtig.
Mit einem Seufzer öffnete ich die Zimmertür neben der Küchenzeile und fand mich in einem kleinen Schlafzimmer wieder, in dem ein schmales Bett stand und ein Kleiderschrank. In dem Bett konnten wir dauerhaft nicht schlafen, immer übereinander hatte vielleicht seinen Reiz, wurde aber auch schnell unbequem. Da musste also sofort ein anderes her. Und was sollte ich mit Hans' Kleidern und persönlichen Sachen tun? Gab es ein Bad?
Erschrocken suchte ich durch die Hütte und hätte fast die Tür hinter der Tür zum Schlafzimmer übersehen. Auf alles gefasst stieß ich sie auf. Da war er, der herbe Wermutstropfen. Ein Badezimmer, ja, so konnte man das nennen, wenn man nett sein wollte, doch bei Badezimmern war ich nicht nett. Eine Nasszelle, in der sich auf kaum mehr als zwei Quadratmetern Waschbecken, Toilette und Dusche drängelten, keine Badewanne. Dabei wäre das neue Bad in Toms abgebranntem Haus so schön geworden.
Das hier war eine echte Strafe für mich. Aber gut, ich zog die

Tür zu, aus den Augen, aus dem Sinn. Es war nur für ein paar Monate und wenn es Tom im Stadel so ging, wie mir in seinem Haus, dann war es nur recht und fair, wenn wir ganz woanders wohnten, bis wir unsere gemeinsamen Vorstellungen umsetzen konnten. Mit einem Schnaufer ließ ich mich gegen den Rahmen der Schlafzimmertür fallen, mein Blick rotierte, um herauszufinden, wo ich hier anfangen sollte, um einen Hauch von Wohnlichkeit in die spartanische Männerwirtschaft zu bringen, der die nächsten Monate überdauerte und trotzdem nicht zu viel Aufwand bereitete. Wahrscheinlich war dem Hans nicht so sehr nach Wohnlichkeit im weiblichen Sinne. Das Bett war mal am wichtigsten. Im Stadel hatte ich noch ein paar Blumen, ein wenig Schnickschnack zum Hinstellen und Bücher. Bilder brauchte es an den schön gemaserten Holzwänden nicht und die wenigen gemauerten Teile waren sauber weiß verputzt. Ja, ich holte tief und erleichtert Luft, so gesehen war das hier mal richtig gemütlich. Durch Zufall ging mein Blick zur Decke und ich bemerkte neben dem Kamin eine Luke zwischen den Balken. Notorisch neugierig, wie ich nun einmal war, stieg ich auf einen der Stühle und zog an dem Griff der Luke. Dabei knallte es mich dann fast im wahrsten Sinne des Wortes vom Hocker, denn eine Leiter entfaltete sich wie von Geisterhand nur knapp an mir vorbei. Verblüfft starrte ich in das Loch, wenige Zentimeter über mir, Caspar bellte hektisch vor Schreck. „Still, Schatz, ist doch nix passiert."

Vom Stuhl aus stieg ich drei Stufen die Leiter hinauf, bis ich über den Rand schauen konnte. Eine süße Dachkammer erstreckte sich über die Breite des Hauses, gerade so hoch, dass ich wahrscheinlich im mittleren Bereich stehen konnte, Tom würde den Kopf einziehen müssen. Eine breite Matratze lag am hinteren Giebel, die an einen Futon erinnerte. Dazu zwei Kommoden und ein Stuhl. Trotz des warmen Morgens war es angenehm luftig hier. Das perfekte Schlafzimmer, doch leider nicht für uns, denn Caspar konnte unmöglich die Leiter hinaufsteigen. Ich seufzte. So hatten wir noch etwas Stauraum und ein neues Bett kaufen hatte vielleicht auch seinen Reiz.

Mit einem Schupps von mir klappte sich die Leiter wieder ein und ich trat vor die Tür. Gleißendes Licht machte deutlich, wie dunkel es in der Hütte war. Das ist gemütlich, erklärte ich mir,

richtig gemütlich und so wird es auch nicht so scheußlich warm im Sommer. Jetzt fehlte nur noch ein Stall für unsere Fohlen. Hinter dem Haus hörte ich den Traktor rattern, das Muhen der Schumpen und ein paar vereinzelte Quietscher der Pferde. Caspar wie immer vorweg, stiefelte ich ums Haus herum zum angebauten Stadel, von dem der alte Köberle behauptet hatte, dass dort unsere Kleinfamilie hervorragend Platz hatte. Auf den ersten Blick sah mir das nicht wirklich danach aus. Hans' Axt lehnte an der Hauswand, dazwischen diverses Kleinholz, über das ich steigen musste, bevor ich die Tür aufstoßen konnte. Immerhin war sie zweigeteilt, wie Balthasar es liebte.
Es dauerte einige Momente, bis sich meine Augen an das Dämmerlicht gewöhnt hatten, denn es gab kein Fenster, Licht fiel nur durch die Tür. An den Wänden lagerten Holzscheite sauber gestapelt, ein wenig Handwerkszeug entdeckte ich in der Ecke. Das musste natürlich alles raus, dann würde der Platz wohl tatsächlich reichen, Einstreu rein, Heu und einen großen Trog Wasser und gut. Besser wohnte Balthasar bisher auch nicht. Vor dem Stadel sollten wir noch einen kleinen Auslauf abstecken und gut war.
Die Tierschutzfohlen würden dagegen noch ein Problem werden. Tom meinte, dass die den Sommer auf einer abgeteilten Wiese mit Unterstand verbringen könnten, eventuell sogar mit unseren zusammen. Ich dagegen wagte das zu bezweifeln, zumal wir keinen Unterstand hatten. Tja, man würde sehen. Nachdenklich trat ich aus dem Stadel an das Gatter. Tom kämpfte mit einem riesigen Rundballen Heu und neugierigen Hengsten, die recht respektlos an ihm und dem Heu herumzupften. Wenn Tom nicht jetzt schon die Nase voll hatte von den Viechern und der Arbeit, was ich kaum glaubte, dann würden wir wohl recht schnell eine Art Umzug planen müssen. Centa würde erst in Ohnmacht fallen, dann wie eine Furie toben. Noch ein Problem, dessen Lösung mir eher lästig war. Und besser, ich gewöhnte mich gleich an mein neues Übergangszuhause.
Auf dem Absatz machte ich kehrt und ging zurück ins Haus, wo ich seit Jahren den ersten Kaffee ohne Kaffeemaschine aufgoss. Mit drei Tassen in den Händen rief ich nach den Männern. Wie vor einem Jahr saß ich dann im Schatten des überhängenden Daches und verstand die Welt nicht mehr: Idylle und

Chaos. Tom strahlte, der alte Köberle nuckelte an seiner Pfeife.
„Was sagscht, Marie?"
Ich war versucht, einfach mit: nichts! zu antworten, doch was hätte mir das geholfen?
„Wir brauchen ein anderes Bett und das Holz muss aus dem Stadel raus."
Das schienen mir die wichtigsten Punkte und Tom nickte. „Das lässt sich einrichten, Köberle, oder?"
„Machts nur", brummelte er in seine Pfeife, „mir isch des egal."
„Guat", Tom schlürfte lautstark an seinem Kaffee und grinste, „dann übernehmen wir ab sofort die Köberle-Alpe."
„Isch reacht."

„Moment!"
Tom und ich zuckten zeitgleich zusammen. Centa schoss mit vorgestrecktem Kopf um die Hausecke, um sich wie ein wütender Stier vor uns aufzubauen. Dabei hatte ich schon innerlich gejubelt, dass wir unbemerkt bei ihr vorbeigekommen waren, nachdem uns der alte Köberle an der Hofeinfahrt abgesetzt hatte. Wo ich doch das Thema Alpe nicht unbedingt sofort mit ihr erörtern wollte. Pustekuchen. Mir war fast so, als ringelten sich feine Rauchwolken aus ihren Nasenlöchern.
„Was bildet ihr beiden euch eigentlich ein?"
Tom zuckte verständnislos die Schultern. „Ja nix, was ist los, Centa?"
„Das fragst du mich?" Sie stemmte empört die Hände in die Hüften, ihre Augen fast so schmal wie Toms. „Kruzifix, ich kümmere mich um euch, mache und tue und was ist der Dank dafür?"
Oh nein, dachte ich entsetzt, irgendetwas musste seit heute Morgen derbe schiefgelaufen sein. Sollte Centa womöglich wissen, dass wir die Alpe übernehmen wollten?
„Ja, was denn? Was ist der Dank? Sprich dich aus, Centa." Tom klang richtig angepiekt. Aber Queransagen, wie Centa sie gerade gebracht hatte, konnte er auch nicht besonders gut leiden. Ich schob mich mal dezent aus dem Schussfeld der beiden, was mir am sichersten erschien, bloß nicht auffallen und rechtzeitig lächeln.

„Was der Dank ist? Na, Undank natürlich!“ Centas Kopf ruckte in selbstgerechtem Zorn. Tom warf mir einen schnellen, fragenden Seitenblick zu, ich hob die Hände. Diese Art Logik entzog sich mir.
„Centa, sprich Klartext mit uns oder wir gehen und du kannst das alles deinem Kochtopf erzählen.“
„Klartext kannst du haben, Thomas Mauderer“, giftete sie zurück, während ich im Stillen noch den Magnus anführte, den viel zitierten Schutzheiligen des Allgäus. Vielleicht tat ich gut daran, den mal eben um Beistand zu bitten. Also schickte ich einen Blick gen Himmel.
„Beistand, Magnus“, murmelte ich, „und zwar sofort!“
„Nur zu, Centa.“
„Ach ja? Da ruft mich doch vorhin die Sylvie an und erzählt mir fröhlich, dass ihr beiden die Alpe übernehmt, weil der Hans sich was gebrochen hat. Warum erfahre ich das nicht von euch, Mauderer? Kann ich den Stadel dann gleich wieder vermieten, ja? Brauchts mich nicht mehr, wie?“
„Centa“, ich hob vorsichtig die Hand, „wir haben das eben erst mit dem alten Köberle festgemacht. Jan hat uns gestern Nachmittag gefragt und eben waren wir oben, um uns die Sache mal anzuschauen. Natürlich hätten wir dir heute noch Bescheid gegeben.“ Ich kreuzte mal pro forma in Gedanken meine Finger.
„Ja, ja, natürlich, Marie. Warum wusste Sylvie dann schon mehr als ihr?“
„Weil sie wie immer zu viel geredet hat, ganz einfach.“
„Zu viel geredet hast du ja noch nie, Marie! Oder, wie war das vor drei Tagen, nachts?“
Schnaufend drehte ich mich weg. So eine Kommunikation war fruchtlos.
„Okay, Centa“, Tom gab sich betont ruhig, „wir werden tatsächlich die Alpe in den nächsten Tagen übernehmen und zwar für den ganzen Sommer. Wir nehmen unsere Fohlen mit, Jan bringt uns die Fohlen vom Tierschutz und dann sehen wir weiter. Unten auf meinem Hof müssen wir erst neu bauen.“
Missmutig schaute Centa zur Seite, da fehlten wohl noch ein paar versöhnliche Worte, ich seufzte. „Ich brauche dringend ein paar Tipps, wie man mit Kälbern umgeht, Centa.“

„Das sind Schumpen, Marie, keine Kälber", erwiderte sie prompt. „Wollts ihr nen Kaffee? Hab gerade frischen gemacht."
Wir nickten einträchtig, obwohl mein Magen noch genug vom Kaffee auf der Alpe hatte und hungrig dazu war. Aber was tat man nicht alles um des lieben Friedens willen.
Bei Kaffee und den Resten des Hackbratens, die Tobi vom Mittagessen übrig gelassen hatte, erzählten wir ausführlich, wie es zu unserem bevorstehenden Umzug auf die Alpe gekommen war, und wieder musste ich mir anhören, dass Sylvie unter meiner gekündigten Freundschaft litt.
„Wie ein Hund", Centa warf einen bezeichnenden Blick auf Caspar, der neben mir am Tisch saß und bettelnd Pfötchen gab, „das kannscht echt it bringen, Marie."
Leise grummelnd leerte ich meine Tasse. Was ich bringen konnte und was nicht, das war immer noch meine Entscheidung. Sylvie schadete es sicherlich nicht, wenn sie mal ein wenig ans Denken kam. Vielleicht hatte unsere Freundschaft danach eine neue Chance. Verwirrt starrte ich bei dem Gedanken in meine leere Tasse. Fast war mir so, als vermisste ich sie und ihre schrägen Sprüche.

Nachmittags fing ich mit Centa an, im Stadel zu packen, während Tom sich wieder mit seinem Versicherungs-Menschen traf und danach zum Architekten wollte, um mit dem über einen Neubau seines Hauses zu sprechen. Wir brauchten ein paar Vorschläge, damit wir wenigstens ansatzweise eine Ahnung hatten, was möglich und machbar war. Trotzdem grauste es mir vor den ganzen Entscheidungen, zumal mein Kopf prall gefüllt war mit den Dingen, die Centa mir über Schumpen und deren Ansprüche erzählte. Nicht meins, dachte ich so still bei mir, da waren Fohlen doch irgendwie einfacher. Am besten, ich schob Tom gleich das Vieh unter und krallte mir die Pferde, das würde die perfekte Arbeitsteilung sein.
Davon abgesehen war es schwierig zu entscheiden, was ich von meinen paar Habseligkeiten für die paar Monate mit auf die Alpe nehmen sollte und was Centa für mich auf ihrem Dachboden einlagerte. Vor der Entscheidung hatte ich erst vor ein paar Tagen schon gestanden, dann war Toms Haus abgebrannt.

Die Mühe, meine Taschen auszupacken, die hätte ich mir am Tag zuvor sparen können. Ich schloss kurz die Augen, als ich den Verschluss meines großen Koffers zuschnappen ließ. Nicht zur Strafe, nur zur Übung. Das, was ich mitnehmen wollte, passte in mein Auto. Kleider, Wäsche, Handtücher, Bücher, ein paar persönliche Dinge.
Wie Melchior den Umzug verkraften würde, konnte ich noch nicht abschätzen, doch wohl war mir bei dem Gedanken nicht. Was, wenn er versuchen würde, den Weg nach Hause zu finden? Centa riet mir, ihn die ersten zwei, drei Wochen in der Hütte einzusperren. Prima Idee, dachte ich, mir einen passenden Kommentar verkneifend, wie anstellen, wenn man die Haustür jedes Mal mit Gewalt aufstemmen musste und wahrscheinlich jedes Fenster wegen der Hitze geöffnet war? Und Melchior an die Leine nehmen, den Gedanken konnte ich mir gleich abschminken. Keine Chance. Wahrscheinlich musste ich darauf vertrauen, dass er weder Caspar noch uns verlassen würde.
Die Pferde und Balthasar wollte Tobi uns morgen mit seinem großen Kälbertransporter zur Alpe bringen. Für ihn war unser Umzug kein großes Ding. Verrückt halt, wie so ziemlich alles, was Tom und ich anpackten. Wenn also alles nach Plan lief, dann würden wir morgen schon die Hirten spielen und in einem super schmalen Bett übernachten. Erschöpft lehnte ich mich gegen das Heck meines Autos, nachdem wir alles verstaut hatten.
Centa verschwand eben unten im Stall. Morgen würden wir nicht mehr hier sein. Das erschien mir so unwirklich, wie der Brand vor vier Tagen, wie alles, was unser derzeitiges Leben betraf. Alles war ein einziger surrealer Albtraum und ich planlos mittendrin. Mit gegen die Sonne zusammengekniffenen Augen schaute ich gen Südwest, wo Tiefenbach und die Alpe irgendwo im hügeligen Wald versteckt liegen mussten, dahinter die Oberstdorfer Berge und das Kleinwalsertal. Vielleicht war das endlich die Gelegenheit, mit Tom zu dem erwünschten Schäferstündchen auf seiner Wiese zu kommen. Den Fohlen-Sitter konnten wir uns in diesem Fall sogar sparen, was mal wieder bewies, dass es keinen Nachteil ohne Vorteil gab, und alles immer eine Sache der Sichtweise war.

Eigentlich war das ja gar nicht meine Art, alles so negativ und kompliziert zu sehen, eigentlich machte es mir auch nichts aus, auf Luxus beim Wohnen zu verzichten. Ich konnte mich sehr wohl beschränken, ohne deshalb unglücklich zu sein. Die einzige Erklärung, die ich für meine schlechte Stimmung hatte, war der Stress und die Umstürze der letzten Tage, mein Rest-Kater und die unterschwelligen Schmerzen der Verbrennungen. Ich war auch so unsäglich müde, aber nach Beschaulichkeit sah es in unserem Leben jetzt weniger denn je aus.
Die Alpe hatte andere Qualitäten als der Stadel, aber nicht unbedingt schlechtere, na ja, bis auf die fehlende Badewanne. Leise schmunzelte ich in mich hinein, wenn es um Badezimmer ging, dann mutierte ich vielleicht doch zum Luxusweibchen. Wie auch immer, für diesen Sommer würde die Alpe für Tom und mich und die Tiere ein uriges gemeinsames Zuhause sein. Nicht seins, nicht meins, aber mit ein bisschen Glück unseres und das zum ersten Mal.
Kurz darauf brummte auch Toms Jeep den Schotterweg zum Stadel hinauf. Seine Augen glitzerten freudig, grinsend ließ er sich mir gegenüber auf den Stuhl fallen, ein Kuss landete quer über den Tisch auf meinen verblüfften Lippen. „Und, bereit für das Überleben in der Allgäuer Wildnis?"
„Pfff...", ich verdrehte die Augen, musste aber doch lachen, „ne, nicht wirklich. Ich hätte vielleicht mehr Donald Duck lesen sollen, da waren immer so super Pfadfinder-Tipps drin. Aber ich habe ja dich, du wirst mich schon vor den wilden Schumpenhorden retten."
„Pustekuchen, Marie", das Glitzern vertiefte sich, „ich kauf dir morgen früh lieber am Bahnhof noch ein Comic-Heftchen."

23. Kapitel
Auf dem Weg nach Hause

Unsere kleine Kolonne wand sich am späten Vormittag des nächsten Tages bei strahlendem Sommerwetter die enge Straße zur Alpe hinauf. Tom vorweg mit dem Jeep, dann ich mit Caspar und Melchior und Tobi samt Traktor, Hänger und unseren Pferden hinterher. Mein Blick in den Rückspiegel wurde langsam zwanghaft. Auf der Bundesstraße war ich die ganze Zeit hinter ihm her gefahren, da hatten meine Augen wie gebannt an der Ladeklappe des Hängers gehangen, immer in Erwartung, dass plötzlich eines unserer Fohlen auf die Idee kommen könnte, den Hinterherfahrenden zuzuwinken. Die drei hatten den Transporter auf Anhieb recht spaßig gefunden, waren Flori und Balthasar unbekümmert nachgesprungen, was die Vermutung nahelegte, dass ihnen auch während der Fahrt nicht langweilig sein würde.

Vor mir bog Tom auf den kleinen Platz vor der Hütte ein, ich dagegen parkte auf der anderen Seite des Hauses, sprang hastig aus dem Auto, um sofort zur Stelle zu sein, wenn Tobi die Laderampe herunterklappte. Caspar und Melchior mussten so lange noch im Auto ausharren. Vielleicht hätte ich Melchior eh besser bei Centa gelassen? Doch da hätte es wiederum Stress mit SFC gegeben. Ach, ich wühlte mir aufgeregt durch die Haare, das war alles ein Riesenstress für uns alle. Nur für Tom nicht, der grinste die ganze Zeit.

Die Männer ließen vorsichtig die Rampe herab, als ich um die Hausecke schoss. Sofort stürmten Samira und Jolly aus dem Transporter heraus, rasten wie irr über den kleinen Platz und trompeteten aufgeregt herum. Flori ging das spontan auf die Nerven, mit flach angelegten Ohren stampfte sie den beiden hinterher und schnaubte giftig. In ihrer Herde herrschte Ordnung. Balthasar und Alina verließen gemächlich den Transporter. Alt und kaltblütig. Oben vom Waldrand tönte die Antwort der Junghengste, eine donnernde Masse brach unter den Bäumen hervor, stürmte den kleinen Abhang hinab auf uns zu. Jolly erschreckte das dermaßen, dass es ihm gleich mal alle viere wegriss und er platt zu Boden ging. Einmal mehr erinnerte er mich an seinen Namensgeber aus dem Comic.

Die Mädels reckten verwirrt die Hälse, zogen es dann vor, hinter Balthasar und Flori Schutz zu suchen. Flori mutierte natürlich zum Monster, als die halbwüchsigen Hengste ihre viel zu langen Hälse über das Gatter hängten, um nach den Neuankömmlingen zu schnobern. Sie stieg, schlug nach vorne aus und schnappte mit gebleckten Zähnen, ohne die Jungs weiter damit zu beeindrucken. Mir wurden die Hände feucht vor Aufregung. Was, wenn die auf die Idee kamen, es Flori nachzumachen und wir einem Haufen fröhlich herumkeilender Hufe gegenüberstanden. Das Gatter sah mir nicht stabil genug aus für so einen Ansturm.
Entschlossen packte ich Balthasar am Halfter und zerrte ihn zu meinem Auto hinüber, wo ein kleines Stück Wiese das Ende des Grundstückes markierte. Hauptsache sie waren außer Sichtweite der Hengste. Balthasar trötete gleich nach Flori, die hin- und hergerissen zwischen der Verteidigung ihrer Fohlen und dem Ruf des Liebsten herumsprang, was der allgemeinen Aufregung wenig zuträglich war. Mit einem beherzten Griff erwischte Tobi Floris Halfter, sie buckelte wild, Tobi fluchte, doch er zog sie tatsächlich zu mir herüber, die Fohlen staksten artig hinterher.
„Pferde sollte man immer am Strick führen, Tobi", erklärte ich spöttisch, als er sich seine aufgeschürfte Hand rieb, „man tut sich dann nicht so schnell weh."
„Wenn eure Viecher wenigstens vernünftig am Strick gehen könnten", zischte er zurück und grinste, „aber wetten, die haben nicht einmal einen?"
„Gewonnen!" Da hatte ich mir mal wieder ein Eigentor geschossen, zumal es in diesem Moment sogar recht praktisch gewesen wäre, wenn wir Flori und Balthasar hätten anbinden können. So senkten sie ihre Köpfe und mampften das dürre Gras.
Zusammen hasteten wir dann zu Tom zurück, der bereits die dünnen Stangen für den mobilen Weidezaun um den kleinen Stadel herum in den Boden klopfte, damit unsere Horde schnellstmöglich sicher aufgehoben war. Tobi half ihm, ich dagegen fing an, das gespaltene Holz aus dem Stadel zu schaffen.
„Das hättet ihr fei gestern schon machen können", moserte

Tobi nicht ganz unberechtigt, „so ein Stress. Und stapel das Holz ja g'scheit, Marie, damit müssts ihr heizen."
„Die Heizperiode werde ich hier sicherlich nicht erleben", grummelte ich zurück und warf ein Holzscheit betont lässig auf den Haufen neben dem Stadel.
„Ach, und wo willscht hi?"
„Das sehe ich dann."
Tom grinste breit, hielt aber wohlweislich den Mund.
„Da darf man ja gespannt sein." Mit einem schrägen Blick fing Tobi an, die Scheite an der Wand des Stadels entlang zu stapeln. „Siehscht, so macht man das."
Ich verdrehte die Augen.
Nur unterbrochen von drei Flaschen Wasser und Kaffee räumten wir den Stadel leer. Mir schien, dass der Hans für die nächsten Jahre Holz gespalten hatte, schier endlos stapelten sich die Scheite, es war heiß und staubig und langsam hatte ich genug von dem Spiel. Doch Tom meinte nur leise schmunzelnd, dass die Menge nur für wenige Wochen reichen würde, und wenn es erst einmal richtig kalt wurde, dann …!
Kein Kommentar, dachte ich schwankend zwischen leicht genervt und amüsiert, während ich mir den Schweiß von der Stirn rieb. Dass wir ab genau jetzt in dieser Alphütte leben würden, hatte noch immer einen surrealen Beigeschmack für mich, egal ob wir für mehr als einen Sommer bleiben würden. Dauernd ertappte ich mich dabei, wie ich mir überlegte, wann ich bei Tom im Haus die Bügelwäsche verarbeiten sollte oder wann meinen Plan vom Streichen der Fensterläden in die Tat umsetzen. Mir fiel aus heiterem Himmel ein, dass ich vergessen hatte, im Bad das Fenster zu schließen und wenn sich dann mein Hirn einschaltete und stopp rief, das Haus ist ein Aschehaufen, dann wollte ich das nicht wirklich glauben. Alles in mir verdrängte die Geschehnisse der vergangenen Tage. Wie zum Beweis, dass sich nicht die verschiedenen Parteien in mir gegenseitig belogen, starrte ich auf meine Hände, an denen die Brandverletzungen schnell verheilten. Aber sie waren da. Unübersehbar, genau wie Toms angesengte Haare und Augen ohne Wimpern, die mich just im Moment forschend anschauten. Reichlich unbehaglich zuckte ich die Schultern, rang mir ein halbherziges Lächeln ab, bevor ich wieder Holzscheite vor

Tobis Füße warf. Es wurde dringend Zeit, dass ich mich mal mit mir selber beschäftigte, um mir über die Konsequenzen von allem richtig klar zu werden und nicht nur so halb und vorübergehend, wie jetzt oder gar sturzbesoffen, wie vor drei Tagen.
Tobi ratterte mit seinem Traktor nach Hause, als wir den Stadel so weit frei hatten und Tom und ich nur noch ein wenig Sägespäne einstreuten, bevor unsere fünf in ihr neues Heim einziehen durften. Jetzt waren wir tatsächlich allein mit unserer Alpe und den Viechern. Ich kam mir unvermittelt etwas verlassen vor, wo doch sogar mein Handy mir zwischendurch schon mitgeteilt hatte, dass nur Notrufe möglich waren und selbst die nicht immer. Kein Netz, keine Verbindung zur Welt im Tal. Das musste der Reststädter in mir erst einmal verpacken.
Ziemlich verwirrt fing ich an, unsere Autos leer zu räumen, stellte alle Taschen in der großen Wohnstube ab. Tom wollte nach den Schumpen schauen. Ich sah ihn und Caspar durch das Fenster gemächlich hügelan über die Wiesen laufen. Tom war in seinem Element, das war nicht zu übersehen.
Fahrig griff ich im Vorraum nach den schmutzigen Stiefeln vom Hans und trug sie in die Scheune, den schreienden Melchior im Schlepp. Es war ja nicht so, dass ich es hier nicht zauberhaft, wunderschön und spannend fand, mir gefiel Landleben grundsätzlich, sonst hätte ich ja nicht mit Tom zusammen die Fohlenaufzucht anfangen wollen, doch im Moment war ich mit unserem Leben komplett überfordert und unsagbar müde dazu. Gähnend schlurfte ich ins Haus zurück, der Kaffee hatte nicht viel gebracht, ein weiterer würde mir nur eine verätzte Magenschleimhaut und eine schlaflose Nacht bescheren, also galt es anderweitig wieder wach zu werden.
„Hölle noch mal, Melchior", ich hob den jammernden Kater auf meine Arme, „jetzt halt endlich mal die Klappe."
Melchior hängte sich mit allen Krallen an meinen Pullover, nicht willens, wieder festen Boden unter den Pfoten zu spüren. Nur mit Mühe schaffte ich es, ihn auf der Ofenbank abzuladen, wo er gleich wieder mit Schreien anfing und ich mich neben ihn fallen ließ. „Und jetzt? Was willst du?" Er krabbelte tretelnd und schnurrend auf meinen Schoß, wenigstens machte er kein Geschrei mehr. Zwangsläufig musste ich eine Pause

einlegen, in der ich den Kater streichelte und den Raum auf mich wirken ließ. Unser Zuhause für die nächsten Wochen und Monate. Ich konnte mir das nicht oft genug vorsagen. Es war ein verwirrendes Glück, das ich nicht immer sehen wollte. Überhaupt hätte ich gerade gerne die Augen ein wenig zugemacht, dabei sollte ich schnellstmöglich unsere Sachen verräumen, den Futon vom Dachgeschoss herunter schleppen und es uns ein wenig wohnlich gestalten. Ich war aber so müde, kein Antrieb. Melchior schnurrte, ich starrte blicklos aus dem vorderen Fenster auf die Fichten, die sich leise im Wind schaukelten. Minutenlang, unfähig mich zu bewegen. Dann summte mein Handy. Ein schräges Geräusch an diesem Ort, trotzdem irgendwie beruhigend. Wir waren wieder erreichbar. Fahrig kramte ich, dem mosernden Melchior zum Trotz, das Telefon aus meiner Hosentasche und schaute aufs Display. Sylvie! Das war mal noch schräger. Bevor ich mich allerdings mit mir selber darüber einigen konnte, ob ich mit ihr reden wollte, brach der Anruf ab. Nur wenige Sekunden später klingelte eine SMS in meinen Posteingang. „Wie hat euch das alte Schlitzohr die Alpe aufschwätzen können?“
Verwirrt runzelte ich die Stirn. Wen meinte sie mit altem Schlitzohr? Jan oder ihren Schwiegervater in spe? Wen auch immer! Ich schob das Handy zurück in meine Hosentasche und Melchior von meinem Schoß. Jetzt fühlte ich mich wieder etwas wacher. Je eher ich hier alles etwas heimelig hatte, desto eher konnten wir mit Ausruhen anfangen. Energisch, den Kater zwischen den Füßen, zerrte ich unsere Koffer ins Schlafzimmer, räumte Hans’ Kleider aus dem kleinen Kleiderschrank heraus, unsere ein und verstaute Hans’ wiederum in meinem Koffer, damit wir ihm alles bringen konnten. Dann stellte ich zügig persönliche Sachen in den Zimmern auf, pflückte draußen ein paar Wiesenblumen, die ich in eine Vase auf den Tisch stellte. Sehr schön.
Jetzt fehlte noch unser provisorischer Schlafplatz. Durch die geöffnete Tür warf ich einen Blick die Wiese hinauf, wo Tom in einiger Entfernung hügelabwärts stieg. Caspar sprang um die jungen Bullen herum, die den beiden folgten. Jetzt galt es, mich zu beeilen, wenn ich fertig sein wollte, bevor die beiden wieder auf dem Hof anlangten. Hastig zerrte ich die Luke

herab und kletterte die Leiter hinauf. Hier oben war es angenehm warm, was man im direkten Vergleich vom Rest der Hütte nicht unbedingt behaupten konnte. Schnaufend zerrte ich die sperrige Matratze zur Luke, peilte, ob unten alles frei war, damit ich sie unter Aufbietung aller Kraft durch das schmale Loch stopfen konnte. Keine Ahnung, wie das Ding irgendwann einmal dort hinaufgeschafft worden war, denn trotz der Schwerkraft musste ich mich mit meinem gesamten Lebensgewicht ins Zeug legen, damit das Ding durch das Loch fluppte. Ich fluppte dann vor lauter Schwung fast hinterher, hielt mich im letzten Moment am Rand der Luke fest und riss mir die kaum verheilte Brandblase in meiner Hand auf. Schmerz schoss mir bis in die Zehenspitzen, Blut aus meiner Hand. Wie ein hypnotisiertes Karnickel starrte ich den roten Tropfen nach, die durch die Luke auf den Boden platschten. Erst als ein Spritzer auf die Matratze fiel, kam ich wieder in Bewegung. Einhändig rutschte ich die Leiter hinunter, sprang zur Küchenzeile, wo ich mir ein Handtuch schnappte, das ich wild um meine Faust wickelte. Dann holte ich tief Luft, sah die Blutspur auf dem Dielenboden, den verwirrten Kater, der von Fleck zu Fleck schnüffelte und fing augenblicklich an zu heulen. Jetzt hatte ich endgültig genug! Unter wüstem Geschluchze zerrte ich die Matratze in die Ecke neben dem Ofen. Keine Ahnung, warum ich mich nicht einfach hinhockte und auf Tom wartete, damit der und Caspar mich trösteten. Nein, ich musste zwanghaft das Blut wegwischen, vielmehr verwischen und den Kater festhalten, der nicht wusste, ob er schnurren oder fauchen sollte.
„Herrgottsackra, Marie, was treibscht denn?"
Vor Schreck musste ich gleich noch mehr heulen, auch wenn ich unendlich erleichtert war, dass Tom und Caspar in der Tür standen. Ohne auf meine Antwort zu warten, eilte er zu uns und hob mich auf die Beine, wickelte gleichzeitig das Geschirrtuch von meiner Hand.
„Was ist passiert?"
„Nix weiter", wie immer war ich nicht fähig zu jammern, „ich habe mir die Hand da oben", fahrig winkte ich zur Luke, „am Rand aufgerissen, als ich die Matratze runter geschoben habe."

„Klar, das musste ja auch sein. Maries brillante Alleingänge, die kann ich echt gut haben!“
„Das musst du grad sagen!“ Mein Verletzungsschreck schlug in unreflektierte Wut um. Wir maßen uns mit eisigen Blicken. „Wer turnt hier seit Tagen in operativer Hektik durch die Gegend? Ich jedenfalls nicht.“
„Aber ich tu mir dabei nicht weh, kleiner Unterschied, Marie!“ Wütend zerrte er mich zu dem blitzblanken Spülbecken, das sofort rote Flecken bekam. Sehr appetitlich. Mir wurde schlecht. Blinkende Kringel rotierten vor meinen Augen und mein Sehfeld verengte sich, als schaute ich verkehrt herum durch ein Fernglas. Achtung, Kollaps, dachte ich so nüchtern wie möglich, hinlegen und zwar sofort. Gedacht, getan. Trotz Toms Griff um meine Hand flutschte ich zu Boden, wo ich platt auf dem Rücken zu liegen kam.
„Hast du noch mehr schräge Anwandlungen im Repertoire, Marie?“, fragend drehte Tom seine eigenen verpflasterten Hände nach oben. „Nein“, ich atmete tief, „für den Moment keine. Mir schrottet es nur gerade den Blutdruck. Lass mich einfach in Ruhe.“
Ich schloss die Augen, der kalte Schweiß war so eklig.
„Wie immer“, tönte Toms Stimme, während sich seine Schritte von mir entfernten, „kannst ja immer alles alleine. Ich sage da nur: Tobel.“
He, der verdrückte sich doch nicht etwa und ließ mich einfach hier liegen? Ungläubig spinkste ich mit einem Auge zur Seite, wo Tom eben im Schlafzimmer verschwand. Na super, ich seufzte, so weit waren wir also schon gekommen. Aber gut, noch einmal tief einatmen und aufrichten, ich kam schon alleine klar.
„Sapperment, Marie, dann bleib halt auch liegen.“ Ich plumpste verwirrt zurück auf die Dielen. Neben mir kniete sich Tom auf den Boden und klappte einen verstaubten Verbandskasten auf. „Der hat zwar ein Verfallsdatum von vor sechs Jahren“, ein versöhnliches Grinsen traf mich, „aber das wirst du überleben, bist ja zäh. Gib mal deine Hand her.“
Zögernd lupfte ich meine Hand, es blutete kaum noch, doch Tom versorgte die Wunde nach allen Regeln der Kunst. Besser hätte ich es auch nicht machen können.

„So, und jetzt koche ich uns etwas, dann ruhen wir aus, versorgen die Tiere und nachher machen wir einen gemütlichen Spaziergang zur Wiese hinüber, okay? Ich habe die Schnauze gestrichen voll von dem Stress."
„Okay." Mehr brachte ich nicht heraus, total verblüfft, dass Tom das alles tatsächlich auch irgendwie als Stress empfunden hatte, wo es doch für mich den Anschein gehabt hatte, dass er in der Idee mit der Alpe komplett aufgeht.
„Du setzt dich draußen auf die Bank in die Sonne und erholst dich." Er küsste mich sacht und schubste mich Richtung Tür. „Und nimm den verfressenen Hund samt Jammerlappen Kater gleich mit." Einen Moment hielt ich überlegend inne, doch dann siegte mein Bedürfnis nach Ruhe und ich schlich mit Caspar und Melchi im Schlepp nach draußen, wo ich mich auf die Holzbank fallen ließ. Während ich so die Schumpenweide hinauf schaute, überlegte ich mir, dass wir die Bank besser auf die andere Seite des Hauses stellen sollten, denn dann hatten wir unsere Fohlen und die jungen Hengste im Blick. Dafür aber auch Schatten, wie ich mit dem nächsten Gedanken feststellte. Also, besser eine zweite Bank aufbauen.
Ich schloss die Augen, fühlte die warme Sonne, die weichen Pelze meiner Tiere und lauschte auf das Pochen in meiner Hand. Es tat richtig weh. Trotzdem schwappte wohlige Entspannung durch mich hindurch. Vielleicht war das hier doch mehr Idylle als Knochenjob, wenn wir uns den Tag entsprechend gestalteten?
Gemeinsam fütterten wir alle, die vier Beine hatten, bevor wir uns Toms schnellen Schinkennudeln widmeten. Das tat so gut. Essen war und blieb einer der schönsten Hauptbeschäftigungen des Lebens, gleich danach kamen Schlafen und, na ja, ich schmunzelte mit geschlossenen Augen in die Sonne, und die prickelnden Momente vor dem Schlafen. Wobei mir einfiel, dass Tom und ich schon lange keinen entspannten Sex mehr gehabt hatten. Wie auch, erinnerte ich mich dank des Pochens in meiner Hand. Mit dicken Verbänden um die Finger war Sex nur der halbe Spaß.
„Was grinst du da so vor dich hin, Marie?"
Ich kuschelte mich an Toms Schulter. „Ooch, nix. Ich habe nur gerade überlegt, ob wir endlich den verpatzten Kuss auf deiner

Wiese nachholen könnten und den ein wenig ausbauen?"
„Aber immer doch, gerne." Ich blinzelte zu ihm hoch, er grinste breit.
„Jetzt sofort?"
Mit einem Nicken stand ich auf. „Ich räume nur den Tisch ab. Nehmen wir die Fohlen mit?"
„Nein", Tom griff nach den Tellern, „wir wollten uns ausruhen. Mit den Chaoten auf der Wiese wird das nichts. Die bleiben schön hier."
Stattdessen stiefelten wir kurz darauf mit Caspar und Melchior die schmale Straße hinab bis zum Abzweig, den Waldweg hinein, wo Tom damals seinen Jeep abgestellt hatte. Nichts als das Rauschen des Windes in den Wipfeln war zu hören, vereinzeltes Vogelgezwitscher in der nachmittäglichen Ruhe. Die Wiese lag sonnenüberflutet zwischen den Bäumen, das Gras bald einen halben Meter hoch. Tom hätte sie längst mähen lassen müssen. Doch das war, wie so viele Dinge in unserem Leben, im Durcheinander der letzten Tage und Wochen untergegangen. Grad recht, dachte ich, so war es gemütlicher. Caspar sprang wie ein Känguru durch das Gras, kläffte entnervend laut in der Stille, während Melchior sich noch immer krampfhaft in sein Tragetuch krallte. Für ihn hatte noch keine Spur Entspannung stattgefunden. Ein bisschen schlechtes Gewissen hüpfte in mir herum. Mitten in der Wiese, umringt von Mohn und Butterblumen ließen wir uns ins Gras fallen, starrten minutenlang schweigend in den strahlenden Himmel. Melchior lümmelte sich unschlüssig in meinen Arm. Langsam bot auch für ihn die Wiese eine gewisse Verlockung.
„Übrigens hast du die Hütte richtig schön hergerichtet, Marie, danke."
Ich spürte mal wieder, wie ich rot wurde. Das hatte Tom schon seit ewiger Zeit nicht mehr geschafft und ich hatte schon fast gehofft, dass ich davon geheilt sei. Aber, Pustekuchen, Tom sagte etwas richtig Nettes und ich wurde rot. Wie gehabt. „Hm. – Was ist jetzt mit Küssen?" Unsicher beugte ich mich über ihn, tastete sacht seine noch immer wunden Lippen ab.
„Guuuutt", dehnte Tom, „nur weiter so."
Das konnte er haben. Melchior war das dagegen entschieden zu dumm. Man sah regelrecht, wie er dachte: blödes Rum-

gekugel!, und machte sich auf zur Pirsch durchs Gras, was Caspar als Aufforderung zum Spiel deutete. So waren die beiden dann mal beschäftigt. Ich beschäftigte mich mit Tom, bis sein Handy klingelte. Entgeistert starrte ich ihn an. Das konnte jetzt nicht sein! Nicht wahr! Irgendetwas stimmte an dieser Wiese nicht. Wieso hatte er das Ding überhaupt dabei? Und wieso ließ er es nicht einfach klingeln? Tom verzog bedauernd den Mund, während er sein Handy aus der Hosentasche fummelte. Kein Pardon, ich drehte mich auf den Rücken, legte meinen Kopf auf seinen Bauch. Dann schaute ich mir halt wieder den Himmel an.
„Grüaß di, Köberle, du störst."
Ich verdrehte die Augen, was den Wolken eine skurrile Form gab. Erst eine SMS von Sylvie, dann auch noch ein Anruf von Jan. Da drängte sich glatt die Befürchtung auf, dass wir auf der Alpe von Köberle senior doch nicht so abgeschieden leben würden, wie ursprünglich befürchtet. Prächtig.
„Wir versuchen es gerade mal mit Ausruhen, wenn du es genau wissen willst", hörte ich Tom grinsend sagen, „also, was willscht?"
Mir war das herzlich egal, was er wollte, denn ich wollte, dass wir mal Ruhe hatten, und das schien mir völlig unvereinbar mit Jan. Außerdem wollte ich gerade jetzt weiter mit Tom küssen.
„Klar", hörte ich Tom wieder, sogar mit richtig viel Kraft in der Stimme, „klar kannst du am Samstag die Fohlen bringen. Deswegen machen wir das hier doch alles." Die Worte ließen sogar mich aufhorchen. Jan brachte die Tierschutzfohlen? Am Samstag? Das war in zwei Tagen, ein weiteres Chaos rollte unerbittlich auf uns zu. So gerne, wie ich die Kleinen bei uns haben wollte, so gerne hätte ich mich noch ein paar Tage mit dem Leben hier vertraut gemacht. Na ja, ich kugelte mich zu Tom herum, dann hatten wir zumindest auch das hinter uns.
„Nein, Jan, nein, echt nicht", Tom wischte rigoros mit der Hand durch die Luft und schüttelte den Kopf, was Jan sicher richtig beeindruckte, „nein, wir dürfen die Fohlen auf keinen Fall mit in die andere Herde integrieren. Dann wird die Herde zu groß und die Neuen kriegen richtig Stress. Wir müssen eine weitere Koppel abzäunen und lassen die Herden so, wie sie sind."
Ich stöhnte für Tom gleich mit. Eine Koppel abzäunen? In zwei Tagen? Wie wollte er das schaffen? Selbst bei unserer Koppel

hatten Tobi und ich geholfen, hier waren wir aber alleine. Mein Blick an Tom war eine einzige Drohung, doch er sah ihn nicht einmal, sondern starrte mit gerunzelter Stirn auf einen Punkt jenseits des Universums. Entsprechend wedelte ich mit meinem Zeigefinger vor seiner Nase herum. „Wag es", knurrte ich leise, „da mache ich nicht mit." Tom schubste genervt meinen Finger zur Seite.
„Das wäre fei echt super", sagte er zu Jan, nicht zu mir, „alleine schaffen wir das nicht bis Samstag. Die Männer kommen dann morgen und bringen das Material gleich mit, perfekt. Und du kommst mit den Fohlen am Samstag gegen Mittag. Passt, Jan. Servus."
Reichlich theatralisch sackte ich auf seinem Bauch zusammen. Tom lachte. „Nun hab di it so, Marie."
„Kann es bitte einfach nur einmal still sein, nichts und niemand etwas wollen?"
„Später vielleicht. Jetzt haben wir zu tun. Jan bringt am Samstag die Fohlen mit mehreren Transportern. Die vom Tierschutz kommen wohl auch alle mit. Vorher schickt Jan ein paar Arbeiter seines Vaters her, die uns einen Teil der Schumpenkoppel abteilen. Die Schumpen lassen wir auf die höher gelegenen Weiden. Wir erledigen den Rest."
„Meinetwegen. Kommt Sylvie mit?"
„Keine Ahnung und wenn schon. Solange sie nicht dauernd die Toilette blockiert, ist mir das egal." Tom schob mich rigoros von seinem Bauch. „Auf, es gibt viel zu tun. Genug gefaulenzt."
Murrend rollte ich ins Gras. Auf Sylvie konnte ich derzeit noch gut verzichten. Caspar sprang übermütig auf mich drauf und leckte mir das Gesicht. Da stand man doch freiwillig auf. Ergeben zuckte ich die Schultern und lehnte mich an Tom. „Hast du ein Schwein, dass ich nicht auf Mallorca oder Teneriffa stehe, sonst würde ich jetzt eiskalt einen Last Minute Flug buchen und mich verdrücken."
„Ich weiß das zu schätzen, Marie, auch wenn ich mich frage, wie du hier ohne Telefonnetz einen Flug buchen willst. Pack deinen Kater ein, die Arbeit ruft."
Manchmal war Toms Realismus einfach nicht zu ertragen.
Spät am Abend fielen wir beide wie erschlagen auf die Matratze. Wir hatten noch frisches Heu für die Schumpen und

die Hengste auf die Weide gefahren, wobei ich feststellte, dass mir die Kälber richtig Spaß machten, dann unsere Fohlen versorgt, die Zäune vorab geprüft, gekocht und eine Weile die laue Sommerabendluft vor der Hütte genossen, während unsere fünf auf der Zufahrt herumtollten.
Tom schlief wie immer mit dem Moment, wo er sich in die Waagerechte begab, während ich vom gleichen Moment an plötzlich hellwach war. Die Stille um mich herum fiel wie ein Monster auf mich herab. Ehrlich, ich fürchtete mich ganz grässlich. Mein Stadel war schon still gewesen, doch da hatte ich den Hof in nächster Nähe gehabt und er war von der ersten Minute an irgendwie vertraut gewesen. Hier fühlte ich mich ein wenig wie ein Eindringling, das war Hans' Zuhause, nicht unseres. Melchior saß mit gespitzten Ohren am Fenster, lauerte in die Nacht hinaus. Ich starrte auf seine Silhouette im Gegenlicht des Nachthimmels. Dann hörte ich das erste Käuzchen meines Lebens schreien und beinahe wäre es das letzte gewesen, denn ich erschrak fast zu Tode. Dabei trat ich Caspar, der an meinem Fußende der Matratze lag. Er sprang gleichfalls erschrocken blaffend auf alle viere.
Diese Nacht war spontan gegessen. Tom schlief selig weiter. Wir drei dagegen hingen hellwach im stickigen Zimmer. Ne, dachte ich, während mir vor Schreck der Schweiß ausbrach, das hier kristallisierte sich als erste und zugleich letzte Nacht auf einer urigen Alpe heraus, zumindest für mich. Hier bekam ich akute Beklemmungen, weil ich nicht einmal mehr die Glocken der Kühe auf Tobis Wiesen hörte, geschweige denn das sanfte Rauschen von der Dorfstraße oder die Glocken der Kapelle. Lieber wollte ich auf der Asche eines verbrannten Hauses wohnen, als in einer grausigen Alphütte. Ich schob Caspar rigoros zur Seite, damit er endlich aufhörte, mich abzulecken, weil er unbedingt unter meine Bettdecke wollte, und stand auf. Tom rollte sich grunzend zur Seite. Den konnte man wahrscheinlich in einem Hammerwerk auf den Amboss legen und er würde weiterschlafen. Ich verdrehte richtig angegrätet die Augen. So machte das alles keinen Spaß, süße Kälber hin, reizende Hengste her. Nicht mit mir, ich brauchte meinen Schlaf.
Mit einem derben Schepperer öffnete ich die Haustür, wobei ich einkalkulierte, dass mich sofort ein Wolpertinger anfallen

würde. Aber erst einmal geschah nichts, außer dass Caspar ganz wichtig sein Bein am Tor zur Kälberwiese heben musste und dabei den Stromzaun erwischte, was ihn dann gleich einmal jaulend zwei Meter durch die Luft beamte. Diese Nacht entwickelte sich weiterhin im rasenden Tempo zur Unnacht des Jahres. Die Nacht des Brandes verdrängte ich in meiner übermüdeten Wut. Mit eingezogener Rute schlich Caspar zu mir herüber, um sich trösten zu lassen, was ich nur zu gerne tat. Blöder Stromzaun, der hatte uns schon ein abgebranntes Haus beschert, das sollte mal reichen. Melchior sprang mit einem leisen Quäks zu uns, strich Caspar ebenfalls tröstend um die Beine. Zu dritt huschten wir ums Haus zur neuen Bank, die Tom auf die Schnelle zusammengezimmert hatte. Besser, ich erwartete das Grauen hier draußen, als es um die Hütte schleichen zu hören.
Die Nacht war mondlos und warm, nur die Wipfel der Bäume raschelten in einer kaum merklichen Brise und es roch seltsam süßlich nach den Blüten des Holunderstrauches, der am Haus wuchs, nach feuchter, warmer Erde und sommerfrischem Gras. Vereinzelt hörte ich in der Ferne ein Pferd schnauben, eins der Schumpen brummeln, ja, und das Käuzchen rufen. Wahrscheinlich hatte ich eines meiner früheren Leben in Transsilvanien verbracht und dank Graf Dracula einen genetisch bedingten Horror vor diesem Geräusch. Jedenfalls zog sich eine eisige Gänsehaut über meinen Nacken. Als der Vogel dann auch noch lautlos über die Auffahrt flog, hätte ich mir fast in die Hose gemacht vor Schreck. Ein weiteres Argument dafür, dass man nicht mit voller Blase zu Bett gehen sollte. Ich atmete tief durch, Caspar und Melchior schauten dem Vogel interessiert nach. Frischfleisch. Denen war es egal, was der lebendig für Geräusche machte, Hauptsache er schmeckte gut.
Das Atmen beruhigte. Welche Erkenntnis für eine Physiotherapeutin! Ich verdrehte die Augen wegen mir selbst. Immer deutlicher nahm ich die Gerüche der Nacht wahr, die Geräusche der vielen kleinen Lebewesen, die durch das Unterholz huschten, in den Bäumen rumorten, das Fiepen einer Maus, das leise Gebell eines Fuchses, der von Ferne eine Antwort bekam, das Zirpen der Grillen. Dann rief auch wieder der Kauz und mit einem Mal verflüchtigten sich meine Vampirerinnerungen. Es

klang fast heimelig, seltsam. Caspar grunzte neben mir auf der Bank, wohlig und entspannt. Ich kraulte seinen Bauch. Melchior hockte auf dem Holzstapel neben uns. Brennholz für den kalten Winter, den ich so gesehen hier nicht erleben wollte. Was war eigentlich mit mir los, dass ich dieses Abenteuer immer wieder so rigoros ablehnte?
Seit Tagen erkannte ich mich nicht wieder, mochte mich selber nicht, war müde und unentspannt. Was konnte mir Besseres passieren, als mit Tom hier oben auszuruhen?
Na ja, wenn denn irgendwann einmal Ruhe einkehren würde. Irgendwo wieder daheim sein. Boing! Verblüfft blies ich die Wangen auf. War das der Treffer, den ich so lange zur Versenkung des Flugzeugträgers meines Unterbewusstseins nicht landen konnte? Seitdem Alina bei uns eingezogen war, hatte ich eigentlich kein Zuhause mehr gehabt und selbst, wenn ich von ganzem Herzen bei Tom einziehen wollte, so war das nicht mein Zuhause gewesen, nicht so wie der Stadel. Jetzt waren wir hier und ich gab der Alpe keine Chance, unsere Zuflucht zu werden. Ein neues Zuhause, wenn auch nur übergangsweise.
Verwirrt starrte ich über meine Schulter auf das Haus hinter mir. Dunkles, verwittertes Holz, geduckt in dieser kleinen Senke. Konnte ein Haus mehr Geborgenheit ausstrahlen? Sicher nicht, das musste ich zugeben. Dazu die Pferde und Kühe, die Tiere des Waldes und der Wiesen. Das grenzte fast an Paradies und ich schob Panik wegen eines Käuzchens, dem ich unterstellte, dass es mich hier nicht haben wollte. Wie dämlich war ich denn drauf?
Wie daheim in meinem alten Stadel spürte ich plötzlich, dass die Hütte mich und meine krausen Gedanken richtig amüsant fand.
„Weißt du, alte Hütte", sagte ich halblaut in die Dunkelheit hinein, „ich dümple derzeit ein wenig planlos herum, war alles nicht so dolle in den vergangenen Tagen und Wochen. Aber ich wollte dir nicht Unrecht tun, echt nicht. Meinst du, wir könnten hier eine Weile daheim sein?"
Die nächtlich laute Stille war nun nicht mehr beklemmend, im Gegenteil, ich empfand sie als beruhigend lebendig.
„Übst du dich jetzt in Selbstgesprächen als neue Einschlaftechnik, Marie?"

Beruhigend lebendig revidierte ich sofort in erschreckend direkt. Tom stand wie ein Erdgeist aus dem Boden gestampft mit zwei dampfenden Tassen in der Hand vor mir.
„Rutsch mal, Caspar." Er hockte sich neben mich auf die Bank. Caspar sprang murrend auf den Boden, während Tom mir eine der Tassen in die Hände drückte.
„Falls das mit den Selbstgesprächen nicht so funktioniert, habe ich ein altes Hausmittel gegen Schlaflosigkeit: Kakao."
Er grinste mich breit an und schlürfte lautstark an seiner Tasse. Ich nippte verwirrt. „Danke."
„Was ist los, Marie? Spuck 's halt aus."
Unschlüssig bewegte ich die Schultern. Nix war wirklich los, nix, was ich so einfach in einen schnöden Satz verpacken konnte.
„Ist dir das alles zu viel in letzter Zeit?"
Wieder bewegte ich die Schultern. „Ja, schon irgendwie. Ich sehne mich nach der Geborgenheit und der Sicherheit, die ich im Stadel immer gehabt habe."
„Hm." Tom hielt sich an seiner Tasse fest. „Und hier hast du das nicht?"
„Ich stand gerade in Verhandlung mit der Hütte, als du aufgerauscht bist."
„Und wie sieht sie die Sache?"
In Toms Stimme war kein Spott zu hören, doch ich schaute ihm trotzdem zur Absicherung scharf ins Gesicht. Er lächelte sanft im diffusen Nachtlicht.
„Hm", ich trank einen großen Schluck des viel zu süßen Kakaos, „sie findet uns nicht annähernd so störend, wie ich gedacht hatte. Ich glaube, sie mag uns hier."
„Dann ist ja alles in Ordnung", er klang echt erleichtert, „ich war mir auch nicht ganz sicher, wegen Hans. Aber mir schien trotzdem, dass die Hütte uns mag. Lass uns endlich schlafen gehen, Marie. I bin hundsmüad."
Er trank seine Tasse aus und zog mich von der Bank. Mit Caspar und Melchior traten wir in die Hütte zurück. Es war ein freundlicher Empfang. Wieder atmete ich tief durch, sog dieses kleine Stück Zuhause in mich hinein, geborgen und sicher.

24. Kapitel
Die Fohlen

Vom nächsten Morgen an hatte ich das Gefühl, als hätte mich jemand ausgewechselt oder vielmehr mich in die Vor-Brand-Marie und ein wenig auch in die Vor-Alina-Marie zurückverwandelt. Ich hätte Bäume ausreißen können, wenn ich das nicht ganz entsetzlich gefunden hätte, so dynamisch fühlte ich mich. Tom schien es ähnlich zu gehen, er strahlte wie ein Flutlicht. Die Arbeit fluppte uns nur so von den Händen, unsere Fohlen gewöhnten sich anstandslos ein, die Hengste und Schumpen mochten uns. Ja, alles was noch am vorangegangenen Abend wie ein riesiger Stress-Atompilz über mir gehangen hatte, löste sich in eitel entspannten Sonnenschein auf. Und es ward Sommer.
Wie versprochen, kamen die von Jan hergeschickten Arbeiter, die in Windeseile den Großteil der Schumpenwiese mit einem stabilen Holzzaun abtrennten. Noch am Abend trieben wir zusammen die Herde hinauf zur oberen Weide.
Meine Spannung wuchs, ich freute mich auf die fünfzehn Kleinen, freute mich darauf, ihnen wie unseren drei Waisen bei ihrem zweiten Anlauf ins Leben zur Seite zu stehen.
Zufrieden schauten Tom und ich, jeder mit einer Flasche Bier in der Hand, der Sonne beim Untergehen zu. Unsere Fohlen tobten mit Caspar über den Hof, während Flori und Balthasar sich ein paar grüne Stellen suchten und Melchior den sicheren Platz auf einem Pfosten bevorzugte. Die jungen Hengste rangelten ebenfalls in der Nähe des Gatters herum. Morgen Abend würden die Fohlen schon da sein. Ich trank einen langen Schluck und legte mich der Länge nach über Toms Beine.
„Und wie war das jetzt?“ Ich schielte zu ihm hoch. „Wie lange bleiben die Kleinen bei uns, bis neue Futterspender gesucht werden?“
„Die suchen schon“, erwiderte Tom mit einem Knurren, „aber ich hoffe, dass sie sehr genau auswählen werden, sonst bleiben die nämlich hier.“
„Ah, ja“, ich grinste und hielt meine Bierflasche zum Anstoßen hoch, „gut, dass wir darüber gesprochen haben, Herr Mauderer. Und was machen wir mit den vielen Pferden? Ich

glaube übrigens kaum, dass irgendjemand deine Ansprüche erfüllen kann. Davon abgesehen stellt sich vielleicht auch die Frage, ob deine Meinung die Leute vom Tierschutzverein interessiert?"
„Dafür werde ich schon sorgen", ein lustiges Funkeln ließ seine Augen strahlen, „wir haben Platz genug."
„Eigentlich hatten wir uns doch auf Waisenfohlen spezialisieren wollen, oder habe ich da was falsch verstanden?"
„Das eine schließt das andere ja nicht aus, Marie. – Trink aus, ich will ins Bett."
Zweifelnd starrte ich auf meine Flasche, sie war noch fast voll. Wenn ich die jetzt auf einen Zug austrank, dann würde ich zwar sicherlich gut schlafen, aber nicht unbedingt gut aufwachen. Schnell trinken war nicht mein Ding. Tom dagegen setzte zweimal an und dann war der halbe Liter weg. „Geh schon mal vor", ich schwenkte bezeichnend meine Flasche, „ich brauche noch ein Weilchen."
„Du wieder", er schob mich von seinem Schoß und stand auf, „schick di, Marie. Morgen wird ein anstrengender Tag."
Mit einem Pfiff rief er die Pferde und meinen Esel in den Stall, sie bretterten wie eine Mustangherde in voller Fahrt auf ihn zu, ihr liebstes Spiel, bei dem es für uns dann hieß, die Nerven zu behalten und einfach stehen zu bleiben. Übermütig bissen sich die drei Kleinen gegenseitig in die Hälse, so als wollten sie sich dazu beglückwünschen, wie cool sie wieder gewesen waren. Tom schloss kopfschüttelnd den Stall und schlappte mit Caspar ins Haus, während die Fohlen noch im Stadel rumorten. Melchior sprang zu mir auf die Bank.
„Ach, Marie", Tom lugte um die Ecke.
„Was noch?"
„Nicht wieder Selbstgespräche mit der Hütte führen."
„Pfff…"
Mit Melchior im Arm schaute ich in der zunehmenden Dämmerung die Hengstkoppel hinauf. Leichter Nebel hing in dünnen Schleiern über dem Gras, die Luft roch intensiv nach Erde und kommendem Regen. Ein prüfender Blick in den Himmel zeigte mir vom Sonnenuntergang gerötete Wolken. Die Herde bewegte sich träge am Waldrand, ein paar der Pferde lagen, andere standen wachend um sie herum. Ein Bild des Friedens. Ich

wünschte mir, dass die Tierschutzfohlen diese Sicherheit auch erlebten, bevor sie von ihren neuen Futterspendern übernommen wurden. Und was, wenn sie niemand haben wollte oder ein paar übrig blieben, nicht vermittelbar? Tom hatte recht, wir hatten Platz, aber Tiere sammeln schien mir keine gute Idee. Irgendwann hatte man nämlich zu viele und wurde ihnen nicht mehr gerecht. Ich hatte schon jetzt manchmal ein schlechtes Gewissen, wenn einer meiner Lieblinge mal zu kurz kam. Derzeit kamen so gut wie alle ein wenig zu kurz.
Okay, ich stürzte den Rest meiner Flasche gegen jedes bessere Wissen hinunter. Morgen kam noch einmal ein richtiger Stresstag und von da an wollten wir mit den Tieren hier oben nur noch unsere Ruhe haben.
Ich schlenderte eine letzte Runde mit Melchi über den Hof, das Käuzchen rief einen Abendgruß, der kein bisschen mehr gruselig war, und trat ins Haus, wo Tom schon leise schnarchte.

Das Geräusch schwerer Motoren klang fast fremd hier oben, wo sonst nur Balthasars Geschrei eine anachronistische Note in die vorherrschenden Naturklänge brachte. Ich eilte ans Fenster, sah zwei Großraumtransporter auf den plötzlich recht klein wirkenden Hof rollen, Jan mit seinem Wagen hinterdrein. Jemand saß neben ihm, mal vorab verdrehte ich die Augen, stürzte dann aus dem Haus, wobei ich fast auf Jans Auto prallte, der knapp vor der Haustür parkte und eben den Motor abstellte.
„Servus Marie!“ Eine Hand flüchtig zum Gruß erhoben, flitzte er an mir vorbei. Mit großer Wahrscheinlichkeit hatte er soeben den Guinness Weltrekord im Auto-Aussteigen aufgestellt. Verblüfft wedelte ich mit der Hand Jans Kondensstreifen hinterher.
„Moin Marie“, Sylvies nordisch gut gelaunte Stimme riss mich herum, sie wedelte ebenfalls, allerdings mit einer Semmeltüte, „ich habe uns ein zweites Frühstück mitgebracht. Meinst du in dem alten Holzhaufen“, sie raschelte mit der Tüte bezeichnend Richtung Hütte, „gibt es eine Kaffeemaschine und Strom? Dann machen wir es uns gemütlich, quatschen, während die Jungs mit den wilden Pferden kämpfen.“
Reichlich entgeistert rutschte mein Blick von der Tüte zu ihrem blühenden Gesicht.

„Zweites Frühstück? Quatschen?“
Sylvie nickte grinsend. Um die Hausecke herum hörte ich, wie die Laderampen quietschend heruntergelassen wurden, Tom rief irgendetwas.
„Später, Sylvie“, mit einer entschuldigenden Bewegung war ich schon halb auf dem Weg, „ich muss jetzt Tom helfen. Später, dann frühstücken wir und …“, ich zögerte, rang mir ein halbes Lächeln über die Schulter ab, „… und quatschen.“
Gut fühlte ich mich nicht mit dieser Ansage und der Tatsache, dass ich sie einfach stehen ließ, doch ihr Wunsch nach einem Gespräch hatte mich total überrumpelt. Ich war auf Fohlen eingestellt, nur bedingt auf Sylvie. Die war ein unter Umständen hinzunehmendes Übel gewesen.
Suchend glitt mein Blick über den Hof. Die beiden Transporter standen mit den Rampen rückwärts geparkt zur Koppel. Zwei fremde Frauen und zwei Männer standen mit Jan und Tom davor, in den LKWs rumpelten und wieherten die aufgeregten Fohlen. Mein Herz klopfte schneller. Sie waren da. Wie würden sie aussehen? Wie reagieren?
Verhalten grüßend trat ich neben Tom, der mich flüchtig vorstellte, während ich einen ersten Blick in das Halbdunkel des nächststehenden Transporters riskierte. Was ich sah, lähmte sogar meine sonst recht absturzgefährdete Kinnlade. Dreckverklebte, magere Leiber, verfilzte Mähnen, Hufe, die noch nie einen Schmied gesehen hatten. Grob geschätzt vermutete ich die Fohlen auf ein halbes Jahr bis jährig. Ein paar hatten Ähnlichkeit mit Haflingern, eines schien unter dem Dreck gescheckt, eines grobknochig wie Alina, was die Vermutung nahelegte, dass es sich um eine Art Kaltblut handelte.
„Na, dann holen wir sie mal da raus“, erklärte Jan, noch bevor ich mich halbwegs wieder gefasst hatte, „und schauen uns das Trauerspiel bei Tageslicht an. – Tom, halt dein Hufmesser bereit.“ Jan grinste böse und stieg behutsam die Rampe hinauf, die beiden Männer folgten. Tom öffnete derweil das Gatter zur Koppel und ich sperrte sicherheitshalber die Zufahrt ab. Viel konnte nicht passieren, wenn uns einer ausbüxte, doch ich wollte kein Risiko eingehen. Das erste Fohlen sprang panisch steigend die Rampe hinab, stürzte dabei halb auf den Mann, der es führte. Die anderen beiden schlichen mit hängenden

Köpfen hinter Jan und dem zweiten Mann her. Im hellen Sonnenschein dieses Sommertages stand ich fassungslos vor dem ganzen Ausmaß der Verwahrlosung. Niemals hätte ich geglaubt, dass auf ein Tier so viel Dreck passte. Zentimeterdick klebte der Mist festgebacken im Fell, ummantelte die kurzen Fohlenmähnen und Schweife. Trübe, erschöpfte Augen, ohne Leben, ohne Hoffnung. Abgemagert an Leib und Seele.
Schwer würgte ich an dem Kloß in meinem Hals, der sich gerne in Tränen aufgelöst hätte und starrte unsere drei Waisen an, deren Leiber straff in der Sonne mit ihren Augen um die Wette glänzten. Das Schicksal hatte Alina, Samira und Jolly Jumper auch nicht ungeschoren ins Leben springen lassen, doch wir hatten sie auffangen können. Diese Fohlen aber hatte über lange Zeit niemand umsorgt, wenn überhaupt jemals.
In meinem Schock bemerkte ich Toms Winken erst beim dritten Anlauf und sprang zu ihm, um das panische Fohlen zu halten, damit er einen ersten Blick auf die platt getretenen Hufe werfen konnte. Der Mann sprang derweil schon wieder in den Transporter. Aus den Augenwinkeln sah ich, wie er das scheckige Fohlen hinter sich herzerrte, und der Moment der Unaufmerksamkeit bescherte mir einen Tritt meines Fohlens. Ich sog schmerzhaft die Luft ein, ließ Toms ärgerlichen Blick unkommentiert. Hastig schnitt er eine grobe Korrektur in die verfaulten Hufe, eine der Frauen hielt das Bein. Das Fohlen stank bestialisch.
„Bisher sind wir nur so nahe an sie herangekommen", erklärte die andere, „um zu zweit oder dritt die Halfter zu wechseln und neue, größere überzuziehen." Sie deutete auf den Nasenrücken des Fohlens, ich hielt es für einen Haflingermischling, dessen Nasenrücken eingedrückt war, wund und haarlos. Dort hatte ein zu enges Halfter gesessen. Wieder war mir nach Tränen zumute, doch krampfhaft hielt ich den kleinen Hengst fest, bis Tom fertig war. Die nächsten sahen nicht besser aus, wunde Stellen an den Köpfen, faulige Hufe, gerissene Hufe, leere Augen und Dreck, Dreck, Dreck. Innerhalb kürzester Zeit war ich selber völlig verdreckt und roch entsprechend schlimm.
Der kleine Kaltblüter war zu kräftig für mich, ich konnte ihn nicht halten, also griff Jan zu. Derweil wankten die anderen Fohlen schon in sicherer Entfernung von uns und dem Gatter

auf der Wiese herum. Keines konnte richtig laufen. Sie erinnerten mich an Kranke, die nach langer Bettlägerigkeit das erste Mal aufstanden, schwach und ohne Gleichgewicht. Und keines steckte seine Nase in das saftige Gras, sondern sie drängten sich dicht an dicht mit gereckten Hälsen, verängstigten Gesichtern. Da musste ich dann doch weinen. Verstohlen wischte ich mir mit meinen schmutzigen Fingern die Tränen aus den Augenwinkeln.
Dann krachte es laut aus dem zweiten Transporter, eine Männerstimme schimpfte wüst. Wir fuhren herum, der Kaltblüter brach angsterfüllt nach vorne weg, überrannte Jan und Tom, die der Länge nach hinknallten, während das Fohlen durch das halboffene Gatter donnerte, um zu seinen Kumpels zu kommen. Fluchend kamen Jan und Tom auf die Beine, im Transporter tobte es dafür weiter. Wir stürzten zur Rampe. Drinnen versuchte einer der Männer das letzte Fohlen aus dem Transporter zu zerren. Es war um einiges größer, wohl auch älter als die anderen, ein Haflinger, der einst eine prächtige, weiße Mähne gehabt haben musste, von der aber jetzt nur noch schwarze Filzklumpen übrig waren. Der Kleine kämpfte offensichtlich um sein Leben, das aus seiner Sicht wohl vorüber war, wenn er den sicheren Transporter verließ. Und der Mann hatte keine Chance gegen seinen Überlebenswillen.
„Lass ihn los!“, brüllte Tom. „Lass ihn einfach!“
Nur zu gern kam der Typ Toms Aufforderung nach. Pferd und Mensch verzogen sich keuchend und schwitzend in verschiedene Ecken.
„Komm raus“, Tom holte tief Luft, „das bringt nichts, wenn du jetzt bei dem weitermachst.“
Dicht an der Wand des Transporters schob sich der Mann zur Rampe, der Haflinger rückte gleichzeitig sein Hinterteil schlagbereit in die gleiche Richtung.
„Der hat schon so rasend getan, als wir ihn aus dem Stall geholt haben“, erklärte eine der Frauen, „der ist echt total fertig.“
Prächtig, dachte ich, ganz super. Ein Schläger war genau das, was wir hier brauchten, und ich bemerkte ungläubig, wie Tom behutsam, aber resolut in den Transporter stieg. Er hatte sich noch nicht auf einen Meter genähert, als das Vieh blitzartig auf der Hinterhand herumdrehte und nach vorne auskeilend

auf Tom zusprang. Der rettete sich knapp mit einem Satz aus dem Transporter heraus. „Sapperment! Du Saulaggl, du uuvrscheemdr!"
Wäre ich nicht selber so erschrocken gewesen, hätte mir Toms Fluch wahrscheinlich einen Lach-Kollaps beschert. So aber standen wir recht ratlos um die Laderampe herum.
„Ich könnte versuchen, ihm auf die Schnelle ein Beruhigungsmittel zu spritzen", schlug Jan vor, „die Gefahr ist nur, dass mir die Spritze abbrechen könnte."
„Du gehst da nicht rein, Herr Köberle!" Sylvie rauschte von hinten auf. „Wag es. Ich habe keinen Bock, Witwe zu sein, bevor wir überhaupt verheiratet sind."
Jan verzog das Gesicht, nickte aber ergeben. „Wer dann?"
Tom wich meinem ebenfalls eindeutig warnenden Blick aus, hielt aber brav den Mund.
„Wie habt ihr ihn denn aus dem Stall bekommen?", fragte ich in die Runde.
„Ich habe ihn fast zwei Stunden lang Zentimeter um Zentimeter herausgelockt", antwortete die eine Frau mit schiefem Grinsen, „immer mal wieder ein wenig Heu vorgehalten."
„Er hat es anscheinend nicht so mit Männern." Die andere zuckte ergeben die Schultern.
„Ich versuch 's halt mal." Zögernd stieg die Frau die Rampe hinauf, redete dabei freundlich auf das junge Pferd ein. Er schlug zwar nicht direkt nach ihr, doch drehte er sofort ab, wenn sie nach dem baumelnden Strick an seinem Halfter fassen wollte. So drehten die beiden sich eine ganze Weile im Kreis, bis der Haflinger auch auf dieses Spiel keine Lust mehr hatte und die Frau mit einem kurzen Rempler an die Transporterwand beförderte. Damit brach sie das Spielchen dann ab, was ich gut verstehen konnte. Das Pferd war unberechenbar in seiner Angst.
„Hast du ein Blasrohr, Köberle?", erkundigte sich einer der Männer. Jan schüttelte den Kopf.
„Nicht dabei. Wir könnten warten, bis er von selber da herauskommt, die Herde vielleicht noch weiter wegtreiben. Vielleicht bleibt er nicht gern allein."
„Vielleicht haben wir nicht ewig Zeit", kam die knurrige Antwort, „die Transporter müssen heute Abend wieder in Augsburg sein."

„Na ja“, mischte sich Sylvie wieder ein, „dann lasst uns halt jetzt in Ruhe Brotzeit machen, dann regt der Knaller sich da drin sicher auch etwas ab und danach sehen wir weiter. Ich habe schon den Tisch gedeckt.“
Toms und mein Blick trafen sich recht überrascht. Für Sylvie war keine Küche tabu. Eigentlich war das witzig. Jan und die Tierschutzleute gingen nur zu gerne auf das Angebot ein, recht erleichtert latschten sie Sylvie hinterher. Auch Tom zuckte ergeben die Schultern und wendete sich ab, während ich aus unerfindlichen Gründen zögerte. Verwirrt drehte ich mich zum Transporter um. Der Kleine stand in die hinterste, dunkelste Ecke gedrückt, unsere Blicke trafen sich. Langsam zog sich eine Gänsehaut meine Arme hinauf, über meinen Rücken, meine Nackenhaare stellten sich. Seine Augen waren unendlich tief und schwarz, irgendwo in dieser Tiefe erahnte ich den verkümmerten Rest seiner Seele, erahnte, wie stolz er einmal gewesen war, wie fröhlich, und ich erkannte die Hoffnungslosigkeit, die Einsamkeit, diese verzehrende Sehnsucht nach Vertrauen. Ich sah Caspar in ihm, sah Balthasar, sah mich selber und sah Tom.
„Marie? Kommst du?“
Krampfhaft atmete ich durch, schüttelte dann den Kopf. „Gleich, Tom. Ich komme gleich.“
Tom nickte zögernd. „Aber gib acht, Marie.“
Er ließ mich allein mit dem Pferd. Noch einmal holte ich tief Luft, stieg dann langsam die Rampe hinauf, wobei wir uns keine Sekunde aus den Augen ließen. Er blieb weitestgehend ruhig stehen, aber seine Haltung versteifte sich mit jedem Schritt, den ich näher kam. Also hockte ich mich einfach auf den Boden, so dreckig wie ich mittlerweile war, machte das auch nichts mehr. Still schauten wir uns an. Er schien verwundert, dass ich saß, senkte schnobernd den Kopf und ich streckte behutsam meine Hand aus, an der er zögernd schnupperte.
„Ich bin Marie“, sagte ich halblaut, seine Ohren zuckten, „wer bist du?“
Seine Nüsternhaare kitzelten meine Finger, sacht strich ich über seine Nase, in der Erwartung, dass er sofort Abstand nehmen würde, doch er blieb, trat sogar einen Schritt näher. Mit der anderen Hand fummelte ich in meiner Jackentasche

herum, wo noch ein halber Apfel stecken musste, der eigentlich für Balthasar bestimmt gewesen war. Er beäugte mich misstrauisch, noch misstrauischer schaute er allerdings den Apfel an, den ich ihm an die Lippen drückte. Ich sah das Erstaunen in seinen Augen, als er unsicher seine dreckigen, einstmals rosigen Lippen um den Apfel legte und tatsächlich zubiss. Das sah fast so aus, als hätte er noch nie einen Apfel bekommen. Mitleid schwappte in mir hoch, ich kraulte die Kuhle in seiner Maulspalte, da, wo Balthasar es so mochte. Er trat noch einen Schritt näher, so dass sein Kopf über meine Schulter hing, ich kraulte weiter. Mit einem einzigen Tritt oder Biss hätte er mich jetzt schwer verletzen können, doch ich hatte keine Angst. Dieses Pferd war nicht böse, was auch immer mit ihm angestellt worden war, es suchte nach Vertrauen.
„Uns kannst du vertrauen“, flüsterte ich in sein Ohr, „wir passen auf dich auf. Hier geschieht dir nichts. Ich gehe mit dir zur Weide, wenn du möchtest.“
Unsicher fasste ich den Strick, der noch immer an seinem Halfter hing und kam langsam hoch. Sofort drängte er rückwärts, bis er an der Transporterwand klemmte.
„Komm nur“, ich legte meine Hand auf seinen Hals und trat einen Schritt vor, „komm.“
Er erinnerte mich an Balthasar, der sich wochenlang nur von Caspar führen ließ und sich bei Tom und mir keinen Meter bewegte. Damit konnte ich umgehen. Genau in diesem Moment kam Caspar die Rampe hinauf gesprungen. In der Erwartung, dass der kleine Haflinger sofort in Panik ausbrechen würde, brachte ich mich außer Reichweite seiner Hufe. Doch er senkte nur den Kopf und schnupperte freundlich an Caspars schwarzer Nase herum. Caspar wedelte wild, plumpste auf seinen Hintern. Mir war nicht wohl bei dem Anblick, hockte er doch direkt vor dem Pferd. Ein Hieb, und mein Hund hätte einen Schädelbruch gehabt.
„Gib dem Kleinen von deinem Vertrauen ruhig eine dicke Scheibe ab“, murrte ich unwillig, „der kann’s gebrauchen.“
Langsam hockte ich mich wieder hin. Das würde noch dauern mit unserem Gang zur Wiese. Der Haflinger klaubte ein paar Halme Heu vom dreckigen Boden.
„Hast du Hunger?“ Blöde Frage, dachte ich sofort, Haflinger

hatten immer Hunger. Aber gut, gemeinsam essen schaffte auch Vertrauen und so suchte ich die verstreuten Büschel Heu zusammen und reichte sie ihm. Er fraß mir tatsächlich aus der Hand. Ein seltsames Pferd. Als ich auf Armlänge um mich herum kein Heu mehr fand, stand ich wieder auf, Caspar gleich mit und mit dem Pferd am Strick wanderten wir durch den LKW auf der Suche nach Futter. Dabei näherte ich mich wie beiläufig der Rampe, Tom stand mit verschränkten Armen und besorgtem Blick bei unseren Fohlen, ich grinste beruhigend zu ihm hinüber. „Bring mal einen Schwung Heu", rief ich halblaut, „der hat Hunger bis unter beide Arme. Vielleicht können wir ihn so rauslocken."

Tom nickte und verschwand ums Haus herum in der Scheune, um nur wenige Augenblicke später mit Heu und Jan im Schlepp wieder aufzutauchen. Ohne das Pferd zu beachten, warf er das Heu auf die Rampe, ich angelte mir ein paar Büschel, die ich ihm anbietend vor die Nase hielt und langsam mit dem kauenden Pferd wieder an die Rampe trat. „Schau, da ist noch mehr", ermutigte ich ihn und er trat wirklich stockend hinter mir auf die Schräge. Allerdings ließ er dabei Tom und Jan nicht aus den Augen.

„Jungs, seid so nett", der Kleine wollte wieder den Rückzug antreten, „und verschwindet aus seinem Blickfeld."

In einer synchronen Bewegung traten die beiden Richtung Führerhaus, so dass der Haflinger sie nicht mehr sehen konnte. Ich wagte einen neuen Vorstoß. „Komm, wir haben es schon fast geschafft." Caspar auf der einen, ich auf der anderen Seite, arbeiteten wir uns die Rampe hinab. Einen Schritt vor, drei zurück. Der letzte war der schwerste und ich musste alle Kraft aufwenden, um das Pferd davon abzuhalten, wieder in den Transporter zu springen. Anscheinend realisierte er erst jetzt, dass er keine sicheren Wände mehr um sich herum hatte.

„Dafür aber hast du hier frisches Gras, mein Kleiner, komm nur, alles ist gut."

Von der Wiese her wieherten seine Leidensgenossen und er antwortete mit lauter Trompete. Tom nickte mir aufmunternd zu. Wieder verharrten wir minutenlang, während das junge Pferd damit beschäftigt war, seine Situation abzuschätzen und zu entscheiden, ob es weitergehen sollte und durfte. Immer

wieder setzte er einen Huf ins Gras und zuckte zurück, bis ich es schaffte, den einen Huf im Gras zu halten und mit einem Mal ging er einfach neben mir her zum Gatter. Auch er schwankte ohne Gleichgewicht daher, schien nicht alle vier Beine für mehr als zwei Schritte sortieren zu können.
In der Zwischenzeit hatte sich unsere Zuschauermenge erhöht, sie standen alle neben dem LKW und starrten uns an, das war mir unangenehm. Langsam schloss ich das Gatter und löste den Strick vom Halfter.
„Geh nur", forderte ich ihn leise auf, „die anderen warten schon auf dich." Doch er rührte sich nicht vom Fleck, schnoberte ein wenig im Gras herum und suchte dann wieder meinen Blick.
„Alles ist gut, kleiner Held", ich rubbelte ihm sanft die Stirn, „ich habe dich verstanden. Aber du musst dich dauerhaft mit Balthasar, Alina und wahrscheinlich auch mit Jolly Jumper verstehen. Samira wird uns irgendwann verlassen, Flori vielleicht auch. Aber Flori wird dich bis dahin sicherlich gut bemuttern. Ist das okay für dich?"
Ich hatte den Eindruck, als funkelte Erleichterung in seinen traurigen Augen, er seufzte seltsam und fing an, vor meinen Füßen zu grasen. Mit einem letzten leichten Tätscheln ließ ich ihn stehen, zwängte mich zwischen den Stangen hindurch zu Tom und dem Rest, die langsam näher traten.
„Was wollt ihr für den Haflinger?" Ich schaute die vier Tierschützer fragend an. „Den nehmen nämlich wir. Der bleibt."

25. Kapitel
Eine abgekartete Sache

„Das ist echt wieder typisch. Typisch Marie." Tom kickte mir liebevoll von hinten gegen den Kopf, ich maulte. „Gestern Abend verdreht sie die Augen, weil ich laut überlegt habe, dass eines der Fohlen ja bei uns bleiben könnte, und heute ist sie die Erste, die laut hier schreit und sich den krassesten von allen aus der Herde herauszieht."
Der krasseste von allen graste noch immer ziemlich genau an der gleichen Stelle, wo ich ihn abgestellt hatte, während seine Kumpels längst die gesamte Weide in Beschlag genommen hatten. Eben erst waren die beiden LKWs vom Hof gebrummt, er hatte ihnen nicht nachgeschaut.
Wir saßen noch lange bei Sylvies Eintopf und Brotzeit, fachsimpelten und überlegten, wie es mit den fünfzehn Pechvögeln weitergehen könnte. Jetzt fühlte ich mich seltsam gelöst, heiter und fassungslos, dass ich mal wieder ohne Hirn und Verstand ein Viech ins Haus geholt hatte. Dauernd musste ich den Kleinen anstarren, er war trotz allem wunderschön.
„Ich fass es nicht, Tom", über die Schulter schauend sah ich Sylvie frech grinsend neben meinem Tom stehen, „endlich kann ich dir mal so von ganzem Herzen zustimmen."
Jan verzog das Gesicht und trat neben mich, Tom schmunzelte. „Ach ja?"
„Jau, und zwar so richtig", sie blinzelte ihn treuherzig an, „das ist wirklich typisch Marie! – Weißt du, damals, als sie endlich kapierte, wie dieser Flachmann Karsten wirklich drauf ist, hat sie auch die Augen verdreht und sich keine Woche später den krassesten Typen an Land gezogen, den ganz Bayern zu bieten hat."
„Nette Ausführung, Sylvie", Tom erwiderte ihr Blinzeln, „gehe ich recht in der Annahme, dass du von mir redest?"
„Bingo, Tom."
„Ihr wieder", brummelte Jan nicht wirklich amüsiert, „wie soll er denn jetzt heißen, der kleine Lancelot?"
Sylvie musterte ihn mit einem Blick, der klar machte, dass alle Allgäuer in ihren Augen mehr oder weniger unzurechnungsfähig waren. „Wieso Lancelot?" Sie fuchtelte kurz mit ihrem

Zeigefinger zu meinem Pferd hinüber. „Der sieht nicht einmal mehr wie ein verarmter Ritter aus, geschweige denn wie ein strahlender Gralsritter."
„Mei, Mädel", Jan zog sie an sich, „weil Sir Lancelot auch nur Augen für seine Königin Guinevra gehabt hat und für sie alles verlor. – Der kleine Krott schaut nur nach Marie."
„Aber er hat nichts mehr zu verlieren." Sylvie musterte mich abschätzend. „Außer, dass er hier in dieser Einöde versauern könnte."
Lachend schob ich mich zwischen den Stangen des Gatters hindurch. „Gralsritter oder nicht, ich finde Lancelot passt sogar zu ihm. Vielleicht hilft ihm der Name ja, wieder ein strahlender Ritter zu werden?"
„Jede Wette", mischte sich Tom ein, ein ehrliches Lächeln streichelte mich, „in einem halben Jahr ist der wieder richtig schick."
„Um was wetten wir?" Sylvie reichte ihm eifrig die Hand zur Wette, während ich mich fragte, was an einem Haflinger schick sein konnte? Das war so ziemlich das letzte Attribut, das mir zu diesen Pferden einfiel.
„Einmal kochen mit allem Drum und Dran, okay?"
„Sehr schön." Erwartungsvoll schleckte sich Sylvie die Lippen. „Ich wünsche mir deine Spätzle mit gaaanz viel Käse."
„Sylvie", mischte sich Jan ein, „du verlierst."
Langsam trat ich auf Lancelot zu, mir war eigentlich egal, wer gewann, ob er schick oder einfach nur ein Haflinger werden würde, Hauptsache er war gesund. Mit Absicht hätte ich mir sicherlich nie einen Haflinger gekauft, wenn überhaupt ein Pferd, wo ich doch nicht einmal richtig reiten konnte. Wahrscheinlich hatte Tom recht, die Aktion Haflinger war mal wieder typisch Marie gewesen, genau wie die Aktionen Caspar und Balthasar. Immerhin konnte er das auch, wie er mit Alina bewiesen hatte. Manchmal musste man eben spontan handeln.
Er musterte mich misstrauisch und wich leicht zur Seite, als ich von links an ihn herantrat. Die vordringlichste Frage war im Moment, wie ich den Dreck aus seinem Fell bekam? Er erinnerte mich in dem Zustand viel zu sehr an Balthasar, schlimmer noch.

„Irgendwelche Vorschläge, wie ich den säubern könnte?"
„Gar nicht", kam es von Jan und Tom im Chor.
„Super, und wieso nicht?"
Tom schob sich ebenfalls behutsam zwischen den Stangen hindurch und trat hinter mich. Lancelot mochte offensichtlich keine Männer, er wich mit angelegten Ohren rückwärts.
„Weil der Dreck bis zur Haut geht. Wir können also nicht scheren, was der eh nur unter Vollnarkose mitmachen würde. Waschen hilft da schon lange nichts mehr. Wir können nur versuchen, die Klumpen nach und nach herauszuzupfen oder abzuschneiden, wenn sich das Fell löst. Mähne und Schweif rigoros kappen. Viel Spaß, Marie. Ich gehe jetzt füttern."
„Ich komme mit!" Jan schwuppste hinter ihm her.
„Danke, Tom", knurrte ich seinem Rücken hinterher, „das war wieder sehr hilfreich."
Ich wedelte warnend mit meinem Zeigefinger vor Caspars Nase herum, auf der Hengstweide ließ ich ihn nicht herumspringen. Die waren schneller als er. „Du bleibst!" Murrend hockte er sich ins Gras, ich sah genau, dass er nur darauf wartete, mir zu entwischen, damit er Tom nachjagen konnte. „Wag es!" Ich packte ihn am Halsband und kramte gleichzeitig ein Stück Apfel aus meiner Jackentasche, das ich Lancelot hinhielt. Dieses Mal zögerte er nicht lange, meine Finger entgingen nur knapp seinen Zähnen.
„Den kriegst du nur mit Futter", bemerkte Sylvie neunmalklug, „übrigens wollte ich mich endlich bei dir entschuldigen und auch bedanken."
Wie ferngesteuert drehte ich mich um, meine Ohren halluzinierten offenhörig. Waren das die ersten Warnsignale eines beginnenden Hörsturzes? Ich musste dringend meinen Stresslevel reduzieren. „Bitte?"
Halb verschämt schüttelte sich Sylvie ihre Mähne ins Gesicht. „Na ja, deine Säuferehrlichkeit fand ich zwar nicht soooo dolle, aber du hattest recht. Ich bin von 0 auf 300 % schwanger aufgelaufen."
„Hmpff", um einer Antwort zu entgehen, zerrte ich den Haflinger und Caspar zum Gatter.
„Und wie schwanger bist du jetzt?"
Sie grinste unter ihren Locken hindurch. Wäre ich ein Mann

gewesen, dann hätte ich ihr wahrscheinlich spätestens bei diesem Blick jedes überschüssige Schwangerschaftshormon verziehen. Aber als Frau war ich zum Glück weitestgehend immun dagegen.

Sie krabbelte Lancelot mit den Fingerspitzen an der Nüster, er prustete verwirrt.

„Genauso schwanger, wie vorher, blöde Frage“, sie schüttelte den Kopf, während meine Neigung zur Vergebung diverse Punkte abfiel. „Aber Jan hat mir vorgestern gedroht, mir wie du die rote Karte zu zeigen, wenn ich nicht sofort erträglicher würde. Das hat mir echt zu denken gegeben. Jan ist sonst die Geduld in Person.“

„Stimmt“, erwiderte ich grinsend, „so eine Ansage hätte ich auch nicht unreflektiert stehen gelassen.“

Sie prustete eine Strähne in die Luft. „Tja“, mit einer unnachahmlich anmutigen Geste schob sie sich ihre Locken aus dem Gesicht und strahlte mich an, „habe ich also mal nachgedacht und festgestellt, dass ihr zwei nicht so ganz falsch liegt. Es tut mir leid, Marie. Ehrlich, ich wollte keine Übermutter spielen, sondern eigentlich für dich da sein. Ist aber schiefgegangen. Irgendwie komme ich mit meiner Rolle und allem Drum und Dran wohl doch noch nicht so richtig zurecht.“

„Vergessen wir es“, ich zog sie über das Gatter hinweg an mich, „ich war auch nicht wirklich nett zu dir und kein bisschen verständnisvoll. Mir war auch alles zu viel.“

„Immerhin habe ich daraus gelernt, dass du mir total wichtig bist. Ohne deine Freundschaft habe ich mich schrecklich gefühlt.“

Ich lachte und verdrehte die Augen. „Du hast mir auch gefehlt, aber ich hatte nicht deine Größe, um dich um Entschuldigung zu bitten.“

„Pffftt“, sie machte eine auswringende Bewegung, die Lancelot zur Seite springen ließ, „Schwamm drüber. – Fang den Rest Haflinger ein und lass uns etwas spazieren gehen.“

„Ist schon betörend idyllisch hier“, seufzte Sylvie, als wir spätabends alle zusammen vor der Hütte saßen und das Käuzchen mal wieder rief. Ich grinste leise in mich hinein, mittlerweile mochte ich das Käuzchen sehr und freute mich auf seine nächtlichen Grüße. Tom zog mich an sich. „Diese heimeligen Geräusche“, fuhr Sylvie fort, „schnarchende Hunde“, sie stupfte Caspar mit der Zehenspitze an, „schmatzende Kühe, ein Vampirvogel. Ach Marie, ihr seid zu beneiden.“

„Stimmt“, Jan öffnete mit einem eher unidyllischen Plopp eine neue Flasche Bier, „früher wollte ich hier oben leben. Aber mein Vater meinte, ich sei zu teuer als Hirte, also habe ich Veterinärmedizin studiert. Das hat ihn dann richtig Geld gekostet.“ Er lachte brummelnd.

„Alter Blutsauger“, Sylvie knuffte ihn gegen die Schulter, „aber damit eines klar ist, ich ziehe nicht mit Kind und Kegel hierher. Deine Jugendträume in allen Ehren, aber das mache ich nicht mit. – Würdest du so etwas Schwachsinniges machen, Marie? Wegen jedem Brötchen runter nach Tiefenbach fahren?“

„Semmel“, korrigierte Tom, „hier heißt das Semmel.“

„Egal, selbst hier ist man dank des Tourismus so weit, dass in den Bäckereien auch Brötchen verstanden wird, und das, ohne nach dem Kauf an den Pranger zu müssen.“

„Köberle“, Tom klackte seine Flasche gegen Jans, „ich glaube, deine zukünftige Frau hat da eine sehr gute Anregung gebracht. Hast du noch nen alten Pranger im Keller stehen?“

Jan kratzte sich nachdenklich am Hinterkopf. „Noi, sapperment, den hat mein Vater ins Walsertal verkauft, die haben dringend einen gebraucht. Zu schade.“

„Wie auch immer, sag mal, Marie, könntest du in so einer Einöde für immer leben?“

Ich zog den Kopf instinktiv ein und linste zu Tom, der mich durchaus interessiert musterte.

„Ja mei, was ist schon für immer?“

„Butter bei die Fische, Marie, laber nicht rum!“ Sylvie wollte tatsächlich eine Antwort haben, das konnte gefährlich werden.

„Schon, ja, kann ich mir vorstellen“, ich wand mich ein wenig herum, „wenn man hier etwas modernisieren könnte, ein bisschen ausbauen, warum nicht? Mit dem Auto ist man schnell im Dorf.“

„Modernisieren ist an sich kein Problem“, antwortete Jan viel zu ernst, „aus- oder anbauen vielleicht schon eher. Aber ihr wolltet doch unten auf dem Hof neu bauen, oder?“

„Wir wissen eigentlich noch nicht, was wir wollen“, erwiderte Tom auffällig unbefangen, „mal sehen. Wir haben auch mal den Kauf eines anderen Hofes angedacht. Wäre halt schad wegen der Stallungen.“

„Hmmm…“, Jans Blick glitt von Tom zu mir und zurück, „du würdest die Alpe schon bewirtschaften, was Mauderer?“

Tom zuckte die Schultern. „Ja weischt, Köberle, das tät schon passen hier.“

„Mein Vater wäre sie gerne los. Macht ihm zu viel Arbeit und wirft zu wenig ab.“

„Ich pachte aber nicht“, konterte Tom und starrte seiner Bierflasche intensiv in den Hals, „ich kaufe nur.“

Mein Herz fing unruhig an zu klopfen. Die Alpe kaufen und umbauen? War das die Lösung für alles, was sich seit Wochen veränderte? Verwirrt schaute ich mich um. Fühlte die Wärme dieses Ortes, seine Kraft und Stille, das raue Holz der Bohlen in meinem Rücken. Tom neben mir, der Mann, der in die gleiche Richtung schaute wie ich. Unsere Fohlen fühlten sich wohl, Lancelot bekam eine große Weide und viele Kumpels. Wir konnten Waisenfohlen aufnehmen, Platz für neue Stallungen gab es genug. Die Alpe barg tausend Möglichkeiten und ein Zuhause für uns alle.

„Loshaben heißt verkaufen, Tom. Ich glaube nicht, dass er viel für die Hütte und das Land haben will.“

„Na, dann machen wir das doch.“ Tom grinste zufrieden und leerte seine Flasche. „Marie, wir bleiben einfach.“

Ich nickte und kuschelte mich an ihn, das Käuzchen glitt lautlos über den Hof und rief.

„Geht klar, Tom. Das Käuzchen findet uns auch recht nett.“

„Marie?“ Sylvie musterte Jan und Tom mit verkniffenem Gesicht. „Ich glaube, das alles war eine total abgekartete Sache der beiden Kerls. – Wetten?“

Jan trank seine Flasche ebenfalls leer und rammte sie grinsend auf den Tisch. „Sylvie, du Licht meines Lebens, diese Wette gewinnst du sogar.“

Von der gleichen Autorin:

Liebe kommt auf leisen Pfoten

Marie Sander steht vor den Trümmern ihres bisherigen Lebens Und das nur, weil sie den ausgesetzten Welpen Caspar in di gemeinsame Wohnung mitgenommen hat, anstatt ihn, wie all ihr raten, ins Tierheim zu bringen. Ihr Lebensgefährte Karste zieht aus, lässt sie sich austoben mit ihrem „verwahrlosten" neuen „Spielzeug". Damit nicht genug, eröffnet ihr ihre Chefin dass sie seit Langem ein Verhältnis mit Karsten hat und kün-digt ihr. Marie flüchtet sich ins Allgäu, nach Berghofen, w sie ihre Wunden lecken will. Einzig ihre chaotische Freundi Sylvie ist ihr geblieben und Caspar, der schwarze Welpe.
Recht schnell erkennt sie, dass sie gerne in Berghofen bleibe würde. Doch wird sie den Mut haben, sich als Physiotherapeuti selbständig zu machen? Und dann sind da noch Tom, de Schmied, Kater Melchior und Balthasar, der Esel vom Ross-markt.
ISBN 978-3-930323-70-8

Paul und der Geist von Gunzesried

Gibt es etwas Peinlicheres und Öderes, als mit zwölf sein Sommerferien im Oberallgäu zu verbringen? Aus Pauls Sich nicht. Zu allem Übel fordert ihn dann auch noch Babs, di Tochter des Bauern, zu einer Mutprobe auf. Paul und sei Hund Sam sollen eine Stunde bei Anbruch der Dämmerun in der Ruine von Ettensberg verbringen, wo im Jahr 1622 de tyrannische Freiherr Georg von Königsegg von einem rach-süchtigen Wilderer erschossen worden war. Seitdem, so er-klärt ihm Babs, treibt er dort sein gespenstisches Unwesen un in Vollmondnächten sei er besonders grantig. Es ist Vollmond doch Paul nimmt die Wette notgedrungen an. Von dem Momen an überstürzen sich die Ereignisse und am Ende ist nichts meh so, wie es einmal war.
ISBN 978-3-930323-61-6

Erschienen im Franz Brack Verlag, Altusried